KB065508

한국 근대시의
묘상 연구

나는 열(熱)이 오른다.
뺨은 차라리 연정(戀情)스레히
유리에 부빈다, 차디찬 입마춤을 마신다.
쓰라리, 알연히, 그싯는 음향(音響) —
머언 꽃!
도회(都會)에는 고흔 화재(火災)가 오른다.
　　— 정지용, 「유리창 2」

　지하에서 빨아올리는 이 화초들의 정열에 호흡이 더워오는 것 같습니다. 여기 처녀 손톱 끝에 물들을 봉선화(鳳仙花) 중에는 흰 것도 섞였습니다. 흰 봉선화도 붉게 물들까 — 조금 이상스러울 것 없이 흰 봉선화는 꼭두서니 빛으로 곱게 물듭니다.
　　— 이상, 「산촌여정」

책머리에

　이 책은 필자가 '한국문학사'를 쓰겠다는 의도하에 구상한 한국문학사 다발 중 하나에 대한 사색과 심미(尋味)의 기록이다. 사색의 단초는 최근의 평론집『'한국적 서정'이라는 환(幻)을 좇아서』머리글에서 썼듯이, 한국문학에 대해 축적된 정보들을 '전수조사'해야 한다는 자각이 일었던 데서 비롯한다.

　이 자각은 한국문학의 맥락을 모든 장르를 아울러 재구성해야 한다는 생각으로 이어졌고, 그런 의사의 첫걸음으로 한국 시의 생장 과정을 살펴보는 작업을 개시하였다. 월간『현대시』2015년 3월호에「시의 숲을 '지나서 가지' 말고 '지나다니자'」라는 제목으로 게재된 글이 그 작업의 출발 시점이 되었다. 이후〈시의 숲속으로〉라는 시리즈명을 갖고 매월 연재가 진행되었다. 애초에 연재를 거르지 않겠다는 결심이었으나, 여러 가지 업무와 세상 물리에 대한 필자의 분별없는 호기심, 혹은 고질적인 군눈짓으로 인하여 누락되는 일이 자주 발생하곤 하였다. 그래도 그 연재에 대한 독자들의 관심과 호응이 어떻게든 글을 이어가야 한다는 다짐의 매듭을 죄었고, 그 줄을 잡고 필자는 허덕허덕 앞으로 나가는 일을 이어갈 수 있었다. 그리고 『현대시』 2022년 1월호에 「오장환의 「월향구천곡(月香九天曲)」이 전하는 것」을 게재함으로써 해방 이전까지의 한국 시의 진화 나무를 완성하였다. 좀더 자세히 말하면, 그 나무의 세세한 가지들 모두를 톺은 것은 아니고, 가장 큰 줄기들만을 다듬은 것이었다. 여하튼 이로써 필자가 '한국 근대시'라고 이름하는 일제강점기하 한국 시의 분포와 전개에 대해 유익한 그림을 제공할 수 있겠다고 판단하여, 이를 엮은 것이 오늘의 책이다.

'한국 근대시'는 기본적으로 모더니티의 도래 이후 한국 시가 생성되어가는 과정을 가리킨다. 처음 한국 시의 '씨앗 형식'이 짜이고, 그에 근거해 한국 시의 근본 묘상(苗床)들이 형성되었다. 필자는 씨앗 형식을 짠 최초의 두 시인, 즉 한국의 근대시를 '완미한 형태'로서 최초로 쓴 두 시인을 김소월과 한용운으로 보았다. 이들이 만든 씨앗 형식으로부터 두 개의 줄기가 우선 피어났고, 다시 두 개의 줄기가 각각의 줄기로부터 분화해, 그 넷을 파종한 네 개의 묘상이 형성되었다.

김소월과 한용운이 함께 출범시킨 한국 시의 단순형은 '나'와 '이상적 대상'의 관계이다. 그 관계는 간단히 말하면, '나'의 자율성과 '나'와 '이상적 대상' 사이의 상호성이다. 주체의 자율성, 대상의 이상성, 둘 사이의 상호성에 의해서 '이상적 대상'은 '님'의 이름으로 부조된다. 이 내막을 다시 간추리면, 한국 시의 단순형은 주체로서의 '나'의 자율성(자유의지의 행사)과 '나'와 '님' 사이의 상호성(다른 이들 간의 바른 관계 지향)으로 공식화할 수 있다. 이에 근거해, 한국 시의 원형적 자세는 '님 찾음'이라고 할 수 있을 것이다.

님을 어떻게 찾을 것인가? 이 물음을 처음 던졌을 때 두 대답이 제시되었으니, '기다림'과 '탐사'가 그것이다. 두 방향이 갈라지는 순간, 기다림으로부터 관조로서의 기다림과 마중으로서의 기다림이라는 두 방향의 분화가 일어났다. 그리고 '탐사'로부터는 건축과 미래 탐구가 분화되었다. 그 각각을 김영랑(金永郎), 이육사(李陸史), 정지용(鄭芝溶), 이상(李箱)이 '대표적 개인'으로서 담당하였다는 게 필자의 결론이다.

이 책의 대종은 이렇게 한국 근대시의 씨가 뿌려지고 네 개의 묘상이 형성되면서, 이 네 묘상이 자율적 운행을 하면서도 동시에 상호 길항을 통해 한국 시 전체를 생장시키는 과정을 살피는 것이다. 이어서 1940년대에 들어 일제 탄압의 여파로 한국 근대시의 꽃을 피우기 위한 뜨거운 열망이 급격히 침전한 사정까지 살핀 후에 마감된다.

이러한 문학사 다발 구성은 기왕의 문학사들과 차이가 있다. 문학사의 방법에 관한 자세한 논의는 이 자리에서는 불요하고 다른 논문을 기약할 수밖에 없지만, 이 책의 방법만을 간단히 적으면 다음과 같다.

필자는 이 책에서 시인들의 움직임과 각 시대 문학적 원소들의 움직임을 일관된 구조로 묶어보려 하였다. 그것을 위해 필자는 문학적 운동의 전체적인 움직임을 당대의 모든 문학적 질료들이 함께 참여하는 파동으로 보고, 그런 파동을 주도적으로 이끄는 특정한 입자를 완미한 작품들을 생산한 시인들의 글쓰기로 보았다. 그리고 이 파동과 입자의 상호 변환 문제는 각각 사안별로 파악하였다. 사안별로 파악하였다는 것은 파동-입자의 관계의 알고리즘이 일반화될 수 없다는 것을 가리키는데, 그만큼 알고리즘의 합당성은 필자의 때마다의 노력과 능력에 달려 있게 된다. 언젠가 좀더 큰 통일 이론을 만들 수 있기를 기대하며, 현재로서는 이 수준에 그칠 수밖에 없다고 하겠다.

마지막으로 아주 무구한 독자들에게도 이 글이 가 닿기를 소망하면서 이 글들을 썼다는 점을 고백한다. 원래 연재를 시작하게 된 중요한 동기 중의 하나는 교육대학원 수업을 수강한 중·고등학교 선생님들에게서 문학에 대한 열의와 문학을 감수하는 능력이 반비례한다는 현상을 발견하고 충격을 받은 경험이다. 필자는 그 현상을 보면서 한국의 문학 교육이 심각한 함정 속에 빠져 있다는 생각을 하게 되었는데, 그럼에도 불구하고 이 문제를 해결하려는 방책 중에, 선생님들의 문학적 능력을 제고시키는 일이 매우 중요한 부분을 차지한다는 점 또한 되새기지 않을 수 없었다. 왜냐하면 선생님들이야말로 미래의 최대 문학 인구를 길러낼 사제(司祭)들이기 때문이다. 그들이 한국문학에 대해 잘 알고 잘 느껴야만, 그것이 어린 학생들에게 질감 있게 전달될 수 있을 것이다.

따라서 한탄하기보다는 선생님들과 소통할 길을 모색할 수밖에 없었고, 그런 생각 속에 필자는 가능한 한 필자의 내용을 요령 있게 설명하기 위해 노력했다. 그럼에도 불구하고 교육대학원의 선생님들은 내 연재 글을 매우 힘들어하였다. 다만 아주 조금씩 반응이 개선되는 것을 보며 반가웠고, 필자는 거기에서 희망을 포기하지 않아야 할 충분한 이유를 찾았던 것이다.

이런 소망이 필자의 글 속에 얼마나 잘 배어들었는지는 독자가 판단하실 것이다. 그렇다 해도 필자의 진심을 느껴 아는 독자는 문제점을 발견할 때마다 질정을 아끼지 말아주실 것을 부탁드린다.

차례

서문   7

0부   문턱에서

한국 근대시가 형성되어간 긴 사연   17

1부   한국 근대시의 알뿌리[球根]

근대적 자아의 탄생 — 김소월의 「진달래꽃」에 대하여   29
'님'은 누구인가 — '나'와 '님'의 존재 형상: 자율성과 상호성   41
덧글: 님의 자기 증명   68

2부   서정적 자아의 탄생

타자의 발견   77
자기를 알고자 하는 마음의 행려는 굽이가 많더라   86
    —이상의 「거울」을 중심으로
서정적 자아의 존재 형상   99
한국적 서정성이 시작되다   109
한국적 서정시의 다른 가능성 — 김현구   124

1930년대, 미의식의 탄생 — 이태준과 황순원   132
감상성과 이미지 — 김광균의 「설야」, 기타   139
감상성의 기능 — 김광균의 「추일서정」, 기타   148

3부   비극적 세계관을 넘어서 가기

「추천사」를 읽는 시간   159
비극적 세계관을 곰곰이 곱씹는다   172
비극적 세계관에서 낭만적 세계관으로   192
릴케는 어떻게 왔던가   199
'기다림'의 시학, 그 스펙트럼   210
'마중'으로서의 시 — 이육사의 「청포도」의 경우   223
'기다림'의 출구에서 숨 고르기   242
서정주의 탈출기   249
상명당론   263
'지금, 여기'를 향락하는 기술   273
'기다림'의 나무를 떠나다 — 정지용으로부터   287
「카페 프란스」에서 무슨 일이 일어났나?   296
건축의 시, 정지용   306

4부   모순어법의 세계를 열다

난해성이라는 애물   325
텍스트가 말하는 것   333
부정에서 어찌 생성으로 나아갈 것인가?   344
    — 이상 시의 모순어법, 첫번째
제임스 조이스에서 이상으로   353
이상 시의 어긋 대칭과 모순어법   358

이상 시를 꼼꼼히 읽는 일의 지난함　　　　　367

모순어법의 구경(究竟) ― 미래의 인간을 만나기　　　　370

5부　　한국 이야기시의 등장

한국인들은 왜 이야기를 좋아할까?　　　　　385

이야기시의 출발점은 어데?　　　　　393

이야기시의 본성　　　　　401

이야기시의 밑받침으로서의 이야기　　　　　411

모두의 이야기에서 모두가 잃어버린 세상으로　　　　　424

이야기시의 시적 차원　　　　　435

6부　　'제3세계'라는 대안의 불가능성과 만남의 가능성

절망의 끝에서는 무슨 일이 일어나는가?　　　　　449
　　― 이용악과 오장환 그리고 나보코프

'만남'의 관점에서 한국 근대시의 묘상을 점검한다 1　　　　　461
　　― 한국문학사들의 결여

'만남'의 관점에서 한국 근대시의 묘상을 점검한다 2　　　　　470
　　― 상호성의 의미

이용악의 제3의 세계 혹은 담론　　　　　476

이용악과 오장환 사이, 그리고 이상, 김소월　　　　　488

일제 말의 문단 풍경　　　　　495

오장환의 「월향구천곡」이 전하는 것　　　　　503

후기: 첫번째 매듭을 지으며　　　　　517

참고문헌　　　　　520

0부

———

문턱에서

한국 근대시가 형성되어간 긴 사연

우리의 작업은 한반도에서 근대적인 의미에서의 시가 출현한 사태를 확인하고 그 최초의 현상들을 원초적 모판으로 해서 얼마간 시간이 지난 후, 오늘의 한국 시를 규정하게 될 기본적인 시의 모형들, 차라리 '묘상들'이라고 이름 붙일 만한 그런 근본 시형들이 태어나게 되는 과정을 살펴보는 것이었다.

처음부터 의도한 것은 아니었는데도 불구하고 나는 이 과정이 아주 끈질긴 '지속성'과 긴밀한 '상관성' 속에 이루어졌다는 것을 확인할 수 있었다. 이러한 과정은 이 과정 바깥에 더 거대한 맥락이 있고, 이 과정 자체는 그 맥락에 대한 일종의 용광(鎔鑛)과 제련의 작업, 즉 정수(精髓)화하고 진화시키는 일이었음을 깨달을 수 있었다. 이러한 깨달음을 항목별로 간종그리면 다음과 같다.

첫째, 나는 얼마간 '완미'하다고 판단할 수 있는 근대적 문학 텍스트의 출현이 관찰의 출발점이 되어야 한다고 보았다. 그렇게 볼 때 분명하게 '근대적'이라고 이름 붙일 수 있는 최초의 시(무리)는 김소월의 『진달래꽃』(1925)과 한용운의 『님의 침묵』(1926)이었다. 그러나 그 이전에 서양으로부터 발원한 근대성modernity의 세례를 받은 문화 및 문학적 시도는 무수히 있었고, 정신적 수준이나 제도적 수준뿐만 아니라 체험적 수준에서도 근대성은 상당히 진행되어 있었다. 그것을 결정적으로 보여주는 가장 극명한 사건은 바로 1919년의 '3·1만세운동'이다. 기미독립선언서의 내용과 그에 대한 거의 전국적인 호응은 한반도가 근대성의 의미를 체감한 공간임을 여실히 보여주고 있었다.

이러한 사정은 두 가지 발견을 가능하게 하였다. 우선 '근대' 즉 모더니티의 쌍생아로서 발생한 문학은 실질적으로 근대의 결락을 통해서 튀어나올 수 있었으며, 이는 그 원천인 서양에서건 후발 지역에서건 마찬가지라는 것이다. 서양에서도 근대문학의 실질적인 출발을 근대사상의 요람이었던 계몽주의 시절의 작품에서 찾지 않고 '계몽enlightment'에서 살짝 이탈한 루소Jean-Jacques Rousseau로부터 낭만주의의 문을 연 위고Victor Hugo에 이르는 흐름에서 보았다. 그러므로 이는 근대문학이 단순히 근대적인 것의 재현이나 프로파간다로서 개발된 것이 아니라, 근대적인 것에 대한 매혹(자아의 확인)과 깊은 회의(근대의 내적 모순에 대한 자각)를 동시에 내장함으로써, 근대의 균열로부터 자발적으로 솟아난 것임을 가리킨다. 또 다른 발견은 근대문학의 완미한 작품이 출현하기 전에 근대의 원료들은 이미 전(前) 시대에 축적되었고 발효되어가고 있었다는 것이다. 이는 두번째 문제 틀로 이어진다.

둘째, 근대적인 작품이 출현하기 전에 근대적인 것이 이미 북적대고 있었다는 것은 명백한 사실로 보인다. 이 때문에 많은 혼란이 일어났다. 사람들은 저마다 특정한 기준에 근거해 '근대의 기점'을 획정지으려고 했다. 임화의『신문학사』는 일본을 경유해 서양 문학이 들어온 것을 근대문학의 발생의 계기로 보았으며, 김윤식·김현의『한국문학사』는 이에 반발해, '조선 사회의 내적 모순'과 '언어 의식의 대두'에 근거해서 18세기 영·정조기에서 근대의 기점을 찾으려 했다. 이 두 가지 상반된 관점은 '맹아론'과 '이식문학론'으로 대별되었으며, 후대 연구자들은 그 대립에 대해서는 침묵한 채 대체로 이식문학론으로 회귀했는데, 그 근거는 이 역시 대체로 '제도적 수립'이었다. 요컨대 19세기 말과 20세기 초에 1894년의 갑오개혁을 비롯, 정책적이거나 문화적으로 근대적인 것으로 판단될 수 있는 다양한 제도적 장치의 설치에 주목했던 것이다. 그러나 제도가 도입되었어도 몸이 적응하지 못하는 경우가 허다하고, 제도에 앞서 다양한 문화적 호응들이 있었던 걸 감안하면, 18세기에서 20세기 초엽 사이의 어느 시점에 근대라는 시간대의 '금'을 긋는다는 것은 어불성설이고, 굳이 해내려고 한다면 그건 무척 '슬랩스틱slapsticky'한 일이 될 것이다.

오히려 18세기부터 20세기 초엽까지 근대성의 유입과 수용과 형성이 일어난 긴 과정이 있었다는 걸 인정하고, 그 시기에는 전래적인 것과 근대적인 것이 얼키설키 혼효되어 반죽되는 시기였다고 가정하는 것이 더 타당할 것이다. 이때는 여전히 전래적인 것(그것을 봉건적인 것이라 부르건, 조선적이라 부르건)이 지배적인 존재 양식으로 작동하고 있었으나, 그 힘이 쇠약하는 한편 내연(內燃)이 심화되고 있었으며, 그로부터 주변에 놓였던 존재 양식들이 중심부로 진입하고자 하는 운동을 발동하게 되었다. 그중에서도 근대적인 것이 점차적으로 더욱 강력하게 진동하면서 지배적인 자리를 위협하게 되었다고 할 수 있다. 이러한 시기를 우리는 '선-근대pre-modern'라고 설정할 수 있으며, 그 정의는 '근대가 전근대적인 요소들과 뒤섞이면서 해당 공간 특유의 방식으로 형성되던 시기'로 내릴 수 있을 것이다.

또한 필자는 이 '선-근대'의 시간대를 설정하는 데서 지금까지의 고착된 시각을 벗어날 필요가 있다고 생각한다. 즉 맹아론이건 이식사이건 모두 '발생사genetic history'의 시각에서 근대의 기점을 생각했는데, 그보다는 '교섭사meeting history'의 시각에서 볼 때 훨씬 유효한 결과를 얻을 수 있다는 것이다. 왜냐하면 이른바 '근대성'이라는 존재 양식은 동양적 토양 내에서는 태어날 가능성이 아주 희박했고, 역사적 전개로 보아도 서양에서 태어나 전 지구로 퍼져 나간 것이기 때문이다. 한반도의 경우에도 근대적인 것에 대한 발견은 중국과 일본을 경유한 서양적인 것과의 접촉을 통해서 시작되었으며, 천주교의 도래와 더불어 조선인의 생활 문화 속으로 침투하기 시작했다. 이 접촉이 근대적인 것을 흡수할 수상돌기들을 급속히 생성시킨 것은 단순히 한반도만의 현상이 아니라 거의 전 지구적인 사태였다는 것을 쉽게 확인할 수 있다. 이는 근대적인 것의 유인력이 그만큼 강력했기 때문, 즉 그만큼 매혹적이기 때문이었을 것이다. 여하튼 교섭사의 관점에서 보면 선-근대는 서양과의 정신적 접촉이 본격적으로 이루어지기 시작한 18세기 초엽에서 20세기 초엽에 이르는 긴 시간대에 걸쳐져 있으며, 우리는 김윤식·김현의 『한국문학사』가 제시했던 『한중록』 등의 내간체 문학뿐만이 아니라, 한국 최초의 근대적 비평서라고 할 수 있는 김만중의 『서포만필』과 한글 소설 『구운몽』, 좌절된 서얼 이옥(李鈺)의 조각난 글쓰기, 실학자들의 탈-주자학적 사유 등등 아주 다양한 편옥(片玉)들을 음미함으로써 이 과정의 기묘한 역동성을 감득할 수 있다. 이 긴 시간대의 발효 과정을 거쳐서야 비로소 근대가 형성되었다고 볼 수 있다. 자세한 논의는 삼가지만, 이 기간의 길이는 페르낭 브로델Fernand Braudel이 창안하고 자크 르 고프Jacques Le Goff가 발전시켰던 '장기 지속longue durée'과 필자가 2000년대 초엽부터 제기했던 '장기 생성la longue génération'[1]의 틀로써 설명된다.

셋째, '선-근대'가 전근대적인 것과 근대적인 것을 반죽하는 시기였다면, '근대'는 마침내 근대적인 것이 지배적인 존재 양식으로 등장하고 판을 주도하는 한편 여타의 존재 양식들을 자신의 조절하에 관리하게 된 시대라 할 수 있다. 일찍이 김현이 '단절과 감싸기'[2]라는 용어로 제시했던 이런 시각을 정밀하게 적용하면, 우리는 근대문학의 모본(母本)들이 일방적으로 새로운 것이 아니라, 전근대적인 것을 흡수하면서 그것들을 근본적으로 '쇄신'하여 재구성하였음을 짐작할 수 있다. 실로 한국 근대문학의 최초의 모본을 형성한 두 개의 작품군, 즉 김소월과 만해의 시들은 한반도 특유의 정서를 형성하고 있던 '이별의 정한과 미련'이라는 주제를 가져왔다. 그러고 나서 '이별의 단호한 수락'과 '재회를 위한 전략의 개발'이라는 방법적 가공을 통해 근대인적 태도를 구축함으로써 전근대적인 정서를 넘어섰던 것이다. 물론 둘 사이의 방법론은 아주 상이해서, 소월은 전통적 정서의 심연 속에서 그 전복을 시도했다면, 만해는 불교적 인생관을 보편적 덕목이 아니라 개인 윤리로 치환하는 회로 변환을 통해(이는 훗날 윤동주가 행했던 것이기도 하다) 새로운

---

1) 졸고, 「인공선택과 장기 생성으로서의 근대문학」, 『문학이라는 것의 욕망—존재의 변증법 4』, 역락, 2005 참조.
2) 김현, 「한국 문학은 어떻게 전개되어왔는가」, 『한국 문학의 위상/문학사회학』(김현문학전집 1), 문학과지성사, 1991, pp. 93~163에 자세히 풀이되어 있다. 이 글에 대해서는 정과리, 「문학사가로서의 김현—「한국 문학은 어떻게 전개되어왔는가」를 중심으로」(『현대비평』 2020년 봄호, pp. 156~71)를 참조 바란다.

정감의 세계를 창출하려고 했다.

넷째, 소월과 만해 이후, 1930년대에 들어 네 방향의 시적 '간결형 formes simples'이 나타나 한국 근대시의 묘상을 이루기 시작한다. 각각의 '형식'들은 앞에서 말한 '이별의 단호한 수락과 재회를 위한 전략의 개발'이라는 태도 속에서의 '전략'의 네 가지 면모를 보여준다. 이 네 방향은 우선 두 방향의 형식이 다시 분화된 것으로, 처음 두 방향 중 첫째는 '기다림'의 자세이며, 둘째는 '탐사'다. 이 두 개의 방향에서 첫번째, '기다림'의 시 형식은, 기다림이 단순히 수동적 인내가 아니라 적극적 모색의 한 방편임을 알려준다. 이 '기다림'의 자세로부터 김영랑류의 '무르익음'으로서의 순수 기다림(정치적 준비론에 조응하는)의 형식이 자리 잡고, 이후 한국의 시인 지망생들에게 가장 지속적인 영향력을 행사하였으니, 이것이 소위 한국적 서정시의 기본형이다. 다른 한편, '마중'으로서의 행동적 기다림이 이육사 등을 통해서 형성되었고, 이는 훗날 '민중시'로 발전한다. 이는 또한 소위 '한국적 서정시'와 '민중시'가 같은 핏줄이라는 걸 증명한다. 다른 한편 '탐사'의 방향에서는 정지용의 '건축으로서의 시학'이 개발되었으며, 그의 시는 시적 통일성의 모범으로 자리 잡았다. 또한 건축가 이상은 미래를 선취하는 방식으로 미래어를 발명하여 미래인과의 교통을 위한 판을 짰다. 정지용의 건축의 시와 다르게 그의 시는 '우주인의 시'로 명명될 수 있으며, 훗날 모든 전위적 시도들은 이상이라는 발사대를 한결같이 이용하게 된다. 가령 김현·김승옥·김주연·염무웅 등 4·19세대의 문학동인지 『산문시대』는 "슬프게 살다 간 이상(李箱)에게 이 책을 드림"[3]이라고 헌사를 붙였다.

---

3) 김현의 『자료집』(김현문학전집 16, 문학과지성사, 1993)에 실린 홍정선의 글에서 재인용.

여기까지가 내가 이 연재를 통해서 말한 한국 시의 사건들과 사연들의 대강이다. 오늘의 요약에 누락된 내용들이 있을 수 있고, 또 정반대로 연재 본문에서 언급되지 않은 것이 있을 수도 있다. 그것들은 추후 보충할 것이지만, 이 요약을 통해서 내가 생각한 한국 근대시의 형성에 관한 기본 맥락이 대충 밝혀졌으리라 믿는다. 이제는 다음 시간대로 넘어갈 차례이다. 그에 앞서서 두 가지 사항을 짚고 가려고 한다.

첫째, 담론과 실제의 어긋남이라는 "분명한 사건"(오규원)이다. 즉 이론적으로 시단의 풍토를 주도한 담론들과 내가 파악한 한국 시의 생체험은 엄밀하게 조응하지 않는다는 것이다. 잘 알다시피 1930년대의 시 담론을 주도한 것은 세 가지이다. 임화가 주도한 프로 시론, 김기림이 주도한 주지적 모더니즘, 박용철(그리고 김영랑)이 주도한 '절차탁마와 교응(交應)'의 시론이다. 이 중 한국 시의 실제와 협동한 담론은 박용철의 그것뿐이다. 임화의 프로 시론은 사회 인식과 세계 전망에서 앞섰다고 생각했겠으나(글쎄, 그럴까?), 실제 작품은 정지용이 지적한 그대로 '감상적 변설조'[4]의 수준에 머물러 있었다. 이러한 감상적 과잉은 한국 시의 저변에서 광범위하게 수용되었으나, 실제 시적 창조의 수준에 오른 시들은 그런 감상을 극복하는 데서 자기를 증명하려고 하였다. 이런 류의 시론에서 유일하게 건질 만한 것은 '서사성'인데, 이에 대한 담론은 임화보다는 김팔봉에게로 소급해야 할 것이며, 서사성은 한국 시에서 아주 다채롭게 펼쳐져서 프로 시론의 그것이 독보적인 위치를 점한다고 할 수 없다. 다른 한편, 김기림의 주지적 모더니즘은 그의 '오전의 시론'

---

4) "하물며 열광적 변설조, 차라리 문자적 지상폭동(紙上暴動)에 이르러서는 배열과 수사가 심히 황당하야 가두행진을 격려하기에도 채용할 수 없다."—『문학독본(文學讀本)』, 「詩의 위의(威儀)』, pp. 196~98; 정지용, 『정지용 전집 2—산문』, 최동호 엮음. 서정시학, 2015, p. 562.

이라는 어휘가 암시하듯, 밝은 모더니즘이다. 그의 담론은 근대성의 면모들을 강조하는 데서 상당한 효과를 발휘했으나, 근대성의 결락적 면모, 그리고 그것의 한국적 현상인 식민지적 현실에 대한 무지를 고스란히 드러내었고, 그만큼 그의 시 제작은 '근대성'에 무작정 중독된 사람의 썩 감상적인(이 역시!) 근대 예찬으로 일관하였다. 그가 해방 공간에서 뜬금없이 사회주의에 입문한 것은 그의 정신적 진화를 가리킨다기보다, 그의 현실 인식의 수준을 도드라지게 할 뿐이다.

담론과 실제의 어긋남은 우리에게 시를 이해하는 성층이 어디여야 하는가에 대한 문제를 새삼스럽게 환기시킨다. 그러나 그럼에도 불구하고 언어 궤적의 최-껍데기층에서 문학을 운운하는 풍토는 쉽게 사라지지 않으며, 그런 풍토가 오늘날 한국문학 지성인들의 언어 마당〔場〕을 장악하고 있는 사정은 그저 한숨만 나오게 만든다. 엊그제 도착한 학술지에서도 한국 시는 문학으로 분석되거나 해석되지 않고 정치사와 문화사의 물증으로 활용되고 있는 게 대세임이 여실히 보인다. 그래도 가슴을 치기보다 교정을 위한 글을 한 줄이라도 더 써야 한다.

둘째, 후대의 시들은 네 개의 묘상으로부터 자라났으나, 사실 그 어떤 묘상에서든 최초의 시 형식을 답습한 것들은 시의 진화 과정에서 살아남지 못했다. 오히려 쑥쑥 자라난 것은 그 묘상들을 새롭게 버무리거나 혹은 그것들을 전복하는 데 성공한 시들이다. 가령 앞으로 보게 되겠지만, 서정주의 시들은 김영랑(박용철)의 영향하에서 자라났으나, 그 시 형식의 담론 자체를 배반하는 과정을 통해서 저만의 특유의 세계를 만들어냈고 오늘날까지도 가장 뛰어난 어휘 구사의 유적지로 그의 시를 남게 하였다.

이러한 일화는 진정한 새로움은 반죽 혹은 아말감을 통해서 솟아난다는 점을 다시 한번 깨닫게 한다. 그러니, 우리가 이제 살펴볼 시들에서 얼마나 많은 모험이 감추어져 있을 것인가? 이 새로움을 찾아가는 일에 수반되는 정서는 당연, 오로지 설렘이다. 내 몸은 시방 호기심 천국이다. 가자, 가서 느끼자꾸나.

1부

한국 근대시의 알뿌리[球根]

느낌의 압력을 지속적으로 받는다. 그래서 해석이 추가된다. 저 운명의 단호한 수락 안에 무언가 다른 게 있다고. 그 다른 건 이러이러하다고. 그런데 놀라운 것은 대부분의 해석들이 저 지독한 참음 속에 '미련과 원망'이 있다고 본다는 것이다. 겉으로는 참지만 속으로는 끓고 있다는 것이다. 겉을 강조하면 '인절'의 태도가 '초인적인' 양태로 부각되는데, 속을 강조하면, 저 '초인' 속에 '인간'이 들어 있음을 본다. 그러나 이런 해석은 복합적 해석이 아니다. 연인이 떠나는 사태에 대해 어떤 상황의 진전을 열어 보여주지 못하기 때문이다. 우리가 '복합적'이라는 수식을 붙일 때는 그게 그저 '표리부동'해서 붙이는 게 아니다. 상태의 단면성을 넘어서 모순된 두 면이 겹쳐져 있는 구조를 파악하고, 이어서 그 모순된 두 면이, 자발적으로든 인공적으로든, 충돌하여 새로운 사건을 열어 보이는 걸 발견할 수 있을 때 붙이는 것이다. 저 인내 속에 고통이 들끓는다는 식의 해석은 전자를 가장(假裝)으로 만들거나 후자를 '치유할 수 없는 감정'으로 만든다. 그렇게 해서 변하는 건 아무것도 없게 된다. 시 쓰기(읽기) 이전과 시 쓰기(읽기) 이후가 차이가 없는 것이다.

무엇보다도 이런 해석의 단순성은 이 시에서 화자의 '태도'만을 보려고 하기 때문이고, 그러한 집착이 사실상 시의 특정 부분으로 시 전체를 판단케 하는 제유적 오류 속에 빠지게 하기 때문이다. 이 시에는 '태도'가 있는 게 아니라 행위가 있다. 우선, '태도'가 아니라 '태도의 표명'이라는 점에 주목해야 한다. 태도 자체가 사실로서 제시되는 게 아니라 '밝힘'이라는 수행(遂行)적 행위로서 제시되고 있다. 이 태도 표명은 두 개의 버전으로 나뉜다. 처음에는 "말없이 고이 보내드리겠다"는 자신의 '행동 포기'에 대한 표명이다. 다음에는 "죽어도 아니 눈물 흘리우리"라는 특별히 '집중된 행동'으로서의 자세에 대한 표명이다. 그러니까 같은 내용이지만 양태적으로는 무시무시한 차이가 있다. 이 차이의 의미는 무엇일까? 그것을 이해하려면 이 두 태도 표명 사이에 무슨 일이 일어났는가를 보아야 한다. 그 사이엔 다른 행동들이 있다. 하나는 '행동의 예고'이다. "영변에 약산/진달래꽃[을]/아름 따다 가실 길에 뿌리우리"겠다는 것이다. 다음은 상대방에게 '행동을 요구'하는 것이다. "가시는 걸음걸음[마다]/놓인 그 꽃을/사뿐히 즈려밟고 가시"라는 것이다.

이 예고와 요구에서 독자가 주의해야 할 것은 이것이 사실의 진행이 아니라는 것이다. 지금까지의 해석들은 마치 그렇게 사태가 일어난 듯이 해석하고 그에 근거해 분석하였다. 그래서 화자인 '나'는 이미 진달래꽃을 뿌렸고, 연인은 이어서 그 꽃들을 "사뿐히 즈려밟고 가"버렸다. 그러나 실제로 이 시에서는 아직 사건이 일어나지 않았다. 사건의 가능성이 열렸을 뿐이다. 그리고 다시 한번 주의를 하자. 말과 뜻 사이에는 불일치가 있을 수 있다는 것을. 특히 문학의 언어는, 롤랑 바르트Roland Barthes가 일찍이 못 박았듯이, 근본적으로 '부인denegation'이라는 행위를 실천하는 것이다. 문학이 거짓말이라는 건 그것을 가리킨다. 이 시에서 화자는 진달래꽃을 뿌리겠다고 말했을 뿐, 실제로 뿌리지는 않은 상태에 있다. 따라서 이 예고는 말 그대로 실행을 고지하는 것일 수도 있지만, 정반대로 공갈일 수도 있다. 어찌 됐든 화자는 이 예고를 통해서, 연인이 떠나는 길에 자신이 진달래꽃을 뿌리는 가정적 상황을 조성하고 있는 것이다. 왜 이런 가정적 상황이 필요한가? 바로 상대방의 반응을 이끌어내기 위해서이다. 따라서 이어지는 '행동의 요구'는 이 '예고'와 긴밀히 연결되어 있다.

이 가정적 상황을 살펴보기로 하자. 아마도 둘은 영변의 약산에서 진달래꽃을 따면서 즐겁게 놀았던 기억이 있을 것이다. 그러니까 진달래

꽃잎 하나하나는 과거의 행복했던 추억의 편린들일 것이다. '나'는 연인이 떠나는 걸 막을 수가 없다는 걸 절감한다. 그런데 그렇다고 가만히 있을 수는 없다. 추억의 비늘들에게 '나'의 심장을 후비는 일 말고 뭔가 다른 역할을 맡겨야 한다. 이 추억의 속성을 행복이라고 한다면, 그것은 '나'에게만 그런 것이 아니라 연인에게도 그럴 것이다. 그것을 떠나는 임의 발 앞에 뿌려놓고 밟고 가라고 말해보자. '나'에게서 모든 정을 접은 그는 "사뿐히" 그것들을 밟고 갈 수도 있을 것이다. 그러나 이 꽃잎들은 바로 '나'와 연인의 한때가 담겨 있는 꽃잎들이다. 그것들을 전혀 개의치 않고 밟고 지나가는 행위는, 한때 사랑했던 사람이 자신의 전체를 투영해놓음으로써 그의 인격과 다름없이 된 것을 "즈려밟는"〔시인과 동향인 이기문 교수에 의하면 '즈려밟다'는 "발 밑에 있는 것을 힘을 주어 밟는 동작"으로서의 "지레밟다" 또는 "지리밟다"의 변용이다(「소월 시의 언어에 대하여」)〕 행위일 뿐만 아니라, 자신의 행복의 재산을 짓밟는 일이 될 것이다. 연인이 서둘러 사라지려 할수록 그는 '나'와 자신을 동시에 망가뜨리는 행위를 하는 꼴이 된다.

물론 이건 '나'의 생각이다. 그러나 '나'는 바로 이런 생각을 근거로 연인을 도발한다. 한 번 밟고 가보시라고. 독자는 '연인'의 생각은 알 길이 없다. 그러나 그가 한때 '나'와 사랑을 나누었던 사람이라면, '나'에 합당한 자여야만 하리라. '나'에 합당한 이가 된다는 것은 저 '나'의 생각을 인정하고 그 사태 앞에서 다시 한번 자신의 떠남을 돌이켜 생각해볼 수밖에 없는 이여야 한다는 것을 가리킨다.

그렇게 하여 '나'와 '연인' 사이에 밀고 당기는 심리전이 개시된 것이다. 「진달래꽃」의 2연과 3연의 광경은 바로 이 심리전의 마당이 열리는 광경이다. 4연의 '집중된 행동'으로서의 태도는 이 심리전을 '나'에게 유리한 쪽으로 돌리기 위해 고안해낸 또 하나의 전술로서 해석하는 게 더 타당하리라. '나'는 말한다. 한번 밟고 가보시라고. "사뿐히". 그러니까, "즈려밟고". 이 상황에서는 그 두 단어가 동의어이므로. '나'는 이어서 더 힘주어 말한다. "아니 눈물 흘릴" 테니까 한번 밟아보시라고. 내가 흘려야 할 눈물을 참는 만큼, 그 슬픔의 양은 해소되지 않고 '나'의 가슴에 고스란히 쌓일 것이고, 당신의 행복의 재산으로서의 진달래 꽃잎들을 짓무르게 할 것이라, 눈물 흘리지 않을 테니, 밟고 가보시라고. 죽어도. 죽어도 아니 눈물을.

떠나는 '연인'이 진정 '나'에 합당한 자라면, 선택의 궁지에 빠지지 않을 수 없을 것이다. 그리고 독자는 이 한 편의 시에 엄청난 심정의 격랑이 난바다에서처럼 예측 불가능하게 몰아치고 있음을 느낄 것이다. 그러니까 이 시는 '나'와 연인 사이의 교묘한 전쟁으로서의 대화이자 동시에 그 전쟁에 독자를 참여케 하는 호소의 울림통이라고 할 수 있다. 독자는 20세기 벽두에 한 조선의 시인이 개발한 놀라운 근대적 광경에 빨려든다.

이 광경이 지극히 근대적인 광경이라는 것을 굳이 설명해야만 할까? 불행하게도 그래야만 할 것 같다. 축약해서 말하자. 모더니티란 인간이 세계의 주체가 된 시공간의 존재 양식이며(그것은 특정한 역사상의 시대가 아니다. 아니 시대였지만, 시간이 흐르면서 시간성을 초월해버렸다), 그때 인간의 실체적 단위는 개인이다. 개인이란 개체 단위의 지적 생명체라는 것을 뜻한다. 그리고 개인이 인간 시대의 실체적 단위라는 것은 공동체와의 단절이 개인의 성립에 전제가 된다는 것을 가리킨다.

이 축약된 청사진 위에 「진달래꽃」을 투사해보면, 무엇보다도 이 시의 드라마를 끌고 가는 주체가 '나'라는 것이 눈에 띌 것이다. 이 시의 주체는 한국인의 집단적 여인상도 아니고, 운명의 수락이라는 보편적

'님'은 누구인가
─ '나'와 '님'의 존재 형상: 자율성과 상호성

1. 「님의 침묵」에 대한 단편적인 해석들

　만해 한용운의 「님의 침묵」은 대한민국 국민이라면 누구나 알고 있는 시이다. 이 시는 아주 오래전부터 중·고교 교과서에 등재되었고, 애국지사로서 활동한 경력은 때마다 그의 시도 함께 상기시켰다. 김소월의 「진달래꽃」, 그리고 윤동주의 「서시」와 더불어 「님의 침묵」은 한국인이 애송하는 시의 지위를 장기간 누려왔다.

　그러다 보니 이 시의 해석에 대한 고정화가 진행되어 '수능'을 비롯 각종 시험에서 출제되었는데, 마찬가지의 이유로 그런 결정론적 해석에 대한 반발이 일어난 지도 꽤 되었다.

　이 시에 대한 결정론적 해석은 '님'은 누구인가,라는 물음을 통해 진행되었다. 만해가 살았던 시대의 정황과 만해의 이력을 염두에 두면 이는 너무나 명백한 대답을 반석 위에 올려놓는다. 그것은 그 어조의 강렬함으로 미루어 어떤 절대적 존재를 가정할 수밖에 없었고 문제는 그 절대적 존재가 '나라'냐 '부처'냐 혹은 어떤 다른 '누구'이냐를 둘러싸고 일어나기 일쑤였다. 그리고 그 존재를 확정하는 것은 시의 내포(內包)의 풍부함을 훼손하는 일이라고 여겨져, 대체로 질문은 그 존재가 아닌 것에 맞추는 형식으로 제기되곤 하였다.

그러다가 이런 '님'의 존재 맞히기 놀이에 심각한 문제가 있다는 의견이 제출되었다. 세간의 주목을 크게 끌었던 대표적인 주장을 소개한다.

비록 임은 떠나가고 없지만 다시 만날 것을 믿고 계속 사랑하겠다는 이 이별의 노래는, 화려한 비유와 유장한 리듬감을 지닌 절창이다. 고등학생들이 충분히 이해할 수 있는 내용이며 아울러 시의 매력을 맛보고 배울 수 있는 작품이라고 할 수 있다. 그러나 문학교육 현장에서는 쓸데없이 어려운 철학적 해석을 강요하거나 과도하게 시대적 의미를 부여함으로써 이 작품이 지닌 참맛을 오히려 훼손하고 있는 것으로 보인다. 다시 말해 작품의 기본적인 의미를 충실하게 파악하지도 않고 무조건 심오한 불교 사상을 읽어 내려 하거나 성급하게 〈님의 침묵〉을 조국의 상실로 대치하려 한다. 아마도 한용운이 유명한 승려이며, 3·1운동 때 독립선언문을 낭독한 독립운동가라는 사실에 너무 얽매여서 이 작품을 대하기 때문에 그럴 것이다.[1]

이런 우려의 구체적인 증명을 위해 인용문의 필자는 다음과 같은 두 개의 논거를 제시한다.

---

1) 이남호, 『교과서에 실린 문학작품을 어떻게 가르칠 것인가』, 현대문학, 2001, p. 48.

(1) 물론 이 시에서 임은 연인만이 아니라, 이 설명대로 붓다, 조국, 진리 등으로 해석될 수도 있다. 그러나 가장 자연스럽고 타당성이 높은 해석은 임을 연인으로 보는 해석이다. 왜냐하면, 임을 붓다나 조국이나 진리로 볼 경우 2, 3, 4, 5행이 적절하게 해석되지 않기 때문이다. 예를 들어 임을 조국으로 본다면, 날카로운 첫 키스의 추억은 나의 운명의 지침을 돌려놓고, 뒷걸음쳐서 사라졌습니다라는 구절을 어떻게 해석할 수 있을 것인가 난처하다.[2]

(2) 임을 붓다나 조국으로 본다는 것은, 임은 지금 부재하지만 나는 임을 보내지 않았고, 계속 임을 사랑하겠다라는 대강의 해석에만 의존하는 것이다. 그렇게 되면 이 시의 매력이라고 할 수 있는, 아름다운 비유적 표현들을 거의 버리고 메마른 산문적 의미만을 취하게 되는 셈이다. 따라서 이 작품에서 임은 그냥 연인으로 생각하는 것이 가장 타당하며, 그러한 해석이 충분히 이루어진 뒤에 임의 다양한 해석 가능성을 열어두는 편이 좋을 것이다.[3]

(1)은, '조국'이 부동의 존재여서 움직일 수 없으니, 움직임의 역동성을 실감 나게 연출할 수 없다. 따라서 실제로 살아 있는 연인이라고 보는 게 작품 속의 동작에 어울린다는 논리에 근거한다. (2)는 이 시를 핵심 주제에만 의존해 해석하면 시를 다채롭게 꾸미고 있는 언어들의 맛을 느낄 수 없으니, 시를 음미하는 데 부적절하다는 주장이다.

---

2) 이남호, 같은 책, p. 49.
3) 같은 책, pp. 49~50.

이 두 관찰은 비평가의 날카로운 눈썰미를 느끼게 해준다. 그러나 그럼에도 불구하고 이런 논리들은 축자주의라는 함정에 빠져 있기도 하다.

우선 (1)은 통상적인 시적 기법의 목표를 무시하는 주장이다. 문학, 특히 시에서 자주 사용하는 의인화나 활유법은, 큰 의미가 있지만 표현하기 어려운 관념이나 큰 대상을 생생히 느끼게 하는 기능을 한다. 그렇다는 것은 비평가가 자연스럽지 못하다고 지적한 저 표현들이 실은 아주 시적인 표현이라는 것을 가리킨다. 그런데 비평가는 그것이 시적 표현이라는 것에 눈을 감고 마치 과학적 진술로서 가정하고 해석하는 우를 범하고 만 것이다. 만일 비평가의 주장을 그대로 수용한다면, 보들레르의 시 「파이프」의 다음과 같은 구절에서,

나는 어느 작가의 파이프지요;
아비시니아나 카프라리아 여자 같이
새까만 내 안색 유심히 들여다보면 알게 되죠,
우리 주인님이 굉장한 골초란 걸.[4]

Je suis la pipe d'un auteur;
On voit, à contempler ma mine,
D'Abyssinienne ou de Cafrine,
Que mon maître est un grand fumeur.[5]

---

4) 샤를 보들레르, 『악의 꽃』, 윤영애 옮김, 2003, 문학과지성사, p. 156. 번역 부분 수정.
5) Charles Baudelaire, *Œuvres Complètes I— texte établi, présenté et annoté par Claude Pichois*(coll.: Pléiade), Paris: Gallimard, 1975, p. 67.

이 두 방향의 해석은 언뜻 보면 비범함과 평범함이라는 모순을 야기하는 듯하다. 우리는 앞으로 이 두 해석의 방향이 어떻게 만나는가를 보게 될 것이다. 일단은 각 방향을 차근차근히 풀어보는 작업을 해야 할 것이다.

우선 이 대상의 지위는, 독자가 거의 절대적인 대상의 실체에 대해 아는 내용이 없는 만큼 화자의 발언을 가능케 해줄 다른 근거들을 살피게 한다. 첫번째 추정 근거는 무엇보다도 대상 자신이 화자의 발언을 허용할 어떤 신호를 주었다는 것이다. 그런 의문을 품고 다시 시의 첫 부분으로 돌아가보면, 우리는 정말 의미심장한 단서를 얻게 된다. 시의 화자는 '님의 떠남'을 통보한 직후, 다음 행에서 아래와 같이 말하고 있다.

　　푸른 산 빛을 깨치고 단풍나무 숲을 향하여 난 작은 길을 걸어서 차마 떨치고 갔습니다.

이 시구는 문법적으로 어색한 부분을 포함하고 있다. 바로 "차마 떨치고 갔습니다"의 '차마'가 그것이다. 왜냐하면 '차마'는 『표준국어대사전』에 의하면 "부끄럽거나 안타까워서 감히"라는 뜻으로, "뒤에 오는 동사를 부정하는 문맥에 쓰"이는 것이기 때문이다.[11] 즉 '차마'라는 부사가 바르게 쓰이려면 '차마 떨치고 가지 못했습니다'라는 문장이 되어야 했을 것이다. 그런데 이 시구에서는 긍정문에 쓰인 것이다. 이런 문법적인 어긋남은 '차마'에 대한 다른 해석을 불러일으킨다. 혹시 '차마'는 다

Delbos, Éditions Les Échos du Maquis, 2013, p. 57(Original German Edition: 1785)].
11) 국립국어원 표준국어대사전 참조.

른 단어를 잘못 쓴 것이 아닐까? 혹은 시인이 원래 다른 어사를 쓴 게 아닐까? 실로 그 지점에 주목한 평론가가 있었다. 김현은 우선 이 시구의 원문 표기가 다음과 같이 되어 있음에 주목한다.

푸른산빗을깨치고 단풍나무숩을향하야난 적은길을 거러서 참어썰치고 갓슴니다.[12]

최초 출판본에는 "참어"로 표기되어 있었던 것이다. 이 점에 주목하여 김현은 이 "참어"가 '참고서'의 뜻이 아닐까 하는 의문을 오래 품고 있다가 송욱의 주석본 시집[13]에서 결정적인 근거를 찾는다.[14] 송욱은 시 「이별」에서도 유사한 표기가 있음을 적기하고,

그럼으로 사랑은 참어죽지못하고 참어리별하는 사랑보다 더큰사랑은 업는것이다.[15]

이 시구의 두 "참어"를 "참고서"로 해석하면서, 이를 불교에서의 '법인(法忍)'의 개념에 연결시킨다.

남이 해를 끼치거나 모욕해도 참고 화내지 않으며, 스스로 고통을 당

---

12) 한용운, 『님의 침묵(沈默)』, 안동서관, 1926, p. 1. 김현은 현대어와 고어를 섞어 쓴 시구를 제시하고 있으나, 여기에서는 최초 출간본의 시구를 그대로 쓴다.
13) 송욱, 『님의 침묵 전편해설』, 일조각, 1974.
14) 김현, 「한용운에 관한 세 편의 글」, 『문학과 유토피아』, 1980; 『문학과 유토피아─공감의 비평』(김현문학전집 4), 문학과지성사, 1993, pp. 80~83.
15) 『님의 침묵』, p. 21.

해도 마음의 동요 없이 진리를 깨달아 편안한 경지를 인(忍)이라고 한다. 또한 모든 것이 공이며 실상(實相)이라는 진리를 깨쳐서 마음이 통일된 경지를 '법인(法忍)'이라고 한다. 만해가 "슬픔의 고통으로 참는 것이다"고 말할 때에도 역시 법인(法忍)의 뜻이 있다고 보아야 한다.[16]

하지만 이러한 해석이 결정적인 증빙을 갖추었다고 할 수는 없다. 「이별」의 두 "참고" 역시 다른 주석자들은 거의 대부분 '차마'로 이해하고 있다.[17] 한글맞춤법이 완비되기 전이었기 때문에 우리는 어느 것이 옳은지 판단하기가 어렵다. 특히 「님의 침묵」의 시행 원문, "적은길을 거러서 참어썰치고 갓습니다"에서 "적은 길"의 현대어 표기가 '작은 길'인 사실에 유추한다면 "참어"도 '참아〉차마'로 변화된 것으로 보는 게 타당할 수 있다. 또한 '참다'의 불교적 해석은 오히려 참음 자체에 무게를 두는 오류를 범할 수 있다. 문제는 참고 떠난 행위인데 말이다. 그렇기 때문에 김현은 "참어 떨치고 갔습니다"를 "존재가 무로 변화하는 순간"[18]으로 본 송욱의 주석에 대해 의아해한다. 그건 이별의 아픔을 문득 흩어버리고 "참어 이별하는 사랑"[19]을 숭앙한다. 이런 해석은 종교의 틀 안에 시를 억지로 집어넣는 행위, 불교의 개념을 프로크루스테스의

---

16) 송욱, 같은 책, p. 71; 김현, 같은 책, p. 82.
17) 『님의 침묵/조선독립의 서 외』(한용운전집 1, 신구문화사, 1973)에는 송욱의 해설, 「시인 한용운의 세계」가 앞부분을 차지하고 있는데도 불구하고, "참어"의 현대어 표기로 "차마"를 선택하였다(「님의 침묵」 p. 42, 「이별」 p. 47). 『님의 침묵 외』(한용운문학전집 1, 권영민 엮음, 태학사, 2011)에선 「님의 침묵」의 "참어"의 현대어를 "차마"로 표기하고는 '원문 주석'에서 두 가지 해석 가능성 모두를 제시하였는데(p. 31), 흥미롭게도 「이별」(원본 표기: 리별)의 "참어"를 '참고서'라는 뜻으로 해석하는 데 근거하였다. 그런데 막상 「이별」에서의 "참어"의 현대어 표기로는 두 군데 모두 "차마"를 썼다(p. 56).
18) 송욱, 같은 책, p. 23.
19) 송욱, 같은 책, p. 71. "법인(法忍)의 경지(境地)에 드는 것이 바로 〈참어 이별하는 사랑〉이다."

침대로 만드는 행위이다. 그래서 김현은 그런 해석에 의문을 던지면서, "'존재의 순간적인 무로의 변화'라는 주석이, 주석자의 입장에서는 더욱 올바른 것이 아닐까"[20] 하고 질문을 던지는 것이다.

이런 사정에 비추어본다면, 해당 시행은 두 뜻을 동시에 포함하는 시적 변용이라고 보아야 할 것이다. 즉 "역설적 표현을 통한 정서적 효과를 구사하기에는 부사 '차마'가 더 적당하다. 따라서 '차마 떨치지 못할 것을 떨치고 갔습니다'의 뜻으로 해석해야 한다"[21]는 한계전의 견해가 타당하다고 생각한다.

분석의 첫 매듭은 다음과 같다: "참어 떨치고 갔습니다"는 '차마 떨치고 가지 못할 것 같았다'와 '참고서 떨치고 갈 수밖에 없었다'는 두 문장을 압축(프로이트적 의미에서)한 시적 변용이다.

3. 분석 2: 핵심 주제를 뒷받침하는 '님'과 나의 태도

그렇다면 이 시행은 결정적인 단서를 제공하고 있는 셈이다. 즉 님이 떠나기를 주저했다는 것을 증명하기 때문이다. 떠나고 싶지 않았는데 떠날 수밖에 없었다는 것이다. 그렇기 때문에 화자는 님이 떠날 때의 모

---

20) 김현, 같은 책, p. 82.

21) 한계전, 『한용운의 님의 침묵』, 서울대학교 출판부, 1996, p. 4. 참고로 『표준국어대사전』의 '어원 정보'에 의하면, '차마'는 『석보상절』(1446)에서 처음 출현했다. '제6책 「라후라의 출가」 9항'을 가리키는 것 같은데[세종대왕기념사업회의 공식 홈페이지에 실린 『역주 석보상절』 참조(http://db.sejongkorea.org)] 그 뜻의 제시와 풀이가 논리적으로 분명하지 않다. 좀더 상세하게 해명되어야, '참다'와 '차마'의 미묘한 관계의 어원적 발생 과정이 명쾌히 밝혀질 것으로 보인다.

성'과 '상호성'에 반향한다는 사실을 확인할 수 있었다. 그런 의미에서 「님의 침묵」을 한국 최초의 근대시로 상정할 수 있었다. 하지만 최초의 의문은 여전히 미결인 채로 남아 있다. '님'은 누구인가?

앞에서 '님'의 첫번째 조건을 '드높음'으로 상정하였다. 그래야만 이 시의 주제가 합당성을 부여받을 수 있기 때문이다. 그런데 분석을 통해서 대상과 화자 사이에, '님'과 '나' 사이에 상호성이 전제된다는 것을 보았다. 그렇다면 님이 드높다면 나도 그럴 수 있어야 한다. 이런 상태가 식민지 현실에서 가능한가? 화자가 그런 가정을 하게끔 하는 까닭은 무엇인가?

일단 화자와 대상 간의 이런 관계를 이상적 상황에 대한 가정으로서 이해할 수 있다. 그런데 지금 시에서 적용되는 것은 실제 상황이다. 즉, 저 상호 존중이 이상적 상황이라 하더라도 그것은 실제의 현실에서 적용됨으로써만 달성될 수 있다는 것을 암시한다. 다시 말해 님은 일방적인 기림의 대상으로서 등장하지 않고 상호 존중, 최소한 상호 소통의 양태로 등장한다는 것이다. 이런 '님'이라면, 비록 '조국' '부처' '진리'의 현신이라 할지라도 지상의 인간의 모습을 하고 나타날 때에만 가능할 것이다.

여기에서 필자는 시집 『님의 침묵』 안에, 님을 직접 정의하고 있는 글이 하나 있음을 떠올린다. 바로 「군말」이다. 오늘날의 표현으로는 '자서(自序)' 정도에 해당하는 「군말」에 만해는 이런 내용을 넣었다.

'님'만 님이 아니라, 기룬 것은 다 님이다. 중생이 석가의 님이라면, 철학은 칸트의 님이다. 장미화의 님이 봄비라면 마치니의 님은 이태리다. 님은 내가 사랑할 뿐 아니라 나를 사랑하나니라.

연애가 자유라면 님도 자유일 것이다. 그러나 너희는 이름 좋은 자유에 알뜰한 구속을 받지 않느냐. 너에게도 님이 있느냐. 있다면 님이 아니라 너의 그림자니라.

나는 해 저문 벌판에서 돌아가는 길을 잃고 헤매는 어린 양(羊)이 기루어서 이 시를 쓴다.[28]

'님'의 신원을 두고 지금까지 이 글에 주목하지 않은 게 이상할 정도로 이 시는 님에 대한 정의를 직접 내리고 있다. 첫 연에 제시된 그 정의의 요목들을 톺아보면 이렇게 된다.

(1) 님의 비고정성: '님'만 '님'이 아니다.
(2) 님의 의미: '님'은 '기룬 이'다.
(3) 상호성: "님은 내가 사랑할 뿐 아니라 나를 사랑하나니라."

(1)은 님의 존재 양태를, (2)는 님의 존재 내용을, (3)은 님의 존재 형식을 보여준다.

(1)과 (3)은 지금까지의 이 글의 분석을 그대로 뒷받침한다. 우선 (3)에 제시된 상호성은 시「님의 침묵」에 대한 우리의 분석이 타당했음을 가리킨다. 더욱이 이 첫 연은 상호성을 언어적으로 실행하고 있기도 하다. "중생이 석가의 님이라면, 철학은 칸트의 님이다." 이 구절을 일방성으로 적는다면 '중생이 석가의 님이라면 칸트는 철학의 님이다.' 혹은 '석가가 중생의 님이라면, 철학은 칸트의 님이다'라고 해야 했을 것이다.

---

28) 『님의 침묵 외』, p. 28.

그런데 두 절에서 주체-대상의 위치를 바꾸어서, 직접 상호성의 존재 형식을 언어적 차원에서 실연하고 있는 것이다. 바로 이 상호성 때문에 님은 나와 동일 평면에 놓여야 할 것이다. 따라서 그 '님'이 관념적으로 아주 드높은 곳에 자리하신다 할지라도, 현실적으로는 지극히 지상적인 존재로 나타나는 것이 당연하다. 그렇게 해서 (1)의 존재 양태가 결정된다. '님'만 '님'이 아니다. 누구나 '님'일 수 있다. 다만 (2)의 내용상 정의는 제약 조건이다. '님'은 '기룬 이'로서 현상되어야 한다. '나'와 동등하되, 내가 '기루는 이'가 '님'이다. 이때 거꾸로도 그렇다. '님'도 나를 기룬다.

　문맥으로 보건대 '기루다'의 뜻은 '기리다', 즉 '높이 받들다'에서 비롯된 것으로 보인다. 하지만 그로부터 연원했더라도 여기에서의 뜻은 그보다 무게가 낮추어진 "그리워하거나 아쉬워하다"[29]로 보는 게 타당할 듯하다. 즉 1연에서 제시된 '기룬 이'는 '내가 그리워 하는 이' 정도가 될 것이다. 원뜻과 실용 의미를 합하면, '기룬 이'는 '내가 매우 소중하게 생각하지만 이 자리에 없어서 심히 그리운 사람'이 될 것이다.

　여기서 끝난다면 '님'의 실체는 분명하게 밝혀지지 않는다. '님'은 일반적으로는 '만인'의 범주에 속하게 되며, 개별적으로는 주관적 선택 사항이 되기 때문이다. 한데 2연에 와서 시인은 뜬금없는 이야기를 꺼내든다. 갑자기 '연애'를 거론하고는 연애에 '자유'의 속성을 부여한 다음, 그것을 '님'의 자유, 혹은 '님'에 대한 자유로 연결시킨다. 이 엉뚱한 진술을 논리적으로 이해하려면 다음과 같은 풀이만이 가능해 보인다.

---

29) 국립국어원에서 운영하는 공식 홈페이지의 〈우리말샘〉(https://opendic.korean.go.kr)에 등록되어 있는 뜻풀이다.

연애라는 것이 나의 자유에 의해서 내가 누리는 것이라면, 나는 '님'을 내 마음대로 선택할 수 있어야 할 것이다.

그렇다면 이렇게 자유롭게 선택된 '님'은 '기룬 이'에 합당한가? 왜냐하면 선택 가능성이 무한정으로 열린 대상은 결코 그리울 수 없기 때문이다. 따라서 '연애는 자유'를 맹목적으로 주장하다 보면 진정한 연애를 할 수가 없다. 즉 나의 연애 대상이 '기리는 이' 혹은 '그리운 이'가 될 수 없는 것이다. 바로 그것을 두고 시인은 잇는 말을 통해, "이름 좋은 자유의 알뜰한 구속을 받"는 상태라고 규정하고, 그런 가짜 자유에 의해 선택된 '님'은 "님이 아니라 님의 그림자"에 불과함을 지적한다.

또 하나 주목할 게 있다면, 그런 '님'의 그림자를 좇는 존재를 '너'로서 적시하고 있다는 것이다. 이는 만해의 동시대인들에게 번져나갔던 특정한 현상을 가리키고 있다는 의심을 갖게 한다. 즉, 만해가 직접적으로 소통을 나눌 환경에 있는 사람들이 빠져 있는 '가짜 님 소동' 현상을 적발하고 이를 꾸짖는 것이 아닌가?

요컨대 자유로운 연애가 일반적인 문제 현상, 즉 괄목할 만한 사회현상으로 대두된 사태를 유념하고 한 발언이라고 짐작할 수 있는 것이다. 여기까지 생각이 미치면, 이는 바로 1910~1920년대 한반도의 젊은 지식층에게서 풍미했던 '자유연애 바람'을 지목하고 있다는 걸 알아차릴 것이다. 근대 문물이 불어오면서 자유에 대한 각성이 가장 말초적인 영역에 몰입되어 일어난 풍파였다. 그것은 자유의 느낌을 한반도에 가득 불어넣었으나, 자유의 정신에 대한 깊은 탐구도, 자유가 필경 동반해야 할 책임의 문제도, 자유의 충돌에 관한 사색도, 요컨대 자유를 제대로 이해하기 위해 필요한 기본 사항들이 하나도 궁리되지 못한 채, 그저 향락의 양태로서만 번쩍거린 식민지의 여름을 장식한 환몽이었다.

「군말」의 제2연이 자유연애 바람을 신칙하고 있는 것이라면, 이 징벌조의 어조는 제3연에 와서 다시 한번 놀라운 변화를 보여준다. 지금까지의 분석의 타당성을 입증하듯 3연의 첫머리는 2연의 '너'를 "해 저문 벌판에서 돌아가는 길을 잃고 헤매는 어린 양"에 비유한다. 놀라운 건 그다음이다. 어린 양이 "기루어서 이 시를 쓴다"고 적기했는데, 그 말인즉슨 환몽에 빠져 있는 너가 '기룬 이'라는 것이다. 이때의 기룸은 아마도 '그리움'의 뜻을 직접 가리키지는 않을 것이다. 그보다는 '불쌍하다' '가엾다'라는 뜻이 더 정확하리라. 하지만(또한 그리고) 불쌍한 존재일수록 소중한 존재라는 것은 한국어에 흔한 용례이니, 가령 "어여삐 여기소서"의 '어여쁨'이나, "애염하다" "애완하다"의 '애염' '애완'이 모두 그런 이중적인 뜻을 함축하고 있는 것으로, "기루다" 역시 한편으로는 "소중해서 그립고 가까이 두고 보살피고자 한다"라는 뜻과, 다른 한편으로 "가련하고 안타까워서 지켜주고 보살펴주고 싶다"라는 뜻으로 분화되면서, 그 두 개의 뜻이 하나로 응축된 어사라고 볼 수 있다. 그렇게 되면, 이 불쌍한 존재, '너'가 소중한 존재로서의 '님'과 동의어인 것이다.

6. 결어

이제 모든 게 명확해진 듯하다. 님은 바로 한반도의 조선 사람들 자신을 가리킨다는 것. 이때 '한반도의 조선 사람들'이란 근대 문물에 눈 떴으나 식민지 상황에서 근대로 가는 움직임을 올바로 정향하지 못하고 우왕좌왕 헤매는 상태에 놓여 있는 사람들, 그러나 오로지 스스로의 각성과 행동을 통해서만 진정한 근대인으로서 신생할 수 있으니, 그들의 존재론적 위치가 드높은 자리로서 미리 가정된 존재들을 뜻한다. 요약하자면 그들의 시작은 한없이 취약하지만 그들의 끝은 창대할 것이 약속된(혹은 요청된) 존재, 즉 사람 그 자체라고 할 수가 있다. 그들의 가정된 미래와 현재의 비참이 낳은 이 절벽이 그대로 시에 투영되어 있음을 우리는 깨닫게 된다. 바로 마지막 행,

제 곡조를 못 이기는 사랑의 노래는 님의 침묵을 휩싸고 돕니다.

는 바로 그 사정을 그대로 반향한다고 볼 수 있다.

분석과 해석을 마치는 자리에서, 「님의 침묵」이 내장하고 있는 문학적 울림의 풍부함을 새삼 생각지 않을 수 없다. 이 시의 특징은 무엇보다도, 뚜렷이 제시된 주제가 실은 모호한 징후들로 가득 차 있어서, 그 안을 들여다보면 볼수록 그 주제의 당사자인 대상의 모습이 아주 다층적이고 다양한 성조와 음색의 화성악을 들려주고 있다는 것이다. 이 화성악 속에서 시의 의미는 최대한의 컴퍼스를 벌리고 회전하는 것이니, 목적론적으로 '님'은 미래의 조국이자, 그것을 이룩할 한반도의 조선 사람 그 자체이고, 현상학적으로 '님'은 가장 드높은 존재이면서 동시에 가장 가련한 존재이다. 또한 존재론적으로 님은 대상이자 동시에 주체이다.

이 두 대극의 상호 조응은 아주 조밀하게 긴장함으로써 불협화음조차도 화성을 더욱 고조시키는 데 기여한다. 가장 선명한 예로, 마지막 행의 절망의 목소리는 독자를 탄식하게 하기보다는 직전 행에서 제시

된 핵심 주제를 독자 스스로 성취해야 할 필연 속으로 독자를 끌어당기고 있다는 것이 그 가장 선명한 예이다. 이로써 이 시의 두 대극의 긴장은 시인과 독자 사이에서도 성립하고 있는 것이다. 궁극적으로 이 시는 만해가 살았던 당시의 조선 사람들의 환몽을 향하고 있을 뿐만 아니라, 오늘날의 한국 시민들에게도 자신의 가능성을 타진하는 나침반으로 기능할 것이다. 이 시는 앞에서 말한 것처럼 최초의 한국 근대시 중의 한 편이면서 동시에 가장 오랜 생명력을 지닌 한국 근대시의 한 편으로 남을 것이라고 필자는 확신한다.

덧글: 님의 자기 증명

1. 「님의 침묵」을 다시 읽는다

님은 갔습니다. 아아, 사랑하는 나의 님은 갔습니다.

푸른 산빛을 깨치고 단풍나무 숲을 향하여 난 작은 길을 걸어서 차마 떨치고 갔습니다.

황금의 꽃같이 굳고 빛나던 옛 맹세는 차디찬 티끌이 되어서 한숨의 미풍(微風)에 날아갔습니다.

날카로운 첫 키스의 추억은 나의 운명의 지침(指針)을 돌려놓고 뒷걸음쳐서 사라졌습니다.

나는 향기로운 님의 말소리에 귀먹고, 꽃다운 님의 얼굴에 눈멀었습니다.

사랑도 사람의 일이라 만날 때에 미리 떠날 것을 염려하고 경계하지 아니한 것은 아니지만, 이별은 뜻밖의 일이 되고 놀란 가슴은 새로운 슬픔에 터집니다.

그러나 이별을 쓸데없는 눈물의 원천(源泉)으로 만들고 마는 것은, 스스로 사랑을 깨치는 것인 줄 아는 까닭에, 걷잡을 수 없는 슬픔의 힘을 옮겨서 새 희망의 정수배기에 들어부었읍니다.

우리는 만날 때에 떠날 것을 염려하는 것과 같이 떠날 때에 다시 만날 것을 믿습니다.

아아, 님은 갔지마는 나는 님을 보내지 아니하였읍니다.

제 곡조를 못 이기는 사랑의 노래는 님의 침묵을 휩싸고 돕니다.[1]

이 시를 모르는 한국인은 없다고 해도 과언이 아닐 것이다. 우리는 중등 교육과정을 거치면서 여러 번 되풀이해서 이 시를 학습하게 된다. 윤동주의 「서시」, 김소월의 「진달래꽃」과 더불어 한국인의 3대 필수 시편이라고 말할 수 있을 정도다. 또한 이 시를 좋아하지 않을 한국인도 거의 없을 것이다. 왜냐하면 망국의 아픔을 겪고 긴 세월 동안 피식민지인으로 살아온 한반도의 사람들에게 이보다 더 이상적인 삶의 자세는 없을 것이기 때문이다.

그러나 우리는 동시에 이 시에 바쳐진 무수한 해석들이 여전히 합의되지 못한 데가 많고 또는 이해 불능의 장소들을 적지 않게 남겨놓고 있다는 것을 잘 알고 있다. 이 시를 완벽히 이해하고 있는 사람은 있는가? 만일 없다면 우리는 어떻게 해서 이 시가 "가장 이상적인 삶의 자세"를 제공하고 있다고 감히 말할 수 있었는가?

---

1) 시 텍스트는 한용운, 『님의 침묵/조선독립의 서 외』(한용운전집 1, 이종익 엮음, 신구문화사, 1973)에 근거한다. 원작은 1926년 발표.

2. 님의 조건, 혹은 조건을 사건으로 만드는 시

간단한 대답은 시의 전체 의미에 유관하게 개입하는 어떤 부분적인 구절이 그 자세를 함의하고 형상하며 독자에게 권유하기 때문일 것이다. 대부분의 독자들은 시를 전체적으로 읽지 못한다. 시의 꿈이 그렇게 통째로 읽히는 것이라 할지라도 혹은 그게 시를 제대로 이해하기 위한 전제라 할지라도, 그것과 실제의 시 읽기 사이에는 무한한 계단이 놓여 있다. 아마도 독자는 이 시를 몸으로는 통째로 읽으면서 머리로는 부분을 통한 느낌의 충격에 의해서 단박에 다가갔을 것이다. 그런 충격을 제공할 가장 유력한 부분은 다음 구절이다.

아아, 님은 갔지마는 나는 님을 보내지 아니하였습니다.

이 구절이야말로 '님'이 침묵하는 정황과 '님'의 침묵에도 불구하고 노래를 불러야 할 필연성을 한꺼번에 지시하고 있기 때문이다. 가령, 첫 행, "님은 갔습니다. 아아, 사랑하는 나의 님은 갔습니다"는 '님'의 침묵의 정황만을 들려주며, "나는 향기로운 님의 말소리에 귀먹고, 꽃다운 님의 얼굴에 눈멀었습니다"는 '님'을 보낼 수 없는 까닭만을 밝혀준다.

그러나 이 시구에 의해서 순간적으로 느낌이 꽂힌 독자는 조만간에 이 시구가 의미의 모호한 윤곽만을 제시할 뿐 의미 자체를 제공하지 않는다는 것을 발견하게 되리라. 도대체 이런 태도는 합당한 것인가? 그리고 지금까지 이런 질문을 한 적이 없다는 데에 생각이 미칠 것이다. 가령 이별을 통고받은 애인이 집 앞까지 쫓아와 이 말을 하는 것도 모자라 시도 때도 없이 '문자'로도 보낸다고 가정해보자. 막무가내의 스토

커에게 꼼짝없이 물렸다는 느낌에 사로잡힐 것이다. 「님의 침묵」에서도 화자가 '님'의 귀환이 성사될 때까지 저 말을 되풀이하리라는 것은 불을 보듯 뻔한 일이다. 그렇다면 이 시는 스토커의 시인가? 그리고 이 시의 마력은 버림받은 관계 속 '을'이 된 사람이 집요한 위협적 태도로 '갑'의 위치에 올라가게 된 데서 발생하는 쾌감에서 뿜어져 나오는 것인지도 모른다!?

영리한 독자는 이런 엉뚱한 해석의 길로 빠져들기보다는, 이 시구가 특별한 조건하에서만 발성될 수 있는 것임을 깨닫게 될 것이다. 그리고 이런 무리한 선언마저도 감당하기 위해서는 그 조건이 아주 무거울 수밖에 없음을 인정하게 될 것이다.

우선 '님'이 '내가 보내지 않을 님'이라기보다 차라리 '보내면 안 될 존재'라는 게 수긍되어야 한다. 도덕적으로든 현실적인 이익을 위해서든. 또한 후자의 경우 그 이익이 '나'만의 이익이라면 독자의 호응을 얻지 못할 것이다. 즉 우리 모두의 이익과 관련되어 있다는 것이 공증되어야 할 것이다. 이 시가 광장에 걸리자마자 사람들이 제일 먼저 '님은 누구인가?'를 묻는 것은 그 때문이다.

그러니 각종 시험에서 이 문제가 빈번히 등장했던 것에는 다 그럴 만한 이유가 있다. '님'을 일방적으로 '조국'이나 '붓다'라고 한정할 수는 없으리라. 이 시의 "아름다운 비유적 표현들을" 건지기 위해서는 "임은 그냥 연인으로 생각하는 것이 가장 타당하며, 그러한 해석이 충분히 이루어진 뒤에 님의 다양한 해석 가능성을 열어두는 편이 좋을 것"[2]라는 이남호의 발언은 강력한 설득력이 있다. 그러나 이 '연인'의 경계를 무한

---

2) 이남호, 『교과서에 실린 문학작품을 어떻게 가르칠 것인가』, 현대문학, 2001, pp. 49~50.

정 넓힐 수도 없다. 앞에서 보았듯, '나'의 곁에 있는 게 모두가 보기에 지극히 타당한 사람이어야 할 것이다. 이 '님'을 어젯밤 클럽에서 부킹으로 만났다가 오늘 아침 해장국 먹고 헤어진 하룻밤의 애인이라 가정하고 이 시를 읽어보라. 이런 코미디가 없을 것이다. 설혹 그 애인이 너무나 향기롭고 꽃다워서 '홀딱' 빠졌고, "날카로운 첫 키스"의 순간 내 운명이 180도 바뀌었다고 할지라도 말이다. 나는 그런 경우를 여러 번 목격했는데, 그게 흉한 해프닝으로 변질되는 것을 번다히 보았다.

시인 자신이 '님'의 조건을 달았다. 만해는 「군말」에서 "'님'만 님이 아니고 기른 것은 다 님이다"라고 말했다. 거꾸로 읽으면 '님'이 님이기 위해서는 '기룬' 사람이어야 한다. 그래놓고는 '기룸'의 뜻은 생략한 채로 여기에도 조건을 달았다. 첫째, '기룬 님'은 "내가 사랑할 뿐만 아니라 나를 사랑하는 님"이라는 것이다. 얼핏 서로 사랑하면 '님'이 되는 듯하다. 그런데 만해는 여기에 다시 조건을 달았다.

연애가 자유라면 님도 자유일 것이다. 그러나 너희는 이름 좋은 자유의 알뜰한 구속을 받지 않느냐. 너에게도 님이 있느냐. 있다면 님이 아니라 님의 그림자니라.

당시의 개화된 식자들의 자유 연애 풍조를 겨냥한 것이 확실한 발언이다. 만해는 앞 문단에서 '님'을 '사랑'의 실행자로 포함시킨 후, 이 문단의 첫 대목에서 사랑이 곧 자유임을 스쳐 말하고는 소위 '자유 연애'는 진짜 자유가 아니라고 신칙하고 있다. 그건 "이름 좋은 자유[에] 알뜰[히] 구속"당하는 꼴이다. 자유 연애의 자유는 허울뿐이고, 자유 연애꾼이 찾는 '님'은 '진짜 님'이 아니라 '님의 그림자'이다. 정신분석학을 맛본 사람은 성급히 '님'의 실재의 항구적인 부재와 '님'의 시니피앙들(그림자들, 즉 유령들)의 횡행이라는 삶의 현상에 대한 만해의 통찰에 성급히 놀랄 것이다. 그러나 실상, 시인은 정신분석을 거슬러 간다. 그는 현상을 묘사하는 게 아니라 실재(實在)를 찾아서 간다. 그는 지금 "해 저문 벌판에서 돌아가는 길을 잃고 헤매는 어린 양이 기루어서 이 시를 쓴다"고 메지를 놓았다. 이 말은 시인이 이 시를 쓴 까닭은 '님'과 만나기 위해서라는 뜻을 포함하고 있다. 즉 이 시는 '님'을 찾아가는 도정 속에 놓여 있다. 그런데 만해의 '님'은 "헤매는 어린 양"이다. 더 풀어 말하면 만해의 '님'은 '님을 찾지 못하고 님의 그림자들을 쫓아다니는 바람난 것들'이다.

여기서 만해는 다시 '님'과 나의 조건들을 추가하고 있는 것이다. 우선 '님'으로서의 님의 조건은 '부재하는 님'이다. 다음, "기룬 자"로서의 님의 조건은 '가짜 님'을 쫓아다니는 사람들이다. 셋째, 그런데 '나'에게는 이 방황하는 인간들이 '님'이다. 이 세 조건을 하나로 일치하려면 다시 하나의 조정 조건이 붙어야 한다. '기루다'는 말은 '사랑하다' '진정한 자유로서 사랑하다'라는 긍정적 뜻을 포함하면서 동시에 '결여되어 있다' '충족을 해주고 싶어 안타까워하다'라는 부정적 뜻을 포함한다. 그래야만 '님'을 모르는 이들이 '님'이 된다. '님'을 모르는 이들을 기루는 것은 그들이 '님'을 알게 되기를 갈망하는 일이고, '님'을 모르는 이들이 '님'이라는 것에서의 '님'은 '미래지향적으로 완성되어야 한다'는 것을 가리킨다. '님'은 미래의 방향으로 결여되어 있다. 현재적 관점에서 '님'은 부정적이지만, 도래할 시점에서 보면 '님'은 긍정적이다. 그 긍정적인 '님'은 서로 사랑하되(다시 말해 '님'을 기루는 자와 '님'이 상호 순환해야 한다—이것을 가장 알맞게 표상하는 이미지는 아마도 기억하는 사람이 있을지 모르겠지만 '바지·저고리 접기 놀이'이다), 자유로서(자유의 이름으로가 아니라 자유의 실행으로) 서로 사랑하는 사람들이다.

'님은 누구인가'에 대해 우리는 그렇게밖에 답을 내놓을 수가 없다. 까다로운 정의지만 어쩔 수 없다. 그러나 이 까다로운 정의 덕분에 일단 '님' 아닌 것을 찾아낼 수는 있다. 조국은 '님'인가? 그 조국이 잃어버린 옛날의 조국이라면 그는 '님'이 아니다(20세기 초엽의 조선인들에게 그런 조국이 있기는 했는가?). 변모해야 할 조국이라면 '님'일 수 있을 것이다. 그러나 어떻게 변모해야만 제대로 변하는 것인가,라는 질문을 항시적으로 달고 있어야 할 것이다. '님'이 붓다라 해도, 어제 만난 미인이라 해도 마찬가지다. 결핍은 충족의 충분조건이다. '님'은 필요조건만으로는 결코 완성되지 않는다. '님'은 언제나 스스로 달라지도록 움직이고 있어야 한다. 이 움직임이 없으면 '님'의 매혹은 설명되지 않는다. 다시 말해 「님의 침묵」에서 '님'은 '내가 뽕 간' 이일 뿐 아니라, '내게 뽕 간' 이이다. 내가 찾아 헤매는 이일 뿐 아니라 스스로 내 기름에 호응하여 무언가를 도모하는 이이다. 이제 우리가 봐야 할 것은 저 '님'이 이 시에서 어떻게 '작동'하는가이다. '님'의 신원에 대한 정확한 질문은 '님은 누구인가?'가 아니다. '님은 어찌 사시는가(어떻게 행동하는가)?'이다.

74

2부

—

서정적 자아의 탄생

타자의 발견

한국의 시에서 '나'가 언제 처음 등장했는가를 물으려면 '타자'의 등장을 함께 물어야 한다. 왜냐하면 '나와 다른 자'에 대한 발견만이 '나'를 나로서 자각케 할 것이기 때문이다. 그런데 이런 말에는 좀더 섬세한 분별이 필요할 것이다. 왜냐하면 사람이 타자에 둘러싸여 살아온 건 인류가 태어날 때부터의 일이기 때문이다. 그러니 여기에 몇 개의 조건이 필요하다. 한국 시에서 '나'는 근대 이후 인류의 일반적 존재형이 된 '개인 주체로서의 나'를 가리킨다는 것이 첫번째 조건이고, '타자'는 존재론적으로 나와 동등한 차원에 속하지만 본질적으로 '나에게 낯선 존재'라는 것이 두번째 조건이다. 동등한 차원에 속한다는 것은 '타자' 역시 근대적 개인 주체라는 것이고 '낯선 타자'라는 것은 원리적으로 '나'와 '타자' 사이에는 자유의 충돌이 있다는 것이다.

이 타자의 등장은 '나'를 나로, 즉 하나의 고유한 지성적 개체로 인지케 하는 결정적인 계기이다. 동시에 나를 그렇게 인지할 때만 '타자'를 그런 타자로서 대할 수 있다. 이런 '낯선 타자'가 한국 시에서 언제 등장할까? 가령 김소월의 시에서 '님' '당신' '그대'가 수다히 지칭되고 있는데 비해, '나'는 최소로 생략되어 있다는 점에 유의할 필요가 있다. 「산유화」에서는 "저만치 혼자 피어 있"는 '산유화'만이 지시되고 '나'는 화자로 숨어 있다. 「먼 후일」에서 '당신'은 매 연마다 등장하지만 '나'는 첫 연에 단 한 번 지시된다. 「님의 침묵」에서 '님'과 '나'가 등장하는 분량은 거의 비슷하지만 시적 사건의 주체는 철저히 '님'이다. 한편 김소월의 시에는 '나'와 '당신'을 하나로 가리키고자 하는 의지가 강렬히 표출되고 있다. 가령, "우리가 굼벙이로 생겨났으면!"(「개여울의 노래」) 같은 소망 속에 감싸인 '우리'의 지칭, "~했소" "~리다" 같은 대화법, "여보소" 같은 호격 등이 그러한 의지를 드러낸다. 이렇다는 것은 김소월이 자아와 세계의 단절을 선명하게 의식한 최초의 시인이지만 세계 속 다른 타자들의 '낯섦'을 생리적으로 거부하고 있다는 것을 함의한다. 낯선 세계는 감지되었고 세계 속의 타자의 이별도 경험하였다. 그러나 그 타자가 본질적으로 나와 다른 존재일 수 있다는 생각은 하지 않는다. 여전히 나는 그대와 '함께' 있어야 한다는 '당위감'이 시인의 영혼을 올가미처럼 조이고 있다. 그리고 이는 한용운에 대해서도 똑같이 말할 수 있다.

　우리는 이러한 생각을 '업둥이enfant trouvé'의 사유라고 말할 수 있다. 마르트 로베르Marthe Rober의 용어다. 그에 의하면 업둥이는 자신을 사랑하다가 박해하는 부모를 한 덩어리로 이해하고 그 외의 다른 존재를 알지 못해서 언제나 부모와의 동질성에 대한 추구로서만 삶의 의미를 얻는다.[1] "나의 것과 너의 것은 구별되지 않고, 타인과 나는 끊임없이

---

1)　Marthe Robert, *Roman des origines et origines du roman*, Grasset, 1972: 『기원의 소설,

서로의 재산을 교환하며, 원고와 피고는 완전한 동질체가 된다." 아이가 이러한 순환성을 벗어나게 되는 건 부모를 나누어 엄마와 아빠로 구별하기 시작하면서부터이다. 이때 부모 중 한 사람은 여전히 '나'와의 동일성의 회로 안을 도는 반면, 다른 한 사람이 그 회로 바깥에 놓이게 된다. 그는 저 회로 속에 자리를 갖지 못하기 때문이다. 비로소, '나'와 '너'에 이어 '그'가 출현한다. 그는 우리와 무엇을 공유할 수 있는 존재가 아니다. 말 그대로 '낯선 타자'이다. 이 '낯선 타자'에 대한 인식이 출현하는 순간 '업둥이'의 사유는 '사생아bâtard'의 사유로 바뀐다. 이제 '나'는 '너'만으로 구성된 동일성의 울타리를 떠나 '나' '너' '그'라는 세 이질적 지점 사이를 표류하게 된다.

이 '낯선 타자'가 한국 시에서 출현한 건 언제일까? 아마도 정지용의 다음 시가 아닐까 한다.

옴겨다 심은 종려(棕櫚)나무 밑에
빗두루 슨 장명등,
카페 프란스에 가쟈.

이놈은 루바쉬카
또 한놈은 보헤미안 넥타이
뺏적 마른 놈이 압장을 섰다.

밤비는 뱀 눈처럼 가는데

소설의 기원』, 김치수·이윤옥 옮김, 문학과지성사, 1999.

페이브멘트에 흐늙이는 불빛
카페 프란스에 가쟈.

이 놈의 머리는 빗두른 능금
또 한놈의 심장(心臟)은 벌레 먹은 장미(薔薇)
제비 처럼 젖은 놈이 뛰여 간다.

『오오 패롵(鸚鵡) 서방 ! 꾿 이브닝 !』
『꾿 이브닝 !』(이 친구 어떠하시오?)

울금향(鬱金香) 아가씨는 이밤에도
갱사(更紗) 커—틴 밑에서 조시는구료 !

나는 자작(子爵)의 아들도 아모것도 아니란다.
남달리 손이 히여서 슬프구나 !

나는 나라도 집도 없단다
대리석(大理石) 테이블에 닷는 내뺨이 슬프구나 !

오오, 이국종(異國種)강아지야
내발을 빨어다오.
내발을 빨어다오.

—「정지용, 카페 프란스」 전문[2]

1926년 6월 『학조(學潮)』 창간호에 발표된 시다. 김소월의 「진달래꽃」이 1923년, 만해의 「님의 침묵」이 1926년 발표되었다. 후자가 시집 『님의 침묵』 안에 들어 있었다는 점을 염두에 두면, 「카페 프란스」의 시기가 약간 늦다고 할 수 있을 것이다. 요컨대 동일성의 회로가 찢겨야 타자에 대한 인지가 가능해진다는 것을 넌지시 환기한다.[3] 이 시에서 먼저 보이는 것은 '나'든 '타자'든 온전한 개체로 보이지 않는다는 것이다. 우선 보이는 게 "빗두루 슨 장명등"이다. 장명등의 비뚜러지게 선 자세는 세상을 제대로 비추어내지 못한다는 데 대한 은유로 읽을 수 있다. 그런 자세로 비추면, 바깥의 사람들이 제대로 보이지 않고 "루바쉬카" "보헤미안 넥타이"만 보인다. 바깥의 대상만이 그런 게 아니다. '나' 역시 온전히 표현될 수가 없다. "남달리 손이 히여서 슬프구나"라는 대목에서 '백수의 탄식'을 읽고 정지용의 사회의식의 발화를 보는 게 일반적인 해석이다. 그런데 필자가 생각하는 그보다 더 주목할 점은 "자작의 아들도 아모것도 아"닌데 '백수'라는 자신의 아이로니컬한 모양새에 대한 확인이라는 것이다. 사회의식이 중심이었다면 자기 인식에 일관성이 있었을 것이다. 그러나 이 대목에서의 자기 인식은 혼란스럽기 짝이 없다. 분명 "남달리 손이 히여서 슬프구나"는 당시에 유행했던 것으로 보이는 관념을 그대로 되풀이하고 있다.[4] 요컨대 "나는 우리 민족을 위

---

2)　정지용, 『정지용 전집 1—시』, 민음사, 1988, pp. 15~16.

3)　이 시가 애초에 휘문고보 1년(1918)에 "등사판 동인지" 『요람(蓼藍)』에 발표되었다는 박팔양의 진술은 무시하기로 한다. "설사 거기에 지용의 초기 시가 여러 편 발표되었다 하더라도 그 시의 형태는 지금의 것과 적지 않은 차이를 지녔으리라"(이숭원, 『정지용 시의 심층적 탐구』, 태학사, 1999, p. 23)는 이숭원의 판단에 나 역시 동의한다.

4)　이 구절은 김기진의 시 「백수의 탄식」(1924)과 연결되어 있다. 이 시에 근거해 짐작하자면,

한다 하나 민족의 대다수인 서민의 현실을 모르는 관념적 지식인에 지나지 않는다"는 것이다. 그러나 그보다 앞선 행은 '관념적 지식인' 중에서 "자작의 아들"쯤 되었으면 좋을 텐데 나는 그도 되지 못해 사치하거나 거들먹거리는 짓조차 못하는, 아무것도 할 수 없는 하찮은 존재라는 것이다. 따라서 그 행은 '나'가 '아무런 능력도 갖지 못한 자'임을 함의한다. 그런 무능력에 대한 자기의식 때문에 '백수의 탄식'에 이어지는 행에서 '나'는 "나라도 집도 없"는 보통의 조선 사람들로 지시된다. 이런 혼란스런 자기 인식이 두드러지게 드러내는 것은 결국 세상과 자신 사이에 놓인 부조화이다. 그래서 다시 이어지는 시행에서 '나'가 느끼는 것은 '대리석 테이블에 닿는' '내 뺨'의 차가운 이물감이다.

따라서 이 시의 희한한 지칭들을 일일이 해석하기 전에 독자가 느끼는 것은 보이는 것들, 느끼는 것들의 낯섦이다. 그것은 대상과 자신에게 무차별적으로 적용된다. 이 점을 강조하는 게 무슨 의미가 있을까? 왜냐하면 이 시에서 우리가 느끼는 것은 무능력한 지식인의 자조만이 아니기 때문이다. 이 불행한 의식 옆을 비껴 흐르는 미묘한 활력, 시를 쓰게 하는 활력이자 동시에 독자의 호기심을 당기는 활력이 있기 때문이다.

그 활력은 바로 '낯선 타자'를 발견할 때 솟아나는 것이다. 왜냐하면 타자의 발견은 전혀 익숙지 않은 다른 세계를 발견했다는 뜻이고, 다시 다른 세계의 발견은 자기의 확장 또는 변신에의 욕망을 추동하기 때문

1870년대 러시아에서의 '브나르도'(인민 속으로)운동 당시에 회자되던 언술 중의 하나가 '손이 너무 희다'는 탄식이었던 것으로 보인다. 이 짐작은 정확치 않으나, 어쨌든 '흰 손'에 대한 강박관념이 당시의 일본 지식인들과 문인들에게 널리 퍼져 있었다는 것은 사나다 히로코의 『최초의 모더니스트 정지용』(역락, 2002)에 자세히 나타나 있다. 일본 유학생이었던 정지용은 당연히 그 강박관념을 제 것화하는 데 망설이지 않았을 것이다.

이다. 낯선 것은 두려운 것이기도 하면서 동시에 유혹적인 것이다. 게다가 조선인들에게는 두려운 것과 낯선 것이 다르게 다가왔다. 왜냐하면 한반도를 강타하여 식민지로 전락시킨 힘은 서양의 문물로부터 솟아났던 것인데, 그 힘의 원천은 우월한 자리에 그대로 위치한 반면, 그 힘을 폭력적으로 행사한 주체는 일본에게로 할당되었기 때문이다. 바로 이러한 구분으로부터 낯선 것에 대한 인지는 자기를 새롭게 변신시킬 강력한 자원에 대한 유혹으로 불붙는다.

따라서 연구자들이 이 시에서 특이한 "이국정조"[5] "이국취향"[6]을 찾아낸 것은 자연스럽다. 그 취향은 다른 존재가 되고 싶어 하는 조바심을 생생하게 나타난다. 타자를 온전히 묘사하지 않고 부분으로 나타낸 것을 두고 앞에서 명확한 인식의 불가능성으로 읽었지만 이제는 미지의 존재가 되고자 하는 의도적인 부분 선택으로 읽을 수가 있다. 애초부터 전체가 인지되었다고 한다면 이미 정체가 파악된 만큼 새로움의 강도가 줄어들 것이다. 그와는 달리 부분만 인지하는 것은 부분을 딛고서 전혀 새로운 전체에 가 닿고자 하는 충동을 부추긴다. 실로 시의 가장 기본적 기능인 '은유'가 행하는 것이 이와 다르지 않은 것이다. 약간의 유사한 점을 가지고 많은 새로움을 만들어내는 것이 바로 시의 존재론이기 때문이다. 게다가 이 약간의 유사한 것이 극도로 희박하기만 할 때 이 시도는 작위적이지만 생동감으로 넘친다. 그것은 세상을 처음 발견하는, 더 나아가 그런 식으로 세상을 바라보고자 하는 어린 사람의 작위적인 행동과 아주 유사하다. 그래서 유종호 교수는 "전반부의 어조

---

5) 사나다 히로코, 같은 책, p. 117.
6) 곽명숙, 『한국 근대시의 흐름과 고원』, 소명출판, 2015, p. 20.

에는 까불이 장난기가 엿보인다"[7]고 썼던 것이다.

그렇다면 이 시의 이국 취향은 한반도를 식민지로 만든 힘의 원천이 바로 서양 문물이었다는 사실에 의도적으로 눈감았다고 보아야 할까? 그렇지 않다. 오히려 그는(또한 그와 동시대의 지식인들은) 그 점을 너무나 진하게 의식하고 있었다. 이미 인용된 사람들뿐만 아니라 다른 대부분의 독자 역시 공통적으로 해석하고 동의하고 있듯이, '루바쉬카'가 "사회주의사상"[8]의 은유이며, "보헤미안 넥타이"는 "자유로운 예술가"에 대한 암시이고, 또한 "빗두른 능금"의 머리와 "벌레 먹은 장미"의 심장이 "금단의 지식으로 삐뚤어진 이단과 반항의 지성"과 "퇴폐와 자유에 도취된 예술의 감성"이라고 본다면, 이 모두 "질서와 도덕에 반항한다는 점에서 공통적이며, 체제와 제도에서는 경시되거나 금지되어 있는 것"[9]을 알아차릴 수 있다. 그것은 이 시의 이국 정조가 서양 문물의 극단에서 서양을 전복하고자 하는 혁신적 이념을 지향한다는 점을 그대로 가리키고 있다.

그러니까 정지용과 그의 동시대 지식 청년들은 이중의 정화를 통해서 자신들이 찾아낼 '타자'를 구성했던 것이다. 첫번째 정화가 서양과 일본의 분리를 통해 작동했다면 두번째 정화는 서양 내부에서 구-서양적인 것과 서양-너머의 것을 분리시키는 방식으로 행해졌던 것이다. 전자의 정화가 행위자에 대한 것이라면, 후자의 정화는 삶의 실질에 관한 것이었다. 전자의 분리가 꺼림직함을 유발했다면, 후자의 분리는 그들을 문자 그대로 진정한 자기로 만들어줄 것이라는 희망을 낳았다. 그들

---

7) 유종호, 『시란 무엇인가』, 민음사, 1995, p. 24.
8) 유종호, 같은 책, p. 25.
9) 곽명숙, 같은 책, p. 168.

의 상당수가 얼마 후 후자의 문제에 그토록 집착하게 되는 것은 명약관화한 일이었다. 동시에 그 집착의 효과에 대해 그들이 엄청난 대가를 치르게 되리라는 것도 이미 예정되어 있었다고 할 수 있다. 왜냐하면 이 순수 방역의 절차를 통해서 그들은 타자의 발견을 타자에의 의존 쪽으로 정향시키는 환몽 속에 빠져들어갔기 때문이다. 문제는 타자의 발견이 그 과정 자체로서 자기의 발견과 자기에 대한 문제의식으로 나아가는 것이었다. 그러나 그 길은 정말 복잡한 험로를 뚫어야 나아갈 수 있었다. 저 두 번의 방역 절차를 통해서 자아의 둘레에는 아주 큰 빈터가 발생하였는데, 그 마당을 '낯선 타자'를 모방하는 방식을 통해서 타자와 경쟁하면서 타자를 침범하지 않도록 공진화하는 운동들로 채우는 건 아직까지 어떤 인류도 달성하지 못한 것이었다.

자기를 알고자 하는 마음의 행려는 굽이가 많더라
—— 이상의 「거울」을 중심으로

앞서 자아의 인식은 타자의 인식과 동시적이며, 자아와 타자 사이에는 자유의 충돌이 있다고 말했다. 그렇기 때문에 타자는 일방적으로 전유되지도 않으며 타자에게 맹목적으로 의존할 수도 없다. 타자의 근본적 특성은 '낯섦'이다. 이 낯섦을 잊을 때 이상한 착각과 환상에 빠지게 된다. 서정시를 "세계의 자아화"로 규정해온 거의 반세기 동안의 관행도 그 착각과 환상에 해당한다. 이 문제를 차근차근히 살펴보자(현대 표준어로 변형한 형태로 읽어보겠다).

거울속에는소리가없소
저렇게까지조용한세상은참없을것이오

거울속에도내게귀가있소
내말을못알아듣는딱한귀가두개나있소

거울속의나는왼손잡이오
내악수를받을줄모르는―악수를모르는왼손잡이오

거울때문에나는거울속의나를만져보지를못하는구료마는
거울이아니었던들내가어찌거울속의나를만나보기만이라도했겠소

나는지금거울을안가졌소마는거울속에는늘거울속의내가있소
잘은모르지만외로된사업에골몰할게요

거울속의나는참나와는반대요마는
또꽤닮았소
나는거울속의나를근심하고진찰할수없으니퍽섭섭하오

　이상의 「거울」이다. 이 시가 중·고교 교과서에 실려 있다는 건 흥미로운 일이다. 이 시는 언뜻 보아서는 시적인 느낌을 주지 않기 때문이다. 우리가 일반적으로 시적 특징으로 드는 건 압축, 비유, 그리고 리듬이다. 그런데 「거울」에서는 압축도 비유도 찾아낼 수 없다. 띄어쓰기를 하지 않은 줄글이 리듬을 일으킬 것 같지도 않다. 그 대신 이 시는 한 편의 글로서는 매우 매력적이다. 왜냐하면 자기와 관련된 어떤 발견에 대한 이야기를 하고 있기 때문이다. 그 점에서 이 시를 두고 "분열된 자아"를 말하고 있다는 교과서의 설명은 문학 이론서에 나오는 개념을 가져다가 억지로 적용한 감이 없지 않다. 차라리 이남호처럼 "[이 작품이] 거울로 자신의 모습을 비춰본 체험에서 출발"[1]한다는 점에 착목하는 게 온당하다. 이남호는 이어서 이 시가 재미있는 것은 보통 사람들은 생각하지 못한 걸 화자가 말하는 데서 "시적 재미"가 생긴다고 지적하고 있는데 이도 시를 읽는 출발을 여는 화두로서 맞춤하다.

화자의 발견은 네 가지로 나뉘어 있다. 첫째, '거울 속 세상과 거울 속 나의 발견'. 둘째, 실제의 '나'와 '거울 속 나'의 같고 다름. 셋째 '거울 속 나'의 독자적 삶. 넷째, '만남'의 의미.

첫번째 발견은 시의 처음부터 세 연에 걸쳐져 있다. 정리하면 다음과 같다.

거울 속에도 세상이 있는데 소리가 없다.
거울 속에도 '나'가 있는데, 나와 같고 다르다.
나와 같은 점은 귀가 두 개라는 것이다(더 나아가 신체발부가 온전히 있다는 것이다).
나와 다른 점은 왼손잡이라는 것이다.

첫 연에 '거울 속 세상'이 먼저 나왔는데 실은 '거울 속 나'의 인지가 먼저 있었다고 보는 게 타당할 것이다. 왜냐하면 거울 속의 다른 물상에 대한 언급이 전혀 없기 때문이다. 화자 '나'의 눈길은 우선 '거울 속의 나'에게로 꽂혔을 것이다. 이어서 그를 거울 밖의 '나'가 '만질 수' 없다는 사실 때문에 "내악수를받을줄모[른]"다고 판단했고, 이어서 그가 내 악수를 받을 줄 모르는 것은 그가 "내말을못알아듣"기 때문이라고 짐작했을 것이다. 그런데 섬세한 독자는 알아차렸겠지만 이 장면은 의

---

1) 이남호, 『교과서에 실린 문학작품을 어떻게 가르칠 것인가』, 현대문학, 2001, pp. 20~21.

미 층위가 인위적으로 교묘하게 분할되어 있다. 시의 문면만으로 읽으면 악수를 받을 줄 모르는 까닭은 '왼손잡이'이기 때문이다. 오른손잡이가 내민 손에 호응해 왼손잡이가 손을 내밀면 손을 못 잡을 게 아니다. 다만 마주 잡지 못할 뿐이다. 따라서 여기에서 '악수'는 '마주 잡음'의 뜻임을 정확히 가리킨다. 그런데 마주 잡는 손으로서의 '악수'는 실행이 안 되는 것이지 모르는 것이 아니다. 그런데 화자는 '내 악수를 받을 수 없는'이라 쓰지 않고 "내악수를받을줄모르는"이라고 씀으로써, 행위의 사안을 지식의 사안으로 치환하였다. 왜 그랬을까? 다음 문장은 얼핏 되풀이 같다.

　　악수를모르는왼손잡이오

　그럼으로써 '모른다'는 점을 강조하고 있는 듯하다. 그러나 강조는 '왼손잡이'라는 사실에도 주어진다. 그렇다는 것은 이 문장이 왼손잡이가 '악수를 받을 수 없는 상황'인 게 기정사실화되어서 더 이상 악수 자체를 잊어버렸다는 의미를 포함한다는 것을 가리킨다. '모른다'는 '잊었다'이며, 또한 '모른다'는 거울 밖의 '나'와 '거울 속의 나' 사이에 만남의 모든 연락 체계가 어긋나게 되었다는 것을 함의한다. 어긋나서 '거울 속의 나'는 거울 밖의 내가 알아들을 수 있는 말을 할 수 없다. 거울 밖의 '나'의 입장에서 보면 아무 소리도 들리지 않는 것과 같다. 그래서 "거울속"은 "저렇게까지조용한세상"이다. 그리고 그 원인이 연락 체계의 근본적인 어긋남에 있다면 '그'도 "내말을못알아"들을 것이다.
　이것은 꽤 질기게 연결된 가상 시나리오다. 진술이 앞으로 나아갈수록 뒤로 회귀한다. 그래서 "악수를모르는왼손잡이"라는 진술까지 와서야, "거울속에는소리가없소"라는 첫 행의 의미가 온전히 드러난다. 연락 체계의 어긋남을 가리키는 진술 체계는 아주 정교한 네트워크를 구성하고 있다. 이 의미에 대해서는 다시 말하기로 하자. 지금은 왜 이런 가상 시나리오가 필요했을까,부터 물어보기로 하자.

무엇보다도 '만지지 못한다'는 사실이 그를 참을 수 없게 만들었기 때문일 것이다. 그가 참을 수 없는 표면적인 까닭은 마지막 행에 제시되어 있다. "거울속의나를근심하고진찰할수없"어서 "퍽섭섭하"다고 진술하고 있다. 그러나 이것이, 즉 '근심과 관찰의 불가능성'이 진정한 까닭인지는 아직 분명치 않다.

여하튼 거울 속에서 '나'가 특별히 중시되었다는 것은 이 시가 기본적으로 '나'의 발견에 관한 것임을 암시한다. 그런데 우리가 주목해야 할 것은 이 '나'가 우선 타자로서 인지된다는 것이다. 비슷해 보이지만 소통이 불가능하기 때문이다. 보통 사람들이 못 보는 것을 화자는 보았다고 이남호가 적시했다는 말을 방금 했는데, 그가 본 새로운 사실의 실체가 바로 이것이라고 할 수 있다. '나는 타자다'라는 인식. 내가 나를 모르겠다는 인식. 이 인식이 이 시의 심층에 놓인 문제 상황이다. 이 '낯선 타자'로서의 '나'는 어떻게 왔을까? 이 상황은 거울을 보는 원초적인 경험과는 무관한 것이다. 거울 단계에 접한 어린아이는 우선 거울 속의 타자를 감지하고 얼마 후 그 거울 속 존재가 '나'라는 사실을 인지하게 된다. 정신분석학자들에 의하면 이때 비로소 아이는 나를 하나의 전체로서 이해하기 시작한다. 그전에 나는 '부분'으로만 인지되고 있었다. 엄마 젖꼭지와 연결된 내 입술, 엄마의 성기를 대신해줄 내 분변을 뽑아내는 내 엉덩이, 기타 등등. 그런데 거울을 통해서 비로소 부모와는 별도로 떨어진 하나의 자족체로서의 나를 알게 되는 것이다. 그러나 그가 처음 보는 것은 그냥 '타자'이지 '타자로서의 나'가 아니다. 그 타자가 특정한 '논리적 시간' 후에 자아가 되는 것이다. 반면 이 시에서 화자는 이미 거울 속의 존재가 '나'임을 알고 있다. 그리고 이어서 이 '나'가 '낯선 타자'임에 속상해하고 있는 것이다.

요컨대 화자 '나'는 여기서 이미 나를 알고 세계를 아는 성인이다. 그럼에도 불구하고 '거울 속의 나'를 처음 발견한 듯이 표를 내고 있는 건 무엇을 말하는가? 이에 대해서 이즈음부터 한국인이 '나'를 의식하기 시작했다고 말할 수밖에 없다. 한국인이라고 다른 나라 사람들과 달리 나를 모르고 이웃을 모르고 세계를 몰랐겠는가? 그러나 소위 '모더니티'가 우리를 충격하기 전까지 나를 '나 자신'으로서 의식하는 건 사실상 불가능했다. 왜냐하면 '천하' '하늘' '임금' '공자님 말씀' '삼강오륜' 등 바깥의 절대적 지표에 근거해 나를 측정하는 게 체질화되어 있었기 때문이다. 나는 그 절대적 지표의 측정값에 지나지 않았다. 그러니까 나는 '나'가 아니더라도 아무 상관이 없었다. '모더니티'의 충격은 그러한 바깥의 지표와는 무관하게 '본래의 나'라는 게 있다고 누군가 속삭이기 시작했다는 데에서부터 일어난다. '나'가 '오로지 나'일 뿐이라니?! '이런 느낌 처음'이었을 것이다. 그 충격 직후 나는 심각한 의혹에 사로잡힌다. 나는 누구인가? 왜냐하면 나를 규정할 수 있는 모든 지표를 떠나야 하기 때문이다. 그리고 그것들을 떠나면 나는 '나'에 대해 완벽히 무지한 상태에 빠지고야 만다. '나'를 나는 알 수 없다. 빤히 보고 있는데도 말이다. 보이는데 알 수 없다는 이 좌절감은 앎의 통로가 열리지 않는 한 계속 변이하며 되풀이된다. '나'는 나의 말을 들을 수 없다. '나'는 나를 만질 수 없다. 혹은 '거울 속의 나'는 나를 들을 수 없다. '거울 속의 나'는 내 악수를 받을 줄 모른다…… 그리하여 마침내 '거울 속의

나'는 나를 잊었다. 다시 말해 '본래의 나'는 나를 잊었다. 나는 답답하고 섭섭하다. 그것이 시 「거울」의 근본 상황이다.

그러나 시의 화자는 자신이 낯선 타자로 등장한다는 사실에 짜증 내기만 하는 게 아니라 다음 발견을 향하여 나아간다. '나'가 나도 모를 낯선 이로 나타났을 때 거울 밖의 '나'가 거울 속에서 살고 있는 낯선 '자신'과 만나려고 노력하는 일은 신세를 한탄하는 것보다 훨씬 건설적인 태도다. '실제의 나'와 '거울 속의 나'의 만남의 모색이 3연 제2행에서 4연까지에 나타나 있다.

하지만 이 건설적 태도 안에는 그런 태도가 자주 의기양양하게 내세우는 승리와 현시 욕망이 제거되어 있다. 건설 속에 퇴폐가 숨어 있는 것이다. 이미 보았듯 이 만남의 여부는 소통 체계의 어긋남이라는 근본적인 불가능성의 원판 위에 놓여 있기 때문이다. 하지만, 모든 지혜는 절망 속에서 피어나는 것이다. 「한국 시가 타자를 발견했을 때」에서 타자의 인식은 '업둥이'로부터 '사생아'로의 변신과 깊은 관련이 있다고 말했었다. 사생아는 그 말을 만든 마르트 로베르가 속 깊은 뜻까지 헤아려 명명했기 때문에 험한 지칭을 가졌을 뿐, 실상 겉으로는 아주 얌전한 효자로서 살아가기 시작한다. 그 효자는 아버지를 수락함으로써 자신의 '그것'을 거세해버린다. 그 아픔을 내면화함으로써 이 겉보기 효자는 사생아의 음모를 교묘히 일군다. 「거울」의 '화자' 역시 소통 체계의 어긋남이라는 장벽 안에 갇힌 채로 난관을 헤집고 나갈 지혜를 일군다. 그러다 보니, 드디어 무언가 보였다.

즉, 이 만남의 문제에서 중요한 것은 만남이라는 목표 자체가 아니다. 그게 아니라 만남의 다양한 양상에 대한 깨달음이 핵심이다. 거울이 두 존재를 만나지 못하게 하는 측면이 있는 동시에 만나게 해주는 측면이 있다는 사실에 대한 발견이다. 바깥의 '나'는 "거울때문에" "거울속의나를만져보지를못"한다. 그러나 '거울 덕분에' 바깥의 '나'는 '거울 속의 나'를 감지했던 것이다. 거울이 아니었다면 '나'는 '나'를 낯선 타자로서, 즉 탐구해야 할 미지의 대상으로 인지하지 못했을 것이다. 그럼으로써 '나' 자신에 대해 추호의 의심도 없이 살았을 것이다. 거울의 기능은 바로 '자기의식'을 점화했다는 것이다. 자의식이 깃드는 순간 '나'는 나를 영원히 의심하면서 살게 된다. 다시 말해 나를 항구적으로 알고 싶어 안달하게 된다. '나'는 나를 느끼지만 나를 이해할 수가 없다. 이 이해의 불가능성은, 우리가 앞에서 추론했듯이 '만짐'이 '악수'로 표현되고 그 악수가 '맞잡음'이라는 뜻이라면, 설혹 '거울 속의 나'가 거울 밖으로 손을 내밀어 '나'를 만질 수 있다 하더라도 '맞잡지 못할' 거라는 예감까지 포함한다. 다시 말해 '나'와 '거울 속의 나'는 영원히 어긋난다. 그러나 그럼에도 불구하고 만남의 가능성 역시 영구히 잔존한다. 제4연은 그 가능성과 어긋남이라는 모순 상황의 항구성을 그대로 적시하고 있다. 이 모순 상황은 화자를 괴롭게 하지만 동시에 화자를 절망 속에 빠뜨리지 않고 그의 '기대 지평horizon of expectations'[2]을 구축한다. 그것이 두번째 발견의 핵심이다.

그리고 기대 지평은 구축되자 곧바로 운동한다. '거울 속의 나'를 '나'가 모른다는 생각은 그가 내가 모를 무언가를 꾀하고 있을 것이라는 기대로 변화한다. 좌절은 희망으로 바뀐다. 두번째 발견은 세번째 발견을

---

2) '기대 지평'이란 용어는 수용미학자들에 의해 적극적으로 도입되어 유명해진 용어이다. Hans Robert Jauss, "Literary History as a Challenge to Literary Theory," Ralph Cohen, *New Directions in Literary History*, Baltimore, Maryland: The Johns Hopkins University Press, 1974 참조.

낳는다(5연에 묘사된 상황이 세번째 발견의 장소다). 기대 지평의 구축은 지평 너머 존재의 움직임을 가정케 한다. 그런데 '나'는 '인디애나 존스'가 아니다. 내가 기대하는 것은 "잃어버린 성궤"가 아니다. 「인디애나 존스」의 모험은 세계를 정복하겠다는 나치의 야망과 소비자를 장악하겠다는 스필버그의 야심이 중첩된 모험이다. 시 「거울」의 화자의 운동은 그런 정복과 장악의 모험을 할 수가 없다. 구조적으로 그러한데, '나'는 거울 안으로 들어갈 수가 없기 때문이다. 때문에 '나'는 거울 속 세계의 자율성을 가정할 수밖에 없다. 그 안에서 '거울 속의 나'는 제 나름으로 살고 있을 것이다. 그 몫은 전적으로 그에게 속한다. 내가 품는 기대는 그에게 의존할 수밖에 없다. 더 나아가 이 희망은 노골적일 수가 없다. 왜냐하면 앞에서 보았듯, 내가 그를 모르듯이 그도 '나'를 모를 것이기 때문이다. 그의 모종의 기도는 "외로된사업"이다. 따라서 이 세번째 발견은 희망과 동시에 불안을 유발한다.

　그러나 화자는 자신의 불안이 아주 오래되었음을 안다. 이미 내가 '거울 속 나'를 발견하자마자 그를 만지지 못한다는 것을 알았을 때부터 '나'는 이미 초조하고 불안했다. 그때의 불안은 '거울 속 나'를 모른다는 불안, 즉 내가 '나'를 모른다는 불안이었다. 그 불안이 이제는 '거울 속 나'가 무엇을 할지 모른다는 불안, 즉 내가 '나'를 모르는 상황에서 어떤 행동을 할 것인가에 대해 확신과 책임을 가질 수 없다는 불안으로 확대된다. 인식의 불안이 행동에 대한 불안으로 넘어간다. 그러나 인식은 상황 앞에서 멈추지만 행동은 상황을 끌고 간다. 상황을 변화시킨다. 이 변화 가능성 앞에서 불안을 이고 사는 건 못할 짓이다. 그건 '나'의 행동마저 가로막을 것이기 때문이다. 여기에서는 단호한 '내기'가 필요하다. 신의 존재 쪽에 표를 던진 파스칼Blaise Pascal의 내기처럼, '거울 속 나'가

'나'를 살리기 위해 노력하고 행동할 것이라는 쪽에 표를 던지는 내기가 절실한 것이다.

이 절실성에 뒷받침되어 마지막 발견의 장면이 떠오른다. 앞에서 '만남의 의미'라고 가리킨 것이 그것이다. 지금까지 죽 이어져온 '나'의 생각의 움직임은 결국 '거울 속 나'와의 온전한 만남을 성사시키겠다는 의지를 뒷받침해 전개된 것이다. 그러한 의지의 연장선상에서 '거울 속 나'의 행동에 내기를 거는 것은 그 역시 거울 밖의 '나'를 만나기 위해 모든 노력을 기울일 것이라는 믿음을 포기하지 않는다는 것을 의미한다. 바로 이 내기의 자장 안에서 '나'와 '거울 속의 나'는 "반대요마는/또꽤닮았"던 것이다. 만남의 가능성은 이러한 의지에 뒷받침되어서만 열린다. 만일 어떤 둔감한 독자가 그러나 그 둘의 서로에 대한 무지가 끝이 없고 또한 그래서 각자의 행동이 서로를 훼방하고 훼손하는 쪽으로 나아간다면 어찌 하겠는가,라고 반문한다면 파스칼을 본받아 이렇게 답해야 하리라. 그쪽으로 패를 던질 수도 있으나 그건 이겨도 지는 것이다. '거울 속 나'가 '거울 밖 나'와 똑 닮아서 나를 만나려고 의지하고 그쪽으로 행동한다는 쪽으로 패를 던지면, 맞으면 장땡이고 안 맞아도 애초에 못 만나는 상황에서 출발했으니 더 나빠질 게 없다. 밑져야 본전이다. 아니, 밑져야 본전인 게 아니다. 지는 게 이기는 것이다. 이미 말하지 않았던가? '나'와 '거울 속 나'의 어긋남은 영원할 수밖에 없다고. 그래야 '나'가 끊임없이 변화할 수 있는 것이다. 나를 인식하려는 '나'의 노력은 실패 속에서만 달구어진다.

그것이 마지막 연의 핵심 전언이다. 마지막 행, "나는거울속의나를근심하고진찰할수없으니퍽섭섭하오"는 이 전언의 술부이다. 그것은 "거울속의" 나도 "나를근심하고진찰할수없으니퍽섭섭"할 것이다,라는 진술을 안감처럼 대고 있다. 동시에 이 문장 속의 '근심' '진찰'은 '나/거울 속의 나'의 행동의 전부가 아니라 단지 두 개의 사례에 지나지 않는다. '나는 거울 속의 나를 근심한다' '나는 거울 속의 나를 진찰한다'는 '나는 거울 속의 나를 상상한다' '거울 속의 나에게 들릴까 몰라 말을 건넨다' '소리를 지른다' '귀 기울여본다' '망치로 거울을 깨고 들어가려다 멈춘다'······ '거울 속의 나'가 '나'를 알아볼 수 있기 위해 '나'가 할 수 있는 무수한 행동들로 연장된다. 이 연의 핵심은 따라서 마지막 행이 아니라 "반대요마는/또꽤닮았소"라는 시구이다.

사르트르는 타자에 대한 믿음에 근거한 타자를 향한 움직임의 일체를 '호소appel'라고 이름하였다.[3] 이 호소가 바로 「거울」이 제시한 '만남'의 실질적인 주제이다. 만남은 달성과 실패로 규정될 수 있는 게 아니다. 상대방에 대한 끝없는 '호소'로서 존재한다는 것, 그것이 중요한 것이다. '나'의 결여에 근거해서 타자를 의욕하고, 타자의 결여에 근거해서 '나'를 의욕하는 것, 원천적 제약에 묶인 상호성 속에서 항구적인 발견과 변신의 도정을 나아가는 것, 그것이 인간의 "외로된사업"인 것이다.

「거울」에서 타자는 바로 자신이다. 그것은 모든 자기 인식은 타자로서 떨어지는 것으로부터 시작한다는 것을 그대로 가리킨다. 타자가 될 때 비로소 자기가 된다. 타자를 인지할 때 비로소 자기를 인식하게 된다. 그리고 지금까지 살펴본 것처럼 그 자기-타자의 변환의 드라마는 무한하고 다채롭다. 근대인으로서 한국인의 자기 인식은 이상을 통해서 가장 완미한 모습을 갖추게 되었다.

---

3) Jean-Paul Sartre, *Situations II*, Paris: Gallimard, 1947; 장 폴 사르트르, 『문학이란 무엇인가』, 정명환 옮김, 민음사, 1998 참조.

이 네 가지 발견을 음미한 지금, 시로 돌아가보자. 두 가지 말거리가 떠오른다. 우선 「거울」은 시인가? 앞에서 언뜻 보아 이 시에는 '압축'도 '비유'도 '리듬'도 없는 듯이 보인다고 했다. 그러나 이제 우리는 이 시의 속뜻과 그 전개 과정을 다 읽어보았다. 이 지점에서 보면 이 시는 분명 '시'라고 말할 수 있다. 이 시의 정황은 근대인의 자기의식의 원초적 장면에 해당한다. 이 원초적 장면이 아주 복잡한 드라마를 안으로 접어놓고 있는 사정을 우리는 자세히 살펴보았다. 무엇보다도 원초성에 위치할 때 드라마의 양은 더욱 많다. 시원에서 출발하는 이야기만이 모든 이야기일 수 있는 것이다. 필자는 시의 가장 근본적인 특성으로 '기원에 위치함'을 든 적이 있다.[4] 이 시가 원초적 장면에 가장 근접해 있다는 사실만으로 이 시는 시다. 더욱이 그럼으로써 엄청난 압축의 밀도를 갖게 되었다. 비유는 없는가? '거울 속의 나' 자체가 비유다. 그건 '나'이기 때문이다. 리듬은 어떠한가? 여기에 네 개의 발견이 있다고 하였다. 이 네 개의 발견은 각자 동떨어진 것이 아니라 유기적으로 연관되면서 서로를 견인하고 추동하고 있다. 되풀이와 변형이 있는 모든 곳에 리듬이 있는 것이니, 이 발견의 역동성이야말로 진정 리드미컬한 것이 아니라 할 수 없다.

다음, 서정시에 대한 아주 특이한 한국적 규정, 나 자신마저도 때로 별다른 의식 없이 부지중에 되풀이할 정도로 관습화된 의식 중의 하나인 것, 다시 말해 서정시는 "세계의 자아화"라는 한국적 정의는 명백히

---

4) 졸고, 「신생의 사건으로서의 시」, 『뫼비우스 분면을 떠도는 한국문학을 위한 안내서』, 문학과지성사, 2016.

잘못된 것이다. 내가 나를 모르는데 내 안에 어떻게 세계를 담을 수 있단 말인가? 그렇게 할 수 있다고 믿는다면 그건 배 큰 개구리의 자멸적 환상일 뿐이다. 그렇다면 서정시에서 자아는 세계와 어떻게 만날 수 있는가? 이제부터 그 얘기를 하고자 한다.

서정적 자아의 존재 형상

　　정지용의 「바다 2」[1]는 서정시에서의 자아의 존재태를 이해하기 위한 범례에 해당한다. 그런데 그에 대한 이해가 거의 이루어지지 않았다. 우선 읽어보자.

　　바다는 뿔뿔이
　　달어 날랴고 했다.

---

1) 민음사판 『정지용 전집』에서 편자는 「바다」라는 제목을 가진 여러 편의 시를 두고 씌어진 순서대로 번호를 매겼다. 이 시에 대해 숫자 9가 붙은 것은 그 때문이다. 그러나 원래 이 시는 『정지용 시집』(시문학사, 1935)에서 「바다·2」라는 제목을 달고 있었다. 물론 여기에서 숫자 2는 이 시집 내에서 「바다」라는 제목을 가진 두번째 시임을 가리키는 것이었다. 시집이 간행된 이후 12월에 잡지 『시원(詩苑)』에 이 시가 「바다」라는 제목으로 발표된 것으로 보면 숫자는 순서 이상의 의미를 가진 것은 아닌 것으로 추정된다. 따라서 따로 떼어서 제시되는 이 경우에 이 시의 제목은 「바다」가 타당할 것이다. 하지만 시인의 여러 「바다」 시편들 간의 구별을 위해 어떤 합의가 필요할 듯하다. 여기서는 『정지용 시집』의 표기를 그대로 받아들인다.

푸른 도마뱀떼 같이
재재발렀다.

꼬리가 이루
잡히지 않았다.

힌 발톱에 찢긴
산호(珊瑚)보다 붉고 슬픈 생채기!

가까스루 몰아다 부치고
변죽을 둘러 손질하여 물기를 시쳤다.

이 앨쓴 해도(海圖)에
손을 싯고 떼었다.

찰찰 넘치도록
돌돌 구르도록

회동그란히 받쳐 들었다!
지구(地球)는 연(蓮)닢인양 옴으라들고……펴고……

　　이 시의 일차적인 매력은 대상의 생동성에 있다. '바다가 뿔뿔이 달아
난다'는 표현이 신선하다. 그리고 이어서 이 표현을 실감시키기 위해 "푸
른 도마뱀떼 같이/재재발렀다"고 비유한 게 적의하였다. 그런데 최초의

독자들은 이 표현을 실감했을까? 현대인들은 '저속 촬영된time-lapsed' 썰물을 떠올릴 수 있을 것이다. 그러나 1930년대의 조선인 독자들이 그런 이미지들을 보았다고 가정하기는 어렵다. 최초의 저속 촬영의 사례가 1897년으로 거슬러 올라간다고 할지라도 말이다.[2] 그럼에도 불구하고 저 표현이 실감이 나는 것은 분명하다.[3] 그 실감은 어디에서 오는 것일까?

시야를 좁혀서 저 바다를 아주 구체적인 사태로 치환하면 그 현상을 직접 볼 수 있다. 파도가 밀려왔다가 곧바로 빠져나가는 사태가 그것이다. 그러니까 이 시에서 '바다'와 '파도'는 제유 관계에 있다. 다음, 지금의 대상이 파도임을 알아차릴 수 있다면, 시인의 묘사가 우리의 몸에 전달하는 시각적인 선명함이 강렬하다는 걸 충분히 느낄 수 있다. 이 시각적인 선명함은 청각적인 생생함으로까지 이어진다. "찰찰 넘치도록/돌돌 구르도록." 이러한 이미지의 생동성을 두고 김학동은 "이처럼 한 사물의 시각적 동태를 청각화하여 들으려는 표현 기교는 정지용에 이르러 처음으로 시도된 것으로 보여진다"[4]라고 적었다.

그러나 어쨌든 이렇게 처음으로 지각된 이미지들의 역동적인 움직임에 압도되었기 때문일까? 대부분의 해설들은 그로부터 한걸음도 더 나아가지 못한다. 다만 김종철만이 이 이미지들이 아주 자연스런 연결을 이루고 있다는 점에 주목하였다.

---

2) 〈위키피디아〉 참고(https://en.wikipedia.org/wiki/Time-lapse_photography).
3) 이 이미지들을 두고 간혹 "단순히 기교적이고 수사적 차원에서 병치되고 있"다는 야릇한 비판이 제기되는 것은 그 때문일 것이다.
4) 김학동, 「언어의 감각미와 '허정무위'의 세계—정지용론」, 『현대시인연구 I』, 새문사, 1995, p. 500.

바다, 뿔뿔이, 도마뱀 떼, 꼬리, 발톱, 생채기로 발전되는 과정은 유기적인 성장을 보이고 있는 것이다. 이것은 무엇보다도 지용의 경험에 대한 충실성을 알려준다.[5]

그렇다. 시각적 이미지가 선명하다고 해서 그것이 곧바로 시적 감동의 원천이 되는 것은 아니다. 무엇보다도 그 이미지가 경험의 진솔성에 맞닿아 있어야 하는 것이다. 김종철의 해석에 일리가 있다면, 이 이미지들이 "단순히 기교적이고 수사적"이라는 판단은 감상자의 둔감함을 가리킬 뿐이다. 어쨌든 김종철은 그 점을 지적하고는 곧 정지용이 "그의 개인적인 감정이나 소망에 의해 지배되어 있지 않다는 점을 의미"한다고 보았다. 그리고 이러한 감정으로부터의 분리를 그의 "금욕주의적 엄격함"으로 해석하였다. 「유리창 2」를 통해서 정지용 시에 일반성의 성격을 띠고 투여된 '감정의 절제'라는 평이 이 시에서도 증명된 것이다. 그런데 이렇게 해석이 발전하기 전에 독자가 눈여겨보아야 할 것이다.

여기에 대상의 생생함과 더불어 주체의 생동성이 동시에 표현되어 있다는 점이 그것이다. 방금 대상의 생동성의 근거를 감각적 이미지의 선명함에 경험적 진실성이 배어들었다는 점에서 찾았다. 그 결합을 통해 대상은 생생히 살아 있는 생물이 되었다. 그것은 주체도 동시에 살아 있게 한다. 주체는 대상을 포착하려 한다. 그것을 날짐승을 손으로 잡으려는 동작으로 가정하였다. 그랬더니, "흰 발톱에 찢긴/산호보다 붉고 슬픈 생채기"가 생겼다. 대상과 주체의 상호작용을 이보다 생생하게 표현하기란 쉽지 않다. 그런데 주체는 상처를 입긴 했으나 대상을 잡는 데

---

5) 김종철, 「30년대의 시인들」, 『시와 역사적 상상력』, 문학과지성사, 1978, p. 29.

성공하였다. 그것이 이미 첫 연부터 지시되었다.

　　바다는 뿔뿔이/달아 날랴고 했다.

　"달아 날랴고 했다"는 말에는 이미 '잡혔다'는 뜻이 함축되어 있다. 다만 잡히긴 했으되 그 과정이 격렬했음을 또한 함의하고 있다. 그러나 다시 생각하면 '잡혔다'는 뜻이 함축되어 있다기보다는 달아나려는 대상을 포기하고자 하는 주체의 의지가 대상을 이미 잡힌 것으로 가정할 만큼 강렬했다는 뜻을 포함하는 것으로 읽는 것이 더 타당하리라. 이어지는 시행들에서 보이는 주체와 대상의 드잡이는 바로 그 의지의 결과이다. 그렇게 볼 때 행동의 실감은 독서의 실감으로 옮겨지게 된다. 독자는 읽는 과정을 통해서 주체가 대상을 포착하기 위해 격렬히 움켜쥐는 동작을 생생히 느끼게 된다. 이 의지를 현실로 옮기는 과정 사이에는 바라보는 주체와 달아나는 대상(파도)의 장면으로부터 주체, 화자가 대상, 파도를 움켜쥐게 된 사태로의 이동이 일어난다. 그리고 시 안에서 이 이동을 현실화하는 것은 바로 언어이다. 최초의 침묵으로부터 마지막 "회동그란히 받쳐 들었다 !"는 감격을 외치기까지의 그 언어의 진행이 그것을 움직이는 것이다. 그 언어의 진행은 말 그대로 논리적이다. 〔바다는〕 "달아 날랴고 했다"("재재발렀다") → "잡히지 않았다" → 〔내 손에〕 "붉고 슬픈 생채기"를 냈다 → 〔나는 바다를〕 "가까스루 몰아다 부"쳤다 → "변죽을 둘러 손질하여 물기를 시쳤다" → "손을 싯고 떼었다" → "찰찰 넘치"고 "돌돌" 굴렀다 → "받쳐 들었다" → 〔바다는〕 "옴으라들고" 펼쳐졌다.
　동시에 이 언어들의 진행은 생체험적이다. "산호보다 붉고 슬픈 생채기 !"의 비유와 감탄, "이 앨쓴 해도"의 주체 자신에 의한 행동의 의미화, "회동그란히"가 보여주는 대상의 모양을 주체적으로 구성하는 동작, 그리고 "받쳐 들었다 !"의 감탄, 바다가 "옴으라들고……펴고……" 하는 모양과 시간을 관조하는 주체의 자세, 이 언표들은 시의 전 과정을 주체가 직접 겪는 사건으로서 드러내고 있다. 우리는 시에서의 언어의 작동 방식을 이렇게 말할 수 있다. 주체의 방향에서 주체와 대상의 관계 성립을 의지하고 기획하고 실행하고 정돈하고 회감하는 일. 이것이 최초의 사건으로부터 최후의 사태로 가는 과정 그 자체이며 동시에 최초의 침묵(이해 불능한 사건과의 조우)으로부터 최후의 침묵(언어가 불필요해진, 언어를 뛰어넘는 사태에 대한 관조)으로 가는 과정의 실질적인 동체라 할 수 있을 것이다. 조르조 아감벤Giorgio Agamben은 이 최초의 사건 지점을 '유년'이라 지칭하고, 이 유년으로부터 나아가는 과정 자체가 언어의 경험이 세우는 '신비'라고 말한다.

경험이 없다면, 즉 인간의 유년이 없다면, 랑그는 '놀이'에 불과할 것이다. 그것의 진실성은 오로지 논리적 규칙에 따른 정확한 사용에만 적용될 것이다. 그러나 경험이 존재하는 순간, 즉 인간에게 유년이라는 것이 존재하는 순간, 그 유년의 자기화는 언어의 사안이 될 터, 언어는 경험이 진실이 되어야만 하는 장소로서 출현한다. 〔……〕 '필설로 다 할 수 없는 것'은 실상 '유년'이다. 경험은 인간이 유년을 가진다는 사실에서 출발해서 세우는 '신비mysterion'이다.[6]

---

6) Giorgio Agamben, *Enfance et histoire*, Paris: Payot, 1989, p. 94.

언어적 경험을 통해 주체는 대상과 교섭하는 존재로 성장한다. 주체는 비로소 그런 교섭 능력을 가진 자신의 존재 내용과 존재 형상을 세우게 된다. 그것이 '자아ego'이다. 자아는 주체 그 자신이 아니다. 그것은 주체가 자기에 대해 상정하는 이미지이다. 그것은 가상이지만 그러나 가짜로서의 가상이 아니다. 그것은 순수한 본능적 주체이길 관두고 세상의 다른 존재들과 원리적 차원에서 동등하고 다양한 관계를 나누는 대-사회적 주체로서 자신을 세우기 위해 조성한 자신의 가정적(때로는 이상적이기까지 한) 형상이다. 여기에서 '대-사회적 주체'라는 말은 서정적 주체가 세계와의 불화로부터 출발해 그 성격을 끝까지 유지하기 때문에 사회에 통합되지 않는다는 의미를 갖는다. '대(對)'는 '대항(對抗)' '탈(脫)' '역(逆)' '반(反)' 등의 양상으로 나타날 것이다. 중요한 것은 그 '대'로서의 존재는 사회와 지위상으로 동일 궤도에 놓인다는 점이다.

세계와의 불화에서 출발한 서정적 주체는 이제 서정적 자아를 세움으로써 세계 내적 존재로서 현실에 깊숙이 개입하게 된다. 이 서정적 자아가 출현하는 순간은 언어적 경험이라는 생체험으로서의 의미 생산이 최종 단계로 진입하는 순간이 된다. 이 최종 단계에서 무엇이 이루어지는가? 간단히 말하면 대상과의 관계 성립이 세계와의 관계 성립으로 발전하는 게 바로 그 종착지이다. 시인이 '파도'로부터 출발한 경험적 사건을 '바다'의 사건이라고 가리켜 칭하는 것은 그 때문이다. 파도는 하나의 구체적인 대상이지만 바다는 모든 물의 양태들을 포괄하는 물의 세계 전체를 상징하는 것이다.[7]

---

7) 바다를 노래한 최초의 시인 최남선은 이미 "배도 띄우고 떼도 흘러갈 만한 강"과 "모든 것을 다 반영하고 포괄하는 바다"를 구별하였다. 「소년시언(少年時言) 1908~1910」, 『소년』 제1년 제1권; 『육당 최남선 전집 13—교양·기타』, 역락, 2003, p. 280.

이 바다/파도의 제유적 관계에서 시의 순수한 언어적 현상으로는 파도가 원-대상이고 바다가 비유어지만, 시인의 의지적 사유 속에서는 바다가 원-관념이고 파도가 비유체이다. 바다와 파도는 그렇게 서로를 지원하면서 번갈아 전경화한다. 자아가 맞서야 할 세계만큼 커지기 위해서는 바다가 표상되고 감각의 생생함을 위해서는 파도로 응축된다. 맨 마지막 행이 "옴으라들고……펴고……"로 끝나는 것은 그 때문이다. 그런데 시의 화자는 이 바다/파도라는 대상을 최종적으로 '지구'로 명명하였다. 흥미로운 공간적 상상력이다. 바다/파도를 하나로 일치시키기 위해 시인은 자아의 위치를 최대한도로 원격화한다. 대기권을 넘어 우주에서 보면 71퍼센트의 물이 지표를 덮고 있는 지구가 보일 것이다. 파도의 철썩임을 마음속에 간직한 채로 그 지구를 보면 바다의 밀물과 썰물의 수평 운동이 수직 운동으로 전환해 물결이 열렸다 오므렸다, 하는 광경으로 나타날 수도 있을 것이다.

유리 가가린Yuri Gagarin이 우주에서 지구를 바라본 게 1961년이기 때문에 정지용이 그런 우주적 위치로까지 상상의 여행을 감행했을 것이라고 단언하기는 어렵다. 그러나 지구가 둥글다는 게 알려진 것은 아주 오래전이었고 16세기에 마젤란을 통해 그 진실이 확정되었다는 것을 시인이 모르지 않았을 것이다. 게다가 그는 뉴턴의 '만유인력설'을 알고 있었다.[8] 중력에 대한 지식을 가진 사람은 원거리에서 포착할 때 둥근 지구에서의 물이 어떤 형상으로 나타날지 짐작할 수 있다.

정지용의 공간 상상력에 어느 정도의 과학적 지식에 뒷받침되어 있는지는 불확실하다 하더라도, 이 "오므라들고……펴고……"의 수직적 전

---

8) 정지용, 「영랑과 그의 시(1938)」, 『정지용 전집 2—산문』, 민음사, 1988 p. 259.

환이 이 시에 지속적으로 작용한 '의지'의 산물임은 분명하다. 서정적 자아가 애초의 불화를 뚫고 가까스로 받쳐 세운 '세계'가 열렸다 오므라들게 되는 데까지의 과정을 서정적 자아와 세계를 대등한 지위에 올려놓는 과정이었다고 생각할 수 있다면, 자아는 이 대등성에 가치를 부여할 필요를 느꼈을 것이다. 그 가치 부여 작용valorisation[9]의 결과가 이 오므라들고 펴는 동작을 연꽃[10]으로 은유하는 것이다. 그 은유를 통해 '연꽃'이 품고 있는 모든 정신적 권능이 저 동작 안에 배게 된다.

　이제 서정적 자아가 "세계의 자아화"로 규정될 수 없다는 것을 충분히 납득할 수 있을 것이다. 세계와의 근본적인 단절에서 출발해 끝끝내 그 근본 성질을 벗어나지 않는 서정적 주체가 서정적 자아로 자신을 세우면서 할 수 있는 일은, 자신과 세계 사이의 불화를 자신과 세계의 동시적 변혁으로 기능할 수 있도록 하기 위한 모든 가능한 태도들과 자세들의 탐구이다. 그 자세는 '관조'로부터 '접촉'에까지 넓은 스펙트럼을 가지고 있지만 아무리 좁혀도 '접촉'이 세계의 '삼킴'으로까지 나아갈 수는 없다. 정지용의 「바다 2」가 보여준 접촉의 가장 아름다운 형상은 '떠받치는 것'이다. 다시 말해 광포한 세계를 다잡고 다독일 뿐만 아

---

9) '가치 부여 작용'은 바슐라르Gaston Bachelard에게 있어서 역동적 상상력의 가장 핵심적인 운동이다. 그는 말한다. "수직적 가치 부여 작용은 그토록 본질적이고 그토록 확실하며, 그것의 탁월성은 이론의 여지가 없다. 때문에 일단 그것을 즉각적이고 직접적인 감각으로 인지한 정신은 결코 그로부터 눈길을 돌릴 수가 없다."(*L'air et les songes. Essai sur l'imagination du mouvement*, José Corti, 1990, p. 20(최초 발표 연도: 1943년)) 이 가치 부여 작용에 특별히 주목한 이는 곽광수이다. 그의 『가스통 바슐라르』, 민음사, 1995, pp. 65~95를 참조하라.

10) 시인은 우리가 통상적으로 '연꽃'으로 바라보는 것을 '연닢'으로 인지하였다. 이는 무엇보다도 연꽃잎의 동작 하나하나의 생동성을 가리키기 위해서인 것으로 이해할 수 있다. 그의 시의 '구체성'은 흔히 거론되는 '감정의 절제'보다 오히려 '생동성'이 더 큰 비중을 차지한다고 봐야 한다는 것이 필자의 생각이다.

니라 그렇게 다듬어서 그것을 섬기는 데까지 나아가는 것이다. 그렇게 하는 이유는 분명하다. 대상을 섬기는 게 곧 자아를 격상시키는 일이기 때문이다. 그렇게 해서 분별과 절제가 정지용식 서정적 자아의 특성이 되었으리라. 그러한 태도는 '세계의 자아화'와는 아주 다른 것이다. 물론 정지용식 자아만이 유일한 서정적 자아라고 할 수는 없을 것이다. 다만 자신의 세계를 배 안에 채워 넣는 자아란 근대적인 자아로서는 존재할 수 없다는 것을 앞에서 충분히 얘기하였다는 것을 다시 한번 상기시키고자 한다. 거기에 덧붙일 게 있다면 정지용식 서정적 자아는 아주 아름답다는 것이다. 그 아름다움이 서양으로부터 도래한 서정적 주체를 수용하는 과정에서 동양인의 주체적 변형의 고투가 낳은 것인지 아닌지는 분명치 않다.[11]

---

11) 김지하는 "동양 무용의 미학적 원리"를 "사(事)"라고 규정한 다음, "사는 모방, 숭배, 섬김의 뜻"이라고 한 후에, "우리 춤의 미학적 원리"는 "동사(同事)"로서, "동사는 동지이면서 친구"라고 주장한다. 그에 의하면 "동사는 이미 그 안에 사면서 동사의 뜻을 지녀"는 것으로, "높이 섬기되 친구로서 동역(同役)한 것"이라고 한다. "내면에 생성하는 무궁무궁한 우주의 신령한 창조고국을 섬기되 그것을 친구로서 동맥, 파트너 노릇을 하는 거"라는 것이다(김지하, 『예감에 가득 찬 숲 그늘—미학강의』, 실천문학사, 1999, pp. 234~35). 그의 주장은 실증적이고 논증적이라기보다는 개념 의존적이기 때문에 그대로 따르기는 어렵지만, 차후의 검토를 위해 참조할 만하다고 생각한다.

한국적 서정성이 시작되다

김영랑의 「모란이 피기까지는」을 읽어보자.

모란이 피기까지는
나는 아즉 나의봄을 기둘리고 있을테요
모란이 뚝뚝 떠러져버린날
나는 비로소 봄을여읜 서름에 잠길테요
오월(五月)어느날 그하로 무덥든 날
떠러져 누은 꼿닙마져 시드러버리고는
천지에 모란은 자최도 업서지고
뻐처오르든 내보람 서운케 문허졌느니
모란이 지고말면 그뿐 내 한해는 다 가고말아
삼백(三百)예순날 하냥 섭섭해 우옵내다
모란이 피기까지는

나는 아즉 기둘리고잇을테요 찰란한슬픔의 봄을[1]

이 시 앞에서 해석은 거듭 붓방망이질을 한다. 이상하게도 여러 뜻으로 읽힌다. 좋은 시의 기본 자질이 '모호성'에 있다는 것은 아주 오래전부터 교과서에 실린 얘기다. 그 뜻을 제대로 파악하고 전달한 교사가, 아니 평론가가 드물기는 하지만 말이다. 그게 오늘의 문학 교육의 현실이다. 여하튼 모호하다는 것은 의미가 중층적이거나 복합적이라는 것을 가리킨다. 그런데 이 시는 그런 의미에서 모호한 게 아니라, '알쏭달쏭'한 것 같다. '엉뚱한 사람에게 애매하게도 누명을 씌웠다'라는 '애매'에 더 가까운 듯하다. 나는 「모란이 피기까지는」을 읽으며 괜한 용어 시비에 휘말리는 게 껄끄럽다.

나는 처음엔 봄을 기다리는 마음의 표현으로 읽었고, 소년 시절 국어 시간에 배운 대로 '모란'을 조선 독립 혹은 광복의 시적 형상화라고 보았다. 그런데 나는 금세 그런 해석이 잘못 되었다는 걸 깨달았다. 세 번째 행에서 화자는 "모란이 뚝뚝 떠러져버린날/나는 비로소 봄을여흰 서름에 잠길테요"라고 말하고 있다. 모란은 이미 피었던 것이다. 이미 피었다가 "오월(五月)어느날 그하로 무덥든 날/떠러져 누은 꼿닙마져 시드러버"렸다.

그러니까 이 시는 빼앗긴 조국을 되찾고자 하는 염원의 표현이 아니다. 물론 여기에도 상실이 있긴 하다. 그러나 이 상실은 자연적 과정 속에서 언제나 돌아왔다가 떠나가는 것이다. 되찾으려고 애쓰지 않아도

---

1) 이숭원, 『영랑을 만나다―김영랑 시 전편 해설』, 태학사, 2009, p. 175(최초 발표 연도: 1934).

기다리지 않아도 모란은 핀다. 그렇다면 도대체 첫 연의 저 간절한 마음은 무엇인가? 때가 되면 피고야 말 텐데 왜 그렇게도 애타게 기다리는가?

시에 제시된 단서는 다음과 같다: "뻐쳐오르든 내보람 서운케 문허졌느니." 모란이 피었을 때 문제가 있었다는 것이다. 그때 핀 모란에 부응해서 내 기운은 뻐쳐 올랐다. 그런데 내 기운이 어떤 보람을 얻기 전에 모란은 지고 말았다. 그 보람이 무엇인지는 제시되어 있지 않다. 단 모란이 피어 있을 때만 뻐쳐 오를 수 있다는 것만은 엄연한 사실이다. 그렇다면 내가 다음 번 모란이 피기를 기다리는 건, 내가 온전히 내 보람을 뻐쳐 오를 수 있게 될 날이 오기를 기다린다는 것인가? 그게 바로 화자가 두번째 행에서 "나의 봄"이라고 지칭했던 것인가?

이렇게 읽으면 모란이 피기를 기다린다는 것은 내가 내 보람을 가장 완벽히 구현하기 위해 기운을 낼 때를 기다린다는 말이 된다. 그게 설혹 실패로 끝날 것이라 할지라도 나는 매일 모란이 피기를, 즉 그럴 기회가 오기를 기다리리라. 이건 꽤 그럴듯한 해석이다. 그 보람의 실체가 무언지 알 수 없어도 말이다. 여기에서 기다림의 대상은 어떤 상태가 아니다. 동작이다. 내가 세상을 조금이나마 바꾸기 위해 행할 움직임이다. 즉 내가 바라는 것은 핀 모란이 아니다. 모란이 '피다'라는 동사이다.

그러나 이 해석도 완벽하질 않다. 왜냐하면 마지막 행이 실패를 운명화하고 있기 때문이다. 화자는 "찰란한슬픔의 봄"이라고 말했다. 그것은 내가 보람 있게 행할 일을 장려함과 동시에 그 장렬한 실패를 예정한다. 독자는 고개를 갸우뚱한다. 결국 실패할 거라면 그 모습이 아무리 찬란하다 하더라도 무슨 소용이 있는가, 보람이 없는걸?

하지만 특유의 시적 결단으로 해석하면 느낌이 달라질 수 있다. 이것은 내 움직임을 극대화시키기 위한 방법적 좌절이라고. 만일 정말 보람이 성취된다면 나는 기쁨에 잠길 것이되, 그 대가로 움직일 명분도 사라진다. 시는 이제 날개를 접고 영원한 안식에 들어갈 것이다. 그러나 이것은 유한자 인간의 삶에 적절치 못하다. 인간의 삶은 늘 한계의 노출과 그 극복의 영원한 도정에 있을 뿐이기 때문이다. 따라서 세상을 바꾸고자 하는 인간의 움직임은 지속되어야 한다. 그 지속을 위해서 성취는 때마다 유보되어야 한다. 그 유보를 극적으로 표현하는 것은 동작의 좌절이다. 한편으로 성취를 위한 동작을 극대화하고 다른 한편으로 그 실패를 운명화한다. 그럼으로써 움직임이 항구화된다. 이 항구성에의 요구가 독자의 심금을 파고들 것이다.

여기까지 오면 이 시가 단순하지 않다는 것을 알 수 있을 것이다. 이 시는 의미의 다층성이라는 뜻에서 모호성으로 가득 찬 시다. 무엇보다도 최종적 도달점으로 지시되었으며 따라서 가장 구체적인 형상으로 상상된 '모란'이 실은 도달점이 아니라 출발점이라는 것이 그 모호성의 진정한 의미이다. 모란이 필 때 나는 완성의 경지에 도달한다,가 아니라 완성을 향한 운동을 개시한다.

이러한 해석은 이 시가 이토록 오랫동안 사람들에게 기억된 소이를 알려준다. 시간의 풍화를 견뎌낼 만한 힘이 이 시의 모호성 속에 저장된 것이다. 그러면서 동시에 네 가지 생각을 불러일으킨다.

첫째, 조국의 광복을 꿈꾸는 시가 아니라는 것. 이 시는 그보다 더 근본적인 차원에 놓인 '인간의 태도'에 관한 시이다. 그것은 지금까지의 교과서적 해석을 근본적으로 수정해야 할 필요에 직면케 한다. 그런데 그보다 더 의미심장한 문제들이 있다. 이런 시가 왜, 어떻게 씌어질 수 있었던가,라는 문제이다. 이 의문은 독자로 하여금 한국 근대시의 시초를 돌아보게 한다. 즉 김소월과 만해의 연장선상에서 김영랑을 파악하는 문제이다. 이것이 두번째 생각의 단초이다.

언뜻 보아서 김영랑의 이 슬픔의 시는 김소월의 시와 많이 닮아 있다. 주제상으로 그렇다. 김소월의 대부분의 시가 그러하듯이 이 시도 '그리움'의 시다.

> 그리운 우리 님의 맑은 노래는
> 언제나 제 가슴에 젖어 있어요
>
> ─김소월, 「님의 노래」 부분[2]

에 적시되어 있는 '그리움' 말이다. 그러나 어딘가 근본적인 차이가 있다. 소월은 그리움을 말할 때 그리워하는 주체의 움직임을 빠뜨리지 않는다. 가령 방금 따온 시에서도 "제 가슴에 젖어 있어요"라고 말하고 있지 않은가? 빠뜨리지 않는다는 것은 자신의 행동을 의식한다는 것이다. 이 '의식'을 통해 다음과 같은 절창이 태어난다.

> 먼 훗날 당신이 찾으시면
> 그때에 내 말이 "잊었노라"
>
> 당신이 속으로 나무라면
> "무척 그리다가 잊었노라"

---

2) 김소월, 『김소월 시전집』, 권영민 엮음, 문학사상, 2018, p. 44. 현대어 표기.

그래도 당신이 나무라면
"믿기지 않아서 잊었노라"

오늘도 어제도 아니 잊고
먼 훗날 그때에 "잊었노라"

—김소월, 「먼 후일」 부분[3]

　떠나간 연인에 대한 원망을 담고 있는 이 시의 매력은 "잊었노라"라는 말이 떠난 님을 교묘히 자극한다는 데에 있다. 말의 내용은 연인의 떠남을 스스로 접수하지만 말의 형식은 떠난 연인을 꼬집고 있다. 이로써 시의 화자는 이중적으로 자신의 주체성을 획득한다. 한편으로는 연인이 떠난 일을 자신이 주도하는 사건으로 만들고(이것이 프로이트의 실패 이론인 Fort-Da로, 프로이트의 외손자가 했던 놀이이다)[4] 다른 한편으로 떠난 연인으로 하여금 떠난 일을 반성케 하는 존재로서 연인에게 개입한다(이는 프로이트의 후손이 결국 직면해야 했던 Fort-Da의 최종적 결손 사태를 '반복 강박'으로 치닫게 하지 않는 제3의 길이다). 이 개입을 통해 화자는 연인에게 떠난 일을 원점으로 돌릴 것을 쏘삭인다. 이는 김소월 식 화자의 특유의 태도이다. 우리는 「진달래꽃」의 화자에게서 같은 태도를 발견하고, 그 시에 대한 종래의 해석을 완전히 뒤집을 수 있었다.
　「모란이 피기까지는」에서 나타난 결정적 변화는 이 주체의 운동 궤적이 사라졌다는 것이다. 주체는 더 이상 사건에 개입하지 않는다. 다만

---

3)　김소월, 같은 책, pp. 26~27. 현대어 표기.
4)　Sigmund Freud, "Au-delà du principe de plaisir," *Œuvres complètes XV(1916~1920)*, Paris: Presses universitaires de France, 1996, pp.273~338.

그는 '기다리는' 존재로서 나타날 뿐이다. 그리고 기다리는 존재에게 다가오는 것은 오로지 대상이다. 「모란이 피기까지는」에서 그 대상은 '모란'이다. 중요한 것은 이 시에서 오직 움직이는 것은 모란뿐이라는 점이다. 이미 말했듯 이미 모란은 피었고 그리고 졌다. 그리고 화자는 운다. "모란이 지고말면 그뿐 내 한해는 다 가고말아/삼백(三百)예순날 하냥 섭섭해 우옵내다". 그리고 화자가 인물로서 할 수 있는 일은 오직 기다리는 일뿐이다. "모란이 피기까지는/나는 아즉 기둘리고잇을테요 찰란한 슬픔의 봄을."

우리는 김영랑의 시의 거의 대부분에서 이런 대상의 전적인 움직임을 확인할 수 있다.

　　돌담에 소색이는 햇발같이
　　풀아래 웃음짓는 샘물같이
　　내 마음 고요히 고흔봄 길우에
　　오날하로 하날을 우러르고싶다

　　　　　　　　　　　　　—『돌담에 소색이는 햇발』 부분[5]

앞에 김소월을 읽으면서 '쏘삭이는' 존재가 '나'임을 보았었다. 김영랑의 시에서는 정확히 "햇발"이 "소색이"고 있다. 대상은 단순히 운동 주체인 것만이 아니다. 그는 돌담에까지 내려오고 풀 아래까지 비추어들어 화자의 외적 환경을 장악하고 있다. 그 안에 갇힌 채로 '나'는 겨우 "하늘을 우러르고싶다"는 소망만을 피력한다.

---

5) 이숭원, 같은 책, p. 17.

어덕에 바로 누어

아슬한 푸른하날 뜻없이 바래다가

나는 이겼읍네 눈물 도는 노래를

그하늘 아슬하야 너무도 아슬하야

— 「어덕에 바로 누어」 부분[6]

  김소월에게 있어서 "잊었노라"는 진술이 대상을 자극하기 위한 전략적 진술이라면 김영랑에게 "이겼읍네"는 순수한 자기 진술이다. 하늘이 "너무 아슬"해서 대상과 만날 길이 막막해서 잊었다는 것이다. 그러나 독자가 간과하지 말아야 할 것은 이러한 사태가 주체를 완전한 존재 망실로 몰아가지 않는다는 것이다. 만일 그렇게 된다면 시가 씌어질 까닭도 없었을 것이다. 실은 오히려 거꾸로이다. 이 사태는 주체에게 무언가를 보장해준다.

뉘 눈결에 쏘이었오

왼통 수집어진 저 하늘빛

담안에 복숭아 꽃이 붉고

박게 봄은 벌서 재앙스럽소

꾀꼬리 단두리 단두리 로다

뷘 골ㅅ작도 부끄려워

---

6) 이숭원, 같은 책, p. 21.

116

홀란스런 노래로 힌구름 피여올리나
그속에 든 꿈이 더 재앙스럽소

—「뉘 눈결에 쏘이었오」 전문[7]

　이숭원은 "재앙스럽소"를 "짓궂은 아이"의 태도로 풀이하고 있다.[8] 그 풀이가 적절하다고 생각한다. 그것은 대상이 주체를 간질이는 양태를 정확하게 짚어내고 있다. 앞에서 대상이 운동하고 주체는 보기만 한다는 것을 충분히 말했다. 그러나 보는 주체는 운동력을 아예 상실한 존재가 아니다. 저 대상의 '찬란함' 혹은 '혼란스러움'이 주체에게 끊임없는 운동의 시작을 자극한다. 그 덕분에 주체는 운동을 개시하고자 하는 몸짓을 한 후 운동을 이어나가지 못한 채 되돌아와 첫 운동을 다시 시작한다. 마치 맨 가장자리에 흠이 생겨 끊임없이 첫 곡조를 되풀이하는 LP판과 같다. 그 흠 덕분에, 즉 운동 가능성의 부재 때문에 운동의 몸짓은 언제나 '신생'의 동작을 되풀이한다.

　그것이 김영랑 시의 매력이다. 앞에서 "모란이 도달점이 아니라 출발점"이라고 한 진술의 정확한 뜻이 여기에 있다. 여기에서 모란을 잃어버린 비극은 '비극의 향락'으로 바뀐다. 비극은 기쁨이 탄생할 조건이다. 그러나 좀더 정확히 말하자. 영원한 비극은 기쁨을 영원히 탄생 속에서 재생되게끔 한다. 만일 비극이 그친다면 기쁨은 얼마 후 지루해질 것이다. 그러니 비극이여, 영원하라! 저 "수집어진 저 하늘빛"은 바로 그 향락적 비극을 수일하게 형상화하고 있다. 또한 그 '수줍음'을 태어나게 한

7)　같은 책, p. 25.
8)　같은 책, p. 25.

내 '눈결'의 음험한 죄악을!

필자는 여기에서 한국적 서정시가 태어났다고 본다. 앞으로 이어서 보겠지만 미당 서정주의 시가 한국적 서정시의 완성형이라면(내가 그렇게 보는 이유는 미당 이후 한국의 서정시의 '장(場)'은 미당을 시늉하는 언어-동작들로 번잡해졌기 때문이다), 그 뿌리는 분명 김영랑에 있다고 판단되기 때문이다. 이 서정시는 김소월이나 한용운의 그것과는 무관하다. 아니 한국 근대시의 최초의 보기를 제공한 그들의 시로부터 어떤 '편차'가 발생하였고 그로부터 김영랑적인 것이 우세해졌다고 보는 게 더 정확한 진술일 것이다.

왜 그랬을까? 이 점에 대해서 묻기 전에 김영랑의 시가 만해의 시로부터는 어떤 편차를 발생시켰는가를 마저 보기로 하자.

김영랑이 김소월로부터 '그리움'을 물려받았다면, 만해로부터는 그의 '비극적 세계관vision tragique'을 물려받았다. 비극적 세계관이란 단순히 좌절과 절망의 세계관이 아니다. 그것은 김우창이 골드만[9]으로부터 그 용어를 빌려와 만해 시를 해명하는 데 썼듯이[10] 의미의 무와 충만의 동시성을 가리킨다. 그것을 예전에는 역설이라고 말했다. "아아, 님은 갔지마는 나는 님을 보내지 아니하였읍니다"에서 시작해, "걷잡을 수 없는 슬픔의 힘을 옮겨서 새 희망의 정수배기에 들어부었읍니다"로 이어지는 시구들이 함축하고 있는 세계관이다. 앞서 이 세계관을 일상의 차원으로 옮기면 아주 우스꽝스러운 억지가 된다고 이미 말했었다. 그 점을

9) Lucien Goldmann, *Le dieu caché*, Paris: Gallimard, 1959; 루시앙 골드만, 『숨은 신―비극적 세계관의 변증법』, 송기형·정과리 옮김, 인동, 1981.

10) 김우창, 「궁핍한 시대의 시인」, 『궁핍한 시대의 시인―현대문학과 사회에 관한 에세이』, 민음사, 1977.

들어 나는 이 세계관을 "질 수 없는 자의 신비주의"라고 명명하기도 했다.[11]

그러나 만해는 그가 감당할 신비주의를 주체를 대상화함으로써 혹은 대상을 주체화함으로써 해결해냈다. 다시 말해, 그가 기리는 님을 그가 그리는 민중과 호환시켰던 것이다. 그가 불쌍히 여긴 자들과 그가 그리워한 님 사이에 원환이 형성되어 순환하는 구조를 구축했던 것이다. 그 점을 나는 이 책의 앞부분에서 분석하였다. 그것은 행동의 원리를 끝까지 끌고 나간 데서 비롯되었다. 김영랑에게는 당연히 그런 순환 구조가 없다. 그의 시에는 행동과 관조가 엄격히 분리되기 때문이다. 그럼으로써 그는 그의 신비주의가 '억지'로 치닫는 걸 차단하였다. 떠난 님을 쫓아가 패악을 부리지는 않게 되었다. 그 대신 신비를 관조 속에 내장하였다. 그것이 기다림의 향락이라고 말한 것이다.

이제 물어보자. 어떻게 이런 태도가 가능했던가? 두말할 것도 없이 일제강점기하에서 조선인의 행동 능력이 망실된 데서 비롯하는 것이다. 「독립선언서」에 나와 있듯이 '독립국'과 '자주민'을 당당히 요구하는 근대적 지식은 가득 찼다. 그러나 3·1운동은 처참히 좌절하였다. 조선인들은 한반도 내에서의 행동의 완벽한 불가능성을 본 것이다. 그 때문에 한반도 밖으로의 상상적 도피, 실제적 망명이 이루어졌다. 상상적 도피는 '조선심' '조선적인 것'의 발명으로 나타났다. 실제적 망명은 임시정부라는 형태로 나타났다. 그러나 대부분은 도피도 망명도 할 수 없었다. 김영랑의 시적 태도는 바로 근대에 개안한 사람들이 근대적인 것을

---

11) 졸고, 「위기가 아닌 적이 없었다. 그러나 때마다 위기는 달랐다」, 『뫼비우스 분면을 떠도는 한국문학을 위한 안내서』, 문학과지성사, 2016, pp. 44~47.

성취할 가능성을 잃어버렸을 때 그 성취에 대한 갈망을 유일한 낙으로 삼음으로써 배태되는 태도이다. 그것은 정확히 '정치적 준비론'에 조응한다. 김영랑이 출범시킨 한국적 서정시 안에 향락이 있었다면, 정치적 준비론에도 당연히 향락이 흐르고 있었다고 봐야 할 것이다. 그게 없었다면 어떻게 사람들이 그걸 견뎌냈겠는가? 그러니까 나는 이 '향락'이라는 어휘를 결코 '비난'의 뜻으로 사용하는 게 아니다. 그건 생존의 원천이다. 그럼에도 우리가 직시해야만 하는 엄혹한 사실은, 정치적 준비론이 지배적인 것이 된 한반도의 미래는 1945년에 준비가 전혀 안 된 채로 해방을 맞이해야만 했다는 것이다. 물론 좁은 의미에서의 정치적 준비론 쪽에서는 항변할 수도 있을 것이다. 우리는 결코 한반도의 지배적 사조가 아니었다고. 그렇다면 사회적 준비론이라고 바꿔 말해보자. 그건 분명 지배적인 분위기이자 태도였다. 친일까지 포함해서 그렇다. 친일의 상당 부분은 개인적 영달의 측면도 있었겠지만, 공적으로는 이광수의 "민족을 위해 친일했다"는 변명이 가리키듯 어떤 미래를 위한 준비의 의미를 띠고 있었다. 그 의미 때문에 그 행위에 죄의식보다 합리화가 강하게 작용할 수 있었던 것이다. 여하튼 사회적 준비론의 결과가 준비 없이 해방을 맞이한 사태라는 점은 돌이킬 수 없는 것이다.

하지만 나는 그것을 비판이나 비난을 위해 말하는 게 아니다. 그건 우리의 앞선 세대가 끌고 갔던 역사였다. 그들은 그것을 단순히 겪은 게 아니라 스스로 조성한 것이다. 그러나 거기에 손쉬운 가치판단을 할 수는 없다. 그걸 뒷세대는 끊임없이 되새겨야 할 것이다. 그럴 수밖에 없었을까? 다른 가능성은 없었을까? 그럴 수밖에 없었다는 데에 그들의 몫은 얼마간의 함량을 가지는 것일까? 필자는 그에 대해 아직 명료한 해답을 갖고 있지 못하다.

마지막으로 이 행동으로부터 관조의 분리. 개입으로부터 기다림으로의 전환을 무의식적 차원에서 가장 선연하게 느낀 사람은 이상이라는 점을 부기해두자. 엉뚱한 얘기 같지만 필자 생각은 그렇다. 바로 「오감도 시제1호」가 그 보기이다.

十三人의兒孩가道路로疾走하오.
(13인 아해 도로 질주)
(길은막달은골목이適當하오.)
(적당)
第一의兒孩가무섭다고그리오.
(제1 아해)
第二의兒孩도무섭다고그리오.
(제2 아해)
第三의兒孩도무섭다고그리오.
(제3 아해)
第四의兒孩도무섭다고그리오.
(제4 아해)
第五의兒孩도무섭다고그리오.
(제5 아해)
第六의兒孩도무섭다고그리오.
(제6 아해)
第七의兒孩도무섭다고그리오.
(제7 아해)
第八의兒孩도무섭다고그리오.
(제8 아해)
第九의兒孩도무섭다고그리오.
(제9 아해)
第十의兒孩도무섭다고그리오.
(제10 아해)

第十一의兒孩가무섭다고그리오.
(제11 아해)
第十二의兒孩도무섭다고그리오.
(제12 아해)
第十三의兒孩도무섭다고그리오.
(제13 아해)
十三人의兒孩는무서운兒孩와무서워하는兒孩와그러케뿐이모혓소.
(13인 아해 아해 아해)
(다른事情은업는것이차라리나앗소)
(사정)

그中에一人의兒孩가무서운兒孩라도좃소.
중 1인 아해   아해
그中에二人의兒孩가무서운兒孩라도좃소.
중 2인 아해   아해
그中에二人의兒孩가무서워하는兒孩라도좃소.
중 2인 아해   아해
그中에一人의兒孩가무서워하는兒孩라도좃소.
중 1인 아해   아해

(길은뚫닌골목이라도適當하오.)
              적당
十三人의兒孩가道路로疾走하지아니하야도좃소.[12]
13인 아해 도로 질주

　　이 시에서 "무서운아해"를 '무시무시한 아해'로 해석하는 사례도 있
는 것 같은데, 그것은 적절하지 않아 보인다. 이 시에서 그런 해석을 가
능케 할 어떤 근거도 없기 때문이다. 오히려 "무서운아해"와 "무서워하
는아해"의 차이는 무서움의 정신적 자리의 차이이다. "무서운아해"는
무서움을 오로지 체감하는 아해인 반면, "무서워하는아해"는 그 체감
을 의식하는 아해라는 것이다. 김소월·한용운으로부터 김영랑으로의
이행은 "무서워하는아해"로부터 "무서운아해"로의 이행으로 볼 수 있
다. 물론 김영랑으로부터 서정주로 이어지는 흐름이 "무서운아해"들의
질주라면 김영랑─서정주로부터 이탈하는 흐름, 가령 박두진이라든가
훗날의 황동규의 시에서 나타나는 또 하나의 길에서는 "무서워하는아
해"들이 질주하고 있었다고 볼 수도 있다. 김영랑의 시점, 즉 1930년대
의 시점에서 우리가 일단 확인할 수 있는 것은 "무서운아해"와 "무서워
하는아해"가, 즉 느끼는 존재와 생각하는 존재가 체감하는 존재와 의식

---

12) 이상, 『이상문학전집 1─시』, 김주현 주해, 소명출판, 2005, pp. 82~83. 이 시는 1934년
　　7월 24일 발표되었다.

하는 존재가 갈라졌다는 사실이다.

한국적 서정시의 다른 가능성
─ 김현구

「오감도 시제1호」에서 보았듯이, 관조와 행동의 분리는 '한국적 서정시'에서만 진행된 게 아니다. 그것은 1930년대의 전반적인 흐름이었고, 아주 중요한 사건이었다. 이에 대해서는 잠시 유보하기로 하자. 우선 유념해야 할 것이 있다. 행동과 관조가 분리되었다는 것이 관조의 시가 지배하게 되었다는 것을 뜻하지 않는다는 것이다. 이상의 경우처럼 그 둘의 분리와 공존을 뚜렷이 자각한 사람들이 많았다. 가령 김광균이 처음 쓴 시로 알려져 있는 「오후의 구도」의 마지막 시구를 읽어보자.

바람이 올 적마다
어두운 커―튼을 새어 오는 보이얀 햇빛에 가슴이 메어
여윈 두 손을 들어 창을 나리면
하이―헌 추억(追憶)의 벽 우엔 별빛이 하나
눈을 감으면 내 가슴엔 처량한 파도 소리뿐[1]

에서 "어두운 커―튼"은 "보이얀 햇빛"과 "여윈 두 손" 사이를 단절시키
며, 그 단절로부터 일어나는 화자의 '가슴이 메는' 상황을 여실하게 전
달하고 있는데, 그 단절보다 더 주목할 것은 이 상황 속에서 모든 현상
들이 이중의 양태를 띤다는 것이다. '사이'에 놓이는 매개자가 "어두운
커튼"과 '창'으로 지시되어 단절과 연결이 중첩되고, 화자에게 다가오는
것이 '별빛'과 "파도 소리"로 나뉘며, 다시 그 둘은 '빛'과 '소리'로 변별
되는가 하면, 다가온 것의 장소는 '추억'과 '가슴'으로 나뉘면서 한자 표
기와 한글 표기로 대립된다. 이쯤 되면 '이중의 양태'라기보다 차라리
'두 개의 사물' '두 개의 존재'가 한 상황으로부터 동시에 튀어나온다고
말할 수 있을 것이다. 그것들은 서로 변별되면서 서로 삼투하면 모호해
지니, 그것의 가장 뚜렷한 표상은 "어두운 커―튼을 새어 오는 보이얀
햇빛"의 '보이얀'이 지시하는 모습으로, 이 모호성은 너무나 선명하여
모호한 만큼 거꾸로 두 양태의 대립을 강렬하게 부각시킨다. "눈을 감으
면"이라는 대목에서 눈을 감아본 독자라면 그 선명함을 실감할 수 있을
것이다. 그 때문에 이 시구는 김소월의

    저만치 혼자서 피어 있네

                                        ―「산유화」 부분

    나

---

1) 김광균, 『김광균 문학전집』, 오영식·유성호 엮음, 소명출판, 2014, p. 17.

한국적 서정시의 다른 가능성 125

불러도 대답없는 이름이여

—「초혼」 부분

에서 표출된 행동의 불가능성과 김영랑의 순수한 기다림의 미학 중 그 어디에도 속하지 않는다. 왜냐하면 이 선명한 모호성 속에서 관조와 행동의 분리가 지각되면 될수록 행동에 대한 열망이 '처량'하게 불타오르고 있기 때문이다. 저 처량함은 격렬하지 않지만, 그만큼 지속적이다.

그러니까 '한국적 서정시'가 등장하던 무렵, 즉 1930년대에 한국문학 전반에서 관조와 행동의 분리에 대한 지각, 혹은 자각이라는 사건이 피어났던 것이다. '한국적 서정시'는 그 사건의 특별한 효과 중의 하나에 불과했다. 그 효과의 양상은 행동과 관조의 분리를 순수 관조로 이동시켰다는 것이다. 문제는 이것이 하나의 '효과'에 불과했으나, 전쟁과 분단 이후 가장 지배적인 미학적 태도로 남한 사회에 뿌리내렸다는 것이다. 그리고 거기에는 서정주라는 탁발한 시인이 존재했다는 사실이 중요한 원인이겠으나, 심층적으로는 정치·사회적 정황의 영향이 아주 압도적이었다고 보아야 할 것이다.

여하튼 하나의 '효과'였다는 것은 김영랑의 시가 당대에는 하나의 시적 가능성, 좀더 좁혀 말해 '한국적 서정시'의 하나의 가능성에 불과했다는 것을 의미한다. 여기에서 '한국적 서정시'는 통상적으로 정의되는 '서정시'와 구별되어 이해되어야 한다는 것을 먼저 지적하기로 하자. 근대적인 의미에서 '서정시'는 근대 이후 모든 시에 적용되는 개념이다. 그것은 이미 말했듯, '현실과의 불화'와 '절대적 자아'라는 두 개의 인수를 통해 만들어지는 언어문화이며, 이 두 인수 모두가 모더니티 이후 생겨난 감정 혹은 태도이다. 덧붙이자면 이러한 언어문화는 짧을 수밖에 없는데(따라서 대부분의 서정시의 길이가 짧은 것인데), 그것은 '현실과의 불화'라는 인수가 현실 내부에서의 장구한 개진, 좀더 정확히 말하면 현실을 재구성하는 상징체계로서의 언어 자체의 긴 전개를 방해하기 때문이다. 이 자리에서 상론할 문제는 아니지만, 때때로 긴 시들이 출현하여 항용 '서사시'라는 이름을 얻게 되는 것은, 그 언어체들이 서정시의 기본 형식을 빌려서 다른 언어문화를 향해 나아갔다는 것을 가리킨다. 그리고 그것은 모든 장르에서 빈번히 발생하는 자기 변혁의 자연스런 충동과 실행의 양태들과 다를 바 없다. 모든 장르는 고정된 것이 아니라 끊임없이 유동한다.

따라서 '서정시'와 모더니즘, 민중시를 구별하는 것은 정확한 인식 태도가 아니다. 그것들은 서로 범주가 다르기 때문에 그들 사이에 구별의 기준이 세워질 수가 없다. 우리가 통상 '서정시'라고 부르는 것은 서정시의 아주 특별한 양태이자, 서정시 일반의 기준으로부터 이탈한 것이다. 때문에 그것을 '한국적 서정시'라고 불러야 할 필요가 생겼다.

'한국적 서정시'는 넓게 말해, 서정시의 '현실과의 불화'라는 인수를 '자연과의 교감'이라는 인수로 치환한 태도로부터 태어난 짧은 형식의 언어문화이다. 그렇게 할 수 있었던 근거는 '자연'이 현실에 대한 대립자로서 설정될 수 있기 때문이다. 그런데 한국에서 지배적인 양상으로 정착한 '한국적 서정시'는 '자연과의 교감'을 '자연과의 동화'로 다시 치환하였는데, 이 치환을 통해서 서정시의 일반적 정의로부터의 결정적인 이탈이 일어났다. 즉 자연과의 동화가 진행됨으로써 '절대적 자아'라는 서정시의 다른 인수가 소실되었다는 것이다.

그런데 김영랑의 시대에 '한국적 서정시'는 다르게 갈 수도 있었다. 김영랑, 박용철과 함께 '시문학파'의 일원이었던 현구(玄鳩) 김현구(金炫耉,

1904~1950)의 시가 그것을 증명한다.

　　하늘에 쇠북소리 맑고 향기롭게 굴리어 가듯
　　비둘기 하얀 털이 도글도글 미끌리는 저녁햇빛
　　마음이 비최일 듯 환한 꽃잎이 언덕에 고이 지고
　　누리는 지금 빛나는 서름에 젖어 있다.

　　"누리의 아름다운 모든 것 그 빛난 목숨 짧아야
　　서러워하는 사람 마음 속에 기리산다고"
　　때가 나직한 소리로 노래 부르고 지나가며
　　눈물같이 예쁘게 달린 꽃을 따 가 버린다.

　　　　　　　　　　　　　　　—「낙화송(落花頌)」 부분[2]

　　그의 시 「낙화송」은 김영랑의 「모란이 피기까지는」과 기본 정황을 공
유한다. '꽃이 짐'과 그로 인한 '설움'을 노래하고 있다. 그런데 시적 전
개는 아주 다르다. 무엇보다도 김영랑의 기다림의 미학, 즉 '세계에 대
한 태도'로서의 관조의 확립이 나타나지 않는다는 것이다. 때문에 이 시
에는 설움이 날것 그대로 살아 있다. 첫 연의 생생한 묘사는 말 그대로
'빛나고' 있다. "찰란한슬픔의 봄"이 오히려 여기에 이미 당도해 있는 듯
하다.
　　즉 김현구는 꽃이 진 설움을 기다림이라는 방법을 통해서 다스리지
않는다. 현실과의 불화를 무언가로 대체하지 않은 것이다. 그러나 또 다

2)　김선태, 『김현구 시 전집』, 태학사, 2005, p. 24.

른 양상이 있다. 김영랑의 기다림의 미학을 실행하는 것은 '나'이다. "나는 비로소 봄을여휜 서름에 잠길테요"와 "나는 아즉 기둘리고잇을테요 찰란한슬픔의 봄을"의 '나'가 그이다. 그러니까 '한국적 서정시'는 '나'의 발견, 좀더 정확히 말하면 주체의 이미지로서의 '자아'의 발견을 통해서 가능했다는 것이다. 그것이 나중에 '나'의 망실이라는 아이러니를 초래했다 하더라도 자아의 발견은 필수 요건이었다. 반면 김현구의 시는 이 점에서 김영랑보다 뒤쳐져 있다. 여기에는 '나' 대신에 '누리'와 '때'가 있다. 시의 화자는 현실과는 다른 별도의 시공간이 있다는 점을 알아차렸지만, 그 시공간을 구상하고 기획하며 주도하고 실현해나갈 '나'가 있다는 점을 스스로 깨닫지 못하고 있다. 물론 이것은 이 작품에 한해서 하는 얘기다. 그의 시에 '나'가 아예 등장하지 않는 것은 아니다. 그 '나'는 우선

　　나의 애달픈 한숨이여!

—「풀 우에 누워서」 부분[3]

에서 표명된 '한숨 쉬는 나'에서 출발하여

　　내 노래는
　　드을에 핀 쌍찔내의 눈물갓치
　　그러케 애틋하고
　　[……]

---

3)　같은 책, p. 35.

이마를 흘너가는 바람결갓치

간 길도 모르게 사라져바리는

그러케 흔적업는 노래를

나는 부르고 십다.

—「나의 노래는」 부분[4]

'한숨'을 '노래'로 진화시킨 '노래하는 나'로 발전한다. 그러니까 그는 서정적 자아로서의 시인임을 자각했던 것이 분명하다. 그런데 서정적 자아가 세상을 인식하고 판단하고 기획하고 도전하는 '나'의 문을 열고 나갔는지는 분명치 않다. 즉 서정적 화자가 서정적 인물로 확산되었는지가 확실치 않다. 여러 비평가가 함께 인용한 바 있는

그리움에 애달른 나의넋은 흰새가 되여

포르르 포르르 근심의거리를 고이떠나

늘봄의 물결사이에 기쁨을 노래하느니

—「내마음 사는곳」 부분[5]

에서 '흰 새'가 되고자 하는 소망이 '자기실현'의 의지를 표출하고 실행하는 것인가 아닌가? 대신 앞서 인용된 시구에서 보이듯, 노래하는 나는 자신의 흔적을 지우고 싶어 한 흔적을 상당수 노출한다(시구의 문면은 "흔적업는 노래"라고 말하고 있으나, 이는 '나의 흔적이 지워진 노래'라

---

4) 같은 책, p. 70.
5) 같은 책, p. 39.

는 뜻으로 읽는 게 타당할 것 같다). 실로 그의 뛰어난 시들에서는 '나'의 흔적이 실제로 잘 보이지 않는다는 게 나의 일차적 독후감이다. 그것이 숨은 것인지, 지워진 것인지는 좀더 읽어봐야 할 것 같다.

김선태 시인의 발굴과 적극적 소개가 없었더라면 우리는 김현구의 존재를 까마득히 잊고 살았을지도 모른다. 그가 수일한 명편들을 만들어냈음에도 불구하고 "문학사에서마저 그 이름이 지워져 있었"[6]던 까닭은 무엇일까? 거기에는 개인적인 성향도 작용하고 있지만 아마도 한국의 정치사회적 정황과 연결된 문화적 분위기가 다른 선택을 하도록 더 강하게 요구했기 때문인지도 모른다. 만일 그가 이른바 '한국적 서정시'의 또 다른 가능성으로 받아들여졌더라면 한국 시의 역사는 많이 달랐을 것이다.

---

6) 같은 책, p. 3.

1930년대, 미의식의 탄생
── 이태준과 황순원

　　지금까지 1930년대에 행동과 관조의 분화가 일어났다는 얘기를 했다. 우리는 이 사건의 원인과 성격과 양태들을 동시에 이해해야 한다. 우선 이 사건의 근원에는 보편적인 것과 특수한 것이 동시에 있다. 특수한 원인이란 한반도의 현상에만 작용하는 원인을 가리킨다. 그 특수한 근원을 '3·1운동의 좌절', 즉 독립선언의 실패에서 보았다. 보편적 원인은 모든 일에 공통적으로 개재하는 것이다. 어떤 현상의 탄생은 일정 시간이 지난 후 행동적 층위와 성찰적 층위, 좀더 일반적인 용어로 바꾸어, 존재 층위와 의식 층위로 분화된다는 것이다.[1] 이 얘기를 하는 까닭은 특수한 원인이 자칫 이 분화를 부정적으로 인식케 할 수도 있다는 염려 때문이다. 오히려 이 분화는 성장의 표지이다. 이것은 부정적 상

---

1)　존재 층위와 의식 층위의 상호 관련성에 대한 아주 간명한 해설은 박이문의 『시와 과학』(일조각, 1975)을 참고하기 바란다.

황을 극복하려는 의지 속에서 탄생하는 것이지, 부정적 상황의 수동적 반영이 아니다. 그럼에도 그 양태의 스펙트럼은 아주 넓다. 그 분화의 실제적인 양태는 현실로부터의 도피로부터 현실에 대한 기묘한 반격에 이르기까지 폭넓게 산포되어 있다. 필자가 김영랑으로부터 발원했다고 주장하는 한국적 서정시는 그 하나의 양태이다. 그런데 이 다양한 양태들을 포괄하는 공통된 성격이 있다. 물론 그 성격은 한반도의 문학에 해당하는 것을 가리킨다. 다른 삶의 부면들에 대해서까지 말할 수 있는 능력은 내게 없다. 여하튼 그 성격은 무엇인가?

그것은 한국어 문장에 처음으로 '미'에 대한 자각이 들어섰다는 것이다. 좀더 정확히 말하면 '미적인 것'의 자율성에 대한 발견이라는 사건이 발생했다는 것이다. 이 진술은 금세 의아하다는 반응을 야기할 수도 있을 것이다. 그 이전 세대는 '미'를 몰랐다는 것인가? 그 말이 아니다. 다른 가치들과 미를 구별하지 않았다는 것이다. 가령 한용운의 시 「이별은 미의 창조」를 읽어보자.

이별은 미의 창조입니다.
이별의 미는 아침의 바탕 없는 황금과 밤의 올 없는 검은 비단과 죽음 없는 영원의 생명과 시들지 않는 하늘의 푸른 꽃에도 없습니다.
님이여, 이별이 아니면 나는 눈물에서 죽었다가 웃음에서 다시 살아날 수가 없습니다. 오오 이별이여.
미는 이별의 창조입니다.

이 시는 '미'에 대한 묘사가 아주 여실하다. 우선 표준적인 미가 있다. 그것은 "아침의 바탕 없는 황금" "밤의 올 없는 검은 비단" "죽음 없는 영원의 생명" "시들지 않는 하늘의 푸른 꽃"이다. 첫 두 현상이 난해하긴 하지만 뒤의 두 현상에 근거하면 해독이 가능하다. 미는 '황금'과 '비단'이되, 아침 햇살이나 칠흑의 밤이라는 주변 정황에 구애되지 않는다는 것이다. 미는 저 스스로 성립하며, 따라서, "푸른 꽃"도 가능하다. 미는 독자적이며 영원한 것이다. 그런데 이별의 미는 그런 표준적인 미에 더해 특별한 능력을 가지고 있다. 그 능력은 바로 "눈물에서 죽었다가 웃음에서 다시 살아"나게끔 하는 힘이다. 미는 현실에 구애받지 않는데, 따라서 현실과 무관한 것 같지만, '이별의 미'는 현실에 작용한다는 것이다. 바로 그것이 만해가 '이별의 미'에 집중하는 이유다. 그에게 정말 중요한 것은 현실을 이겨낼 힘이었으니까.

그 점에서 만해는 미의 자율성을 인식한 최초의 한국 시인이라고 할 수 있다. 한데 우리는 이 시에서 '미'를 '진리'나 '도'로 바꾸어도 무방할 것이다. 진리는 모든 현상 너머에 있으면서 현상을 제어하고, 도는 모든 규정을 넘어서면서 유명(有名)한 것들에게 이정표로서 기능하니까 말이다. 만해에게 '미'는 그가 묘사하는 미적 현상의 특별한 구체성에도 불구하고 다른 '좋은 것들'과 구별되지 않는다. 이렇다는 것은 만해의 미학이 선불교적 전통을 통해 내려오는 진리관과 호환되고 있다는 짐작을 하게 한다(그리고 나는 이 점에 대해서는 아직 말을 아낄 수밖에 없다).

1930년대는 그에 대해 결정적으로 다른 견해를 품은 시대다. 바로 즉, '진'과 '선'으로 대체될 수 없는 '아름다움'에 대한 자각이 일어난 때였다. 그것을 간명하게 정의한 게 이태준의 『문장강화』(1940)이며, 그 모범적 사례로서 출현한 시들이 황순원의 『골동품』(1936)에 모여 있다.

언문일치 문장은 민중의 문장이다. 개인의 문장, 즉 스타일은 아니다.

개성의 문장일 수는 없다. 앞으로 언문일치 그대로는 예술가의 문장이기 어려울 것이다.[2]

　이태준은 한반도의 문학이 한글을 매체로 삼았을 때 그 출발점이 언문일치이었음을 명확하게 인식하고 있었다. 그 인식이 그만의 것은 아니리라. 한문의 오랜 문자적 지배로부터 벗어났을 때 한국어의 문자로서의 한글은 무엇보다도 한국인의 삶의 문자이어야 했고, 당연히 언문일치가 필수적으로 요구되었던 것이다. 글자를 말에 일치시키는 것은 글자의 표현을 언어공동체의 생활감정에 맞추는 일이기 때문이다. 그래서 그는 "언문일치의 문장은 틀림없이 모체문장, 기초문장이"라고 말했다. 그러나 언문일치에 대한 일방적인 집착은 세 가지 문제를 야기한다. 하나는 개인의 문체를 허용하지 않는다는 것이고, 둘은 삶 너머의 다른 차원에 대한 투시를 훼방한다는 것이며, 셋은 문자를 결국 생활감정을 '전달'하는 수레, 즉 도구의 지위에 머무르게 한다는 것이다. 이태준은 그 문제를 직관적으로 파악하고 있었다. 첫번째 문제를 그는 명료히 의식하고 있었고 두번째 문제를 그는 막연하게나마 감지하고 있었다. 그는 "언문일치 문장의 완성자 춘원으로도 언문일치의 권태를 느끼는 지 오래지 않나 생각한다"고 말했다. 그리고 "이 권태문장으로부터 해탈하려는 노력"이 "문장의 '현대'"를 탄생시키게 되었다고 진단했다. 즉 그는 언문일치가 문장을 정체시키고 새로운 문장은 언문일치로부터 해방될 때 가능하다는 점을 알고 있었다. 우리는 여기에서 '문장의 현대'를 '새로운 세상'으로 치환할 수도 있다. 물론 그 안에 복잡한 경유로가 설치

---

2)　이태준, 『문장강화』, 임형택 해제, 창비, 2005, pp. 351~52.

되어야 하겠지만. 여하튼 그것을 감지하고 있었기 때문에 그는 이렇게 말할 수 있었던 것이다. "예술가의 문장은 일상의 생활기구(器具)는 아니다. 창조하는 도구다. 언어가 미치지 못하는 대상의 핵심을 집어내고야 말려는 항시 교교불군(矯矯不群)하는 야심자다." 세번째 문제에 대해서도 이태준은 명확히 인지하고 있었다.

'말 그대로 문자'가 일반적으로는 '문장'일 수 있으나 '말 그대로 문자'가 문학, 더욱이 문예에선 '문장'일 수 없다는 말이 '현대'에선 성립되는 것이다.

이어서 그는 말한다. "말을 그대로 적은 것, 말하듯 쓴 것, 그것은 언어의 녹음(錄音)이다. 문장은 문장이기 때문인 것이 따로 필요한 것이다. 언어 형태가 아니라 문장 자체의 형태가 문장 자체로 필요한 것이다."

문자의 독립성, 그것은 말이 품고 있는 의미(그것이 생활감정이든, 데리다가 일찍이 간파했던 것처럼 '로고스'든, 아니면 간편하게 '시니피에'라고 지칭하든)에 대한 종속으로부터 벗어나 문자가 그 자체로서 의미가 된다는 것을 가리킨다. 바로 거기에 문학적 존재가 있다는 것을 가장 먼저 이론화한 사람은 로만 야콥슨Roman Jakobson이었다. 야콥슨은 언어의 '메시지'에 시적 기능이 있음을 지적하였다. 야콥슨은 이 말을 통해 언어에 대한 기존의 통념을 통째로 뒤집었는데, 무엇보다도 '메시지'가 언어가 전달하고자 하는 '뜻'이 아니라 언어의 물질적 덩어리라는 완전히 역전된 관점을 제시했기 때문이다. 그리고 그는 이어서 이 메시지라는 요소에 집중할 때 '시적 기능'이 활성화된다고 말하였다.[3] 언어의 물질적 덩어리가 그 자체로서 의미 덩어리로 화하는 사태, 그것이 시라는 것을 적시했던 것이다. 바로 "운문의 힘은 언어가 '말하는' 바와 그것이 '존재하는' 바 사이의 불확정적인 조화로부터 기인한다"[4]고 한 발레리Paul Valéry의 언명이 마침내 그 논리적 구조를 드러낸 것이었다.

그리고 우리는 황순원의 두번째 시집, 『골동품』[5]에서 야콥슨의 이론적 진술을 완벽하게 재현하는 시들을 만나게 된다. 나는 『골동품』의 시적 성취에 대해서 이미 글을 쓴 적이 있으니[6] 그에 대한 분석은 여기에서는 삼가고자 한다. 다만 이 시집은 1930년대 한반도 문인들의 미에 대한 자각이 실천적 역량을 동반하고 있었다는 것을 보여준 가장 뚜렷한 보기였다는 것을 지적하고 지나치기로 한다. 이 시집이 그동안 거의 주목받지 못했다는 것은 기이한 일이다.

그러니까 1930년대 행동과 관조의 분화라는 사태의 문학적 성격은 '한국어'의 미적 존재론의 개시, 혹은 한국문학에 있어서의 미의 자율화라고 할 수 있을 것이다. 이 성격의 구체적인 양태는 아주 다양하다는 것을 모두(冒頭)에서 말했다. 우리는 이 양태들을 좀더 음미할 필요가 있다. 왜냐하면 그 음미를 통해서만, 그 이후 한국 시의 전반적인 주

---

3) 이에 대해서는 로만 야콥슨의 『문학 속의 언어학』(신문수 옮김, 문학과지성사, 1989) 중 특히 「언어학과 시학」을 참조하라.

4) Paul Valéry, *Œuvres II—éditions établi et annoté par Jean Hytier*(coll.: Pléiade), Paris: Gallimard, 1957, p. 637. 제라르 주네트Gérard Genette에 의하면 말라르메로부터 발원하는 이 비슷한 이론적 언급들은 시니피앙signifiant과 시니피에signifié의 일치라는 현대 구조주의적 개념, 더 나아가 롤랑 바르트의 "글쓰기는 자동사이다"라는 언명으로까지 이어진다. 그 내력을 꼼꼼히 검토하고 있는 글이, 그의 「시적 언어, 언어의 시학Langage poétique, Poétique du langage」(in *Gérard Genette, Figures II*, Paris: Seuil, 1969)이다.

5) 황순원, 『골동품』, 한성도서주식회사, 1936.

6) 졸고, 「1930년대 황순원 시의 선진성」, 『'한국적 서정'이라는 환(幻)을 좇아서』, 문학과지성사, 2020, pp. 154~76.

조로 자리 잡은 듯이 보이는 서정주·박목월 류의 서정시 혹은 그것으로부터의 형식적 계승과 내용적 분기를 보여주는 소위 민중시(정확하게는 민중적 서정시) 외의 여러 다른 종류의 시들이 가능할 수 있었고 또 발아하고 있었다는 것을 확인할 수 있기 때문이다. 더 나아가 실질적으로 한국 시의 진화적 역선으로 작용한 것은 바로 그런 소수자의 시들이라는 것을. 김수영이 그 모범적 실증을 보여주었듯이 말이다. 그 진화적 역선은 김소월·한용운으로부터 시작된 한국 근대시의 역사적 소명이 주파해나간 발견과 갱신의 곡절에 해당한다. 자기 발견과 자기 갱신, 세계 변혁과 세계 발견, 그리고 그 자기와 세계, 발견과 변혁의 역동적 상관 작용이라는 그 역사적 소명 말이다.[7]

---

7) 그러나 불행하게도 한국의 초·중등 교과서를 장악하고 있는 것은 바로 언급된 소위 한국적 서정시와 민중적 서정시들이다. 그러니 순진한 문학 소년이 대학교에 들어가자마자 새로운 신천지에 개안한 충격으로, 그동안 공들여 베껴 썼던 한국 시 공책을 태워 없애버릴 수밖에 없는 것은 불가피한 입사제다. 그런데 교과서가 왜 그런가? 그것은 한국 교육의 현재적 본성을 그대로 지시한다.

감상성과 이미지
── 김광균의 「설야」, 기타

중등 교과서에 자주 등장하며, 흔히 김광균의 대표작으로 거론되는 「추일서정(秋日抒情)」은 『인문평론』 10호(1940. 7)에 발표되었고, 두번째 시집 『기항지』(1947)에 실렸다. 첫 시집 『와사등』(1939) 출간 이후에 씌어진 시이다. 이 두 시집은 거의 비슷한 경향을 보여주고 있는 듯하나, 두번째 시집에서 특유의 감상주의가 많이 가셨다. 감상주의란 무엇인가? 로베르 사전은 감상성sentimentalité을 "지나치게 감상적인 태도"라 정의하고 감상주의를 "감수성을 억지스럽게 드러내는 태도Affectation de sensibilité"라고 풀이하고 있다. 이 동어반복적인 정의가 암시하듯, 감상주의는 외부적 상관물을 찾지 못할 때 감성이 홀로 격화되는 증상이다.[1] 이러한 감상주의는 일제감정기하의 조선인에게는 불가피한 지배

---

[1] 가령 프로이트가 타계했을 때, 어네스트 존스Ernest Jones가 그를 두고 "그에게는 자신에 대한 감상적인 태도나 연민의 흔적이 없다. 그에게는 오직 '현실'만이 있었을 뿐이다"라고 추모했는데(Adam Phillips, *La mort qui fait aimer la vie: Darwin et Freud*, traduit par

감정이었을 것이다. 외부 상황과 정당한 관계를 맺지 못하고 있었기 때문이다. 그러나 동시에 그 자기 침닉적인 감정은 상황에 대한 투항이기도 하다. 현실과 대결하는 걸 포기하는 대가로 감정의 고치로 자신을 둘러싸는 것이다. 그렇기 때문에 감상성을 여하히 극복하는가의 문제는 문학의 아주 중요한 관건이 된다. 정지용의 「유리창 1」을 두고 유종호 교수가 "애이불상(哀而不傷)의 한 범례로서, 드러내지 않은 억제된 슬픔의 품위의 사례로서 흔히 거론된다"[2]고 적시하고 그것을 각별히 여긴 데에는 감상성의 극복이 한국문학의 향방에 결정적이었기 때문이다. 극복이 제대로 이루어지지 못할 때, 조선인들은 현실의 비천함을 '조선심'이나 '조선의 멋' 같은 가공된 위대함으로 분식(粉飾)하는 데서 자멸적인 위안을 구할 뿐이니, 그런 표류가 실로 드물지 않았던 것이다.

　김광균의 이미지 중심의 시를 음미하기 위해서는 그의 감상성을 거론하지 않을 수 없다. 무엇보다도 그의 방식이 유달랐기 때문이다. 대부분의 감상적인 시는 감상성에서 출발해서 감상성의 봉합으로 끝낸다. 그래서 감상성을 넘어선 체하면서 감상성을 신비화한다. 그런데 김광균은 감상성 자체를 미적 형식으로 만들려 했던 것으로 보인다. 그의 시에 두드러지게 나타나는 특징은 수식어를 늘여서 표현하는 것이다.

Jean-Luc Fidel, Paris: Payot, 2002[2000], p. 95에서 재인용), '현실'이 바로 그 외부적 상관물을 가리킨다. 이 외적 상관물을 제대로 찾아낸 존재는 외부와 유의미한 관계를 맺게 되면서, 자신을 확인하고 자신과 세계를 변화시켜나갈 문턱을 넘어서게 된다. 그렇지 못한 주체는 오로지 자신의 내부에 침닉하게 되며, 그가 찾아낸 외부는 그의 상상 속에서 고안된 자아의 이미지에 지나지 않게 된다. 그렇게 해서 자신과 외부가 모두 주체의 감정의 소용돌이 속에 갇혀 빠져나올 수 없게 된다. 그것이 감상주의다.

2)　유종호, 『문학이란 무엇인가』, 민음사, 1989, p. 185.

천정(天井)에 걸린 시계는 새로 두 시

하―얀 기적(汽笛) 소리를 남기고

―「오후의 구도」 부분³⁾

한 개의 슬픈 건판(乾板)인 푸른 하늘만

멀―리 발밑에 누워 희미하게 빛나다

―「창백한 산보」 부분

"달빛의 파―란 손길을 넘고"

―「해바라기의 감상」 부분

차단―한 등불이 하나 비인 하늘에 걸려 있다

내 호올로 어델 가라는 슬픈 신호(信號)냐

〔……〕

내 어디로 어떻게 가라는 슬픈 신호(信號)기

차단―한 등불이 하나 비인 하늘에 걸리어 있다.

―「와사등」 부분

우선 시인이 수식어를 늘려 표현하는 독특한 '취향'(?)을 가졌다는

---

3) 김광균 시의 모든 인용은 『김광균 문학전집』(오영식·유성호 엮음, 소명출판, 2014)에서 따 오기로 한다.

것을 확인하자. 이 취향은 두 가지 방식으로 발현된다. 한편으로는 원수식어의 모음을 늘려서 표현한다. 위 인용문에서는 '호올로'가 그에 해당한다. 다른 한편 시인은 '—'라는 문장부호를 빈번히 활용한다. 이 수식어의 늘어짐은, 감정의 지속성을 확보하는 효과를 발휘하는 듯이 보인다. 왜냐하면 그 수식어는 성질 혹은 상태에 관여하는 의미론적 기능을 갖기 때문이다. 그런데 모음을 늘이는 방식과 늘임표를 사용하는 방식은 그 효과에서 미세한 편차를 보이는 듯하다. 언뜻 보아서는 늘임표는 주로 시각적 형용사를 주로 해서 감정을 직접 지시하지 않는 수식어에 사용된 것처럼 보인다. 그러나 꼭 그렇지 않다. 다음과 같은 시구에서는 '하—얀' 대신에 '하이얀'이 쓰였다.

　　하이얀 코스모스의 수풀에 묻혀
　　동리의 오후(午後)는 졸고 있었다

　　　　　　　　　　　　　　　　—「소년사모(小年思慕)」 부분

　왜 시인은 모음의 첨가로 해결할 수 있는 것에 얼마간 어색하기조차 한 다른 방식의 기술을 도입한 걸까? 이 물음은 김광균 시의 두드러진 특징인 늘임표가 시각의 강화, 혹은 감정의 시각적 선명화라는 효과를 내지 않을 수도 있다는 생각을 키운다. 오히려 늘임표는 시각보다는 청각에 관여하는 것이 아닐까? '하이얀'과 '하—얀'을 비교해 읽어보면 좀 더 분명해진다. '하이얀'은 분명 하얀색에 대한 느낌을 지속시키는 데 기여한다. 그러나 '하—얀'의 늘임표는 그 색에 여운을 남게 한다. 다시 말해 늘임표는 시각보다는 시각의 결핍을 느끼게 한다. 그 결핍의 안타까움을 타고 흐르는 건 시각을 부르는 은근한 호소이다.

이 같은 독해는 김광균 시의 '회화성'을 언급할 때 빈번히 인용되는 김기림의 문장, "소리조차를 모양으로 번역하는 기이한 재주를 가졌다"[4]는 진술이 날카롭긴 하지만 단순한 인상에 머물고 있다는 것을 깨닫게 한다. 오히려 김광균에게서 주목해야 할 것은 시각적 선명함을 은근히 갈구하는 마음이다. 그 마음이 절박성을 띠면서 '호소의 형식'을 갖출 때 그것은 '부르는 소리'로 나타난다. 늘임표 '—'는 바로 그 기능을 한다고 할 수 있다. 그렇기 때문에 그의 또 다른 절창인 「설야(雪夜)」의 시구,

하이얀 입김 절로 가슴이 메어
마음 허공에 등불을 켜고
내 홀로 밤 깊어 뜰에 나리면

먼—곳에 여인의 옷벗는 소리

에서 색채 '하양'은 곧 '등불'로 이동해 투명해지고, 다시 말해 스스로 빈 공간이 되며, 그 열린 공간 안으로 앞 행에서 제시된 "하이얀 입김"이 스며 퍼지면, "먼—곳에 여인의 옷벗는 소리"가 호응하듯이 들려오는 것이다. 그러니까 시각적 이미지는 드러나는 순간 시각적 대상을 갈구하는 청각적 이미지로 변형된다. 그것이 김광균 이미지즘의 최종적 현상이다.

---

4) 김기림, 「30년대 도미(掉尾)의 시단 동태」, 『인문평론』 1940년 12월호; 김기림, 『김기림 전집 2—시론』, 심설당, 1988, p. 69.

왜 이렇게 하는가? 그것은 그가 '결핍'을 의식적으로 이해하고 있기 때문이다. 그러한 태도는 그의 시작 초기부터 있었던 것으로 보인다. 그가 학생 시절에 쓴 최초의 시, 「가신 누님」(1926)의 마지막 구절을 보자.

누님의 써나든 날 쏘저논 들국화는
지금(至今)은 시들어 볼 것 업서도
찬 서리는 여전(如前)히 쌔를 쌀하서
오늘밤도 잠자코 나려옵니다.

소년 시인은, 떠난 누님에 대한 그리움이 강렬한 만큼 그 흔적(들국화)은 누님을 결코 떠올릴 수 없을 정도로 초라해졌다는 사실을 이야기한다. 즉 흔적은 부재하는 정도를 넘어서, 만일 있다면 그것은 헛것이라는 사실을 직시하고 있다. 그러나 그는 저 무참한 흔적의 기능을 잘 알고 있다. "시들어 볼 것" 없는 들국화는 자신 대신에 누님을 불러오기 위한 다른 대상을 갈구케 한다(그 무기력과 기능성이 '업서도'라는 하나의 어사에 겹쳐져 있다). 그 다른 대상은 "찬 서리"다. 찬 서리는 단절과 연결을 동시에 품고 있다. 냉랭한 온도는 단절을, 서리 내린 사실은 '소식'을 의미하기 때문이다. 그것은 "잠자코 나려"오지만, 그 침묵은 아주 은근한 부름 혹은 호응이다.

이러한 결핍에 대한 어린 시인의 의식적 이해는 중요한 정치학을 함유하고 있었다. 훗날 시인은 다음과 같이 쓴다.

오늘 우리가 가장 큰 관심을 가지고 대할 문제 중의 하나로 '시가 현실에 대한 비평 정신을 기를 것'이 있다. 이것이 현대가 시에게 요구하는 가장 긴급한 총의이겠다. 현대의 정신과 생활 속에서 시는 새로 세탁 받고 몸소 그것을 대변하는 중요한 발성관이어야 할 것이다./백일홍이든 초생달이든 언어의 곡예를 통하여 표현의 묘를 얻는 것으로 제일의를 삼았던 과거의 작시 태도를 떠나서, 표현 수준으로 일보 퇴각하더라도 현대의 감정과 교양을 흔들 수 있는, 말하자면 현대와 피가 통하는 시가 다량으로 나와야겠다.[5]

이 진술은 시인이 시의 정치성을 명료하게 인식하고 있었음을 보여준다. 표현의 완성을 달성하는 것만으로는 시가 성립하지 않는다는 것. 왜냐하면 현실이 '비평'되어야 할 문제들을 안고 있을 때, 시는 바로 그 문제들을 자신의 내부에 끌어들여야 하기 때문이다. 때문에 시는 세상의 질병을 제 몸에 옮긴 테레사 수녀처럼, 썩고 문드러진 모습을 자청해야만 한다. 그런 고려 없이 그저 완미한 시는 현실의 장식에 불과한 것이다. 그런 사정을 위 인용문은 "현대의 감정과 교양을 흔들"려면 오히려 "표현 수준으로 일보 퇴각하더라도" "현대와 피가 통"해야 할 것이라는 말로 전달하고 있다. 우리는 "일보 퇴각하더라도"를 그 양보 어법에도 불구하고 필수 요건으로 읽어야 할 것이다. 시의 결여가 현실의 결여를 암시해야 한다는 것을 시인이 또렷이 알고 있었으니까 말이다.

　김광균의 감상성은 여기에서 미학의 차원으로 올라선다. 수식어의 늘임표는 감정 속에 빠져들게 하지 않고 오히려 감각의 결핍에 조바심치게 하고, 그로부터 감각의 충족을 '호소'하게 한다. 이 결핍과 호소가 그대로 현실 인식과 세계에 대한 태도에 반향하는 것이다. 현실의 결

5) 「서정시의 문제」, 『인문평론』 1940년 2월호; 『김광균 문학전집』, p. 361.

핍을 그가 느끼지 않았으면 그의 시가 결핍을 느끼게 하지 않았을 것이고, 감각적 충족에 대한 부름은 궁극적으로 현실의 교정을 소망케 한다. 진정한 미학은 정치를 넘어서는 데서 존재한다.

그러나 감상은 무기력을 벗어나지 못하다. 대상에 대한 묘사를 대상의 결핍에 대한 감각으로, 다시 이 결핍에 대한 감각을 충족에 대한 호소로 전환시키는 곡예는 시각의 청각화에 근거해 있는데, 여기에는 되먹임이 부재한다. 좀더 정확하게 말하면 되먹임의 통로가 막혀 있다. 즉 시각의 청각화는 청각을 통해서 시각을 갈구하는 효과를 낳는데, 바로 그 시각을 불러오는 장치가 구축되지 않은 것이다. 그렇기 때문에 그의 감상 미학의 진원지인 늘임표는 메마른 여운으로 바스러진다.

그러나 김광균의 감상성은 자기 침닉적인 현상이 아니라 존재 결여의 표식이다. 현실의 부정성을 투영하고 그로써 시 자체를 불안하게 요동하게 하였다. 시의 감상성은 이미지의 특별한 현상학으로 나타난다. 두 개의 이미지를 동시에 출현시키는 것이다. 즉 우리는 김광균 미학의 요체라고 방금 진술한 '시각의 청각화'에서 소유격 '의'를 주격과 대격으로 동시에 이해해야 한다. 시각적 이미지가 청각적 이미지로 대체되는 것이 아니라 두 이미지가 동시에 공존하는 것이다. 「설야」의 시구를 되읊어보자. 앞에서 "색채 '하양'은 곧 '등불'로 이동해 투명해"진다고 말했다. 그러나 곧 이어서, "그 열린 공간 안으로 앞 행에서 제시된 '하이얀 입김'이 스며 퍼지면, '먼—곳에 여인의 옷벗는 소리'가 호응하듯이 들려"온다고 적었다. '하양'은 '입김'으로 변하고 동시에 '등불'로 투명해진 것이다. 한편으로는 청각화가 일어났고 다른 한편으로는 그 변화 도중에 시각적 이미지가 보존되어서 규정적인 것에서 열린 이미지로 바뀌었다. 청각적 이미지의 발생으로 변화 가능성이 생겼고 이 변화 가능성을 등에 업고 감정이 외부 상관물을 얻은 것이다.

감상성과 겹 이미지의 출현은 거의 자동적인 절차로 보인다. 물론 김광균의 시에 한해서. 따라서 늘임 형식에 집중하면 감정의 누수가 두드러지고 이미지에 집중하면 그의 말끔한 묘사가 눈에 잡힌다. 감상적이지만 너저분하지 않다. 깨끗하다. 맑은 슬픔이다. 이것이 '애이불상' 아닌가? 이 맑은 슬픔은 이미지를 강화해 촉각적 욕망을 슬며시 불러일으키기까지 한다. 이 촉각적 욕망이 기이한 도착을 감추고 있다는 것을 마음속에서 감추게 하면서 말이다. 겨울밤에 옷을 벗으려면 따뜻한 공간을 필요로 한다. 그런데 따뜻한 공간은 시에서 전혀 준비되지 않은 것이다. 감상성은 거의 자동적으로 이미지의 현상학으로 넘어가려 할 것이다. 두번째 시집, 『기항지』의 시편들이 『와사등』의 그것들에 비해 감상성이 많이 가셨다는 인상을 받은 것은 그 때문일 것이다.

감상성의 기능
── 김광균의 「추일서정」, 기타

이제 「추일서정(秋日抒情)」을 읽어보자.

  낙엽(落葉)은 폴─란드 망명정부(亡命政府)의 지폐(紙幣)

  포화(砲火)에 이즈러진

  도룬시(市)의 가을 하늘을 생각케 한다

  길은 한 줄기 구겨진 넥타이처럼 풀어져

  일광(日光)의 폭포 속으로 사라지고

  조그만 담배 연기를 내어 뿜으며

  새로 두시의 급행차(急行車)가 들을 달린다

  포플라 나무의 근골(筋骨) 사이로

  공장(工場)의 지붕은 흰 이빨을 드러내인 채

  한 가닥 꾸부러진 철책(鐵柵)이 바람에 나부끼고

  그 우에 세로팡지(紙)로 만든 구름이 하나

자욱―한 풀벌레 소리 발길로 차며

호올로 황량(荒凉)한 생각 버릴 곳 없어

허공에 띄우는 돌팔매 하나

기울어진 풍경(風景)의 장막(帳幕) 저쪽에

고독한 반원(半圓)을 긋고 잠기어 간다[1]

　앞에서 1930년대에 행동과 관조의 분화가 일어났고 그 사이에서 순수한 미의식이 솟아났다고 적었다. 그리고 그러한 사례들과 그에 관련된 작가들을 몇 들었다. 김광균도 같은 집합에 속한다. 김광균의 시를 특별히 자세히 거론하게 된 건 그의 시가 저 '분화'의 결과보다는 분화 그 자체를 보여주는 면이 있다고 생각했기 때문이다. 그런 측면의 사례로서 필자는 두 개 이미지의 동시적 출현 혹은 공존을 제시한 후, 이어서 시인이 감상성 자체를 미로 만들려 했다는 점을 언급하였다.[2] 두번째 양상은 좀더 설명을 필요로 했기에 그 감성성의 원천으로서 객관적 상관물의 결여를 지적하고, 그 결여 자체를 시적 존재론을 만들려고 했던 김광균의 '의도'를 풀이하였다. 또한 그것이 시인의 정치학을 이룬다는 점을 가리키고 그 정치학이 포함한 정직성의 의미를 추적하였다. 그러나 동시에 감상성 자체가 가진 수동성의 한계를 말하였다.

---

1)　김광균, 『김광균 문학전집』, 오영식·유성호 엮음, 소명출판, 2014, p. 65.
2)　「추일서정」에 대한 해설들을 검토하려고 뒤지던 중, 『김광균 전집』의 해제로서 유성호가 쓴 「김광균 시의 문학사적 의미」에 최재서가 이미 감상성(센티멘털리즘)에 대해 언급한 바가 있음〔「센티멘탈론」(1937)〕을 소개하는 대목을 보았다(pp. 614~15). 설명의 기본적인 구도는 필자의 그것과 크게 다르지 않았다. 그렇다면 필자는 최재서 선생의 글을 먼저 참조했어야 마땅하다. 게으른 탓에 그걸 놓치고 말았으니, 평소에 서구 이론에 편향적으로 의존하는 한국 비평의 풍토를 개탄해온 사람으로서 스스로 제 몸에 밧줄을 둘러멘 꼴이 되어 민망하기 짝이 없다.

「추일서정」은 그러한 감상성의 미학으로부터 얼마간 벗어난 시이다. 여기서 '얼마간'이란 말은 꽤 미묘한 뜻을 품고 있다. 우선 감상성을 벗어난다는 것은 객관적상관물을 확보하는 게 관건이라고 했었다. 이 작품에서 그렇다면 시적 화자의 정서는 무엇이고 그 상관물은 무엇인가?

후자의 답은 비교적 분명하다. 그것은 기차가 달리는 가을 풍경이다. 그런데 정서에 대한 대답은 쉽지가 않다. 여기에서 정서란 시의 존재 이유에 해당한다. 왜 이 시를 썼을까? 아니, 좀더 정확하게 말해 왜 이 시를 써야만 했을까? 이 질문에 대한 대답을 찾아낼 수 없다면 이 시를 읽는다는 건 무의미하다. 시의 정서는 시의 절실성의 정도이다.

가장 일차적인 대답이 있다. 그것은 객관적이고 회화적인 묘사에 대한 시적 요구이다. 1930년대는 순수 미의식이 출현한 시대라고 했다. 당연히 순수한 미에 대한 요청이 마음속에 일어난 시인들이 있었을 것이다. 그래서 그런 의식의 언어적 실물을 스스로 확인하고자 이런 시를 지었다!?…… 이 방향에서 이 시를 아무런 의미도 담지 않는 순수한 풍경 묘사로 해석하고 싶은 충동이 독서 마당을 지배하게 된다. 여기에 모종의 감정, 가령 '쓸쓸함' '고독'이라는 감정이 비치지 않는 건 아니나, 시에 '관여적pertinent'인 것 또한 아니다. 이 작품은 그냥 정경 묘사로 감상하는 게 좋다.

정말 그럴까? 그렇게 해석할 수 없는 두 가지 결정적인 표지가 있다. 더욱이 하나는 뚜렷이 보이는 것이기도 하다. 바로 첫 세 행의 '폴란드 망명정부'가 넌지시 가리키는 암시이다. 그것을 통해 피식민자, 혹은 후발국민의 비애감이 스며난다는 것을 외면할 수는 없다. 다만 그렇다고 해서 거기에서 나라를 빼앗긴 설움 혹은 독립에의 갈망을 바로 읽을 수는 없다. 피식민지인은 꼭 그렇게만 살지 않는다. 그렇게 살려면 아마 말 그대로 망명하는 게 나았으리라. 피식민지인은 한편으론 식민자들이 들여온 문물과 생활 방식에 동화되면서 다른 한편으론 그런 동화의 삶 자체가 비주체적이라는 사실에 대한 불편한 감정을 지니면서 산다. 그 것이 문학적으로는 자율성을 자각하는 순간에 자율적 대상을 확보하지 못하는 정황 속에 위치하는 것으로 나타난다. 그 정황을 수동적으로 반사하면 바로 그것이 '감상성'이 된다. 또 하나의 암시는 바로 앞 글에서 얘기했던 '시의 불가피한 불완전성'에 관한 시인의 발언이다. 사회 현실을 제대로 드러내기 위해서는 그저 완미한 시일 수는 없다는 진술 이야말로, 이 시를 순수한 정경 묘사로 읽지 못하게 한다. 여기에 어떤 사회의식이 개재해 있는 것이다.

그 사회의식의 일단을 "도시의 현대문명이 주는 황폐감과 상실감을 짙게 드리우고 있다"고 한 유성호의 해석은 적당하다고 할 수 있다. 이 시에는 문명에 대한 강박관념이 시시각각으로 출몰하고 있는 것이다. 시인은 꾸불꾸불하게 이어지는 길을 "구겨진 넥타이처럼 풀어져" 있다 고 표현하고, "포플라 나무"에서 "〔공장노동자의〕 근골"을 보며, "공장의 〔슬레이트〕 지붕"에서 공격성을 느낀다("흰 이빨"). 또한 구름을 '세로팡 지'로 비유하였다. 요컨대 자연을 문명이 장악하고 있는 것이다. 그러한 정경 앞에서 시의 화자는 "호올로 황량한 생각"을 "버릴 곳 없"다는 느 낌에 붙잡힌다. 이 구절의 기본 감정은 '황량함'이다. 이 감정 앞에 붙은 부사어 '호올로'는 그 거칠고 쓸쓸한 생각이 화자의 가슴에 달라붙어 누구와 그걸 나눌 길이 없는 채로 그 생각을 벗어날 수 없다는 뜻으로 읽는 게 타당할 것이다. 그래서 "버릴 곳 없"다는 진술이 나온 것이다.

그러나 이 황량한 느낌을 버릴 곳이 없다는 생각은 시로 표현되었다. 즉 그 감정이 하나의 묘사를 획득한 것이다. 그것도 어떤 해석자들에게는 순수한 회화적 풍경만이 거기에 있다고 느껴질 정도로 말끔한 묘사이다. 그렇다는 것은 시인이 그런 감정을 제어하는 데 성공했다는 것을 가리킨다. 감상성의 극복이 이루어진 것이다. 시인은 정서의 객관적상관물로서 '풍경'을 창출하였다. 그러니까 여기에서 중요한 것은 상실감과 황폐함 그 자체가 아니라 그것을 드러내는 이미지이자, 그 이미지를 조성하는 방식이다.

그 방식이 무엇인가? 독자가 각별히 주목해야 할 게 있다면 이 이미지들이 모두 작게 장난감처럼 축소되어 있다는 것이다. 이 그림 속에서 길은 "구겨진 넥타이"로 작아진 후 "일광의 폭포 속으로 사라"진다. 독자의 눈에는 그 일광의 폭포가 한 눈에 보여야 할 것이니 그 폭포도 작게 축소되어 있다. 또한 급행열차는 "조그만 담배 연기를 내어 뿜으며" "들을 달린다". 독자가 발견하는 것은 이 시가 도시의 풍경만을 드러낸 것이 아니라는 점이다. 기차가 들을 달리고 있다면, 그 광경은 철로를 길게 가로지르고 있는 시골 들판의 그것이다. 그 광경을 보는 눈은 시골만을 보지 않는다. 공장도 본다. 이 광경은 위에서 조감하거나 혹은 수평의 시각을 취할 경우 그 대상을 아주 작게 축소했을 때만 가능하다.

이쯤되면 우리는 1930년대에 감정의 절제에 성공한 세 시인이 모두 같은 시점을 취했다는 흥미로운 사실을 알게 된다. 바로 세계를 부감(俯瞰)하는 높이에 눈을 위치시켰다는 것. 우선 이상의 〈오감도〉 연작이 그러하다. 다음으로 정지용의 「바다 2」에서 바다의 호흡을 감각적으로 느끼기 위해 시인이 자신의 눈높이를 대기권 바깥으로 높이 올렸다는 것을 이미 밝힌 바 있다.[3] 「추일서정」이 또한 그러하다.

---

3) 앞의 글 「서정적 자아의 존재 형상」 참조.

이 선회 비행자의 위치가 1930년대 한반도의 문학인들이 객관적상관물을 획득하기 위해 점할 수밖에 없었던 자리가 아니었을까? 왜냐하면 정면으로 마주하기에는 근대라는 문물은 너무나 거대한 괴물이었으니까 말이다. 또한 괴물이긴 했으나 피식민자 저마다가 제 나름으로 소화해서 저의 양분으로 삼을 뿐만이 아니라 심지어 자신의 존재태로 만들어야 했으니, 그러기 위해서는 주체와 대상이 대등한 크기로 재조정되어야만 했던 것이다. 그 재조정을 위해서 주체는 원근법을 활용하였다. 눈길을 멀리 떼어놓으면 작게 보인다는 것을 알았던 것이다. 어떻게 그걸 알게 되었을까? 바로 그에게 괴물로 다가온 근대의 지식이 그에게 가르쳐준 것이었다. 그러니까 근대는 마냥 무서운 괴물로만 있던 게 아니었다. 근대에 매혹된 자는 서서히, 시시각각으로, 편편이, 그것의 껍질을 그리고 살점을 자르고 녹여 저의 단백질로 취하는 것이다.

근대인에게 있어서 원근법은 내 눈의 위치에서, 다시 말해 내 입장에서 본다는 의미를 담고 있었다. 근대의 수용자인 피식민자의 입장에서는 그보다 세계 전체를 본다는 의미가 더 강했다. 근대 문물을 가져온 '그' 덕분에 '나'를 알게 되었지만 바로 '나'를 안 기술로 다시 '그'를 알 필요가 있었던 것이다. 그래야만 자신을 물리적으로 훼손한 자를 가늠하고 운산하여 그에게 맞설 방책을 구할 수가 있기 때문이다. 시선의 상승은 그래서 나왔다. 심지어 「바다 2」에서처럼 대기권 너머로 올라갈 필요까지 있었다. 대기권 아래는 근대를 가져온 자들이 장악하고 있었으니 말이다.

여기까지 오면, 행동과 관조의 분화와 더불어, 관조의 형식에도 분화가 일어났음을 짐작할 수 있다. 우리는 그 분리의 첫번째 표징으로 김영랑의 시를 보았다. 영랑의 관조는 행동을 대신하는 것, 즉 행동이 아닌 관조에 해당하였다. 반면 김광균, 정지용, 이상의 관조는 오히려 '행동으로서의 관조'이다. 거기에 상승 운동이 개입되었기 때문이다. '행동이 아닌 관조'는 근대 문명과는 별도의 이상향을 추구하게 되겠지만(서정주), '행동으로서의 관조'는 오히려 근대 문명 전체를 체화하겠다는 의지에 의해 부추겨진다.

따라서 행동으로서의 관조는 근대의 현장에서 벗어날 수가 없다. 그런데 「추일서정」을 추동한 의지는 주체의 눈길을 불가피하게 근대의 상공 위로 뛰어오르게 하였다. 똑같은 충동이 야기한 두 상반된 향방의 모순. 그로부터 솟구쳤던 시선은 다시 지상으로 내려올 수밖에 없다. 다만 시각의 기능성을 버릴 수 없기에 변조가 이루어진다. 문득 화자는 이 장난감으로 축소된 바깥 세계가 "자욱—한 풀벌레 소리"로 어지러워지는 걸 느낀다. 시각을 보존하려는 안간힘을 헤치며 청각이 시각을 흐려버리면서 감각 수용 기관 속으로 난입하는 것이다. 화자는 명료화의 의지가 좌절되는 걸 느끼면서 본능적인 방어 동작을 취한다. 한편으로 이 청각의 잡음을 서둘러 제거하고 싶은 충동에 시달린다. 그래서 "자욱—한 풀벌레 소리를 발길로" 찬다. 거꾸로 읽으면 「감상성과 이미지」에서 언급했던 청각의 기능, 즉 시각을 요청하는 자발적 미완의 감각 운동을 느낄 수 있다. 그리하여 김광균의 애초의 출발점이었던 두 이미지의 동시적 출현은, 시각과 청각의 동시적 출현, 관조(행동으로서의)와 행동(지상적)의 동시적 출현으로 되풀이된다.

그러나 새로운 깨달음이 있다. 이 순간 화자는 그가 시선 속에 가둔 바깥 세계가 실은 축소된 모형에 지나지 않았음을 알게 된다. '내'가 포지한 근대는 겨우 '조약돌' 하나로 작아져서 "기울어진 풍경의 장막 저쪽에/고독한 반원을 긋고 잠기어 간다". 시의 메지는 그렇게 났다. 시인이 바깥 세계와 대결하기 위해 바깥 세계를 원경화했을 때, 그 바깥 세계는 가상이 되어버린다. 이건 모의로서의 근대일 뿐이다. 진짜 근대 세계와 싸우려면 또 다른 전략이 필요하리라.

　정지용의 「바다 2」와 결정적으로 차이가 나는 지점이 여기이다. 「바다 2」에서 원경화는 종결부에 약간 돌발적으로 출현한다. 그 원경화는 시의 화자가 "가까스루 몰아다 부치고/변죽을 둘러 손질하여 물기를 시"친 "앨쓴 해도"를 그린 덕택에 가능했다. 즉 그것은 지상적 행동의 결과로서 주어진 것이다. 따라서 원경에 비친 풍경은 바깥 세계 그 자체가 아니라, '주체가 재구상한 바깥 세계'의 호흡이었던 것이다. 반면 「추일서정」의 원경화는 주체의 지상적 행동 이전에 미리 나왔다. 지상으로부터 탈출한 후, 그다음 지상으로 귀환하는 방식을 취한 것이다. 그러나 귀환은 자연히 이루어지지 않는다. 그만의 고유한 행동을 개발하고 적용해야 할 것이다. 그것이 김광균식 회화주의가 이어서 맞닥뜨리게 되는 숙제이다. 김광균이 그 숙제까지 마저 했는지는 분명치 않다.

3부

—

비극적 세계관을 넘어서 가기

「추천사」를 읽는 시간

교육대학원생들과 미당의 「추천사(鞦韆詞)」를 읽었다. 먼저 대학원생들의 발표가 있었는데, 현재의 교과서 및 참고 도서들의 해석의 수준을 그대로 보여준다. 「추천사」는 『서정주시선(徐廷柱詩選)』(1956)에 수록되었다. 따라서 지금까지 다룬 시들에 비해 상당히 늦게 발표된 것이다. 그럼에도 불구하고 이 시를 읽어보기로 한다.[1] 학생들—실제 직업은 대부분이 선생님들인—의 열정 어린 독해가 준 감동을 좀더 느껴보기 위해서다.

향단아 그넷줄을 밀어라
머언 바다로

---

[1] 이 글의 제목은 최시한의 소설, 「허생전을 읽는 시간」을 시늉한 것이다. 그 소설이 교육과 관련된 소설이기 때문이다.

배를 내어밀듯이,
향단아.

이 다수굿이 흔들리는 수양버들 나무와
벼갯모에 뇌이듯한 풀꽃데미로부터,
자잘한 나비 새끼 꾀꼬리들로부터
아조 내어밀듯이, 향단아.

산호도 섬도 없는 저 하늘로
나를 밀어 올려다오
채색한 구름같이 나를 밀어 올려다오
이 울렁이는 가슴을 밀어 올려다오!

서으로 가는 달같이는
나는 아무래도 갈 수가 없다.

바람이 파도를 밀어 올리듯이
그렇게 나를 밀어 올려다오
향단아.[2]

'춘향의 말 1'이라는 부제가 붙어 있다. '춘향의 말'은 이어서 두 편이
더 쓰인다. 「다시 밝은 날에」와 「춘향유문(春香遺文)」이라는 제목을 달

---

2) 서정주, 『미당 서정주 전집 1—시』. 은행나무, 2015, pp. 131~31.

고 있다. 이 시들과의 연관성 속에서 읽어야 이 첫 시의 의미가 제대로 드러날 것이다. 그렇다 하더라도 이 시를 단독으로 읽을 수도 있어야 한다. 그렇게 많은 사람이 읽어왔다.

발표자들은 고등학교 교과서들에 이 시가 지속적으로 실려왔다는 정보와 더불어, 교과서와 참고서들의 풀이에 의존해 이 시를 해독하였는데, 그 문자적 의미와 문학적 의미를 거의 정확히 이해하고 있었다. 그리고 그럴 수 있었던 이유로 이남호의 『교과서에 실린 문학작품을 어떻게 가르칠 것인가』가 적절한 길잡이를 해주었다는 점을 들었다. 해석의 표본이 존재한다는 것의 효용을 확실히 알려주는 보기라 할 것이다.

이 시의 일차적인 독해를 위한 포인트는 우선 두 가지다. 첫째, 춘향은 그네를 밀어 '하늘로' 올라가고 싶어 하는데, 그것은 현실의 고통에서 벗어나기 위해서라기보다는, 현실의 기쁨을 갈구하는 마음이 사라지지 않는 게 괴로워서라는 것이다. 그 사연을 요약하면 이렇다: 춘향은 몽룡과 사랑을 나눴다. 그 사랑은 황홀했다. 그러나 사랑하는 사람이 떠나갔다. 춘향은 떠나간 사람에 대한 원망보다는 몽룡과 나눈 사랑의 기쁨을 잊지 못한다. 그 자취들이 자꾸 눈에 밟힌다. "이 다수굿이 흔들리는 수양버들 나무와/벼갯모에 뇌이듯한 풀꽃데미[……]/자잘한 나비 새끼 꾀꼬리들"이 가리키는 장면들이 그러하다. 특히 "벼갯모에 뇌이듯한 풀꽃데미"가 그 심사를 울퉁불퉁거리게 하는데, 우선 '벼갯모'라는 어사가 사랑의 현장을 직접 가리키는 데다가, 그보다 더욱, 베개에 수놓인 '풀꽃데미'는 바로 사랑의 실제적인 열락을 진하게 환기하기 때문이다. 다음과 같은 시구는 미당에게 '풀꽃데미'의 이미지가 무엇에 대한 비유인지를 잘 알려주고 있다.

어느 해 봄이던가, 머언 옛날입니다.

나는 어느 친척의 부인을 모시고 성(城) 안 동백꽃나무 그늘에 와 있었습니다.

부인은 그 호화로운 꽃들을 피운 하늘의 부분이 어딘가를 아시기나 하는 듯이 앉아 계시고, 나는 풀밭 위에 흥근한 낙화가 안씨러워 줏어 모아서는 부인의 펼쳐든 치마폭에 갖다 놓았습니다.

쉬임 없이 그 짓을 되풀이하였습니다.

―「나의 시」 부분[3]

춘향이 지금 괴로운 것은 사랑하는 사람은 떠났어도 옛사랑을 상기시키는 자잘한 자취들이 여전히 남아 있어서 그녀에게 옛사랑의 열락을 생생히 떠올리게 함으로써 그 상황의 재림을 갈망하게 하기 때문이다. 그런데 그 옛사랑의 대상인 몽룡은 지금 부재하니 갈망은 결코 충족되지 않는다.

그러니까 이 괴로움은 연인의 떠남으로 인한 것이 아니라 연인과의 사랑으로 인한 것이다. 정신분석학적으로 말하면 억압의 사건이 아니라 '억압된 것의 귀환'이라는 사태에 빠져든 것이다. 그러나 좀더 정확히 말하자면 억압의 완벽한 이행의 실패와 그로 인해 향락의 '잔여물'이 해소되지 않은 사태이다. 이것은 간단한 차이들이 아니다. 왜냐하면 이에 대한 적확한 이해에 바탕을 두어야만 시적 화자의 궁극적인 지향을 알아차릴 수 있기 때문이다. 그것은 일단 제3연에 다음과 같이 표현되어 있다.

3) 서정주, 같은 책, p. 135.

산호도 섬도 없는 저 하늘로
나를 밀어 올려다오
채색한 구름같이 나를 밀어 올려다오
이 울렁이는 가슴을 밀어 올려다오!

　만일 '춘향'의 심사를 임이 떠나 부재한 사건으로부터 오는 괴로움으
로 읽으면 이 연에서 '하늘'은 현실 바깥의 비유가 되고 따라서 춘향의
지향은 현실로부터의 벗어남이라는 의미를 띤다. 이런 슬픈 일을 있게
한 세상이 싫어졌다는 것이다. 그래서 "산호도 섬도 없는 저 하늘"로 가
고 싶다는 것이다. 여기에서 산호는 그 색깔의 화려함으로 인해 현실에
서의 열락을, 섬은 그 고립성으로 인해 연인이 떠난 상태를 비유한다고
도식적으로 해석할 수 있다. 그러나 그렇게 읽을 수 없다. 이미 말했듯,
"다수굿이 흔들리는 수양버들 나무와/벼갯모에 뇌이듯한 풀꽃데미"
"자잘한 나비 새끼 꾀꼬리들"은 현실에서 그가 누렸던 기쁨을 파편적인
양태로나마 너무나 뚜렷이 상기시키고 있다. 더욱이 '산호'가 여전히 향
락의 황홀함을 암시하고 있지 아니한가? 때문에 춘향의 심사를 조금
전의 인도에 따라 현실의 열락을 못 잊어 생겨난 괴로움으로 읽는 게 타
당할 것이니, 그렇게 읽으면 '하늘'은 현실 바깥의 세계가 아니라 다른
현실의 비유가 되며, 춘향의 지향은 현실로부터 벗어나는 게 아니라 현
실의 회복으로 읽혀야 한다. 지금의 망가진 현실을 온전히 회복할 수 있
는 다른 현실로 가겠다는 것이다.
　실로 그렇게 읽을 때만이 우리는 춘향이 나를 올려달라고 하면서 "채
색한 구름같이 나를 밀어 올려다오/이 울렁이는 가슴을 밀어 올려다오"

라고 부탁하는 심사를 이해할 수 있다. 그냥 현실에서 벗어나고자 한다면 채색한 구름을 밀어 올리듯 할 게 아니라 채색한 구름을 흩어버리면서 밀어 올려달라고 해야 할 것이기 때문이다. 그런데 춘향은 채색한 구름이 가리키듯이 자신의 우울한 심사를 옛 추억이 퍼뜨려준 유채색으로 물들인 상태로 올라가고 싶은 것이다. 또한 그러니 울렁이는 가슴을 덜어버릴 수 있도록 올라가고 싶은 게 아니라, 가슴이 울렁이는 그대로 올라가고 싶은 것이다.

어쩌면 여기까지 와서도 첫번째 해석, 즉 '현실로부터의 해탈'에 점수를 주고 싶어 하는 독자가 있을 수 있으리라. 그것은 무엇보다도 다음 연이 암시하는 분위기 때문이다. 즉,

서으로 가는 달같이는
나는 아무래도 갈수가 없다.

지금까지 제출된 상당수의 해석들은 이 대목을 통해 춘향의 지향이 '서방정토'라고 파악하였다. 그리고 이에 근거해 현실과 서방정토를 이렇게 분리시켜서, 춘향의 지향이 현실로부터 서방정토로 가는 것이라 해석하곤 한다.

현실＝육체적 사랑의 장소, 화려함, 요란함
서방정토＝정신적 해탈의 장소, 담백함, 적요함

그러나 이는 제3연에 대한 이 글의 해석에 귀를 닫아놓는 꼴이 된다. 게다가 이 시 자체에서는 그런 불교적 해석을 받쳐줄 어떤 근거도 없다.

물론 그렇게 읽을 수도 있다. 특히 '춘향의 말' 연작의 세번째 시, 「춘향 유문」에서의 '도솔천'은 미당의 불교적 심성을 분명히 가리키고 있다. 그렇지만 여기에서 도대체 미당의 불교란 무엇인가,를 물어봐야 할 것이다. 왜냐하면 「다시 밝은 날에—춘향의 말 2」에서 춘향이 부르는 당신은 '신령님'이다. 미당의 불교는 도교와 두루뭉수리하게 뒤섞인, 썩 한국적인 종교가 아니었을까? 만일 그렇다면 미당의 불교를 '서방정토'에 대한 우리의 고정 관념 그대로 '정신적 해탈'을 제공하는 원천으로서 간주할 수 있을까?

이에 대한 분명한 대답은 아마도 별도의 긴 연구를 필요로 할 것이다. 다만 나는 그런 해석을 용인해도 이 시는 '현실로부터의 해탈'을 지향하는 것일 수 없다는 점을 지적하고자 한다. 왜냐하면 문면이 그대로 "서으로 가는 달같이는/나는 아무래도 갈 수가 없다"는 점을 명시하고 있기 때문이다. 춘향의 이 말이 단순히 체념의 뜻이라면 그 다음 연은 결코 씌어질 수가 없었을 것이다. 그 점을 유념한다면 춘향의 저 말은 '서으로 가는 달같이는 갈 수가 없으니 다른 방식으로 가겠다'라는 뜻으로 해석되어야 한다. 다른 방식으로 가니, 춘향이 가 닿을 자리가 '정신적 해탈'의 장소일지 아닐지는 불분명하다. 그런데 문면 그대로 읽을 때 이 연이 알려주는 것은 춘향이 가 닿을 장소가 아니라 춘향이 가는 '방식'이다. 즉 '서으로 가는 달같이 가지 않는 것'이다. 이것이 의미하는 바는 실제로 더 복잡하다.

우선 이 '방식'이라는 점에 주목하기로 하자. 이것은 "서으로 가는 달같이"를 매우 비약적으로 해석해 '서방정토로 가듯이'로 이해하는 것과는 달리, 문자 그대로 읽을 가능성을 열어준다. 즉 이는 '자연스럽게'라는 뜻의 비유적 표현인 것이다. 달이 서쪽으로 가는 것처럼 자연스럽게 갈 수가 없다는 뜻이다. 그러니까 여기에서 중요한 것은 지향의 장소가 아니라 지향의 태도와 방법론이다. 왜 그것이 중요한가? 여기에서 다시 한번의 해석적 선회가 필요해진다.

지금까지 춘향의 지향이 현실로부터 벗어남이 아니라, 현실의 회복 이라는 점을 자세하게 설명했다. 그것은 무엇보다도 춘향이 사랑의 열락을 잊지 못하기 때문이다. 그리하여 그것을 '억압된 것의 귀환'[4]이라고 하는 정신분석학적 개념에 대입하였다. 그러면서 동시에 그 개념이 정확하지 않다는 점을 덧붙였다. 왜냐하면 몽룡과의 사랑의 흔적들은 억압되었다기보다 억압되지 않은 잔여물들이기 때문이다. 이 둘 사이에 어떤 차이가 있는가?

2차세계대전 후의 가장 중요한 정신분석 저작 중의 하나로 일컬어 지는 니콜라 아브라함Nicolas Abraham과 마리아 토록Maria Torok의 『늑대인간의 납골어Le Verbier de l'Homme aux loups』에 대한 '주석'에서, 데리다Jacques Derrida는 '유령fantôme'은 "자아의 내면에 거주하는" 게 아니라 "타자의 무의식에 거주한다"는 점을 특정한 다음, 그들을 "불러내는 말, 르브낭스revenance는 억압된 것을 귀환시키는 게 아니"라는 점을 적시한 다. 그리고 여기에 저자의 중요한 독창성이 있음을 강조하면서 '억압된 것의 회귀'는 '전이'가 가능하지만 유령을 불러내는 말은 '전이'가 불가 능하다는 점이 근본적인 차이라고 말한다.[5] 즉 억압된 것의 회귀의 경

---

4) 잘 알다시피, '억압된 것의 귀환Retour du refoulé'는 옌센Wilhelm Jensen의 「그라디바Gradiva」에 대한 프로이트의 분석을 통해서 무의식의 중요한 '행위'로 등록되었다. cf. Sigmund Freud, *Le délire et les rêves dans la Gradiva de W. Jensen*, trans. Paule Arhex, Paris: Gallimard, 1986(최초 출간 연도: 1907).

5) Jacques Derrida, "Fors. Les mots anglés de Nicolas Abraham et Maria Torok," in Abraham & Torok, *Le Verbier de l'homme aux lopus*, Paris: Flammarion, 1976, p. 42.

우, 「그라디바」에서 볼 수 있는 것처럼, 노르베르트 하놀드Norbert Hanold 의 마음속에 억압된 여인 조에 베르트강Zoe Bertgang은 아름다운 조형물로 전이되어 귀환하고, 그 귀환을 통해 주인공으로 하여금 그로부터 촉발된 다양한 전이체들과의 연속적인 만남이라는 드라마를 이끌어낸다. 반면 유령을 불러내는 주문[6]은 어떤 대상으로도 전이가 이루어지지 않는다. 때문에 있는 그대로 해독되지 못한 채로 비밀로서 혹은 괴물로서 존재한다. 데리다의 이러한 설명은 「추천사」에 썩 유용한 참조 사항이다.

지금까지 읽어온 바에 의하면 「추천사」에서 춘향은 사랑의 열락을 못 잊어 한다. 그 열락을 상기시켜주는 사물들은 "다수굿이 흔들리는 수양버들 나무와/벼갯모에 뇌이듯한 풀꽃데미" "자잘한 나비 새끼 꾀꼬리들"이다. 그런데 독자는 금세 이 환기물들이 온전치 못하다는 것을, 따라서 얼마간의 조롱과 무시를 받는다는 것을 느낄 수 있다. 그것은 이 잔여물들이 몽룡과의 사랑의 열락을 추억케 하되, 그것들 자체는 온전히 그 사랑을 전달하지 못하고 있다는 것을 가리킨다. 그것들은 사랑의 은유가 아니라 진정한 사랑에 미치지 못하는 환유체들일 뿐이다. 그것들은 억압된 사랑이 귀환한 것이 아니라 몽룡과 함께 떠나지 못한 것들이 남아서 사랑의 실패, 사랑의 결정적인 상실을 동시에 증거하고 있는 것이다. 그러니까 그것들은 내가 하늘로 올라갈 수 있도록 튼튼하게 받쳐줄 수 있는 지지대가 아닌 것이다.

---

6) 유령을 불러내는 주문revenance는 '주술학'에서 저승으로 돌아가지 못해 죽지 못한 귀신들을 불러오는 행위이다(cf. http://forgottenrealms.wikia.com/wiki/Revenance). 이는 「추천사」에서의 춘향의 말과 구조적으로 동격이다. 왜냐하면 춘향이 집착하는 것은 몽룡과의 사랑의 잔여물이기 때문이다.

바로 그것이 "서으로 가는 달같이" 자연스럽게 올라갈 수 없다는 자각을 불러일으킨 근본적인 원인이다. 그렇다면 춘향은 올라가는 걸 포기해야 하는 게 아닌가? 그러나 저 부족한 환유체들은 여전히 몽룡과의 사랑을 부단히 환기시킨다. 그것들은 상실감과 회감을 동시에 추동한다. 그렇다면 춘향은 어떻게 해야 하는가? 그에 대한 최종적인 답안이 마지막 연에 있다. "서으로 가는 달같이는 〔……〕 갈 수가 없"으니 다른 방식으로 가겠다는 것이다. 어떤 방식으로?

> 바람이 파도를 밀어 올리듯이
> 그렇게 나를 밀어 올려다오
> 향단아

"바람이 파도를 밀어 올리듯이" 가겠다는 것이다. 지금까지의 교과서와 평문들에서 이 대목은 거의 해독이 되지 않은 것으로 알고 있다. 하지만 이 글의 맥락에서 보자면 번개의 속도로 이해할 수 있다. 지금 '향단'이 밀어 올릴 이는 '춘향'이다. 향단이 '바람'이라면, 그렇다면 춘향은 '파도'이다. 파도는 어떻게 움직이는가? 바람의 힘을 빌려서 저 스스로가 제방 위를 넘실대는 게 파도이다. 현실 속의 춘향 자신이 하늘로 올라간다는 것이다. 여기에서 '파도'가 환기하는 것은 춘향의 몸이 아니다. 바로 사랑의 열락을 못 잊어 끓어오르는 춘향의 욕망을 그 자체로서 하늘로 솟구치도록 하는 것, 그것이다.

여기에서 춘향의 지향이 가장 본질적인 모습을 드러낸다. 앞에서 그 지향에 대한 두 개의 버전을 제시하였다. 첫번째 버전은 '현실로부터의 해탈'이다. 두번째 버전은 '현실을 다른 현실에서 회복하는 것'이다. 그리고 일단 두번째 버전이 첫번째 버전보다 더 타당함을 논증하였다. 그러나 이제는, '하늘'이 복구될 현실이라는 점이 중요한 게 아니다. 춘향의 욕망 자체가 '파도'가 되어서 현실 위로 솟구친다는 게 중요해지는 것이다. 이로써 지향의 대상이 근본적으로 바뀌었다. 두 개의 버전에서 지향의 대상은 어떤 상태였다. 그러나 이제 그것은 춘향 스스로의 운동, 즉 자신의 욕망을 통째로 현실 초월의 행위로 투입하는 운동이 된다. 상태에서 운동으로의 변환, 주체를 무엇을 갈망하는 자로부터 무엇을 이루어내는 자로 바꾸는 사건, 그것이 일어난 것이다. 「추천사」의 화자, '춘향'의 지향의 궁극적인 버전은 자신의 소망을 온전히 복원해내는 일에 스스로 투신하는 것이다. 그가 가고자 한 하늘은 '다른 현실'이 아니라, 변혁될 현실이다. 덧붙이자면 이 소망의 피력을 통해서 춘향은 '화자'에서 '인물'로 변신한다. 완전히 변신하지는 않고 변신 직전으로 돌입한다.

마지막으로 '향단'에 대해 언급하기로 하자. 왜 꼭 '향단'이 밀어주어야 하는가? '향단'이 아닌 다른 사람이 밀어주면 안 되나? 아니, 기왕 스스로 자신의 소망을 그대로 끌고 하늘로 올라가겠다고 밝힌 마당에, 조금 어렵겠지만 저 홀로 그네를 끌어올릴 수는 없나?

실로 '향단'이 등장한 두 가지 까닭이 있다. 하나는 시에 내재적인 것이고, 둘은 미당 류의 시적 실천에 관한 것이다. 우선 향단도 춘향의 사랑 사건의 잔여물이라는 점에 착안하여야 한다. 앞에서 이 잔여물들의 모자람에 대해 충분히 말했다. 이것들은 몽룡과의 사랑을 온전히 회복시키는 데 도움이 되지 못한다. 그러나 문제는, 그럼에도 불구하고 이 잔여물들의 잔존은 필수적이라는 것이다. 이들이 없으면 사랑의 자취가 아예 사라져버린다. 그들만이 몽룡과의 사랑을 연결시켜주는 끈이다. 그렇다면 춘향의 입장에서는 이 잔여물들 중 가능한 한 덜 훼손된 것을 찾으려 할 것이다. 훼손도가 적은 것일수록 사랑의 기억을 더 잘 전달할 것이기 때문이다. 여기에서 덜 훼손된 것은 좀더 순수한 것과 치환이 가능하다. 그리고 더 순수한 것은 최초에 놓인 것이라는 치환 역시 가능해진다. 그렇다. '향단'은 바로 몽룡과의 최초의 만남의 매개자가 아니었던가? 이 점을 결정적으로 지원해주는 사물이 또 있다. 바로 그네다. 몽룡과 춘향이 처음 만난 바로 단오절에 춘향이 그네를 탈 때였던 것이다. '향단'과 그네야말로 사랑의 최초의 표지, 따라서 사랑의 가장 순수한 잔여물인 것이다. 그러니까 춘향이 떠나간 몽룡을 잊지 못해 그걸 회복하려 할 때 제일 먼저 떠오른 행위가 '그네 타는 일'이었던 것이다. 이것이 '향단'이 이 시에 등장하는 가장 중요한 까닭이다. 그의 존재는 당위적이다.

또 다른 까닭이 있다. 이는 문화사적인 맥락에서 이해해야 할 필요가 있는 것이다. 앞에서 춘향의 지향을 설명하기 위해 좀 복잡한 단계들을 거쳤다. '억압된 것의 귀환'이라는 중간 단계를 제시한 다음, 이어서 '억압되지 못한 잔여물'로 해석의 표지를 바꾸었다. 왜 그랬을까? 「추천사」의 명제를 한마디로 '내가 뛰겠다'라고 요약할 수 있을 것이다. 그런데 이 명제에 도달하기 전에 그 안에 오랫동안 '그이가 온다'라는 명제가 작용하고 있었다는 것이 필자의 가설이다.

「추천사」는 아주 쉬운 말들로 이루어졌어도 실은 아주 정교하게 구축된 시다. 지금까지의 분석이 그 정교함을 증거한다. 그것은 미당만이 발휘할 수 있는 솜씨이다. 그런데 미당이 그런 경지에 도달하기 전에 한국 시는 '그이가 온다'라는 명제에서 생의 동력을 발견하였다. 그 명제를 처음 세운 건 김영랑이다. 영랑의 「모란이 피기까지는」의 최종적 선언은

"기둘리고 있을테요"라는 것이다. 기다리는 사람은 그이가 오실 걸 알기 때문에 기다리는 것이다. 그이가 오실 걸 그는 어떻게 알았을까? 아니, 이렇게 말해보자. 어떻게 해서 일제강점기의 조선 사람의 뇌리에 그이가 오신다는 생각이 심어지게 되었을까? 그전에는 떠나가는 이를 '보내거나'(김소월), '보내지 아니하거나'(한용운) 했을 뿐인데 말이다. 실로 1930년대의 문화사에서 가장 중요한 사건은 바로 '그이가 오신다'는 것에 대한 믿음이 발생하였다는 사실일지도 모른다. 물론 앞에서 얘기했던 시인들에게는 그 믿음이 있었던 것 같지는 않다. 그러나 필자는 영랑 이후의 일군의 시인들은 그 믿음을 통해서 피식민지인의 고통을, 독립과 자주를 살지 못하는 자의 고난을 견뎠다고 생각한다. 다음 장에 그에 대해 얘기해보려 한다.

　필자는 영랑의 연장선상에 미당을 놓는 게 합당하다고 생각한다. 미당에 와서 '오시는 그이'는 '옆에 상주하는 보조자'로 변형된 것 같다. 그게 '향단'의 또 다른 존재 이유다.

비극적 세계관을 곰곰이 곱씹는다

앞 글에서 미당의 「추천사」를 읽으며, 그 시원에 '그이가 오신다'는 명제가 있음을 말하고, 그 명제의 샘이 1930년대에 솟아났다고 주장한 바 있다. 그리고 그 명제의 발생적 원인을 밝혀보겠다고 약속하였다. 그런데 막상 그 일을 하자니 그전 단계에 생각이 밟혔다. 나는 김소월과 한용운에게서는 '그이가 오신다'라는 생각이 일어나지 않았다고 하였다. 그것을 우선 해명할 필요가 있었다. 나는 이미 김소월과 만해에 대해 말한 적이 있다. 그들의 공통점은 현실과 싸우는 자로서의 '자기'의 존재론적 개별성에 대한 확신이라고 할 수 있다. 또한 그들은 님의 '떠남'이라는 운명을 정직하게 수락하였다. 그들의 싸움은 그 수락에 등을 대고 전개된 것이다. 이러한 수락과 싸움의 동시성을, '무 그리고 전체'라는 비극적 세계관에 대응시킬 수 있다. 그 점을 누구보다도 날카롭게 포착한 이는 김우창 교수이다.

김우창 교수가 「궁핍한 시대의 시인」[1]에서, 골드만에게 영감을 받아,

만해의 시 세계를 '비극적 세계관'으로 규정하였을 때, 상당수의 독자들이 신선한 자극을 받았다. 무엇보다도 "님은 갔지마는 나는 님을 보내지 아니하였습니다"의 역설이 하나의 정합적인 정신적 구조의 현상이라는 걸 보여주었기 때문일 것이다. 그런데 만해의 이런 세계관을 한 탁발한 시인의 지사적 결단에 연결시키는 것은 실상 골드만 이론의 본래 취지를 벗어나는 것이었다. 골드만에게 세계관의 유형학은 무엇보다도 특정 집단의 사회경제적 사정과 그 사정에 근거한 의식구조의 형성에 연결되어 있는 것이었다. 그것은 개인의 선택의 문제가 아니었던 것이다.[2]

골드만에 의하면, 17세기 프랑스의 극작가 장 라신Jean Racine과 철학자 파스칼에게서 가장 명료한 표현을 얻은 비극적 세계관은 바로 그들이 몸담고 있는 집단인 법복귀족Noblesse de Robe의 정치적 운명과 그에 근거한 의식구조에 연결된 것이었다. 법복귀족은 16세기에 평민 신분에서 귀족으로 계층 이동을 했던 집단을 가리킨다. 그들은 전통적인 귀족, 즉 자기 지역의 영토를 지키는 싸움을 통해 성장한 대검귀족Noblesse d'Épée과 달리 지식과 금권을 무기로 나라의 "재정과 법률과 행정"[3]을 맡으면서 사회의 상층부로 진입한 성공한 평민들로부터 생겨났다. 간단히 말해 평민, 즉 부르주아로서 귀족 신분에 달한 계층이다. 그런데 이들은 귀족을 길들이고자 했던 절대왕권의 통제, 그리고 부르주아 계급 자체의

1) 김우창, 『궁핍한 시대의 시인—현대 문학과 사회에 관한 에세이』, 민음사, 1977.
2) 젊은 시절에 골드만에게 많은 것을 배웠고 또한 그의 이론을 소개하는 일에 적극 가담했던 필자 역시 한국문학에 관한 한 그 점을 은연중 소홀히 하고 있었다. 최근 이경훈 교수가 그 점을 상기시켜주는 바람에 세계관의 문제를 재검토하게 되었다. 그리고 골드만 이론의 바른 적용의 문제를 확인할 수 있었다. 이 자리를 빌려 이경훈 교수에게 감사드린다.
3) Alain Croix et Jean Quéniart, *Histoire culturelle de la France 2—De la Rennaissance à l'aube des Lumières*(coll.: points/Histoire No. 349), Paris: Seuil, 2005[1997], p. 220.

성장에 의해, 루이 14세 재위 시에 그 존재 이유를 상실하였다. 이러한 부침은 그들에게 세계에 대한 전적인 긍정과 전적인 부정이라는 두 극의 태도 사이를 왕복하게 하였는데, 그 두 개의 극을 동시에 껴안으려고 한 예외적 개인들에 의해 그 계급의 세계관의 '최대치'가 표현되었다는 것이다.[4] 골드만이 집중적으로 주목하고 탐구한 그 예외적 개인들이 라신과 파스칼이었다.

이 요약이 전달하는 핵심적 전언은 우선 두 가지이다. 하나는 비극적 세계관의 준거집단은 법복귀족인데, 법복귀족은 부르주아 출신이지만 훗날의 부르주아의 태도와 다른 결정적인 부분은 체제 내부에서 신분 상승이 가능하다고 믿었다는 점이다. 그리고 그 믿음은 나중에 실종한다. 이러한 사정으로부터 두번째 특성이 드러나니, 비극적 세계관은 세계에 대한 '전적인 부정이냐 긍정이냐'라는 양자택일의 사안에서 '전적인 부정이며 동시에 전적인 긍정'이라는 모순을 포괄하는 태도 사이의 스펙트럼을 갖는다는 것이다. 그리고 그것의 가장 우월한 표현은 후자이다.

김우창이 한용운을 풀이하는 데에 비극적 세계관을 끌어들였을 때, 그는 이러한 세계관의 집단적 준거라는 문제를 모르지 않았다. 그래서

---

4) 이에 대한 상세한 설명은 Lucien Goldmann, *Le Dieu Caché*[(coll.: Tel), Paris: Gallimard, 1959]에 나와 있으며, '비극적 세계관'에 대한 언급들은 거개 이 책에 의거한다. 나는 송기형·김연권과 함께 이 책의 앞부분을 오래전에 번역했었는데, 1980~1990년대에 한국의 젊은 지식인들에 의해 꽤 많이 읽혔던 것으로 기억한다. 번역서 초판은 지금은 고인이 된 김태경이 설립한 인동출판사에서 출간되었으나, 사장의 구속 등 우여곡절의 사정을 통해 뒤에 다른 출판사들을 떠돌았던 것으로 보인다. 그런 사정에 내가 개입한 적은 한 번도 없었으니, 그것은 당시 운동권 출판사들의 아주 일반적인 형편이었다. 물론 번역비 역시 '운동의 이름으로' 결락되었다. 내가 현재 가지고 있는 판본은 다음과 같다. 루시앙 골드만, 『숨은 신(神)—비극적 세계관의 변증법』, 송기형·정과리 옮김, 연구사, 1986.

그는 골드만의 생각을 얼마간 요약한 다음, 비극적 세계관의 준거집단을 식민지하의 조선인 일반으로 설정한다. 그런데 단락이 나아가면서 점차로 이 세계관은 집단의 문제가 아니라 한 뛰어난 위인의 개인적 결단의 문제로 바뀌어간다. 그러고는 결정적으로 독자는

> 우리가 한용운(韓龍雲)에게서 보는 것은 타락한 세계에 사는 종교가, 부정(不正)의 세계에 사는 의인의 모습이다

라는 구절을 만나게 된다. 이 구절과 함께 준거집단은 문득 사라지고 한 위대한 시인만이 한국문학과 정신의 오벨리스크로 솟아오른다. 어떻게 해서 이런 변형이 일어났을까? 우선 눈에 띄는 것은 평론가가 만해의 세계관을 '부정의 철학'이라는 관점에서 접근하고 있다는 것이다. 그는 애초부터 한용운의 님이 '부정의 원리'로서만 나타난다고 본다.

> 한용운의 '님'은 그의 삶이 그리는 존재의 변증법에서 절대적인 요구로서 또 부정의 원리로서 나타나는 한 한계원리를 의미한다. 그것은 정적(靜的)으로 있는 민족이 아니라 억압된 민족에 대하여 자주적인 민족을, 사회적으로 억압된 민중에 대하여 자유로워진 민중을 실적으로 파악하는 법에 대하여 보이지 않는 근원적인 진리를 말한다. 그것은 현실적인 민족이나 진리보다는 부재와 부정으로만 어림 가는 본연적인 모습의 민족, 진리 속에 있는 세상을 지칭한다. 다시 말하여 '님'은 한자리에 놓여 있는 존재로서의 대상이 아니라, 움직이는 부정의 변증법에서 의미를 갖는 존재의 가능성이다.[5]

아마도 필자를 포함하여 대부분의 독자는 이러한 진술에서 설득력을 느낄 수 있었을 것이다. 그것은 무엇보다도 저 "부정의 변증법"이 당시 조선의 식민지 현실에 근거해 있기 때문이다. 나라를 빼앗긴 민족에게 '부정성' 외에 어떤 태도가 가능하겠는가? 그러나 우리가 이러한 상황을 이해하려 한다면 만해의 시를 '비극적 세계관'의 틀 안에서 이해하는 길은 포기하는 게 타당할 것이다. 왜냐하면 비극적 세계관은 부정이 아니라 부정과 긍정의 동시성을 통해서 솟아나는 것이기 때문이다.

또 하나의 문제는 '부정의 변증법'이라는 설정이다. 평론가는 부정을 세계 이해로, 변증법을 세계 극복의 방법론으로 상정했을 것이다. 그래야만 부정의 정신에 생명의 통로가 생기기 때문이다. 그런데 골드만에 의하면 비극적 세계관은 변증법과 무관하다고는 할 수 없지만, 변증법 이전에 있는 것이다. 변증법은 정과 반의 충돌을 통한 합의 도출이라면, 비극적 세계관은 정(부정)과 반(긍정) 사이의 양자택일이거나 아니면 동시적 포괄이기 때문이다. 바로 이러한 차이에 의해서 비극적 세계관은 '시간'을 모른다. 그것은 양극 사이에서 팽팽히 긴장하고 전율할 뿐이다. "비극적 사고에는 역사의 중요한 시간 차원, 즉 '미래'라는 개념이 결여되어 있"다. "비극적 사고는 절대적이고 근본적인 형태로 미래를 거부하기 때문에, 단지 유일한 시간 차원으로서 '현재'만을 갖는다."[6] 반면 변증법은 양극의 충돌을 통해 새로운 세계를 연다. 그 점을 골드만은 다음과 같이 설명한다.

---

5) 김우창, 같은 책, p. 130.
6) Goldmann, *Le Dieu caché*, pp. 43~44; 골드만, 같은 책, pp. 45~46.

변증법적 세계관은 정확히 '비극의 극복'이다. 〔……〕

변증법적 세계관의 구현자로서 괴테, 헤겔 그리고 마르크스에게 있어서 문제의 애초의 출발점은 비극적 세계관과 같다. 각각의 개인에게 선과 악은 동시에 '실제적이며, 서로 대립되어 있으면서 동시에 분리될 수 없다'는 것이다. 다만 전자들은 모두 '역사의 간지' 즉 역사의 전개가 개별적 악을, 전체 안에서 선을 실현하게 될 특정한 진보의 매개물로 만든다는 것을 인정한다.[7]

즉 비극적 세계관과 변증법적 세계관의 핵심적인 차이는 '시간'의 유무이다. 시간 개념의 부재 때문에 파스칼의 유일한 전망은 '내기'가 될 수밖에 없었다. 반면 "헤겔과 마르크스에서부터는 지상적 삶에 있어서 선이며 악은 유한할 뿐이어서 미래에 대한 믿음과 희망 안에서 의미를 부여받게 될 것이다."[8]

비극적 세계관에 대해 이렇게 길게 사설을 펴는 데에는 여러 가지 이유가 있다. 우선은 세계의 앎의 체계가 서양적인 방식에 의해 지배되고 그렇게 재편된 이상, 제3세계의 지식이 불가피하게 서양의 그것으로부터 심각하게 영향을 받을 수밖에 없지만 그럴수록 그 이해에 대한 분별이 정확해야 한다는 것이다. 그럴싸한 개념들이라고 마구잡이로 써먹을 수는 없는 것이다. 이러한 문제는 한국의 식자들 모두에게 연관된 것이다. 나 역시 그로부터 자유로울 수 없으며 따라서 때마다 신중할 수밖에 없는 까닭이다.

---

7) *ibid.*, pp. 195~96.
8) *ibid.*, pp. 336~37.

하지만 이러한 지식 존재 양태의 문제보다 이 자리에서 더 중요한 것은 문학작품의 표현과 준거집단 사이의 유기적 연관성에 대한 명확한 이해이다. 만일 김우창의 직관처럼 만해의 세계관을 비극적이라고 명명할 수 있다면 우리는 그에 상응하는 집단을 상정할 수 있어야 한다. 그 집단은 '부정의 변증법'에 의해서가 아니라 '부정과 긍정의 동시성'이라는 정신 구조에 의해서 지탱되는 집단일 것이다.

우선 만해의 비극적 세계관은 그의 시에서 용이하게 확인할 수 있다. "아아, 님은 갔지마는 나는 님을 보내지 아니하였습니다"라는 시구에 가장 선명하게 표현된 이 부정과 긍정의 동시성은 사방에서 다양한 양태로 확인된다. 가령

　　당신은 흙발로 나를 짓밟습니다.
　　나는 당신을 안고 물을 건너갑니다.
　　　　　　　　　　　　　　　　　　―「나룻배와 행인」 부분

와 같은 노골적인 표현에서도 보이지만,

　　남들은 자유를 사랑한다지만 나는 복종을 좋아하여요.
　　[……]
　　그러나 당신이 나더러 다른 사람을 복종하라면 그것만은 복종할 수가 없습니다.
　　　　　　　　　　　　　　　　　　―「복종(服從)」 부분

에서 적시된 "일만가지로 복종하는 자유형(自由刑)"(「의심하지 마셔요」)

178

의 도도한 주체 철학에서도 확연하다. 다음, 시간의 부재. 평론가가 다음의 구절,

영원의 사랑을 받을까, 인간 역사의 첫 페이지에 잉크칠을 할까,

—「당신을 보았습니다」 부분

에서 '부정의 변증법'을 보았던 것은, 아마도 "역사의 첫 페이지"가 시간의 개시를 가리킨다고 파악했기 때문일 것이다. 그러나 앞뒤 문맥을 다 읽어보면 그렇지 않다.

아아 온갖 윤리, 도덕, 법률은 칼과 황금을 제사 지내는 연기(烟氣)인 줄을 알았습니다.
영원의 사랑을 받을까, 인간 역사의 첫 페이지에 잉크칠을 할까, 술을 마실까 망설일 때에 당신을 보았습니다.

"윤리, 도덕, 법률"은 칼과 황금을 제사 지내는 연기에 지나지 않음을 깨달았다는 것이다. 전자는 후자의 포장 도구에 지나지 않았다는 것이다. 그렇다면, "인간 역사의 첫 페이지에 잉크칠"을 한다는 것은 칼과 황금을 제사 지내는 '윤리, 도덕, 법률'을 폭로하는 행위이거나 아니면 그런 "윤리, 도덕, 법률"과는 다른 '인간 행동 원칙'을 제시하겠다는 것으로 읽힐 수 있다. 그런데, 그 새로운 '인간 행동 원칙'은 아직 윤곽조차 그려지지 않았다. 그것은 이제 겨우 세 가지 선택 중의 한 항목으로 구상되었을 뿐이다. 이 분류상에서 그것은 시간의 개시가 아니라 '인간사의 실천'이라는 의미를 가진다. 그러나 이보다 더 결정적인 것은 만해 시

의 비유 현상학이다. 필자가 이미 밝힌 바 있듯이[9] 그의 절창 「알 수 없어요」의 비유 현상은 시니피앙의 무한과 시니피에의 부재로 특징지어진다. 시니피앙은 화려하고 황홀하고 신비하나 그것들은 서로 간에 연결되지 않고 오로지 부재하는 시니피에에 연결된다. 이는 지상적 현상들이 오로지 초월적 실재에 결속되어 있다는 것을 보여주는 결정적인 증거이다. 지상적 현상들 자체의 연관 부재는 바로 시간의 부재를 그대로 가리킨다. 오로지 영원과의 대비 속에서만 존재하는 것이다. 다음 시는 그 방향에서 쉽게 이해될 수 있다.

> 나의 노랫가락의 고저장단은 대중이 없습니다.
> 그래서 세속의 노래 곡조와는 조금도 맞지 않습니다.
> 그러나 나는 나의 노래가 세속 곡조에 맞지 않는 것을 조금도 애달파하지 않습니다.
> 나의 노래는 세속의 노래와 다르지 아니하면 아니 되는 까닭입니다.
> 곡조는 노래의 결함을 억지로 조절하려는 것입니다.
> 곡조는 부자연한 노래를 사랑의 망상(妄想)으로 도막쳐 놓는 것입니다.
>
> ─「나의 노래」 부분

일종의 '시의 변호론'인 이 시에서 시인은 자신의 시가 "세속의 노래 곡조와는 조금도 맞지 않"는다고 선언한다. 더 나아가서 "〔세속의〕 곡조

---

9) 졸고, 「위기가 아닌 적이 없었다, 그러나 때마다 위기는 달랐다」, 『뫼비우스 분면을 떠도는 한국문학을 위한 안내서』, 문학과지성사, 2016, pp. 44~46.

는 노래의 결함을 억지로 조절하"는 짓에 불과하다고 질타한다. 이러한 태도는 세속에 대한 근본적인 거부를 세속 안에서 실행하는 전형적인 비극적 태도로서 이해될 수 있다. 그리고 이 말은 곧바로 「님의 침묵」의 "제 곡조를 못 이기는 사랑의 노래"를 떠올리게 한다. 한데 곡조를 가지지 못한다는 것은 바로 세속 안에서의 전개, 즉 시간의 차원을 확보할 수 없다는 것과 상응한다. 시간을 가진다는 것, 그것은 "부자연한 노래를 사랑의 망상으로 도막쳐 놓는" 짓이다.

이러한 만해의 비극적 세계관은 김소월에서도 똑같이 확인할 수 있다. 무엇보다도 그의 시는 한국 전래 시가적 전통을 그대로 끌어왔다. 그래서 김억에 의해 '민요시'란 명명을 받았다. 그러나 그가 그런 명명에 대해 서운해했다는 건 김억의 추모에 밝혀져 있다. 실로 김소월의 시는 전통적 정서를 그대로 가져오면서 그것을 가장 근대적인 자아 표명을 위한 탄성판으로 만들었다.[10] 그의 시엔 민요와 현대시가 최대치로서 공존하며 경쟁하고 있었다. 바로 여기에, 소월의 「여자의 냄새」를 두고 "우리는 김소월이 어떻게 샤머니즘적·영적인 세계와 현대적인 감각의 세계를 그렇게 미묘하게 통합시킬 수 있었는지 정확히 알지 못한다"[11]고 한 신범순의 찬탄의 비밀이 숨어 있었다. 「초혼」의 저 격렬한 절규 역시 그의 비극적 태도를 명료히 보여준다.

산산이 부서진 이름이어!
허공중에 헤어진 이름이어!

---

10) 거듭 언급하거니와, 이에 대해서는 1부의 「근대적 자아의 탄생」을 참조하길 바란다.
11) 신범순, 「김소월의 「시혼」과 자아의 원근법」, 『20세기 한국 시론 1』, 한국현대시학회 엮음, 글누림, 2006, p. 38.

불러도 주인 없는 이름이어!
부르다가 내가 죽을 이름이어!

[……]

부르는 소리는 비껴가지만
하늘과 땅 사이가 너무 넓구나.

  '산산이 부서진 이름이'여를 외치는 저 격정을 보라. 그 격정은 "부르
다가 내가 죽을 이름이어"의 처절한 자세를 통해 세계의 풍경에 그대로
못 박힌다. 항구화한다. 이 부정과 수락의 두 개의 극, "하늘과 땅 사이"
의 극단적인 거리 사이로 "부르는 소리는 비껴"가고, 비껴갈수록 그 거
리는 더욱 생생하다.
  신범순은 흥미롭게도 김소월의 시적 비밀을 '영혼'의 문제로 압축한
다음, 이 '영혼'이 동시대인인 신규식에 의해 심각하게 고찰되는 것을 본
다. 신규식은 당시 조선인의 과제가 "영혼의 회복", 즉 "죽어가는 국가와
국토의 영혼을 부르는' 초혼'으로 드러난다고 생각했다는 것이다.[12] 이
영혼의 회복을 위해 그가 포착한 근거는 "나라는 망했어도 마음속의
나라가 죽어서는 안 된다"는 인식, 즉 '망한 나라'와 '마음속의 나라'를
분리시키고 그 두 나라를 동시에 끌어안는 것이었다. 신규식의 말을 그
대로 재인용하면 이렇다.

─────────────
12) 신범순, 같은 책, p. 49.

182

가령 우리들의 마음이 아직도 죽어버리지만 않았다면 비록 지도가 그 빛을 달리하고 역사가 칭호를 바꾸어 우리들의 대한이 망하였을지라도 우리들 사람마다의 마음속에는 스스로 하나의 대한이 있는 것이니 우리들의 마음은 곧 대한의 혼인 것이다.

김소월의 초혼이 신규식이 초혼에 연결된다는 것은 김소월의 비극적 태도가 단지 한 시인의 시적 개성이 아니라 당시의 한반도의 특정 집단의 일반적 세계관에 닿아 있다는 것을 암시한다. 하나의 예를 더 들어보자. 최남선은 잡지 글을 통해 근대 문물의 수용을 적극적으로 실천해왔으며, '번역'은 그러한 수용의 가장 효율적인 통로였다. 그는 『청춘』제3호(1914년 12월호)에 밀턴의 『실락원』을 번역한다. 다음은 그중 한 구절이다.

저 광명(光明)한 하늘을 버리고, 이 암흑(暗黑)한 땅으로 온 것이 조화는 조화지마는 무슨 일이든지 마음 한가지라—지옥을 천국이 되게 하든지, 천국을 지옥이 되게 하든지, 요하건대 마음 한 가지라.

원문은 다음과 같다.

Farewell, happy fields
Where joy forever dwells: hail horrors, hail
Infernal world, and thou profoundest hell
Receive thy new possessor: one who brings
A mind not to be changed by place or time.

The mind is its own place, and in itself

Can make a heaven of hell, a hell of heaven.[13]

훗날 같은 대목은 이렇게 번역되었다.

잘 있거라, 기쁨 길이 깃드는

그곳, 복된 들이여! 오라, 공포여! 환영한다,

음부(陰府)여! 너 깊고 깊은 지옥이여,

맞아라, 너의 새 주인을. 언제 어디서나

변치 않는 마음 가진 우리를.

마음은 마음이 제 집이라, 스스로 지옥을 천국으로,

천국을 지옥으로 만들 수 있으리라.[14]

최남선의 번역이 일본어로부터의 중역이 아닐까 의심하면서 서홍원은 이렇게 말한다: "무엇보다도 '마음은 마음이 제 집이라'는 생각이 빠졌다. 게다가 천국의 복된 들과 지옥의 공포가 사라졌다."[15]

서홍원의 예리한 관찰이 암시하는 것은 밀턴에게서 천국과 지옥의 대립이 '나의 마음'속으로 수렴되어 재결정되고 있는 반면에, 최남선의 번역에서 '마음'은 천국과 지옥 사이의 전환을 가능케 하는 장치라는 것이

---

13) John Milton, *Paradise Lost*, 1667, v. 249~56; Oxford University Press, 2005, p. 24.

14) 존 밀턴, 『실낙원 1』, 조신권 옮김, 문학동네, 2010, p. 23.

15) 서홍원, 「번역을 통한 문화전파: 19세기 말과 20세기 초의 한국에서의 밀턴Translation and Cultural Transmission: Milton in Late 19th-century and Early 20th-century Korea」, 『유영 번역상 10주년 기념 번역 심포지움 및 시상식』, 연세대학교 상남경영관 로즈우드, 2017, p. 43.

다. 더 나아가 밀턴의 '나'가 감각적 주체라면 번역에서 '나'는 인식 장치로서의 마음과 구별되지 않는다. 이게 무슨 말인가?

우선 여기에서 최남선의 '마음'의 발견을 주목해야 할 것이다. 그러면서 동시에 그 마음은 인식과 행동의 주체가 아니라, 인식의 연산자로서 기능하고 있다는 것 역시 새겨야 할 것이다. 그가 마음을 발견했다는 것은 신범순이 신규식에게 나타난다고 본 '영혼의 발견'과 상응한다. 동시에 이것은 만해의 '일체유심(一切唯心)'관과도 조응한다. 잘 알다시피 '유심'은 20세기의 신 개념이 아니라 전통적 동양 사상에서 전승된 생각이다. 동양적 사유 내에서 그것은 '운명의 수락'으로부터 '정신일도하사불성(精神一到何事不成)'이라는 소명의 달성에 이르는 정신 스펙트럼의 바늘로 기능해왔다. 그런데 추운 겨울, 개울을 건너고 다시 사람을 업어 건넜던 경험[16]으로부터 만해에게 들이닥친 '유심'의 의미는 그 이상으로 현실을 극복하고자 하는 주체로서의 마음이었다.

나는 다른 사람들이 잘 건너지 못하는 곳을 건넌 데 대하여 어린애들처럼 다소의 우월감을 가졌으나 한편으로는 두 번째 건널 때에는 그다지 어렵지 아니한 것을 처음에는 대단히 어려움을 느껴서 무슨 대경륜(大徑綸)을 진행하는 중에 막대한 마장(魔障)을 정복한 것처럼 생각하였던 것이 도리어 어리고 우스웠다. 앞 주막에 가서 옷을 말리면서 말을 들으니 그 내는 눈녹이 물이 내릴 때에는 산으로 돌아다니고 좀처럼 건너지 못하는 것을 알게 되었으므로 스스로 경험하던 처음의 자부심이

---

16) 한용운, 「북대륙의 하룻밤」, 『님의 침묵/조선독립의 서 외』(한용운문학전집 1), 신구문화사, 1973, pp. 243~44.

다시 위안을 얻게 되었다.

이 구절을 섬세히 읽어야 한다. 내를 건넌 데 대한 처음의 우월감은 현실의 과제를 달성해가는 성취감으로부터 비롯한다. 그러나 그는 그런 도취가 '어린 마음'임을 깨달았다가 다시 그 일의 범상치 않았던 성격에서 '자부심'을 얻는다. 이 도취로부터의 깨어남, 그리고 새로 얻은 자부심에서 중요한 것은 그의 마음이 이제 현실(의 과제)에 긴박되지 않는다는 것이다. 그의 마음은 현실로부터 독립한 것이니. 바로 거기에 만해의 새로운 유심관, 근대적 자아의 유심관이 있는 것이다. 이는 김소월의 「진달래꽃」이 보여준 이별의 수락에 기대어 피어난 생존 전략의 주도자로서의 자아 정립과 동렬에 놓이는 것이다. 최남선도 같은 생각을 피력한 바 있다.

자기를 앎은 일절 지식의 근본이다. 자기의 과거를 알고 그 현재를 알고 그리하여 당래하는 운명을 똑바로 알려 함은 자기의 존엄과 및 그 생활의 가치를 생각하는 이에게 아무것도 보다 긴절(緊切)한 지식이다. 더욱 역사는 현재 오인(吾人)의 처지가 유래한 일체 원위(源委)를 정확히 개시함으로써 참으로 획절(劃切)한 반성과 심오한 감분(感奮)을 받게 되어 경우의 개화와 지위의 향상에 안고(安固)한 출발점을 제공한다.[17]

그러나 이 자아의 발견은 현실을 주체적으로 바꿀 행동하는 육체를

---

17) 최남선, 「조선역사통속구화」, 『동명(東明)』, 대정 11년[1922] 9월 17일; 최남선, 「1. 논문」, 『육당 최남선 전집 5─역사』, 역락, 2003, p. 173.

얻지 못하고 있다. 마음은 아직 마음이라는 제 집을 찾지 못했다. 그것이 1910~1920년대 조선인의 '마음'의 한계이다. 다시 최남선으로 돌아가면 이 마음은 천국과 지옥을 제 마음대로 전환시키는 데는 성공했으나 천국과 지옥을 통합하여 지상을 건설하는 일을 진척시키지 못한다. 그의 역사는 과거에서 현재까지만 실선이 그어져 있다. 미래가 아직 없는 것이다.[18] 만해가 저 내에 다리를 놓을 생각을 아직 하지 않고 있듯이. 「진달래꽃」의 화자가 행동의 몫을 떠나는 연인에게 넘기듯이. 이들에게 '현실 극복'은 현실을 넘어서는(변혁하는) 수준보다는 현실을 견디는 수준에 더 가까이 있다. 그렇기 때문에 저 '마음'을 두고 '인식을 행동으로 옮기는 주체'라기보다 '연산자'라고 한 것이다. 여하튼 필자는 이로부터 천국과 지옥의 동시적 포괄, 자아와 세계의 팽팽한 긴장 그 자체가 발생하였던 것이라고 판단한다.

시간의 부재에 처한 긍정과 부정의 동시성, 그것이 비극적 세계관이라면 이제 우리는 1910~1920년대의 조선인들에게서 그 비슷한 생각이 산재해 있었다는 증거들을 얼마간 모은 셈이다. 따라서 이러한 비극적 태도를 1910~1920년대 일반적 세계관으로까지 넓혀 생각할 수 있을 것이다. 그런데 앞서 소개했듯이 골드만에게 있어서 이러한 일반적 세계관은 특유의 집단 그리고 그 집단의 사회적 환경과 조응한다. 그 집단은 누구이고 그 사회적 환경은 무엇인가?

김우창 교수는 처음 골드만의 이론을 도입하면서 세계관이 집단의식이라는 점에 주목했었다. 그 집단을 그는 조선인 일반이라고 생각했다.

---

18) "역사는 과거와 현재의 대화다"는 에드워드 카E. H. Carr의 유명한 말이다. 그러나 실제, 역사는 과거와 현재와 미래의 대화이다. 왜냐하면 역사의 발명은 인간의 삶을 '지속 가능한 진화로 만들기 위한, 즉 미래를 장만하기 위한 방법적 고안이었기 때문이다.

한용운(韓龍雲)의 시대는, 파스칼의 시대처럼 모순적인 선택밖에 제시해 주지 않았던 시대였다. 파스칼의 '노블레스 드 로브'가 무력감에 사로잡힌 몰락하는 계급이었다면 한용운(韓龍雲)의 시대에 있어서 우리 민족은 민족 전체로서 몰락하는 계급이 되었다.[19]

나는 김우창의 판단이 적실하다고 생각한다. 왜냐하면 일제강점과 더불어 조선인은 사농공상의 네 신분과 하급의 노비 계급이 중첩되어 있던 신분 사회로부터 그저 단일한 피식민지 사회로 단일화되었기 때문이다. 이미 임진왜란 이후 신분 질서가 붕괴되고 있었지만 그러나 그것에 결정타를 먹인 것은 일제의 강점이었다. 조선인은 그냥 조선인 일반이 되었던 것이다. 따라서 16~17세기의 '법복귀족'이 하나의 사회적 집단이듯이, 조선인은 그 전체로서 하나의 사회적 집단으로서 존재하게 되었다.

그러나 여기에는 두 가지 단서가 첨부되어야 할 것이다. 하나는 이때 조선인은 한반도, 즉 피식민의 경계 내에 살던 조선인을 가리킨다는 것이다. 이 말은 한반도 외부, 즉 피식민 사회 외부로 이동한 조선인이 있었다는 것에 근거한다. 그들은 대체로 망명자들이었고, 망명자들은 조선이라는 나라가 식민지로 전락한 사실을 받아들이지 못하고 조선의 재탈환을 꿈꾼 사람들이었다. 즉 간명하게 말해 그들은 군왕주의자들이었다.[20] 이 단서에 이어 우리는 다음 단서를 발견하게 되는데, 이것은

---

19) 김우창, 같은 책, p. 128.

20) 나는 이 용어를 잠정적으로만 쓴다. 조선 국가의 부활을 꿈꿨다는 점에서 이들을 군왕주의자라고 말할 수 있겠으나, 흥미롭게도 이 군왕주의자들은 상당수 '무정부주의'로 변신하거

188

생각의 근본적인 전환을 요청하는 것이다. 즉 군왕주의자들과 달리 한반도에 남은 사람들은 피식민의 상황을 의식적으로든 체험적으로든 수락한 사람들이라는 것이다. 그들은 말 그대로 몰락을 감내했던 사람들이었다. 그러나 거기에 대가가 없는 것이 아니었다. 그들은 자기 존재의 정당한 귀속지를 잃는 대신에 근대 문물의 접근과 수용을 좀더 용이하게 취할 수 있었던 것이다. 그리고 근대 문물의 수용은 한반도의 조선인들에게 '나'의 발견, 나의 독립성과 자주성, 더 나아가 '자유인으로서의 나'에 대한 인지를 촉발했던 것이다.

19세기 말 서양의 모더니티의 도래와 더불어 세계의 중심이 서서히 세계로부터 자아에게로 옮겨가고 있었다. 인식적으로 그랬다는 얘기다. 그런데 그 이동에는 수천 개의 계단이 놓여 있다. 거칠게 보면, 그 '자아'는 '우리의 국가'로 먼저 인지되다가 '민족'이 되다가 '민중'이 되다가 다시 순수한 개인으로서의 '나'로 바뀐다. 한국 현대사 100여 년은 바로 이 변화의 궤적 그 자체이다. 그 점에서 19세기 말 『독립신문』의 출현은 아주 흥미로운 사례를 제공한다. 조선국이 하나의 단일국임을 인정한다면 '독립'은 결코 소망 사항이 될 수 없다. 그런데 왜 '독립'인가? 그것은 조선국이 독립된 단일국으로 인지되지 않았었다는 것을 가리킨다. 조선은 중화에 연결된 지류 공간이었던 것이다. 마치 갓난아기가 자신의 입이 엄마의 젖가슴에 그대로 연결되어 있다고 생각하듯이 말이다. 그러니까 '독립'은 완벽히 새로운 생각이었다. 큰 세계로부터 떨어져 나와 고유한 자기 세계를 이룬다,라는 생각. 그리고 그 생각은 처음엔 낮

나, 적어도 무정부주의자들과 친교를 맺었다. 이 사실은 '군왕주의'와 잘 어울리지 않는다. 어쩌면 조선은 군왕 지배 국가가 아니었고, 따라서 다른 명명이 필요할지도 모른다. 아마도 '존왕주의'라는 개념을 '군왕주의'와 병행한 사고로서 첨가해야 할 것 같다는 생각을 한다.

은 생각과 어지럽게 뒤섞여 있다. 가령 '고종 탄신일'(1896)에 '새문안교회'에서 축연을 하면서 짓고 부른 노래, 「황제탄생축가」의 한 대목을 읽어보자.

상주님 은혜로
오 주여 이 나라
독립하였네
우리들 백성은
상하 반상 구별 없이
오 주여 상주님
기도하겠네.[21]

여기에 나타난 '독립'에는 신분 사회로부터의 해방이라는 생각이 포함되어 있다. 그러나 희한하게도 군왕에의 복속이라는 생각이 여전히 상존하고 있는 것이다(여기에서 '상주님'은 군왕 '고종'을 가리킨다). 이러한 혼잡은 근대 문물을 더욱 수용하면서 서서히 정화된다. 그리하여 1919년에 이르면 마침내 "아 조선의 독립국임과 아 조선인의 자주민임"(「조선독립선언서」)을 자각하고 선언하고 요구하게 되는 것이다.

정치적 정체성의 예속을 대가로 한반도의 조선인들은 자기에 대한 발견을 가속화하고 있었던 것이다. 그 점에서 조선인들은 "민족 전체로서 몰락하는 계급"[22]이라고 일방적으로 규정되지 않는다. 오히려 그들은

---

21) 김병철, 『한국근대번역문학사연구』, 을유문화사, 1975, p. 142에서 재인용.
22) 김우창, 같은 책, p. 18.

몰락과 상승을 동시에 체험하고 있었다. 프랑스의 '법복 귀족'이 "무력감에 사로잡힌 몰락하는 계급"이 아니라 체제 내부에서 신분 상승이 가능하다고 믿었던 새 신분이었던 것처럼, 한반도의 조선인들 역시 피식민지 내부에서 살아보니 '독립'이 당연한 운명이라는 것을 배우고 깨닫게 된 것이다. 그 자기 발견은 그렇게 해서 1919년 '3·1독립운동'이라는 형식으로 폭발하였던 것이다.

그 폭발은 일제의 탄압에 의해 좌절로 귀결하였다. 그러나 진화적 경험이 그 좌절로 사라지는 것은 아니다. 1910~1920년대의 한반도의 조선인들은 부정과 긍정의 팽팽한 동시적 긴장을 살아냈던 것이다. 다만 그 긴장의 다음 단계, 즉 조선의 역사가 막혀 있었다. 그것은 말 그대로 비극적 세계관의 사회적 환경 그 자체였다.

비극적 세계관에서 낭만적 세계관으로

비극적 세계관으로부터의 탈피는 시간의 작용이 개입할 때 가능해진다. 그렇다고 그것이 곧바로 변증법적 세계관을 잉태하는 건 아니다. 그보다는 오히려 시간의 족쇄로부터 풀려나려는 몸의 충동이 우선 강하게 일어야 한다. 이 점에서 비극적 세계관의 다음 단계는 낭만적 세계관이다. 저 옛날 골드만의 세계관의 유형학을 게걸스럽게 파먹던 학생은 그 생각을 곧바로 떠올리지 못했다. 세계관의 논리적 구조로 보자면, 고전적 세계관=세계에 대한 절대적 긍정, 낭만적 세계관=절대적 부정, 비극적 세계관=긍정과 부정의 동시성으로 요약되었으니, 두뇌의 기계적 운동은 자연스럽게 비극적 세계관을 고전적 세계관과 낭만적 세계관의 의사 변증법적 종합으로 보았던 것이다. 그런데 여기에 미묘한 사건이 시작되었다는 것을 학생은 미처 알아차리지 못했다. 실은 골드만도 그 사건을 거의 알아차리지 못했기 때문이다. 그것은 고전적 세계관과 낭만적 세계관은 대칭적 대립 구조를 이루지 않는다는 것이다.

자생적 골드마니스트였던 학생은 문학 공부의 길에 접어든 지 한참된 어느 날 낭만적 세계관은 세계에 대한 전적인 부정만이 아니라는 사실에 눈을 뜨게 된다. '플러스 알파'가 있었던 것이다. 그것은 바로 '자아'라는 전자가 튀어나왔다는 것이다. 고전적 세계관에서 자아는 세계와의 전적인 일치를 느끼거나 적어도 '가정'하기 때문에 자아의 독립성이 확보되지 않는다. 반면 낭만적 세계관에서는 세계에 대한 부정을 이끌고 가는 별도의 존재가 있어야 한다. 그 별도의 존재가 '자아'이었던 것이다. 그러니까 골드만의 정의에 따라 고전적 세계관을 전부All에 할당하고, 낭만적 세계관을 무Nothing에 할당하는 순간, 결정적인 차이가 발생하게 된다. 실제의 낭만적 세계관은 무 & 자아Nothing & I인 것이다.

따라서 낭만적 충동은 자아의 발진 그 자체이고, 바로 이 자아의 발진이 근대사회의 핵자로서의 '개인'을 형성한 가장 큰 원동력이었던 것이다. 그리고 그 점에서 본다면 고전적 세계관과 대립을 형성한 것은 낭만적 세계관이 아니라 오히려 비극적 세계관이었다고 할 수 있다. 실제로 고전주의가 전성기에 다다른 17세기는 또한 비극적 세계관이 최상의 수준으로 발현된 시기였다. 골드만이 비극적 세계관의 예외적(=대표적) 개인으로 거명한 라신은 실제로 아주 오랫동안 고전 미학의 가장 농밀한 완성자로 간주되었으며 현재까지도 상당수의 문학사는 비슷한 해석을 유지하고 있다. 그리하여 라신은 고전주의의 일등 모범생이 되는 그 과정 자체로서 절대왕권(=고전주의의 정치적 실체로서의)에 대한 가장 강력한 저항자로 변신해나갔다는 식의 안 위베르스펠트Anne Ubersfeld를 위시한 연극 비평가들의 꼬인 해석들까지 등장하게 되는 것이다.

이쯤 되면 비극적 세계관이 고전적 세계관의 '짝패'임이 틀림없어 보인다. 그리고 이 고전적/비극적 세계관의 거울반사의 닫힌 원환을 뚫고 나갈 수 있으려면 낭만적 자아의 출현을 기다려야 한다. 18세기의 장자크 루소에서 샤토브리앙François-René de Chateaubriand으로 이어지는 전낭만주의에서 출몰하는 온갖 애상적 자아, 그리고 그것을 넘어 빅토르 위고의 낭만주의적 텍스트에서 나타나는 해독을 거부하면서도 매우 당당한 진취적인 자아, 즉 최상의 낭만적 자아들을.

그런데 이런 풀이는 언뜻 지금까지의 나의 이야기 중의 아주 중요한 전언과 어긋나 보인다. 지금까지 나는 소월과 만해의 시가 '근대적'인 결정적인 까닭을 그 시들에 나타난 자아의 독립성, 즉 결코 세계와 동일화될 수 없는 변별적인 자기의식을 가진 주체의 자기 이미지에서 찾았기 때문이다. 여기에 근거해 나는 그들이 말의 온전한 의미에서 최초의 근대 시인이었다고 판단했다.

그러니까 섬세한 분별이 필요하다. 내가 기계적 구성을 버리고 실제의 역사에 기대어 순서를 다시 짠 게 더 합당하다면,[1] 왕권이 절대적 권력을 누리고 그 절대왕권을 강화하고 치장하기 위한 고전주의 미학이 수립되던 17세기의 비극적 세계관은 말 그대로 이 고전적 세계의 '비극'으로 움트고 있었다고 봐야 할 것이다. 어떻게 그럴 수가 있었던가? 그것은 귀족의 몰락과 부르주아의 상승이라는 역사적 운동의 잠정적 봉합으로서의 절대왕권이 낡은 세계와 새로운 세계라는 두 세계의 모순적 공존을 가능케 한, 아니 그 공존에 의해 지탱된 '장치'였기 때문이었다. 이때 고전주의의 원리에 의하면 모든 인간 활동은 세계의 유지와 보수를 위해 기능하게 되었는데, 그 기능이 극대화되면 될수록 그 기능

---

1) 이러한 재구성을 촉발시킨 건, 필자의 지도 학생의 석사 학위 논문이다. 양순모의 「『님의 침묵』의 서정성 연구」(연세대학교 대학원 국어국문학과, 2017. 1.)는 만해의 시적 과정을 비극적 세계관에서 낭만적 세계관으로의 이행으로 봄으로써 신선한 충격을 주었다.

의 실행자, 즉 인간의 내재적 에너지, 즉 자기 실현의 힘이 동시에 팽창하는 걸 허용할 수밖에 없게 된다. 이로부터 고전주의의 통제력과 그로부터 성장하였으나 그에 반발하는 것으로 귀결하고야 말 새로운 존재로서의 인간이 진화하는 드라마가 연출된다. 그리하여 고전주의 미학의 온상으로서의 '아카데미'로부터 '작가들'이 탄생(알렝 비알라)[2]하고, '고대인과 근대인 중 누가 더 우월한가'를 둘러싼 '신구 논쟁'이 벌어졌던 것이다. 그러니까 절대왕권은 고전주의의 화려한 갑주에 둘러싸였으나 그 갑주 자체가 격렬한 파열의 장소였거나 혹은 갑주 안에 은밀한 '내연'이 일어나고 있었으니, 그렇게 고전주의의 외적 파열로 터져 나온게 '바로크Baroque'라고 한다면, 내적 요동으로 진행된 게 비극적 세계관이라고 할 수 있을 것이다.

그렇다면 비극적 세계관은 절대왕권 내부의 세계에 통합될 수 없는 근대적 자아의 세계관이라고 해야 할 것이다. 이 근대적 자아는 원래는 기능적으로 도입되었으나(법률과 자본의 제공자로서) 살아가는 가운데 점차로 자신의 '존재론적 현존성'을 자각하게 된 존재라고 할 수 있다. 그런데 이 자각은 비극을 불러일으켰으니, 그가 출현한 장소는 그의 독립성이 허용되지 않는 공간이었기 때문이다.

문제는 이 비극적 자아에게는 이 고전적 공간이 그에게 신분을 보장해주고 그의 존재론적 자각을 뒷받침해준 곳이었던 터라 그 장소에 대한 믿음을 버릴 수 없고, 그 장소를 떠난다는 생각 혹은 다른 장소가 존재한다는 것에 대한 '착안'을 할 수가 없었다. 말 그대로 세계에 대한 절대적 긍정과 절대적 부정을 동시에 감내하면서 살게 된 것이다.

---

2) Alain Viala, *Naissance de l'écrivain*, Paris: Les Éditions de Minuit, 1985.

비극적 자아가 그의 처소에 대한 신앙 속에 박혀 있다는 것이야말로 그의 결정적인 비극이었을 것이다. 자아가 존재할 수 없는 장소에 자아가 출현하였으니 말이다. 그럼에도 불구하고 그 자아는 그 장소에서 '행복'이 가능하다고 믿었다. '구체제' 내에서 신분 상승이 가능하다고 믿었던 법복귀족처럼. 그리고 어느 날 그것이 근본적으로 불가능하다는 급진적인 생각이 들이닥쳤다. 그 생각은 자신이 지옥에서 살고 있다는 감정을 불러일으키고 지옥이 있으면 천국도 있을 것이라는 가정을 틔웠다. 그리하여 자아로 하여금 자신이 존재할 수 있는 새로운 처소를 꿈꾸게 했다.

유럽사에서는 1715년 루이 14세의 죽음 이후 계몽사상가들이 그러한 새로운 처소에 대한 지적 표지판들을 제공하면서 18세기 말부터 19세기 초엽까지 낭만주의운동으로 이어진 시기가 바로 그러한 새로운 처소를 모색하는 존재로서의 자아의 질적 진화가 이루어진 시기였다.

그러니까 자신의 독립성을 자각한 두 종류의 자아가 순차적으로 출현했던 것이라고 할 수 있다. 둘 모두 자신의 자주성과 독립성을 확신하였으나, 하나의 자아는 그러한 자신의 내적 에너지를 세계에 투자하는 일에 몰두하는 감성적 자아이고, 다른 하나는 에너지의 투자를 조율하는 '생각하는 자아'이다. 이 두 자아는 프로이트가 무의식의 '1차 과정'과 '2차 과정'이라고 부른 것에 거의 비슷하게 조응한다. '1차 과정'이 "충동으로부터 직접 활동화되어 쾌락원칙에 따르며 심리적 에너지의 자유로운 흐름을 실행"한다면, '2차 과정'은 그러한 에너지의 "자유로운 흐름을 차단"[3]하고 조절을 수행한다. 따라서 이 두 자아의 차이는 의외

---

3) 프로이트, 『꿈의 해석』, 제7장 E절: 「일차 과정과 이차 과정—억압」; Sigmund Freud, *Œuvres*

로 크다. '감성적 자아'가 세계 전체와 대면하고 있는 데 비해, '생각하는 자아'는 세계 내부의 타인을 살핀다. 그래서 장 벨맹노엘Jean Bellmin-Noël은 '2차 과정'을 "커뮤니케이션"의 행위로 정의했던 것이다.[4] 세계 전체와 맞닥뜨리는 존재는 화해냐 아니냐의 양자택일의 문제에 시달리지만, 세계 내부를 살필 줄 아는 존재만이 비상구를 찾을 수 있는 것이다. 이제 우리는 비로소 낭만적 자아가 '회감'을 통해 과거로 돌아가려는 '퇴행적' 자세에도 불구하고 왜 근대적 자아의 진화라는 진취적 효과를 낳았는지에 대한 해답을 내릴 수 있다. '나'를 타자 사이에 위치시키는 것, 그럼으로써 '나'를 '다르게 만드는 사업'에 착수하는 것, 그것이 낭만적 자아가 의식하든 그렇지 못하든 실제로 행하는 것이기 때문이다.

그렇다면 한국에서 이런 낭만적 세계관은 어떻게 시작했는가? 나는 3·1운동의 좌절과 더불어 낭만적 자아의 출현이 가능했다고 생각한다. 3·1운동 이전의 한반도의 조선인들은 그들의 실제 의식과 관계없이 그 '존재했음'에 의해서 체제 내부의 상승이 가능하다고 믿었던 존재들, 즉 일제강점을 수락함으로써 근대적 정신을 체화하고 그 연장선상에서 독립을 요구했다가 좌절당한 사람들, 궁극적으로 억압자에 대한 요구의 형식으로 자신의 자주성의 확보가 가능하리라고 믿게끔 생각이 진행된 존재들이었다. 반면 3·1운동 이후의 조선인들은 그것이 원천적으로 불가능하고 따라서 '요구'의 형식으로 그것이 가능한 게 아니라, 운산과 모색과 교섭과 투쟁을 통해서 그것이 가능하며, 그 운산과 모색과 교섭

CompletesIV — 1899~1900 L'interprétation du rêve, Paris: Presses universitaires de France, 2003, p. 657.
4) Jean Bellemin-Nöel, *Psychanalyse et littérature*(coll.: Que sais-je No. 1752), Paris: P.U.F., 2012, p. 14.

과 투쟁을 수행하는 '나'의 하는 일이 특별하다고 믿게 된다. 이제 개념적 수준을 넘어서 실존적 수준에서의 근대적 자아의 존재를 향한 모험이 시작되는 것이다.

그러나 '나'가 그런 일을 수행할 만한 능력이 있는가? 자신을 억누르고 있는 세계는 너무나 무시무시한데 말이다. 바로 여기에서 '나'에 그런 '역능'을 채우기 위한 다양한 방식이 모색된다. 1930년대의 큰 두 가지 흐름, 정지용·이육사 등이 개척한 흐름과 김영랑·박용철이 취한 흐름은 그렇게 갈라진다. 물론 임화를 비롯한 계급문학의 흐름도 별도의 형식을 갖는다. 그 중에서 김영랑·박용철의 선택은 '그분이 오신다'라는 명제에서 불빛을 보았다는 것이 앞부분에서 필자가 넌지시 비친 가설이다.

릴케는 어떻게 왔던가

김춘수가 시에 입문하게 된 계기가 일본에서 릴케의 소시집을 읽었기 때문이라는 사정은 잘 알려져 있다. 시인이 그 얘기를 집중적으로 한 건 시론집 『의미와 무의미』(1976)의 첫 장 「거듭되는 회의」에서이다. 그는 이렇게 썼다.

즐비한 고서점들의 어느 하나의 문을 들어서자 서가에 꽂힌 얄팍한 책 한 권을 나는 빼어 들었다. 서책들에서 풍기는 퀴퀴한 냄새와 크고 부피 있는 유럽의 사전류에 압도되어 나는 그 아주 가벼운 중량의 책을 빼어 들었을 것이다. 잘 보지도 않는 그 책을 나는 몇 10전으로 사 들고는 무안을 당한 사람처럼 상기된 얼굴을 하고 어서어서 밖으로 빠져나왔다는 그런 기억이다. 하숙집에서 포장을 풀고 내가 사 온 책을 들여다보았다. 라이너 마리아 릴케라는 시인의 일역 시집이었다. 내가 펼쳐본 첫번째 시는 다음과 같다.

사랑은 어떻게 너에게로 왔던가
햇살이 빛나듯이 혹은 꽃눈보라처럼 왔던가
기도처럼 왔던가
—말하렴!

사랑이 커다랗게 날개를 접고
내 꽃피어 있는 영혼에 걸렸습니다.[1]

이 시는 나에게 하나의 계시처럼 왔다. 이 세상에 시가 참으로 있구
나! 하는 그런 느낌이었다. 릴케를 통하여 나는 시를(그 존재를) 알게 되
었고, 마침내 시를 써보고 싶은 충동까지 일게 되었다. 이것이 릴케와의
첫번째 만남이다. 나는 다른 사정도 있고 하여 법과를 포기하고, 문학
그것도 예술대학의 창작과를 택하게 되었다.[2]

---

1) 이 시의 원문은 다음과 같다. "Und wie mag die Liebe dir kommen sein?/Kam sie
wie ein Sonnen, ein Blütenschein,/Kam sie wie ein Beten? —Erzähle://Ein Glück
löste leuchtend [aus Himmeln] sich los/Und hing mit gefalteten Schwingen groß/An
meiner blühenden Seele."(Rainer Maria Rilke, no title[1896], from *Traumgekrönt*,
1897, https://www.lieder.net/lieder/get_text.html?TextId=75371) 독어를 몰라, 프랑
스어 번역을 참조하였다. "Et comment l'amour a-t-il pu venir à toi?/Est-il venu comme
le soleil, comme l'éclat de la floraison?/Est-il venu tel une prière? Raconte!//Une
joie étincelante s'est détachée du ciel/Et s'est suspendue de ses grandes ailes pliées/
À mon âme florissante."(traduit par Jean-Pierre Granger, 2011) 프랑스어 번역본과 대조
하면, 제2연의 앞부분이 약간 다르다: "번쩍이는 기쁨이 하늘에서 내려와/커다란 날개를 접
고/내 꽃핀 영혼에 걸리었습니다."
2) 김춘수, 「의미와 무의미」(1976), 『김춘수 시론전집 1』(김춘수전집 2), 현대문학, 2004,
pp. 497~98.

길게 인용한 이유는 한국 시에 있어서 릴케가 존재한 양태를 가장 선명하게 보여주고 있기 때문이다. 우선 주목할 것은 김춘수가 릴케의 시에서 '도래' 혹은 '방문'을 보았다는 것이다. "사랑은 어떻게 너에게로 왔던가." 바로 이 구절에 그가 홀렸다는 것이다. 이 도래의 의미를 그가 어떻게 이해했는지는 다음으로 미루자. 먼저 보아야 할 것은 도래 그 자체다. 바로 김춘수에게 릴케가 다가왔는데, 그가 릴케에게서 본 것은 사랑이 온 사건이었다는 것. 김춘수에게 도래가 도래했던 것이다. 말장난 같지만 여기에 한국 시의 한 시원(始原)이 숨어 있다고 필자는 생각한다.

왜냐하면 1930년대에 이미 릴케가 왔었고, 그 이후로도 릴케는 빈번히 한국 시인들에게 도래했기 때문이다. 1930년대에는 어디로 왔던가? 바로 박용철에게 내려앉았다. 그는 자신의 시론, 「시적 변용에 대하여」[3]에서 릴케의 「젊은 시인에게 보내는 편지」와 『말테 브뤼게의 수기』의 구절들을 섞어서 자기 시론의 가장 큰 보루로 삼았다. 그에게 릴케가 도래하는 방식은 김춘수에게 일어났던 것과 거의 유사했다. 김춘수에게 도래한 게 시인 반면, 박용철에게는 시론이었다는 것만 제외한다면.

박용철의 시론은 세 가지 명제로 이루어져 있다. 하나는 "시는 한갓 고처"라는 관점. 둘은 시를 획득하려면 절차탁마해야 한다는 것. 셋은 절차탁마는 동시에 시의 정수가 도래하기를 기다리며 끊임없이 "의미와 감미를 모으는" 행위라는 것.

이 세 명제는 긴밀히 논리적으로 연결되어 있다. 거리를 두고 보면 이 논리적 연결은 시와 사람 사이에 근본적인 단절의 도랑을 전제하고 있

---

3) 이 인용은 다음 책에서 한다. 박용철, 『박용철 전집 2―평론집』, 깊은샘, 2004.

어서 정신적 전율을 발생시킨다. 즉 시는 '고쳐'라는 생각. 이 생각에 의해 인간은 시에 다다르기 위해 부단히 노력해야 하나, 그 결실에 대한 확증은 시가 내리는 것이지 인간의 몫이 아니라는 결론이 나온다.

교묘한 배합. 고안(考案). 기술. 그러나 그 위에 다시 참을성 있게 기다려야 되는 변종 발생의 찬스.

시의 정수는 인간의 노력의 총화로서 획득되지 않는다. 그 이상이다. 인간은 제가 할 수 있는 노력을 모두 들이되, 그다음에 '변종'이 발생해야 하는 것이다. 그 변종이 발생하지 않으면, 그가 그렇게 공들인 시는 다만 가짜에 지나지 않게 된다.

손을 펼 때마다 꽃이 나오는 확실한 경지에 다다르려면 무한한 고난과 수련의 길을 밟아야 한다. 그러나 그가 한번 밤에 흙을 씻고 꾸며논 무대 위에 흥행하는 기술사로 올라설 때에 그의 손에서는 다만 가화(假花) 조각이 펄펄 날릴 뿐이다.

바로 이 때문에 시인은 특별한 몸짓을 새로 준비해야 한다. 그 몸짓은 '나무'의 형상으로 서 있는 것이다.

그가 뿌리를 땅에 박고 광야에 서서 대기를 호흡하는 나무로 서 있을 때만 그의 가지에서는 생명의 꽃이 핀다.

왜 나무인가? "뿌리를 땅에 박고" "광야에 서서" "대기를 호흡하는",

세 가지 동작을 한꺼번에 취할 수 있는 유일한 존재 형상이기 때문이다. 우리는 이 비유적 언어를 쉽게 유추 해석할 수 있다. "뿌리를 땅에 박고": 즉 지구상의 모든 존재의 역사적 경험 속에 근거하여. "광야에 서서": 즉 현실을 이겨내고자 하는 동작으로 현실에 응대하면서 현실 너머의 지평을 넘어보며. "대기를 호흡하는": 즉, 지속적인 생을 제공하는 생명의 기운을 흡입하여 신생을 향해 나아가는.

그런데 앞의 두 개의 동작은 인간이 스스로 채울 수 있는 것이지만 마지막 동작은 어떤 조건하에서만 가능하다. 그 조건은 '대기'의 존재이다. 대기가 없으면 나무의 고아(高雅)한 동작도 쓸모가 없어진다. 그 대기는 인간에게서 발생하는 것이 아니라 다른 데서 온다. 박용철의 '나무' 비유의 궁극은 이 대기의 도래에 대한 기다림으로 귀착한다.

시인의 심혈에는 외계에 감응해서 혹은 스사로 넘쳐서 때때로 밀려드는 호수가 온다. 이 영감을 기다리지 않고 재조 보이기로 자조 손을 버리는 기술사는 드디어 빈손을 버리게 된다./영감이 우리에게 와서 시를 잉태시키고는 수태를 고지하고 떠난다.

대기는 영감이고, 그 영감은 신성한 것이 강림하되, 인간 내부에 심겨야 하리라는 '고지', 즉 수태고지이다. 영감은 그에게 가브리엘 천사처럼 도래하는 것이다.

우리는 릴케가 바로 그 영감이었다는 것을 직감할 수 있다. 릴케는 시의 도래를 고지하기 위해 도래한다. 이 도래의 도래에 한국 시의 한 비밀이 숨어 있다. 왜 그냥 도래하지 도래를 고지할 존재가 도래하는가? 이 물음에 대한 대답을 떠올릴 때 우리는 비로소 한국 시(서정시라 불리는)의 존재 이유를 깨닫게 된다.

　저 물음, 즉 그냥 시가 도래하지 왜 영감이 도래해서 시의 수태를 고지하는가?라는 물음은 왜 예수가 그냥 '터미네이터'나 기타 등등처럼 온-알몸으로 지상에 내려오시지, 천사를 보내 고지한 다음 마리아의 몸 안에 깃드시는가,라는 물음과 정확히 맥락이 같다. 예수는 왜 그랬나? 사람의 아들로 태어나기 위해서라는 게 유일무이한 대답이다. 사람의 아들로 태어난다는 게 무슨 뜻인가? 바깥에서 도래했으되 사람의 일로서 이룩되어야 하기 때문이다,라는 것이 역시 유일무이한 대답이다. 바로 그것이다. 신성한 것이 인간의 역사로 이루어지기 위해서는 신성한 것은 그냥 도래해서는 안 되었다. 도래가 도래하고 그다음 도래할 것이 인간의 몸에서 발생generate해야만 했던 것이다.

　박용철에게 릴케는 말 그대로 시론의 결정적인 영감으로 작용하였다. 그 영감은 릴케의 시구 그대로 "번쩍이는 기쁨이 하늘에서 내려와/커다란 날개를 접고/내 꽃 핀 영혼에 걸리"듯이 그렇게 내려왔을 것이다. 하나의 결정적 진화의 단계에 한국 시가 접어들 계기를 잡았으니까 말이다. 우리는 이 시론이 김영랑 시의 이론적 지주였다는 것을 주시해야 할 것이다. 왜냐하면 이로부터 바로 '기다림'의 시학이 처음 문을, 아니 몸을 열기 시작했기 때문이다. 바로 「모란이 피기까지는」에서 공표된 그 기다림의 시학이. 우리는 썩 오래전에 이 시를 두고 물어보았었다. 이미 모란은 피었었다. 그런데 왜 모란이 피기까지를 또 기다려야 하는가?

　이제는 확실히 대답할 수 있다. 이미 핀 모란이 내 바깥에서 핀 모란이라면 내가 기다리는 모란은 내 몸 안에서 피어날 모란이라고. 그리고 그것이 인간의 일인 한, 그 모란은 내 몸 안에서 피었다가 바깥으로 나타날 것이고, 그 순간 모란은 얼마간 '모자란' 모란일 것이며 그래서 사람은 모란이 다시 피기를 기다릴 것이라고. 모란은 그렇게 영구 회귀적으로 피어나야만 할 것이다.

기다림의 시학은 또한 잉태와 분만의 시학이다. 그냥 오시는 걸 기다리면 안 오신다. 오시리라는 약조가 오고 그 약조가 내 몸 안에서 익어야 한다. 이러한 태도가 한국 시의 역사에서, 아니 더 넓혀, 한국인의 정신사에서 이것은 무엇을 가리키는가? 나는 이 모든 일이 3·1운동의 좌절과 연관이 있다고 생각한다. 그것은 존재 양식으로서의 '모더니티'의 자연스런 획득이 불가능하다는 것을 일깨워주었다. 그때부터 한반도의 피식민자들은 다른 생각을 품기 시작한다. 그 다른 생각의 가장 직접적인 양태는 다른 이상향에 대한 상상적 발명을 통해서 그것을 우리 것으로 만들고 그것의 회복을 위해 투자를 하는 일이다. 바로 조선심, 조선적인 것, 우리 고유의 것에 대한 가정과 끊임없는 갈망이 그것이다.

박용철과 김영랑의 새로운 전망도 얼마간 거기에 맥락이 닿아 있었다. 조선적인 것을 '자연'으로 대체해보면 쉽사리 알 수 있을 것이다. 그들이 이제 구축할 새로운 시는, 후에 '서정시'라고 불리게 될 특이한 자연 서정시였던 것이다. 그것이 내가 '한국적 서정시'라고 줄곧 명명해왔던 것이다. 이 한국적 서정시의 구축을 통해 한국의 시인들은, 더 나아가 한반도의 조선인들은 소월과 만해에게 닥쳤던 근본적인 격절감을 해소할 수 있었던 것이다. "불러도 대답없는 이름이여"라고 「초혼」의 화자가 부르짖었던 그 막막한 상실감으로부터 탈출할 수 있었던 것이다. 간단히 말해 앞뒤가 꽉 막힌 '비극적 세계관'을 넘어서 시간 여행을 할 수가 있게 되었던 것이다.

그런데 이 '한국적 서정시'는 '우리 고유의 것'에 대한 환몽적 가정과는 근본적으로 다른 무엇이 있었다. 만일 우리 고유의 것의 '있음'을 절대적으로 확신하고 그것의 복원 사업을 벌이기로 결심했다면 바로 그것을 끌어올리는 일만 하면 될 것이었다. 실제로 많은 지식인들이 그 일에 투신하였고 또 여전히 한국인의 중요한 집단 무의식을 차지하며 한국인을 준동시키고 있는 것이 그 환몽이다. 반면 '한국적 서정시'는 우리 고유의 것에 대한 맹신을 피하는 데 성공했다. 어떻게? 바로 '도래의 도래'라는 방법론을 통해. 도래할 것이 내 몸 안에서 자라나야 한다는 구성술의 발명을 통해. 내 몸 안에서 자라날 것이기 때문에 그것은 '이미 있는 고유의 것'이 아니라 끊임없이 새롭게 태어날 '다른 무엇'이 되었던 것이다.

그것은 얼마간 '고유의 것'이라는 가정의 외피를 둘러쓰고 있는 게 사실이라고 해야 할 것이다. 그러나 어쨌든 그것은 '유동'한다. 그것은 그냥 이미 있는 것, 고착된 것이 아니라는 것이다. 그 유동 속에서 고유한 것은 변화를 겪고 자기도 모르게 고유하지 않은 것이 된다.

그런데 여기에서 하나의 질문을 던져야 한다. 근대 초엽의 조선인들은 피식민의 치욕을 감수하면서 '모더니티'에 대한 학습을 적극적으로 수행하였다. 그러다가 모더니티에 대한 도달의 불가능성이라는 사건과 충돌하였다. 대대적인 침몰 사고였다. 그 반작용이 '조선적인 것'으로의 회귀였다. 이러한 반작용은 본능적인 것이다. 그런데 '고유의 것'을 유동하는 것으로 만드는 작업은 본능적인 것이 아니라 의지적이고 지적인 것이다. 그것이 가능하려면 나름의 구성적 작업, 존재하지 않는 것에 대한 가설을 세우고 그 가설을 입증하기 위한 실험실 혹은 논증 절차를 갖추어야 한다. 무엇보다도 그런 구성적 작업을 해볼 수 있겠다는 창안이 있어야 한다. 그것이 어떻게 가능했던가?

김도형은 19세기 말 혹은 개항기에 한국 유교가 재래적인 율법적 세계관으로부터 벗어나 중요한 변화를 이루었다고 한다. 서양의 충격 속에서 일부의 개화적 유교 지식인들은 "신구학절충"[4]의 새로운 시도를 하게 되었고 그러한 시도의 결과로서 유교를 '변통의 학문'으로 재정의하게 되었으니, 가령 장지연은 유교를 "수시변통(隨時變通)의 학문이며, 수세이용(需世利用)의 학문"이라 하게 되었다는 것이다. 그런데 정작 중요한 것은 그 여파이다. 유교의 재정의는 국가 존립의 사상으로서의 정신적 체계의 지위에서도 유교를 벗어나게 하였으니, 당시의 새로운 지식인들은 '왕조'가 아닌 다른 정체(政體)를 고안하게 된 것이다.

그는 경쟁·대립의 형태가 국가 단위보다 한 단계 높은 '민족(民族)'으로 전화하였다고 보고, 당시를 '민족주의(民族主義)의 시대(時代)'라고 규정하였다.[5]

요컨대 여기로부터 '민족'이 국가로부터 분리되어 나왔던 것이다. 그것이 조선 500년 후반기의 곪아 터짐이 마침내 허용한 새로운 탈출구였다. 조선왕조가 일찍 패망하고 다른 정체로 대체되었더라면 아마도 한반도 사람들의 운명은 달라졌을 것이다. 그러나 이 희한한 '지식인의 나라'(매우 플라톤적인 의미에서)는 완강히 왕조라는 '국가 단위'를 고수하면서 서양의 동진, 혹은 모더니티의 내습에 저항하였다. 여기에서 국가 단위라는 것은 그에 속한 모든 인민들을 국가의 통치 체제에 묶어둔

---

4) 김도형 외, 「1910년대 유생층의 근대개혁론과 유교」, 『일제하 한국사회의 전통과 근대인식』, 혜안, 2009, p. 29.
5) 같은 책, p. 27.

다는 것을 의미하는 것이니, 그 끈질긴 저항은 한반도에 거주한 사람들에게 신생의 기회를 결코 좀처럼 내주지 않았던 것이다. 그런데 '닫힌 계의 동질 시스템'은 엔트로피(혼잡도)의 증대라는 운명을 벗어나지 못한다는 열역학 제2법칙이 여기라고 적용되지 않을 리 없었다. 결국 이 기이한 왕조는 스스로 곪아 터졌고 그리고 그로부터 정신적 원리 자체의 개변이 나오지 않을 수 없었으며 그 결과 '민족'이 국가로부터 분리되어 나올 수가 있었던 것이다.

잘 알다시피 이후 '민족'은 오늘날까지도 지배 체제에 대한 저항의 준거점으로 작용한다. 그것은 국가와 비슷하지만 국가가 아닌 무엇이다. 그것은 우리 고유의 것으로 가정되는데 그러나 그것의 '실재성'은 의문의 대상이 되었을 때 그 '주의' 자체가 생산적으로 기능하였다(반면, 그 실재성이 확신으로 귀착하면 어김없이 반동적인 생각들이 덩달이로 나왔다).

여하튼 이 과정 속에서 한국인들은 분리의 기술을 익혔던 것으로 보인다. 실제의 지배 왕조와는 다른 나라에 대한 가정, 실제의 조선과는 다른 우리 것에 대한 가정. 한국적 서정시의 '자연'은 바로 거기에 해당하였다.

릴케가 도래한 사정은 계속된다. 왜냐하면 그 이후에도 릴케는 끊임없이 한국인들에게 왔기 때문이다. 그는 김춘수에게만 온 게 아니라 서정주에게도 왔고 윤동주에게도 왔으며, 전봉건에게도 왔다. 잘 알다시피 김현승에게도 왔다. 그뿐이랴! 천양희에게도 정현종에게도 왔다. 릴케로 특정하지 않고 '기다림'으로 보편화하면 그런 시는 셀 수 없을 정도로 많다. 이육사의 「청포도」 역시 기다림의 시학의 한 종류였다. 박용철이 기다림의 시학을 개발한 이후 한국인에게 기다림의 정서는 썩 보편적인 것이 되었다. 그것은 아예 일상적 정서라고까지 할 수 있는 것이 되었다. 그래서 "사공의 뱃노래 가물거리며/삼학도 파도 깊이 숨어드는 때/부두의 새악시 아롱져진 옷자락/이별의 눈물이냐 목포의 설움"(이난영, 「목포의 눈물」)이나 "그리움에 지쳐서 울다 지쳐서/꽃잎은 빨갛게 멍이 들었소"(이미자, 「동백아가씨」) 같은 노래들이 모든 한국인들에 의해서 열창되었다.

그러나 중요한 것은 그가 오는 도중에 조금씩 그 도래의 의미와 그 맞이의 양태가 변화하였다는 것이다. 이 변화는 어떻게 나타나 한국 시를 진화시켜나갔던가? 이제 살펴야 할 것은 바로 그것이어야 할 것이다.

다른 한편, '릴케'로 상징되는 기다림의 시학과는 전혀 다른 길을 간 시인들도 당연히 있었다. 누구보다도 정지용은 '기다림'이라는 태도 자체를 힘들어했다. '아아, 너는 산새처럼 날아갔구나!' 하고 탄식했던 시인은 기다림이 쓸데없다는 것을 일찍 깨닫고 있었다. 당연히 이쪽으로도 새로운 시의 흐름이 났다. 그 이후 한국 시를 '기다림의 시'와 그렇지 않은 시로 갈라도 무방할지 모른다. 당연히 여기에도 탐구해야 할 언어의 광맥이 굵게 꿈틀거리고 있다.

'기다림'의 시학, 그 스펙트럼

지금까지 이야기들을 통해 한국 근대시의 초엽에 '기다림'의 시학이 형성되었음을 보았다. 그것은 근대 지향의 좌절과 함께 시작되었으며 근대의 대안을 찾는 도중에서 돌파구를 찾았다. 다시 말해 '근대로의 다가섬'이 일제에 의해 족쇄가 채워져 막혔다는 사실이 근대에 대한 부정 혹은 포기 또는 유보로 몰고 가서, 다른 대안을 모색하려는 시도의 한 소득으로서 얻어진 것이다.

그러나 이 소득의 스펙트럼은 아주 넓었다는 것을 유념해야 한다. 그저 그 기대의 유무만으로 그 실천의 세계관을 규정한다면, 한꺼번에 '퇴행적'이라는 속성을 할당받을 것이기 때문이다. 그러나 우리가 그렇게 단정할 수 있는 것은, 근대 바깥의 장소를 실체로서 파악한 경우들에 한해서이다. 이미 누차 언급했듯, '조선심' '조선적인 것'이 문득 발명되고 그 시원을 이런저런 방식으로 못 박고 그에 대한 종교를 세우는 일들이 그에 해당한다. 물론 우리는 이런 시도들이 실제로 있었다는 것을,

더 나아가 제3세계인의 마음속에는 그런 쪽을 향해 가려는 충동이 아주 거칠게 요동하고 있어서 틈만 나면 두피를 열고 끓어 넘친다는 것을 알고 있다. 하지만 그런 충동을 내리누르면서 근대적 문물을 통해 얻은 발견들과 수확들을 자신의 자원으로 보존하여, 자신이 찾는 대안 속에 그 자원을 투사하는 게 더 순리에 가깝다는 것을 대부분의 사람들은 '의식적으로' 이해하고 있었을 것이다. 근대를 이미 학습한 사람들에게 그 이해는 거의 필수적인 수순으로 보인다. 근대야말로 세계의 주인으로 인간을 내세우면서 동시에 인간이 결코 세계의 주인이 '못됨'을 절실하게 가르쳐주는 장소인데, 이 두 항목은 완벽하게 같은 세기로 긴장해서, 저 절망이 그리도 절박한 것은 바로 그 안에서 세계의 주인됨을 향한 욕망의 불이 결코 사그러들지 않고 더욱 세게 불타기 때문인 것이다. 그래서 성숙한 근대인은 환상과 좌절 사이에서 결코 어느 한쪽으로 빠져들 수 없다는 것을 알기 때문에 둘 사이의 관계를 최적화시키는 시도를 하게 된다.

연암 연구자인 정민 교수는 '눈 뜬 장님'에 관한 박지원의 이야기를 소개하고 있는데, 여기에 참고할 만하다. 내용인즉 이렇다.[1]

수십 년 동안 장님이었던 사람이 길 가다 문득 눈이 뜨였다. 사물이 보이게 된 것이다. 그러나 그 순간 그는 제 집을 못 찾아 길에서 울고 만다. 울고 서 있는 그에게 처방이 내려진다. '도로 네 눈을 감아라.'

이어서 정 교수는 기왕 제출된 해석에 반대하며 다음과 같이 풀이

---

1) 정민, 『책 읽는 소리—옛 글 속에 떠오르는 옛 사람의 내면 풍경』, 마음산책, 2002, pp. 7~8.

한다.

눈 뜬 장님은 다시 눈을 감고 지팡이를 짚은 채 아무 문제 없이 제집을 찾아간다. 하지만 한번 뜨인 눈은 다시 감아지지 않는다. 다음번에 집을 나설 때는 상황이 다르다. 눈 뜨고도 헤맬 염려가 없어진다. 그러니 도로 눈을 감으란 말은 장님 주제로 계속 살라는 뜻이 아니다. 옛날에 안주하라는 주문이 아니다. 그것은 곧 자기 자신의 본래 자리로 돌아가라는 말이다.

정민의 해석은 두 가지 점에서 의미심장하다. 하나는 한 번 눈 뜬 경험을 한 후 다시 눈을 감는다는 것은 불가능하다는 것이다. 신세계를 본 사람이 어떻게 그것을 잊을 수 있겠는가? 그런 사정을 가장 선명하게 각인하고 있는 시구가 있다.

> 우리들은 하늘을 봤다
> 1960년 4월
> 역사(歷史)를 짓눌던, 검은 구름장을 찢고
> 영원(永遠)의 얼굴을 보았다.
>
> [……]
>
> 하늘,
> 잠깐 빛났던 당신은 금새 가리워졌지만
> 꽃들은 해마다

강산(江山)을 채웠다.

〔……〕

잠깐 빛났던
당신의 얼굴은
영원(永遠)의 하늘,
끝나지 않는
우리들의 깊은
가슴이었다.

—「금강」 부분[2]

　시각의 황홀로 찰나적으로 충만한 기운은 문득 거대한 감압을 일으
키며 함몰한다. 그러나 그것은 가슴 안에 항구적으로 화인된다. 한 번
본 사람은 다신 잊지 못한다. 1960년 4월의 사건은 특히 그랬다. '성취'
의 가로대를 넘었기 때문이다. 그러나 거기까지 가지 않았더라도 그런
예감 속에 사로잡히게 하고 그 예감을 실감으로 받아들이는 일들은 자
주 있을 수 있다. 한국인이 근대를 경험한 것도 그랬을 것이다. 왜 하필
이면 박지원이 뜬금없이 '눈 뜬 장님' 이야기를 했을까,를 헤아려보면
그 정황을 함빡 느낄 수 있을 것이다. 때문에 그 경험에 각인된 사람은
아무리 그 현실태가 실망스럽다 할지라도 그것을 떨쳐낸다는 건 불가능
하다.

2)　신동엽, 『신동엽 전집』(수정증보판), 창작과비평사, 1976, pp. 123~24.

그러나, 그럼에도 불구하고 실망의 강도 또한 압도적이다. 그래서 그는 그가 원래 꿈꾸었던 것에서 한 발짝 물러난다. 물러나되 그가 꿈꾸었던 것 중 소중한 것들은 거두어서 마음속에 담고 나온다. 그리고 다른 실체를 통해서 자신이 마음속에 넣어둔 것들을 찾으려 한다. 그게 가장 기본적인 '근대로부터의 이탈'의 방법론이다. 그렇다면 그 이탈은 어느 지점에 주체를 위치케 할 것인가? 정민은 그것을 "자기 자신의 본래 자리로 돌아가"는 것이라고 해석했다. 그러나 의지처를 잃은 주체가 자신의 본래 자리인들 찾을 수 있겠는가? 그가 원래 꿈꾸었던 곳에서는 이미 쫓겨났는데, 옛날로 돌아가려고 해도 그의 마음이 떠난 그곳에 그가 거처할 집이 있을 리 만무하다. 그래서 해석자는 곧바로 고백을 한다.

우리가 돌아가야 할 본래 자리는 어디일까? 쏟아지는 정보의 홍수에 떠밀려 사람들은 정신없이 왔다갔다 한다. 가긴 가야겠는데, 대문이 비슷하고 골목도 많아서 제 집을 못 찾고 길에서 울고 있다.

이 솔직한 토로가 실은 핵심을 가리키고 있다(이것이 정민 해석의 두 번째 요체이다). 그는 '길'에 있는 것이다. 길에 '처'한 존재는 정처를 알지 못해 방황하는 자이자, 동시에 정처를 찾기 위해 모색하는 자이다. 그는 돌아갈 곳을 잃은 덕분에 새로운 길을 개척할 수 있다. 그는 그것을 위해 그가 보관해두었던 삶의 내용들을 자원으로 쓴다. 그러나 그 내용들의 원 처소로 돌아가지는 않는다. 그는 조절과 운산이라는 작동으로만 움직인다. 그에게 속성은 아직 없다. 정민이 '본래 자리'라고 가리킨 곳은 본래 자리가 없어서 본래 자리를 찾고자 하는 운동이어야 할 것이다. 여기에서 위치 에너지는 몽땅 운동에너지로 투여되고 있는 것이다. 투여되어야만 하는 것이다.

여기까지 와서 우리는 김영랑이 개척한 '기다림'의 시학이 비록 자연에 의지하고자 한다 하더라도 결코 자연 속으로 전적으로 잠적했다고 말할 수 없다는 것을 알게 된다. 왜냐하면 앞서 보았듯이 그의 시의 이론적 상관물이 박용철의 시론이라면, 그의 기다림은 지극정성의 공덕을 쌓는 일과 등가이기 때문이다. 그가 거처하고자 하는 마음의 자리는 아직 그 모습을 드러내지 않았고 오로지 그가 공덕을 쌓아야만 거기에 이르는 길이 열릴 것이다. 그렇다면 그의 기다림의 객관적상관물이 자연이라는 건 무엇을 가리키겠는가?

이에 대한 대답을 찾기 전에 우선 짚고 갈 문제가 하나 있다. '공덕 쌓기'라는 태도의 윤리학은 근대 시인들의 발명품이 아니라 이미 오래전에 한국인의 집단 무의식 속에 깃들어 있는 심성이라는 것이다. 그러한 사정을 우리는 무엇보다도 이성복의 시집 『래여애반다라』를 통해 알게 되었다. '래여애반다라(來如哀般陀羅)'는 「풍요(風謠)」의 한 구절이다. 전문을 인용하면 다음과 같다.

온다 온다 온다.
온다 서러운 이 많아라.
서러운 중생(衆生)의 무리여.
공덕(功德) 닦으러 온다.[3]

3) 김완진, 『향가해독법연구』, 서울대학교 출판부, 1988[1980], p. 110. 잘 아시다시피 현대어 해석들에는 다양한 편차가 존재한다. 여기에서는 불요기에 따지지 않는다.

이 시는 '설움'이 한국인의 깊은 무의식이라는 것과 더불어 '공덕 닦기' 또한 그에 못지 않다는 것을 그대로 가리키고 있다. 그런데 이성복은 이 시에서 '공덕' 부분을 삭제하고 '설움'만을 취하였다. 그것은 그가 옛 시의 심성판에서 세계는 따오되 세계관은 버렸기 때문이다. 바로 공덕 쌓기라는 세계관을? 그게 아니라 공덕으로 모든 게 해결될 수 있다는 믿음을. 「풍요」에서 공덕은 설움의 해결책으로 곧바로 제시되고 있기 때문이다. 이것이 소위 '현세구복'의 가장 일반적인 형식이다. 거기에서 공덕은 무엇이 되든 상관이 없는 것이다. 돌을 쌓아놓고 빌든, 자원봉사 속에서 투신하든, 종교 기관에 성금을 바치든. 공덕이 모든 걸 해결할 수 있으리라는 믿음은 향가의 가장 높은 시적 성취의 하나로 흔히 거론되는 「제망매가」에서도 보인다.

어느 가을 이른 바람에
이에 저에 떨어질 잎처럼,
한 가지에 나고
가는 곳 모르온저.
아아, 미타찰(彌陀刹)에서 만날 나
도(道) 닦아 기다리겠노라.[4]

떠난 누이를 쫓아가고 싶지만, 가을 바람에 쓸리듯 살면 한 가지에서 나왔어도 가는 곳 모른다, 그러니 미타찰에서 만나기 위해서 공덕을 쌓

---

4) 김완진, 같은 책, p. 127.

겠다,라는 뜻이다. 슬픔을 이길 유일한 방법은 "도 닦아 기다리"는 일이며, 그렇게 "도 닦아" 우리가 만날 곳은 이미 정해져 있는 장소이다. 다만 「찬기파랑가」만이 이런 슬픔 – 공덕의 유통적 일방성을 넘어서 상호적 입체감을 부여한다.

> 흐느끼며 바라보매
> 이슬 밝힌 달이
> 흰 구름 따라 떠간 언저리에
> 모래 가른 물가에
> 기랑(耆郎)의 모습이올시 수풀이여.
> 일오(逸烏)내 자갈 벌에서
> 낭(郎)이 지니시던 마음의 갓을 쫓고 있노라.
> 아아, 잣 나무 가지가 높아
> 눈이라도 덮지 못할 고깔이여.[5]

나는 김현의 해석이 이 시에 대해서 정곡을 찌르고 있다고 생각한다. 김현은 이 시에 세 개의 시선이 동시에 오고 간다는 것을 간파하였다. 하나는 노래하는 사람의 시선이고, 다른 하나는 일상인의 시선이다. 그리고 나머지 하나는 이것이다.

이것이 이 시의 묘체이지만 달의 시선이다. 그는 자신의 얼굴을 보면서 그것에서 기랑의 얼굴을 보고 그의 마음의 끝을 자기도 쫓고 싶다고

---

5) 같은 책, pp. 90~91.

말한다. 가인의 시선은 그 달과 일상인의 시선을 폭넓게 수용한 자의 시선인 셈이다. 그때 냇물 속의 달은 달이면서 기랑이며, 냇가의 조약돌이다. 충담이 기리고 있는 기파랑은 이상을 추구하는 신라인의 한 전형이었다. 그 전형은 밤에 높은 곳에서 모든 것을 비치는 달과, 높은 곳으로 치솟느라고 서리를 모르는 잣나무의 특성을 다 같이 지니고 있었다.[6]

먼저 가인(歌人)이 "흰 구름 따라 떠간 언저리"에서 '달'을 본다. 그리고 그 달이 기랑을 본다. 그 기랑은 '나'의 이상적 모습으로서의 존재이다. 나는 달을 보고 기랑을 좇으려 하고, 달은 나에게서 나의 미래를 보는 것이다. 그 상호성을 통해 나는 존재 일반에서 벗어나며, 달은 일방적인 조감의 시선을 떠나 궁금과 탐색의 시선을 인간 세상에 던진다. 낮은 존재는 높은 존재에 기대어 높고자 했던 자아의 이상(기랑)을 기리고, 높은 존재는 낮은 존재의 갸륵한 행동에 감응하여 낮은 존재의 '격상'을 응원한다. 그리고 이렇게 존재 일반의 운명을 벗어난 가인은 "수풀"[7](또는 자갈들)에게 그런 사정을 말하고 그 지표를 가리킨다. "아아, [드]높아/눈이라도 덮지 못할 고깔" 형상의 "잣 나무 가지"가 그 지표이다. 수풀들이여, 내가 좇듯, 그대들도 좇으면 좋으리,라고.
높은 존재와 낮은 존재 사이의 상호작용에 의해서 이 시는 현저히 '근대적'인 성질을 갖는다. 그러나 그럼에도 불구하고 이 시에도 이상('가닿을 곳')의 장소는 이미 정해져 있다. 향가는 여전히 신라의 노래이다.

6) 김현, 「한국 문학은 어떻게 전개되어왔는가」, 『한국 문학의 위상/문학사회학』(김현문학전집 1), 문학과지성사, 1991, p. 121.
7) '수풀'을 "기파랑의 우뚝한 모습"으로 해석하는 것은 무리인 듯하다. 오히려 김현의 분류에 의거할 때, 일상인으로 보는 게 타당할 것이다. 덧붙여 내가 김현 해석의 어떤 부분을 여과시켜 재해석하고 있다는 것을 눈 밝은 독자는 알아챌 것이다.

현대의 시인이 끊어버린 것은 바로 이 설움 – 공덕의 통로이다. 그는 그 일방성만이 아니라 아예 그 선로를 끊었다. 공덕의 방법이 미지이기 때문이며, 내가 공덕 쌓는 일이 타인의 고통과 어떻게 연결되는지 더 캐야 하기 때문이며(「풍요」에서는 이 개인의식이 부재한다는 것을 굳이 언급할 필요는 없을 것이다), 그 공덕 끝에 무엇이 기다리고 있는지 아직 모르기 때문이다(이성복은 기다림의 시학 저편에 위치한다. 그가 기다리는 게 아니라 미지가 현재를 기다린다).

이제 다시 물어보자. 김영랑의 기다림의 객관적상관물, 시인 바깥에 제시된 마음의 거울로서의 '자연'은 무엇을 가리키겠는가?

두 가지 해석이 있을 수 있다. 하나는 그의 자연을 그가 기다리는 의지처의 시니피앙으로 해석하는 것이다. 이때 이 시니피앙은 시니피에로부터 격절된 시니피앙이다. 다시 말해 그의 의지처는 부재와 무지 상태로 있다. 자연은 그 알 수 없는 이상향의 기호인데, 이 기호에는 의미가 결락되어 있다. 여기에 '기다림의 윤리학'을 적용한다면, 그 윤리학은 그 자연에서 의미가 배어나도록 가장 진실되게 그리는 것이라고 할 수 있다.

다른 하나의 해석은 그 자연이 바로 공덕 쌓기로서의 기다림을 여실히 실연하는 대표적 상징이라고 보는 것이다. 시인이 자연에 의지하는 까닭은 자연이 그의 모범이 되어주기 때문이다.

우리는 이 두 해석의 가능성을 한꺼번에 안고 있는 김영랑의 시를 알고 있다.

　돌담에 소색이는 햇발같이
　풀아래 웃음짓는 샘물같이

내마음 고요히 고흔봄 길우에

오날하로 하날을 우러르고싶다

새악시 볼에 떠오는 부끄럼같이

시(詩)의가슴을 살프시 젖는 물결같이

보드레한 에메랄드 얕게 흐르는

실비단 하날을 바라보고싶다

—「돌담에 소색이는 햇발」 부분[8]

　독자는 자연에 대한 자연의 작용에 주목할 수도 있고, 동시에 자연에 대한 화자의 느낌에 공감할 수도 있다. 첫번째 사건은 '돌담의 소색임' '샘물의 웃음 지음' '새악시의 부끄럼' '하늘 위 에메랄드 빛의 얇게 흐름'을 느끼도록 한다. 그리고 여기에 무언가 대단한 것이 일어나고 있음을 감지한다. 그러나 정확히 그게 무엇인지는 모른다. 아직 그것은 자연의 사건이다. 즉 자연은 의미가 결락된 시니피앙이다. 이 결락 때문에 시인에게는 '거기에 나도 동참하고 싶다'는 마음이 일어난다. "하날을 우러르고싶다"는 그 소망을 가리키고, '고요히 고운 봄의 길 위에 내 마음이 놓인다'는 것은 자연의 작용에 대한 나의 동참의 개시를 가리킨다. 그 초벌적 몸짓을 두고 시인은 '[자연의] 물결에 살포시 젖은 시의 가슴'에서 나온다고 적는다. 시가 자연을 시늉해야 한다면 시 역시 '고요히 고운' 태도로 참여해야 하는 것은 아닐까? 두번째 사건은 '같이'라는 부사 위에서 펼쳐진다. 자연은 나의 교사이며 그 모범을 나도 따르고 싶

---

8)　이숭원, 『영랑을 만나다—김영랑 시 전편 해설』, 태학사, 2009, p. 17.

다,고 시인은 말한다.

　이 두 해석은 엇비슷한 것 같지만 실은 아주 다른 두 세계관을 가리키고 있다. 두번째 해석에서 자연은 나의 교사라고 말했다. 그리고 나는 그 교사에게 반항할 생각이 없다. 이미 자연이 모든 것을 보여주고 있기 때문이다. 반면 첫번째 해석에서 자연은 불투명한 상징이다. 나는 그것을 해독해내야 한다. 자연을 불투명한 상징으로 만든 최초의 시인은 김영랑이 아니다. 이미 만해가 그렇게 했었다.[9] 다만 방법론은 달랐다. 만해는 '기다림'을 모른 대신에 '일체유심'의 묘안을 집어넣었다. 내가 "질 수 없는 자의 신비주의"라고 명명한 방법론이 그것으로, 그 모태는 불교이지만 그 구조는 만해에 의해 독창적으로, 즉 근대인의 태도로서 변용되었다.

　어찌 됐든 김영랑 언저리에서 한국 서정시 탄생의 진원을 찾을 때, 두번째 해석을 통해 나타나는 세계관은 자연 순응의 세계관이며 그 방법은 '관조'이다. 관조가 자연의 '역사'를 결코 훼손하지 않는다고 할 때 자연 순응의 세계관은 현실 향락의 세계관으로까지 발전할 수 있다. 그 극점에 서정주의 시가 위치한다고 필자는 생각한다. 반면 첫번째 해석을 통해 나타나는 세계관은 자연의 작용을 해독할 나의 작용에 근거하는 세계관, 즉 행동적 세계관이다. 이 세계관은 김영랑의 시에서 '기다림'의 태도를 방법적으로 구체화시킬 때 찾아낼 수 있을지도 모른다. 그러나 그 시원은 김영랑이라기보다 차라리 만해에 있다. 하지만 만해의 기발한 방법론을 그대로 따른 시인은 언뜻 잘 보이지 않는다. 오히려

---

9) 「알 수 없어요」가 그런 방법을 대표한다. cf. 졸고, 「위기가 아닌 적이 없었다. 그러나 때마다 위기는 달랐다」, 『뫼비우스 분면을 떠도는 한국문학을 위한 안내서』, 문학과지성사, 2016, pp. 45~46. 나는 이미 두 번이나 이 사실을 상기시킨 적이 있다.

'기다림'의 시학에 만해적 의지를 투영해보면 우리는 그 행동적 세계관이 표현을 얻는 장소에 다다를 수 있다. 바로 「청포도」로 대표되는 이육사의 시가 그 장소이다. 이육사의 시사적 위치는 이 구도를 통해 획정되어야 한다고 나는 생각한다.[10] 이제 육사의 시를 읽어보기로 하자.

---

10) 바로 이 말을 하기 위해, 나는 아주 먼 둘레를 우회해야만 했다. 이미 했던 얘기를 되풀이하면서까지. 이육사의 시가 돌출적이거나 지배적 시 경향(김현이 '여성주의'라고 명명한)에 대해 대타적인 것으로서 나타난 게 아니라 오히려 한국 시의 같은 뿌리에서 태어났음을 말하기 위해서였다.

'마중'으로서의 시
─ 이육사의 「청포도」의 경우

내 고장 칠월(七月)은
청포도가 익어가는 시절

이 마을 전설이 주절이주절이 열리고
먼데 하늘이 꿈꾸며 알알이 들어와 박혀

하늘 밑 푸른 바다가 가슴을 열고
흰 돛 단 배가 곱게 밀려서 오면

내가 바라는 손님은 고달픈 몸으로
청포(靑袍)를 입고 찾아 온다고 했으니

내 그를 맞아 이 포도를 따 먹으면

두 손은 함뿍 적셔도 좋으련

아이야 우리 식탁엔 은쟁반에
하이얀 모시 수건을 마련해두렴[1]

한국에서 중학교를 나온 사람이라면 누구나 아는 시다. 이 시가 이렇게 공공적 향유의 회로 속에 수용된 까닭은 이중적인 원인에 의해서일 듯하다. 하나는 시인의 지사적 위상. 일제에 저항한 독립운동가의 면모가 이 시에 권위를 부여했을 터다. 다른 하나는 이 시가 매우 '예쁜 시'라는 것이다. 이 시의 '예쁨'[2]은 동화적 이미지에 감싸여 있는 선명한 영상과 단순하면서도 벅찬 느낌을 유발하는 님의 방문을 전하는 소식이다. 무엇보다도 이 시의 동화적 이미지는 원색의 연속적 대비를 통해서 조성된다. 내 고장엔 "청포도가 익어가"고 "푸른 바다가 가슴을 열고" "내가 바라는 손님은 〔……〕 청포를 입고 찾아 온다". 그리고 그 손님과

---

1) 이육사 시의 인용은 모두 『이육사 전집』(김용직·손병희 편저, 깊은샘, 2011〔2004〕)에서 한다.

2) 나는 '예쁨'과 '아름다움'을 구별해서 사용한다. 그 근거는 한국인의 무의식적 용법에 둔다. '예쁘다'는 것은 순수하게 물리적인 현상을 가리키는 용어다. 이것이 물리적으로 예쁜 것과 추한 것이 있다는 얘기는 아니다. 오히려 이 구분은 인류의 진화사로부터 발원하는 집단 무의식을 최종 법정으로 두고 있다. 즉 자기를 아끼는 일과 종족을 보존하는 일이라는 두 가지 '본능'으로부터 판단의 기준을 제공받는다는 뜻이다. 한편 '아름다움'은 존재론적 핵심(삶의 이유, 옳고 그름, 가치 지향 등) 요컨대 정신분석학적으로 부재하는—절대적—실재와의 조응을 통해 나타난 형상들에 국한된다. 인류는 아주 오랫동안 이 두 종류의 '미(美)' 개념을 발명했으며 동시에 대체로 한 단어 안에 섞어서 사용해왔던 것으로 보인다. 가령 초기 문명의 심원한 발상지의 하나인 기원전의 이집트에서 'Néfer'는 '육체적 욕구를 충동하는 사람의 예쁨'과 '도덕적 이상에 부응하는 아름다움'을 동시에 의미하고 있었다고 한다. cf. Elizabet Azoulay(Ed), *100000 ans de Beauté Tome 2—Antiquités/Civilisations*, Paris: Gallimard, 2009, pp. 16~19.

나는 "포도를 따 먹으"며 해후의 기쁨을 누린다. 푸른색이 중심을 이루는 가운데 흰색 계통의 색이 푸른색을 강조하기 위해 동원되고 있다. 이런 것이 이 시를 읽는 이의 마음 풍경을 밝게 빛나게 하면서 엔돌핀을 분비케 할 것이다.

그러나 이 시는 좀더 섬세히 읽어볼 필요가 있다. 우선은 시의 분위기가 언뜻 생동하는 희망을 주는 듯하지만 구체적인 내용은 모호한 구석이 너무 많기 때문이다. 우선 왜 하필이면 '포도'인가? 나를 찾아오는 손님은 왜 '청포'를 입고 오는가? 또 '은쟁반'에 "모시 적삼"은 지나치게 봉건적 풍류를 떠올리게 하지 않는가? 실제로 이 문제들은 자주 의문의 대상이 되어왔다. 특히 '청포'의 모호성은 전혀 어울릴 수 없는 견해들을 공존케 했다. 내 생각에 가장 적절한 해석은 도진순의 것이다.

그는 다양한 문헌을 교차적으로 검토하면서 청포를 고난을 자처한 '혁명가'의 옷으로 해석했다.[3] 그의 해석은 항일 투쟁에 헌신한 육사의 지사적 태도에 걸맞는다. 또한 그는 육사가 '한시'에 대한 소양이 깊었다는 점, 그리고 '청포도'는 '풋포도'이며, 그가 포도밭을 방문한 적이 있다는 점을 들어 「청포도」의 창작 정황 및 해석적 정보를 풍부하게 해주었다. 그리고 그가 제출한 정보와 해석들은 「기다림의 시학이 아우르는 태도의 스펙트럼」에 제시했던 육사 시의 특성과 결이 맞는다. 즉 기다림을 '행동'으로서 충족한다는 것. 그것이 '관조'로서 충족한 김영랑류의 시와 육사 시가 기다림이라는 공유된 출발점으로부터 나와 결정적으로

---

3) 도진순, 「육사의 「청포도」 재해석」, 『강철로 된 무지개—다시 읽는 이육사』, 창비, 2017, pp. 73~75.

갈라지는 지점이라고 말했다. 도진순의 해석에서도 시 쓰기 역시 행동의 연장선상에 있다. 그는 육사의 한시 공부가 전통적인 한시를 극복하는 방식으로 이루어졌다고 주장한다.

육사의 시 세계 저변에는 『시경(詩經)』과 두보의 한시가 깊이 자리하고 있으며, 「청포도」도 한시의 기승전결 구도를 방불케 하는 짜임새를 내장하고 있다. 그러나 육사와 「청포도」는 결코 두보나 한시와 직선적 연장선상에 있지 않다. 오히려 현격한 차이와 반대로의 변용이 있다. 두보는 전쟁과 반란을 혐오하고 평화를 간절하게 기원했지만, 평생 낙양으로 돌아가 관리가 되길 바랐다. 식민지 독립운동의 해방 전사를 꿈꾸었던 육사는 일제와의 전쟁을 원했고, 혁명 동지들과 연대하고 행동으로 참여하고자 했다. 육사의 시는 그러한 행동의 일부였으며, 그리하여 육사는 두보가 사용한 단어와 개념들을 자신의 독자적인 시 세계에 가져와 전혀 다른 의미로 다시 창조해냈다.
그 전복적 변용의 핵심어가 바로 '청포'이다.[4]

도진순 해석의 핵심은 여기에 고스란히 들어 있다. 육사의 생 하나하나에 모두 '행동으로 참여'라는 의미를 부여하는 것. 그가 「절정」에 대한 "비극적 황홀"이라는, 김종길 이래 거의 공리화된 해석에 도전하여 "가혹한 아름다움terrible beauty"이라고 재정의한 것도 마찬가지다. 육사

---

4) 도진순, 같은 책, p. 87. 다만 이 해석이 지나치고 있는 면은 주제의 혁신만으로 시가 혁신되었다고 말하는 것은 무리라는 점이다. 왜냐하면 시를 결정하는 것은 시가 쓰여진 양태, 즉 시의 발생과 구조와 기능의 총체이기 때문이다. 정말 한시를 혁신했다면 한시를 따르되 종래의 한시와는 근본적으로 다른 형식이 창출되었어야만 한다.

의 시를 비극의 수락이 아니라 비극적 정황 그 자체를 "'매운 계절의 채찍'에 맞서는 장렬한 투쟁 선언"으로 전환시키고자 한 결단으로 이해하려고 했기 때문이다.

육사의 시에서 '행동'을 읽은 건 홍정선의 평문에도 나타나 있다. 그는 「광야」를 "암흑과 혼돈의 상태"로 보는 교과서류의 해석에 강하게 반발하면서, 경상도 방언 '어데'가 함축하고 있는 강한 부정성, 즉 현실 수락이나 체념을 근본적으로 거부하는 적극적 대응의 태도를 감지했다. 그리고,

지금 눈 내리고
매화(梅花) 향기(香氣) 홀로 아득하니

에서의 '매화 향기'를, 단순히 "조국 독립의 아름다운 미래를 상징"하는 것으로 읽는 대신에, '아득함'에 주목하여 이를 봄소식의 '미리 옴'을 통한 조국 독립의 달성에 대한 "약속"[5]으로 읽었던 것이다.

이러한 해석들은 이육사 시를 온전하게 읽는 출발점이다. 그러나 미진한 대목은 여전히 남아 있다. 사소한 것도 있고 심각한 것도 있다. 사소한 것으로는 왜 하필이면 '포도'인가,라는 의문일 것이다. 시에 있어서 시적 주제의 객관적상관물로 등장하는 사물은 무엇이든 가능하다. 은유의 물적 선택에는 제한이 없다. 포도든 사과든 소주든 상관이 없는 것이다. 그러나 내적으로는 그러한 선택이 필연성을 제공해야만 한다. 그래서 '객관적상관물'이라고 하는 것이다. 잘 알다시피 이 용어의 창안

---

5) 홍정선, 「유치환과 이육사」, 『황해문화』 2000년 12월호, pp. 156~57.

자인 T. S. 엘리엇이 그 점을 명시했었다. 세익스피어의 작품 속 '맥베스 부인' 심리 묘사를 두고 "감정에 대한 이 외부적인 것의 완벽한 적합성 밑에는 예술적인 '필수 불가결함inevitability'이 놓여 있다"[6]고 말했던 것이다. '포도'에 해후를 느끼게 하기 위한 '필수 불가결함'이 있는가?

『이육사 전집』을 보면, '포도'와 관련된 또 다른 사람이 나온다. 그는 'C'라는 약칭으로 제시된다. 그가 'C'에게 보낸 편지 형식의 글 「연륜」에서 그는 'C'가 포도밭이 있는 바닷가에서 가난하게 살았다는 것을 자신과 대비시켜 기억하고 있다.

> 줄 포푸라가 선 신작로로 다름질치면 위선 마차가 지나가고 소구루마가 지나가고 기차가 지나가고 봇짐장수가 지나가고 미역 뜯어가는 할머니가 지나가고 며루치 덤장이 지나가고 채전 밭가에 널인 그물이 지나가고 솔밭이 지나가고 포도밭이 지나가고 산모퉁이가 지나가고 모래벌이 지나가고 소금 냄새 나는 바람이 지나가고, 그러면 너는 들숨도 날숨도 막혀서 바닷가에 매여 있는 배에 가누어서 하늘 우에 유유히 떠가는 흰 구름 쪽을 바라보는 것이 아니었나?[7]

'C'는 이니셜로 처리된 채로 「계절의 오행」「산사기(山寺記)」에 두 번 더 등장한다. 게다가 「산사기」는 그의 절친한 친구로 알려진 'S'[8]에게 보내는 편지글이다. 그 글에서 육사는 'S'와의 관계와는 매우 이질적인

---

6) T. S. Eliot, "Hamlet and His Problems", *The Sacred Wood: Essays on Poetry and Criticism*(https://en.wikisource.org/wiki/The_Sacred_Wood/Hamlet_and_His_Problems).
7) 이육사, 같은 책, p. 183.
8) 'S'는 도진순에 의해서 '윤세주'라고 추정되었다.

'C'와의 관계를 기술하고 있다. 혹시 「청포도」에서 '포도'가 해후의 은유로 선택된 것은 'S'와 더불어 'C'도 만나고 싶다는 무의식적 소망이 작용한 탓일까?

확실하지는 않다. 아마도 이런 전기적 탐색은 속 시원한 대답을 주지 못한다. 그것에 완벽을 기하려면 육사의 심장 안으로 들어가봐야 할지도 모른다. 오히려 지침은 텍스트 자체로부터 올 것이다. 왜냐하면 시의 주제와 시의 미적 성취를 보장하는 게 다 텍스트의 조직일 것이기 때문이다. 거기로 가기 전에 좀더 심각한 문제를 마저 살펴보자. 바로 '은쟁반'과 "모시 수건". 청포를 입고 오는 손님을 은쟁반과 모시 수건을 준비하고 맞이한다. 손님이 겪었을 고난에 대한 최고의 격조 있는 보상이라고 여길 수도 있겠지만 취향이 선비적이라는 점만은 부인할 수가 없다. 이 취향도 '한시'의 경우에서와 같이 낡은 취향을 혁신해 새로운 취향으로 재창조했다고 할 수 있을까? 그렇다면 어떻게? 그에 대한 대답이 유보되어 있다면, 불가피하게 육사의 혁명성과 봉건성의 공존을 바라볼 수밖에 없다. 이 모순이 어떻게 가능한가?

정황적 해석은 또다시 모호한 단서 두어 개를 남겨놓고 조바심친다. 우리는 조선 패망과 더불어 항일 투쟁에 뛰어든 유교 지식인들을 여럿 알고 있다. 가산을 모두 팔아 독립운동에 헌신한 이도 많다. 그들은 물론 빼앗긴 나라를 되찾기 위해서 그런 일을 마다하지 않았을 것이다. 그런데 그들이 되찾으려는 나라는 어떤 나라인가? 일본과 싸운다는 것은 제국주의로 치달은 자본주의, 다시 말해 타자 개발의 극단으로 치달은 인간주의와 싸운다는 얘기이고, 그런 싸움을 제대로 치르기 위해서는 그보다 더 나은 세계관을 제시하거나 창출해내는 방식으로 행해질 수밖에 없다. 그 역사적 필연성을 이해하지 못하고 이미 폐기된 왕조로 되돌아가는 것은 무의미할 뿐만 아니라 아예 불가능하다. 그렇기 때문에 만주로 망명한 유교적 지식인들의 상당수는 아나키스트로 변신하였다. 그런데 이러한 변신에서 우리가 집단적 성격을 읽는다면, 그것은 그들의 아나키스트로의 변신이 조선의 사대부 세계에 정신적 뿌리를 두고 있었기 때문이라는 역추론도 가능하다. 우리가 '무정부주의'라고 잘못 번역하고 있는 아나키즘은 정확하게는 모든 '권위'와 권위에 근거한 모든 '규범'에 대한 거부와 그런 거부를 이행할 수 있는 '인간'의 정신적 능력에 대한 신뢰에 근거한 도덕적 개인들의 자발적·의식적 공동체를 지향하는 세계관[9]을 가리킨다. 그 세계관과 선비의 세계관 사이에 어떤 친연성이 있지 않았을까? 우리는 유교에 뒷받침된 조선 사회와 그 사회의 구성원들의 의식을 근본적인 차원에서 재검토할 필요가 있다. 동시에 한국적 아나키즘이 무기력하게 소멸한 원인에 대해서도.

여하튼 이런 정황이 육사의 시와 유관한 것일까? 확실히 말할 수 있는 건 없다. 재차 언급하면 이런 역사 맥락적, 전기적 추론은 말 그대로 추정만을 가능케 하며, 시의 텍스트 구조와 미적 성취 및 효과에 대해서는 무능력하다. 위에서 제기한 의문들을 텍스트의 내적 분석만으로 이해가 가능한지 살펴보자.

우선 미리 유념할 것은, 광범위하게 읽히는 세 시와는 달리 육사의

---

9) 다이엘 게랭의 유명한 저서 『아나키즘』은 제1장에 이 세계관의 핵심 항목으로 "본능적인 반란" "국가에 대한 혐오" "부르주아 민주주의에 대한 적대감" "권위주의적 사회주의에 대한 비판" "영감의 원천: 개인" "영감의 원천: 대중"을 들고 있다.(Daniel Guérin, 『아나키즘: 이론에서 실천까지』, 김홍옥 옮김, 여름언덕, 2015(1965)). 이중 "영감의 원천: 대중" 항목에서 아나키스트들이 생각하는 대중은 "충분히 의식화되어 더 이상의 '지도자'가 필요없고 오직 대중의 '의식 있는 행동'을 '집행할 기관'만 필요하게 될 때"(p. 77)의 대중을 전제로 한 것이기 때문에, 사실상 이 대중은 자율적이고 도덕적인 개인들의 집합체 이상의 뜻을 갖는 것이 아니다.

많은 시편들은 희망과 기대보다는 좌절과 절망, 그리고 탄식을 읊고 있다는 것이다. 가령 「노정기」(1937. 12)는 이렇게 쓰고 있다.

남들은 기뻤다는 젊은 날이었것만
밤마다 내 꿈은 서해(西海)를 밀항(密航)하는 쩡크와 같애
소금에 절고 호수(湖水)에 부프러 올랐다

항상 흐렸한밤 암초(暗礁)를 벗어나면 태풍(颱風)과 싸워가고
전설(傳說)에 읽어본 산호도(珊瑚島)는 구경도 못하는
그곳은 남십자성(南十字星)이 비쳐주도 않았다

그리고 이런 절망적 인식 다음에 그는 행동으로서의 기다림을 다짐하는 시들을 썼다.

북(北)쪽 쓴도라에도 찬 새벽은
눈속 깊이 꽃 맹아리가 옴자거려
제비떼 까맣게 날라오길 기다리나니
마침내 저바리지 못할 약속(約束)이여

—「꽃」 부분

하지만 이 기다림들은 다짐과 의지 속에서 단단해지고는 있지만 황홀과 기쁨, 즉 생기를 담고 있지는 않다. 그러나 그의 대표적인 세 시를 다른 시들의 연장선상에서 읽을 필요가 있다. 왜냐하면 육사의 기다림이 '행동'으로서의 기다림이라면, 어쩌면 그의 세 시는 다른 시들의 단

계적 단련을 통해 빚어진 '정화(精華)'로서 읽을 수 있기 때문이다. 즉 그가 기다림을 '투쟁'의 형식으로 세웠다면, 그 투쟁은 외적 투쟁이기만 한 게 아니라 동시에 시적 투쟁일 수도 있다는 것이다. 그 시적 투쟁의 고투의 최종적 결과로서 세 편의 보석 같은 시가 씌어진 것이라 할 수 있지 않은가?

「아편」(1938)은 그 점에서 시사하는 바가 크다.

　　나릿한 남만(南蠻)의 밤
　　번제(燔祭)의 두레ㅅ불 타오르고

　　옥(玉)돌보다 찬 넋이 있어
　　홍역(紅疫)이 만발하는 거리로 쏠려

　　거리엔 노아의 홍수(洪水) 넘쳐나고
　　위태한 섬우에 빛난 별 하나

　　너는 고 알몸동아리 향기(香氣)를
　　봄마다 바람 실은 돛대처럼 오라

　　무지개같이 황홀(恍惚)한 삶의 광영(光榮)
　　죄(罪)와 겯드려도 삶즉한 누리

　이 시를 세세히 풀이할 필요는 없으리라. 다만 "노아의 홍수"와 "위태한 섬 우에 빛난 별 하나"의 대비와 "알몸동아리 향기를 〔……〕 실은 돛대처럼" 와서 "무지개같이 황홀한 삶의 광영"을 맞는 과정을 음미하는 것으로 족하리라. 「청포도」 「광야」 「절정」은 바로 지상의 온통 진창에서 그 진창과 알몸으로 싸운 사람의 뜻깊은 향기가 저 '위태히 빛나는 별의 무지개 같은 황홀'에 다다른 것이 아니겠는가?

실로 이런 방향에서 읽을 때 「청포도」의 시는 무엇보다도 '시적으로' 다르게 읽힌다. 앞에서 이 시의 유인력이 동화적 이미지에 있다고 했는데, 실은 그것은 겉보기로만 그렇다는 뜻을 감추고 있었다. 실제로 대부분의 독자들이 의식적으로 명확히 판독하고 있지 못하면서도 감각적으로 느끼는 이 시의 묘한 측면이 있다면 그것은 이미지의 유동성mobilité이다. 다시 말해 이 시의 가장 두드러진 특징은 이미지가 사물 혹은 정서를 '대변'하는 객관적상관물이라기보다 오히려 스스로 운동하고 있다는 것이다. 운동하면서 본래의 이미지를 다른 이미지들로 바꾸고, 그 변형의 지속적인 과정을 통해 새로운 정서를 창출해낸다. 간단히 말해 이 시에서 이미지는 실체가 아니라 동사이다. 바슐라르는 『공기와 꿈』의 첫 문장에서 상상력은 이미지를 '형성form'하는 힘이 아니라, '변형deform'하는 힘이라는 결정적인 정의를 내린 바 있는데[10] 「청포도」 역시 그 정의에 맞춤한 시라 할 수 있다.

이미지의 유동성은 우선 두 측면에서 나타난다. 하나는 색의 대조이다. 앞에서 이 시에서 청색이 중앙을 차지하고 흰색이 배경을 이룬다고 했는데, 실은 아니다. 오히려 청과 백은 빈번히 대비되면서 사방연속무늬처럼 번져나간다. 우선 내 고장 여름에 '청포도'가 열린 모양이 제시되었다. 그런데 이 청포도에 "먼데 하늘"이 들어와 박힌다. '먼 데 하늘'은

---

10) 바슐라르, 『공기와 꿈―운동에 관한 상상력』, 정영란 옮김, 이학사, 2000, p. 19.

잠시 후 재론하겠지만, 이 시에서는 백색 계열의 이미지를 갖는다. 이렇게 해서 고장과 하늘의 대조가 청/백의 대조로 성립되었다. 그런 후 곧바로 '먼 데 하늘'은 하늘 일반으로 넓혀진 후 푸른 바다와 대조된다. 이렇게 하늘과 바다가 백/청의 대조로 성립되면서, '고장'이 '바다'로 넓혀진다.

청/백의 사방 무늬는 계속 확산된다. 잠시 멈추고 이 무늬의 '필수 불가결함'에 대해 생각해보기로 하자. 고장이 바다로 넓혀지는 건 무슨 까닭인가? 그리고 그건 적절한가? 바로 "흰 돛단배"를 띄우기 위해서이다. 돛단배를 띄우는 까닭은 무엇인가? 두말할 나위 없이 그리운 친구를 '손님'으로 실존시키고, 그를 맞이하기 위해서이다. 그러니까 이 시가 해후에 관한 시가 틀림없다면 고장이 바다로 넓어지는 것은 필연적이다. "내 고장"에는 '나'만 있지만 '바다'(여기에서 바다는 하늘과 대조되는 자리, 즉 지구 전체이다)로 넓히면 '나'와 '너'가 있는 것이다.

어쩌면 까다로운 독자는 '의심 많은 토마'처럼 또 물을 것이다. 이 시가 '해후'의 시라는 징표가 지금 막 생겼고, 차후에, 즉 "내가 바라는 손님"에 와서 그 증거를 얻는 것이 아닌가? 그렇다면 이것은 결과론적인 변호가 아닌가? 바다를 '나'가 떠나는 자리로 만들 수도 있지 않았는가?

아니다. 이 시는 애초부터 해후의 시다. 다시 읽어보자. 내 고장에 포도가 열렸다. 그러자 그 포도 안에 하늘이 들어와 박혔다. 포도는 하늘이 들어와 박히는 자리로서 열린 것이다. 첫 두 연부터 이미 포도와 하늘이 해후하고 있는 것이다.

그러자 토마는 또 묻는다. 그건 소망일 뿐이지 않은가? 온 누리에 절망만이 가득한데 그런 소망을 품은들 무엇하랴? 그렇다. 이 시는 소망의 응결체다. 그러나 소망뿐이라고 말하지 말라. 삶은 본래 소망의 착안과 그것의 현실화의 끝없는 연속으로 이루어진다. 그 소망의 착안이 어떻게 일어나는가? 시든 과학이든 그것은 세상에 존재하는 하나의 사물이나 사건이나 기타 무엇이 문득 지상적 물건이기를 그치고 다른 세상의 표지로 변신할 때 일어난다. 지금 이 시에서 그 사물, 좀더 현학적으로 말해, 객관적상관물이 '포도'이다. 그런데 왜 포도냐고? 포도의 껍질은 푸르다(그렇게 가정되었다). 그런데 포도의 살은 하얗다. 청이 백을 싸고 있는 것이다. 시는 그 하얀 알맹이를 통해 "먼데 하늘이 꿈꾸며 알알이 들어와 박"혔다고 상상할 수가 있게 된 것이다. 이렇게 살아 있는 단서에 불이 붙어서 가동된 상상은 그 자체로서 세상을 바꾸어나간다. 상상은 세상을 변화시키는 힘이다. 소망이 실제적인 힘이 되어가는 내력이 그렇다. 시인도 이렇게 말했다.

> 한 개의 별을 가지는 건 한 개의 지구를 갖는 것
> [······]
>
>
> 한 개의 별을 노래하자 다만 한 개의 별일망정
> 한 개 또 한 개 십이성좌(十二星座) 모든 별을 노래하자.
> ──「한 개의 별을 노래하자」 부분

좋은 상상은 한 개에서 시작해 전체로 확산한다. 좋은 상상을 뒷받침하는 것이 바로 객관적상관물이다.

토마가 마지막으로 묻는다. 형상적으로는 그런 힘의 발생이 가능하다 하더라도 포도는 너무 작지 않은가? 게다가 포도는 조선 사람들에게 낯익은 과일도 아니었다. 즉 집단적 정서가 배어 있지 않은 것이다. 그런데 그 포도에게 그런 힘을 맡기는 게 무리이지 않은가?

　다시 읽어보자. 시의 화자는 '포도'에 "먼데 하늘이 꿈꾸며 알알이 들어와 박"혔다고 말했다. 포도는 하양을 싸고 있는 파랑이다. 이 파랑을 현실에 겹쳐놓아보자. 현실을 육사가 곳곳에서 지시했던 그대로 '암흑'이라고 보면, 검정 위에 파란색이 겹쳐진 것이다. 그건 별로 표가 나지 않을 것이다. 그런데 파란색을 열면 검정 보자기 위에 하양 점이 생긴다. 작은 점도 점이다. 그리고 검정 보자기 위에서 하양 점은 구멍처럼 보일 것이다. 포도가 현실에서 씹히면 그건 현실을 구멍 내는 힘이 된다. 포도는 총알이고 폭탄이고 염산이다. 그리고 한 번 구멍 난 보자기는 조만간에 갈가리 찢길 운명에 처한다. 이쯤 되면 왜 시인이 굳이 '포도'를 핵심 질료로 삼았는지 충분히 납득할 수 있을 것이다.

　다시 사방연속무늬로 돌아가자. 이육사의 이미지는 객관적상관물로 그치지 않고 스스로 퍼져나간다. 지금까지 고장/하늘 → 하늘/바다 → 바다/돛단배로 청/백의 이미지가 변주되어나간 것을 확인하였다. 흰 돛단배는 다시 '청포를 입은 손님'을 태운다. 배와 승객이 백/청으로 대조되었다. 이 대조 덕택에 청포를 입은 손님에게는 지금까지의 청/백의 연속적 펼침의 파동과 그 힘이 그대로 실린다. 청포를 입은 손님은 '어기여차' 노를 저으며 오는 듯하다. 당연히 청/백의 최초의 대조가 암흑을 뚫는 힘으로서 나타났다면, 이 손님 역시 암흑을 뚫는 전사이어야 마땅하다. 그에게 혁명가의 '이미지'는 굳이 전기적 사실을 뒤지지 않더라도 이미지들의 조합과 변주를 통해서 저절로 입혀진다. '나'는 이 손님을 맞이할 것이다. 그런데 '나'의 색은 아직 없다. 그 때문에 화자는 청/백 대조의 지속성을 위해서 '은쟁반과 하이얀 모시 수건'을 도입한 것이다.

　그러나 "모시 수건"만으로 충분치 않았을까? 나는 이 대목이 육사 시 쓰기의 섬세함을 여실히 보여주는 장소라고 생각한다. "모시 수건" 하나만으로도 청/백의 대조는 충분히 성립한다. 그런데 여기는 마지막 연이다. 대조도 여기에서 마감될 것이다. 지금까지 세차게 밀려왔던 사방 연속무늬도 여기에서 끝날 것이다. 도배는 끝났다. 그런데 여기에 '은쟁반'을 추가한다면, 어떻게 될 것인가? 지금까지의 청/백의 이미지 대조는 형상적으로는 용기와 내용물, 감싼 것과 감싸인 것의 교번으로 이루어져왔다. 우선 포도의 모양 자체가 그렇다. 다음 하늘이 고장을 감싸서 바다로 넓히고, 바다에 돛단배를 띄운다. 다시 그 돛단배에 손님을 실어서 내 고장에 상륙시킨다. 은쟁반과 모시 수건도 그런 용기와 내용물의 관계에 있다. 그것은 은쟁반이 추가된 것은 청/백 대조의 지속성을 환기시키기 위해서라는 걸 암시한다. 어쨌든 누군가는 은쟁반도 여기에서 마감되는데?라고 분명히 반문할 것이다.

　은쟁반과 모시 수건이 둘 다 '백색'의 에이전트로 들어섰다는 걸 생각해보자. 그런데 포도를 먹는 의식을 치르는 가운데 모시 수건엔 서서히 색이 배게 될 것이다. '청포도'니 그 색은 푸르다고 가정될 것이다. 그렇다면 이 시가 끝난 이후에 은쟁반과 모시 수건은 백/청의 대조를 이어갈 것이다. 즉 은쟁반과 모시 수건은 현재에는 같은 색 계열이지만 시가 끝난 다음에는 백/청으로 나뉠 것이다. 그리고 그러한 나뉨을 감싼 것과 감싸인 것이라는 형상적 대조가 후원할 것이다. 그러니까 은쟁반과 모시 수건은 시의 시간대를 넘어선 미래의 시간대를 위해서 존재하는 것이다. 그에 해당하는 어법이 '추정법'인 '~런'과 '허락형 명령법'인 '~렴'인 것도 그에 조응한다. 추정법, 명령법은 미래에 대한 가정, 청원, 요구이니까 말이다.

그렇게 청/백 대조의 사방연속무늬는 시가 끝난 후에도 계속된다. 현실이 혁신을 요청하는 한. 시인 자신에게는 조선 독립이 목표였겠으나 그걸 읽는 독자에게는 그보다 차원이 격상된 혁신에의 소망을「청포도」를 통해 품을 수 있을 것이다. 이 모든 것이 애초에 육사 시의 이미지가 실체가 아니라 동사였다는 것, 재현하지 않고 유동했다는 데에서 출발한다.

그리고 이제 이 자리에서 물어야 할 것이다. 이렇게까지 운동에너지를 계속 유지키키고 발동시켜온 까닭은 무엇인가? 물론 그것은 '나'와 '손님'의 만남을 위해서이다. 그 만남이 함축하고 있는 것은 세계 개혁에의 소망이다. 아니다. 좀더 깊은 데까지 가자면 개혁의 항구성에 대한 무의식적 열망이 그 안에서 자라나고 있다고 봐야 할 것이다. 그러나 거기까지 가지 않고도 독자가 놓치면 안 되는 중요한 사건이 여기에 숨어 있다. 바로 이 만남의 드라마를 조성하고 주도해온 것은 '나'라는 것. 이 '나'를 시의 화자로 읽으면 그것은 금세 확인되는 사실이다. 이 사방연속무늬의 이미지들을 하나하나 그려온 이가 화자이기 때문이다. 그러나 화자는 사건의 조성과 형상화에만 참여하겠지만 또 다른 '나'가 있다. 그 '나'는 '화자'로부터 나왔으나 아주 다른 존재가 되었다. 그는 누구인가? 바로 인물로서의 '나'이다. 즉 "아이야"를 부르는 나. 이 나는 화자로부터 인물로 변신해 텍스트의 사건에 직접 참여하는 나이다. 참여해서 어떻게 하는가? 손님을 맞이하고 손님맞이의 사건을 미정의 미래로까지 예탁해놓는 엄청난 일을 한 것이다. 이 시에서 핵심은 "청포를 입고 찾아"오는 손님이 한(했다고 추정되는) 일, 그 자체가 아니라, 그런 혁명가를 맞이하는 '나'의 행동이다. 나는 손님을 어떻게 맞이했는가?

그냥 대접한 게 아니다. 이미지상의 대조와 변주를 따라가면 독자는 금세 '나'의 손님맞이가 혁명가의 고달픈 몸을 위로할 뿐만 아니라 그와 '나' 모두에게 혁명의 행로를 거듭 이어가는 길을 계속 열어놓는 방식으로 이루어졌다는 것을 알 수가 있다. 그것이 이 시의 진짜 기다림이다. 다시 말해 이육사의 행동으로서의 기다림은 이 시에서 '잘 마중하기', 즉 마중하는 본래의 의의가 더욱 살아나도록 마중하기, 따라서 '잘 마중하고 배웅하기'의 양태로 현상했다고 할 수 있다.

이미지의 유동성이 나타나는 또 다른 장소는, 이미지의 생태학에서, 좀더 근원적인 곳이다. 방금 전에 은쟁반/모시 수건을 통해서 색의 변이를 보았었다. 「청포도」에서 인상적인 것은 색 자체가 아니라 색의 편이(偏移)이다. 즉 색은 특정 색이라고 바로 명명될 수 있는 것이 아니라 그런 색 계열이라고만 범주화될 수 있으며, 그 색 계열 안에 존재할 수 있는 다양한 색상들 중의 하나로 인지된다.

2연에 등장한 '먼 데 하늘'을 '백'으로 규정한 것은 그것이 말 그대로 '백색'이어서가 아니라 본래 하늘색이었던 것이 아주 멀어짐으로써 유색성을 잃어버리게 되어 거의 하얘진 것처럼 느껴지기에 그렇게 표현한 것이다. 따라서 '먼 데 하늘'이 백색 그 자체라기보다는 푸른색을 옅게 포함하고 있는 하얀색이라고 보아야 할 것이다. 다른 한편 '은쟁반'과 "모시 수건"은 모두 백색이지만 만졌을 때의 질감이 아주 다르고 따라서 색감도 다르다. 모시 수건은 깔깔하고 마른 느낌을 주면서 다공성으로 인해 유색과 무색의 촘촘한 분포를 느끼게 한다. 반면 은쟁반은 매끄럽고 꽉 차 있으며, 흰색이 광택을 발한다. 이 차이는 둘의 분리를 가능케 하는 근거로도 기능할 것이다.

중요한 것은 이육사의 시가 색을 느끼게 한다기보다는 다양한 색감을 경험케 하여 색의 편이, 즉 점차적인 이동 – 운동을 느끼게 한다는 것이리라. '먼 데 하늘'의 색은 '청포도' 안에 촉촉이 젖은 투명한 색으로 이동하고 다시 돛의 흰색으로 나아간다. 또한 청포도의 푸른색은 맑은 쪽빛("푸른 바다")으로 이동했다가, "고달픈 몸"의 '청포', 즉 칙칙한 기분을 예감케 하는 청포로 바뀐다. 이런 색 편이에 대한 감각을 제대로 음미하려면 아주 섬세한 감수성이 요구될 것이다. 그 점에서 「청포도」는 은근히 독자에게 감수성의 정도를 시험하고 있는지도 모른다. 그러나 이런 색 편이에 대한 감각을 통해서 우리가 감지케 되는 보다 중요한 문제들이 있다.

하나는 '청포도'의 '청'에 대한 새로운 해석. 청포도가 실제의 청포도가 아니라 '풋포도'라는 주장이 일반적으로 받아들여지는 듯하다. 그런데 문제는 풋포도는 포도의 단맛을 내지 못한다는 것이다. 그렇게 맛없는 포도를 예상하면, "두 손을 함뿍 적셔도 좋으련"이라는 다감한 목소리가 나오겠는가? 차라리 이런 해석은 어떤가? 이미 보았듯이 이 시가 청/백의 이미지의 사방연속무늬적 직조로 이뤄짐으로써 시적 느낌을 풍요롭게 한다면 포도가 '청'의 계열을 담당하는 것이 불가피하다고 할 수 있다. 따라서 '청포도'의 '청'은 우선 이미지의 통일성을 위해 추가된 음절로 오로지 분위기를 강조하는 데 쓰인다. 즉 이미지상으로 도입된 것으로 실제로 먹을 포도는 적포도일 수 있다는 것이다. 그러나 이런 해석은 불완전할 수밖에 없는데 적포도를 먹을 때의 색깔이 심상을 어지럽힐 것이기 때문이다. 하지만 이런 생각도 가능하다. '풋포도'라는 규정에서도 확인할 수 있는 것처럼 포도의 겉껍질은 원래 연녹색으로 생겨나서 서서히 붉게 익어간다. 이 점을 염두에 두면 '청포도'의 '청'은 실제 붉은 포도를 먹고 있을 때조차 거기에서 신생의 느낌을 갖게 하는 기능을 한다고 할 수 있다. 실제로 많은 독자들이 「청포도」를 읽으며 굳이 '청'이라는 형용어에 크게 어색해하지 않은 것은 어린 포도나무로부터의 기억이 있어서가 아닐까? 다시 말해 포도는 우리의 문화적 기억 속에서 이미 '청포도'이기 때문은 아닐까?

이보다 더 중요한 것은 색 편이의 핵심 기능이다. 그것은 결국 모든 색깔들이 같은 심원을 가지며 동시에 무한히 다양해질 수 있다는 것을 인지케 한다는 것이다. "먼데 하늘"은, 정밀하게 규정하자면 '푸른 하얀 색'이라고 해야 할 것이다. 푸르렀던 것이 점차로 하얘졌다는 것인데, 이때 '푸르름'의 색은 퇴색해버려도 그 느낌, 즉 쪽빛에 대한 느낌은 여전히 남아 있는 것으로 보아야 할 것이다. 그래서 "먼데 하늘"은 아득한 아름다움이 될 것이다. 그렇다면 이 시에서 청/백의 대조는 실상 청이 백으로 편이해가고 백이 청으로 옮겨가는 쉼 없는 움직임의 과정으로 이해할 수도 있을 것이다. 그리고 그 과정 중에 무수히 다른 종류의 색감과 질감을 가진 색들이 밀려왔다 물러났다를 반복하는 것이다. 즉 태초에 한 색이 있었고 그 색이 둘로 갈라지자 곧바로 총천연색이 폭발했다,라고 말할 수도 있을 것이다. 이런 생각은 결국 우리가 이미지를 느낄 때 그 이미지 자체에서 감동을 얻는 게 아니라 이미지의 운동에서 감각적 전율을 갖게 된다는 생각으로 이어진다. 혹은 그렇게 생각하는 게 시를 더욱 풍요하게 읽는 방법이라는 생각으로.

'기다림'의 출구에서 숨 고르기

애비는 종이었다. 밤이 깊어도 오지 않았다.

파뿌리같이 늙은 할머니와 대추꽃이 한 주 서 있을 뿐이었다.

어매는 달을 두고 풋살구가 꼭 하나만 먹고 싶다 하였으나…… 흙으로 바람벽한 호롱불 밑에

손톱이 깜한 에미의 아들.

갑오년이리든가 바다에 나가서는 돌아오지 않는다 하는 외할아버지의 숱 많은 머리털과

그 크다란 눈이 나는 닮았다 한다.

스물세 해 동안 나를 키운 건 팔할이 바람이다.

세상은 가도 가도 부끄럽기만 하드라.

어떤 이는 내 눈에서 죄인을 읽고 가고

어떤 이는 내 입에서 천치를 읽고 가나

나는 아무것도 뉘우치진 않을란다.

찬란히 티워 오는 어느 아침에도
이마 우에 얹힌 시의 이슬에는
몇 방울의 피가 언제나 섞여 있어
볕이거나 그늘이거나 혓바닥 늘어트린
병든 숫개마냥 헐떡어리며 나는 왔다.[1]

　서정주의 「자화상」이다. 한국인들이 애송하는지는 모르겠으나 꽤 좋아하는 시이다. 한국 독자들은 이런 류의 시, 즉 사적인 사연을 담고 있는 시를 좋아하는 편이다. 황지우의 「활엽수림에서」도 비슷한 종류의 시인데, 나는 이 시가 인용되거나 시늉되는 걸 여러 번 보았다. 이 시에 대해서는 이미 여러 사람의 해석이 있었다. 그 해석들은 대체로 적절하다.[2] "애비는 종이었다"라는 시구로 드러난 삶의 치욕적 환경, 아비가 부재한 처지에서 태어난 아들의 암담한 전망, "스물세 해 동안 나를 키운 건 팔할이 바람이"라는 진술이 가리키는 아들–나의 '일탈'적 기질. 그 기질에 스스로 부여한 의미의 실현태로서의 '시'에 대한 자긍심 가득한 선언, 몸의 환경("병든 숫개마냥 헐떡어리며")과 정신의 의지("이마 우에 얹힌 시의 이슬") 사이의 선명한 대비와 그 대비를 이어주는 치열성("몇 방울의 피") 등은 독자를 빨아들이는 강력한 흡인력을 보여준다. 이 과정을 통해서 양극단 사이의 이동이 일어나는 게 가장 큰 매력이

---

1)　서정주, 『미당 서정주 전집 1―시』, 은행나무, 2015, p. 27.
2)　해석들에 대한 종합적인 정리로는 오형엽의 『한국 근대시와 시론의 구조적 연구』(태학사, 1999, pp. 267~82)가 유용하다.

다. 즉 노예의 삶으로부터 "찬란히 [틔]워 오는 어느 아침"의 "이슬"의 삶
으로의 초고속 이동말이다.

그런데 이 자리에서 흥미로운 것들이 있다. 우선 "손톱이 깜한 에미의
아들"이 어떻게 제 몸속에 들어 있는 '팔할의 바람'을 자각하게 되었는
가 하는 점이다. 다음 그 자각을 통해 그가 이룬 세상의 범위는 어디에
서 어디까지인가 하는 것이다.

이 질문들은 서정주의 시가 김영랑의 시의 연장선상에 위치하고 있
다는 점과 연관되어 있다. 김영랑이 개시한 '기다림'의 시학이 서정주에
와서 연장되며 특이하게 변형되었다고 필자는 생각한다. 이 점을 오늘
얘기하려고 했으나 그것을 위해서 지금까지의 얘기를 복습해서 두뇌를
정돈할 필요가 있을 것 같다. 한국 시의 탄생과 그 생장 과정을 순차적
으로 기술하면 다음과 같다.

(1) 한국의 근대시는 한국인의 역사적 고난을 한국어 안으로 수용하
여 변용―극복하려고 하는 노력 속에서 특정한 문학적 형식을 갖추어나
갔다.

(2) 김소월과 한용운의 시가 역사적 고난에 대한 주체적 응전을 '정합
적인' 태도의 구축을 통해 보여준 최초의 예라는 점에서 그들을 근대시
의 출발점으로 볼 수 있다.

(3) 두 사람의 태도는 '고난의 전적인 수용과 전망에 대한 확고한 내기
의 동시성'이라는 점에서 전형적인 비극적 세계관을 보여준다.

(4) 비극적 세계관은 순수한 태도로서 완성된다. 거기에는 시간이 부
재한다. 즉 삶의 전개가 없다.

(5) 김영랑 (그리고 박용철이) 시간을 처음으로 불어넣는다. 즉 시간의

형식의 한국적 전형을 최초로 구축한다. 이로부터 오늘날 '한국적 서정시'라고 불리는 시의 원형이 만들어진다.

(6) 김영랑이 만든 시간의 형식은 '기다림'이다. 이 기다림은 '세계의 귀환'이라는 관점에서 미래 전망을 가늠할 때 열리는 태도이자 삶의 형식, 즉 존재 양식mode of existence이다.

(7) 김영랑이 이 형식을 구축하는 데에는 전통적 심성 혹은 시적 사유의 활용이 큰 도움이 되었다. 즉 향가로부터 발원한 '공덕 쌓기'가 '기다림'으로 변용되었다. 다만 고래의 공덕 쌓기는 대타자에 대한 전적인 의존으로서 '의탁'(혹은 '비난수')의 형태로 나타나는 데 비해, 김영랑의 '기다림'은 주체적 견딤의 성질을 포함한다. 그 특성의 포함으로서 그의 기다림은 '관조'로서의 기다림으로 정착한다.

(7-1) 덧붙이자면 한국의 시로 정착하는 데 성공한 상당수의 시들은 이렇게 전통적인 사유 형식을 습합시킨 데서 확산의 근거를 마련하였다. 김소월과 한용운의 시에서 '이별의 부정'은 그들이 창안한 것이 아니라 전래된 옛 시가 혹은 종교적 심성에서 가져온 것이다. 그러나 그들이 그것을 그대로 가져온 것이 아니라 거기에 근대적 자아의 태도를 배합하여 전혀 새로운 정합적 언어 형식을 만들었다는 것은 지금까지 내내 얘기해온 것이다. 우리는 이러한 변용을 '이별의 소극적 부정'으로부터 '이별의 적극적 부정'으로의 선회라고 말할 수도 있을 것이다.

(7-2) 충분히 짐작할 수 있는 것이지만 전통적인 사유 혹은 심성은 근대적인 것에 의해 극복되었다고 해서 완전히 사라지지 않는다. 그것은 여전히 한국인의 집단 무의식의 상당 부분을 차지하고 있으며, 그 전통성으로 오늘날의 근대적 생활에 영향을 끼친다. 오늘 존재하는 한국적 사유의 모습은 근대적인 것이 중앙을 차지하고 있지만 전통적인 사유, 탈

근대적인 사유, 여타의 이질적인 사유들이 주변부에 다양하게 분포하고 합종·연횡하면서 중앙과의 접경에서 부단히 전쟁하고 있는, 그런 사유 구성체의 형태로 이루어져 있다.

(8) 김영랑의 시가 처음으로 시간의 형식을 구축했다고 하지만, 그것이 모든 한국 시의 뿌리라는 것은 아니다. 거의 비슷한 시기에 다른 시간의 형식들도 형성되기 시작한다.

(9) '기다림'의 계열에서 이육사적인 방향이 김영랑적인 것과 갈라진다. 김영랑적인 '기다림'이 관조로서의 그것이라면 이육사의 기다림은 '행동'으로서의 기다림이다.

(10) '기다림'과는 다른 태도를 보여주는 시인들이 출현하였다. 우리는 정지용과 이상을 그 출발점에 놓을 수 있다. 그 태도와 시적 성취들에 대해서는 차후에 논의될 것이다. 여하튼 이렇게 해서 몇 개의 기본 형식들이 한국 시의 주추로서 놓이게 되었다(현재로서는 네 개로 추정한다. 김영랑, 이육사, 정지용, 이상. 그러나 아직 짐작일 뿐이다).

(11) 이 기본 형식들이 처음 정착한 대로 완전히 고정화되지는 않는다. 그것 역시 끊임없는 변화 속에서 움직인다. 그러는 과정 속에서 최초의 형식은 풍요로워지기도 하고 혹은 거꾸로 다른 형식 및 태도에 의해서 교체되기도 한다.

(12) '관조로서의 기다림'은 풍요로워진 경우에 해당한다. 그래서 그 형식은 '한국적 서정'이라는 총칭어로 부를 수 있을 만큼 미만한 시 쓰기의 형태로 자리 잡는다. 오늘날에도 그 원시적인 모습이 빈번히 발견되는 김영랑적인 시형은, 그런데, 서정주에 와서 근본적인 변화와 확장을 겪게 되었다.

(13) 서정주는 김영랑적인 시를 완전히 뒤바꾸어놓았는데도 불구하고

핵심이 되는 어떤 것은 공유하였다. 그 때문에 김영랑이 최초의 돌을 놓은 '한국적 서정시'는 더욱 확산되었고, 오늘날 김영랑적인 것과 서정주적인 것이 매우 혼잡스럽게 뒤섞인 채로 생장을 지속하고 있다. "생장을 지속하고 있다"라는 진술은 이런 유형의 시풍에 거역하여 시의 혁명을 꾀한 많은 시인이 노년에 이르러 자신이 거부했던 시풍으로 귀속하는 경우를 빈번히 볼 수 있기 때문에 '진한' 의미를 띤다. 희한한 일이지만 그렇다. 그렇기 때문에 '한국적 서정'이라는 '총칭'이 거기에 붙는 것이다.

필자는 이러한 논의의 연장선상에서 서정주의 시를 살펴볼 생각을 하였다. 그런데 필자는 여기에서 잠시 멈추기로 한다. 독자 여러분이 직접 골똘히 들여다볼 시간이 필요할 듯해서이다. 왜냐하면 오늘날 한국인의 보편적인 사유는 미당적인 것에서 그리 멀지 않다고 내가 생각하기 때문이다. 그이가 친일한 데 대해 그리도 격렬하게 공격하는 사람들에게서조차. 내 짐작이 맞다면 서정주 시의 세계관을 살피는 일은 사실상 오늘날의 한국인 특유의 사유 양식을 살피는 일일 수도 있다. 이런 내 생각에 즉각 반발할 사람도 있을 것이다. 그런 분들도 한번 노기를 누그러뜨리고 호기심을 발동해보기를 권해드린다.

탐구의 실마리는 다음 두 가지에 있다. 첫째는 기다림의 지속에 관한 것이다. 상식적으로 생각하면 기다리다가 지치면 직접 찾아 나서는 게 보통 일어나는 일이다. 그런데 이 김영랑적인 시형에서 '찾아 나섬'이라는 태도는 발생하지 않은 것으로 보인다. '떠남'에 대한 이야기는 무성하지만 시적 주체가 직접 나선 건 보이지 않는다는 것이다. 그러려면 '기다림'의 태도를 버리고 다른 태도를 취해야 할 것이다. 다음 서정주적 변용에 관한 것이다. 기다림의 태도는 서정주의 시에서도 지속된다. 그러나 서정주는 이 기다림을 다른 것으로 치환함으로써 그 지루함을 넘어버렸다. 기다림은 계속되지만 그 태도는 기다림이 아니다. 그것은 무엇인가? 그 무엇의 위력이 대단했기 때문에 고은의 표현을 빌려 미당이 "정부(政府)"가 되는 사태가 벌어진 것이다. 도대체 그것이 무엇이란 말인가? 필자는 그 단서가 「자화상」의 맨 마지막 행에 있다고 생각한다.

서정주의 탈출기

> 김군! 거듭 말한다. 나도 사람이다. 양심을 가진 사람이다. 애정을 가
> 진 사람이다. 내가 떠나는 날부터 식구들은 더욱 곤경에 들 줄도 나는
> 알았다. 자칫하면 눈 속이나 어느 구렁에서 죽는 줄도 모르게 굶어 죽을
> 줄도 나는 잘 안다. 그러므로 나는 이곳에서도 남의 집 행랑어멈이나 아
> 범이며, 노두에 방황하는 거지를 무심히 보지 않는다. 아! 나의 식구도
> 그럴 것을 생각할 때면 자연히 흐르는 눈물과 뿌직뿌직 찢기는 가슴을
> 덮쳐 잡는다.
>
> —최서해, 「탈출기」[1]

앞서 언급한 내용 중에서 서정주에 해당하는 것만을 되풀이하면 다
음과 같다.

  (1) 서정주의 시는 '정부'(고은)라는 명명을 받을 만큼 한국의 현대 시

---

1) 최서해, 『단편선: 탈출기』, 곽근 엮음, 문학과지성사, 2004, p. 28.

에 압도적인 권위를 누렸다.

(2) 서정주의 시는 김영랑에 의해 구축된 한국적 서정을 연장하였다.

(3) 서정주의 시는 한국적 서정의 시학을 근본적으로 갱신하였다.

(1)은 대부분이 동의할 수 있는 사실일 것이다. (2)와 (3)은 풀이를 요구한다. 동시에 그 둘은 현상적으로는 양립 불가능의 관계에 놓여 있다. 즉 (3)의 사실은 (2)의 상태를 극복하면서 그 흔적을 말끔히 씻었다,는 뜻을 포함하고 있다. '근본적으로'라는 한정어는 그래서 들어간 것이다. 이 또한 분석을 요한다.

우선 서정주의 시가 김영랑의 시의 연장선상에 있다는 것을 어떻게 알 수 있는가? 우선 지금까지의 논지 안에서 이를 이해해야 할 것이다. 다시 말해 김영랑이 세운 시학이 '기다림'의 시학이라는 것. 왜 기다림인가? 이 역시 충분히 기술되었지만 한 번 더 정리해보자.

근대 문물의 유입과 더불어 한반도의 사람들은 근대인으로서의 자각을 서서히 체화해갔다. 그들이 타인에 의해 강제로 지배당하는 굴욕을 겪는 사태를 감내했던 것은 그로부터 들어올 새로운 문물에 대한 열망이 그 이상으로 컸기 때문이었다. 그리고 마침내 근대인이 된다는 것은 독립국 안에서 자주민으로 살아가는 것임을 깨닫고 그것을 지배자에게 요구하였다. 그 결과는 참담한 좌절이고 굴욕의 재확인이었다.

그때 좌절을 경험한 사람들에게, 그들이 본래 소망했던 '근대적인 것'은 온전히 생존하지 못했다. 그것은 만신창이가 되었기 때문이다. 그로부터 사람들이 소망한 것은 '근대적인 것'으로부터 슬그머니 미끄러져 나와 '우리 고유의 것'으로 변성하기도 했다. 물론 그렇게 생각하지 않은 사람들도 있었다. 그런데 상당수는 그 미끄럼틀을 타고 절망의 나락에서 탈출했다. 물론 '고유의 것'의 소재를 그들은 알고 있지 못했다(원래 '없는 것'이니까라기보다는 '없어야 하는 것'이기 때문에). 그것은 상실의 '지위'를 가지고 그들의 소중한 보물이 되었다. '기다림'의 태도는 그렇게 시작되었다.

그것을 하나의 시적 태도로 확립한 것이 김영랑과 박용철이라고 필자는 생각한다. 시적 태도는 단순히 기다림의 정서에 머무는 것이 아니다. 그것을 하나의 삶의 원리, 즉 '시적 언어를 통한 삶의 원리'로 빚어내는 게 시적 태도가 하는 일이다. 그것을 위해 박용철은 릴케를 끌어들여, '절차탁마'하는 언어 세공을 수신의 원리로 삼았다. 다른 한편 김영랑은 '관조의 자세'에 의해 기다림의 태도 자체에 사는 보람을 새겨 넣었다. 즉 관조한다는 것은 그들이 잃어버렸다고 가정한 것, 그래서 기다림의 아이디어에 의해 언젠가 도래할 '무엇'으로 지시된 것이 도래하는 기미를 살피는 일이다. 그 살핌에서 그 기미가 기미로 떠오르는 게 오죽 작은 기쁨일까?

서정주가 이 기다림의 시학의 연장선상에 있다는 것은 우선 주제적으로 확인된다. 앞에서 읽다 만 「자화상」을 다시 들여다보자.

애비는 종이었다. 밤이 깊어도 오지 않았다.
파뿌리같이 늙은 할머니와 대추꽃이 한 주 서 있을 뿐이었다.
어매는 달을 두고 풋살구가 꼭 하나만 먹고 싶다 하였으나…… 흙으로 바람벽한 호롱불 밑에
손톱이 깜한 에미의 아들.
갑오년이라든가 바다에 나가서는 돌아오지 않는다 하는 외할아버지의 숱 많은 머리털과

그 크다란 눈이 나는 닮었다 한다.

스물세 해 동안 나를 키운 건 팔할이 바람이다.
세상은 가도 가도 부끄럽기만 하드라.
어떤 이는 내 눈에서 죄인을 읽고 가고
어떤 이는 내 입에서 천치를 읽고 가나
나는 아무것도 뉘우치진 않을란다.

찬란히 티워 오는 어느 아침에도
이마 우에 얹힌 시의 이슬에는
몇 방울의 피가 언제나 섞여 있어
볕이거나 그늘이거나 혓바닥 늘어트린
병든 숫개마냥 헐떡어리며 나는 왔다.[2]

이 시의 발생적 원인은 '애비가 종'으로 살았는데 "밤이 깊어도 오지 않었다"는 사실이다. 그리고 아비가 빈 자리에 "파뿌리같이 늙은 할머니와 대추꽃 한 주 서 있을 뿐이"다. "늙은 할머니"는 '아비'를 대신하고 "대추꽃"은 '돌아오는 아비'를 대신한다. 즉 후자에서 대리되는 것은 실체가 아니라 자세이다. 즉 '돌아오다'를 '서 있다'로 대신하는 것이다.

이 정황은 적나라한 기다림, 아비가 오지 않아서 한없이 서서 기다리기만 할 뿐인 정황이다. 만일 「자화상」이 서정주의 시인적 출분의 근원

---

2) 서정주, 『미당 서정주 전집 1—시』, 은행나무, 2015, p. 27.

에 속한다는 점[3]을 인정할 수 있다면 '기다림'의 그 출분의 '전사'에 해당함을 충분히 짐작할 수 있다. 이 시보다 앞서 씌어진, 「벽」에서도 그 기다림의 정황은 여실히 드러난다.

덧없이 바래보든 벽에 지치어
불과 시계를 나란이 죽이고

어제도 내일도 오늘도 아닌
여기도 저기도 거기도 아닌

꺼져드는 어둠 속 반딧불처럼 까물거려
정지한 '나'의
'나'의 서름은 벙어리처럼……

이제 진달래꽃 벼랑 햇볕에 붉게 타오르는 봄날이 오면
벽 차고 나가 목메어 울리라! 벙어리처럼,
오― 벽아.

'시계'의 등장은 시간의 '죽음'을 가리키기 위한 것이다. 즉 무언가가 일어나야 하는데 시간만 가고 아무것도 일어나지 않는 것이다. "불과

---

3) 은행나무 간 『미당 서정주 전집』(2015~2017)은 「자화상」을 시인이 "23세 되던 1937년 중추에 지은 것"이라고 밝히고 있다. 그가 『동아일보』 신춘문예에 당선한 게 1936년이니까, 집필 시기로도 비교적 출발점에 놓인다고 할 수도 있을 것이다. 그러나 정서적 근원이 물리적 시기와 맞물리는가는 대답하기 어려운 문제다.

시계를 나란이 죽이고"는 그것들이 '나란히 죽은 것을 재삼재사 확인하며'라는 뜻으로 읽어야 할 것이다. 그는 기다림에 지쳐서 "꺼져드는 [……] 반딧불처럼 까물거"린다. 가장 흥미로운 대목은 마지막 연의 첫 번째 행이다. "이제 진달래꽃 벼랑 햇볕에 붉게 타오르는 봄날이 오면"에서 화자는 이 무한정한 기다림이 막바지에 다다르기를 '기다린다'! "봄날이 오면"이 선명하게 가리키는 것이 그 태도이다. 기다림을 끝장내고자 하는 시간도 그는 '기다린다'. 그것은 「모란이 피기까지는」의 김영랑이 보여준 태도이며, 동시에 그만의 것이 아니라 상당수의 당시 조선인들이 공유하는 태도였다는 것을 사람들은 기억하리라. 심훈의 「그날이 오면」을 우리는 분명 읽은 적이 있으니 말이다. 왜 이 사람들은 기다림을 기다리는가? 기다림의 지루함을 깨기 위해 다른 일을 하면 안 되는가? 그 다른 일이 도래하기를 왜 기다리는가? 어쨌든 그 야릇한 자세를 식민지하에서 상당히 많은 사람이 취한 것이었다. 이 정서가 집단적이었다는 것을 미당은 본능적으로 알고 있었던 것으로 보인다.

　　천오백년(千五百年) 내지 일천년(一千年) 전(前)에는
　　금강산(金剛山)에 오르는 젊은이들을 위해
　　별은, 그 발 밑에 내려와서 길을 쓸고 있었다.
　　그러나 실학(實學) 이후, 그것은 다시 올라가서
　　치켜든 손보다 더 높은 데 자리하더니
　　개화일본인(開化日本人)들이 와서 이 손과 별 사이를 허무(虛無)로 도벽(塗壁)해놓았다.
　　내 내체(內體)의 광맥(鑛脈)을 통해, 십이지장(十二指腸)까지 이끌어갔으나

거기 끊어진 곳이 있었던가,

오늘 새벽에도 별은 또 거기서 일탈(逸脫)했다. 일탈(逸脫)했다가는 또 내려와 관류(貫流)하고, 관류(貫流)하다간 또 거기 가서 일탈(逸脫)한다.

장(腸)을 또 꿰매야겠다.

—「한국성사략(韓國星史略)」부분[4]

이 시는 은유로 장식되어 있지만 주제가 명백하다: 옛날의 한국인들에겐 성과 속이 통해 있었다; 그런데 근대에 들어 성이 멀어지기 시작했고, 일본이 그 거리를 아예 단절시켜놓았다; '나'는 나 스스로의 운동을 통해 성 가까이 가려고 하였으나, 자주 끊어지고 성은 거듭 일탈한다. 이 시는 직접적으로 기다림을 말하고 있지는 않다(사실은 이 점이 미당이 김영랑으로부터 달라지는 점이다. 이에 대해서는 다시 말하기로 하자). 그러나 여기에는 은밀히 기다림이 '나'의 사건은 아니지만 '한국인 일반'의 사건이라는 것을 은밀히 암시하고 있다. "허무로 도벽해놓았다"는 표현이 가리키는 것이 그 언저리다.

서정주에게 '기다림'이 무의식의 심층에 도사리고 있는 항상적 강박관념이라는 것은 이런 시에서도 보인다. 비교적 말년에 출간한 시집 『산시』(1991)에 수록된 시편이다.

힘주어 낳아서

가려 놓은 내 새끼는

---

4) 서정주, 같은 책, p. 218.

인자(隣子)야 네가 갖다가 어째 버렸늬?

일본군이 쳐들어왔을 땐
옆집 곰보놈하고 도망치다가
붙잡혀 당하기도 하더니마는,

우리 소저 류자야, 너 어디로 갔늬?
우리 신랑 뎀포야, 너는 또 어디메냐?

오고 또 와서는
아 일본말로도 기다려 본다오.

"수마트라의 언니만큼은
부디부디 타락 마우."
보르네오의 동생 라야 올림.

　　　　　　　　　　　　—「인도네시아 산들의 소리」 부분[5]

시인은 다음과 같이 제사를 써 놓았다.

　인도네시아 말을 전혀 모르는 내가 이곳 산 이름들을 외고 있다가 보
니, 그것들이 우리 한국말로 아래와 비슷하게 들려와서 그걸 옮겨 적어

---

5)　서정주, 『미당 서정주 전집 5—시』, 은행나무, 2015, pp. 52~53. 첫 연은 인용하기가 민망
　　하여 생략한다.

두는 바이다.

    시인은, 의미가 가정되어 있지만 그가 이해할 귀를 가지지 못한 언어를, 자신의 언어로 짐작해 번역하는데, 그 내용은 일제강점기하의 조선인의 수난, 즉 가족의 상실과 "타락"과 기다림의 사건들이다. 그가 일제강점기를 떠올린 것은 인도네시아가 20세기 전반기에 비슷한 식민지의 경험을 살았기 때문일 것이다. 그러나 세계대전 종전 후 인도네시아가 이어나간 길은 해방 후 한국이 간 길과 방향이 아주 달랐고, 그 점에 대해서는 최인훈이 『태풍』에서 다룬 적도 있다. 시인에게 그런 역사적 차이는 중요한 게 아니었다. 핵심은 그가 알아들을 수 없는 소음에 의미를 부여할 때 그에게 깊이 강박된 것이 본능적으로 동원된다는 사실이다.

    요컨대 서정주의 무의식에 도사리고 있는 것은 기다림에 대한 강박이었다. "애비는 종이었다. 밤이 깊어도 오지 않았다"라는 한 행 안에 농축된, 아무리 기다려도 오지 않는 '그이'에게 맺힌 마음이었다. 그 '그이'가 '법'인지 '안식'인지 '권위'인지, '이상향'인지, '국가'인지, 그런 것은 나중에 다시 헤아릴 문제일 것이다.

    그러나 서정주의 시적 의식은 그 무의식으로부터 달아나는 데 있었다. 독자는 방금 「한국성사략」에서 그 편린을 보았다. 실상 이 자리에서 인용한 모든 시들이 그 '달아남'의 충동을 표현하고 있다. 「자화상」에서 '나'는 "바다에 나가서는 돌아오지 않는다 하는 외할아버지"를 닮았다. 「벽」에서는 "벽 차고 나가 목메어 울리라!"는 열망에 몸 달아 있다. 그때를 아직 '기다리고 있다'는 점에서는 아직 그가 기다림의 자장에서 벗어나지 못했음을 보여주지만, 조만간 서정주의 시적 대리인은 곧 '팔할의 바람'에게 키워져 더 이상 기다리지 않는 이로 성장할 것이다. 과연 「한국성사략」에서 그는 '허무'의 한국적 정서를 탈출해, "내 내체의 광맥을 통해, 십이지장까지 이끌어"가는 시도를 행한다.

그래서 문득 어느 시점이 되어서 그는 더 이상 기다리지 않는 자로 거듭 태어나게 된다.

> 내 기다림은 끝났다.
> 내 기다리던 마지막 사람이
> 이 대추 굽이를 넘어간 뒤
> 인젠 내게는 기다릴 사람이 없으니.
>
> 지나간 소만(小滿)의 때와 맑은 가을날들을
> 내 이승의 꿈잎사귀, 보람의 열매였던
> 이 대추나무를
> 인제는 저승 쪽으로 들이밀꺼나.
> 내 기다림은 끝났다.
>
> ──「기다림」 부분[6]

드디어 그는 다른 세상을 향해 떠날 준비가 된 것이다. 그렇다면 서정주 시의 모험은 기다림의 강박으로부터 탈출해 '다른 세상'을 향해 모험을 떠나갔던 것인가?

아니었다. 그리고 거기에 한국적 서정시의 전적인 비밀이 숨어 있다

---

6) 서정주, 『미당 서정주 전집 1─시』, p. 183.

고 나는 생각한다. 미당은 김영랑적인 것으로부터 탈출했으나, 다른 세상으로 가지는 않았다. 그 다른 세상에 대한 기원은 먼 훗날,

여보, 우리 꺼지자, 남미(南美)로, 남극(南極)으로, 우리의 대척지(對蹠地)로, 어디든!

―황지우, 「그대의 표정 앞에」 부분[7]

에 가서야 표명되게 된다. 그것도

나는 아주 작은 소리로 말한다. 못 살아 못 살아. 들어가면 아내에게 소리지를 거다.

라는 쬐끄만 한 소망의 형태로 겨우. 물론 그 이전에 한국인이 어딘가로 가고 싶다는 얘기를 하지 않은 것은 아니었다. 그 '어딘가'는 종종 '율도국'의 이름으로 지시되곤 하였다. 그러나 율도국은 '다른 세상'인가? 황지우에게 율도국은

나의 애간장 다 녹이는
조이고 쪼이는
내 몸뚱어리 빨래가 되고
오 빨래처럼
시신(屍身)으로 떠내려가도

---

7) 황지우, 『새들도 세상을 뜨는구나』, 문학과지성사, 1983, p. 42.

저 율도국으로 흘러가고 싶다

　　　　　　　　　　　　　　　　　　　　—「파란만장」 부분[8]

에서 볼 수 있듯, 다른 세상인 것 같다. 그러나 이 다른 세상은 죽음의
자리이다. 신생의 자리가 아니다. 그가 곧바로 '율도국'을 '어디든'으로
바꾼 것은 그 때문이다. 시 「기다림」에서 미당의 율도국도 '저승'이었다.

　　이 대추나무를
　　인제는 저승 쪽으로 들이밀꺼나.
　　내 기다림은 끝났다.

　「자화상」의 그 대추나무가 다시 나왔다. 그 대추나무는 이제 더 이상
기다림의 표상이 되지 않는다. 이제 그것은 '저승' 쪽으로 들이미는 더
듬이가 된다. 황지우가 그랬듯, 보통 사람들은 대체로 푸념조로 죽어서
저승으로 가고 싶다고 말한다. 그런데 미당은 살아서 저승으로 가겠다
고 한 것이다. 그 저승은 무엇인가? 「한국성사략」에서 그것은

　　내 內體의 鑛脈을 통해, 十二指腸까지 이끌어

간 일로 표현된다. 우선 독자가 여기에서 결정적으로 확인하는 것은 그
가 세상을 바꾸려 한 게 아니라는 것이다. 그가 한 일은 "십이지장까지
이끌어"간 것이었다. 그런데 무엇을? 문법적으로 오류인 이 시행을 제

---

8)　황지우, 같은 책, p. 38.

대로 고쳐 읽으면,

나는 내 신체 내부가 광맥임을 알고 십이지장까지 내려갔다

가 될 것이다. 시의 구문대로 읽으면 그가 십이지장까지 이끌고 간 것은
화자의 눈길이다. 그리고 그렇게 눈길을 끌고 간 것은 '눈길'로 하여금
'개안'을 시키기 위해서이다. 무엇에 대한 개안을? 바로 내 신체 내부가
'광맥'이라는 사실. 그 '광맥' 안에 '별'이 있다는 사실. 혹은 '별'이 거기
로 '관류(貫流)'한다는 사실. 거기에 끊어진 곳이 있으면 '일탈(逸脫)'하
곤 하니, 그때마다 '광맥'을, 다시 말해 자신의 '십이지장'을 잘 '꿰매야'
한다는 사실. 그 사실에 대한 개안이 바로 화자의 '눈길'을 끌고 간 까닭
이다.

　여기에 서정주 탈출기의 핵심이 있다. 그 핵심은 바로 이 세상 안으로
간다는 것이다. 기다리다 지쳐 찾아보려 떠나는 것이 아니다. 기다리다
지쳤으니 이 죽음 같은 세상 안에 머물겠다는 것이다. 바로 그것이다.
「서정주의 문 앞에서 숨 고르기」에서 서정주 시의 비밀이 「자화상」의
마지막 행에 있다고 했다.

병든 수캐마냥 헐떡어리며 나는 왔다.

　이제 눈 밝은 독자는 금세 알아차렸을 것이다. 미당 시의 주인공은 어
디로 가지 않았다. 그는 "왔다". 어디로? 바로 이 세상으로. 이 죽음의
세상으로. 훗날 미당의 한참 후배인 동족들이, 미당을 홍보하는 사람이든
모시는 사람이든, '헬조선'이라고 부르게 되는 '바로 이곳'으로.

이게 도대체 무슨 말인가? 미당 시가 '기다림'의 시학에서 탈출하긴 했는데, 그때 시인은 '눈길'을 이끌고 왔다고 했다. 바로 거기에 이곳으로 '온' 결단의 비밀이 숨어 있다.

상명당론

삶으로부터 최상의 향락을 거두는 것,
그것은 위험하게 사는 것이다.

―슈테판 츠바이크[1]

지금까지 미당 시의 '혁신'에 대해 말했다. 미당이 무엇을 혁신했던 가? 간단히 세 개의 문장으로 표현할 수 있다.

(1) 미당 시는 김영랑의 기다림의 시학을 이어받았다.

(2) '팔할의 바람'이 키운 미당은 기다리지 않고 떠났다.

(3) 미당은 가지 않고 "왔다".

떠나되 가지 않고 왔다. 거기에 미당 시의 '혁신'의 핵심이 들어 있었

---

1) Stefan Zweig, "Tragédie sans personnages," *Nietzsche*, Stock, 2004(epub version).

던 것이다. 그는 어떻게 '왔'던가? 우리는 저 앞에서 물었다. 한국적 서정의 도처에 '릴케의 도래'가 있음을 보고 "릴케는 어떻게 왔던가?"라고 물었다. 그리고 답을 끌어내었다. "기다림의 표상으로서 왔다." 그 기다림은 '관조'로서의 기다림과 '행동'으로서의 기다림을 낳았다. '관조'의 태도를 시작한 이는 김영랑이며 '행동'의 태도를 대표하는 이는 이육사이다.

서정주는 기다리지 않았다. 그는 왔다. 우리는 앞의 질문을 바꿔서 이렇게 묻는다. '미당은 어떻게 왔던가?' 어떻게 올 수 있었던가?

> 나는 여기서 저절로 묻게 된다. 이 땅 위에 역사 있은 뒤 가장 고단한 역경만이 계속되어 온 대한민국 같은 나라의 일원으로 태어나서, 땅의 갖은 신산(辛酸)을 맛보며 산다는 것은 시인에게 불리한 것이냐고?/그러나 나는 스스로 대답한다. "서양의 좋은 시인 릴케도 어디선가 우리를 위로하는 것처럼 나 비슷이 말했지만, 만일 시인의 경우라면 세계 역사상 최난의 역경은 바로 이것이 시인의 최상 명당이다"라고……/ 〔……〕 새로 문학을 하려는 사람들도 이것을 알아야 할 것이다. 최상의 역경은 최상의 상명당(上明堂)이라는 의식, 그리고 나머지는 각고의 노력만이 우리의 길이란 것을……2)

고난의 자리를 지복의 자리로 만드는 데에 비결이 있었던 것이다. 별 것 아닌 것 같지만 그 효과로 보자면 문자 그대로 '코페르니쿠스적 전

---

2) 서정주, 「문학을 지망하는 젊은이에게」, 『미당 서정주 전집 11—산문』, 은행나무, 2017, pp. 331~32.

환'이었다.

이 태도가 한국 근대시의 시작 이후 연속적인 진화의 한 단계에 위치한다는 것을 상기해야 할 것이다. 이는 무엇보다도 '자주적이고 독립적인' 삶에 대한 한반도인의 꿈이 좌절된 데서 시작하여 그것을 견디고 이겨내기 위해 개발된 방책의 세번째 버전에 해당한다.

> 김소월: 단절 / "청산과의 거리" → 절망과 의지, 부정과 긍정의 동시성
> 김영랑·이육사: 기다림 → 이상을 향한 통로의 개설
> 서정주: 현세로의 귀환 / 이상적인 것은 현실적인 것

이것은 필연적인 길이었을까? 내가 앞의 서정주의 '상명당론'을 접한 것은 대학생 시절 읽은 김현의 『한국 문학의 위상』에서였다. 김현은 서정주의 앞글을 '잡문'이라고 규정하면서도 놀랍게도 이렇게 평했다.

> 민족주의적인 발상에서 나온 희망이 설득력을 갖고 있는 대목은, 유럽 선진국들은 제국주의적 팽창욕으로 인한 이득은 체험했지만, 그 피해는 체험하지 못했다는 대목이다. 상당수의 세계인들이 체험한 것을 이해 못하고 있는 것이 유럽 문학의 최대 약점이라고 할 수 있다. 우연히 읽게 된 서정주의 잡문 한 대목이 나에게 준 감동은 그가 무의식적으로 그런 것들을 이해하고 있었던 것에서 연유한 것이었다. 그리고 그것은 함석헌의 한국사 이해를 문학의 차원에서 다르게 표현한 것으로 나에게는 느껴졌다.[3]

---

3) 김현, 「한국 문학의 위상」, 『한국 문학의 위상/문학사회학』(김현문학전집 1), 문학과지성사, 1991, pp. 96~97.

김현이 미당의 글에서 발견한 것은 20세기의 수난자로서의 제3세계인들의 생존의 논리, 더 나아가 자긍의 논리였다. 그 생존−자긍의 논리의 근간은 '고통의 고유한 권리'라고 명명할 수 있는 것으로, 고통을 체험한 이가 그렇지 않은 이보다 삶의 의미를 더 깊이 깨달을 수 있다,는 논법이다.

이는 실로 놀라운 발견이다. 이로부터 한국인은, 아니 한국의 '지식'은, 그리고 한국 시는 '빠져나갈 수 없는 고난에 처한 존재'의 구속을 벗어나게 된 것이다. '빠져나갈 수 없다'는 조건을 깨뜨리지 않으면서도, 빠져나가는 것이다. 바로 부정적 생의 전폭적 긍정을 통해서!

그러니까 이것은 얼마간은 필연적인 것이었다. '빠져나갈 길이 없다'고 판단하는 한. 그리고 「서정주의 탈출기」 '제사'에서 인용한 최서해의 「탈출기」가 생생히 증언하듯이 도저히 '탈출할 수 없는' 상황에 대한 고통스런 확인이 그 당시의 일반적인 인지 현황이었던 것이다. 그러니 그러한 정황 안에서, 현실을 차라리 상명당으로 만드는 것은 엄청난 발견이자 동시에 거의 유일한 출구였던 것이리라. 이제 서정주의 다음과 같은 알쏭달쏭한 시구도 쉽게 이해할 수 있다.

오히려 처음과 같은 하눌 우에선 한 마리의 종다리가 가느다란 핏줄을 그리며 구름에 묻혀 흐를 뿐. 오늘도 굳이 닫힌 내 전정(前程)의 석문 앞에서 마음대로는 처리할 수 없는 내 생명의 환희를 이해할 따름인 것이다.

　　　　—「무슨 꽃으로 문지르는 가슴이기에 나는 이리도 살고 싶은가」 부분[4]

4) 서정주, 『미당 서정주 전집 1—시』, 은행나무, 2015, p. 111.

"한 마리의 종다리가 가느다란 핏줄을 그리며 구름에 묻혀 흐를 뿐"
에서 시인은 떠나 방랑하고 싶은 마음이 갇혀 있음을 상상적으로 형상
화하는데, 곧이어서 그 상상적 형상의 실재적 현장이 "오늘도 굳이 닫
힌 내 전정의 석문"[5]일 뿐이라는 것을 밝힌다. 그러나 최종적인 전언은,
그럼에도 불구하고 '나'는 "마음대로는 처리할 수 없는 내 생명의 환희"
를 어쩔 수 없어서 그것을 "이해"하고 '열심히 살아보려고 한다'(요 의지
는 제목에 깃들었다)는 것이다. 요컨대 이것은 생의 문제, 즉 생사를 건
문제이며, 그런 한은 필사적으로 잘 살아보겠다는 것이다. 고통의 지옥
이 상명당으로 둔갑하는 마술이 그렇게 해서 펼쳐진다.

이로써 한국인은 '모더니티'의 내습 이래 한반도의 사람들이 그토록
갈망했던 '자주성과 독립성'을 상상적으로 선취하는 최상의 방법론을
개발하였다. 물론 지금까지는 이 방법론의 기본 원리만을 말했을 뿐이
다. 세부적으로 그것은 세 종류 이상의 운산식의 집합으로 이루어진다.
하나는 '절차'이고, 둘은 '효과'이며, 셋은 '효과에 다시 투여된(가미된)
절차'이다. 한국 시의 경우, 그 방법론의 첫 운산식에 '부정의 긍정화'
가 있다면, 두번째에 '향락'이 있으며, 마지막 운산식에 '향락의 기술'이
있다.

첫번째 절차 '부정의 긍정화'는 사실 기본 원리를 그대로 시적 기술에
투영한 것이다. 그러나 서정주는 이 기술에 진한 농도를 입혀 '능청'으로
발전시킨다.

---

5) 이 말은 서정주적인 단어 치환 수법을 통해 능청스레 위장되어 있는데, 사전을 조금만 찾아
보면 알 수 있듯이, "꽉 막힌 앞길"이라는 뜻이다.

질마재 상가수의 노랫소리는 답답하면 열두 발 상무를 젓고, 따분하면 어깨에 고깔 쓴 중을 세우고, 또 상여면 상여머리에 뙤약볕 같은 놋쇠 요령 흔들며, 이승과 저승에 뻗쳤습니다.

그렇지만, 그 소리를 안 하는 어느 아침에 보니까 상가수는 뒷간 똥오줌 항아리에서 똥오줌 거름을 옮겨 내고 있었는데요 왜, 거, 있지 않아, 하늘의 별과 달도 언제나 잘 비치는 우리네 똥오줌 항아리, 비가 오나 눈이 오나 지붕도 앗세 작파해 버린 우리네 그 참 재미있는 똥오줌 항아리, 거길 명경(明鏡)으로 해 망건 밑에 염발질을 열심히 하고 서 있었습니다. 망건 밑으로 흘러내린 머리털들을 망건 속으로 보기 좋게 밀어 넣어 올리는 쇠뿔 염발질을 점잖게 하고 있어요.

명경도 이만큼은 특별나고 기름져서 이승 저승에 두루 무성하던 그 노랫소리는 나온 것 아닐까요?[6]

시집 『질마재 신화』에 수록된 명편 중의 하나이다. 이 시는 질마재의 '상가수'의 노래가 "이승 저승에 두루 무성"할 만큼 탁월한데, 그 비결은 '뒷간' "똥오줌 항아리, 거길 명경으로 해 망건 밑에 염발질을 열심히" 한 데 있다는 것이다. 그 염발질은 "망건 밑으로 흘러내린 머리털들을 망건 속으로 보기 좋게 밀어 넣어 올리는" 작업인데, 그것을 '상가수'는 열심히 할 뿐만 아니라 '점잖게' 해야 한다.

이 기저 진술에 대한 해석은 아주 쉽다. 시인이 몸담고 있는 사회 혹은 공동체의 현실은 극단적으로 망가진 꼴인데, 하지만 거기를 끊임없

---

6) 서정주, 『미당 서정주 전집 2—시』, 은행나무, 2015, p. 29.

이 비추어 자신의 태도를 재정비하면 세상에서 가장 아름다운 예술적 경지를 구현해낼 수 있다는 것이다. 앞에서 말한 '고통의 고유한 논리'이고 더 나아가 '고통의 이득'이다. 그러나 서정주의 특성은 그런 논리의 되풀이에 있는 것이 아니라 그 논리를 결코 표 내지 않으면서 천연덕스러운 자기 긍정의 기술로 만드는 솜씨이다. 그것을 '능청'이라고 명명할 수 있는데, 그 사정은 다음과 같다.

첫째 '상가수'라는 명명. 한자어로 보자면 그 명칭은 '으뜸이 되는 가수'라는 의미를 갖는다. 그러나 '상'은 동시에 '상놈'을 연상시킨다. 가장 비천한 자가 가장 드높은 자가 될 수 있다는 것을 음성적 자질의 다의미적 가능성을 통해 환기시킨다. 이 음성적 자질의 다의미적 가능성은 그 자체로서 의미에 연결되기 때문에 결코 표가 나지 않는다. 그래서 그 의도는 은폐된다. 은폐를 통하여 시인은 시치미를 떼고 있는데 독자는 그걸 알아차릴 수 없기도 하고 있기도 하다. 알아차리지 못할 때는 시인이 마음속에 사설한 웃음의 무대에 한 인물로 등장하게 되며, 알아차릴 때는 배가되는 기쁨을 시인과 함께 누린다. 어느 쪽이 됐든 제작 원리를 인물 안에 집약시키면서 제작자인 시인을 즐겁게 하고 수용자인 독자를 조종케 한다.

둘째, 비참한 현실을 "똥오줌 항아리"에 비유하고, 그 "똥오줌 항아리"를 '명경'으로 명명한 다음, 그것(현실-거울)에 자신을 비추는 행위를 머리 밀어 올리는 '염발질'로 비유한 일. 이 비유를 통해서 처음 시인을 압도하고 위압하던 현실은 작아지고 사소화되며, 장난감 같은 유희의 대상이 된다. 시인은 현실을 '이쁘게' 표현한다는 구실을 등에 업고 이렇게 자유롭게 만질 수 있는 작은 대상으로 전락시킨다. 이리하여 현실과 시인의 지위가 역전되는데, 시인이 뻔뻔스럽게 그 일을 감행한다는 것이 중요하다. 왜냐하면 '대상을 아름답게 표현할 권리'를 시인이 애초에 갖고 있기 때문이다. 이 권리를 짐짓 수행하는 듯한 시늉을 하느라고 시인은 "열두 발 상무" "고깔 쓴 중" "뙤약볕 같은 놋쇠 요령" 등의 생생히 그려질 듯한 구체적 묘사에서부터 "하늘의 별과 달도 언제나 잘 비치는 우리네 똥오줌 항아리"와 같은 '똥오줌 항아리'를 위장하는 수사이자 동시에 시인의 마음속의 진실을 짐작하게 하는 이중 기능의 수식어 등을 '열심히' 활용한다.

그러니까 능청의 기본 절차는 다음과 같다.

(1) 생의 부정성의 축소적 대상화
(2) 생의 부정성을 자유롭게 다루는 주체의 보전
(3) 부정성의 주체화: 부정성을 긍정성으로 자유롭게 전화시키는 주체의 운동

그리고 여기에 하나의 중요한 단서가 붙는다. 이 절차들이 결코 인위적으로 비쳐서는 안 되고 최대한 자연스러워야 한다는 것이다. 시인은 시인에게 주어진 '천부 시인권(天賦詩人權)'이라는 자연법의 권리[7]를 이용해 그 자연성을 최대한 도모하니, 그 점에서 서정주의 솜씨를 필적할 사람이 없었거나 앞으로도 드물다고 해야 할 것이다.

이렇게 '부정성의 긍정화'라는 절차의 최밀도화로서의 '능청'이 노리는 효과는 무엇인가? 무엇보다도 '주체'의 자기 확인이며 동시에 주체의 자유의 자유자재한 향락이다. 서정주의 상명당 의식은 고난의 주체인

---

7) 덧붙이자면, '천부 시인권'은 절대자로서의 신의 권능과 천부인권 사이에 있다.

한국인에게 권리와 능력을 동시에 부여한다. 그럼으로써 서정주 시의 주체는 완벽히 자유로운 주체의 권능을 마음껏 활용한다. 이 또한 김영랑류의 한국적 서정시와 결정적으로 다른 점이다. 김영랑의 화자들은 누군가를 기다리거나 혹은 기다리면서 그 기미들에 귀를 쫑긋거리거나 눈을 탐색시킨다. 왜냐하면 그들은 이상적 존재에 기댐으로써만 생존을 지속하거나 존재의 의미를 찾을 수 있기 때문이다. 그래서 그들에게는 그 '기미'를 제공하는 것들, 가령 '꽃'이나 '물' '나무' 등 자연물에 강력하게 의존한다. 그런데 우리는 예전에 서정주의 「추천사」를 분석하면서 서정주에게 와서 김영랑의 의존자가 향단이와 같은 '보조자'로 위상 저하를 겪게 된다는 얘기를 했었다. 삶의 주도권을 주체가 온전히 제 것으로 확보했기 때문이다. 그럼으로써 세상의 향락이 자유자재로 가능해지는 것이다.

고난의 깊이가 더하면 더할수록 그런 자유의 능력이 더욱 확산되는 것이다. 그것을 미당은 언젠가 다음과 같이 발설한 바 있다.

남우와 내가 이 하늘 밑에서는 명당 중의 상명당의 나라에 태어나서 같이 한때에 숨결을 섞고 살고 있는 것을 찬양하고 또 축하합시다. 수미산 나리꽃이 꽃 중에는 제일 높은 향기를 지닌 것이라 하지만 우리는 사내끼리니까 이걸 가져다 우리 모양의 비유로 할 수는 없겠고, 주워다가 개와 함께 기르는 사막에서 온 사자 새끼 ─ 그것도 아무래도 100프로로는 잘 우리한테 안 어울리고, 역시 쑥이나 마늘 ─ 저 우리 단군의 어머님이 곰이었을 때 사람 되어 하느님의 아들하고 결혼하려고 계율 지키면서 연달아 자셨다는 쑥이나 마늘쯤이 우리같이 느껴지는 이 특별난 정신의 명당에서, 자, 또 한 번 우리가 쑥이나 마늘 같은 걸 축하합시다![8]

과연 지금 둘러 보면 이러한 생각은 한국인에게 아주 미만한 보편적인 생각임을 확인할 수 있을 것이다. 그것은 앞에서 김현이 언급한 "뜻으로서의 고난"이라는 함석헌적 성찰로부터 '통증 유발 음식'인 고추장을 즐기는 한국인의 식습관에게까지 널리 퍼져 있는 것이다. 그러니 요즘의 젊은이들이 '헬조선'을 외쳐대는 광경을 두고 야단치는 것이 우스꽝스럽지 않은가? 그들은 그들 나름대로 고통을 즐기고 있는 것이고, 그것은 그들의 아버지, 할아버지 때부터 한국인들이 자득해온 놀라운 생존술에 기인하는 것이다.

마지막으로 한 가지가 남았다. 바로 '향락의 기술', 즉 향락은 기술적으로 개발되어야 한다는 것. 내가 고추장을 즐기는 한국인의 식습관에 대해 앞의 이야기 비슷이 풀어보았더니 그걸 듣던 김화영 선생님이 가볍게 말씀하신다. "그런데 그 매운맛이 그냥 통증이 아냐. 그 안에 무한정으로 미묘한 맛들이 숨어 있단 말이지."

과연 그렇다. 그리고 그것이 바로 이제 말할 향락의 기술에 해당하는 것이다. 여기서 일단 멈추고 다음 장에서 계속하기로 한다. 그리고 이제 미당을 지나가게 될 것이다.

---

8) 서정주, 「명당에서 태어난 걸 축하합시다」, 『미당 서정주 전집 9─산문』, 은행나무, 2017, p. 133(최초 출간 연도: 1972).

'지금, 여기'를 향락하는 기술

　이제 우리는 미당 시의 비밀에 얼마간 접근한 듯하다. 그의 시가 그토록 한국인들의 마음을 사로잡았던 까닭을. 그는 한국인의 역사적 무의식의 가장 깊은 곳을 짚었으며, 동시에 한국인의 생활 가능성의 지평을 가장 먼 데까지 열어젖혔다.

　앞부분에 닿아 있는 것이 그의 상명당론이다. 그는 꼼짝달싹할 수 없이 식민지의 반도에 갇혀버린 수인들에게 최상의 생존 방법론을 제공하였던 것이다. 우리는 이 맥락을 다시 복기할 필요가 있을 듯하다.

　갇힌 종족이 자신의 운명을 견디기 위해 스스로 고안한 보편적인 방법론이 있었다. '기다림'이 그것이었다. 그리고 한국인들은 이 기다림의 태도에 밀도를 부여하였다. 기다리는 동안을 '공덕 쌓는' 일로 채우는 것이었다. 신라인들이 이미 그것을 개발했다는 것을 우리는 최근 이성복이 상기시킨 「풍요」를 통해 알아차리게 되었다. 그런데 신라인들은 그렇게 공덕을 쌓으면 '낙토'에 도달할 수 있으리라는 막연한 믿음 속에 젖어 있었다. 공덕 쌓으며 기다리는 태도는 그러한 믿음의 결실을 맛보기 위한 '도구'로서 기능하였다. 한국의 기복 신앙은 여기에 뿌리를 대고 있는 게 거의 확실하다.

그 '도구'를 삶의 '나날의 양식(樣式)' 아비투스로 변환시킨 것은 바로 김영랑과 박용철이다. 그들은 신라인들처럼 막연한 낙관성에 젖어 있을 수가 없었다. 루카치의 유명한 언명대로 "저 하늘의 별이 우리의 갈 길을 인도하던" 시대는 사라져버린 것이다. 그들은 기대를 접는 대신에 기다림의 태도 자체에 집중하였다. 그 공덕 쌓는 기다림의 자세, 그 자체에서 삶의 의미를 찾았다. 그로부터 미래가 숨어버린 대가로 현재가 또렷이 집중된다. 「모란이 피기까지는」의 화자는 모란이 이미 '피었다 졌다'는 자연의 진행을 알면서도, 그 흐름을 의도적으로 잡아당겨 항구적 미완의 되풀이로 만들었다. 그것이 김영랑의 시가 '근대인의 시'라는 것을 증명하는 명료한 보기였다. 또한 그 때문에 '모란'을 '조국'으로 읽으면 이상해진다는 것을 나는 첨언했었다.

미당은 바로 이 기다림을 뒤집었다. 왜냐하면 기다림의 그 신실한 자세, 이 순명은 오로지 주체로 하여금 삶에서 '견딤'의 의미 이상을 건질 수 없게 했기 때문이다. 한반도 내의 삶은 그로 인해 고통의 연속으로 규정되었었다. 따라서 고통을 견디는 자세 자체가 중요하게 다가왔다. 고통을 잘 견뎌서 분노와 설움을 다스려 운명을 담담하게 혹은 담대하게 맞이하고자 하는 자세. 대부분의 사람들은 그 경지에 다다르지 못했지만, 그 경지를 그리워했다. 그것이 '한'의 미학을 탄생시켰다. 천이두에 의하면 '한'은 "좌절·상실에서 연유되는 그 유인자에 대한 원한, 그리고 그 유인자에의 반격 보복이 불가능한 자기 자신에 대한 한탄을 심리적 계기로 하"지만, 그러한 "부정적 속성 그 자체의 정화·승화의 과정을 통해 〔긍정적〕 가치 체계〔를〕 형성"[1]하는 "역설적 구조"의 심리적 운동이다. 그는 그러한 운동을 '삭임'이라고 명명하고 그러한 삭임 운동이 한국어의 활용과 예술적 표현에서 수다히 나타나 있다고 판단하였다.

실로 한국인들은 그런 고통의 '삭임'을 미적 심성의 일반형으로 보았다.[2] 그런데 미당은 그런 미적 보상에 만족하지 못했다. 「자화상」에 표현된 그대로 "대추꽃이 한 주 서 있을 뿐"인 삶, 혹은 백석의 「남신의주 유동 박시봉방(南新義州 柳洞 朴時逢方)」에서 가장 수일한 이미지를 얻은 "그 드물다는 굳고 정한 갈매나무"의 모습으로 "파뿌리같이 늙"어가고 싶지가 않았던 것이다. 미당의 반역은 그 기다림의 장소를 변환시키는 데서 나왔다. 공간학적으로 보자면 한국적 기다림의 장소는 오로지 하나의 점으로만 존재한다. 그 점에서 수직의 선 하나가 위로 뻗쳐오르니, 그것은 '대추나무'이기도 하고, '갈매나무'이기도 하며, 더 깊이 한국인의 집단 무의식을 파고 들어가면 '망부석'(「정읍사」)이기도 했다.

미당은 이 점으로서의 공간을 삼차원의 구면으로 넓혔다. 그 입체 면의 범위는 작게는

하늘의 별과 달도 언제나 잘 비치는 우리네 똥오줌 항아리, 비가 오나 눈이 오나 지붕도 앗세 작파해 버린 우리네 그 참 재미있는 똥오줌 항아리 (「상가수의 소리」)

1) 천이두, 『한의 구조연구』, 문학과지성사, 1993, pp. 252~53.
2) 그것을 느끼려면, 민요 「한오백년」, 아니 조용필의 같은 제목의 노래를 듣는 것으로 충분하다. 그런데 21세기 이후의 사람들은 그런 게 있었던 지조차 모르는 이가 태반이다. 한국인의 놀라운 진화다. 그 진화의 시발점에 실은 서정주가 있다.

에서 시작하여,

산봉우리 우에서 버둥거리던 연이 그 끊긴 연실 끝을 단 채 하늘 멀리 까물거리며 사라져 가는데, 그 마음을 실어 보내면서 '어디까지라도 한 번 가 보자'던 전 신라 때부터의 한결 같은 유원감(悠遠感)에 젖는 것입 니다

—「지연(紙鳶) 승부」 부분[3]

에서 표현되었듯, 끊긴 연이 자아내는 '유원감'의 시공간적 무한함으로 까지, 아주 유연한 폭들을 이룬다.

이 삼차원을 만든 것은 무엇이었나? 그 모양으로만 보자면, 이 삼차 원은 점 위에 선을 세운 다음, 그 선을 '거울'로 바꾸어 펼쳐 하늘을 담 거나, 아니면 그 선 자체에 시간을 입혀서 고대와 현재 사이의 면을 만 드는 데 있었다. 이 시간의 공간화를 상징적으로 표상한 게 바로 '질마 재'이며, 그것이 시간의 공간화라는 것을 직접적으로 지시하는 것이 '신 화'이다. 그런데 그건 모양이 그렇다는 것이고, 그 모양을 가능케 한 것 은 따로 있다. 왜냐하면 선을 면으로 만드는 기술을 첨가해야 그 모양이 가능해지기 때문이다. 우리는 점으로부터의 변환, 혹은 견딤으로서의 기다림의 극복이 다른 시인들에 의해서도 행해진 것을 이미 보았다. 가 령 이육사는 김영랑과 마찬가지로 '기다림'의 미학을 만들었지만, 그의 기다림은 '관조'로서의 기다림이 아니라 '행동'으로서의 기다림이었다. 그 행동으로서의 기다림은 '청포도'와 '은쟁반'과 그 두 사물이 환기시키

---

3) 서정주, 『미당 서정주 전집 2—시』, 은행나무, 2015, pp. 46~47.

는 '환대의 자리'를 만들어내었다. 그 환대의 자리가 '점'으로부터 변환된 것이라는 건,

어데다 무릎을 꿇어야 하나
한발 재겨 디딜 곳조차 없다.

이러매 눈 감아 생각해 볼밖에
겨울은 강철로 된 무지갠가 보다.

—「절정」부분[4]

에 명료히 지시되어 있다. "한발 재겨 디딜 곳조차 없"는 자리를 "강철로 된 무지개"로 만든 것이다. 단 한 번 "눈 감아 생각해"보는 것으로. 한 번 눈 감았다 뜨는 순간의 동작에 엄청난 운동에너지가 투여된 것이다. 나중에 김수영은 이 순간에 작동한 기술을 두고,

눈을 떴다 감는 기술—불란서혁명의 기술
최근 우리들이 4·19에서 배운 기술

—「사랑의 변주곡」부분[5]

이라고 밝혔었다. 우리는 이육사의 '기술'에 대해서도, 김종길과 도진순의 해석을 넘어 더 밝혀야 할 문제들을 두고 있다. 여기에서도 "한발 재

4) 이육사, 『이육사 전집』,김용직·손병희 편저, 깊은샘, 2011, p. 29.
5) 김수영, 『김수영 전집 1—시』, 민음사, 2008, p. 344.

겨 디딜 곳초차 없는" 점(무 공간) → 무지개로의 변환을 가능케 한 수
식을 밝혀야 하는 것이다. 여하튼 이것이 '눈을 감았다 뜨는 기술'이라
는 것은 이 기술이 생각의 전회와 연관되어 있다는 것을 알려준다. 미당
에게서는 그 진술이 적확한데, 왜냐하면 그는 '고통의 자리'라는 생각
을 '여기가 상명당'이라는 생각으로 바꾼 데서 그의 전복을 성공시켰기
때문이다. 그리고 이미 말했듯 그는 생각의 전회를 행동으로 변환하여
'여기로 오다'라는 동작을 만들었던 것이다. 「자화상」의 맨 마지막 어사
로 기술되었던 그대로 그는 "병든 숫개마냥 헐떡어리며 [……] 왔다". 그
러니 미당이 만들어낸 삼차원 공간은

　　　점 + 선 + '오다'

라는 수식의 결과이다. '오다'가 첨가되니, 하나의 점이 드넓은 마당으
로 펼쳐지는 신비가 일어난 것이다. 그 신비를 하나의 장관으로 보여주
는 대목이 있다.

　　　우리 외할아버지는 배를 타고 먼바다로 고기잡이 다니시던 어부로,
　　내가 생겨나기 전 어느 해 겨울의 모진 바람에 어느 바다에선지 휘말려
　　빠져 버리곤 영영 돌아오지 못한 채로 있는 것이라 하니, 아마 외할머니
　　는 그 남편의 바닷물이 자기 집 마당에 몰려 들어오는 것을 보고 그렇게
　　말도 못하고 얼굴만 붉어져 있었던 것이겠지요.
　　　　　　　　　　　　　　　　　　　　　　　　　—「해일」 부분[6]

6)　서정주, 「상가수(上歌手)의 소리」, 같은 책, p. 28.

여기의 '외할머니'가 「자화상」의 '늙은 할머니'와 동류이며, 이 시의 '외할아버지'가 「자화상」의 '외할아버지', 즉 시인이 그 "숱 많은 머리털과/그 크다란 눈"을 닮아 태어나게 된 그 외할아버지와 동일 인물임을 독자는 쉽게 알 수 있다. 할머니의 얼굴을 붉게 물들이려면 외할아버지가 해일로 변신하여 '오셔야' 하는 것이다. 거꾸로 말해 할아버지가 '오면', 개벽이 일어나는 것이다.

나는 이 '오다'라는 동작이야말로, 김영랑이 만들어낸 순수 자세로서의 '기다리다'와 더불어 한국적 심성에서 오는 특유의 태도라고 감히 말하고자 한다. 즉 서양적 심성에서 주 동작이 '가다'라면 한국적 심성의 주 동작은 '오다'인 것이다. '기다리다'가 한국인의 집단 무의식에서부터 발원하여 근대적인 태도로 재구성되었듯이, '오다' 역시 똑같은 경로를 거쳐 오늘의 한국인의 태도로 재변환되었다는 것을 우리는 이성복의 『래여애반다라』 덕분에 알게 되었다. 그런데 근대적 태도로서의 저 동작의 시원적 지점에 서정주가 있었다는 것을 이제 확실히 이해하게 된 것이다.

그것이 근대적 태도라는 것은 무엇을 뜻하는가? 전통적 무의식 안에서의 '오다'는 '서럽더라'로 연결되고, 이 '서럽다'는 감정은 오실 이에 대한 기다림을 산출한다. 즉, 온 이와 오실 이가 따로 나뉘어 있었던 것이다. 그것이 오실 이에 대한 막연한 혹은 막막한 기대 안으로 한국인을 포박한다. 반면 서정주로부터 개시된 '오다'에서는 그런 구별이 없다. 온 이는 여기로 온 '나'이고, 나는 여기로 '올' 때 비로소 새 삶을 살게 되는 것이다.

그러나 여기서 끝나는 게 아니다. '오다'만으로 게임이 완결되지 않는다. 즉 '여기가 상명당'이라는 생각의 코페르니쿠스적 전회만으로 모든 것이 해결되지 않는다. 그것으로 해결된다면 우리는 그냥 이 현실을 '향락'하기만 하면 될 것이다. 하지만 서정주는 바로 그의 상명당론을 발설한 다음, 이어서, 이렇게 말했다.

최상의 역경은 최상의 상명당이라는 의식, 그리고 나머지는 각고의 괴로운 노력만이 우리의 길이란 것을……

시뿐만도 아니겠지만, 우리가 시를 우리나라 말로 쓰려고 나설 때 첫째 각오해야 할 것은 '무슨 매력으로 나는 그 전 시인들보다 한술 더 뜨느냐?' 하는 것이라야 될 줄 안다.

물론 시 표현도 정신을 바탕으로 하지만 그것을 독자에게 효과적으로 전달해야 하고, 그러려면 하여간 무슨 언어미의 독특한 매력을 꾸미지 않을 수는 없는 것이다./시인이려면 이것을 첫째 잘 해내야 한다.[7]

시인은 "나머지"가 있다고 하였다. 그 나머지는 "각고의 괴로운 노력"이라고 했다. 즉 미당의 '상명당론'은 '여기가 상명당'이라는 하나의 명제에 '여기가 상명당임을 입증하기 위해 각골의 노력을 해야 한다'라는 또 하나의 명제를 추가하고 있는 것이다. 여기서 독자는 '상명당임을 입증하기 위해'라는 진술을 적확하게 알아야 할 것이다. 왜냐하면 그것이 무엇을 뜻하느냐에 따라 서정주와 그 이후의 시인들 사이에 다양한 변이를 낳게 되기 때문이다. 미당에게 있어서 그 '각골의 노력'은 "한술 더 뜨"는 표현을 창안하는 노력이다. 그러니까 그에게 '여기가 상명당이다'

7) 서정주, 「문학을 지망하는 젊은이에게」, 『미당 서정주 전집 11—산문』, 은행나무, 2017, p. 332.

라는 명제는 하나의 명백한 사실이었던 것이다. 그다음은 이 사실을 '어떻게 표현하는가'가 중요해진다. 즉 미당이 주문한 각골의 노력은 '향락의 기술'을 가리킨다고 할 수 있다.

우리는 미당적 의식이 한국 시에서 수다히 되풀이되고 있다는 것을 이제야 깨닫게 된다. 가령, 나태주의 『황홀극치』(지식산업사, 2012), 김옥영의 『어둠에 갇힌 불빛은 뜨겁다』(문장사, 1979), 허수경의 『슬픔만한 거름이 어디 있으랴』(실천문학사, 1988) 등의 제목만으로도 그 상명당론이 여실히 전달된다. 고재종의 다음과 같은 시구,

> 은적이라는 말이 있다
> 자취를 감춘다는 뜻이다
> 나는 눈물이다가 설렘이다가
> 뜨거움이다가 서러움이다가
> 저녁 이내가 두른 핑계로
> 은적(銀笛) 속에나 암자를 친다
> ―「수국울타리―오솔길의 몽상 9」부분[8]

도 역시 같은 생각의 표현이다. 그는 '은적(隱迹)'의 장소에서 은적(銀笛)을 붐으로써 그 장소를 통째로 아득한 선율의 세계로 만들어버린다.

> 장엄하다
> 어둠 속에 한 능선이 자물리고 스러지면서

---

8) 고재종, 『쪽빛 문장』, 문학사상사, 2004, p. 56.

또 한 능선이 자물리고 스러지면서
하는 것
마침내 태백과 소백, 양백(兩白)이
이곳에서 만나 한 우주율로 쓰러진다.
—「무량수전의 배흘림 기둥에 기대어」부분[9]

와 같은 시구는 김영랑적인 것과 서정주적인 것이 뒤섞여 또 하나의 세
계를 이루어내고 있다. 그러나 이 상명당 의식이 모두 '향락의 기술'을
연마해 나타나는 것일까? 그 점을 골똘히 생각 키우는 게 정현종의 '고
통의 축제'론이다.

  정현종의 '고통의 축제'는 김수영에 대한 서평의 자리에서 처음 발설
되었다. 그는 왜 김수영을 비롯한 대부분의 한국 시는 "결핍이나 패배를
드러내는 데 있어서[만] 성공하고 있"는 것인가, 라는 의문을 제기하고
"결핍의 충족을 위한 행동"이 있어야 한다는 과제를 제시한 후, 그 '충족
의 행동'을 '기쁨'의 표현으로 설정하였다.

  시는 역사의 결핍과 패배를 단지 드러내는 것만으로는 부족하고 그것
  을 충족시켜야 한다는 이야기이다. 시가 비록 결핍과 패배—즉 역사의
  고통 속에 뿌리를 내리고 있다고 하더라도(그리고 그렇기 때문에) 그것이
  피워내는 꽃은 그것과 다른 어떤 것이어야 한다. 아니 오히려 역사의 고
  통이 크면 클수록 거기서 양분을 얻는 꽃의 아름다움과 위대성은 그만
  큼 더할 것이고 그리하여 시는 역사 속에 역사하게 될 것이다.[10]

---

9) 송수권, 『수저통에 비치는 저녁 노을』, 시와시학사, 1998, pp. 17~18.

나는 오랫동안 정현종의 이 기쁨과 신명의 미학이 어디에서 연원하는지를 알지 못해 애태웠다.[11] 다른 분들도 그랬던 듯하다. 그러나 이제 생각하니, 그는 함석헌과 미당을 통해 발화된 생각의 직접적인 연장선상에 있는 것이다. 인용문의 기본적인 의미가 미당의 상명당론과 다를 바 없다는 것을 독자는 금세 알아차릴 수 있다. 그러나 정현종과 서정주의 결정적인 차이가 있다. 미당에게 '여기가 상명당이다'는 사실 판단의 범주에 속한다. 반면 정현종에게 같은 명제는 당위형으로 제시된다. 즉 "여기가 상명당이다"가 아니고 "여기를 상명당으로 만들어야 한다"가 일차적 명제이다. 그런데 그 표면 구조가 '여기가 상명당이다'로 드러난 까닭은, "여기를 상명당으로 만들기 위해서는 미래의 이상을 선취해 현실에 적용해야, 현실이 이상으로 바뀔 수 있다"는 이차적 명제가 그 위에 겹쳐졌기 때문이다. 그것이 정현종의 '고통의 축제'의 핵심적 메시지다.

나는 내친김에 정현종까지 가야 한다고 생각했지만, 시간에 쫓겨 더 나아가지 못한다. 또한 서정주가 개발한 '향락의 기술'도 충분히 검토하지 못했다. 그것들을 제대로 주워 그 맛을 만끽해야만, 그의 시가 "한국인의 생활 가능성의 지평을 가장 먼 데까지 열어 젖혔다"는 모두의 진술이 온전히 증명될 수 있기 때문이다. 그러나 지금은 여력이 없다. 훗날을 기약하기로 하자.

이번 글에서 나는 한국인의 심성의 주 동작에 '오다'를 추가하였다. 왜 '오다'인가? 앞서 말했듯이 한국인은 갈 데가 없었기 때문이다. 아니

---

10) 정현종, 「시와 행동, 추억의 역사」, 『숨과 꿈』, 문학과지성사, 1982, p. 117.
11) 이에 대해서는 필자의 글 「까닭 모를 은유는 "떨어지면 튀는 공"이다」(『네안데르탈인의 귀향』, 문학과지성사, 2008)를 참조해주기 바란다.

좀더 정확히 말해, 갈 데가 없다는 관념에 강박되어 있었기 때문이다. 그것이 '오다'를 한국인의 동작의 전반적인 양상으로 만든다. 하지만 그렇지 않은 동작들도 있다. '오다'는 지배적인 동작이지만 한국인의 절대적인 동작은 아니다. 최인훈의 『광장』에서의 이명준의 행동은 '오다'라는 동작을 당위형으로 제출한 전형적인 사례로 꼽을 만하다. 그런데 작가는 이명준의 자살이 '오다'라는 동작의 결정적인 실패로부터 기인한다는 점을 부채의 '사북자리'의 비유를 통해 강렬히 인상 지운다.

그는 지금, 부채의 사북자리에 서 있다. 삶의 광장은 좁아지다 못해 끝내 그의 두 발바닥이 차지하는 넓이가 되고 말았다. 자 이제는? 모르는 나라, 아무도 자기를 알 리 없는 먼 나라로 가서, 전혀 새사람이 되기 위해 이 배를 탔다. 사람은, 모르는 사람들 사이에서는, 자기 성격까지도 마음대로 골라잡을 수도 있다고 믿는다. 성격을 골라잡다니! 모든 일이 잘될 터이었다. 다만 한 가지만 없었다면. 그는 두 마리 새들을 방금까지 알아보지 못한 것이었다. 무덤 속에서 몸을 푼 한 여자의 용기를, 방금 태어난 아기를 한 팔로 보듬고 다른 팔로 무덤을 깨뜨리고 하늘 높이 치솟는 여자를, 그리고 마침내 그를 찾아내고야 만 그들의 사랑을.[12]

한국 시인들 중에서도 그처럼 생각한 사람들이 있다. 현실을 향락하는 일은 어쩌면 하나의 환각에 지나지 않을 수도 있다는 짐작으로, 그런 한국인의 심성을 근심스럽게 바라본 사람들도 있다. 놀랍게도 그런 생각을 가장 명료하게 밝힌 시들은 서정주 시의 가장 각별한 옹호자인

---

12) 최인훈, 『광장/구운몽』, 문학과지성사, 2010, p. 195(최초 발표 연도: 1960).

유종호로부터 나왔다.

어느 아침 국군 모습 보이지 않고
북쪽 군대 밀물처럼 몰려온 마을에서
고무줄 타 넘으며
아이들이 노래하고 있었다
─이 몸이 죽어서
나라가 산다면
아아 이슬같이 죽겠노라!

흔적 없이 붉은 기 사라지고
쑥부쟁이 연보라 어우러진 마을에서
아이들 노래하며
고무줄 연신 넘고 있었다
─눈에 묻혀 사라진 길을 열고
빨치산이 영을 내린다
원수를 찾아서 영을 내린다!

쇠똥에 딩굴어도 이승이 좋아
쇠똥구리처럼 말똥구리처럼
똥밭에 딩굴어도 이승이 좋다고

─「노래하는 아이들」 전문[13]

---

13) 유종호, 「노래하는 아이들」, 『서산이 되고 청노새 되어』, 민음사, 2004, p. 49.

우리네 조선 사람 말하더니

사자(死者)를 다스리는 왕이기보다
(그러니까 염라대왕 되기보다도)
째지게 없는 집 종살이를 하더라도

따 위에서 땅 위에서 살고 싶노라
망자(亡者) 아킬레스는 말하던데
정말로 그러한가?
지겹지도 않은가?

고개 드매 문득
그제 같은 하늘에
어른 어른 몇 마린가 고추잠자리

—「고추잠자리」 부분[14]

　두 편이나 소개한 것은 유종호의 근심이 집요한 강박을 이루고 있다
는 것을 보여주기 위해서다. 그런 근심 어린 얼굴들은 일제강점기의 시
인들에게서도 보인다. 그들에겐 여기의 삶이 도로(徒勞)였을 것이다. 그
렇다고 갈 데도 없었다. 그들은 어떻게 생존의 기술을 만들어냈을까?
다시 김소월로 되돌아갔을까? 아니면 다른 '묘수'가 있었던 것일까? 이
제부터는 그런 시들을 음미해보겠다.

---

14) 유종호, 같은 책, p. 19.

'기다림'의 나무를 떠나다
── 정지용으로부터

정지용의 「유리창 1」(1930)을 읽어보기로 하자.

유리(琉璃)에 차고 슬픈것이 어린거린다.
열없이 붙어서서 입김을 흐리우니
길들은양 언날개를 파다거린다.
지우고 보고 지우고 보아도
새까만 밤이 밀려나가고 밀려와 부디치고,
물먹은 별이, 반짝, 보석(寶石)처럼 백힌다.
밤에 홀로 유리(琉璃)를 닥는것은
외로운 황홀한 심사 이어니,
고흔 폐혈관(肺血管)이 찢어진 채로
아아, 늬는 산(山)ㅅ새처럼 날러 갔구나![1]

중·고등학교 교과서는 이 시를 자식을 잃은 아비의 심정을 표현한 것으로서, 소위 '애이불상'의 대표적인 작품으로 흔히 거론해왔다. '애이불상'은 문자 그대로 '슬프지만 상하지 않는다'는 뜻이다. 즉 슬픈 일을 당해서 그 슬픔의 마음을 떨치지 못하지만 그것이 격화되어 몸을 상하거나 정신적으로 무너지지 않는다는 뜻이다.

그런데 이런 해석은 그럴듯하지만 충분한 분석의 지원을 받지 못하고 있다. 잘 아시다시피 '애이불상'이라는 말은 공자가 「관저(關雎)」를 평하는 데서 쓴 말이다. 나는 공자의 주석을 두고 실제적 사건을 언어적 사건으로 변환하는 데 '애이불상'의 묘체가 있다고 분석한 바 있다.[2] 우리는 서양의 다음과 같은 시에서도 슬프지만 상하지 않게 하는 시의 기능이 한껏 발휘된 예를 볼 수 있다.

거기 있었네. 낱말 하나 하나 빠짐없이
산을 대신한 그 시가.

그는 그 대기를 한껏 들이마셨지.
책이 탁자의 먼지 속에서 뒹굴 때조차

그건 그에게 상기시켜주었을 뿐. 얼마나 그가
똑바로 가고자 하는 곳을 절실히 원하는지를.

---

1) 인용은 정지용, 『정지용 전집 1—시』(서정시학, 2015)에서 한다.
2) 졸고, 「서러움의 정치학」, 『1980년대의 북극꽃들아, 뿔고등을 불어라』, 문학과지성사, 2014, pp. 54~56.

그가 얼마나 소나무들의 배치를 되살려내고
바위들을 옮기고 구름 속으로 난 그의 길을 짚어보았는지를.

꼭 그랬던 그 모양으로
그가 불가능할 것 같았던 완벽함으로 완성한 것을

그의 부정확함도 종국엔 그 모난 방향이 온전한 시야를
떠올리게 해줄 정확한 바위를.

그가 어디에 누워서 바다를 골똘히 응시했으며
저의 단 하나의 고적한 집을 헤아렸는지를.

—「산 대신 시가」 부분[3]

　이 또한 언어적 사건의 울림을 여실히 전달한다. 실향의 슬픔을 이렇게 의젓하게 넘기는 모습을 보는 건 흔한 일이 아니다. 물론 이런 판단은 이 시들에 대한 것이다. 경우에 따라서는 다른 근거가 있을 수 있으리라.
　한데 「유리창 1」에서는 슬픔을 억지해주는 그런 특별한 변환 장치를 찾기가 어렵다. 오히려 마지막 행의 감탄사, 아니 차라리 '한탄사'라고 해야 할 "아아"는 슬픔이 전혀 해소되지 않고 있는 정황을 전달한다. 슬픔은 가득한데, 악화될는지는 모르겠다. 그렇다고 제어되고 있지도 않

---

3)　Wallace Stevens, "The Poem That Took the Place of a Mountain," *The Collected Poems of Wallace Stevens*, New York: Alfred A. Knopf, 1954, p. 521.

다. 그러니 이 시는 정말 '애이불상'을 느끼게 하는 걸까? 아니 최소한 그런 자세로서 해석할 수 있게 하는 걸까?

나는 이 시에 대한 해석의 각도를 돌리고자 한다. 어느 쪽으로? 바로 마지막 행이 가리키는 방향으로. 그 감정을 그대로 담아서, 그러나 그 감정에 내장된 에너지를 다시 계산하면서.

내가 보기에 이 시 역시 지금까지 우리가 살펴본 한국 근대시의 생장사의 한 가지라는 관점에서 읽을 필요가 있다. 그 가지의 동체는 나무이다. 즉 김영랑에서 백석에까지 이르는 과정 속에서 '기다림'의 표상으로 구축된 표현물이다. 언뜻 보면 「유리창 1」에는 어떤 나무도 등장하지 않는다. 그래서 이런 개시가 의아할 수도 있다. 그러나 나는 그게 타당하다고 판단했는데, 다음 세 가지에 근거해서이다.

첫째, 이 시의 최종적인 '전언'은 "늬는 산ㅅ새처럼 날러 갔"다라는 한탄이다. 시인은 자식이 죽어 아비를 떠난 사실을 그렇게 표현하였다. 중요한 것은 그 표현이다. "산ㅅ새처럼 날러 갔다"면 날아가기 전에 그가 머물던 곳이 있었을 것이다. 아니 이 말은 정확하지 않다. 왜냐하면 시에 의하면 산새는 머물기 전에 창으로 날아와 "언날개를 파다거"렸기 때문이다. 즉 새는 날아와 머물 곳을 찾다가 그냥 떠나갔다. 그러니 머물던 곳은 없었을 수도 있다. 그러나 이 형상은 또한 새가 머물 곳을 찾았다는 명백한 증거이다. 그래서 "길들은양"이라는 표현이 먼저 나왔던 것이다. 즉,

길들은양 언날개를 파다거린다.

라는 시구는 '길든 새인 양, 언 날개를 녹이기 위해 창 안으로 들어오

려 파닥거린다'는 긴 말의 압축문이다. 따라서 새가 깃들 자리를 전제하는 것은 자연스런 일이다. 그 깃들 자리를 대표하는 것은 나무이니, 나무가 없다면 나무를 대신할 수 있는 것이 이 시 안에서 찾아져야 한다. 이 시에서 그것은 '창'이다. 창은 새가 안으로 들어오지 못하게 막는 벽으로 기능한다는 점에서 '나무'와 달리 수탁지가 아니라 차단물이지만, 바로 그 차단물이라는 성질에 의해, 또한 그 형상의 수직적 평면성에 의해서 나무를 대리한다. 그 기능에 의해 나무의 존재를 부정하면서 그 형상에 의해 나무의 역할을 물려받는 것이다. 이런 행태는 정반대의 양상이긴 하나 흔히 하는 말로 '이가 없으면 잇몸으로'라는 속담에서 잇몸이 하는 일과 유사하다.

둘째, 1년 후에 씌어진 「유리창 2」에서는 유리창이 나무의 차단막으로서 나무를 대신하는 사정이 좀더 명료하게 묘사되어 있다.

> 내어다 보니
> 아조 캄캄한 밤,
> 어험스런 뜰앞 잣나무가 자꼬 커올라간다.
> 돌아서서 자리로 갔다.
> 나는 목이 마르다.
> 또, 가까이 가
> 유리를 입으로 쫏다.

이 시에서는 바깥에서 파닥거리는 것이 들어오려고 하는 게 아니라 거꾸로 '나'가 나가려고 유리를 쫏다. 시간대는 역시 캄캄한 밤이다. 유리창 밖에는 '나무'가 있다. 그 나무가 '나'가 가서 앉을 곳이다. 그것을 암시하는 게 "입으로 쫏다"의 쪼는 동작이다. '나'는 시방 '새'인 것이다. 나는 새가 되어 날아가려고 하는데 날아가기 위한 마음 준비와 날아갈 자세와 날아가는 동작을 받쳐주는 게 바로 '나무'이다. 그러니까 「유리창 2」에서는 '나무'의 존재론적 자연성과 나무의 기능이 명시적으로 드러나고 있는 셈인데, 텍스트 내의 유관한 존재와 사물의 동작과 기능이 「유리창 1」과 똑같다. 즉 두 편에 모두 날아들려고/가려고 하는, 즉 '낢'의 속성을 가지고 다른 곳을 지향하는 존재(새/나)가 있고, '유리창'이 있다. 그러니 「유리창 1」에서도 '나무'를 존재론적으로 가정하지 않을 이유가 없다.

다만 '나무'가 드러나 있지 않다는 사실 자체는 의미심장하다. 즉 「유리창 1」에서 나무는 존재로서 부정당하고 있다. 그런데 「유리창 2」에서도 나무는 부정당하고 있다. 존재는 선명하게도 거기 있다. 그러나 양태적으로는 나무가 제 기능을 충족시키지 못하고 있는 것이다.

시인은 우선 "뜰앞 잣나무가 자꼬 커올라"가고 있다고 썼다. 그런데 이 커 올라가는 게 나무의 존재가 거대해지는 과정을 보여주는 게 아니었다. 그랬다면 나무는 양태적으로도 충만해갔으리라. 그러나 이어지는 시구를 보면 나무는 지칭조차 되지 않다가 슬그머니 "머언 꽃"으로 대체되어 사라져버린다. '커 올라가는' 과정은 높이 올라서 멀리 사라지는 과정이었던 것이다. 그런 시의 전개를 보면 「유리창 2」에서도 '나무'는 부정당하고 있는 것이다. 존재가 아니라 양태로서. 그러한 형편이 사실은 이미 나무의 존재를 묘사하는 순간 이미 형용되어 있었다. "뜰앞 잣나무"는

　　어험스런 뜰앞 잣나무

였던 것이다. '어험스럽다'의 사전적 정의는 "① 짐짓 위엄 있어 보이다. ② 텅 비고 우중충하다"[4]이다. 시인은 이 두 가지 의미를 동시에 시어 안에 집어넣은 듯하다. 즉 뜰 앞 잣나무는 '짐짓 위엄 있어 보이지만 실은 텅 비고 우중충할 뿐이다'라는 의미를 저 네 글자가 감추고 있었던 것이다. 독자는 처음 이 시구를 접했을 때는 그냥 첫번째 뜻에서 가장성을 떼내고 읽는다. '위엄 있는 뜰 앞 잣나무'라고 말이다. 그러다가 "자꼬 커"지는 나무에 대한 기대가 배반당하고 슬그머니 나무 자체가 사라지고 '꽃'이 들어서는 데까지 이르러서야 '어험스럽다'의 실제 의미를 곰곰이 새겨보게 된다.

그렇다면 '나무'를 기준으로 볼 때, 정지용 시는 '나무'의 부정이라고 일반화시킬 수 있는 건 아닐까? 그걸 보완해주는 게 내가 거론하고자 하는 세번째 시적 사실이다. 그런데 이 시적 사실도 언뜻 보면 나의 입론에 반대하는 것처럼 보인다. 왜냐하면 이 시적 사실은 시인이 후반기에 '산수 자연'의 묘사 속으로 침잠했다는 걸 배경으로 깔고 있기 때문이다. 그리고 나무는 산수 자연의 대표적 물상인 것이다. 그러나 실제로 시를 읽어보면 그런 어림잡는 짐작이 꽤 틀렸다는 걸 확인할 수 있다. 그의 후기 시집, 『백록담』의 첫번째 시 「장수산」을 잠깐 보자.

벌목정정(伐木丁丁) 이랬거니 아람도리 큰솔이 베혀짐즉도 하이 골이 울어 멩아리 소리 쩌르렁 돌아옴즉도 하이 다람쥐도 좇지 않고 뫼ㅅ새도 울지 않아 깊은산 고요가 차라리 뼈를 저리우는데 눈과 밤이 조히보담 희고녀!

---

4) 최동호 편저, 『정지용 사전』, 고려대학교 출판부, 2003, p. 229.

그냥 산수시가 아니다. 자연에의 귀의라든가 자연 예찬을 담고 있지 않다. 깊은 산중에 나무들이 빽빽이 우거졌는데도 어떤 기척이 없는 데서 오는 허망함을 "고요가 차라리 뼈를 저리"운다고 표현하였다. 차라리 아름드리 나무들이 베어져 쓰러지면서 내는 소리라도 듣고 싶다는 얘기다. 그래서 "벌목정정"이라는 표현이 첫 어사로 나왔다. 나무들은 우람히 있되 자신의 존재를 드러내면서 있지 않다. 그냥 파묻혀 있다. 화자에게 그것은 행동 불가능성에 대한 강박증을 야기한다. 그래서 "시름은 바람도 일지 않는 고요에 심히 흔들리우노니"라는 심사를 토로한다. 다음 시 「장수산 2」도 거의 유사하다. 이번에는 "풀도 떨지 않는 돌산"이다. 산이되 산 속의 모든 게 얼어붙었다. 그리고 이어지는 「백록담」:

절정(絶頂)에 가까울수록 뻑국채 꽃키가 점점 소모(消耗)된다 한마루 오르면 허리가 슬어지고 다시 한마루 우에서 목아지가 없고 나종에는 얼골만 갸웃 내다본다. 화문(花紋)처럼 판(版)박힌다 바람이 차기가 함경도(咸鏡道) 끝과 맞서는 데서 뻑국채 키는 아조 없어지고도 팔월(八月) 한철엔 흩어진 성진(星辰)처럼 난만(爛漫)하다. 산(山)그림자 어둑어둑하면 그러지 않아도 뻑국채 꽃밭에서 별들이 켜든다. 제자리에서 별이 옮긴다. 나는 여긔서 기진했다.

이 시는 앞 두 시처럼 분위기가 삭막하지 않다. 그 다음 연의

암고란(巖古蘭), 환약(丸藥) 같이 어여쁜 열매로 목을 축이고 살어 일

294

어섰다.

　가 적절히 환기하듯이 이 시는 '살아 일어섬', 소생의 시다. 그러나 이 소생에는 하나의 대가가 따른다. 그것은 키가 작아지다가 마침내는 "아조 없어지"는 것이다.

　이제 우리는 정지용 시를 '나무로부터의 출행'이라고 잠정적으로 명명할 수 있을 것 같다. 이때 나무는 아무 나무가 아니다. 이 나무는 앞에서 말했듯이 고난의 현실에 갇힌 자의 점에서 솟아난 수직의 선, 즉 '기다림'의 심성을 내장한 수직의 솟대를 가리킨다. 그 솟대를 항구적인 자세로 세운 이가 김영랑이라면 그러한 자세에 '의연한 견딤'의 의미를 추가한 이는 백석이다. 나는 김영랑과 백석 사이에서 '기다림'의 시학이 완성되었다고 생각한다. 다만 「남신의주 유동 박시봉방」의 '갈매나무'가 어떻게 '기다림'과 연관되는가 하는 의혹이 필경 생길 것인데, 그리할 예리한 독자에게는 그 시가 '편지'임을 생각해보길 권유드린다. 한편 서정주는 김영랑으로부터 출발해 "대추꽃 한 주", 즉 저 솟대를 아예 없애버렸는데, 그가 한 일은 그것이 존재할 이유를 소거해버리는 데서 방법론적 근거를 찾았다.

　정지용도 나무로부터 떠난다. 그런데 그 떠남은 존재 이유를 없애는 데서 아니라 오히려 그것에 대한 절실한 갈망이 그것의 존재 불가능성에 대한 절망으로 바뀐 후에 일어났다. "아아, 늬는 산ㅅ새처럼 날러 갔구나"라는 한탄이 결정적으로 지시하는 심사가 그것이다. 그는 그것을 버릴 수밖에 없었던 것이다. 그러나 그 버림에 의해서 그는 김영랑·서정주 류와는 전혀 다른 시를 탄생시켰고, 그로부터 새로운 한국 시의 줄기를 세웠다. 지금부터 자세히 음미해보기로 한다.

「카페 프란스」에서 무슨 일이 일어났나?

    정지용이 나무로부터 떠나는 사연을 적어보았다. 떠나지만 훗날 서정주가 했듯이 나무를 제거하는 방법을 통해서 떠난 것이 아님을 또한 말했다. 실로 '나무'는 한국인의 가장 깊은 집단 무의식에 거주하는 심상이다. 그것은 한국인들의 가장 중요한 심리적 태도들을 대변한다. 김영랑에게 그것은 '기다림'이었고, 이육사에게도 그랬으며 백석에게는 '견딤'이었다. 즉 김영랑의 '기다림'의 표상으로서의 모란은 백석에게 와서 의연히 견디는 갈매나무로 변용되었던 것이다. 유념할 것은 김영랑—백석의 시들이 나무 상징의 가장 높은 밀도를 보여준다 할지라도 실제 나무를 둘러싼 무의식은 한국인의 심성사에서 아주 긴 시간대에 걸쳐져 있다는 것이다. '기다림'과 '견딤'의 표상으로 나무가 선택된 까닭은 무엇보다도 그것이 수평적 안정성에 뒷받침된 수직의 지주라는 점에 기인하는 것이다.[1] 수직의 지주는 실상, 문학에 한정하는 한, 「정읍사」의 '망부석'이 이상화의 들풀과 김소월·김영랑 등의 꽃들로 변용되었다가 백석의 '갈매나무'에 와서 '견딤'이라는 새로운 의미층을 추가하면서 더욱 그 질을 두텁게 한 것이라 할 수 있다.

게다가 이 기다림-견딤의 태도 패러다임은 서정주의적인 초월로 옮겨가지 않으면서도 그 자세를 더욱 진화시켰다는 것을 우리는 확인할 수 있다. 이문구의 『내 몸은 너무 오래 서 있거나 걸어 왔다』(문학동네, 2000)는 각각의 단편에, 「장평리 찔레나무」「장곡리 고욤나무」 식으로, '나무' 이름을 붙이고는 기억할 만한 의연한 태도를 보여준 인물들의 삶을 기록하고 있다. 그들의 태도는 곤핍한 환경에도 불구하고 꿋꿋이 자신을 지키면서 상황과 정당하게 대결하는 데에서 그 의연함을 획득하고 있으니, 바로 김영랑-백석으로 이어진, 기다림-견딤의 의미망이 기다림-견딤-맞섬의 의미망으로 넓혀진 것이라고 할 수 있다(덧붙이자면, 이 책의 각 단편들은 모두 '장'으로 시작하는데, 이는 끈질김을 상징하는 것으로 보인다). 다른 한편으로 최은미의 「목련정전」(『목련정전』, 문학과지성사, 2015)이 각별한 주목을 받은 까닭은, 나무의 상징학에 비추어볼 때 충분히 짐작할 만한 일이 된다. 그 소설은 바로 한국인의 집단 무의식에서 뿌리를 내리고 있는 나무의 의미-심상 구조가 현대에 들어 위기에 빠졌다는 느낌의 강박적 불안을 표출하고 있다고 해석할 수 있는 것이다.

---

1) 하지만 '수평적 안정성'은 훗날의 변용 노력의 결과로 얻어진다. 「정읍사」가 적절히 보여주듯 이 처음엔 오직 수직적 지주만이 표상된다. 그리고 그 수직적 지주 자체를 버티게 해주는 것은 놀랍게도 수직적 지주 자신이다. '망부석'의 이미지가 그러하듯, 수직의 선이 그 자리에서 영원의 자세로 굳어버림으로써 쓰러지지 않게 된 것이다. '영원의 자세로 굳어짐'은 바로 김영랑의 '영구 회귀'로서의 기다림에 조응하며 또한 백석의 갈매나무의 '묵묵한 견딤'에도 조응한다. 즉 나무의 '수직적 지주'로서의 성질은 백석에게까지도 계속 이어진 것이다. 그 수직성의 나무에 수평성이 부여된 것은 4·19세대, 즉 이문구와 정현종 등에 와서이다. 이 점은 훗날 재론할 기회가 있기를 바란다.

이러한 과정을 가만히 지켜보면, 지구상의 지적 생명의 진화 알고리즘을 짐작할 수가 있으니, 즉 인간의 경험은 이렇게 수차례 되풀이되는 동안에 축적되어 서서히 변화의 기미를 띠기 시작하고 어느 계기가 되면 특이점이 발생하면서 전체적인 변이를 겪게 되고 질적 도약이 일어나는 것이다. 이는 이미 헤겔 이후의 뛰어난 철학자들이 여러 가지 운산식을 통해서 설명해왔던 것으로, 그 운산식들은 간단히 헤겔을 따라서 "양적 팽창은 질적 도약을 유발한다"는 명제의 변이들이라고 할 수 있을 것이다. 또한 이 과정에 면하여 문학 예술인들이 하는 일은 그러한 변이가 일어나도록 새로운 삶의 가능성을 선편적으로 제기하고 생명 전체의 운동에 촉매로서 작용하는 것이다. 이때 미적 성취의 정도는 환기나 촉매의 유효성의 수치에 다름 아니다. 그러니까 예술가의 작업은 근본적 진화를 향한 수없는 되풀이의 한 특별한 계기들로 개입하는 것이다. 이는 장르에 관계없이 뛰어난 예술가들이 두루 행하는 일이니, 정지용의 경우나 이문구의 경우도 마찬가지다.

다만 예술가들이 개설하는 시간 줄기는 하나로 환원되지 않는다. 서정주가 김영랑으로부터 이탈했듯이, 정지용은 일찌감치 김영랑이 "가지 않은 길"을 내었다. 좀더 정확히 말하면 같은 지점에서 출발했으나 김영랑이 간 길을 갈 수가 없었다. 즉 그는 나무, 즉 존재를 받쳐지는 하나의 수직선에 기댈 수가 없었던 것이다. 그 사정을 선명히 보여주고 있는 시는 바로 그의 초기 시의 새로움을 보여주는 예로 흔히 거론되는, 25세에 발표한 「카페 프란스」이다.

옮겨다 심은 종려(棕櫚)나무 밑에
빗두루 슨 장명등,

카뻬 쁘란스에 가쟈.

이놈은 루바쉬카
또 한놈은 보헤미안 넥타이
뺏적 마른 놈이 압장을 섰다.

밤비는 뱀눈 처럼 가는데
페이브멘트에 흐늙이는 불빛
카뻬 쁘란스에 가쟈.

이 놈의 머리는 빗두른 능금
또 한놈의 심장(心臟)은 벌레 먹은 장미(薔薇)
제비 처럼 젖은 놈이 뛰여 간다.

*

『오오 패롤(鸚鵡) 서방 ! 꾿 이브닝 !』

『꾿 이브닝 !』(이 친구 어떠하시오?)

울금향(鬱金香) 아가씨는 이밤에도
갱사(更紗) 커—틴 밑에서 조시는구료 !

나는 자작(子爵)의 아들도 아모것도 아니란다.

남달리 손이 히여서 슬프구나 !

나는 나라도 집도 없단다
대리석(大理石) 테이블에 닷는 내뺨이 슬프구나 !

오오, 이국종(異國種)강아지야
내발을 빨어다오.
내발을 빨어다오.[2]

사나다 히로코의 정교한 주석에 의하면 이 시에 등장하는 거의 모든 물상들은 실체이건 비유이건 '이국적 정조'를 풍기는데, 이 이국 정조는 19세기 말 통속화된 서양의 "보헤미안적 생활 풍경"의 '이미지'와 마르크스주의의 혼합을 통해서 발생한 것이다.[3] 사나다의 또 다른 흥미로운 관찰은 이 시의 가장 중요한 어휘들이 정지용 자신이 창안한 것이 아니라 그의 스승 기타하라 하쿠슈(北原白秋)가 만들어 유행시킨 것이라는 사실이다.

일본 근대시를 조금이라도 아는 사람이라면 누구나 '종려나무' '울금향' '갱사' '대리석'이라는 낱말을 애용한 거물급 시인을 쉽게 상기할 수가 있다. 정지용이 '사숙'했던 기타하라 하쿠슈가 바로 그 사람이다.

2) 정지용, 『정지용 전집 1—시』, 민음사, 1988. 이후 정지용의 시의 출처는 다음 책으로 한다. 정지용, 『정지용 전집 1—시』, 최동호 편저, 서정시학, 2015, pp. 498~99. 판본은 『정지용 시집』(시문학사, 1935).
3) 사나다 히로코, 『최초의 모더니스트 정지용』, 역락, 2002, pp. 106~26.

그리고 앞에서 든 낱말들은 하쿠슈와 기노시타 모쿠타로(木下杢太郎)가 메이지 말기에 유행시킨 '남만문학(南蠻文學)'의 어휘에 속한다.[4]

물론 이 일본의 대시인들의 새로운 시풍 역시 '남만 문학'이라는 용어가 은근히 암시하듯이 서양 문학의 특정한 분위기에 영향을 받은 결과라는 것을, 사나다는 이어서 길게 풀이하고 있다.

그렇다면 「카페 프란스」는 한갓 모조품에 지나지 않는 것일까? 그렇게 판단할 수 없는 근거가 분명히 있는데 그것은 바로 자신이 '모조'라는 자의식이 이 시의 주제 자체를 이룬다는 사실이다. 마지막 연 "오오, 이국종 강아지야/내발을 빨어다오./내발을 빨어다오"에서 처절한 감정으로 표출된 그 자의식은 실제로 이 시의 내용뿐만 아니라 '기술(記述)'에 진하게 배어 있다. 그 가장 간단한 보기는 "나는 자작의 아들도 아모것도 아니란다"이다. '자작' 자체가 서양으로부터 수입된 작위이지만, 화자는 자신이 그 자작의 '아들'도 아니라는 점을 뼈저리게 느끼고 있는 것이다. 즉 수입상도 아니고 그 수입상의 적자(嫡子)도 아니고 그를 시늉하는 흉내쟁이에 지나지 않는다는 것이다. "이국종 강아지"에도 같은 식의 위상 하락이 드러나 있다. 이국종이란 서양으로부터 들어온 종류라는 것인데, 그렇기는 하지만 그래 보았자 겨우 발이나 빠는 '강아지'에 불과하다는 생각이 화자로부터 그 존재에게 부여되고는, 화자는 그에게 자기의 정체성을 심리적으로 투사한다.[5] 덧붙여 '패롵'이라는 서양

---

4) 사나다 히로코, 같은 책, p. 108.
5) 교과서 류에 해당하는 모종의 해설서가 이 "이국종 강아지"를 카페 여급으로 직역하는 것을 보았다. 일리가 없는 해석은 아니지만, 시를 시답게 읽는 데에는 하등의 도움이 안 되며, 읽는 사람의 음란 취향을 만족시킬 수만 있을 뿐이다. 그런데 이런 식의 해석에 기대어 "이국종 강아지"가 화자 자신의 투영물이 아니라 '타자'라고 주장하는 사람이 있다면 그 사람은 '연

어로 발음된 앵무새 역시 위상 하락을 변주하고 있다. 서양어로서의 앵무새로부터 동양어 앵무새로, 생명의 한 종으로서의 앵무새로부터 남의 말을 흉내 내는 것밖에 할 줄 모르는 '말하는 바보'로서의 앵무새로. 그 앵무새밖에 안 되는 존재가 화자 자신인 것이다. "패롤 서방"의 '서방'과 "꾿 이브닝"의 대화 언어는 그런 화자의 꼴을 자조하는 화자 자신의 심리를 '부각'시킨다.

그리고 그것은 바로 화자의 삶의 근거 자체를 흔든다. 좀더 정확히 말하면 '지주'라고 해야 할 것이다. 왜냐하면 「카페 프란스」를 인상화로 부각시키는 최초의 물상이 바로 '나무'와 '장명등'이기 때문이다.

옮겨다 심은 종려(棕櫚)나무 밑에
빗두루 슨 장명등.

종려나무는 옮겨다 심은 것이고, 장명등은 비뚜름히 서 있다. 카페 프란스의 초입에 떡 하니 서 있는 것은 자생한 것이 아니라 그 이름과 마찬가지로 수입된 것이고, 그 수입된 것은 비뚤어진 조명에 의해 세상을 왜곡되이 반영하고 있다. '장명등'이 집이나 절의 주변 및 마당을 비추는 등이라는 점을 유념하면 그 왜곡의 그림을 쉽게 떠올릴 수 있을 것인데 또한 '장명등(長明燈)'이 '장명등(長命燈)'과 동음이의어로서 불교적 의미도 함축한다고 가정하면 그 왜곡의 효과가 얼마나 나쁜지까지도 짐작할 수 있을 것이다. 게다가 '종려나무'와 '장명등'의 형상의 동일

애'가 뭔지를 모르는 사람이다. 연애는, 진지한 것이든 일시적인 것이든, 일단은 동일성에 대한 발견 혹은 열망에서 시작한다는 것을 말이다.

성의 작용에 의해서, 이 비주체성의 왜곡된 모양은 거의 구제가 불가능해 보일 지경이다. 그러니 '루바쉬카'를 입고 "보헤미안 넥타이"를 메고 그럴싸한 모양을 과시하려 하지만, "이 놈의 머리는 빗두른 능금/또 한 놈의 심장은 벌레 먹은 장미"에 지나지 않는 것이다. 비뚤어진 장명등에 비추인 서양 시늉꾼도 비뚤어지고 벌레 먹었을 뿐이다. 그 비참하고도 가소로운 모양새를 '밤비'의 '뱀눈'이 음산하게 헤아려보고 있다.

이 시의 기본 주제는 그러니까 '나는 모조다. 그것도 추레한 모조다'라는 자기 인식이다. 그리고 이 인식은 근거할 데가 없다는 생각, 즉 기댈 데가 없다,는 절망적인 인식으로 화자와 독자를 동시에 이끈다. 기대는 한 모조의 운명에 갇혀버릴 뿐이므로.

다시 말해 '지주는 없다'. 김영랑이 연 길과 결정적으로 달라지는 지점이 여기이다. 똑같이 '수직의 지주'에서 출발했으나 김영랑은 자신의 자세를 그 지주로 형상화하는 길을 택했고, 정지용은 그 지주를 부정해야만 하는 상황에 처한 것이다. 그렇다면 어떻게 해야만 한단 말인가? 정반대의 방향에서 엘뤼아르Paul Eluard의 탄식이 흘러와 여기에 공명하며 내 귀청에서 음향을 증폭시킨다. 고막이 터질 지경으로까지.

어쩌란 말인가? 저 문에 보초가 서 있는 것을
어쩌란 말인가? 우리는 갇혀 있는데
어쩌란 말인가? 거리는 차단되었는데
어쩌란 말인가? 도시는 진압되었는데
어쩌란 말인가? 마을은 굶주렸으니
어쩌란 말인가? 우리는 빈손일 뿐인데
어쩌란 말인가? 해는 떨어졌으니

어쩌란 말인가? 우리는 사랑하였는걸.

—「등화관제」 전문[6]

  그러나 지주는 없다, 라는 인식은 절망적 인식이지만 동시에 자각이기
도 하다. 왜냐하면 그런 인식은 기대어서는 안 된다는 깨달음을 동시에
주기 때문이다.

  저 엘뤼아르의 시가 탈출구가 없다는 절망적 감정으로부터 어떻게
탈출하는가를 보라. 똑같은 어조와 어법으로 절망을 되풀이하는데 문
득 그것이 바로 이 도시에 대한 사랑의 한 실행이라는 것을 깨닫는 것이
다. 왜냐하면 이 탄식이 그 자체로서 삶의 연장이니까 말이다. 삶이 계
속되는 한은, "어쩌란 말인가?" 계속 살 수밖에 없는 것이다. 바로 그것
이 절망의 관성에 얹혀 발성되었으니, 절망의 양적 팽창은 희망의 뇌관
에 불을 붙인다고 할 수 있는 것이다.

  우리는 「카페 프란스」도 똑같은 방식으로 읽을 수 있다. 왜 밤비는
'뱀눈'처럼 가는가? 그것은 빛이 얇디얇다는 것을 가리키지만 동시에
그 얇은 빛을 통해서 '인식'이 작동한다는 것을 가리킨다. 불빛은 "페이
브멘트에 흐늙이"지만, 그것이 비추는 뱀눈 모양의 밤비는 무언가를 촉
구한다. 그것은 '카페 프란스'에 가는 것이다. 바로 자조가 터져 나오는
장소로! 그것도 화자는 "가자"라는 청유형으로 독려하는 것이다. 그러
니까 내가 모조에 불과하다는 것을 적나라하게 폭로하는 장소로 다시
이끄는 것이다. 왜? 그것밖에는 다른 삶이 없으므로. 다시 말해, '모조'

6) Paul Éluard, "Couvre-feu," *Œuvres complètes I*(coll.: Pléiade), Paris: Gallimard, 1968,
   p. 1108.

가 아닌 삶을 찾으려면 모조 속으로 깊이 들어가야만 한다는 것이다. 들어가서 무엇을 할 것이며, 그것은 무엇에 근거해 행해질 수 있는가? 온통 모조인데……

이것이야말로 「카페 프란스」에서 일어난 진짜 사건인 것이다. 모조라는 삶에 대한 인식을 안고 모조의 삶으로 가야 한다는 발견.

이런 태도를 김영랑적인 것에 투영하면, '기다리기만 해서는 안 된다'로 해석될 수 있을 것이다. 정지용의 입장에서 보자면 기다릴 것이 없는 것이다. 그렇다면 무엇을 어떻게? 다음 장에서 그것을 찾아보기로 하자. 일단 한 가지 단서를 제공하자면, '카페 프란스'를 시인이 굳이 "카페·으란스"로 쓴 것이 의미심장하다. 처음 『학조』에 발표할 때 이 시의 제목은 「카페—·프란스」[7]였고, 시 본문에서도 그렇게 표기되었다. 그런데 『정지용 시집』에서 이 표기는 "카페·으란스"로 바뀌었다. 아이로니컬하게도, 옛글 표기법으로 씌어졌던 다른 어휘들, 즉 '샛적' '쏘' '쌤' 등은 『정지용 시집』에서 모두 '뱃적' '또' '뺨'이라는 현대어 표기법으로 바뀌었다. 그런데 '카페 프란스'만 거꾸로 간 것이다. 그러니 여기에 단서가 숨어 있지 않다고 할 수가 없는 것이다.

---

7) 『학조』 창간호, 경도학우회, 1926, p. 89; 『정지용 전집 1—시』, pp. 37~38; 정지용, 『정지용 전집 3—원문 시집』, 서정시학, 2015, pp. 19~20 참조.

건축의 시, 정지용

'바다'는 정지용의 강박관념이다. 그가 「바다」라는 제목의 시를 처음 쓴 해는 1927년이다. 그리고 절창 「바다 2」가 씌어진 게 1935년이다. 그 동안 그는 '바다'라는 제목의 시를 일곱 편 발표하였고, 매긴 숫자로는 1929년에 발표한 「바다 8」이 가장 크니, 그 이후 발표된 시 두 편을 합하면 아마도 열 편 이상의 시에 '바다'의 제목을 붙였던 것으로 짐작할 수 있다.

왜 '바다'인가? 정지용을 떠나서 당시의 한반도 식자와 문인들 전체를 두고 보자면 바다에 대한 애착은 이례적인 일에 속한다. 그보다는 '흙'에 대한 집착이 훨씬 강하게 나타나기 때문이다. 이광수의 대표작 중 하나가 『흙』(1923)이었던 것을 상기해보라. 또한 김동인의 「붉은 산」(1932)도 생각해보자. "사면을 둘러보아도 한 개의 산도 볼 수가 없는 광막한 만주의 벌판 가운데"에서 "밥버러지" '익호'가 몸으로 회심하여 돌아가려 한 자리가 바로 제목이 가리키는 곳이었다. 사방에 산이 둘러쳐져서 장벽이자 동시에 병풍으로 기능했던 한반도의 사람들에게 가장 긴요한 자연은 비옥을 보장해줄 '흙'이었을지도 모른다. 다시 이광수를 인용하자면 『무정』에서 '병욱'은 '영채'에게 "만물이 다 흙에서 나왔으니까…… 과연 땅이 만물의 어머니여, 만물을 낳아주고 안아주고"[1]라고 말하면서 '흙'의 본원성을 역설한다. 그러니, 염상섭이 "제1문화의 근원이요 또 개성적이며 전통적인 언어와 문자의 발달을 보더라도 얼마나 사람은 '흙'에 비끄러매[어져] 있는가를 깨달을 것이다"[2]라고 쓴 까닭을 헤아릴 수 있다. 게다가 지금까지 우리는 한국인의 가장 중요한 상상력의 자원이 '나무'라는 것을 누누이 보았다. 김영랑의 '모란'에서부터 서정주의 '대추나무'를 거쳐 정현종의 온갖 '나무'에 이르기까지. 흙이 잉태하는 최상의 생명이 나무일 것이다. 그것은 정신의 수직성과 삶의 수평성을 한꺼번에 아우르는 경지를 드러내는 극적인 형상인 것이다.

한국인의 심상 체계에서 핵심 자연이 '나무와 흙'이라는 것은 「붉은 산」의 '익호'의 주검을 앞에 두고 조선인들이 부르는 노래, 나중에 '애국가'가 될 노래에도 선명히 지시되어 있다. "무궁화 삼천리/화려 강산". 물론 저 "화려 강산"에서 '강'은 '바다'가 아님을 상기해야 할 것이다. 강은 땅의 핏줄일 뿐이다.

    가슴엔 듯 눈엔 듯 또 핏줄엔 듯
    마음이 도른도른 숨어 있는 곳
    내 마음의 어딘 듯 한편에 끝없는

---

1) 이광수, 『무정』, 문학과지성사, 2005(한국어 최초 출판: 신문관, 1918).
2) 염상섭, 「민족·사회운동의 유심적 일고찰」, 『염상섭 전집 12—평론·수필집』, 민음사, 1987, p. 93.

강물이 흐르네

—「끝없는 강물이 흐르네」 부분

라고 김영랑이 노래했듯이 말이다.

그러니까 정지용이 '바다'에 각별한 마음을 두었다는 것은, 그 태도 자체가 그이의 특별한 시작을 암시한다. 그리고 이미 말했듯 그 바다는 「카페 프란스」에 불가해하게 제시되었던 것처럼,

옮겨다 심은 종려나무 밑에
빗두루 슨 장명등

이 그대로 보여주듯, 삶의 지주로서의 '나무'의 부정으로부터 태어난 것이다. 나무는 옮겨 온 것이고, 그 옆에는 장명등이 비뚤게 서 있다. 1926년 6월, 『학조』 1호에 발표할 때 "갓익은 능금"이었던 토종 열매는 1935년 『정지용 시집』에서 "빗두른 능금"으로 바뀌었다.[3] 이 역시 시인의 나무 부정이 명확하게 마음속에 표지된 결과로 보아야 할 것이다.

바다에 눈길을 오래 집중하면 우리는 어느덧 일본 유학생을 떠올리지 않을 수 없다. 바다의 광경과 위력을 실존적으로 겪은 사람들이었을 것이기 때문이다. 바다는 무엇보다도 근대가 들어오는 자리이자, 근대를 맞이하기 위해 떠나는 자리였을 것이다. 그래서 『현해탄』의 시인은

아무러기로 청년들이

---

3) 정지용, 『정지용 전집 1─시』, 서정시학, 2015, p. 499.

평안이나 행복을 구(求)하여,
이 바다 험한 물결 위에 올랐겠는가?

라고 묻고는

청년들은 늘
희망을 안고 건너가,
결의를 가지고 돌아왔다

라고 답하면서, "우리들의 운명과 더불어/영구히 잊을 수 없는 [이] 바다"를

바다보다도 모진
대륙(大陸)의 삭풍 가운데
한결같이 사내다웁던
모든 청년들의 명예와 더불어[4]

"노래하고 싶다"고 소망했던 것이다. 임화뿐이랴. 박용철도 "나 두 야 간다/나의 이 젊은 나이를/눈물로야 보낼거냐"[5]라고 외쳤고 얼마 후 김 광섭도 "중앙고보 5년 다닐 것을 중동 3년으로 마치고 신천지(新天地) 로 나가는 듯 일본 동경으로 떠났다".[6]

4) 임화, 「현해탄」, 『현해탄』, 동광당서점, 1938; 기민사 간 복각본, 1986, pp. 218~27.
5) 박용철, 「떠나가는 배」, 『박용철 전집 1』, 깊은샘, 2005, p. 6.
6) 김광섭, 「시에의 등정」, 『이산 김광섭 산문집』, 홍정선 책임편집, 문학과지성사, 2005, p. 77.

그러나 '현해탄(玄海灘)'은 암흑의 바다였다. 피식민지인에게 바다 너머는 순수한 동경의 대상이 아니라 차별과 멸시 그리고 압제를 실감하는 장소였다. "그러면 너는 나와 함께 어족(魚族)과 같이 신선하고 기(旗)빨과 같이 활발하고 표범과 같이 대담하고 바다와 같이 명랑하고 선인장과 같이 건강한 태양의 풍속(風俗)을 배우자"[7]는 다짐은 현지에서 무참히 깨어진다.

> 현해(玄海) 건너 일만리(一萬里), 먼 나라에 와서
> 지향 없이 헤매며, 부는 갈피리!
> 무엇을 못 찾아서, 이렇게 부노?
>   —「어떤 친(親)한 「시(詩)의 벗」에게」 부분[8]

와 같은 감상적 탄식이 통속적인 유행이 된 것은 다 까닭이 있는 것이다.

시는 의욕과 탄식 어디에도 속하지 않는다. 시는 오히려 환호와 절망 사이, 이 두 가지 극단을 심고로 삼아 현해탄을 뚫고 나갈 언어의 화살을 쏘는 데에 태어난다. 정지용의 일련의 「바다」들, 특히 1935년에 씌어지고 『정지용 시집』에 「바다 2」로 발표된 텍스트는 화살 중의 화살, 황금빛 비행체이다.

그런데 화살이라는 비유는 적절하지 않다. 왜냐하면 정지용의 시는 날아가지 않기 때문이다. 아니 날아가지 못하기 때문이다. 무슨 말인

---

7) 김기림, 『태양의 풍속』, 『김기림 전집 1—시』, 심설당, 1988, p. 15(최초 발표 연도: 1934).
8) 노자영, 「갈피리」, 『내 혼이 불탈 때』, 청조사, 1928, p. 3.

가? 한반도 조선 시인의 운명은 거의 현해탄에서의 좌초였던 것이다. 그토록 비난을 받았던 '김우진'과 '윤심덕'의 투신은 차라리 한반도 시인들의 강박관념이었다. 임화는 "나는 이 바다 위/꽃잎처럼 흩어진/몇 사람의 가여운 이름을 안다"고 고백하고는, 그 바다를 일컬어 "가슴을 찢기지 않고는 건너지 못할 현해탄"(「만경벌」)이라고 정의했다. 심훈 또한 시 「현해탄」에서

> 달밤에 현해탄을 건너며
> 갑판 위에서 바다를 내려다보니,
> 몇 해 전, 이 바다 어복(漁腹)에 생목숨을 던진
> 청춘 남녀의 얼굴이 환등(幻燈)같이 떠오른다.
> 값비싼 오뇌(懊惱)에 백랍(白蠟)같이 창백한 인텔리의 얼굴,
> 허영에 찌든 여류예술가의 풀어헤친 머리털,
> 서로 얼싸안고 물 위에서 소용돌이를 한다[9]

며 그들의 정사를 경멸하고, "김 씨의 자살을 보고 팔봉(八峰) 형은 그를 모욕해버리고 싶다고까지 한 것을 〔……〕 기억"하면서도, 그러나 "반생을 두고 너무나 저독(沮篤)히 생각하던 연극운동에 조선의 현실로는 도저히 실현할 수 없음을 절망한" 데에 그의 중요한 사인이 있음을 지적하고는 "오오 우리의 힘이 너무나 미약함이여! 저주의 불길에 타버리라 이놈의 환경이여!"[10]라고 부르짖었다.

---

9) 심훈, 『심훈 시가집』(1919~1932): 심훈, 『심훈 시가집 외』(심훈전집 1), 김종욱·박정희 엮음, 글누림, 2016, p. 143.
10) 심훈, 「하야단상(夏夜短想)」, 같은 책, pp. 265~66.

이제 갓 새로운 문화와 예술을 하려 한 한반도의 지식인들에게 근대는 신생의 출구였을 뿐만 아니라 동시에 감옥이었다. 그것은 단순히 피식민지 지식인이 본국의 수준을 따라잡을 수 없다는 정도의 판단으로 이해될 수 있는 문제가 아니었다. 그보다도 그들이 그것의 실질을 스스로 개척하지 못하고 그것들을 학습하는 데에 거의 모든 에너지를 쏟아부어야만 했다는 사실이 근본적이다. 이는 근대의 기본 정신과 모순된다. 왜냐하면 근대는 무엇보다도 인간을 개척자이자 창조자이도록 부추기기 때문이다. 아폴리네르는 근대인을 일컬어 "창조자여, 발명자 그리고 예언자들"[11]이라고 정의했다.

그런 근대인들에게 '바다'는 특별하게 선택된 공간으로 다가온다. 왜냐하면 바다야말로 미지를 향해 떠나는 모험이 벌어지는 장소로서 이미 서양의 역사를 통해 그 장소적 기능이 충분히 입증되었기 때문이다. 아마도 바다의 이런 상징적 의미를 가장 선명하게 전달하는 어구는 생종 페르스의 다음과 같은 시구일 것이다.

우리의 항구에는 언제나
바다라고 불리는 광활한 새벽이 있었나니……
　　　　　　　　　　　—생존 페르스, 「쓰라림Amers」 부분[12]

미지의 발견이 실행되는 공간으로서의 바다의 시간적 동의어는 '새벽', 바로 새로운 삶이 떠오르는 때인 것이다. 이 신생이 대상의 개발

---

11) Guillaum Apollinaire, "L'Esprit nouveau et les Poètes," *Mercure de France*, 1918. 12, p. 394.
12) Saint-John Perse, *Œuvres complète*(coll.:Pléiade), Gallimard, 1972, p. 326.

을 통한 자기 소유의 확장이라는 알고리즘에 포함되면 지구의 전 지역을 경영하고 착취하는 제국주의가 발동하게 된다. 그러나 동시에 이 신생의 논리는 대상의 주체화를 발동시키기 때문에 제국주의의 한복판에서 피식민지인들의 자각과 독립에 불을 당기는 뇌관으로 작용하기도 한다. 그리고 때로는 이런 자기모순에 의해서 서양 제국주의를 통해 파견되었으나 스스로를 낳은 모태를 부정하고 자신을 망명자로 상정하는 한편, 근대 문명을 부정하거나 긍정하거나에 관계없이 제국주의의 선봉이기를 그만두고 화해의 메신저로 자신의 정체성을 재설정하는 사람들이 출몰하게 된다. 그것이 "내게 두 사업이 있었는데, 파리와 대양이 그것이다"[13]라고 말한 빅토르 위고 뿐만이 아니라 이 말을 전달한 사람이자 중국의 탐구자로 생애를 보낸 시몽 레예스, 빅토르 세갈랭Victor Segalen, 레비스트로스Claude Lévi-Strauss, 언더우드Horace Grant Underwood, 헐버트Homer Bezaleeel Hurbert 등의 이루 헤아릴 수 없는 사람들이 직접 감행한 것이다.

그럼에도 불구하고 바깥으로부터의 협력은 촉매 이상의 역할을 하질 못한다. 결정적인 것은 근대 문명으로부터 세례와 착취를 동시에 겪은 피식민지의 제3세계인들이 그것을 자생적 운명으로 변환하는 것이다. 그리고 그러한 운명을 단순히 '말'로 외치는 것이 아니라, 실질적인 생활 양태로, 최인훈이 즐겨 쓴 용어로 말하자면, 고유한 '문화형'으로 구축하는 것이다. 그럴 때 우리는 제3세계인 자신이 근대를 제 것화하는 일 뿐만 아니라, 새로운 근대들을 출현시켜 근대 패러다임 내부를 요동시키고 다른 패러다임을 열어나가게 할 수 있는 것이다.

---

13) Simon Leyes, *La mer dans la littérature française*, Tome 2, Plon, 2003, p. 8.

한국문학의 입장에서 보자면 주제와 형식의 거의 모든 것을 이식해서 시작한 한국 근대문학 안에 어떻게 한국문학만의 고유한 형식을 만들 수 있는가,라는 과제로 제시된다. 지금까지 꽤 상식적인 듯하면서도 상식적이지 않은 장광설을 늘어놓은 것은 바로 이 과제의 중대성을 새삼 지목하기 위해서이다. 왜 뻔해 보이는 이런 이야기를 상식적이지 않은 것이라고 주장하는가 하면, 이 비슷한 얘기는 1970년대 이래 무수히 발설되어왔지만 그 실제 양상을 발굴하고 해부한 작업은 극히 희소했고, 있었다 하더라도 이상한 방식의 편의적 처리를 동반하기가 일쑤였기 때문이다. 가령 1970년대 유행한 '전통의 계승과 극복' 담론은 오늘날의 관점에서는 이제 낡아빠진 것이 되어버린 이상한 '음보론'에 전적으로 기댔을 뿐 아니라, 현대 시인들에게서 전통적인 리듬이 되풀이되고 있다는 걸 발견하는 선에서 그쳤기 때문이다. 즉 전통은 계승은 되었을지언정 결코 극복은 안 되었다. 그런 식으로 전통이 계승된 거라면 우리는 오늘날 그런 전통이 존속할 이유에 대해서 물어야 한다. 그에 대한 진지한 물음도 없이 무조건 전통의 지속에 대한 자기만의 발견을 통해 한국문학의 연속성에 만족을 느끼는 행위들은 그저 토속 음식을 즐기는 것과 다를 바 없는 것이다. 내가 김소월의 시에서 전통의 연속성이 아니라 전통의 근대적 변용을 보았거나, 윤동주의 시들에 겹쳐져 있는 동양적인 것과 서양적인 것의 교합 양상에 대해 주목을 한 것은 그런 자기 위안적 수준으로 자기만족의 환상을 즐기는 걸 지양하고, 문자 그대로의 '전통의 계승과 극복'의 실제 현상을 조금이나마 찾아보고자 하는 범박한 시도에 지나지 않는다.

정지용의 시가 주목되는 것은 바로 이런 맥락에서이다. 나는 이미 2부 「서정적 자아의 존재 형상」에서 1935년의 「바다」를 분석하면서 '세상을 만드는 자', 즉 호모 파베르로서의 정지용을 부각시킨 바 있다. 정지용의 태도는 김영랑, 이육사의 태도와 엄격하게 구별된다. 뒤에 놓인 두 시인의 태도는 기본적으로 '기다림'이라고 말할 수 있다. 김영랑의 기다림은 순수한 기다림, 즉 관조로서의 기다림이라고 한다면, 이육사의 기다림은 행동으로서의 기다림이며 그 행동은 '마중'의 형태를 취하고 있었다. 이 기다림의 태도를 주체의 자세로 다시 환원하면 '대상 의존성'이라고 할 수 있다. 다만 육사의 경우에는 대상을 맞이하는 주체의 행동이 상호적으로 출현하기 때문에 대상-주체의 상호 의존이라고 말할 수 있겠지만, 그러나 그 대상이 절대적인 무게를 가진다는 점에서는 김영랑과 다르지 않다. 대상의 절대성은 이념적으로는 이념의 불변성을 가리키며, 대상-주체의 상호 의존은 주체가 이념을 적극적으로 수락하는 태도를 가리킨다.

정지용은 아주 다르다. 아마도 정지용과 더불어 이상 또한 그럴 것이다. 이들은 대상에 의존하지 않는다. 오히려 주체가 '어떻게' 해서 대상을 '다루는가'가 핵심적인 문제, 즉 '자기 의지성'이 기본적인 자세를 이룬다. 그 자기 의지성은 앞에서 포괄적으로 보았던 것처럼 근대의 학습을 자기만의 고유한 근대 문화형으로 만드려는 의지를 가리킨다. 즉 학습으로부터 창안으로 나아가는 게 이 새로운 시형의 기본 의도이다.

그렇게 해서 우리는 김소월과 한용운에 의해 최초의 시형식이 탄생한 이후, 그로부터 김영랑·이육사의 기다림의 시형과 정지용·이상의 제작의 시형이 솟아났다고 짐작하게 된다. 그리고 김영랑의 관조로서의 기다림은 서정주의 머묾으로서의 향락으로 발전하였다는 것을 앞에서 보았다. 육사의 시도, 지용과 이상의 시도 다 제가끔 진화의 길을 걸을 것이다. 더 나아가 이 시형들이 합성하기도 하면서 시형의 지도는 꽤 복

잡해질 것이다. 내가 궁극적으로 그려보고자 하는 한국 근대시의 시공
간 지형의 출발점이 이와 같다.

정지용·이상의 시를 '건설'의 시라고 잠정적으로 이름하였는데, 정지
용의 시 쪽을 좀더 자세히 살펴보자.

정지용이 건설의 시로 나아간 건, 기다림의 불가능성, 혹은 도로성
을 보았기 때문이다. 앞에서도 잠깐 보았고 「나무를 떠나다」에서 언급
했듯, 기다림의 불가능성이 '나무'의 훼손과 이미지상으로 교응하고 있
다. 그것을 선명히 보여주는 예가 「카페 프란스」라고 말했다. 이 방향은
기다림의 시학으로 나아갈 수 없었다. 기다릴 대상이 없거나 망가졌으
니까. 그러한 기다림의 불가능성을 처연하게 표출한 시가

고혼 폐혈관이 찢어진 채로
아아, 늬는 산ㅅ새처럼 날러 갔구나![14]

의 「유리창 1」이라면, 기다릴 대상이 없는 상태에서 현재의 환경은 '감
옥'에 갇힌 것과 다름없다는 인식을 드러낸 시가

나는 목이 마르다.
또, 가까이 가
유리를 입으로 쫏다
아아, 항안에 든 금(金)붕어처럼 갑갑하다.

---

14) 정지용, 같은 책, p. 472.

별도 없다, 물도 없다, 쉬파람 부는 밤.[15]

의「유리창 2」이다. 우리는 이것을 대상 의존의 불가능성이라고 부를
수 있다. 그리운 대상을 상실한다면 어디에도 기댈 데가 없게 된다는 인
식이 그것이다. 기다림의 시학은 '대상'의 존재 확실성에 근거한다. 지금
없어도 언젠가는 오시리라는 것. 오셨다 가셨어도 다시 오실 날에 대한
믿음을 간직하게 해준다는 것. 그것이 대상의 존재 확실성이다. 이 존재
확실성이 '확신'되지 않은 한 우리는 기다릴 수 없다. 그러나 바로 그렇
기 때문에 주체는 환경 자체를 바꾸어야 한다. 우선 이 대상 의존의 불
가능성을 긍정적 어법으로 치환시켜보자. 그러면 '대상 의존으로부터
의 해방'이라고 말할 수 있을 것이다. 이 해방은 주체에게 자유를 부여한
다. 좀더 정확하게 말하면 자유를 요구한다. 살아남으려면 스스로 무언
가를 실행해야 한다. 주체의 자유의지에 대한 요구는 그렇게 발동한다.
「유리창 1」에서 "밤에 홀로 유리를 닦는" 것이나, 「유리창 2」에서 "유리
를 입으로 쫏"는 행위는 그런 해방 충동을 표출한다. 하지만 「유리창 1」
에서 유리를 닦는 행위가 여전히 유리에 대한 미련을 보여주고 있는 것
처럼 환경으로부터 탈출해 자기만의 고유한 세계를 이룬다는 것은 쉽
지 않은 일이다. 그 점에서 「유리창 2」가 보여주는 기이한 환각은 음미
할만하다. 우선,

　　소증기선(小蒸汽船)처럼 흔들리는 창(窓)
　　투명(透明)한 보라ㅅ빛 누뤼알 아,

---

15) 같은 책, p. 473.

이 대목에서 유리창은 어항을 깨는 '누뤼알'로 바뀐다. 그것을 가능케 한 것은 창이 '소중기선'처럼 흔들린 사건이다. 누가 그것을 흔들었나? 텍스트 안에서 보자면 "유리를 입으로" 쪼던 '나'의 행위가 소득이 없는 상태에서 그 상태가 마음의 압력을 증가시켜 유리를 깨뜨리는 환각을 유발했다고 판단할 수밖에 없다. 그 마음의 압력이 입으로 전달되어 유리창을 흔들었고 유리창은 마침내 깨져 유리알로 바뀐 것이다. 억압된 기운이 그 억압을 압력으로 삼아 터져 나왔다고 말할 수 있다. 그러나 이것은 마음의 사건이지, 현실의 사건이 아니다. 마음의 사건이기 때문에 유리알은 뜬금없이 '누뤼알'로 바뀌어 바깥에서 쏟아지는 것처럼 간주된다. 여기에 환각이 개입되어 있다는 것은 "투명한 보〔랏〕빛"이라는 색 감각에도 투영되어 있다. 보랏빛은 내부에서의 요동으로 인해 살갗이 그런 색으로 변색되었다는 것을 가정하지 않으면 느껴지지 않기 때문이다. 따라서 분명 요동은 내부에서 일어났는데, 형상은 바깥에 있는 것처럼 지시된 것, 그것을 시행한 운동이 '환각'이며, 그 환각의 결과는 '깨진 유리알'을 '누뤼알'로 바꾼 것이다.

이 환각이 왜 필요했던가? 당연히 주체의 의지와 기력의 근본적인 어긋남 때문이다. 의지는 끓어 넘치는데, 기력은 제로이다. 그 때문에 시인은 의지를 주체 바깥으로 끄집어내 주체에게 작용하는 바깥의 사물로 변환시킨다. 그리고 주체는 이 외재화된 자신에 의해 충격을 받아 사후적으로 재형성된다. 그 재형성의 의지를 격렬하게 드러내는 대목이 다음 이어지는 행 "이 알몸을 끄집어내라, 때려라, 부릇내라"이다. 의지가 먼저 바깥으로 탈출해 육체를 끄집어내고자 하는 것이다. 아마도 "부릇내라"는 요청은 나의 부스럼을 깨달라는 정도의 뜻일 것이다. 그리

318

고 그렇다는 것은 나의 무기력이 부스럼 안에 고인 나의 질병, 즉 '고름' 때문이라는 인식을 동반하고 있다는 것을 또한 보여준다.

이 모든 과정이 순전히 주체의 '의지'에 의해서 연출된 것이기 때문에 이 행위는 자학적이다. 그러나 주체를 바깥의 사물로 변용시키는 기술을 획득함으로써 시인은 자학에 자기 재창조의 기능을 붙이게 되었다. 물론 자학도 자기 재창조도, 이런 식으로 마구잡이로 일어날 수는 없다. 시인은 슬그머니 자신의 무기력으로 돌아간다. 돌아가 다시 의지의 열을 부추긴다. 다음에 이어지는 행들은 바로 의지와 기력의 어긋남으로 일어난 환각의 운동을 차분한 운동으로 되풀이시키는 과정을 보여준다.

나는 열(熱)이 오른다.
뺨은 차라리 연정(戀情)스레히
유리에 부빈다, 차디찬 입마춤을 마신다.

독자는 "입마춤을 마신다" 다음에 도돌이표의 끝 지점을 표시해야 한다는 것을 직감적으로 느낀다. 도돌이표의 시작점은 "또, 가까이 가/유리를 입으로" 쪼기 직후일 것이다. "쫓다"와 "입마춤을 마신다"는 같은 행위를 다르게 표현한 것이다. 다르게 표현함으로써 '쫓다'의 자학적 행위를 '입마춤'이라는 애정 행위로 바꾸는 것이다. 그리고 이런 변환은 속도 조절, 즉 무기력으로 돌아가 무기력으로부터 기력을 내는 과정을 서서히 데우는 데에서 준비된 것이다. 즉 이 도돌이표 매듭은 무기력 → 의지의 주체 바깥으로의 탈출 → 의지에 의한 몸의 충격 → 몸의 재형성을 '서서히' 되풀이한다(사랑에 속도가 얼마나 중요한가를 상기시킬지니!). 되풀이하면서 서서히 열이 올라 마침내 나를 점화시킨다(그싯는다).

쓰라리, 알연히, 그싯는 음향(音響)—
머언 꽃!
도회(都會)에는 고흔 화재(火災)가 오른다.

국립국어원에서 제정한 『표준국어대사전』[16]을 참조해, '알연하다'의 뜻이 "① 쇠붙이가 부딪치는 소리나 학의 울음소리 따위가 맑고 아름답다. ② 멀리서 들려오는 노래나 악기 소리가 맑고 은은하다"임을 알게 된 독자는 '쓰라리'와 '알연히'가 물리적으로 같은 행위가 상반된 현상을 낳은 것을 표현한 것임을 능히 짐작할 수 있다. "쓰라리, 알연히"는 자학적 행위의 사랑으로의 변환을 정확히 입증하며 동시에 이 둘 사이의 변환이 단번에 일어나는 것이 아니라 아주 느린 되풀이 속에서 공존하면서 시나브로 변성(變性)하는 과정을 통해서 실현된다는 것을 그대로 가리킨다. 그래서 "머언 꽃!"인 것이다. 느낌표까지 포함해서. 그러나 이 먼 과정이 마침내 꽃을 피우면 도시를 불태우고 새로 건설케 할 것이다.

「유리창 2」에 대한 분석을 통해 우리는 이제 정지용이 '기술을 가진 사람'이라는 것을 명확하게 알 수 있다. 이로부터 기다림의 시학이 아닌 건축의 시학이 태어난다. 생성의 시학이라고 말할 수도 있고 건설의 시학이라고 말할 수도 있다. 하지만 꼼꼼히 따져보면 건축이라는 비유가

---

16) http://stdweb2.korean.go.kr

가장 합당한 듯하다. 여하튼 정지용은 그 시학의 가장 중요한 한 갈래를 이룬다(다시 말하자면, 다른 한 갈래는 이상이다).

정지용이 무언가를 건축하는 주체로서 자신을 세웠다는 것을 가장 명료히 보여주는 시가 「바다 2」이다. 나는 이 시를 풀이하면서 '서정적 자아의 존재 형상'이라는 일반적인 규정을 내렸다. 내가 보기에 그러한 자아의 태도가 근대적 인간의 관점에서 가장 모본(模本)적인 모습이라고 생각했기 때문이다. 무엇보다도 그 모습은 "앨쓴 해도"라는 두 어휘에 집약되어 있다.

> 바다는 뿔뿔이
> 달아 날랴고 했다.
> 〔……〕
>
> 꼬리가 이루
> 잡히지 않았다.
>
> 〔……〕
>
> 각가스로 몰아다 붓이고
> 변죽을 둘러 손질하여 물긔를 씻었다.
>
> 이 앨쓴 해도(海圖)에서

손을 씻고 떼였다.[17)]

바다가 뿔뿔이 달아나는 광경은 주위 환경이 주체의 통제권 바깥에 있다는 것으로 해석할 수 있다. 그 환경을 애를 써서 하나의 이해 가능한 혹은 의미가 부여된 대상으로 만드는 것, 그것이 주체의 할 일이고 주체는 어디에 의존함이 없이 스스로의 노력으로 스스로의 힘과 지식을 총동원해 그렇게 해야 한다. 그러고 나서 그 대상이 완성되면 "손을 씻고" 뗀다. 왜? 일단 대상이 완결되면 그다음은 그 대상이 스스로 살아 움직여야 한다. 이어지는 연

찰찰 넘치도록
돌돌 굴르도록

은 그 살아 움직임을 그대로 지시한다. 그 구절은 그 모습 그대로, '내가 만든 대상은 충만하고 역동한다'는 뜻으로 해석할 수 있다. 그것이 주체의 '애씀'의 질을 보장하는 척도다. 오로지 그가 할 일은 그 충만한 역동성이 제대로 작동하도록 "회동그란히/받쳐"드는 것이다.

대상 의존성으로부터 해방된 주체는 스스로 대상을 만드는데 그 대상의 질이 주체의 역량을 증거한다. 그것이 '건축 시학'의 핵심이다.

---

17) 정지용, 같은 책, p. 462.

322

4부

———

모순어법의 세계를 열다

난해성이라는 애물

　3부에서 근대 한국 시의 근본 형식 중의 하나로 정지용의 시를 논했다. 정지용 시의 특징은 대상 의존성으로부터 해방된 건축의 시라고 하였다. 대상 의존성의 시들, 즉 김영랑과 이육사로부터 구축된 시들이 '기다림'의 광경을 개척했다면[1] 정지용의 시는 스스로 세상을 만드는 과정을 창안하였다.

　대상 의존성을 벗어난 또 하나의 방향은 이상의 시일 것이다. 이는 한

---

1)　말이 난 김에 덧붙이자면, 이런 기다림의 시학을 전통적인 규정처럼 '여성적인 시'라고 명명할 수도 있을 것 같지만, 꼭 그렇지는 않다. 비록 한국의 오래된 시가적 전통에서 '기다림'이 주로 여성에 한정되어 있다 하더라도, 근대에 와서 그런 성향이 되풀이된다고 할 수는 없다. 분명 이육사의 시는 '남성적' 기다림의 첨예한 예이다. 그 남성적 기다림의 극한은 그의 또 하나의 절창 「광야」이다. 그리고 우리는 세계 문학사에서 남성들의 우정에 근거한 훌륭한 문학들을 잘 알고 있다. 12세기 유럽의 '아서왕 계열'의 소설들은 전형적인 예이다. 그 반대편에서 여성의 태도를 '기다림'의 원소로 집약시키는 것도 옳은 태도는 아니다. 피터 빅셀Peter Bichsel의 『여자들은 기다림과 씨름한다』는 소설의 제목이 그럴듯하다면, "여자는 남자의 미래다"는 아라공Aragon의 시구도 음미할 필요가 있다.

국 시의 풍경을 건성으로라도 훑어본 사람이라면 금세 짐작할 수 있는 사항이다. 그 역시 누군가를 기다리지 않는다. 그러기에는 그는 너무 첨단에 서 있었다. 그것도 가장 길쭉하게 늘어난 첨단의 지점에서 그는, 혹은 그의 페르소나들은 혼자서 공중제비를 하고 있었다.

任意의半徑의圓 (過去分詞의 時勢)
임의   반경   원   과거분사   시세

圓內의一點과圓外의一點을結付한直線
원내   일점   원외   일점   결부   직선

二種類의存在의時間的影響性
이종류   존재   시간적영향성
(우리들은이것에관하여무관심하다)

直線은圓을殺害하였는가
직선   원   살해

顯微鏡
현미경
그밑에있어서는人工도自然과다름없이現象되었다.
            인공   자연   현상
—「이상한가역반응」 부분[2]

방금 읽어본 시에서도 적나라하게 느낄 수 있듯, 이상의 시는 이해가 난감하다. 예전엔 더욱 그럴 수밖에 없었을 것이다. 이상과 독자들 사이

---

2) 이 시는 김주현이 엮고 주해한 『정본 이상문학전집 1—시』(소명출판, 2005)에 맨 처음 수록된 「異常한可逆反應」(pp. 31~32)이다. 편자에 의하면 이 시는 "『조선과 건축(潮鮮と建築)』(1931년 7월호) '만필(漫筆)'란에 실"린 6편의 시 중 하나이며 유정의 번역으로 『이상 전집』(임종국 편저, 태성사, 1956)에 수록되었다고 한다.

에는 엄청난 격막(膈膜)이 있었다. 1935년 『조선중앙일보』의 〈오감도〉 연재 중단 사고는 그것을 적나라하게 드러냈다. 이러한 격절은 당시 한국의 언어문화가 내포하고 있던 여러 가지 문제점, 즉 한글의 역사적 일천함, 한국인들의 문자 해독의 관행 및 수준, 당시 한국인의 지적 수준, 식민지 사회가 강요하는 정신적 강박 등등의 지적, 사회적 여건들이 야기한 결과였다. 이러한 사정이 지금인들 크게 달라지지 않은 것처럼 보이는 것은 한국 사회의 특수성과 관련하여 고개를 갸웃거리게 만든다.

정작 놀라운 것은 그럼에도 불구하고 이상 시를 읽는 사람의 수는 일정한 군을 이루고 있었고 정확히 세어보지는 않았으나 그들의 수가 결코 감소하지 않고 있다는 것이다. 대부분은 일반 독자들과 정반대의 방향으로 가고자 하는 사람들이, 즉 문학에 미치거나 지적 호기심이 강렬하고 또 지식 훈련을 쌓은 사람들이 기꺼이 매혹당하고 싶어 한 태도였다. 이상의 〈오감도〉 연작의 "연재가 일으킬 소동을 각오[하고] 사직원을 주머니에 넣고 다"3)닌 당시 『조선중앙일보』의 학예부장 '이태준'이 그 전형적인 형상을 보여준다.

그렇다고 해서 그들의 이상 수용이 온당한 문자적 독해에 근거한 것인지는 상당히 의심스럽다. '문자적 독해', 즉 말 그대로 기본적인 어휘와 구문의 해석이 점검되지 않은 상태에서 별의별 해석이 난무하였다. 그런 시도들은 일종의 부록 박기[隔蘉種]에 해당하였다. 즉 이상 비평이라기보다 이상 시와 독자 사이에 다양한 '이상류(李箱類)'를 끼워 넣는 일이었다. 그것은 이상이라는 거대한 어둠을 전유하는 식자들의 도락이었다. 저마다 해석들은 '멋들어졌지만' 어떤 것도 타당성을 확보할 수

---

3) 김병익, 『한국 문단사(1908~1970)』, 문학과지성사, 2001[1973], p. 206.

는 없었다. 그런 일이 참으로 자유분방하게 일어나다 보니, "「오감도」의 축자적 분석은 별로 의미가 없다"[4]는 꾸중 어린 발언이 나온다. "이를테면 [모 평론가는] 이 시를 천체가 이동하는 것으로 설명을 하고 있었고 이런 것들이 분석적이라고 했는데 [실상] 이러한 방법들이 분석적인 방법도 아니고 또 옳은 해석도 아니"[5]라는 것이다. 왜냐하면 그렇게 자구를 해석할 수 있는 어떤 근거가 제시되지 않기 때문이다.

어쩌면 모든 비평은 이런 부록 박기에 지나지 않는다고도 말할 수 있으리라. 문학성이 작가의 의도나 텍스트의 구조에 고스란히 내장되어 있는 것이 아니라, 작가-작품-독자의 생산-텍스트-수용의 공조 관계를 통해서 실현되는 것이라면 말이다. 그러나 바로 그렇기 때문에 이 공조 관계의 효율성을 따지지 않을 수 없다. 여기서 효율성이란 상업적 부가가치를 가리키는 게 아니라, 독자에게 문학적 감동을 일으켜 문학의 느낌과 의의를 활성화시키도록 하는 정신의 개방성을 가리킨다.

그런데 이 독자의 자발적 감흥은 오로지 텍스트에 대한 단단한 느낌과 작가의 무의식적 기도에 대한 믿음 위에서만 일어날 수 있다. 사르트르가 『문학이란 무엇인가』에서 명쾌하게 해명했듯, 작품은 일종의 '호소'라서 독자에게 그에 대한 응답을 요청하는 것이기 때문이다.[6] 독자가

4) 유종호, 『시란 무엇인가』, 민음사, 1995, p. 69.

5) 유종호·이남호 대담, 「1950년대와 현대문학의 형성」, 『증언으로서의 문학사』, 강진호·이상갑·채호석 편저, 깊은샘, 2003, p. 101.

6) 사르트르의 이 말은 자주 음미될 필요가 있다: "창조는 오직 읽기를 통해서만 완성될 수 있기 때문에, 예술가는 자기가 시작한 것을 완결시키는 수고를 남에게 맡기기 때문에, 그리고 그는 오직 독자의 의식을 통해서만 자기가 제 작품에 대해서 본질적이라고 생각할 수 있기 때문에, 모든 문학작품은 호소(呼訴)이다. 쓴다는 것은 내가 언어라는 수단으로 기도한 드러냄을 객관적 존재로 만들어주도록 독자에게 호소하는 것이다." 사르트르, 『문학이란 무엇인가』, 정명환 옮김, 민음사, 1998, p. 68(최초 출판 연도: 1947).

그 호소를 신뢰할 수 없다면 결코 감흥은 일어나지 않는다. 그 신뢰의 바탕이 되는 것은 텍스트의 견고함과 그 견고함이 보장하는, 그 안에 있으리라고 독자가 짐작하는 작가의 진실성이다.

이 견고함과 진실성을 어떻게 확인하고 그 내용을 어떻게 찾아낼 것인가? 그런 질문이 문자적 독해의 수준에서 요구되는 것은 불가피한 일이다. 그러나 여기에는 몇 가지 단서가 필요하다. 우선 문자적 독해는 적확성의 관점에서가 아니라 호환성의 관점에서 이루어져야 한다는 것이다. 왜냐하면 앞에서 말한 대로 문학성이 세 주체의 공조를 통해서 이루어지는 것이라면, 텍스트의 가장 기초적인 뜻조차 분명하게 제시되는 것이 아니라 바깥을 향해 열려 나가는 것이기 때문이다. 즉 텍스트의 문자들은 의미 그 자체가 아니라 의미의 환기체라는 것이다. 그리고 그 환기된 의미의 적절성을 보장해주는 것이 호환성이다.

따라서 우리는 텍스트에 양각된 글자들의 뜻이 정확히 무엇인가를 물을 것이 아니라, 그 글자들을 복수의 의미소를 포함한 집합으로 수용하고 그 복수의 의미들 중 특정한 것이 선택될 때마다 문학적 느낌이 어떻게 달라지는가를 비교해보는 절차가 필요할 것이다.

그러나 그 집합에 들어가는 의미소가 있는가 하면, 그 집합에 들어가는 게 적절하지 않은 의미소들도 있다. 그것들을 분별하는 방법은, 그 의미소들이 취택되는 길이 여러 갈래인 만큼 다양할 수밖에 없다. 한편으로는 작가 개인의 '어휘 목록'이라는 게 있을 것이다. 다른 한편으른 씌어진 활자들 사이의 연관성을 면밀히 살펴야 할 것이다. 한 텍스트 안에서의 관계만이 있는 것이 아니라 다른 텍스트들 속에도 단서가 있을 수 있다. 더 나아가 양각된 것과 감추어진 것들, 혹은 음각된 의미들 사이의 관계도 헤아려야 한다.

다음 텍스트 안의 활자들을, 그것들이 문학이라는 이름으로 제시되는 한, 특별하게 고안된 사회적 담론으로 이해할 필요가 있다. 텍스트가 '담론'의 수준에 놓여 있다는 것은 언어 제작의 개인적 행위가 공동체 혹은 사회에 대한 효과를 무의식적으로 노린다는 것을 의미한다. 즉 아무리 난삽한 텍스트도 자폐적인 것이 아니라 소통적인 것이다. 가령,

余하늘의푸르름에지쳤노라이같이閉鎖主義로다
여   폐쇄주의

—「수염」 부분[7]

라고 폐쇄주의를 선언했을 때조차, 화자는 '폐쇄주의'라는 담론을 거짓 소통의 세계('하늘의 푸르름'을 전달하지 못하는)와 맞서게 함으로써, 참된 소통을 도모하고 있는 것이다.

세번째로 문자적 독해는 복수적일 수 있다는 것을 인정하고, 이 복수성에 받쳐져서 문학적 독해가 아주 활발한 조합을 만들어낼 수 있다는 점에 시선을 열어야 한다. 문자적 독해가 복수적일 수 있다는 것은 비교적 적절한 문자적 해석이 여럿 있을 수 있다는 뜻인데, 이는 문학의 특성상 필수적인 사항이다. 왜냐하면 문학은 현실을 '다르게' 말하는 행위이다. 따라서 문학이 현실에 대해서 발언하는 순간 문학의 언어와 현실의 언어 체계와의 어긋남을 통해서, 현실을 다르게 말할 가능성이 당연히 여럿 있으며, 현실의 입장에서 보자면 문학의 언어를 다르게 해석할 가능성 역시 여럿 있을 수밖에 없기 때문, 아니 차라리 여럿 있어야 하기 때문이다. 이는 사실 첫번째 조건에 이미 포함된 내용으로서 여기

---

7) 이상, 같은 책, p. 38.

에서 오히려 더 주목해야 할 것은 이 복수의 해석체들이 각각 배타적이라기보다는 오히려 상호 연락적이어서 정교한 교차와 배합을 통해서 더욱 풍요로운 문학적 음미가 일어날 수 있다는 것이다.

가령, 「오감도 시제1호」에서 '13인의 아해'가 도로를 질주하는 광경이 제시되어 있는데, 13인의 아해를 모종의 불안과 공포 속에 내몰린 존재들에 빗대는 것은 다양한 방식으로 가능할 것이다. 그러나 뜬금없이 이를 성적 상징으로 읽거나 '해체된 자아의 분신'으로 읽는 것은 근거가 없는 한 부적절하다. 다른 한편으로 이 시에서 아해들은 반복적으로 "무섭다고" 호소하는데, 나중에는 "무서운아해"와 "무서워하는아해"로 나뉘어 지시된다. 이 진술 앞에서 "무서운아해"를 '무서움을 불러일으키는 아해'로 해석하는 것은 문맥상 맞지 않다는 점을 이전 글에서 이미 언급한 바 있다. 왜냐하면 13인의 아해가 모두 '무섭다'고 말하고 있기 때문이다. 두 아해군(群)의 차이는 오로지 진술 속에 있는데, "무서운아해"는 무서움을 몸으로 그대로 번역해내는 아해, 즉 무서움에 떠는 아해인 데 비해, "무서워하는아해"는 '무서움을 두고 무서움에 대해서 X(즉, 무엇인가를)하는 아해', 즉 무서움을 의식적으로 성찰하고 그에 대해 모종의 행동을 모색하는 아해로 읽는 게 타당하다고 필자는 생각한다. 그리고 그렇게 해석해야만 마지막 연의

(길은뚫린골목이라도적당하오)
13인의아해가도로로질주하지아니하여도좋소

라는 반전(反轉)적 진술이 이해 가능한 것이 되기 때문이다. 왜 "길은막다른골목이적당하오"라고 했던 첫 연의 진술이 뒤집혔을까? 그것은 시

가 진술을 통한 한 편의 드라마이고, 이 드라마의 끝자락에서 "무섭다고그리"는 아해들이 "무서운아해"와 "무서워하는아해"로 분화됨으로써 상황에 대한 대책이 가능해졌기 때문이라고 해석하는 게 적절하지 않은가? 그리고 그렇게 되면, 도로를 질주하던 "13인의아해가도로로질주하지아니하여도좋"은 것이다.

그리하여 이 두번째 해석체에 근거하여 첫번째 해석체를 재해석하면, 13인의 아해가 직면하고 있는 '공포와 불안'의 성질에 대한 해석이 달라질 수 있다. 이 공포와 불안은 절망적 상황으로부터 유발되는 것으로 볼 수도 있지만, 동시에 어떤 변화의 임계점에 다다른 존재들의 변신에 대한 예감과 결부된 것일 수도 있으며, 혹은 전자로부터 후자로의 이행으로 볼 수도 있는 것이다.

이러한 조건들을 염두에 두고 이제 이상 시를 좀더 꼼꼼히 살펴보기로 하자. 그를 통해 이상 시의 대상 의존성으로부터의 해방이 정지용과는 다른 어떤 시의 형식 또는 태도를 낳는가를 보기로 하자.

텍스트가 말하는 것

이상의 초기 시들에서 시작하기로 하자.

이상의 시들을 차분히 읽어나가다 보면, 한 가지 흥미로운 사실을 발견하게 되는데, 그것은 그의 문학과 삶에 대해 텍스트가 거의 다 말해주고 있다는 것이다. 왜냐하면 그의 시, 수필, 소설들은 대부분 사적인 고백들이기 때문이다. 게다가 내가 살펴본 바로는 그의 시에는 텍스트가 말하는 것과 말하지 않은 것 사이의 긴장 같은 건 없다. 즉 텍스트의 말을 통해서 텍스트가 감추어놓고 있는 어떤 다른 사연을 짐작하는 노력까지는 할 필요가 없다는 것이다. 이상의 텍스트들은 의미로 포화되어 있다. 그것은 물고기들이 그득한 연못과도 같아서 그저 건져 올리기만 하면 되는 것이다.

그럼에도 불구하고 이상의 시가 해독되지 않거나 혹은 이상 시의 주변에 오독의 넝마들이 널려서, 물고기들이 그득한 연못에 미끼들 또한 잔뜩 풀려서 푸르작작해진 것처럼 영 지저분한 꼴을 하고 있는 건 왠일인가? 「이상 시의 난해성이라는 애물」에서 인용한 유종호의 신칙을 빌리자면, '축자적으로' 해석하려고 했기 때문이다. 즉 텍스트의 문자들을 통해서 이상 문학과 삶의 내용들을 길어내려고 했다는 것이다. 그런 시도는 사실적 해석에서 상징적 해석에까지 꽤 긴 스펙트럼을 가지고 있는데, 이상 시에서는 시의 언어들이 '비유'로서 가정되기 때문에 거개 상징적 해석의 방식을 취한다. 상징적 해석이란 시어에서 특정한 깊은 의미를 뽑아내는 행위 일반을 가리킨다. 가령 '13인의 아해'에서 13인을 "최후의 만찬에 참석한 13인"으로 읽거나, "한반도의 13도"를 추출해내는 것이 그런 방식이다.

이런 해석들은 타당할 수도, 그렇지 않을 수도 있다. 앞서 언급한 것처럼 텍스트의 구조가 그 해석을 보장해주느냐가 관건이다. 실로 우리가 먼저 해독해야 할 것은 텍스트의 구조이다. 즉 텍스트를 기호들의 구조적 배열로 이해하고 기호들의 다양한 상관성을 분석함으로써, 그 구조적 배열이 환기하는 의미들의 범위와 성층과 운동을 느끼고 이해하는 것이다.

김주현이 편하고 주해한 『이상문학전집 1—시』에서 첫번째로 놓여있는 시의 제목은 「이상한가역반응」이다. "작품 배열 순서는 창작 시기와 발표 시기를 동시에 고려했으며, 부분적으로는 작품의 형식과 내용을 고려했다"[1]고 밝힌 전집이니만큼, 이 작품이 최초로 씌어진 작품군에 들어간다고 판단해도 무방할 것이다. 이 시는 일문(日文)으로 발표되었는데, 여기에서의 요점은 이것이 최초의 시 중 하나라는 사실로부터 중요한 암시를 받을 수 있다는 점이다. 즉 그의 문학적 출발선에서 이상

---

1) 이상, 『정본 이상문학전집 1—시』, 김주현 주해, 소명출판, 2005, p. 23.

은 두 개의 세계를 노골적으로 대립시키고 있으며, 이 두 세계를 방향의 '반전'이라는 점에서 고려하고 있었다는 것이다. 이러한 태도를 범박하게 해석하면, 이상은 어떤 세계를 부정해야 한다는 강박관념과 그 부정의 열(熱)을 역추진시켜 신생으로의 길을 찾아가야 한다는 방법론의 모색 속에서 문학을 시작했다는 것을 의미할 것이다.

이 말은 어떻게 생각하면 너무나 평범한 이야기라고 할 수도 있을 것이다. 그러나 그렇지 않다. 지금까지의 대다수의 연구들은 이상이 부정하고자 한 것을 거의 찾지 않았다. 반면 이상이 무엇을 생성시켜왔는가를 열심히 뒤져왔다. 그 와중에 중구난방의 해석들이 만발한 것이다. 물론 거의 모든 이상론들이 '부정'을 언급하곤 했다. 그러나 그 언급은 아주 막연한 부정, 즉 세상 그 자체 혹은 세상의 거의 모든 것에 대한 부정을 가리키고 있었다. 즉 이상의 작품들이 너무나 생소하기 때문에 기존의 모든 것에 대한 부정으로 판단하는 게 당연하다는 취지의 말들이었다. 그래서 최초의 이상론을 쓴 최재서는 이상의 소설들에서 '초현실주의'를 떠올리는가 하면, "그는 어떤 완성된 형식 안에다가 자기의 주장을 집어넣으려는 전통적 작가가 아니라 현대 문명에 파양되어 보통으로는 도저히 수습할 수 없는 개성의 파편을 추려다가 거기에 될 수 있는 대로 리얼리티를 주려고 해서 여러 가지로 테크닉의 실험을 하여 본 작가"[2]라고 규정하였고, 조연현은 이제 겨우 근대를 배우기 시작한

---

2) 최재서, 「고(故) 이상의 예술」, 『최재서 평론집』, 청운출판사, 1961, p. 326, 328. 최재서가 이것만 말한 건 아니다. 앞서서 그는 "작자는 이 세상을 욕하고 파괴할 줄을 안다. 그러나 그 피안에 그의 독특한 세계는 아즉 발견할 수 없다. 이것은 작품 전체의 구성상에 나타난 결함을 보아도 알 수 있다"고 말하기도 하였다(「「천변풍경」과 「날개」에 관하여」, 같은 책, p. 323). 그러나 분석이 없어 인상비평에 불과했고, 또한 「고 이상의 예술」에서 스스로 철회하기도 했다. 곧 보게 되듯이, 훗날 정명환은 최재서의 단편적 인상을 정교한 분석적 담론으로 발전시

조선 사람의 하나인 작가에게 "근대 정신의 최초의 해체"[3]를 보았는가 하면, 김윤식은 「날개」의 "니코틴이 내 횟배 앓는 뱃속으로 스미면 머리 속에 으레히 백지가 준비되는 법이오"라는 구절 전후를 통해서 이상의 의식에서 아예 '부정'의 의지를 지워버린다.

이상 문학의 위트, 아이러니, 패러독스는 삶을 봉쇄한 실험실 속에서의 글쓰기라 할 수 있다. 실험실 속에서는 정신이란 은화처럼 맑은 법이다. 맑은 정신이 작용하는 곳이 실험실이니까 거기엔 협잡물이 끼어들지 않는다. 백지 상태의 정신이다. 부정이 정신의 본질일진대 여기엔 부정할 게 아무것도 없다. 이러한 정신을 움직이게 하는 것은 오직 백지 위에 적어 넣는 숫자, 기호 따위이다.[4]

그러나 이렇게 읽으면 이상은 말 그대로 허공 속을 부유하는 존재가 된다. 그는 한국 시사에 있을 필요도 없으며, 세계문학의 궤적 안에서도 자리할 데가 없다. 뜬금없이 빈 서판 위에 아무 거나 써넣는 것으로 문학이 된다고 생각할 수는 없다. 어떤 문학도 가장 구체적인 현실에 대한 응전이자, 그 현실의 부정으로부터 새로운 현실을 꿈꾸는 것이다.

그렇기 때문에 우리는 한 작품이 태어나는 정황을 정밀히 측정할 필요가 있다. 이 진술은 작가의 전기를 참조하여 작품을 해석하려 한, 종래의 전기적 비평 혹은 대학 비평, 위에서 언급한 평론가들이 너무나도

키게 되는데, 그가 최재서의 글을 참조했는지 여부는 확실치 않다.
3) 조연현, 「근대 정신의 해체」, 『이상문학전집 4—연구논문모음』, 김윤식 편저, 문학사상사, 1995, p. 27.
4) 김윤식, 『이상 연구』, 문학사상사, 1987, p. 362.

쉽게 의존했던 그런 강단 비평으로 돌아가라는 얘기가 아니다. 하나의 작품을 읽는다는 것은 그 작품을 쓴 작가가 당대의 현실과 치열하게 싸운 고투를 나의 체험 안으로 전이시킨다는 얘기이다. 그럼으로써 독자는 작가의 생체험을 자신의 체험 위에 덧씌움으로써 한순간 복수적인 존재로 살아가는 희한한 경험을 하게 되고 그 경험을 통해 새로운 존재로 거듭나게 된다. 이때 독자가 읽는 작가는 이미 자신의 생애와 싸우고 있고, 그 싸움이 그의 연속적인 거듭남이라는 문학적 체험의 장구한 드라마를 이룬다. 독자가 그의 전기에 의존해서 그를 해석하려는 순간 그의 문학은 전기를 추월하고 있다. 그런 의미에서 전기적 해석은 언제나 한 걸음 늦으며 따라서 모자란다.

그렇기 때문에 우리는 한 문학작품을 당대와의 투쟁으로 읽어야만 하는 까닭을 얻게 되는 것이다. 그 독서는 역사 속으로 매몰되어가고 있는 과거의 실존을 오늘의 현실 안으로 되살려내고 그것을 독자의 미래 속으로 투여한다. 독자는 낯선 삶을 제 안으로 끌어들임으로써 새로운 존재로 거듭날 계기를 얻게 되는 것이다.

그러니 어떻게 한 작가, 시인이 부정하고자 한 것의 실제적인 모습을 보지 않을 수 있는가? 이상이 실제로 부정하려고 한 것을 우리는 직시해야만 하는 것이다. 그것은 막연히 초-현실, 근대 정신의 해체, 인간 세상 전체를 백지로 돌리려는 태도, 이런 해석들과는 아무런 관련이 없으며, 오로지 시인 자신의 정신과 육체 속을 횡행하는 생생한 유령들인 것이다.

이상을 그런 의미에서의 '부정'에 착목한 비평가는 정명환이다. 그는 「부정과 생성」에서 '부정적 정신'의 의의를 프랑스 문학가들을 통해 길게 논한 후 이상의 문학이 그 부정적 정신의 첨예한 예라는 점을 지적하

였다. 그때 비평가가 가리킨 부정은 아주 구체적인 것이었다. 즉

> 상(箱)의 문학이 내향적 폐쇄적이라는 말을 할 때, 우리는 그 말이 불러일으킬지도 모르는 한 커다란 오해를 방지해야 한다. 왜냐하면 그는 현대 사회에 등을 돌린 로빈슨 크루소가 아니라, 어떤 사회적 환경과 긴밀한 관계를 맺고 있었고, 그가 보여주는 자의식의 과잉은 자아와 사회 사이에 이루어진 어떤 특정된 관계를 전제로 하고 있기 때문이다. 또한 그의 절망(絶望)을 빚어낸 것은 결코 철학적으로 성찰된 인간조건(人間條件)의 문제가 아니다. 〔……〕 그는 오직 자기가 당면한 직접적인 사회적 상황하에서, 그리고 그 상황 때문에 절망한 것[5]

임을 적시하고는, 그 구체적인 상황의 인자를 "신구사상의 대립과, 속악한 삶의 환경과, 이룩될 수 없는 대타 관계"라고 정리한다.

다만 정명환은 이상에게서 '부정'을 발견한 대신 '생성'은 찾을 수 없다고 판단한다. 위 세 인자에 기대어 말하자면, '신구사상의 대립'이라는 항목이 생성의 단초가 될 것이며, 새로운 '대타 관계'가 그 실제가 될 것이다. 정명환의 관찰로 보자면, 첫번째 항목은 '19세기의 부정'("19세기는 될 수 있거든 봉쇄하여 버리오"(「날개」)와 20세기 청사진의 수립으로 의미화될 수 있을 것이다. 정명환은 이상이 그 생성에서 실패했다고 보았다. 그는 이상이 "'완전히 20세기 사람이 되기에는 내 혈관에는 너무도 많은 19세기의 엄숙한 도덕성의 피가 위협하듯이 흐르고 있'[6]"는

---

5) 정명환, 「부정과 생성」, 『한국 작가와 지성』, 문학과지성사, 1978, p. 119.
6) 이상, 『정본 이상문학전집 3—수필』, 김주현 주해, 소명출판, 2005, p. 252.

것을 의식한 사람, 말하자면 자아의 역사적 전환이 이루어지기 어려운 것을 자각한 최초의 한 사람"이었는데, 안타깝게도 그 어려움에 갇혀버렸다는 것이다.

> 탈출로가 막혔던 상(箱)은 "20세기를 생활하는 데 19세기밖에는 없는 영원한 절름발이"였으며, 이 절름발이가 억지로 현대를 포옹코자 할 때 그 괴벽스러운 스타일의 작품이 태어났〔다〕.[7]

하지만 최초의 시들은 적어도 의도적 차원에서 그가 순전히 갇혀 있지만은 않았다는 것을 보여준다. 그것을 선명히 가리키는 것이 "가역반응"이라는 어사이다. 역으로 튀어 나가는 반응을 이상은 분명 의식하고 있었다. 우리는 이상의 괴벽스러운 놀이 중의 하나로, 숫자의 특이한 배열이 있다는 것을 알고 있다. 「선에관한각서」라든가 「진단 0:1」 같은 작품들이 대표적인 예이다. 이에 대해서 김인환은 아주 흥미로운 관점을 제시한다. 그에 의하면 수학의 도입은 상관성에 대한 깨달음과 연관이 있다.

> 수학에서는 어느 한 낱말도, 어느 한 문장도 고립되어 나타나는 법이 없다. 수학은 존재가 곧 관계임을, 있음이란 〈서로 걸려 있음〉임을 말하고 있다. 수학이란 결국 서로 연결되어 있는 일반적 추상 조건들 전체의 패턴과 임의의 한 구체적 계기를 이루고 있는 존재들 사이의 관계들을 대응시키는 작업이다. 〔……〕 「선에관한각서」에서 1 2 3 또는 1 2 3 4 5 6

---

7) 정명환, 같은 책, p. 120.

7890을 가로 세로로 늘어놓고 짜 맞추어본다든지, 4라는 숫자의 모양을 사방으로 돌려놓아본다든지 하는 것이다. 숫자들이 고립되어 존재하지 않고 서로 연관되어 운동하고 있다는 이상의 생각을 표현하고 있다. 이상은 숫자들이 사람들처럼 살아서 쉬지 않고 움직이고 있다고 생각하였다.[8]

그리고 이어서, 그는 "이상은 운동하고 있는 것을 과학으로 보았고 정지하고 있는 것을 봉건시대라고 보았다"라고 썼다. 그렇다면 이상은 봉건시대를 넘어서는 목표를 자기 시에 도입한 것이다. 그것은 비평가가 야릇하게도 "이상은 질풍처럼 변화하는 과학에 발맞추어 나가기 어렵다는 절망을 체험한 듯하다. 그리고 이 절망이 이상으로 하여금 시를 쓰게 하였던 듯하다"[9]라고 진술하고 있음에도 불구하고, 그 반대를 실제로 입증하고 있는 것이다. 절망해서 시를 쓴 게 아니라, 과학에 보조를 맞추기 위해서 시를 쓴 것이다.

과연 우리는 이상이 분명하게 새로운 사상의 시를 쓰기 위한 정확한 안목을 갖추고 있었다는 것을 초기 시들을 통해서 읽을 수 있다. 우선 관찰의 적확성에 대한 자각.

顯微鏡
그밑에있어서는人工도自然과다름없이現象되었다.

---

8) 김인환, 「이상 시의 계보」, 『기억의 계단—현대문학과 역사에 대한 비평』, 민음사, 2001, p. 286.
9) 같은 책, p. 287.

×

같은날의午後
<small>오후</small>

勿論太陽이存在하여있지아니하면아니될處所에存在하여있었을뿐만아
<small>물론 태양　　　　존재　　　　　　　　　　　　　　　처소　　존재</small>
니라그렇게하지아니하면아니될步調를美化하는일까지도하지아니하고있
<small>　　　　　　　　　　　　　　보조　　미화</small>
었다

「이상한가역반응」의 일부이다. 이 시의 내용은 가역반응의 당연한 존
재 양상을 가리키고 있다. 즉 그것은 '현미경'으로 보면 '인공'과 '자연'
이 다르지 않다는 것이며, 그것은 '태양'이 존재해야 할 곳에 존재하고
또한 온전히, 즉 어떤 미화도 없이 그렇게 존재하는 것과 다를 바가 없
다는 것이다. 그렇다면 시인 이상은 제목에서는 '이상한'이라고 썼지만
실제로는 이 가역반응을 '당연히 있어야 할 가역반응'으로 간주했다고
판단할 수 있다. 제목의 '이상한'은 시인의 것이 아니라 시인이 가정한
독자의 것이다. 다음, 이런 당연한 가역반응에서의 존재 양상에 대한
그림을 그는 가지고 있었다.

二人……1……
<small>이인</small>
基督은襤褸한行色하고說敎를시작했다
<small>기독　남루　행색　　설교</small>
아아ㄹ·카아보네는橄欖山을산채로拉撮해갔다.
<small>　　　　　　　　감람산　　　　　　납촬</small>

×

一九三0年以後의 일 一.
<small>1930년　이후</small>

네온싸인으로裝飾된어느敎會의門깐에서는뚱뚱보카아보네가볼의
장식   교회 문
傷痕을伸縮시켜가면서入場券을팔고있었다.[10]
상흔 신축   입장권

이후 다른 글들에서 여러 번 되풀이되어 등장하는 '알·카포네'와 기독
의 관계가 현대의 문제임을 적시하고 있는 시이다. 이상은 그가 '알·카포
네'로 비유하고 있는 어떤 상황이 '기독'의 존재 양상을 망가뜨리고 있다
고 판단하고 자신을 그 기독에 접근시키려고 하였다.

카아보네가프렛상이래서보내어준프록·코오트를基督은最後까지拒絶
기독   최후   거절
하고말았다는것은有名한이야기거니와宜當한일이아니겠는가.
유명   의당
—「2인… 1…」 부분

라고 그는 적었던 것이다. 즉 '알·카포네'가 '기독'에게 선물로서 회유하
고 있다는 것, 그것을 '기독'은 '거절'했다는 것, 그리고 '기독'의 '거절'은
"의당한 일"이라는 것이다. 이 '기독'에 대한 의지는 아마도 이상이 남몰
래 품었던 이상이었던 것 같다. 그렇기 때문에 그는 19세기가 그에게 요
구한 삶의 태도를 '모조 기독'에 비유했던 것이다.

기독(基督)에 혹사(酷似)한 한 사람의 남루(襤褸)한 사나희가 있었다.
다만 기독(基督)에 비(比)하여 눌변(訥辯)이요 어지간히 무지(無智)한것
만이 틀닌다면 틀녔다.
연기(年紀) 오십유일(五十有一).

---

10) 이상, 「조감도」, 『정본 이상문학전집 1—시』, p. 43.

342

나는 이 모조기독(模造基督)을 암살(暗殺)하지 아니하면 안된다. 그
렇지아니하면 내 일생(一生)을 압수(押收)하랴는 기색(氣色)이 바야흐로
농후(濃厚)하다.

—「육친(肉親)의 장(章)」부분[11]

이 시의 내용은 「육친(肉親)」, 그리고 "墳塚에게신白骨까지가내게
血淸의原價償還을强請하고잇다"고 쓴 「문벌」에 긴밀히 조응하고 있다.
요컨대 19세기적 요구를 그는 '모조 기독'의 요구로 보았던 것인데, 그것
을 거꾸로 읽으면 그에게는 '기독'에 대한 갈망이 있었다는 것이다.

그렇다면 이상 시는 처음부터 부정과 생성의 동시성을 꾀하고 있었
던 건 아닌가? 게다가 그것을 확인해주는 시적 형태가 이상 시의 매력
을 형성하고 있다는 것을 우리는 알 수가 있다.

---

11) 이상, 같은 책, p. 126.

부정에서 어찌 생성으로 나아갈 것인가?
── 이상 시의 모순어법, 첫번째

앞 장에서 이상 시의 출발점을 부정과 생성의 이중성이라고 하였다. 즉 상반된 두 양상의 동시적이거나 순차적인 제시를 통해 시인이 직면한 상황의 부정과 새로운 경지의 생성을 이중으로 꾀하고 있다는 내용이었다. 그러한 세계의 발견은 우선은 시적 진술의 내용을 통해서 확인되었는데, 이번에는 이상 시의 '작업' 속에서 확인해보려고 한다.

초기 시에서부터 이상은 그의 생각이 시적 형태에 정확히 투영되리라는 것을 확신하고 있었던 것이 분명하다.

任意의半徑의圓 (過去分詞의 時勢)

圓內의一點과圓外의一點을結付한直線

二種類의存在의時間的影響性

(우리들은이것에관하여무관심하다)

直線은圓을殺害하였는가

顯微鏡
그밑에있어서는人工도自然과다름없이現象되었다.

×

같은날의午後
勿論太陽이存在하여있지아니하면아니될處所에存在하여있었을뿐만아
니라그렇게하지아니하면아니될步調를美化하는일까지도하지아니하고있
었다.

發達하지도아니하고發展하지도아니하고
　발달　　　　　　　　　　발전
이것은憤怒이다.
　　　분노

鐵柵밖의白大理石建築物이雄壯하게서있던
　철책　　백대리석 건축물　　웅장
眞眞5″의角바아의羅列에서
　진진　　각　　　나열
肉體에對한處分法을센티멘탈리즘하였다.
　육체　대　처분법

目的이있지아니하였더니만큼冷靜하였다
　목적　　　　　　　　　　냉정

太陽이땀에젖은잔등을내려쪼였을때
　태양

그림자는잔등前方에 있었다

사람은말하였다

「저便秘症患者는富者ㅅ집으로食鹽을얻으려들어가고자希望하고있는
것이다」

라고

....

  다시 「이상한가역반응」이다. 우리는 이 시를 벌써 수차례 되풀이 인
용하고 있다. 그리고 이 반복 속에서 의미의 꺼풀을 조금씩 벗겨내고
있기도 하다. 이제 독자는 이 시에서 직선과 원 사이에 일어난 일이 이
시의 핵심 제재임을 알 수 있다. 그리고 이 일에 대해서 시의 화자의 태
도는 질문의 형식으로 드러난다.

  직선은 원을 살해하였는가?

  그러니까 이 시에서 시적 정황은 우선 화자의 개입 없이 내부적으로
전개된 것이고, 그것을 화자는 관찰하고 있는 중이라고 볼 수 있다. 그
렇다면 '화자'로서 자기 위상을 드러낸 '나'는 정말 철저히 외부적인 존
재인가? 그렇지 않은 것 같다. 그것을 암시하는 대목이 첫 두 행이다.
처음에 '임의의 원'이 있다. 이 원은 '과거분사'의 시제이다. 즉 그것은 완
료된 상황이다. 그런데 거기에 원 안과 바깥에 누군가 두 점을 찍고 그
사이를 직선으로 잇는다. 그리고 화자는 물어보는 것이다. 직선이 원을
살해했는가, 하고. 그러니까 직선은 분명 '누군가'의 동작을 통해서 그

어진 것이다. 그 누군가를 어떤 다른 존재로 추정하는 것은 번거로운 일이다. 차라리 화자가 '인물'의 위상으로 시 안으로 들어가 원 내외에 선을 그었다고 짐작하는 게 간명한 해석이 될 것이다.

그렇게 짐작을 하고 나면, 곧바로 "현미경/그밑에있어서는인공도자연과다름없이현상되었다"라는 구절의 의미가 분명해진다. 즉 '나'는 인물로서 시 안의 '원'에 금을 긋고는 그 원의 추이를 관찰하였는데, 그 도구는 '현미경'이었으니, 현미경은 곧 "인공도자연과다름없이" 관찰하는 도구였던 것이다. 그리고 '인공'은 바로 직선을 그은 동작을 가리키는 것이 아닐 수 없다.

그렇다면 '나'의 존재 위상은 '실험자'이다. 그는 상황을 모의하고 그 안에 인위적으로 간섭을 한 후, 그 모형의 추이를 살피는 것이다. 이 실험의 목적은 이 시에서 명확히 나와 있지는 않다. 화자는 "목적이있지아니하였더니만큼냉정하였다"고 썼다. 그러나 다음다음 연인 마지막 연에서

사람은말하였다
「저便秘症患者는富者ㅅ집으로食鹽을얻으려들어가고자希望하고있는것
이다」
라고

적고 있다. 이는 화자는 목적이 없다고 했지만, 누군가는 목적이 있음을 노골적으로 의심하고 있다는 것을 가리키는 것이다. 그러나 저 의심은 겨우 '식염'에 대한 의심이다. 소금을 얻으려고 부잣집을 기웃거린다? 그런 하찮은 목적은 차라리 목적 없는 상태나 다름이 없다. 그렇다면

'목적이 없었다'는 화자의 진술과 저 '사람'의 의심은 사실상 동의어인 것인가?

이에 대해서는 좀더 복잡한 풀이가 필요할 것 같다. 그 대신 '사람'이 던진 지칭, 즉 "변비증환자"에 우선 주목할 필요가 있는 듯이 보인다. 이 지칭은 맥락상 '나'에 대한 지칭으로 읽는 게 타당할 것이다. 왜냐하면 '직선'을 그은 자를 가리키는 말이기 때문이다. 그런데 "변비증환자"는 의도가 지연되어 갑갑한 상태의 존재를 가리킨다. 그것은 곧바로 제2부의 두번째 연을 생각 키운다.

發達하지도아니하고發展하지도아니하고
이것은憤怒이다

지금까지 읽은 대로 시의 화자를 실험자로 규정하면, 이 연은 실험의 결과로서 해석할 수 있다. 실험의 내용은 원에 '직선'의 금을 그은 것이고, 예측은 '직선이 원을 살해한 상태'이다. 그러나 결과는 아무 진전이 없었다는 것이다. 바로 앞 연, 즉 2부 1연에서 화자는 실험의 적확성을 점검하였다. 무언가 나와야 한다. 그러나 아무것도 없다니! 그 상황은 화자를 '분노'에 사로잡히게 한다. 그래서 그는 이어서 직선의 금을 촘촘히 다시 긋는다. 일단은 실험의 방법에 맞춤하게 "진진(眞眞)5″의 각"[1] 마다 선을 그어본 것이다. 그러고도 아무 진도가 없자, 그의 '분노'는 자신에게로 향한다. "眞眞5″의角바아의羅列에서/肉體에對한處分法을센티

1) "진진(眞眞)"은 "참으로, 확실히"라는 뜻으로 읽는 게 맞을 것이다. cf. 『한한대사전(漢韓大辭典)』 v. 10, 단국대학교 동양학연구소, 2008, p. 100.

멘탈리즘하"고 만 것이다.

'5도'마다 그어진 '직선'의 '나열'에 '나'를 포함시킨 것이다. 그렇다면 분노의 결과는 '나' 역시 실험처럼 무기력한 존재로 만드는 것이다. 실험 주체의 무능력에 분노한 '자기 처벌'을 실험의 무효과에 자기를 던져버리는 자포자기 행위로서의 '자기 처분'으로 악화시킨 것이다. 그리고 이 어지는 연이,

目的이있지아니하였더니만큼冷靜하였다

이다. 그렇다면 여기에서 '목적이 없었다'는 것은 자기를 처분하는 데 특별한 목적이 있었던 게 아니라는 것, 그저 분노의 감정에 휩싸여서 자신을 냉혹하게 처분하였다는 뜻으로 읽어야 할 것이다. 실험에 목적이 없었다는 얘기가 아니라는 말이다.

이것은 그의 실험이 앞의 해석과는 정반대로 절실한 목적에 의해 마련되었다는 암시를 준다. 이 암시는 「텍스트가 말하는 것」에서 보았듯이 그의 '부정과 생성'에서 '부정'의 진정성에 그대로 부합한다. 그 실험의 목적은 무엇인가? 간단하게는 생성의 가능성을 모의하는 일이었을 것이다. 그런데 그 실험에서 그는 실패한 것이다. 그렇다면 그 생성의 가능성이 버려졌다는 말인가? 그러나 마지막 연의 '부잣집으로 식염을 얻으러 들어가고자 희망'한다는 세간의 수군거림은 무엇이란 말인가?

내가 보기에 사실은 여기에 기묘한 역전이 있다. 우선 이 '식염의 희망'을 애초의 목적이 아니라 자기 처분의 연장으로서 읽을 필요가 있다. 그렇게 읽는 것은 자기 처분이 겉으로 보아서는 자해적 행위이지만 속으로는 새로운 시도라는 뜻을 함의한다. "목적이있지아니하였더니만큼

냉정하였다"의 '냉정'은 처음에 냉혹으로 읽혔다. 분노가 치민 나머지 나를 냉혹하게 처분한 것이다. 그러나 이 상황은 감정의 스펙트럼을 활짝 벌린다. 분노는 가장 뜨거운 감정이다. 그 뜨거운 감정이 가장 차가운 행동을 낳았다. 그럼으로써 이 감정에 양극의 자기장을 일으킨다. 단일 감정이 희한하게도 모순의 감정 색조를 낳은 것이다. 이 감정들의 모순적 분위기들로부터 감정은 요동하고 마침내 무언가 다른 정신 상태로 '붕괴'하지 않겠는가?

다음의 시구는 뜨거움과 차가움이 그냥 같은 감정의 두 가지 양태가 아니라 순차적인 전개, 즉 뜨거움으로부터 차가움이 생성된다는 것을 가리키고 있다.

> 불길과같은바람이불었건만불었건만얼음과같은水晶體는있다. 憂愁는
> DICTIONIARE와같이純白하다. 綠色風景은網莫에다無表情을가져오고
> 그리하여무엇이건모두灰色의明朗한色調로다.
> —「Le Urine」부분[2]

불길의 뜨거움은 모두 허무와 무기력으로 환원되고 대상과 나는 재로 퇴화한다. 그러나 '얼음과 같은 수정체'는 그로부터 태어난다. 왜냐하면 무로 화한 상태에서 새로운 언어들의 조립이 가능해지는 것이다. '우수는 사전처럼 순백하다'는 말은 바로 그것을 가리킨다. 그리고 여기에서 '순백'은 말 그대로 '타불라 라사' 즉 '빈 서판'을 가리키는 것인데, 이 빈 서판은 자원들이 충분한 상태에서 아직 씌어지지 않았을 뿐이다

---

2) 이상, 『정본 이상문학전집 1—시』, 김주현 주해, 소명출판, 2005, p. 45.

(그래서 사전 'Dictionnaire'가 나온 것이다). "그리하여무엇이건모두회색의명랑한색조"를 띠는 것이다. 그리고 이 회색은 곧바로 새로운 빛의 기미로 나아간다.

驚異와神秘와또한不安까지를함께뱉어놓는바透明한空氣는北國과 같이
차기는하나陽光을보라.[3]

「이상한가역반응」의 '냉정'도 그것을 가리키는 것이 아닐까? 과연 이어지는 연에서 화자는 정확하게 그 사정을 지시하고 있다.

太陽이땀에젖은잔등을내려쪼였을때
그림자는잔등前方에 있었다

'땀에 젖은 잔등'은 실험에 바쳐진 노동의 강도를 전한다. 그런데 그 노동하는 몸을 태양이 무자비하게 쪼고 있다. 노동자는 이제 포기해야 할 것 같다. 그늘로 피해야 할까 보다. 그런데 그늘은 "잔등전방"에 있는 것이다. 그늘로 가려면 앞으로 전진해야 하는 것이다. 그 전진의 목표는 '식염'을 얻는 것, 즉 생명을 기운나게 할 최소량의 영양분을 얻는 것이다. 그걸 부자에게 구해야 할까? 지금까지 부자는 '나'를 속이거나 착취해왔는데? '알·카포네'나 "모조 기독"이거나. 그러니 저 세간의 수군거림을 그대로 수용해야 할까? 그건 두고 볼 일이다.

---

3) 같은 책, p. 46.

「이상한가역반응」은 부정에서 생성으로 가는 절차를 아주 교묘하게 설치하고 있다. 그것도 겉으로 봐서는 실패와 자조와 자멸을 보여주는 듯하면서. 이것은 이상이 아주 특이한 모순어법을 즐겨 사용하고 있다는 것을 암시한다. 이미 우리는 불길과 얼음의 기이한 모순을 보았다. 눈길을 잠망경처럼 돌리면 그런 모순어법은 이상 시의 사방에서 눈에 띈다. 그것이 이상 시의 최초의 미학이라고 필자는 단언할 수 있다. 그러나 그 모순어법은 통상적으로 이해되는 모순어법과는 차이가 있다. 아주 특이한 형태이다.

제임스 조이스에서 이상으로

내가 어쩌다 그 생각을 한 건 우연이었다. 발단은 이랬다. 문득 제임스 조이스Joyce James의 『젊은 예술가의 초상』을 다시 읽고 싶은 생각이 들어서 서가에서 책을 꺼내 앞부분을 읽어나가기 시작했다. 두번째 문단에서 다음 구절을 읽었다.

아빠가 그에게 이야기를 들려주었다. 아빠는 외눈 안경을 쓰고 그를 들여다보았다. 부숭부숭 털이 난 아빠였다.[1]

두번째 문장이 이상했다. 두 가지. 앞 문장에서 이미 아빠는 아가에게 이야기를 들려주고 있었다. 그러다가 아가를 '들여다본다'? 이 행동에는 '문득'이라는 부사가 개입해 있는 것이다. 즉 행동의 흐름에 변화가

---

1) 제임스 조이스, 『젊은 예술가의 초상 1』, 홍덕선 옮김, 문학과지성사, 1997, p. 9.

있다. 그다음 "외눈 안경을 쓰고"?²⁾ 원문은 "through a glass"이다. 이는 아마도 순수한 정보 단위로 이해할 수도 있을 것이다. 소설의 배경이 되는 시기에 사람들이 쓰던 안경, 제임스 조이스의 초상에 가끔 등장하는 그 안경과도 유사한 것이리라. 그러나 제임스 조이스는 문장들이 아주 촘촘한 작가이다. 단어 하나하나도 헐렁헐렁 쓰는 적이 없다. 그러니 이 단어군이 어떤 암시를 주는 것일 수도 있다. 왜 하필이면 '외눈'인가?

이런 의심 때문에 책을 더 찾아보았다. 그랬더니, 프랑스어 번역본 '플레이아드 판'의 주석에 놀랍게도 다음과 같이 씌어져 있는 것이 아닌가?

"Through a glass." 이 표현은 영어 문화권에서 『고린도 전서』 1권 13장을 환기시킨다.³⁾

『고린도 전서』 1권 13장은 '사랑'에 관한 그 유명한 텍스트이다. 그런데 거기에 '외눈 안경'이 나오던가? 『성경』을 다시 찾았다. 사랑의 연주(連註) 후에 이렇게 씌어져 있었다.

우리는 부분적으로 알고 부분적으로 예언합니다.
그러나 온전한 것이 오면 부분적인 것은 없어집니다.
내가 아이였을 때에는 아이처럼 말하고

---

2) 다른 번역본들도 거의 비슷하게 번역하였다. "외눈 안경을 끼고"(박시인 옮김, 삼중당문고, 1976), "외알 안경 너머로"(진선주 옮김, 문학동네, 2017).

3) James Joyce, "Notes" du "Portrait de l'artiste en jeune homme," Œuvres, Pleiade-Gallimard, 1982, p. 1675.

아이처럼 생각하고 아이처럼 헤아렸습니다.

그러나 어른이 되어서는 아이 적의 것들을 그만두었습니다.

우리가 지금은 거울에 비친 모습처럼 어렴풋이 보지만

그때에는 얼굴과 얼굴을 마주 볼 것입니다.

내가 지금은 부분적으로 알지만 그때에는 하느님께서 나를 온전히 아

시듯 나도 온전히 알게 될 것입니다.

그러므로 이제 믿음과 희망과 사랑

이 세 가지는 계속됩니다.

그 가운데에서 으뜸은 사랑입니다.[4]

이 대목에서 '외눈 안경'과 통하는 것은 '거울'밖에 없다. 그런데 그 둘
이 '제유적으로' 연결된다 하더라도 둘의 뜻과 그 둘이 통상적으로 환
기시키는 의미는 사뭇 다르다. 어찌 된 것인가 다시 찾았더니, 한국어
본이 "거울에 비친 모습처럼 어렴풋이"(13장 12절)라고 번역하고 있는
대목을 영어본의 그 유명한 『킹 제임스 바이블』에서 "Through a glass,
darkly"라고 번역해놓았던 것이다.[5] 그리고 이에 대한 풀이를 온라인
〈위키피디아〉 사전에서 구할 수 있었다.

13장 12절의 "βλέπομεν γὰρ ἄρτι δι᾽ ἐσόπτρου ἐν αἰνίγματι(blepomen

4) 신약성경의 제13장 9~13절. 『성경─신약』, 한국천주교중앙협의회, 2005, pp. 392~93.
5) *The holy Bible old and new testaments, King James Version*(coll.: Duke Classics),
   Durham and London: Duke University Press, 2012, p. 2571. 참고로 덧붙이자면 프
   랑스어본들도 한국어본과 마찬가지로 "거울"로 번역하고 있다: "dans un miroir et de
   façon confuse"*(La Bible─Traduction Oecuménique(TOB)*, Bibli'O-Société biblique
   française, Les Éd. du Cerf, 2010, p. 2482.

gar arti di esoptrou en ainigmati)"는 1560년 『제네바 성경』에서 "For now we see through a glass darkly"라고 번역되었으며, 1611년 『킹 제임스 바이블』에서 그대로 쓰이되, 'glass'와 'darkly' 사이에 쉼표가 들어갔다.[6]

이로써 모든 것이 명확해졌다. 원래 히브리어 성경에서 '거울'이라고 지칭되던 것을 영어본 성경이 'glass'로 옮겼는데, 이는 "유리 천장glass ceiling"이라는 말 같은 데서 알 수 있듯이 'glass'가 유리를 뜻하기도 하기 때문에 자연스러운 일이라고 할 수 있다. 그런데 제임스 조이스는 이 단어가 흔히 '안경'을 가리킨다는 점을 이용해 그 단어를 약간 돌발적으로 가져오며 성경의 함의를 그 단어 안에 슬그머니 집어넣은 것이다. 그리고 그 효과는 놀랍게도 본래 단어 의미의 정반대의 암시를 숨겨놓았다는 것이다. 즉 '유리'는 통상 투명하게 비치는 것으로 이해하고 또 그렇게 쓰는 게 흔한 용법인데, 아일랜드의 작가는 거꾸로 거기에 불투명성의 의미를 집어넣은 것이다. "아빠는 외눈 안경을 쓰고 그를 들여다보았다"는 문장은 그냥 씌어진 게 아니라, 아빠가 아가의 장래를, 혹은 예술가로서의 운명을 제대로 알아차리지 못했다는 점을 암시하기 위해 '문득' 끼워 넣은 것이다.

그러니 이 탁발한 작가가 도대체 자기 작품 속에 얼마만 한 비밀을 숨겨놓은 것일까? 또한 이 분명한 이야기를 이해하기 위해 내가 쏟아부은 시간을 생각하니, 내 교양의 일천함에 민망과 절망을 동시에 느끼는 정도가 아틀라스에 짓눌리는 만큼이 되었다.

---

6) https://en.wikipedia.org/wiki/1_Corinthians_13#"Through_a_glass,_darkly"

그뿐만이 아니었다. 문득 나는 내 부끄러움의 한복판에서 '문득' 이상의 「거울」을 떠올리게 된 것이다. 왜냐면 이 거울도 '만남'이 아니라 '못 만남'의 얘기를 하는 텍스트였기 때문이다. 혹시 이상이 조이스를 알았던 것일까? 아니면 적어도 『성경』을, 그중에서도 『고린도 전서』를 읽었을까? 만일 그 성경의 함의가 「거울」에 내장되어 있다면, 우리는 더 이상 이 작품을 자아의 분열로 읽을 이유가 없어진다. 더 나아가 내가 예전에 보았던 '자기 인식'의 틀[7]에서 몇 걸음 더 나아갈 수 있다. 또한 앞의 글에서 나는 이상의 '모순어법'을 언급하였다. 그리고 그 모순어법이 특이하다고 했다. 그런데 이제 우리는 특이성의 내용을 풀이할 실마리를 잡게 된 것이다.

---

7) 2부의 「자기를 인식하는 마음의 행려는 굽이가 많더라—이상의 「거울」을 중심으로」 참조.

이상 시의 어긋 대칭과 모순어법

　『젊은 예술가의 초상』의 '외눈 안경'으로부터 『고린도 전서』의 '거울'을 떠올린 후, 다시 그것을 이상의 「거울」로 연결시킨 건 오로지 '불투명한 봄'이라는 숨은 의미만을 주목했기 때문은 아니었다. 무엇보다도 '외눈 안경'이 암시하는, 세계와의 근본적인 어긋남에 대한 인식을 두 작가가 공유하고 있다는 느낌이 더 중요했다. 제임스 조이스가 '거울'의 암시적 의미를 '외눈 안경' 안에 투영했다면 이는 한 눈으로밖에는 보지 못하는 세상(아빠)과 자신의 불화를 무의식의 고랑에 새기고 있었기 때문이었을 것이다. 한편 이상에게는 좌우의 어긋남으로 인한 절름발이적 상황에 대한 강박관념이 있었다. 강박관념이라는 것은, 그의 작품 도처에서 그러한 생각을 발견할 수 있다는 것이다. 가령 「절름발이 남자, 절름발이 여자BOITEUX·BOITEUSE」[1] 같은 제목이나

---

1)　이상 작품은 특별한 경우가 아닌 한 김주현 주해의 『정본 이상문학전집』(전 3권, 소명출판,

내키는커서다리는길고왼다리압흐고안해키는적어서다리는짧고바

른다리가압흐니내바른다리와안해왼다리와성한다리끼리한사람처럼걸

어가면아아이 夫婦는부축할수업는절름바리가되어버린다 無事한世上이
　　　　　부부　　　　　　　　　　　　　　　　　　무사　세상
病院이고꼭治療를기다리는無病이끗끗내잇다
병원　　　치료　　　　　무병

—「지비(紙碑)」 부분

에서처럼 직접적으로 드러난 근친과의 어긋남에 대한 빈번한 표현들,
혹은 좌우의 불균형성에 대한 다음과 같은 노골적인 지시들을 보라.

나의 內面과 外面과
　　　내면　　외면
이件의系統인모든中間들은지독히춥다
　건　계통　　　　중간

左　右
좌　우
이 兩側의손들이 相對方의義理를저바리고두번다시握手하는일은없이
　　양측　　　　상대방　의리　　　　　　　　　　악수
困難한勞働만이가로놓여있는이整頓하여가지아니하면아니될길에있어
곤란　노동　　　　　　　　　　정돈
서獨立을固執하는것이기는하나
　독립　고집
추우리로다

추우리로다

—「공복(空腹)」 부분

이러한 대비는 이렇게 직설적으로만 드러나는 게 아니다. 입체적으

2005)에서 인용하였다.

로도 펼쳐진다. 가령 「파편의경치」와 「▽의유희」는 「이상한가역반응」에 연속적으로 이어지는 시로, 두 편이 모두 '△은나의AMOUREUSE이다'라는 부제를 달고 있다. 이 점을 유의하고 두 편의 시를 읽으면 이 두 편은 각각 시 내부에서 '△'와 '▽'의 '어긋 대칭'(잠정적으로 이 명칭을 써 본다)을 괴로워하면서 동시에 두 편이 또한 비대칭을 이루고 있다는 것을 알 수가 있다. 즉 「파편의경치」에서 '△'의 대응자는 '▽'이어야 할 텐데, 그런데 '▽'는 시의 독자가 자연스럽게 가정할 수 있는 이 시의 화자로서의 '나'가 아니라 "나의꿈"이다. 그래서 첫 행부터 "하는수없이울었다". 다음 시, 「▽의유희」에서 '▽'는 '유희하는 ▽'와 '눈먼 ▽'("▽의 눈은 동면이다") 혹은 '부재하는 ▽'("▽은 어디로 갔느냐") 사이의 비대칭을 표현한다. 그런데 이 두 편은 모두 '나의 연인'인 '△'짝인 '▽'를 다루고 있는데, 두 편의 시에도 비대칭에 개입한다. 그리고 이 비대칭을 감안해야만 비로소 두 편의 시를 이해할 수 있다. 그것을 매개하는 사물은 표면적으로는 '슬리퍼'이고 심층적으로는 '전류'이다. 표면적으로 그렇다는 것은 「파편의경치」에서

> 나는遊戱한다
> 유희
> ▽의슬립퍼어는菓子와같지아니하다
> 과자
> 어떠하게나는울어야할것인가

와 「▽의유희」에서

> 슬립퍼어가땅에서떨어지지아니하는것은너무나소름끼치는일이다

의 대비로 나타난다. '슬리퍼'는 두 편의 시가 긴밀히 연결되어 있다는 것을 증거하면서 동시에 그 양태로서 두 편의 시의 비대칭성을 드러낸다. 첫 시에서는 '나'가 '▽'를 유희하려고 하고 그래서 '▽의 슬리퍼'를 신으려 하나, 그 '슬리퍼'는 부드럽지가 않다.("과자와 같이 아니하다"〉'달콤하지 않다'〉'부드럽지 않다'〉'신기에 불편하다'의 연상 작용을 통해) 그래서 나는 '▽'를 유희하지 못한다. 그리고 그것은 시의 화자에게 아주 불행한 상황을 남기고 있다. 두번째 시에서는 그러나 '▽'가 직접 유희한다. 그런데 그 꼴도 그렇게 즐겁지가 않다. '▽'은 배암이긴 하지만 "종이로만든배암"에 불과하고, "▽의웃음을웃는것은破格이어서우스웠다". 왜? 바로 슬리퍼가 "땅에서떨어지지아니하"기 때문, 즉 땅에 부착되어 있기 때문이다. 왜 땅에 묶였는가? 이어지는 설명은 다음과 같다.

▽의눈은冬眠이다
　　　　동면
▽은電燈을三等太陽인줄안다
　　전등　　삼등태양

　　　　　　　　　　　×

▽은어디로갔느냐

여기는굴뚝꼭대기냐

　요컨대 '▽'의 시야가 깜깜하기 때문이라는 것이다. 이 사정을 알려면 다시 앞의 시로 돌아가야 한다. 왜냐하면 '나'가 '▽'을 유희하려 한 까닭이 다음에 있기 때문이다.

電燈이담배를피웠다
전등
▽은I/W이다

×

▽이여! 나는괴롭다

  이 구절이 뜻하는 게 무엇인가? '전등이 담배를 피웠다'는 것. 즉 전등에서 연기가 나고 불이 꺼졌다는 것이다. 짐작컨대 I/W는 그 정전(혹은 최소화된 전기량)의 표시이다. '▽'는 불 켜진 상태의 필라멘트의 모양일 것이고.[2] 그래서 '▽'는 '스틱크'로 변형되었고, '나'는 혼자 한탄한다.

스틱크! 자네는쓸쓸하며有名하다
유명
어찌할것인가

×

마침내▽을埋葬한雪景이었다
매장   설경

  이제 이상 시에서 '어긋 대칭'적 양상이 편재함을 확인하였다. 그 양

---

2) 온라인 검색으로 이미지들을 찾아보면 금세 확인할 수 있다. 또한 "▽은나의꿈이다"라는 시구가 그것을 명료히 암시하고 있다.

상의 속성은 세 가지이다.

첫째, 두 개의 상호 대비 단위가 존재한다.

둘째, 이 두 단위는 언뜻 보면 완벽한 대칭을 이루고 있다. 그 예를 간추리면 다음과 같다.

(1) "13인의 아해가 도로로 질주하오./13인의 아해가 도로로 질주하지 아니하여도 좋소."

(2) 시각화된 도형들:「오감도 시제4호」: 환자의 용태에 관한 문제, 「오감도 시제5호」의 꺾인 화살표 모양, 위 시와 같은 △와 ▽.

(3) 통상적인 인식·감정과 시 속의 인식·감정: 가령 일반적인 인간적 감정은 △에서 안정을 느끼고 그 형태를 선호한다. 그러나 시에서는 ▽이 긍정적인 상태이다.

셋째, 가만히 들여다보면, 그러나 이 완벽한 대칭은 실은 심각하게 어긋나 있다. 그 양태는 대체로 두 가지이다.

(1) 이 대칭이 안정성을 보장하지 않는다(「BOITEUX·BOITEUSE」처럼 두 사람의 절름발이는 이 형태를 완성하기는커녕 영원한 불안정성에 놓도록 한다).

(2) 이 대칭은 제3자의 개입으로 무너진다[가령 위 시에서는 △와 ▽가 있는 게 아니라, △와 ▽, 그리고 '나'(이 대칭의 어긋남을 인식하고 느끼는 자로서의)가 있다].

이러한 양상을 진술화하면 그것이 모순어법이 된다. 그 모순어법적 진술의 전형적인 예가 "거울속의나는참나와는反對요만은/쏘꽤닮앗소" (「거울」)와 같은 것이다. 혹은 이런 구절도 그렇다.

余,事務로써散步라하여도無妨하도다
여　사무　　　산보　　　　무방
余,하늘의푸르름에지쳤노라이같이閉鎖主義로다
여　　　　　　　　　　　　　폐쇄주의

—「수염」부분

　　이 시구에서는 '사무'와 '산보'가, '하늘의 푸르름'과 '지쳤다-폐쇄주의'가 같은 상황을 지칭하는 것으로 제시됨으로써 말의 모순성을 드러내고 있다. 이것은 얼핏 모순어법이 아닌 것처럼 보인다. 전형적인 모순어법은 어떤 설명을 포함하지 않고 그대로 형상을 제시한다. 프랑스 글에 자주 쓰이는 "컴컴한 밝음Clair obscur"처럼 말이다. 이와 같은 방식으로 위 진술을 표현했더라면 "내가 아닌 나"처럼 되었을 것이다. 하지만 이상 시의 모순어법은 그렇게 순 형상의 제시로 이루어진 게 아니라 사연과 과정을 알게 해주는 '설명들'을 달고 있다. 우리는 이런 류의 모순어법을 논리적 모순어법이라고 이름 붙일 수 있을 것이다.

　　'논리적 모순어법'이란, 본래 모순어법이 그 충격적인 모순적 양상의 제시를 통해 말문을 막히게 하는 데에 그치는 데 비해 그것을 통해 성찰을 유발한다는 데서 모순어법의 2단계에 해당한다고 할 수 있다. 모순어법은 통상 이 두 단계를 다 지칭한다. 수사학자 모리에Henri Morier는 그것을 다음과 같이 설명한다.

　　모순어법oxymore은 한편으로는 그 그리스 어원으로부터 충격적인 대비를 통해 주의를 끄는 효과를 갖는다. 다른 한편으로 그것은 '쓰디쓴 달콤함'처럼 일상어들 내에서 사용되어 그 가치를 캐보게끔 유도한다./호레이스Horace가 풍자적으로 "불협교향악symphonia discors"이라고 말할 때 그것은 첫번째 경우에 해당한다. 반면 코르네유Corneille는 "저 별들이 쏟아지는 컴컴한 밝음"(『르 시드』)이라는 표현 속에서 가치들의 중첩을 드러낸다.[3]

우리는 이상의 시가 전형적으로 두번째에 해당한다고 말할 수 있다. 위에서 인용한 「수염」의 첫 행, '사무'/'산보'는 사무를 보려고 앉았으나 정작 하는 일 없이 할 일들을 심드렁하게 훑고 있는 상태를 보여준다. 두번째 행은 하늘의 푸르름에 매혹되어서 그와 같은 경지를 추구했으나 아무리 노력해도 되지 않아서 지쳤으며, 이로 인해 나는 혹은 내 갈망은 스스로 갇혀버린 꼴이 되었다,라는 의미를 가리킨다.

잘 생각해보면 두 개의 모순어법 모두 실은 충격과 성찰이라는 두 개의 절차를 공히 함유하고 있다는 것을 알 수 있다. 다만 어느 쪽에 강조를 두느냐의 차이만 있을 뿐이다. 그래서 롤랑 바르트는 '모순어법'을 두고 "언어의 마지막 토막limite에 있으며" 이로부터 "신비한 교대"가 일어난다고 보았던 것이다.

그것은 모순어법이다. 따라서 언어의 마지막 토막에 있다. 그리고 곧바로 이로부터 신비한 교대가 일어난다: 안젤루스 실레시우스Angelus Silesius의 시편 '98'을 보라: "완전히 버려졌으니 영원히 자유롭고 단독자로다; 그와 신 사이에 무슨 차이가 있단 말인가.[4]

---

3) Henri Morier, *Dictionnaire de Poétique et de Rhétorique*, Paris: P.U.F., 1989[1961], p. 834. 별들이 쏟아진다는 것은 찬란한 하늘이 컴컴해짐으로써 그렇게 될 수 있다는 것을 이해하게끔 한다는 뜻이다. —인용자 주

4) Roland Barthes, 『*Le Neutre: Cours au collège de France(1977~1978)*』, Texte établi, annoté et présenté par Thomas Clerc, Paris: Seuil/IMEC, 2002, p. 256.

모순어법에서의 두 항목의 모순은 말문을 막히게 하는 충격을 준다. 그러고는 곧바로 이 효과가 일어난다. 의미 혹은 존재의 신비로운 교대(변신)가 일어나는 것이다.

그렇다면 이 논리적 모순어법을 통해, 이상이 무엇을 노리는지에 대해서 우리는 얼마간 암시를 받을 수 있지 않을까?

이상 시를 꼼꼼히 읽는 일의 지난함

앞의 글 「이상 시의 어긋 대칭과 모순어법」에서 빠뜨린 것이 있다. 「파편의경치」에서 '∇'이 '필라멘트' 모양이라는 것을 처음 말한 이는 이어령이다.[1] 내가 그 사실을 깜박 누락한 것은 그가 날카로운 직관으로 문제의 역삼각형이 필라멘트 모양임을 알아차리긴 했으나, "전등이담배를피웠다"를 '희미한 전등불'로 해석한 후, 그것의 의미가 무엇인지에 대해 더 이상의 추론을 이어가지 않았기 때문이다. 나는 그 구절을 전등이 전력을 상실한 것으로 보았는데(단순히 희미한 게 아니라), 왜냐하면 그렇게 읽어야만 시의 첫 행, "나는하는수없이울었다"라는 진술에서부터 나중에 '∇'이 한갓 "나의꿈"으로 도망가고 현장에 남은 것은 '스티크'가 되고 마는 사연을 이해할 수 있기 때문이다. 이어령은 무엇을 근거로

---

1) 이상, 『이상시전작집(李霜詩全作集)』, 문학사상자료연구실 편저, 이어령 교주, 갑인출판사, 1978, p. 89.

'필라멘트'를 떠올렸는지는 모르겠으나, 추론을 더 밀고 나가지 않음으로써 실질적으로 시의 해석을 포기하고 말았던 것이다.

이러한 추론의 미흡함은 이어령의 해석을 이어받고 있는 이승훈에게서도 똑같이 보이는데, 그 역시 날카로운 직관으로 '전등'과 '담배'의 동일성의 관계를 읽어내고는 있지만, 전등의 '삼각형'이 왜 담배의 '직선형'과 동일시될 수 있는지에 대한 상식적인 물음 앞에서 엉뚱한 초보 정신분석학적인 해석으로 빠져들고 말았다. 즉 그는 이렇게 말한다.

「스틱stick」는 지팡이, 단장을 뜻하며 여기서는 ▽의 변형. 곧 연인 (△)과 대비되는 나(▽)의 변형. 지팡이는 남성을 뜻하는 상징이기도 함.[2]

스틱〉지팡이〉남성의 성기,라는 추론은 꽤 유혹적이기는 하지만, 시의 정황을 전혀 이해하지 못한 상태에서 나오는 성급한 해석이다. 그 자리에서 그 물건이 나와서 무엇에 쓰이겠는가? 그건 있으나 마나 한 것이다(굳이 의미 부여를 하자면, '▽'이 삼각형의 모습으로는 육체와 정신의 합일체였는데, '스틱'로 변형됨으로써 그저 '육체뿐인 짐승'이 되었다는 뜻 정도는 될 수 있을 것이다). 이런 몰이해는 '스틱'를 "▽의 변형"으로 읽는 감각적 포착에도 불구하고, 왜 그런 변형이 일어났는지에 대한 해명을 동반하지 못하게 하며, 더 나아가 '▽'이 "나의꿈"이라고 명시되어 있는데도 불구하고 곧바로 '나'로 해석하는 오독을 유발한다. 이런 독법의 회로 안에선 이미 두번째 연부터 "▽이여! 나는괴롭다"라고 명시되어서 '▽'이 '나'의 직접적인 지칭이 아니라는 점을 간단히 건너뛰고 말

---

2) 이상, 『이상문학전집 1—시』, 이승훈 엮음, 문학사상사, 1989, pp. 101~02.

게 되어, 'ᐁ'가 '나'가 아니라 '나'의 명운을 걸고 무대로 나온 페르소나라는 점을 알 수가 없게 되고, 더 나아가 이 페르소나의 역할이 궁극적으로 나의 변모를 '도모하는 일'이라는 사실을 알아차리기란 어둠 속에서 머리카락 줍기와 다를 바가 없을 것이다.

거듭 깨닫는 것이지만 좋은 시는 그 무엇이든 결코 완벽하게 해석되지 않으며 따라서 해석이 늘 다양할 수밖에 없다. 때로는 해석의 다양함이 시의 난해도를 더 부풀리고, 고급 독자라 자처하는 사람들은 그 난해성을 즐기기도 한다. 그러나 우리가 난해한 시를 읽는 것은 난해함을 즐기기 위해서가 아니라, 그 난해함을 가능한 한 나의 경험인 듯이 느껴서 그것을 삶의 어려움으로 투영하여 어려운 삶을 제대로 살아내기 위해 연습하는 일 중의 하나이기 때문이다. 만일 우리가 난해한 시에서 언어의 트릭만을 보았다면 그것은 아무것도 못 읽은 셈이 되고, 그 트릭을 더 늘려서 즐기지도 못한다. 오로지 그 기교가 어떻게 우리 삶의 핵심에 개입하는가를 이해하는 일이 중요한 것이다. 그런 의미에서 시는 내 몸으로 느끼는 것이다. 즉 몸으로 느낀다는 것은 시의 독서가 궁극적으로 실존적 만남과 변신의 체험이라는 것을 뜻한다.

모순어법의 구경(究竟)
─ 미래의 인간을 만나기

> 인간이 인간이 되는 것은 이 만남을 통해서이다.
> [……] 인간이란 도대체 만나지 않는 것이다.
> ─ 김현, 「이상(李箱)에 나타난 만남의 문제─소설을 주로 하여」[1]

    앞에서 이상의 시가 '논리적 모순어법'에 의해 구축되었다는 것을 살펴보았다. 이 논리적 모순어법 속에서 사물들과 기호들과 인물들의 상반된 유형들은, 그의 말을 빌리면, "두종류의존재"[2]들은 태연한 표정으로 하나가 된다. "인공도자연과다름없이" 되고, "굴곡한직선"[3]이 현상되며, "불길과같은바람" 속에 "얼음과같은수정체[가] 있"[4]고, "웃지 아니

---

1) 김현, 『김현 예술 기행/반고비 나그네 길에』(김현문학전집 제13권), 문학과지성사, 1993, pp. 339~40 재인용.
2) 이상, 「이상한가역반응」, 『정본 이상문학전집 1─시』, 김주현 주해, 소명출판, 2005, p. 31. 이하 『전집』으로 표기.
3) 「▽의遊戱」, 『전집 1』, p. 35.
4) 「LE URINE」, 『전집 1』, p. 45.

하여도 웃는 것이"⁵⁾ "발열(發熱)의한복판에서혼수(昏睡)한다".⁶⁾

이상이 이런 '생쇼'를 하는 까닭이 무엇인가? 롤랑 바르트가 모순어법을 두고 "언어의 마지막 토막에 있다"고 말한 것이 그 까닭을 밝혀준다. 즉, '새롭게'–'다시'–'살고파서',라고 밖에는 달리 대답을 할 수가 없다. 하나의 극을 완벽히 회전시켜 정반대의 극에 위치시키고 싶은 것이다. 그럼으로써 그는 죽음을 통으로 생으로 만들고 싶은 것이다.

> 나의步調는繼續된다
> 보조 계속
> 언제까지도나는屍體이고저하면서屍體이지아니할것인가
> 시체 시체
> ―「BOITEUX·BOITEUSE」부분⁷⁾

에 그대로 표현되어 있듯이 말이다. 그러니 이상의 '모순어법'은 절박한 의도로부터 분출한 것이 아니라 할 수 없다. 그리고 이상만의 고유한 길은 바로 이로부터 시작되었다고 감히 말할 수 있다. 이 주장은 다음과 같은 내용을 이룬다.

우선, 모순어법의 첫 거푸집이 '어긋 대칭'인 데서 암시받을 수 있듯이, 이상에게 이 '새롭게 다시 살기'는 '만남'의 문제로 집중되었다. 거울 속의 '나'와의 만남, ▽와 △의 만남, 두 절름발이 부부의 만남, 바른손과 왼손의 만남. 불과 얼음의 만남. 그는 이 상극을 이루는 것들을 어긋지게 마주치는 상태로 만들어, '어긋짐'을 통해서 상극성을 부각시키되, 마주침을 통해서 만남의 필요를 주입한다. 거꾸로 말하면, 그는 끊임없

---

5) 「홍행물천사」, 『전집 1』, p. 52.
6) 『전집 1』, p. 42.
7) 『전집 1』, p. 40.

이 만남의 중요성을 상기시키면서, 제대로 만나지 못하는 상태를 자각케 하고, "정말로/'같이노래부르세요'/하면서나의무릎을때렸을터인일에대하여/▽은나의꿈이다"[8]와 같은 솔직한 토로를 통해 진정한 만남에 대한 소망을 애틋하게 표현하고 있다는 점으로부터 이상의 최대의 관심사는 바로 '만남'이라는 것을 확연히 알아볼 수 있기 때문이다.

왜 만남이 강조되어야 하는가? 이상에게서 만남의 문제가 핵심임을 찾아낸 사람은 젊은 시절의 김현이 거의 유일한 듯하다. 그리고 그 역시 그 이후에는 더 찾질 않았다. 여하튼 젊은 김현은 이상을 두고 이렇게 썼다.

우리는 이 만남의 문제를 우리의 전존재를 던져 해결해야만 하는 것임을 안다. 이제 우리는 만남의 문제를 해결하기 위해서 이 고요한 풍토에서 처음으로 단절을, 수없는 타인 가운데서 처절한 고독을 느꼈던, 그러기에 써야만 했던 상(箱)을 더듬자.[9]

우리는 김현이 찾아낸 만남이 예사 만남이 아니라는 것을 금세 알 수 있다. 왜냐하면 "수없는 타인 가운데서 처절한 고독을 느꼈"다고 쓰고 있기 때문이다. 이는, 김현이 하이데거Martin Heidegger의 용어를 빌려 '다스 만'이라고 지칭한 사람들과의 만남은 이미 무수히 있었지만, 동시에 아무 의미가 없는 일이었다,라는 뜻을 함의한다. 그러니까 진정한 사람과의 진정한 만남이 문제가 되는 것이다. 왜 이런 '진정성'이 문제가

---

8) 「파편의경치」, 『전집 1』, pp. 33~34.
9) 김현, 같은 책, p. 341.

되는 것일까?

　나에서 출발하여 나 아닌 타자와 만남을 소유하려는 욕구는 상의 전 작품의 기조를 이룬다. 나와 나 아닌 타자라는 이 두 개의 얼굴은 상에게 있어서는 존재의 의미를 캐려는 고된 작업이었고, 하이데거가 말하는 바의 "타락하지 않으려는" 실존의 고민을 말하는 것이다. 그러므로 상에게 있어서 이 두 세계의 어느 하나를 무시한다는 것은 존재의 의미 탐구를 포기하는 것을 의미하며 자기의 상실을 의미하고 있는 것이다. 세계 내에 있어서의 두 개의 얼굴의 만남은 성공할 수 있을 것인가—이러한 현대의 밑바닥을 흐르는 생각은 상의 근본 자세를 형성하는 것이다. 세계는 만남을 통하여서만 형성된다는 것을 그는 안다. 헤겔식의 질서정연한 세계는 이런 카오스에서는 형성되지 않기 때문이다. 그러나 그는 동시에 인간의 만남은 신의 사망 이후 금지되어 있다는 것을 알고 있는 것이다. 이러한 금지된 지역에서, 주위에서는 열심히 19세기적인 만남의 자세를 취할 때 상은 홀로 이 시대적인 흐름을 느끼고 골몰히 생각하고 있었던 것이다—인간의 만남은 과연 성립될 것인가고.

　이 진술의 내용이 지금의 시점에서는 다소 평범하다 하더라도 복기할 필요가 있다. 우리가 상식적으로 알고 있는 것을 두고서, 대강의 짐작으로 그 본뜻을 덮어버리는 일을 우리는 얼마나 많이 저지르고 있는가? 이 진술의 전언의 핵심은 두 가지다. 첫째, '나는 나에서 출발하여 나 아닌 타자와 만나야 한다'는 것이다. 둘째, 그러한 만남이야말로 '현대적'(19세기적인 것이 아닌 것)이라는 점이다. 결국 이는 근대인the modern의 존재 확인에 대한 문제이다. 신을 떠난 인간에게 "인간의 만남은 금지되어 있다"는 것(왜냐하면 신을 떠난 순간 인간은 어디에도 의지할 데가 없는 단독자가 되었으므로), 그럼에도 불구하고 인간이 스스로의 정체를 확인하려면 만나야만 한다는 것(왜냐하면 누구도 자신에게 존재 이유를 제공하지 않으며, 스스로 설정한 존재 이유가 타인을 통해서 인정되어야 하기 때문에, 그것은 신을 매개로 한 시절에는 당연한 것으로 여겨졌던 공식화된 의미망 속에 갇힌 만남이 아니라, 스스로의 '개별자'됨을 확인케 해주는 개척적인 만남이 되어야 한다는 것)을 뜻하는 것이다.

그 적확한 인식은 동시에 절박한 인식이기도 하다. 만남은 금지되어 있으나 만나야 하기 때문이다. 그런데 우리는 여기에서 한 걸음 더 나아가야 한다. 왜냐하면 이 절박성이 '실행'되기 위해서는 하나의 조건이 추가되어야 하기 때문이다. 즉 아무리 절박하다 하더라도 가능성이 없다면 만남의 시도 자체가 도시 주어지지 않는 것이다. 그러니 거꾸로 이상은 바로 그 가능성을 확신하고 있었다고 가정해야 할 것이다. 그것은 19세기의 보편적 진리처럼 결코 미리 주어지지 않는 데에도 불구하고, 그에게 이미 분명한 잠재태로서 주어졌을 것이다. 왜? 바로, 출발의 확실성에 의해서. 즉 20세기 인간으로서의 '나'에 대한 자각이 있었기 때문에, 19세기에 대한 강력한 부정이 표명될 수 있었던 것이고 또한 바로 그런 이유에 의해서 20세기의 미래적 비전 속에 위치한 '나'의 모습이 선취되었을 것이다.

바로 이러한 사정으로부터 이상 기법이 결정된 것이다.

첫째, '미래의 나'의 선취로부터 어긋 대칭의 근거가 제공된다. '미래의 나'는 '현재의 나'의 변형태일 수밖에 없다. '미래의 나'는 '현재의 나'와 아주 다르지만 그러나 후자로부터 태어난 것이다. 이러한 인식은 그의 시 사방에서 표출된다. △/▽의 대비는 전형적인 양태이다. 그가 자신이 인정한 사람들을 특별히 그리워한 것도 그러한 인식의 결과이다. 가령 그는 김기림에게 보낸 편지에서 이렇게 썼다.

　　태원(泰遠)은 어쩌다가 만나오. 그 군(君)도 어째 세대고(世帶苦) 때문에 활갯짓이 잘 안 나오나 봅디다./지용(芝溶)은 한번도 못만났오./세상(世上) 사람들이 다— 제각기의 흥분(興奮), 도취(陶醉)에서 사는 판이니까 타인(他人)의 용훼(容喙)은〔=는: 인용자〕불허(不許)하나봅디다. 즉 연애(戀愛), 여행(旅行), 시(詩), 횡재(橫財), 명성(名聲)— 이렇게 제것만이 세상(世上)에 제일(第一)인줄들 아나봅디다./자— 기림형(起林兄)은 나하고나 악수(握手)합시다. 하, 하./편지 부디 주기 바라오. 그리고 도동(渡東)길에 꼭 좀 만나기로 합시다. 꾿빠이.[10]

이상이 김기림에게 보낸 '사신(私信)'들에는 자신이 '개인적으로 믿는' 사람들에 대한 만남의 욕구로 가득하다. 만나자는 요청이 아예 편지의 내용 전체를 점령하고 있을 정도다. 그는 이렇게까지 썼다:

　　한화휴제(閑話休題)— 3월(三月)에는 부디 만납시다. 나는 지금 참 쩔쩔매는 중(中)이오. 생활(生活)보다도 대체(大體) 어떻게 했으면 좋을지를 모르겠오. 의논(議論)할 일이 한두가지가 아니오. 만나서 결국(結局) 아무 이야기도 못하고 헤어지는 한(限)이 있드라도 그저 만나기라도 합시다.[11]

---

10) 이상, 『정본 이상문학전집 3—수필』, 소명출판, 2005, p. 245.
11) 『전집 3』, p. 255.

이 편지에 토로된 이상의 속정은 이렇게 해석될 수 있다: "한화휴제(閑話休題)"(한가한 얘기는 하지를 말자는 뜻이다)라고 서두를 꺼낼 만큼 그는 만나서 '의논'할 얘기가 절실했다. 그것은 '생활'을 넘어서는 문제인데, 도대체 "어떻게 했으면 좋을지"를 모를 숙제이다. 그러나 그것은 오로지 '기림'과의 만남을 통해서만 해결될 수 있는 것이다. 설혹 어떤 해결책을 얻어내지 못한다 하더라도, 기림과의 만남은 앞으로의 해결에 대한 기대를 지속시켜줄 것이다.

이것은 그가 만남의 필연성을 절박하게 느끼고 있었을 뿐만 아니라, 만날 상대가 '뛰어난 사람들'('제 것'에 '도취'한 사람들)이어야 한다는 것을 알고 있었다는 것을 알려준다. 왜냐하면 그들은 '미래 인간'의 현재적 제유이기 때문이다.

둘째, 만남 양식의 비선험성과 만날 두 존재의 상이성과 상관성의 이중관계로부터 '어긋 대칭'이 도출되었다고 이해할 수 있다. 만남이 금지되어 있는 상태에서 만나야 한다면 만날 존재가 '미래의 자신'으로 가정됨으로써 그게 가능하다고 하였다. '현재의 나'는 이상적인 상태가 결코 아니지만 그러나 '미래의 나'는 오로지 '현재의 나'로부터 출발해서만이 나올 수 있다. 이로부터 만나는 두 존재 사이엔 유사성과 어긋남이 동시에 존재한다. 유사성은 근원을 가리키고 어긋남은 궁극을 암시한다. 바로 이것이 이상이 "두 종류의 존재의 시간적 영향성"[12]이라고 지칭한 것의 실상일 것이다.

셋째, 어긋 대칭의 사이에 '존재의 부재화'가 일어난다. 기억의 차원

---

12) 「이상한가역반응」, 『전집 1』, p. 31.

으로 치환하면 뇌의 용기에 '망각'이 개입하고, 언어의 차원으로 치환하면 두 개의 언급 사이에 '침묵성'이 있다. 어긋 대칭 사이에 일어난 존재의 부재는 존재 변환을 위한 필수적인 '존재의 정지', 아니 '정지화'이다.

이러구려 數字의 COMBINATION을 忘却하였던 苦干小量의 腦髓에는
숫자   망각   약간 소량   뇌수
雪糖과같이 淸廉한異國情調로하여 假睡狀態를입술우에꽃피워가지고있을
설탕   청렴   이국 정조   가수 상태
즈음繁華로운꽃들은모다어데로사라지고이것을 木彫의작은羊이두다리
    번화   목조   양
를잃고가만히무엇엔가귀기울이고있는가.

—「LE URINE」 부분[13]

미래의 인간은 계산만으로는 창출되지 않는다. 그 사이엔 망각이 개입해야 한다. 망각이 기억을 말소할 때, '뇌수'에 감미로운 "이국정조"가 "가수상태"(즉 백일몽의 음성적 양태)를 꽃피우고, 그때 현실에 화려히 핀 꽃들은 모두 사라진다. 그것들은 가수상태의 질료로 전화되었다(그렇지 않으면 꽃의 존재는 "매춘부의 거리를 이루"[14]는 역할에 불과하게 된다) 그때 작은 양은 '목각'에 갇힌 운명을 벗어나 산 존재로 다시 태어나야 하는데, 그러려면 우선 "두 다리를 잃"어야 한다. 그 상실은 신생을 노리는 죽음 충동의 발현이다.[15]

꽃이보이지안는다. 꽃이香氣롭다. 香氣가滿開한다. 나는거기墓穴을판
              향   향기   만개   묘혈

---

13) 『전집 1』, p. 46.
14) 「猫」, 『전집 1』, p. 170.
15) 자세히 풀이할 지면은 없으나, 프로이트의 「쾌락 원칙을 넘어서」에 대한 해석이 최종적으로 도달한 곳이 바로 이 자리다.

다. 墓穴도보이지안는다. 보이지안는墓穴속에나는들어안는다. 나는눕는
다. 또꽃이香기롭다. 꽃은보이지안는다. 香氣가滿開한다. 나는이저버리
고再처거기墓穴을판다. 墓穴은보이지안는다. 보이지안는墓穴로나는꽃을
깜빡이저버리고들어간다. 나는정말눕는다. 아아. 꽃이또香기롭다. 보이
지도안는꽃이―보이지도안는꽃이.

―「절벽」 부분[16]

이제 이 시가 얼마나 쉽게 이해가 되는가? 꽃의 향기는 꽃을 부재시
켜 미래의 예감으로 만드는 운동이다. 그리고 그 향기를 맡는 나는 죽
는 연습을 해야만 한다. 다시 태어나기 위해서. 물론 정말로 죽으면 안
된다. 지구상의 모든 존재는 007이 아니다. 그들의 목숨은 하나뿐이다.
때문에 진짜 죽는 게 아니라, 죽음의 성질이 살아 있는 몸에 내장되어
야 한다. 그것이 '묘혈'을 파고 "보이지안는묘혈"에 "꽃을깜박이저버리고
들어"가 '눕는' 행위의 의미이다. 죽음이 아니라 죽음의 성질, 즉 죽음
성을 내장하는 것이다.

또한 이것은 저 '두 다리를 잃은 양'이 '가만히 무엇엔가 귀 기울이'듯,
말속에 침묵성을 내장하는 행위다. 이것은 하이데거의 다음 진술을 상
기시킨다.

논리logique의 본질은 '침묵성la sigétique'에 있다. 후자로부터 출발해서
만이 언어의 본질이 이해될 수 있다.[17]

---

16) 『전집 1』, pp. 111~12.
17) Martin Heidegger, *Beiträge zur Philosophie*; Martina Roesner, 「"Logos, Logique
et 《Sigétique》,"」 *Revue des sciences philosophiques et théologiques*, Vrin, 2007. 12,

이상이 하이데거를 읽었을 리 만무하지만 그의 시는 이 '침묵성'을 정확하게 표현하고 있다.

沈默을打撲하여주면좋겠다
침묵　　타박
沈默을如何히打撲하여나는洪水와같이騷亂할것인가
침묵　여하　타박　　　홍수　　　소란
沈默은沈默이냐
침묵　침묵

메쓰를갖지아니하였다하여醫師일수없을것일까
　　　　　　　　　　　　　의사
天體를잡아찢는다면소리쯤은나겠지
천체

—「BOITEUX · BOITEUSE」부분[18]

침묵을 두 소리 사이에 두는 게 아니다. 침묵을 타박하여, 즉 두들겨 패서, 소란을 만드는 것이다. 그때 침묵은 침묵이 아니라 새로운 소리를 만들어내는 풀무이다. 소리의 침묵성은 다른 소리로 전환되기 위한 불가결한 장치이다. 의사가 '메스'를 들 듯, 두 소리를 갈라 그 안에 침묵을 집어넣는 게 아니다. 두 소리의 전환은 차라리 소리 세계 전체를 '잡아 찢는' 방식으로 창출된다. 그러려면 옛 소리가 스스로 침묵을 내장해야 한다. 아니 침묵의 양태로 운동해야 한다. 그것이 '침묵성'의 의미이다. 이상의 다음과 같은 시구도 그와 같은 방식으로 해석되어야 한다.

---

p. 642에서 재인용. 최근에 주목을 받고 있는 하이데거의 이 문헌은 영어·프랑스어나 한국어로 번역된 것을 찾을 수가 없어서, 독어를 모르는 나로서는 전문을 읽을 수가 없었다. 누군가 번역을 해주었으면 좋겠다.
18) 『전집 1』, p. 40.

疎한것은密한것의相對이며또한
소   밀   상대
平凡한것은非凡한것의相對이었다
평범   비범   상대
나의神經은娼女보다도더욱貞淑한處女를願하고있었다
   신경   창녀   정숙   처녀   원

—「수염」 부분[19]

이 시구에서 '상대'는 대립을 가리키는 게 아니다. '밀'한 것은 '소'한 것이 스스로의 변형을 통해서 생성하는 것이며 그 역도 마찬가지다. 그렇게 해석해야만 "창녀보다도더욱정숙한처녀"를 이해할 수 있다. 그 처녀는 자신의 옛몸을 철저히 버리는 과정을 통해서 순수한 나신으로 새로 태어난다.

때문에 이상이 '부정에는 철저하였으나 생성에는 실패했다'는 정명환 교수의 주장을 진지하게 받아들인다 하더라도, 적어도 기획의 차원에서는 그는 신생을 향한 그림을 그리기를 마다하지 않았고 더 나아가 그것을 현실화하기 위한 핵심적인 방법론을 개발하였다고 말할 수 있지 않을까? 비록 그의 방법론이 난해하기 그지없어 거의 이해되지 못했다 하더라도, 오히려 그 덕분에 그의 생성의 기획은 무한 잠재성의 차원으로 이동하고 그로부터 신생을 향한 무한정한 탐험을 고스란히 후대의 모험가들에게 이월시켰으니, 이 또한 이상이 마주했던 현실과 미래 독자 사이에도 어긋 대칭과 모순어법이 작동했다는 것을 확인할 수 있는 사건이라, 어찌 즐겁지 아니하랴?

실로 이상은 자신의 기획이 버림받으리라고는 추호도 생각지 않았다.

---

19) 『전집 1』, p. 38.

누구는나를가리켜孤獨하다고하느냐
  고독
이群雄割據를보라
  군웅할거
이戰爭을보라
  전쟁

—「공복」부분[20]

  다만 그는 당장 배가 고팠을 뿐이다. "바른손에과자봉지가없"었던 것
이다. 그러나 왼손에 과자봉지가 쥐여 있던 것이니, 그것을 찾으려 "지
금막온길을오리나되돌아"가야만 하는 "곤란한노동만이가로놓여있는"
현실에 고통했던 것이다. 물론 그 고통은 독하기 짝이 없어서 「수염」의
마지막 구절이 그대로 보여주듯이,

  余, 事務로써散步라하여도無妨하도다
  余, 하늘의푸르름에지쳤노라이같이閉鎖主義로다

  그는 탈진하였으나, 그럼에도 불구하고, 그가 또렷이 명시하고 있는
"하늘의푸르름"은 독자들의 안와(眼窩)를 한치의 여백도 없이 가득 채웠
으니, 결코 안와(安臥)할 수 없게 "사무로써[의]산보", 즉 신생을 향한 편
력을 항구적으로 추구하도록 독자들의 자세를 망부석처럼 굳혀 놓았
어라. "폐쇄주의"라는 마지막 언명은 차라리 그걸 가리키는 '반어irony'
라 해도 무방하리라. '반어'는 이상이 모순어법을 자신만의 고유한 기법
으로 구축했듯이 그가 항상 즐기는 어법이었다. 그것은 말 그대로 미래

---

20) 『전집 1』, p. 42.

의 존재를 부재의 방식으로 선취하는 놀이였다. 그런 그의 반어들 중에
최고는 다음 시라고 필자는 생각한다.

空氣構造의速度—音波에依한—速度처럼三百三十메—터를模倣한다
공기 구조   속도   음파 의   속도   330   모방
(光線에比할때참너무도劣等하구나)
광선 비   열등

光線을즐기거라, 光線을슬퍼하거라, 光線을웃거라, 光線을울거라.
광선   광선   광선   광선

光線이사람이라면사람은거울이다
광선

光線을가지라.
광선
                                        —「선에관한각서 7」부분[21]

그래 독자여, 내 사랑하는 위악의 독자여, '산울림'의 가락을 타고
"우리 같이 놀아요". 광선을 가지고 놀아요.

---

21) 『전집 1』, p. 64.

5부

———

한국 이야기시의 등장

한국인들은 왜 이야기를 좋아할까?

한 이야기로 시작하자. 이 얘긴 실화다.
이 이야기가 한 글쓰는 친구에게 도착했다. 우리에게
도착하는 이야기들은 우리 마음의 깊은 곳으로부터
온다. 그것들은 아주 먼 곳으로부터 왔다. 우리
마음의 바닥 모를 밑바닥보다 더 먼 것은 없다.
오늘 한 글쟁이에게 도착한 이야기가 걸음을
내딛은 건 여러 해 전이었다.
—크리스티앙 보뱅, 「붉은 꽃받침들의 헝클어짐Un désordre de
pétales rouges」[1]

이야기시로 넘어가본다. 한국인들은 이야기를 좋아한다. "이야기를 좋아하면 가난하게 산단다"라는 옛말이 있는데, 가난하게 살려고 그러나?

물론 아닐 것이다. 왜냐하면 한국인들은 끊임없이 "잘 살아보세"를

---

[1] Christian Bobin, *Mozart et la pluie*, Les Éditions Lettres vives, 1997, p. 45.

외치는 사람들이기 때문이다. 오히려 잘 살아보고 싶어서 이야기를 좋아하는 듯하다. 올해의 정치판에서도 여야 가릴 것 없이 "스토리가 있는 인재를 영입하는 데 열을 올리다"(어느 방송에서 들은 말이다) 사고가 나는 경우가 여러 건 터진 바 있다. 그러니까 이야기를 좋아한다는 것은 잘 살아보려고 기를 쓰다가 폭망하기 십상이다, 라는 얘긴가?

여하튼 필자는 일제하의 한 시인에게서 '이야기'의 위력을 진하게 느낀 적이 있다. '백석'이다. 1988년 납·월북 문인들의 해금이 이루어졌을 때, 당연히 정지용이 가장 큰 관심의 대상이 되었다. 약간의 전문성을 갖춘 독자들에게 정지용은 일제하에서 가장 정교한 시를 쓴 시인으로 이해되고 있었다. 일제강점기의 시들에 적의한 해석들을 보여주었던 유종호 교수는 정지용 시를 줄줄 외고 계셨다. 그런데 얼마 안 있어, 사람들의 관심은, 연구자들까지 포함하여, 상당 부분 백석으로 이동하였다. 그런데 이 두 시인 사이의 차이가 겉으로 보아도 바로 두드러져 보여, 이 관심의 이동은 썩 유의미한 궁금증을 불러일으킬 만한 것이었다.

「난해성이라는 애물」에서 정지용의 시학을 '건축'에 비유하였듯, 잘 빚어진 구성의 효과가 정지용 시의 특장이라면, 백석은 이야기시의 한 구경에 가 닿아 있는 것이다. 한국 독자들이 정지용보다 백석을 선호하는 건, 정지용의 편에서 보면, 구조적 짜임새 혹은 그 짜임을 위해 동반되는 '압축'의 작업을 한국 독자들이 버거워한다는 사정을 암시하며(왜냐하면 시인이 짜놓은 것을 독자는 풀어야 하는데, 푸는 것도 여간한 노력과 기술로는 쉽지가 않기 때문이다), 백석의 편에서 보면 한국 독자들은 시가 성취한 미의 아름다움에 도취하기보다 그 미적 현상이 있기까지의 '사연'에 호기심을 가진다는 것을 뜻한다.

나는 여기에서 좀더 존재론적인 질문으로 들어갈 필요를 느낀다. 한국인들이 이야기를 좋아한다는 것은 한국인의 '심성mentalité'에 대해 무엇을 이야기하는가? 그건 또한 한국문학의 탄생과 진화에 어느 정향과 형세를 주게 되었는가? 후자의 질문에 대해 나는 다른 자리에서 한국 시는 태생적으로 '대화'의 시였다는 말을 흘린 적이 있고(「공무도하가」의 저 외침을 상기해보시라. 이어서, 「제망매가」「찬기파랑가」「정읍사」「송인」「가시리」「아리랑」「진달래꽃」을), 그에 대한 탐구의 결과를 조만간에 밝히겠다고 약속을 한 적이 있는데, 이 사항을 들여다볼수록 무장무장 어질머리만 심해지는 꼴에 처하게 된다. 지금까지의 사색만으로는 부족하고 좀더 깊은 곳으로의 굴착과 생각의 다듬이 필요한 듯이 보이는데, 어렴풋한 짐작으로는, '대화'로서의 시는 시 일반의 보편적 진화 맥락에서 보자면, 어떤 단계(아마도 초기 단계)에서의 '머묾'과 그 여파로 발생한 '어떤 정서'로부터 '어떤 사유'로의 '단속short-circuit'과 연관되어 있는 듯이 보인다. 이런 짐작을 하게 한 대강의 단서들은, '대화'로서의 시가 한국 시의 기원에 자리잡고 여전히 오늘의 한국 시에 압력을 주고 있다는 것은, 한국인이 이야기를 좋아한다는 것과 각별한 연관을 맺고 있는 듯하다는 게 그 첫번째 단서이고, 한국인이 좋아하는 이야기에는 특별한 '대상'과 '수량'과·'형식'이 있다는 것이 두번째 단서이다. 후자를 좀더 풀이하자면, 한국인은 자기를 이야기하는 것도 좋아하지만 남의 이야기를 더 좋아하고, 긴 이야기보다 짧은 이야기에 더 애착하며, 이야기에 몰입적으로(마셜 매클루언의 분류로 보자면, '쿨'하게) 반응한다는 것, 그리고 이 반응의 효과는 썩 '일방적'이라는 것이다. 세번째 단서를 추가한다면, 일반 심성사의 전개로 보자면 이야기에 대한 선호는 한국인에게만 있는 것이 아니라 모든 문화권들이 특정 시기에 그 단계를 거쳐간다는 것일 게다. 즉 한국인의 언어문화는, 다른 집단의 언어문화가 이야기로부터 다른 것으로 나아가는 시간대에, 이야기를 대화로 바꾸는 널찍한 연못을 파고 있었다는 얘기다.

이런 문제들을 진지하게 헤아린다는 것은 현재의 나로서는 여유도 능력도 가지고 있지 못하다. 다만 내가 기초적이라고 파악한 데에 충실함으로써 약간의 진전을 이뤄보고자 한다.

왜 이야기를 좋아하는가? 앞에서 필자는 그런 마음의 움직임을 시 자체를 즐기는 마음과 대비하여, 시가 이뤄지기까지의 사연을 즐기는 태도라고 하였다. 이것이 중요한 차이임을 이해하려면, 그런 태도의 인간적 효과가 분석되어야 한다. 도대체 왜 그러한가? 그리스 태생이면서 프랑스와 그리스의 수많은 소설들의 교차 번역가이자 그 자신 소설이기도 한 바실리스 알렉사키스의 다음과 같은 진술을 참조해보자.

현재가 우리에게 충분치 않다는 것은 사실이다. 〔……〕 그런데 왜? 아마도 현재란 얼마간 지겹기 때문일 것이다. 우리는 한 발을 현실 밖에 두고 살고 있다. 우리는 이중생활을 한다. 현재는 우리의 기억과 우리의 상상 사이에서 일어나는 끝없는 대화의 증인일 뿐이다. 우리에겐 이야기가 필요한 것이다. 말을 하기 시작한 최초의 인간, 나는 그를 기꺼이 호모 나란스〔Homo narrans: 이야기하는 인간〕라고 명명할 것이다.[2]

이 진술은 이야기의 기능을 명료히 지시한다. 이야기는 현재를 넘어서기 위한 시도이다. 현재를 넘어서기 위해 기억과 상상을 연결시킨다. 현재는 기억이 상상으로 넘어가는 긴 터널의 매 순간일 뿐이다. 그리고

---

2) Vassilis Alexakis, *Le premier mot*, Paris: Stock, 2010, p. 408.

그에 의하면 그런 터널을 구축하는 이야기가 '말'의 근본적 기능이다. 그렇다면 이렇게 된다. 한 편의 완미한 시는 현재의 총화이자 정수이다. 반면 이야기는 아무리 현재가 아름답다 하더라도, 그 현재 너머로 나아가게 한다. 그러나 이런 이해는 무리하고 무례하다. 한 편의 완미한 시란 단순히 현재에 속하는 것이 아니다. 그것 역시 "기억과 상상의 끝없는 대화"의 농밀한 결과물로서 태어난 것이다. 그것은 현재를 과거(기존의 현실)를 극복하기 위한 상상적 이미지들로 가득 채운다.

그러나 이런 반론이 또한 가능하다. 그 현재는 현재 속에서 완성됨으로써 미래로 향한 굴을 파지 못한다. 이야기는 완성된 현재를 부정하고 미완의 지평을 향한 문을 연다. 다시 반론: 그렇지만 한 편의 완미한 시는, 그것이 가진 가정된 절대성(완벽한 미)을 통해서 현재마저도 무화시키고 새로운 현재로 대체한다. 더 나아가 그 절대성은 미래의 어떤 시도들도 모두 불완전하게 만든다.

그러나 이렇게 되면 결국, 한 편의 완미한 시와 이야기는 구별이 모호해지게 된다. 왜냐하면 전자는 이야기를 직접 늘어놓지 않지만, 그 절대성에 대한 궁금증과 모든 미완의 삶에 대한 반성을 유도함으로써 아주 풍요한 이야기들을 유발하는 기능을 가지기 때문이다. 이야기는 완미함 속에 내장된다. 제사에 인용된 보뱅의 시구가 그 제목으로 정확히 가리킨다. 네가 보는 이 아름다운 붉은 꽃잎들은 실은 흐트러져 있기 때문에 아름다운 것이다. 무질서가 질서이다,라고.

그렇다면 우리는 다시 물어야 한다. 이야기를 잠재성으로 내장하는 완미한 시와 이야기를 현재화하는 '이야기시'의 차이는 무엇인가? 정지용과 백석의 차이는 무엇인가?

일단 이상의 논의들은 이야기가 완성을 부정케 하고 끝없는 도정 속에 존재자들을 참여시키게 한다는 것을 가리킨다. 이야기의 가장 기본적인 기능은 '성찰'을 점화시키는 것이며, 그 효과는 '갱신'이다. 그러니, 이것만으로는 '이야기시'만의 고유한 성질이 드러나지 않는다.

그렇다면 이런 구별은 어떠한가? 이야기를 통해서 존재자들은 자신이 완성의 도정을 향해 있다는 믿음을 가지게 된다. 즉 이야기하기의 실제성은 그 이야기를 행하는 자들에게 일종의 '신용'으로 작용한다. 즉 이야기는 미래를 향해 가는 기차이고 이야기하는 나는 그 열차에 올라타고 있는 것이다.

이러한 추정은 꽤 신빙성이 있다고 필자는 생각한다. 왜냐하면 그 자체로서 완미한 시는 보통 사람들이 가 닿기 어려운 '고처'에 자리한다. 저 옛날 박용철이 직관적으로 포착해내었던 것처럼. 보통 시인들, 보통 독자들은 고처에 다다를 수가 없다. 감수성이 뛰어난 시인, 독자도 어림짐작으로 그 언저리를 배회할 뿐이다. 배회하다가 때로 염화시중의 미소에 값할 전음(傳音)을 들을 기회를 바랄 뿐이다. 그게 박용철이 「시적 변용에 대하여」에서 열심히 풀이한 시의 신비이다. 따라서 완미한 시는 일반 독자와 보통 시인에게 그곳에 다다를 열쇠를 제공하지 않는다. 보통 독자에게는 고평통보(高平通寶)가 없다!

반면 이야기시는 시 세계의 구경(究竟)에 다다를 상평통보를 나누어준다. 그게 '이야기시'의 매력이 아닐까? 그러나 이런 추정은 실제의 시 분석을 통해서 밝혀져야 한다. '이야기시', 즉 시로서의 이야기는 어떻게 해서 그런 미구행 열차를 달리게 하는가?

오래전부터 '이야기시'를 주창했던 사람들의 이야기를 들어보자. 잘 알다시피 이야기시의 의의를 일찌감치 주장한 사람은 최두석이다. 그는

첫 시집 『대꽃』의 서시격의 시, 「노래와 이야기」[3]에서

　　　노래는 심장에, 이야기는 뇌수에 박힌다

라고 운을 떼우고는,

　　　이제 아무도 시집에 악보를 그리지 않는다
　　　노래하고 싶은 시인은 말 속에
　　　은밀히 심장의 박동을 골라 넣는다
　　　그러나 내 격정의 상처는 노래에 쉬이 덧나
　　　다스리는 처방은 이야기일 뿐
　　　이야기로 하필 시를 쓰며
　　　뇌수와 심장이 가장 긴밀히 결합되길 바란다.

라고 적었다. 이 시는 이야기시론의 요결을 보여준 것으로 많이 회자되었었다. '이야기시'는 "뇌수와 심장이 가장 긴밀히 결합"된 시다. 그런데 이 시는 이중의 전언을 담고 있다. 하나는 오늘날 많은 시가 음악성을 상실했다는 것이다. "이제 아무도 시집에 악보를 그리지 않는다"에 그 뜻이 노골적으로 드러나 있다. 음악성을 회복해야 한다는 주장이다. 그럼에도 불구하고 이 구절에 주목한 독자나 평론가는 없었다. 다른 하나는, 음악성의 회복은 시에 노래가 도입되는 것으로 해결될 수 있을 것 같지만, 그러나, "격정의 상처는 노래에 쉬이 덧나/다스리는 처방은 이

---

3) 최두석, 『대꽃』, 문학과지성사, 1984, p. 11.

야기일 뿐[이어서]/이야기로 하필 시를" 쓴다는 것이다.

이것이 '이야기시'론의 요체이다. 즉 '이야기시'는 시에 이야기가 추가된 것을 가리키는 게 아니다. '이야기시'는 이야기가 그 자체로서 시인 시이다. 이러한 주장은 괄목할 만한 것이다. 그는 평론들을 통해서도 같은 의견을 여러 번 피력하였다. "인간의 행위에 관한 기술로서 서사는 소설에서와는 다른 방식으로 시작품에 광범위하게 분포한다"[4]와 같은 진술은 평범한 듯하지만, 실은 정곡을 찌르고 있다.

그러나 그는 이런 인식이 필경 요구하게 될 후속 문제에 대해서는 엉뚱한 길로 빠져들었다. 즉 그다음 문제는 그렇다면 '이야기가 그 자체로서 시가 되는 알고리즘은 무엇인가'라는 질문일 것이다. 그러나 그는 이야기로 시를 쓰기만 하면, 저절로 '이야기시'가 성립되는 것처럼 생각한 듯, 이어지는 논의에서 '좋은 이야기시'가 되려면 진실성을 확보해야 한다느니…… 등 모양은 그럴듯하지만 쓸데는 별로 없는 도덕론의 삼천포로 빠졌던 것이다.

---

4)   최두석, 『시와 리얼리즘—한국 현대 리얼리즘시 연구』, 창작과비평사, 1996, p. 25.

이야기시의 출발점은 어데?

　지금까지 '이야기시'의 심리적 근원을 찾아보고, '이야기시'의 경계를 지어보았다. 요컨대 '이야기시'는 "'이야기로서 시'인 언어체"이다. 이 정의는 이야기가 포함되어 있는 시 모두를 '이야기시'라고 간주하지 않는다는 관점이 적용되어 있다. 즉 노래와 이야기의 합성으로서 만들어진 시는 '이야기시'로 보지 않는다. 왜냐하면 그런 시는 한국 시의 거의 90퍼센트에 해당한다고 할 수 있으며, 따라서 그것을 따로 고찰할 필요를 제공하지 않는다. 아니 한국 시만이 그렇다는 게 아니라 지구상의 대부분의 시는 노래 부문과 이야기 부문을 포개놓고 있는 게 틀림없다. 가령 랭보의 다음의 '놀라운 시구'를 두고

　　오 계절이여, 오 성곽이여
　　흠결 없는 영혼이 어디 있으랴

ô saisons, ô châteaux

Quelle âme est sans défauts?

—「지옥에서 보낸 한 철Une saison en enfer」 부분[1]

사르트르가 '산문의 언어는 기호이고 시의 언어는 사물이다'라는 주장[2]의 근거로 삼았지만, 이 시구를 아무런 의미(이야기)도 없는 순수한 감정 물질로 보는 것만큼, 편협한 독서도 없을 것이다. 이 시구의 앞에 시인이 "오 행복이여! 끔찍이도 달콤한 그의 이빨은 내가 지나온 저 암울한 마을들에서 새벽닭이 울 때마다 나를 각성케 했으니"라고 넋두리하고 있음을 감안한다면, 어떻게 그에게 일어났던 사연을 내심으로 짐작하지 않을 수 있단 말인가?

물론 그렇다고 해서 모든 시의 내부 형식이 한결같은 건 아닐 것이다. 노래와 이야기가 포개지는 방식과 합성되는 방정식은 무한히 다양할 수 있으니까 말이다. 나 스스로도 1970년대 후반기 이후의 '사설화' 경향에 눈길이 끌려 그 속에 나타난 노래-이야기의 교합 알고리즘들에 대해 분석해 본바가 있거니와,[3] 그 경우의 수는 세월이 흐를수록 무한정 늘어날 수 있을 것이다. 여하튼 나는 그런 이야기 전쟁에 관한 이야기는, 할 말이 많다 하더라도, 미루어두려 한다. 오로지 '이야기로서 시'인 언어체의 시적 특성에 대해 질문을 던져보기로 한다.

1) Arthur Rimbaud, *Œuvres complètes*, Édition établie, présentée et annotée par Antoine Adam(coll.: Pléiade), Paris: Gallimard, 1972, p. 111.

2) 장 폴 사르트르, 「쓴다는 것은 무엇인가」, 『문학이란 무엇인가』, 정명환 옮김, 민음사, 1998, p. 25; Jean-Paul Sartre, "Qu'est-ce qu'écrire?," *Situations II*, Gallimard, 1947, p. 23.

3) 졸고, 「통으로 움직이는 풍경—김명인의 독보적 우화론」, 『'한국적 서정'이라는 환을 좇아서』, 문학과지성사, 2020, pp. 356~63.

한데 이 결심은 꽤 완강한 저항에 밀려 주춤주춤 뒷걸음질 친다. 상당수의 좋은 시인들은 이야기를 좋아하지 않는다. 황병승은 '이야기'를

악수하고 돌아서고 악수하고 돌아서는,
슬프지도 즐겁지도 않은 밴조 연주 같은—

—「주치의 h」 부분[4]

"낡고 더러운 수첩" 속의 허접한 것들로 보았다. 이준규에게도 이야기는, "잔뜩 체해 거리를 색칠하고 있다는 현실" 혹은 "금빛 은빛 바다〔……〕 노을" 같은 것으로서, 그것들을 "잘 익히"고 "한꺼번에 얼릴 수 있"는 시를 만들기를 싫어했다. 그는 시 쓰는 자세를

이야기가 없는 지움의 입술을 쭉 내밀어
거울앞에 서 〔……〕

—「지나가는 해」 부분[5]

는 것이라고 보았다. 게다가 황지우의 「겨울-나무로부터 봄-나무에로」를 떠올려보라. 이는 진정 이야기의 시적 승화이고 그런 의미에서 이야기에 대한 시의 승리인 것이다. 그리고 그의 시적 승화가 일군의 집단주의 운동을 통해 다시 이야기로 풀려나갔을 때, 그로부터 생산된 동충하초류의 시들에서 시가 얼마나 졸렬해지거나 위압적인 것이 되었는지

---

4) 황병승, 『여장남자 시코쿠』, 문학과지성사, 2012[2005], p. 14.
5) 이준규, 『흑백』, 문학과지성사, 2006, p. 25.

를 곱씹어보면, 이야기는 시를 망가뜨리는 심정의 마약 같다는 생각까지 하게 되는 것이다. 김선재가 이야기의 불가능성에 직면하는 것은 시와 이야기가 근본적으로 서로 겉돌기 때문이다.

> 주어는 얼마든지 어떻게든 어디론가 쓸쓸한 기침을 콜록거리고
> 녹슨 나사의 회전은 병적으로 반짝거려
> 나는 다정한 동사를 쓰기에 너무 늙었다
> 지나치게 부끄럽지만 부끄러운 줄 모르고
> 언제든지 어디서나
>
> ―「0시의 취향」 부분[6]

 얼핏 감상적인 탄식 같지만 저 부끄러움의 처소가 어디인지를 찾아보면 그 생각이 달라질 것이다. 이야기하는 게 부끄러운가, 이야기를 못하는 시인이 부끄러운가? 그래서 "녹슨 나사의 회전은 병적으로 반짝거"리는 것이다.
 그러나 그럼에도 불구하고, 이야기로서의 시를 훌륭하게 완성한 시인들도 우리는 잘 알고 있다. 오규원 시인이 절대 관념의 추구로부터 출발해 순수 사물 현상화로 마감하기까지의 기나긴 여정 사이에 문득 관념도 사물도 아닌 세상 이야기로서의 잡담으로 자신의 시를 특별하게 변이시켰던 것이다. 그가 현실로부터 시가 유리되어서는 안 된다는 자각을 한 계기로부터였다.[7] 이 자각을 통해 그는 현실의 이야기를 시 전

---

6) 김선재, 『얼룩의 탄생』, 문학과지성사, 2012, p. 25.
7) 오규원은 그의 변모가 시 「용산에서」부터였다고 밝힌 바가 있다. 이광호와의 대담(이광호 편저, 「언어 탐구의 궤적」, 『오규원 깊이 읽기』, 문학과지성사, 2002, p. 32) 참조.

면에 내세우게 되는데, 그 방법론은 "등기되지 않는 현실"을 등기될 수 없는 방식으로 출몰시키는 모험으로서의 잡담이었다. 그는 "현실을 밟고 올라선 로시난테 위에"[8] 올라,

　이 나라에서 지금도 나는 동화책을 읽는다. 군신유의, 장유유서, 부자유친, 부부유별, 붕우유신의 동화. 떼를 지어 숲속에 노니는 의(義)·서(序)·친(親)·별(別)·신(信). 숲의 나무들이 부르는데, 아 어디로 갔나 여기 있어야 할 사랑 애(愛). 충(忠)·효(孝)는 지금도 있는데, 아 어디로 갔나. 사랑 애(愛), 미운오리 새끼.
　　　　　　　　　—「한 나라 또는 한 여자의 길—양평동(楊平洞) 3」 부분[9]

　다른 한편 김명인은 분리 불가능성의 체험을 통해 그만의 시를 세웠다. 그의 혼혈아 의식은 자신을 차별하는 세상을 결코 떠날 수 없다는 강박을 통해서 그만의 "통으로 움직이는 풍경"을 만들어냈다.[10] 그는 "서쪽은 없다고 나는 중얼거리지만/이 추궁 견뎌야만 그 땅에 내려선다고?"[11]라는 각성을 통해, 서쪽을 현실이라는 모욕의 현장 안에 내장시키는 결심을 하게 되고, 그의 시들은 그 결심이 노동해서 만든 생산품들로서, 그것을 상징하는 것은

---

8)　오규원, 「등기되지 않은 현실 또는 돈 키호테 略傳—楊平洞 2」, 『왕자가 아닌 한 아이에게』, 문학과지성사, 2012[1978], p. 54.
9)　오규원, 같은 책, p. 57.
10)　이에 대한 자세한 설명은 앞에 소개한 필자의 글 「통으로 움직이는 풍경—김명인의 독보적 우화론」 참조.
11)　김명인, 「시인의 말」, 『이 가지에서 저 그늘로』, 문학과지성사, 2018, p. 3.

평화란 일상으로 경험하는 누긋한 순환

허리가 잘려도 두루두루 이어지는 것

나는, 사실 두절되었으므로 딱히 답답할 건 없다

초겨울 우기가 밋밋하다면

내 부족함은 좌파인 빗소리로나 가득 채우겠다

　　　　　—「내 부족함은 좌파인 빗소리로 채워진다」 부분[12]

에서의 "좌파인 빗소리"이다. 이 빗소리는 평화의 이야기로 넘실대는 세상에 뿌려지는 소음이다. 그런데 여름날 빗소리는 얼마나 시원하게 들리는가? 굳이 여름날이 아니더라도 모든 공간이 폐쇄의 형식으로 구획되는 오늘날의 세상에서 빗소리의 정서적 침투력은 '서프라이즈' 정도의 효과를 가지게 된다. 그러나 오늘날엔 서프라이즈도 소비되는 세상이다. 시인이 그걸 모르는 게 아니다. 김명인의 빗소리는 평화로 위장된 현실을 풍자하는 작업을 평화를 위장한 표정으로 그리한다. 그리하여 평화에 대한 의혹과 갈망과 최종적인 결여를 종이 위에 가득 채운다. 그게 빗소리다. 아마도 리게티György Rigeti를 아는 사람이라면, 이 빗소리에서 미세 다성음악micropolyphony을 찾아내려 할 것이다.[13]

　또한 우리는 강정의 다음 진술도 참조할 필요가 있을 것이다.

　나는 이 세상의 모든 이야기를 지우는 데 골몰한다. 그러다 보면 나 자

---

12) 김명인, 같은 책, pp. 16~17.
13) 한국에서 리게티의 미세 다성음악을 글쓰기에 조응시킨 예는 김태용의 『음악 이전의 책』(문학실험실, 2018)이다. 필자는 이 소설을 이해하지 않는 한국 문화·문학·지식계의 현실이, 그리고 바쁨을 핑계로 그 작품을 정밀하게 분석하는 일을 유보하고 있는 내가 부끄럽다.

신이 누군가에게 알 수 없는 이야기가 된다.[14)

누구보다도 이야기를 싫어하고 타기한 그 태도 자체가 타인들의 이야깃거리가 된다는 점을 문득 알아차린 것이다. 이 세 시인의 경우는 모두 이야기와 시의 분리 불가능성을 가리키고 있다. 오규원은 현실과 문학 사이에서, 김명인은 개별적-고립적 인생과 일반적-이데올로기적 삶 사이에서, 강정은 글쓰기와 읽기 사이에서 단절의 빗금이 그어지지 않는 사태에 직면했던 것이다.

이로부터 세 시인의 사건은 현실을 담당하는 이야기와 문학을 담당하는 시(노래)가 하나로 포개질 수밖에 없다는 인식을 제공한다. 좀더 정확히 말하면, 그것은 분리 불가능성이라기보다 승화 불가능성이라고 해야 할 것이다. 황지우의 「겨울-나무로부터 봄-나무에로」가 훌륭하게 보여주었듯이, 시는 현실의 자질구레한 이야기를 가져와서 그것을 순수한 정서의 움직임으로 승화시키는 것이다. 그런데 방금 본 세 경우는 그 승화가 불가능한 세계를 표백하고 있다.

이 두 세계는 평행 세계인가? 아니면 연속 세계인가? 후자라고 보고 싶은 유혹이 없는 게 아니다. 왜냐하면 황지우도 훗날 『어느 날 나는 흐린 주점에 앉아 있을 거다』[15)에 와서, 승화의 불가능성으로 인해 급격히 우울 속으로 빠져들었기 때문이다. 그러나 그렇게 단정 지을 수 없는 게 오규원의 각성은 황지우가 공적으로 시를 쓰기 전에 이미 일어난 것이고, 김명인의 혼혈아 의식도 마찬가지이기 때문이다

---

14) 강정, 『키스』, 문학과지성사, 2008, 뒤표지.
15) 황지우, 『어느 날 나는 흐린 주점에 앉아 있을 거다』, 문학과지성사, 1998.

그렇다면 현실에 대한 최소한 두 개의 버전을 우리는 한꺼번에 살고 있는 것일까? 좀더 범박하게 말해, 어떤 버전이 진짜인가가 문제가 아니라, 어떤 버전 속에서 어떻게 작업하는가가 더 중요한 것이 아닐까?

내가 그렇게 생각을 끌고 가고 싶은 까닭은 내가 시방 백석의 '이야기시'를 탐침하려고 하기 때문이다. 저 옛날의 '이야기시', 오늘의 '이야기시'들과는 사뭇 다를 수밖에 없지만 그러나 '이야기로서 시'인 언어체라는 사실만은 동일한 시이고, 그 때문에 그 역시 분리 불가능성에 근거한 시일 것이다. 그 백석에게 가기 위해, 에돈 길이 참으로 멀다.

이야기시의 본성

가장 위대한 시인은 앞으로 존재할 것의 지속성을 이미 존재해왔던 것
과 현재 존재하는 것으로부터 형성한다.

—월트 휘트먼[1]

1. 이야기시의 원인

앞 장을 통해 이야기시는 "이야기로서 시"인 시라는 점을 확인하였다.
'로써'가 아니라 '로서'이다. 즉 이야기를 가지고 시를 만드는 게 아니다.
한국 시에서 그런 일은 아주 일반적이다. 그러나 그것은 시에 이야기를
덧대는 방식이다. 시+이야기가 시의 이름으로 출현한 것이다. 그런데

---

1) 월트 휘트먼, 「서문」, 『풀잎』, 허현숙 옮김, 열린책들, 2011, 전자책(최초 출간 연도:
1855); Walt Whitman, "Preface," *Leaves of Grass*, Introduction and Notes by Karen
Karbiener(coll.: Barnes & Noble Classics Series), Barnes & Noble, 2011, epub version.

이런 시가 아주 흔한 만큼 우리는 이를 두고 이야기시라고 하지 않는다. 통상 이야기시라고 지칭되는 것은 이야기를 하는 듯 보이지만 시로서 인지되는 시를 가리킨다. 시로서 인지되는 이야기의 속성은 무엇인가?

이런 생각은 시의 '본성'에 대한 믿음에 기반한다. 그런 게 있다고 믿지 않는 한 '시'를, 즉 '오로지 시인 상태와 동작'을 주장할 수가 없다. 이런 믿음은 타당한가? 문학이라는 것이 끊임없이 변화하고 있다는 '흔한' 주장을 대입한다면 그런 믿음은 타당할 수가 없다. 요즘의 사람들은 이런 관점이 더 진보적이라는 생각에서 그것을 흔하디흔한 주장으로 만들고 있다. 그러나 그런 주장이 간과하고 있는 것은, 그 스스로에 대한 해산까지 그것이 감당할 수 있어야 한다는 것이다. 즉 시의 본성이 없다고 한다면 문학의 본성도 없어야 하는 것이다. 문학적인 것은 예술적인 것 혹은 뭔가 다른 것으로 환원되어야 하고, 다시 후자들도 더 큰 무엇으로 환원되어야 한다. 그것은 문자 그대로의 의미에서 자가당착이다. 20세기 말 문학적 구조주의자들이 장르 구분을 폐기하고 텍스트로 돌아가려 했을 때 빠졌던 함정이다.

이런 함정에 빠지는 근본 원인은 이런 문제들을 실체주의적으로 가정하는 데에 있다. 즉 장르 비판론자들은 장르론자들이 장르를 확정된 실체로서 간주하고 있다고 가정하고, 그에 이어서, 장르를 설정하는 것 자체가 특정한 문학적 규범체를 실체로서 전제하는 것이라고 또한 가정하는 것이다. 그러나 내가 다른 자리에서도 한두 번 언급했지만, 조너선 컬러가 정확하게 지적했듯이 장르는 "규약과 기대들의 집합sets of conventions and expectations"[2]이다. 장르는 그 이름을 통해 어떤 이상적 상

---

2) Jonathan Culler, *Literqry Theory—A very short introduction*, Oxford University Press,

태에 대한 기대에 추겨진 사람들이 미의 모험을 벌이는 장소이다. 우선 그 기대는 이런저런 기법들을 만들게 하는데, 어떤 기법들은 공인(公認)의 수준에 다다르면 규약으로 자리 잡는다. 그러나 그것이 고정되면, 항상 그 달성이 미래로 미뤄지게 마련인[3] 이상적 상태를 억제하는 부정적 기능을 하게 되고, 규약의 해체와 새로운 원리들의 생성이 촉진된다. 그러는 가운데 장르의 소멸과 보전이 전개되는데, 오래도록 살아남은 장르는 그 규약 때문이 아니라, 그 장르를 둘러싼 기대의 지속성 때문에 그렇게 된 것이다. 그 지속성의 근원을 밝히는 것은 인류의 집단 무의식의 심층을 파헤치는 어려운 작업이 될 터인데, 그에 대한 의문이 충분히 해결되지 않은 상태에서도 사람들이 그 장르의 이름으로 정신과 언어의 대사 작용을 활발히 전개하는 것은 거기에 새로운 변화를 향한 인간의 욕망이 계속 투여되기 때문이다.

실로 정말로 진보적인 생각은 모든 것은 바뀐다, 바뀌어야 한다,는 막연하고 뻔한 생각에 휘둘리는 게 아니라, 인류가 개발해놓은 온갖 종류의 문화적 형태들을, 그것들이 인류의 삶을 더욱 풍요롭고 더욱 자유로우며 더욱 평등하게 열어놓을 수 있도록 진화시키는 데 있는 것이다.

2. 이야기시의 추이

따라서 이야기시는 '이야기로서 시이고자 하는 욕망'의 지속성에 의

2000, p. 72.

3) 왜냐하면 그렇게 미뤄져야 기대가 계속 유지되고, 그 기대를 충족시키려는 모험가들의 참여가 가능해지기 때문이다.

해서 지탱된다고 할 수 있다. 방금 그 근원을 밝히는 것은 지난한 일이라고 말했다. 대신 우리는 그 양태를 살피는 작업에 우선권을 줄 수밖에 없다. 왜 사람들은 이야기의 이름으로 시를 쓰는 것일까?

역사를 거슬러 올라가면 일단 이야기와 시가 하나로 통합되었던 시절이 있었음을 확인할 수 있다. 바로 '서사시'의 시절이다. 루카치가 "저 하늘의 별들이 우리의 갈 길을 인도하던" 시절이라고 말했던 때, 인간의 모든 행동의 신의 이름으로 행해지던 때. 행동만이 있을 뿐, 행동에 대한 해석은 부재하던 시기. 왜냐하면 모든 사건들의 전개가 그 자체로 정당화되었기 때문이다. 인간의 사건들은 신의 호흡을 타고 있었다.

그러나 다시 루카치의 유명한 말을 빌려, "길이 시작되자 여행이 끝났다".[4] 인간이 제 삶을 제가 살겠다고 신으로부터 독립하자, 더 이상 인간의 사건들은 신의 숨결을 잃어버렸다. 사건과 뜻이 분리되고, 사실과 진리가 분리되었다. 언어문화의 층위에서 그것은 이야기와 시의 분리였다. 본래 진리의 수탁지로서 가정된 시에서 더 이상 이야기는 증거가 되지 못한 것이다. 이야기는 한갓 인간들의 잡사에 대한 떠벌림에 지나지 않기 때문이다. 한 문학사가는 이렇게 기술하고 있다.

시간이 흐름에 따라 시에서의 '이야기성narrativity'의 장소는 서사시로부터 이탈하였다. 19세기에는 거의 사멸하다시피 되어, 서사적 전통에서의 이야기시는 운문 자서전과 '운문 소설'로 대체되었다. 그리고 점차로 비-이야기성의 장시로 대체되어갔는데, 후자의 대표적인 모델은 휘트

---

4) Georges Lukács, *La théorie du roman*, Paris: Gonthiers, 1963, p. 68(최초 출간 연도: 1920).

먼의 『풀잎』이다. 마지막 사례는 19~20세기의 전 시 장르에서 '서정화'가 전면적으로 일어난 현상을 반영한다. 이로써 서양의 문학사에서 처음으로 짧은 서정시가 시의 보편적 규범으로서 받아들여지게 되었다. '이미지' 중심의 근대 시학은 시에서 이야기성을 파문하였다. 그리고 죽 이어지는 이야기 혹은 의사−이야기의 시퀀스들을 대신하여, 조각 맞추기 식의 장시long collage-poem(엘리엇의 『황무지』, 파운드의 『칸토스』), '모던한 순차 배열 시', 그리고 '계열성 시' 등이 근대적 대안으로 떠오르게 되었으니, 이 모든 것들은 작은 서정 블록들을 비−이야기의 방식으로 쌓는 건축법에 근거한다. 죽 이어지는 이야기는 주변적이거나 폐기된 형태로 겨우 연명한다면, 함축된 이야기는 현대의 시 무대를 지배하고 있는 '현현적' 서정시 안에서 지속적으로 번성하고 있다.[5]

이 진술에서 우리는 최소한 세 가지 의미소를 길어낸다. 이야기로부터 시가 일탈하면서 시는 이미지 중심의 시로 되어갔다는 것이 그 하나이고, 그런 변화가 결정적으로 진행된 것은 19세기라는 것, 즉 '근대성'이 사회적으로 정착한 시기라는 것이 그 둘이다. 그러나 그럼에도 불구하고 이야기는 시에서 아예 사라진 것이 아니라 변형을 통해서 끈질기게 추구되었다는 것이다. 앞의 두 가지 사항에는 얼마간 잘 알려진 사실이다. 다만 제3의 사항은 눈여겨볼 만하다. 이것은 이야기 자체에 대한 욕망이라기보다는 이야기시에 대한 갈구라고 보아야 할 것이다. 즉 진리가 사실과 결합하기를 바라는 마음이 영속되어왔다는 것이다.

---

5) Brian McHale, "Narrative in Poetry," in David Herman et al eds., *Routledge Encyclopedia of Narrative Theory*, London·New York: Routledge, 2005, p. 357. 번역은 필자.

3. 이야기시는 이중의 자유를 꿈꾼다

인용문에서 이야기로부터의 결정적인 단절을 그은 시인으로 언급된 휘트먼은 자신의 시에 대해서 이렇게 썼다.

나는 이야기꾼들The talkers이 말하는 것을 들었다…… 그것은 시작과 끝에 관한 이야기the talk,
그러나 나는 시작이나 끝에 관하여 말하지 않는다do not talk.
지금 있는 것 이상의 시작은 결코 없었고,
지금 이상의 젊음이나 늙음도 없었다,
또한 지금 이상의 완벽함은 없을 것이며,
지금 이상의 천국이나 지옥도 없을 것이다.

—「나 자신의 노래」 부분[6]

이야기꾼들의 이야기와 나의 말에 같은 단어가 쓰여졌다는 것에 주목할 필요가 있다: 이야기꾼들이 말하는 이야기는 "시작과 끝에 관한 이야기the talk"이다. 그러나 그는 "시작과 끝에 관하여 말하지 않는다do not talk". 이것은 다음의 논리 사슬로 풀이될 수 있다: (1) 이야기꾼들이 말하는 것은 이야기다. (2) 이야기는 시작과 끝에 관한 언어적 풀어냄이다. (3) 그러나 나의 이야기는 시작과 끝에 관해 말하지 않는다. (4) 왜냐하면 시작과 끝에 관한 이야기들은 이제 세속적인 사실들로 타락했

---

6) 월트 휘트먼, 같은 책; Walt Whitman, "Walt Whitman," *Leaves of grass, 1860: the 150th anniversary facsimile edition*, Introduction by Jason Stacy, Iowa: University of Iowa Press, 2009, p. 25.

기 때문이다.

이 논리 사슬을 통해서 우리는 휘트먼이 이야기로부터 단절했으며, 그 단절의 이유가 무엇인가도 짐작할 수 있다. 연속적인 것은 타락한 것이고, 진리는 오로지 순간에만 있기 때문이다. 동시에 우리는 휘트먼이 진정한 이야기를—아마도 무의식적으로—꿈꾼다는 것을 또한 짐작할 수 있다. 그리고 이로부터 휘트먼의 무의식적 소망은 한편으로는 이야기에 대한 고대적 환상(즉 이야기가 있는 그대로의 상태로 정당하다는 환상)을 그리고 다른 한편으로는 현실의 세속성을, 이 양자를 한꺼번에 거부하면서 스스로의 언어를 새로운 보편 세계(진정한 이야기에 대한 욕망)로 만들겠다는 의지로 나타난다. 그런 의지를 실천하는 시인은 따라서 현실 세계로부터 경멸받는 자이며, 동시에 새로운 우주를 건설하는 자이다. 시인의 자기 규정은 그래서 완벽히 정당성을 부여받는다.

월트 휘트먼, 미국인, 불량자들roughs 중 하나, 하나의 우주kosmos
—「나 자신의 노래」 제24절 부분[7]

그는 현실 세계에 대한 불량자이면서 동시에 고대 세계와 완전히 다른 새로운 우주이다. 이어지는 시행에서 그는 현실의 소수자들과 연대하는 자신의 행위들을 죽 나열하고는 그런 자신의 행위를 '상스러움의 신성화'로 규정짓는다.

나를 통해 신의 계시가 밀려오고 또 밀려온다…… 나를 통해 물결과

---

7) 월트 휘트먼, 같은 책; Walt Whtiman, *op. cit.*, p. 54.

지표가 흐른다.

　　나는 태고의 암호를 말한다…… 나는 민주주의의 신호를 보낸다,

　　맹세코! 나는 똑같은 조건으로 상대를 받아들일 수 없는 것은 그 무엇도 받아들이지 않을 것이다.

　　나를 통해 오랫동안 말이 없던 목소리들이,

　　끝없는 노예 세대들의 목소리들이,

　　창녀들과 불구자들의 목소리들,

　　병들고 낙담한 자들, 도둑들과 난쟁이들의 목소리들,

　　준비와 증강의 순환의 목소리들,

　　별들을 잇는 실들의 목소리—자궁의, 아비되는 것의 목소리,

　　다른 이들이 경멸하는 이들의 권리의 목소리,

　　별 볼 일 없는 이들과 의기소침한 이들, 바보스러운 이들과 무시당하는 이들의 목소리,

　　공기 중의 안개와 똥 덩어리를 굴려가는 풍뎅이들의 목소리가, 나를 통해 흘러나온다.

　　나를 통해 금지된 목소리들이,

　　성(性)과 욕정의 목소리들이…… 가리워진veiled 목소리들이 흘러나온다, 나는 그 장막을 걷는다,

　　상스러운 목소리들이 나로 인해 맑아지고 거룩해진다.[8]

　　우리는 여기에서 희한한 반전을 본다. 세속적인 것 자체가 더 이상 거부되지 않고 승화된다. 모든 비천한 것들은 실은 새로운 우주의 자원이

---

8)　월트 휘트먼, 같은 책, 같은 절; Walt Whitman, *op. cit.*, pp. 54~55. 번역 부분 수정.

다. 심지어 그는 이렇게까지 말한다:

죽음이 천한 것이 아니듯 성교 역시 그러하다.
나는 육체와 식욕을 신임한다,
보고 듣고 느끼는 것은 기적이다. 또한 나의 각 부분과 부속품들 하나
하나가 기적이다.
나는 내면으로나 외면으로나 신성하다. 내가 만지는 것, 나를 만지는
것 그것이 무엇이든 나는 성화시킨다.
이 겨드랑이의 냄새는 기도보다 더 아름다운 향기이며,
이 머리는 교회나 성경이나 믿음 이상의 것이다.

그러니까 현실의 죄악은 세속성이 아니다. 그게 아니라 세속적인 것
을 천한 것, 더러운 것, 수치스러운 것, 즉 저열한 세속적 상태 그대로
방치하는 것이 죄악이다. 이제 새로운 신성은 이 세속성 자체를 숭고한
것, 성스러운 것으로 전화시키는 데서 나온다. 이 새로운 신성에 대한
갈망을 우리는 이야기로서 시를 완성하기라고도 말할 수 있을 것이다.
우리는 휘트먼의 시를 두고 이야기로부터의 결정적인 단절이면서 동
시에 진정한 이야기시에 대한 의식적인 격정('장시'는 그 격정의 표식이
다)이라고 정의할 수 있을 것이다. 이러한 열망은 이중의 자유, 즉 낡은
공동체와 동시에 근대 세속 사회로부터의 동시적 탈출이라는 이념적
의미를 갖는다. 휘트먼의 무의식적 격정을 표면화하면 그것이 이야기시
일 것이다.
우리는 이제 이야기시가 완전히 새로운, 즉 모던한 시일 수 있는 까닭
을 알 수가 있다. 이는 백석이 토속적인 시인이면서 동시에 '아주 근대적

인' 시인으로 느껴져온 한국 독서장의 일반적인 반응에 대한 풀이로도
읽을 수 있다. 나는 이제야, 겨우, 마침내 백석으로 들어가는 길을 연
것 같다.

이야기시의 밑받침으로서의 이야기

1. 백석의 이야기는 시만큼 중요하다

백석의 이야기시로 들어가기 위해서는 그 바탕이 된 이야기들을 먼저 살펴봐야 할 것 같다. 그 이야기들은 백석의 수필이란 이름으로 우리에게 소개되어 있다. 백석의 수필을 전부 모아 펴낸 고형진은 백석 문학에서 수필이 시와 동격의 비중을 차지한다는 것을 정확히 간파하고 있다. 그는 두 가지 점을 적기한다. 첫째 백석의 창작열이 특별히 왕성했던 함흥 생활에서 "주목되는 것은 함흥에 가서 처음 발표한 작품이 시가 아니라 「가재미·나귀」라는 수필이란 점"[1]이라는 것이다. 다른 하나는 시 외의 장르에서도 백석은 "허투루 쓴 작품이 단 한 편도 없다. 소설은 물론이고 수필에서도 문학적 형식을 중시해 한 편 한 편을 단 하나

---

1) 백석, 「책머리에」, 『정본 백석 소설·수필』, 고형진 엮음, 문학동네, 2019, p. 10.

뿐인 독립적인 예술작품으로 완성해"[2]내었다는 판단이다.

얼핏 평범해 보이는 두 진술은 백석의 경우엔 아주 유용한 이정표의 역할을 한다. 그의 이야기시의 밑바탕에 이야기에 대한 충동이 있다는 것, 그 충동은 그냥 이야기를 하고 싶어 하는 충동이 아니라, 이야기를 '완성(完成)'하고자 하는 의지로 전화되는 충동이라는 것, 그래서 그 충동은 이야기의 미학적 성취를 끌어올리고 있다는 것을 알려주고 있는 것이다.

이야기를 하고 싶어 하는 충동과 이야기를 완성하고자 하는 의지는 미세하지만 근본적인 진화적 차이를 가지고 있다. 또한 완미한 작품으로서의 이야기와 이야기시 사이에도 차이가 있다. 그것을 차근차근히 새겨보기로 하자.

2. 이야기 충동과 이야기-하기는 다르다

이야기의 충동은 김현이 일찍이 명시했듯이 '즐겁게 살고자 하는 욕망'에서 출발해 '죽음에 대한 저항'으로 마무리되는 일련의 마음의 움직임이다.[3] 그 마음의 움직임을 김현은 프로이트가 명명한 '쾌락원칙'에 할당한다. 이렇다는 것은 우선 김현이 이야기 충동을 거의 '본능'의 사안으로 간주했다는 것을 가리킨다. 즉 이야기 충동은 보편적이다,라는 것이다. 김현의 글의 제목이 「소설은 왜 읽는가」인 일차적인 까닭이 여

---

2) 백석, 같은 책, p. 13.
3) 김현, 「소설은 왜 읽는가」, 『분석과 해석/보이는 심연과 안 보이는 역사 전망』(김현문학전집 7), 문학과지성사, 1992, pp. 215~18.

기에 있다. 중점이 쓰기가 아니라 읽기에 주어진 것은 "소설(일단 이야기의 대리물로 지칭된)은 모두가 읽는다"라는 전제가 깔려 있는 것이다. 김현의 글쓰기의 의도는 그런 만인의 욕망에 대해 풀이하고자 하는 것이다.

그렇다면 이야기의 욕망이 쾌락원칙에 근거하는 근거는 무엇인가? 김현의 풀이에서 주목할 만한 것은 두 가지로 보인다. 하나는 그가 이야기 충동을 유년의 놀이에 대한 욕구와 동렬에 놓고 있다는 것이다.

> 지금 돌이켜 생각해보면, 어린애였을 때의 나의 삶은 말타기·자치기·구슬치기·제기차기·흙먹기 등의 놀이의 공간과 그 이야기의 공간으로 이루어져 있었던 것 같다.[4]

놀이와 이야기는 원칙적으로 같은 지도 안에 있다. 이 장소적(환유적) 일치는 그 둘을 곧바로 동일시(은유적 일치)로 여기게 한다. 왜냐하면, 바로 앞에서 그 이런 유년의 공간이 그 자체로서 "추억의 공간"이며 "언제나 되돌아가고 싶은 공간이며, 그곳에서는 삶이 살 만하다고 느껴지는 공간"이라고 적고 있기 때문이다. 그리고 그 공간에는 먹거리들이 늘 채워져 있었으며, 이야기의 효과는 그 먹거리들을 먹었을 때의 기분과 유사하다고 그는 적고 있다.

> 어렸을 때 즐겨 먹던 목화꽃·감꽃·삘기·조선 배추 밑둥 등이 먹고 싶어, 나이든 뒤에 어렵사리 그것들을 구해 먹었을 때의 맛 비슷이, 그 옛

---

4) 김현, 같은 책, p. 215.

날 이야기들은 추억의 달무리 속에서 더욱 빛나고 있었다.[5] (밑줄, 인용자)

요컨대, 놀이와 이야기, 그리고 먹기는 다른 시니피앙이지만 같은 시니피에를 이고 있다. 그 시니피에는 "삶이 살 만하다"를 표층구조로 가지고 있다. 그리고 그 심층구조는 "내 하고 싶은 대로 마음껏 하는 삶이 여기에 있다"이다. 부럽게도 김현에게 유년은 행복의 공간 그 자체였다.

아니 좀더 정확하게 말하자. 행복의 공간 그 자체였다. 그것은 현재형이 아니라 반과거형imparfait이다. 그 비현재성을 섬세하게 가리키는 표지들이 바로 조금 전에 은유의 작동을 확인하기 위해 덜어냈던 '환유적 일치'와 '직유'("맛 비슷이")이다. 그가 추억하는 행복의 공간은 분명 강력히 실존했던 것인데도 불구하고 그러나 그는 완벽히 그 경험을 되살리지 못한다. 유년을 '이야기'하는 김현의 언어적 무의식은 그 경험을 회복하지 못하고 넌지시 가리킨다.[6] 그리고 그 경험이 그의 이야기 이론에 투사된다.

김현의 '이야기론'에서 두번째 주목할 점은 바로 그 행복의 공간이 무언가에 의해 접근 불가능한 장소가 되었다는 것이다. 그것은 정신분석학의 논리를 그대로 따라 '현실원칙'이라고 불린다. 그런데 정말로 주목할 것은 그가 이 현실원칙에 의한 쾌락원칙의 차단을 상실로 생각하지 않고, 말 그대로 '접근 금지' 즉 규제로 생각한다는 것이다. 그 생각의 간단한 차이는 그로 하여금 유년을 회복하고자 하는 강력한 의지를 갖

5) 김현, 같은 책, p. 215.
6) 이 단절의 순간에 대해서는 졸고, 「김현 비평에 있어서의 고향의 문화사적 의미와 목표」(『비평문학』 2011년 12월호) pp. 377~405를 참조하기 바란다.

게 한다.

　　현실원칙 때문에 금기가 생겨난다. 가장 간단하면서도 확실한 금기는 도둑질하지 말라는 금기이다. 근친상간을 하지 말라는 금기와 도둑질하지 말라는 금기는 한없는 소유 욕망을 달래는 최소한도의, 그러나 절대적인 금기이다. 그 금기에 대한 호기심이 바로 이야기를 듣고 싶어하는 호기심이며, 그 금기에 대한 호기심이 바로 이야기를 하고 싶어하는 욕망이다. 그 욕망의 뿌리가 같기 때문에 이야기를 듣고 싶어하는 욕망이나 이야기를 하고 싶어하는 욕망은 같은 구조를 갖고 있다. 그 욕망을 끝까지 밀고 나가면, 맨 마지막은 죽음이다. 근친상간하는 사람이나 도둑질하는 사람을 사회는 마침내 용서하지 않기 때문이다.[7]

　　그는 금기를 '절대적'이라고 지칭하고, 그 절대적 금기에 대한 위반을 "사회는 마침내 용서하지 않"는다고 쓰면서도, 위반에 대한 욕망을 버리지 않는다. 욕망을 버리지 못하는 원인을 그는 '호기심'이라고 말한다. 호기심은 왜 일어나는 것일까?
　　단순하게 생각해 우리는 그 호기심을 금기를 뛰어넘고자 하는 충동, 즉 규정된 바와는 다르게 존재할 가능성을 타진하고 또한 그렇게 살아보고 싶은 마음의 발동이라고 정의하고, 거기에 덧붙여 그 '다르게 존재함'이란 "더 자유롭고 더 해방된 방식으로 존재함"이라는 뜻이라고 부연할 수 있다. 하지만, 이 간단한 생각은 핵심을 찌르면서도 동시에 중심을 비켜간다. 왜냐하면 문제의 금기는 인류 사회의 필요에 의해 제정

---

7)　김현, 같은 책, p. 217.

된 것이기 때문이다. 즉 공동체의 유지를 위해서 그런 금기가 세워졌던 것이니, 그 금기가 없으면 생명의 존속과 진화는 불가능했을 터라, 그것은 실상 '더 많은 자유와 더 큰 해방'의 필요조건이라고 가정해야 하기 때문이다.

요컨대 쾌락원칙이 지배하는 세계로 돌아가고자 하는 충동은 세계의 파괴로 이어지지, 생성으로 이어지지 않는다. 따라서 생성으로 가려면 현실원칙을 포함해야 하는데, 현실원칙을 그대로 추종하면 우리의 삶은 생성되기는커녕 고착되어 곪고 썩는다. 따라서 궁극적으로 현실원칙을 따르는 일도 세계의 붕괴를 방치하는 것이다.

이 궁지는 김현으로 하여금 다른 글에서, "그 문제가 제기하는 논의의 폭과 깊이는 엄청나게 크고 깊다. 그것을 다 아울러 논의할 만한 능력이 나에겐 없"[8]다고 고백하게 한다. 누군들 그런 능력이 있으랴. 저 고백은 무능의 표출이 아니라 오히려 개인의 한계를 담백하게 긍정하는 깨달음의 표현이라고 봐야 하리라. 그 깨달음을 바탕으로 한계를 제대로 뛰어넘기 위한 진지한 탐구가 시작될 수 있기 때문이다. 과연 그는 고백에 이어서 곧바로,

나는, 이야기하는 주체는 [……] 무의식적으로 이야기하지 않으면 견딜 수 없는 어떤 것을 밖으로 드러내려 하며, 그 드러남은 흔히 감춰진, 혹은 변형된 드러남이라는 것을 [……] 이야기의 종류에 관계없이, 따져보려 한다. [……] 따지다가, 운이 좋게도, 이야기의 정제된, 복합적 형태인 소설의 기원까지 건드릴 수 있게 되면 매우 기쁘겠다. 그렇게 되지

---

8) 김현, 같은 책, p. 311.

않더라도 물론 실망은 하지 않겠다.[9]

는 여문 의지를 표명하는 것이다. 우리는 이 인용문에서 의지만을 읽지 않는다. 여기에 표명된 것은 명백하게도 이야기를 하고자 하는 충동과 이야기를 정제된 형태로 표현하는 것은 다르다는 점이다. 그는 이미 그 앞에 "수다/진정한-말의 대립"을 제시하고, "정제된 형태의 말하기의 범주 해명"이라는 문제를 제기하면서, 이 모든 것들이 "인간학의 기본 범주의 해명과 관련되어 있다"고 언명하였다.

　김현에 근거하여 이렇게 말할 수 있다. 첫째, 이야기의 충동은 해방 본능의 표출이다.[10] 둘째, 이야기의 충동은 순수한 형태로 드러나지 못한다. 그것은 억압되며, 따라서 현실원칙과의 길항작용 속에서 다양한 형태와 다양한 수준으로 표출된다. 이야기 충동이 본능에 속한다면, 이야기-하기는 요구(현실원칙/초자아)와 욕구(쾌락원칙/이드) 사이에서 온갖 종류의 생존의 모험을 벌이는 욕망(현실의 표정으로 쾌락을 실어나르는 운동/자아)[11]의 작동에 속한다. 셋째, 이야기가 가장 정제된 형태를

---

9) 김현, 같은 책, pp. 311~12.
10) 벨맹노엘Bellmin-Noël이 명쾌하게 풀이한 대로, 쾌락원칙의 주체, 즉 '이드'가 추구하는 바는 "에너지의 방출"이라는 게 바로 이 해방 본능의 표출을 가리킨다. 그는 말한다: "리비도 에너지의 방출이 바로 정확한 의미에서의 쾌락을 형성한다"(장 벨맹-노엘, 『문학 텍스트의 정신분석』, 최애영·심재중 옮김, 동문선, 2001[1996], p. 17). 그에게 리비도는 그대로 "욕망하는 에너지l'énergie désirante"(Jean Bellemin-Noël, 『정신분석과 문학Psychanalyse et littérature』, Presses universitaires de France, 1978, p. 37)이다. 단 벨맹노엘은 충동을 본능과 구별하고 있는데, 이는 본능의 드러남은 인간에게 있어서 필연적으로 현실원칙과 섞임으로써만 가능하기 때문에, 변성된 형태로밖에 드러나지 않는다는 점을 간과했다는 의심을 하게 한다. 내가 보기에 이야기의 충동은 본능적으로 솟아나는 것이지 본능과 대립되는 어떤 다른 충동이 아니다.
11) 여기에서의 자아는 미국 쪽 정신분석에서 발달한, 자가 치유의 근거로 제시되는 자아와는 아주 다른 자아임을 굳이 밝혀야 할까? 미국식 자아가 힘센 자아, 문제를 해결하기 위헤 '세

얻을 때, 그것을 소설이라고 말할 수 있다.

3. 이야기를 완성하려는 욕망은 소설과 시를 향한 욕망과 다르다

하지만 이것만으로는 부족한 것 같다. 크게 두 가지가 보충되어야 한다. 첫째, 김현의 이야기론에서 해방 본능이라는 규정의 심리적 기원은 밝혀져 있지만(호기심이 그것이다), 그 표출의 물리적 형상이 해방 본능의 실행이라는 점, 즉 그 존재론적 근거는 생략된 채로 있다. 둘째, 김현은 이야기-하기의 가장 정제된 형식을 소설이라고 보는데, 이는 중간 단계를 고려치 않은 비약일 수 있다. 즉 이야기-하기의 욕망은 그 자체로서 고유한 언어적 형태를 추구하며, 이는 소설 욕망과는 다르다는 것이다. 왜냐하면 앞에서 보았듯이 이야기는 그 진화적 맥락에 근거하면 무조건 소설로 발달하는 게 아니라 시, 소설, 더 나아가 희곡 등 근대적 장르들로 분기하면서 진화하는 것이니, 왜냐하면 애초에 이야기와 시(즉 재현과 진술, 사실과 진리)는 하나로 통합되어 있었기 때문이다.[12]

이야기의 물리적 형식을 간단하게 요약하면, "경험이나 상상을 언어로써 실감 나게 재현하는 일" 정도가 될 것이다. 그 경험이나 상상은 일단은 객관적 사안이다. 즉 순수하게 주관적인 몽상이라 하더라도 이야

저라' 주문하면 바로 슈퍼맨이 되는 그런 자아라면, 여기서 말하는 자아는 이드와 초자아 사이에서 힘겹게 고투를 벌이면서 생존을 도모하는 가운데 새로운 세계를 조금씩 열어가는 '곤고(困苦)한 자아'이다.

12) 언어의 출발점이 그러했을 것이니, 모든 언어는 애초에 실용의 도구로서 태어나 발달했다 하더라도, 그것이 생존을 보장해줘야 하기 때문에 당연히 진리로서 간주되었을 것이다. 요컨대 인류 생장의 초보 단계에서 실용과 진리는 하나일 수밖에 없었을 것이다.

기인 한 그것은 바깥으로 외재화된다는 것이다. 이것이 어떻게 해방 충동과 연관되는가?

쾌락원칙이 에너지의 자유자재한 흐름을 추구하는 생명의 자발적 움직임이라는 점에서 출발하자. 그리고 그것을 앞에서 김현이 이야기와 더불어 동렬에 놓았던 먹기와 놀이와 비교하면서 대입해보자.

먹기는 에너지의 흡수라고 말할 수 있다. 생명이 자신의 활동력을 늘리는 작업이다. 반면 놀이는 에너지의 발산에 해당한다. 생명의 활동 그 자체이다. 그렇다면 이야기는 무엇인가? 경험이나 상상을 바깥으로 외재화한다는 점에서 그것은 에너지의 발산으로 볼 수가 있다. 그러나 놀이가 육체의 운동을 통해서 나타난다면 이야기는 언어를 통한다. 그리고 언어를 통한다는 것은 육체로 불가능한 것을(금기에 의해서거나 현재 수준의 물리적 한계에 의해서거나) 언어로 가능케 해서 실행한다는 것이다. 이것은 긍정적으로는 육체의 한계를 뛰어넘는 동작이며 부정적으로는 현실의 제약을 에둘러 가는 것이다. 이야기는 이 부정적 방향과 긍정적 방향을 밀고 당기며 조율한다. 이 조율의 과정을 통해 이야기하는 자는 순수하게 에너지를 흡입하거나 발산하는 활동에서 한 단계 올라선다. 즉 조절자의 기능을 습득하게 되는 것이다. 이제 이야기를 듣거나 하는 사람은 에너지의 기관사가 된다. 에너지를 주관함으로써 이야기 존재는 바깥의 사건을 관리하면서 동시에 자신의 존재 위상을 드높인다. 에너지의 주관자가 된다는 것은 일차적으로 주관과 객관을 상통시키는 존재가 된다는 것이다. 플로베르의 그 유명한 진술처럼, "저마다 상대방의 말에 귀 기울이면서 자신의 잊혀졌던 부분들을 재발견하는 것이다."[13)

이제 우리는 「이야기의 본성」에서 살폈던 이야기의 가치적 기능을 되새기게 된다. 근대 이전의 서사시, 인간이 신으로부터 이탈하기 이전의 이야기에는 진리와 사실이 하나로 합쳐져 있다는 것. 본래 본능에 속하는 이야기의 충동을 의식화하면 바로 그것이 된다. 즉 에너지를 주관과 객관 사이에 상통시키는 일은 곧바로 자아와 세계의 합치, 사실과 진리의 하나임을 몸으로 체감하며 실행하는 것이다.

하지만 그것이 의식화된다는 것은, 이미 존재는 그러한 충동의 불가능성을 혹은 그 충동을 가로막는 장벽을 절감하고 난 다음이라는 것을 가리킨다. 그 좌절 때문에 그러한 일의 위대함을 새삼 깨닫고 의식의 차원에서 그걸 이상화하는 것이다. 이야기 충동은 이상화의 노선을 밟으면서 이야기를 완성하려는 욕망으로 진화한다.

또한 우리는 여기에서 이야기의 두 가지 작업, 즉 쓰기와 읽기의 차이를 구별할 수 있게 된다. 이야기 충동의 차원에서 그 둘은 차이가 없다: 김현의 말을 빌리자면, "그 욕망의 뿌리가 같기 때문에 이야기를 듣고 싶어하는 욕망이나 이야기를 하고 싶어하는 욕망은 같은 구조를 갖고 있다".[14] 그러나 이야기를 완성하려는 욕망의 차원에서 보면, 이야기를 듣기(읽기)는 순수한 충동으로부터 완성의 욕망에까지 뻗치는 넓은 스펙트럼 속에 위치한다. 그 스펙트럼 안에 사탕을 빨 듯이 이야기를 먹어대는 직정적 독자와 이야기의 의미를 곰곰이 궁리하는 성찰적 독자가 양 끝에 위치할 것이다. 반면 이야기를 하기(쓰기)는 완성의 욕망 쪽으로 집중된다. 이야기-하기는 원천적으로 좌절된 이야기 충동에 최대

13) Gustave Flaubert, *Bouvard et Pécuchet*, *Œuvres II*, Texte établi et annoté par A. Thibaudet et R. Dumesnil (coll.: Pléiade), Paris: Gallimard, 1952, p. 715; 『부바르와 페퀴셰』, 진인혜 옮김, 책세상, 1995, p. 14. 번역은 필자의 것으로 함.
14) 김현, 「소설은 왜 읽는가」, 같은 책, p. 217. 김현이 '욕망'이라고 부르는 것을 나는 충동으로 고치고자 한다.

한의 의미를 부여하면서 가장 이상적인 형상을 구현해내고자 하는 것이다.

우리는 여기에서 자연스럽게 두번째 보충의 문제로 건너간다. 이야기를 완성하려는 욕망은 미학적으로 다듬어진 세계를 추구한다. 그것을 김현은 '정제된'이라는 형용사로 가리켰다. 그런데 그 정제된 이야기체는 사실과 진리가 하나인 세계, 즉 보편 세계를 지향한다. 그것은 여행을 끝내고 길에 나선 개인들의 제 길 찾기의 편력, 즉 소설의 세계와 다르다. 이 점에 대해서는 벤야민의 구별이 유익한 참조가 될 것이다.

소설은 무엇보다 이야기와 구별된다. 이야기꾼은 자신이 이야기하는 것을, 자신의 이야기든 전해들은 이야기든 어쨌든 이야기에서 취한다. 그리고 이야기꾼은 그것을 다시금 자기가 들려준 이야기를 듣는 사람들의 경험으로 만든다. 소설가는 자신을 고립시켰다. 소설의 산실은 고독한 개인이다. 이 개인은 자신의 가장 중요한 관심사를 더 이상 모범적인 예로서 표현할 수도 없고, 조언을 받지도 않았으며 또 조언을 해줄 줄도 모르는 개인이다. 소설을 쓴다는 것은 인간의 삶을 서술할 때 타인과 공유할 수 없는 고유한 것das Inkommensurable을 극단으로 끌고 간다는 것을 뜻한다.[15]

그리고 이야기에도 그만의 미학적 완성이 추구된다. 벤야민은 그것을

15) 발터 벤야민, 「이야기꾼: 니콜라이 레스코프의 작품에 대한 고찰」, 『서사(敍事)·기억·비평의 자리』, 최성만 옮김, 길, 2012, p. 423; Walter Benjamin, "The Storyteller: Observations on the Works of Nikolai Leskov," *Selected Writings(Volume 3, 1935~1938)*, The Belknap Press of Harvard University Press, 2006[2002], p. 146.

"정숙한 간결함"이라고 부른다.

이야기들을 심리학적 분석을 불가능하게 하는 정숙한 간결함보다도 더 그 이야기들을 기억에 지속적으로 저장되게끔 도와주는 것도 없다.[16]

한데 중점은 '정숙한 간결함chaste compactness'만큼이나 "심리학적 분석을 불가능하게 하는"이라는 대목에 놓인다. 여기에서 '심리'란 복잡하고 변덕스러운 개인 심리를 가리키는 것이기 때문이다.

심리학적 설명으로 명암을 부여하는 일을 포기하는 일이 이야기하는 사람에게서 자연스럽게 일어나면 일어날수록, 그 이야기들이 듣는 이의 기억 속에 자리를 잡게 될 전망은 더 커지고, 그 자신의 고유한 경험 세계에 그만큼 더 완벽하게 동화되며, 결국 듣는 이가 그 이야기들을 가까운 장래 또는 먼 장래에 또 다른 사람들에게 이야기해주고 싶은 욕구도 그만큼 더 커진다.[17]

이야기의 미학은 소설의 개인 미학과 엄격히 다르다. 이야기의 미학은 보편 미학 혹은 어울림의 미학이다(민중 미학도 여기에 포함될 것이나, 그것이 전부는 아니다. 한국의 문학 연구자들이 잘못 혼동하는 게 이 점이다). 백석의 수필은 그런 이야기 미학의 전형이라고 할 만하다. 한 대목을 인용하니, 독자들께서는 음미해보시기 바란다.

---

16) 발터 벤야민, 같은 책, p. 429; *ibid*., p. 149. 번역 부분 수정.
17) 같은 책.

저녁물이 끝난 개들이 하나둘 기슭으로 모입니다. 달 아래서는 개들도 뼉다귀와 새끼 똥아리를 물고 깍지 아니합니다. 행길에서 걷던 걸음걸이를 잊고 마치 밀물의 내음새를 맡는 듯이 제 발자국 소리를 들으려는 듯이 고개를 쑥— 빼고 머리를 쳐들고 천천히 모래장변을 거닙니다. 그것은 멋이라 없이 칠월 강변의 칠게를 생각게 합니다. 해변의 개들이 이렇게 고요한 시인이 되기는 하늘에 쏘구랑별들이 자리를 바꾸고 먼바다에 뱃불이 물길을 옮는 동안입니다.

　산탁 방성의 개들은 또 무엇에 놀라 짖어내어도 이 기슭에 서 있는 개들은 세상의 일을 동딸이 짖으려 하지 아니합니다. 마치 고된 업고를 떠나지 못하는 족속을 어리석다는 듯이 그리고 그들은 그 소리에서 무엇을 찾으려는 듯이 무엇을 생각하는 듯이 우뚝 서서 고개를 들고 귀를 기울입니다. 그들은 해변의 숭엄한 철인들입니다.[18]

---

18) 백석, 같은 책, pp. 17~18.

모두의 이야기에서 모두가 잃어버린 세상으로

> 우리는 남들과의 싸움으로부터 수사를 만들지만, 자신과의 싸움으로
> 부터 시를 만든다.
>
> —예이츠, 『신화학』[1]

지금까지 이야기시의 기본 출발점을 이중으로 제시하였다. 첫째 이야기시는 이야기하고 싶어하는 충동을 넘어 이야기를 완성하고자 하는 욕망의 끝에 있다. 둘째, 이야기시는 시/소설과 다르다.

이야기시는 이야기의 욕망을 유지하면서 그것을 시로 완성하려는 시도의 결과이다. 반면 시는 이야기로부터 일탈한다. 「모두의 이야기에서 모두가 잃어버린 세상으로」에 인용된 문학사적 기술에 근거하면 이야기시는 서사적 충동을 간직하며, 시는 서사적 충동을 이미지에 대한 욕망

---

1) W. B. Yeats, "We make out of the quarrel with others, rhetoric, but out of the quarrel with ourselves, poetry," *Mythologies*, New York: The Macmillan Company, 1959, p. 331: 이경수, 『예이츠와 탑』, 동인, 2005, p. 24에서 재인용.

으로 바꾼다. 이 변화에서 결정적으로 달라지는 점은 일반성/개인성의 대립에 있을 것이다. '이야기시'는 공동체의 기억과의 연대를 유지한다. 반면 '시'는 공동체로부터 단절된 개인성을 추구한다.

물론 시의 기본적인 수행은 '진리'(의 자리)를 가리키는 것이다. 그 점에서 이야기시와 시는 같다. 그리고 이야기시가 시인 한은, 그 진리의 부재 혹은 숨음을 전제로 한다는 것도 상례적인 시와 같을 것이다. 바로 여기에서 이야기시에 대한 치명적인 질문이 개입한다. 시에서는 개인성이 바로 진리의 미정성을 끌어안는 수반(水盤)이다. 시의 개인은 유일무이한 개인, 결코 누구와도 닮은 데가 없는 그런 개인이기 때문이며, 따라서 그 개인이 꿈꾸는 진리의 세계는 공여될 수도, 공유될 수도 없다. 심지어 현실 세계에서 그 실체가 드러날 수도 없다. 그것은 단독자인 개인의 뒤로 숨는다. 그리고 그 감추어짐이야말로 개인을 현실 너머로 도약케 하는 동인이 되어주는 것이다. 그런데 이야기시가 공동체의 기억을 간직한다면 어떻게 진리의 부재, 즉 미정성을 표지하는 단서를 제안에 새겨넣을 수 있는가?

바로 이 질문을 두고, 「이야기시의 밑받침으로서의 이야기」에 남겨두었던 백석의 수필을 읽어보기로 하자.

저녁물이 끝난 개들이 하나둘 기슭으로 모입니다. 달 아래서는 개들도 뼉다귀와 새끼 똥아리를 물고 깍지 아니합니다. 행길에서 걷던 걸음걸이를 잊고 마치 밀물의 내음새를 맡는 듯이 제 발자국 소리를 들으려는 듯이 고개를 쑥— 빼고 머리를 쳐들고 천천히 모래장변을 거닙니다. 그것은 멋이라 없이 칠월 강변의 칠게를 생각케 합니다. 해변의 개들이 이렇게 고요한 시인이 되기는 하늘에 쏘구랑별들이 자리를 바꾸고 먼바다에 뱃불이 물길을 옮는 동안입니다.

산탁 방성의 개들은 또 무엇에 놀라 짖어내어도 이 기슭에 서 있는 개들은 세상의 일을 동딸이 짖으려 하지 아니합니다. 마치 고된 업고를 떠나지 못하는 족속을 어리석다는 듯이 그리고 그들은 그 소리에서 무엇을 찾으려는 듯이 무엇을 생각하는 듯이 우뚝 서서 고개를 들고 귀를 기울입니다. 그들은 해변의 숭엄한 철인들입니다.[2]

저녁 무렵의 개들을 묘사하고 있다. 이 개들은 보통 때의 개와 아주 다르다. 그들은 먹이를 뜯지 않고 모래 갯가를 거닌다. 그것도 현실의 길에서 걷던 "걸음 걸이를 잊고" "고개를 쑥— 빼고" 걷는다. 화자가 보기에 그런 모습은 "밀물의 내음새를 맡는 듯이" 보이기도 하고 "제 발자국 소리를 들으려는 듯이" 보이기도 한다.

모래 갯가이니, 그 발 볼록 살[肉球]이 부드러운 쿠션으로 기능하는 개의 발걸음은 더욱 소리를 죽일 것이다. 그러니 개가 듣고자 하는 소리는 무엇이겠는가? 그건 "밀물의 내음새"가 그러하듯이, 그 사물성(밀물, 개발바닥)이 감추어놓고 있는 어떤 다른 장소에서 들려오는 소리이자 풍겨오는 냄새일 수밖에 없을 것이다.

실로 이 개들에 대한 놀라운 묘사는 이 개들이 한결같이 "세상의 일"을 불현듯 놓아버리고 다른 세상을 찾으려는 듯한 자세와 동작을 취하고 있다는 것이다. 그들은 현실에 갇힌 존재들을 "어리석다는 듯이" 비웃고 무언가 다른 것을 찾는 듯 "귀를 기울"인다. 그러한 자세를 두고 화자는 심지어 "해변의 숭엄한 철인"이라고 가리킨다. 이 격상된 호칭, '철

---

2) 백석, 『정본 백석 소설·수필』, 고형진 엮음, 문학동네, 2008, pp. 17~18.

인'에 걸리는 것은 '숭엄함'이기도 하지만, '해변의'이기도 하다. 즉 이 개들은 바다 너머의 세계를 '기루고' 있는 것이다. 이 자세로서 그들은 이 땅의 무의미와 바다 너머 세계에 진리가 소재함을 가리키고 있는 것이다.

백석의 이 수필은 이야기가 저의 완성으로 나아갈 때, 그 대가로 장소를 잃는다는 것을 암시한다. 왜냐하면 진리는 사실의 근본적인 부정으로서만 도달될 수 있기 때문이다. 그럼에도 불구하고 이야기가 공동체의 경험과 기억에 근거한다면, 그 공동체는 실질적으로 '지금, 이곳'에 없는 것으로 가정될 수밖에 없다. 이야기의 화자는 대신 그 대가로, 부재하는 공동체의 원리를 쥐고 있는 자의 자격을 얻는다.

바타유Georges Bataille가 니체Friedrich Nietzsche를 일컬어 "도시가 없는 입법자législteur sans cité"라고 했을 때의 그 자격, 바로 그것이 이야기가 완성을 지향하여 시로 나아가는 일을 수행하는 주체의 속성인 것이다.

> 니체는 재야의 입법자, 즉 도시가 없는 입법자이다. 주변에 한 사람도 없는 창조자. 십자가를 인 〔자가 겪는〕 부재의 고통은 『자라투스트라……』에 와서 시가 된다.[3]

신화 해석자 유재원이 날카롭게 지적했듯이 "민담의 특성은 정해진

---

3) Georges Bataille, "Dionysos philosophe", *Acéphale*, No. 3, 1937, p. 9. 『아세팔 *Achéphale*』은 바타유가 1936년 창간한 계간지로서, 1939년 5호로 종간되었다. '종교, 사회, 철학'을 다룬다는 부제가 붙어 있으며, 잡지 제목의 뜻은, 앙드레 마송André Masson이 잡지 표지를 레오나르도 다빈치의 「비트루비우스적 인간Homme de Vitruve」에서 머리를 없애버린 모습으로 장식하고 "사람 아세팔Bonhomme Achéphale"이라고 명명한 데에서 찾을 수 있다.

시간과 공간이 없다는 것"[4]이다. 이것은 레비스트로스가 프로프Vladimir Propp의 『이야기의 형태학』에 대한 서평에서 '이야기'를 '상징적'인 것으로 본 것과 상응한다.[5] 요컨대 이야기는 육하원칙이 통제하는 특정한 이야기가 아니라 모두의 모든 때의 모든 장소의 이야기인 것이다. 그렇게 받아들여짐으로써 모든 독자에게 통하는 것이다. 그런데 이야기시는 바로 이 '편재성'을 '부재성'으로 바꿈으로써 모두의, 모두를 위한 이야기를 '모두에게 소중하나 모두가 잃어버린 이야기'로 만들어버린다.

그것이 이야기를 진실에 접근시키는 유일한 방법이기 때문이다. 왜냐하면 언제부턴가, 어쩌면 니체가 "신은 죽었다"라고 선언한 순간부터, 현실의 잡사들은 더 이상 진리의 표지가 아니기 때문이다. "우리가 신을 죽인 것이다."[6] 거기에 그 근거가 놓여 있다. 신의 세계로부터 인간의 세계로의 찢겨나감, 공동체로부터 개인으로의 분화는, 신에 의해서 인간이 보호를 받는 시간이 지속되면서 불가피한 일이 된다. 그 시간은 인간의 역량이 쌓이는 시간이며 어느 순간 인간은 신을 대체할 욕심을 품게 되는 것이다. 그리고 마침내 "우리가 신을 죽"였을 때 더 이상 진리는 '지금, 이곳'에 존재하지 않는다.

여기에 이르면 우리가 진리를 망실한 장본인인데, 세상 밖 너머로 추방된 진리를 꿈꾸는 존재도 인간일 수밖에 없다는 것이 자명해진다. 그

---

4) 유재원, 『그리스 신화의 세계 2—영웅이야기』, 현대문학, 1999, p. 252.

5) Claude Lévi-Strauss, "La Structure et la forme. Réflexions sur un ouvrage de Vladimir Propp," *Anthropologie structurale deux*, Paris: Plon, 1973, p. 157.

6) "신은 죽었다"라는 말을 니체는 여러 곳에서 했다. 신을 죽인 주체를 명시한 걸 『즐거운 지식』에서 읽을 수 있다. 니체, 『즐거운 학문·메시나에서의 전원시·유고(1881년 봄~1882년 여름): 칭찬이나 비난에 무관심해지기 외』(니체전집 12), 안성찬·홍사현 옮김, 책세상, 2005, p. 200; Nietzsche, *Œuvres II—Humains, trop humains I, II/Aurore/Le Gai Savoir*(coll.: Pléiade), Paris: Gallimard, 2019, p. 1041.

런데 이때 인간은 더 이상 공동체의 이름으로 그것을 수행하는 것이 아니라, 개인의 지위statut로 그걸 행할 수밖에 없다. 공동체는 신을 죽인 자들의 집단이기 때문이다.

이제 이야기는 진리에 다가가기 위해 지금까지 이야기를 배태하고 양육했던 공동체를 이탈한다. 이제 이야기의 발성 주체는 개인으로 파편화된다. 그러나 그럼에도 불구하고 이야기의 극점에서 이야기꾼은 여전히 공동체의 기억을 되찾고자 하는 의지에서 그 일을 수행한다. 그 기억은 이제 잃어버린 것이다. 이야기에 기억과 경험이 여전히 내장되어 있다면 그것은 진짜일 수가 없다. 바로 이로부터 그가 행하는 첫번째 일은 이야기로부터 현재까지 내장된 의미 더미를 부숴버리는/비워내는 일이다.

그 양상은 기본적으로 두 가지이다. 바타유에게 있어서의 니체는 디오니소스의 니체, 즉 심신 망실dément[7]로 인한 횡설수설의 주체라고 할 수 있다. 즉 그 니체는 의미를 파괴하는 방언(放言)의 주체이다. 반면 기본 출발점은 같지만, 의미의 파괴가 아니라 모든 의미가 부재인 상태로 환원되어 오로지 '목소리'만을 발성하는 이로 그를 생각할 수도 있다. 장루이 크레티앵Jean-Louis Chrétien이 천착한 '목소리'가 그렇다고 한 연구자는 말한다.

간단히 말해, 목소리는 순수한 "독백으로서의 말하고자 함"으로 나타난다. 목소리 자체가 고유성의 장소가 된다. 즉 육체도 없고 세계도 없으며 이웃도 없는 주체의 장소가 된다. 장루이 크레티앵을 읽으면, 목소리

---

7) Georges Bataille, *ibid.*, p. 5.

의 모든 것은, 현상을 전혀 사유되지 않은 현상 이전의 상태로 환원하는 일에서만 가치를 구한다는 것을 알아차릴 수 있다.[8]

여기서 주체, 즉 화자는 모든 의미가 소거되는 목소리의 물질적 용기로서 존재한다. 아니다. 하나의 양상이 더 있다. 이 과정을 통해 상실된 이야기의 보편성은 서서히 개인의 왕국으로 변화하고 있으니 말이다. 나는 술을 너무 많이 마시고 일찍 생에 작별을 고한 내 대학 동기 이경수[9]의 책을 읽다가 그 왕국을 보았다.

상상력은 어디에 가장 많이 머무는가,
얻은 여자인가 잃은 여자인가?
잃은 여자라면, 인정하라.
자존심이나 비겁함이나 지나치게 섬세한 어떤 어리석은 생각이나
혹은 한때 양심이라 불렸던 그 무엇 때문에,
그대가 거대한 한 미로로부터 돌아섰음을.
그리고 또 인정하라, 만일 기억이 되살아나면,
태양은 일식이 되고 날이 캄캄해짐을.[10]

---

8) Camille Riquier, "Jean-Louis Chrétien ou la parole cordiale," *Critique*, No. 790, 2013. 3, p. 209. 번역은 필자.
9) 문학평론가 중에 세 사람의 이경수가 있다. 한 사람은 4·19세대로서 꼼꼼한 읽기를 보여주었던 이경수(1943~)이다. 다른 한 사람은 지금 왕성히 활동 중인 여성 평론가 이경수이다. 그리고 그 사이에 영문학을 전공하고 인제대학교에서 교수를 했던 이경수(1955~2006)가 있다. 본문의 이경수가 이 사람이다.
10) 이경수, 같은 책, p. 112: William Butler Yeats, *The Collected Works, Volume 1: The Poems*, edited by Richard J. Finneran, London: Palgrave Macmillan UK, 1997, p. 201.

예이츠의 『탑*The Power*』에 나오는 구절이라고 해서 찾아보았다. 이경수에 의하면 "지상적 초월의, 혹은 초월적 지상의 흔적"[11]인 이 탑으로부터 나오는 말씀은, 〔진정한〕 상상력의 근거가 '잃어버린 세계'에 있으며, 이 잃은 세계가 "잃은 여자"로 개별화되었다는 것이다. 그런데 여자를 잃은 까닭은 현실 원칙의 모범적인 규율들에 순종하고자 하는 태도로부터 진정한[12] 세계를 외면했기 때문인데, 그 순간 잃은 여자와의 사랑 일은 "거대한 한 미로"로 바뀌어버리고 "기억이 되살아"날 경우, "태양은 일식이 되고 날이 캄캄해"질 것이다. 이것을 진정한 세계로 돌아가는 통로가 막힌 것으로 읽으면 얻을 것이 없다. 오히려 이 '미로' '일식'으로 인한 어둠이 현실의 의미를 뜯어내버림으로써 진정한 세계가 아직 해독이 되지 않은 채로 모습을 드러내는 사건으로 읽는 것이 생산적이다.

이때 주체의 역할은 진정한 세계의 용기가 되는 상태를 넘어서 그 세계에 진정한 의미를 부여하는 일로 격상한다. 결코 세계의 주인임을 선언할 수 없는 상태에 처해 있지만, 그런 변화를 예약하는 하나의 기능을 장착하게 된 것이다.

그 양상들은 아마도 더 복잡하게 전개될 것이다. 어느 날 마침내 개인이 왕국(가정된 이상 공동체)에의 의존을 떠나서 오로지 자기 자신의 삶에 집중하기 전까지. 다만 그 양상들은 두루 현존하는 공동체의 의미를 파괴하는 데에서 시작해 새로운 의미를 심고자 하는 의지로 마감하

---

11) 같은 책, p. 38.
12) '진정한'이라? 왜냐하면, 이 대목은 현실원칙의 규율들이 아무리 훌륭하다 하더라도, 그것을 따르는 한 상상력의 원천을 잃고 만다는 것을 가리키고 있기 때문이다. 즉 '진정성'은 현실 저편의 것이다.

는 운동을 비슷이 되풀이한다.

여하튼 오늘의 핵심은 백석의 이야기도 정확하게 같은 일을 수행한다는 것이다. 「해빈수첩」에서 이미 딴 세상을 몽상하는 개들을 보았다. 첫번째 단편은 「개」라는 제목을 가지고 있다. 같은 글의 두번째 단편은 「가마구」인데, 이 글은 이 세상에 머물며 딴 세상을 꿈꾸는 '작업'의 실제 형식을 보여준다.

바닷가의 '가마구'들은 "죽음의 〔저승〕사자"들인데, 그들은 바닷가 사람들과 어지러운 관계를 맺는다. 우선 사람들은 "참치를 말리는 시절" "참대 끝에 가마구의 송장을 매더 달아 그 자리 가에 세"우는데, 그것은 "죽음의 사자인 가마구들에게 죽음의 두려움을 가르치려는 어리석은 지혜"이다. 이때 가마구들은 바다 사람들을 저주한다. 다음, 그러다가 가마구들은 이러한 바다 사람들의 행위가 가마구들을 "두려워하고 위하는 표"시라고 재해석하여, 바다 사람들이 가마구들을 "높이 받들어 참치를 제물로 괴이고 졸곡제를 지내는 것이라고" 이해하면서, "제 종족의 죽음을 우러러 받드는 이 바닷사람들을 까욱까욱 축복"한다.

이 두번째 행동이 반전의 계기이다. 이런 상황을 두고 화자는 능청스럽게 "죽은 〔가마구〕 종족의 명복을 비는 그들〔=바닷사람들〕의 예절과 풍속"이라고 적고 있는데, 얼핏 읽으면 이는 가마구들의 죽음을 애도하는 행위로 해석할 수 있다. 그것이 상식적인 해석이다. 그러나 아니다. 본 뜻은, 죽은 가마구들을 애도하는 게 아니라, 죽음의 징표인 까마구들을 공경한다는 것이다. 그래서 "제 종족의 죽음을 우러러 받드는"이라는 설명을 단 것이다. 오독을 야기한 결정적 단어는 '명복'인데, 문맥을 고려하면, 이 '명복'은 문자 그대로의 뜻, '죽음의 세상에 있는 복을 갈구한다'는 뜻으로 읽어야 한다. 그때 '죽은 세상에서 편히 안식하시라' 등의 허울 좋은 인사치레는 단호히 부정된다. 바로 이런 이유로 인해, 세번째 사건이 일어난다. 즉 바닷사람들이 가마구 대신, 그들을 표지하는 "검은 헝겊"을 매달아놓자, 가마구들은 "바닷사람들과 원수질 것을 까욱까욱 울며 맹세하"[13)는 것이다. 왜냐하면 죽음의 정령이자, 죽음의 현존성의 징표인 가마구들은 현실의 어떤 사물로 은유될 수 있는 게 아니기 때문이다. 바다 사람들은 여전히 죽음을 부정적으로 생각하고 그것을 삶으로 포장할 이런저런 궁리를 하지만, 가마구들의 입장은 죽음이 삶을 압도적으로 능가한다는 것이다.

백석의 이야기 역시 부재하는 세상의 이야기, 죽음 속에 침전한 세계의 이야기이며, 따라서 육체도 언어도 없는 이야기이다. 이야기를 완성하고자 하는 이들은 모두 현실에 대해서뿐만 아니라 현실 속의 이야기들에 대한 전면적인 거부의 필연성에 직면하게 된다. 그때 의미는 의미 결여로 귀착하는데, 그것은 절망적 상황이 아니라 오히려 새로운 의미가 새들어오기 위한 조건이 된다. 백석의 「해빈수첩」의 세번째 단편이 「어린아이들」이라는 제목을 달고 아이들 얘기를 하는 까닭을 이제 굳이 풀이하지 않아도 누구나 이해하리라.

백석의 이야기시의 바탕을 이루는 것이 이러한 이야기들이다. 백석역시 나라 없는 입법자의 자세를 취한다. 이런 이해의 바탕 위에서, 그의 절창 중 하나인 「나와 나타샤와 흰 당나귀」에서

눈은 푹푹 나리고
나는 나타샤를 생각하고

---

13) 백석, 같은 책, p. 19.

나타샤가 아니올리 없다

언제벌서 내 속에 고조곤히와 이야기한다

산골로 가는 것은 세상한테 지는 것이 아니다

세상 같은 건 더러워 버리는 것이다[14]

와 같은 구절을 읽게 되면, 이제 "세상 같은 건 더러워 버리는 것"이라는
구절이 그저 나태한 감상에 빠진 사람이 생각없이 내뱉는 저주의 말이
아니라는 것을 알게 된다. "세상 같은 건 더러워 버리는 것"은 감상의 발
로가 아니다. 그건 필연적인 것이다.

　　그럼에도 불구하고 세상 사람들은 저런 말들을 시시때때로 충동적으
로 뱉으면서 세상에 달라붙어 잘 살기 위해 아등바등거린다. 이를 어이
할거나?

---

14) 백석, 같은 책, p. 242.

이야기시의 시적 차원

1. 수단 이야기와 진수 이야기

앞 장에서 이야기의 진수(眞髓)에 다가가려는 이야기의 존재론에 대해서, 백석의 수필을 예로 들어 풀이하였다. 이야기의 진수에 다가가려는 욕망은 현실의 언어 공간에서 이야기가 가장 많이 쓰이면서도 언제나 조연적 지위에 머물러 있다는 사정으로부터 이야기를 구출하고자 하는 데서 발동된다. 롤랑 바르트가 "이야기는 한이 없다"라는 말로 「이야기 구조 분석 입문」의 첫 문장을 장식했던 것처럼 모두가 이야기를 하고 싶어 하고, 이야기를 듣고 싶어 한다. 이야기를 받아 이야기를 이어가고, 이야기를 들어주는 사람이 없다고 "내 사연 좀 들어보소" 외치며 이야기한다. 사람들은 이야기를 듣고 눈물을 흘리고 박장대소를 한다. 이야기한 사람과 이야기가 엄격히 다를 때에도 사람들은 이야기한 사람을 칭찬하거나 그에게 화를 낸다.

그런데 이렇게 이야기로 가득 찬 일상에서 이야기 욕망은 이야기가 아닌 다른 것을 얻으려는 욕망으로부터 추동된다. 통상의 이야기 욕망은 욕망의 욕망이다. 이야기의 일반적 무의식은 이야기가 잃어버린 진실을 상상적으로 활용하여 현실의 결핍을 메우려는 것이다. 이때 이야기는 배경으로, 혹은 사연으로 쓰이고, 궁극적으로 주체가 다다르고자 하는 것에 봉사한다. 그 '다른 것'이란 진실의 닿을 수 없는 상징으로서의 시라는 극점과 시정(市井)의 성공을 뒷받침하는 전(傳)이라는 극점 사이의 다양한 스펙트럼상에 위치하고 있는 온갖 종류의 현실적 목표들이다. 그 목표의 가장 숭고한 양태인 '시'에 있어서조차 이야기를 담요로 사용해 안전을 도모하는 시적 행위도 속세의 목표에 손을 뻗는다.

반면 이야기의 진수는 현실의 주단(紬緞)이 되는 이야기가 아니라 잃어버린 왕국의 생동하는 현실을 그대로 가리키고자 한다. 그런데 이야기의 주체는 거기에 속하지 못한다. 백석의 수필에서 주인공들이 '개' '까마구' '바다의 아이들'인 것은 그 때문이다. 이야기의 주체가 거기에서 할 수 있는 일은 상실된 왕국에서 실제로 살아가는 존재들을 불러오는 것뿐이다. 그 점에서 그의 또 다른 수필 「편지」는 주목을 요한다.

2. 백석의 교차적 진술

편자인 고형진 교수에 의하면 이 「편지」는 신석정에게 보내는 편지로서 신석정이 그에게 바친 「수선화」라는 시에 대한 답례로서 쓴 것이다. 이 편지에서 백석은 자기의 근황은 거의 보이지 않고 [타인들의] 이야기를 한다. 그 이야기 하나는 자신이 사랑했으나 "시들어가는" 한 여인에 대한 이야기이다.

　　그가 열 살이 못 되어 젊디젊은 그 아버지는 가슴을 앓아 죽고 그는 아름다운 젊은 홀어머니와 둘이 동지섣달에도 눈이 오지 않는 따뜻한 이 낡은 항구의 크나큰 기와집에서 그늘진 풀같이 살아왔습니다. 어느해 유월이 저물게 실비 오는 무더운 밤에 처음으로 그를 안 나는 여러 아름다운 것에 그를 견주어보았습니다— 당신께서 좋아하시는 산새에도 해오라비에도 또 진달래에도 그리고 산호에도…… 그러나 나는 어리석어서 아름다움이 닮은 것을 골라낼 수 없었습니다.[1]

그리고 이어서 자신이 머물고 있는 고향 사람들의 풍속을 풀어놓는다.

　　허물없는 즐거움 속에 끼득깨득하는 그들은 산에서 내린 무슨 암짐승이 되어버리는 밤입니다. 그러다는 집으로 들어가서 마음 고요히 세 마디 달린 수숫대에 마디마다 콩 한 알씩을 박아 물독 안에 넣는 밤인데 밝은 날 산골이라는 웃마디, 중산이라는 가운데 마디, 해변이라는 밑마디의 그 어느 마디의 콩이 붇는가를 보고 그 어느 고장에 풍년이 들 것을 점칠 것입니다.[2]

방금 말했듯이 이 편지는 신석정이 그에게 바친 「수선화」에 대한 답

---

1)　백석, 「편지」, 『정본 백석 소설·수필』, 고형진 엮음, 문학동네, 2019, p. 40.
2)　같은 책, p. 42.

례의 형식으로 씌어졌다. 이 안에 든 두 개의 에피소드에서 첫번째 일화
는 '수선화'로부터 유발된 것이다. 이때 '수선화'는 그 형상을 가리킨다
는 것을, 백석이 자신이 받은 시를 "맑고 고운 수선화 한 폭"으로 비유
한 데서 알 수 있다. 그 수선화의 모습에서 그는 자신이 사랑했던 '남쪽
바닷가 어떤 낡은 항구의 처녀'를 떠올린다. 이 회상은 두 방향으로 교
차적으로 전개되는데, 한 방향에서 그녀는 낡은 항구에서 말라가면서
점점 소멸해가고 있다. 다른 방향에서 그녀는 비교할 수 없이 아름다운
자태로 화자의 눈자위를 압박한다. 그는 현실의 어떤 것들도 그녀의 아
름다움과 비교할 수 없다는 것을 아프게 확인한다. 이 두 방향의 교차
적 기술을 통해 시인은 '수선'으로 비유된 여인의 '지워지는 아름다움'을
부각시킨다.

여기에서 '지워진'이 아니라 '지워지는'임을 주목해야 한다. 왜냐하면
화자의 마음속에서 그녀는 소멸하고 있지, 아예 잃어버린 게 아니기 때
문이다. 그의 마음속에서 그녀는 생생하게 살아 있다. 그러나 그녀는
사라지고 있으며 실제로 그와 완전히 멀어졌다(다른 남자와 결혼한 걸로
알려져 있다). 현실 안에서 그녀와 닮은 아름다움을 찾는 것, 다시 말해
그녀가 내 곁에 살아 있음을 확인하려는 행위는 "어리석은" 짓이다.

독자는 두 방향의 진행을 동시에 느끼며, 아름다움의 항구성과 아름
다움의 영구 부재라는 상반된 도달점을 향해 한꺼번에 마음을 이동시
킨다. 백석 특유의 점진적인 교차 표현은 독자로 하여금 그 이동의 과정
을 매 순간 감지하면서, 그 두 방향의 긴장을 소름 돋을 정도의 강도로
느끼게 한다.

그러나 독자에 대한 배려는 별도로 두고, 화자의 마음은 두 모순된
감정의 충돌로 견딜 수 없게 된다. 그래서 그는 "이 이야기는 이만하고

나의 노란 슬픔이 더 떠오르지 않게 나는 당신의 보내주신 맑고 고운 수선화의 폭을 치워놓아야 하겠습니다"라고 이유를 달고서 자기 마을 사람들의 풍습에 대한 이야기로 건너간다.

언뜻 심드렁한 화제의 전환인 듯하지만, 화자의 무의식 속에서 이것은 앞 이야기와 긴밀히 연관되어 있다. 인용문에서 보이듯, 고향 마을 사람들이 "산에서 내린 무슨 암짐승이 되어버리는 밤"이기 때문이다. 다시 말해 화자의 마음속에서 고향 마을 사람들과 그들의 풍습은 잃어버린 세계의 대리물이다. 화자는 이 고향의 풍습을 자세히 묘사하면서, 이 세계의 풍요와 실감을 증폭시킨다. 여기에는 교차적 진술이 없다. 광경의 쌓임만이 있을 뿐이다. 죽 이어지는 이 장면의 독서는 넉넉한 안식감을 제공하지만 긴장은 없다. 실감은 자동화된다. 그리고 또한 그러나 화자가 마침내 확인하는 것은 이 고향 풍경이 잃어버린 세계를 대신할 수 없다는 사실이다.

> (닭이 우나?) 아 닭이 웁니다. 나는 이만 이야기를 그치고 복밥을 기다리는 얼마 아닌 동안 신선과 고사리와 수선화와 병든 내 사람이나 생각하겠습니다.[3]

아무리 밤의 어둠이 마을 사람들을 변장시켜준다 해도, 그들은 "신선과 고사리와 수선화와 병든 내 사람"이 아니다. 복밥을 기다리면서 그것은 그대로 잊혀진다. 화자는 다시 자신이 정말로 잃어버린 세계를 다시 떠올린다. 이야기는 깊은 균열을 내면서 종지부를 찍는다.

---

3) 같은 책, p. 43.

진수로서의 이야기는 이야기를 최종적으로 결여시킨다. 앞에서 현실에서 쓰이는 이야기가 '보태는 이야기'임을 보았다. 모든 현실적 사건들은 자신에 이야기를 보충함으로써 자신에게 실감과 진실성과 심지어 진리까지도 부여한다. 이런 담론들의 함수는 다음과 같이 표현될 수 있다.

f(x) = a(이야기) + bx

[f(x): 담론으로서의 사건, x: 문제의 항목, a: 수사, b: 비유]

「편지」에서의 두번째 일화는 이런 이야기의 한 예다. 반면 첫번째 일화는 진수로서의 이야기의 사례라 할 수 있다. 이 이야기는 근본적으로 내가 부재하는 절대적 세계를 떠올리게 한다.

3. '이야기시'의 시적 성격

'이야기시'는 이 이야기의 결여 지점에 하나의 점을 찍음으로써 출발한다. 그런데 그 점이 결정적인 것이다. 모든 이야기는 공동체의 기억과 경험에 의존하며, 또 그것들에 자신을 보탠다. 그것이 잃어버린 왕국이라도 그 방법은 똑같다. 이야기에 찍히는 이야기시의 한 점은 거기에 구멍을 뚫고 개인을 틈입시킨다.

『주홍글씨』의 작가 너새니얼 호손Nathaniel Hawthorn은 자신의 '로맨스'에 대해서 다음과 같이 쓴 적이 있는데, 내 생각엔 이야말로 이야기를 이야기시로 만드는 결정적인 구조에 단서를 제공하는 것 같다.

로망스의 범주에 드는 이 이야기의 관점은 지나간 과거와 순식간에 스쳐 지나갈 현재를 한데 엮어 보려는 시도에 놓여 있다.[4]

잃어버린 세계의 주인으로서 그 세계의 회복을 시도하면서, 그 세계의 최종적 상실을 결정적으로 확인하는 작업, 그것이 개인이 하는 작업일 것이다. 다만 여기에서 "기나간 과거와 순식간에 스쳐 지나갈 현재"는 아마도 '유실된 장소와 불현듯 반짝이는 사물의 편린'으로 바꿔야 할 것이다. 이렇다는 것은 『잃어버린 시간을 찾아서』(마르셀 프루스트)라는 제목이 그대로 지시하듯이, 시간의 차원에서 상실에 접근하는 것이 소설을 낳는다면, 공간의 차원에서 그렇게 하는 것이 시를 낳는다는 짐작을 가능케 한다. 왜냐하면 소설은 사건의 전개에 의존하며, 시는 대상의 지시에 의존하기 때문이다. 다만 모든 장르의 관련이 그렇듯이 각각의 장르는 제 안에 다른 장르들을 품고 있기 때문에 마치 이것을 규범처럼 생각해서는 안 될 것이다. 하지만 백석의 경우에는 이러한 구분이 썩 적의한 듯하다.

지금까지의 논의에 근거하면, '이야기시'는 '이야기+시'로 이루어지지 않고 '이야기−시'로 이루어진다. '−' 부호는 이야기의 균열을 가리키며, 그 안에 개인성을 표지하는 시가 개입한다는 것을 가리킨다. 그러한 공식을 새겨 볼 수 있는 것이 다음 두 대목의 비교이다.

---

4) 호손, 『칠박공의 집』 서문; A. S. 바이어트, 『소유(상)』, 윤희기 옮김, 미래사, 2003, p. 5에 서 재인용; Nathaniel Hawthorne, *The House of the Seven Gables*, The Pennsylvania State University, 2008, p. 8(최초 출간 연도: 1851).

(1) 새악시 처녀들은 새 옷을 입고 복물을 긴는다고 벌을 건너기도 하고 고개를 넘기도 하여 부잣집 우물로 가서 반동이에 옹패기에 찰락찰락 물을 길어 오며 별 같은 이야기를 자깔자깔하는 밤입니다.[5]

(2) 얼굴에 별자국이 솜솜 난 말수와 같이 눈도 껌벅거리는 하로에 베 한 필을 짠다는 벌 하나 건너 집엔 복숭아나무가 많은 신리(新里) 고무 고무의 딸 이녀(李女) 작은 이녀(李女)

열여섯에 사십(四十)이 넘은 홀아비의 후처가 된 포족족하니 성이 잘 나는 살빛이 매감탕 같은 입술과 젖꼭지는 더 까만 예수쟁이 마을 가까이 사는 토산(土山) 고무 고무의 딸 승녀(承女) 아들 승(承)동이[6]

(1)은 앞에서 인용했던 수필 「편지」의 두번째 일화 부분이다. (2)는 백석의 대표 시 중의 하나로 흔히 거론되고, 아마 교과서에도 실린 「여우난골족」[7]이다. 내용상으로는 거의 비슷한 얘기를 하고 있다. 명절이 되어 이곳저곳에 흩어져 있던 친척들이 모여서 밤새도록 얘기를 나누고 명절 음식을 준비하고 아이들은 놀이를 즐긴다는 내용이다. 하지만 이야기하는 방식이 다르다.

두 대목 모두 북쪽 방언이 수다히 들어 있어서 사전을 뒤져야 그 의미를 충분히 이해할 수 있다. 그러나 (1)의 어휘들은 비교적 단순한 문법에 뒷받침되어 순조롭게 흘러간다. 이때 방언들은 문장들의 의미 전

---

5) 백석, 같은 책, p. 41.
6) 백석, 『정본 백석 시집』, 고형진 엮음, 문학동네, 2008, p. 23.
7) 이 시가 교과서에 실린다는 사실은 한국의 독서장의 풍토에 대한 단서를 제공한다. 이 시는 쉬운 시가 아니다. 또한 어려운 부분들을 파악하고 읽을 때만 시로서 음미가 가능하다.

달에 태깔을 입히는 역할을 한다. 즉 수사적으로 기능하는 것이다.

반면 (2)의 언어체는 의미론적 장애를 일으키는 방식으로 진행된다. 우선 사실로서는 정확하겠으나 담론상으로는 서로 어긋지는 수식들이 겹쳐져 있다. 가령, '신리 고모'에 대한 수식은 다음 네 개의 절로 이루어져 있다. "얼굴에 별자국이 솜솜 "났다; 말도 더듬지만 눈도 껌벅거린다; "하루에 베 한 필을" 짜는 능력을 가지고 있다; "벌 하나 건너"에 산다. 이 네 개의 수식은 한 인간의 구체성을 조성하는데 긴밀히 협력한다. 하지만 각각의 문구는 의미론적으로 서로 상통하지 않는다. '토산 고모'에 대한 묘사는 더욱 그렇다. "열 여섯에 사십이 넘은 홀아비의 후처가" 되었다; 살빛이 "포족족('푸르죽죽'의 소리말로 보인다)하"다; 입술은 '매감탕' 같은데, "입술과 젖꼭지는 더 까"맣다; "예수쟁이 마을 가까이" 산다. 이 세 수식은 서로 전달하는 감성 물질이 없다. 게다가 "더 까만"의 '더'는 '입술'에 대응하는 건지, '살빛'에 대응하는 건지 불분명하다. 이런 수식을 통해 인물의 형상은 또렷해지지만, 의미는 모호해진다.

다음, 쉼표의 생략이 문장 구조를 복합적으로 만들고 있다. 가령, "벌 하나 건너 집엔 복숭아나무가 많은 신리(新里) 고무"라는 문구는 무심코 읽으면, '벌 하나 건너 집엔, 복숭아나무가 많은 신리, 고모'로 읽기가 쉽다. 특히 '신리'가 고을을 가리키기 때문에 '신리에 복숭가나무가 많다'는 뜻으로 읽을 수 있는 것이다. 이때 "벌 하나 건너 집"의 '벌 하나'는 의미가 없는 채로 남는다. 방언이 많이 씌어졌기 때문에 독자에 따라서는 '이건 무슨 방언인가?' 하는 의문을 품을 수도 있다. 그러나 자세히 보면 위 문구의 쉼표는 다음과 같이 찍히는 게 바른 것 같다: '벌 하나 건너, 집에 복숭아나무가 많은, 신리 고모'. 즉 들판 하나 건너에 신리 고모가 살고 있는데, 그 집엔 복숭아나무가 많다,는 뜻이다. 그렇게 읽으면 이 문구는 문법적으로 아주 정확하다. 그러나 쉼표의 생략으로 문장의 외관을 흐트러뜨리면서, 두 개의 의미체로 갈라놓고, 한쪽의 의미체가 다른 쪽의 의미체를 가리는(거꾸로도 그러한) 형국을 이루고 있다.

「여우난골족」의 언어 구조는 매우 능란하고 유장한 토속어의 흐름을 느끼게 하면서, 동시에 의미의 감추어짐에 의혹하게끔 한다. 이 방식을 통해 이 시의 이야기는 이야기를 하면서 이야기의 결락을 표징한다.

이 결락이 지금까지 논의해본 '진수-이야기'의 핵심이다. 그런데 시에서는 결락을 통해서 '나'가 도드라지게 된다. 「여우난골족」에서는 이 부분이 분명치 않다. 즉 이 시는 거의 이야기 자체에 가까운 시이다. 그러나 바로 다음 시 「통영」을 보라.

> 넷날엔 통제사(統制使)가 있었다는 낡은 항구(港口)의 처녀들에겐 넷
> 날이 가지 않은 천희(千姬)라는 이름이 많다
> 미역오리같이 말라서 굴껍지처럼 말없이 사랑하다 죽는다는
> 이 천희(千姬)의 하나를 나는 어늬 오랜 객주(客主)집의 생선 가시가
> 있는 마루방에서 만났다
> 저문 유월(六月)의 바닷가에선 조개도 울을 저녁 소라방등이 불그레
> 한 마당에 김냄새 나는 비가 나렸다[8]

처음에 천희라는 이름을 가진 많은 여인들을 지칭하다가, 세번째 행에서 화자(시인)만의 '천희'를 오롯이 뽑아낸다. "생선 가시가 있는 마루

---

8) 같은 책, p. 27.

방에서"의 '생선 가시가 있다'는 것은 무슨 뜻일까? 시의 앞 행과 「편지」에 근거하면, 여인의 메마른 체격을 암시하는 것으로 볼 수 있을 것이다. 그러나 문장 그대로 읽으면 이것은 사실의 개별성을 가리키는 것으로 읽힌다. 그때 만났을 때 마루방에 생선 가시가 떨어져 있었다,는 의미로 말이다. 이는 김승옥의 「서울 1964년 겨울」에서

　　난 그중에서 큰 미자와 하룻저녁 같이 잤는데 그 여자는 다음날 아침, 일수로 물건을 파는 여자가 왔을 때 내게 빤쯔 하나를 사주었습니다. 그런데 그 여자가 저금통으로 사용하고 있는 한 되들이 빈 술병에는 돈이 백십 원 들어 있었습니다.[9]

라고 '김'이 말하자, '안'이

　　그건 얘기가 됩니다. 그 사실은 완전히 김형의 소유입니다.

라고 그 사실의 유일무이성을 확인할 때의 그 개별성과 동일하다. 즉 이야기시는 이야기의 비극 자체를 유일무이한 개인의 경험으로 옮겨놓는다. 비극이 열리기 시작하고, 슬픔에 의지가 부어지는 순간이다. 바로 그것이 앞에서 호손이 말한 바 그대로 "지나간 과거"에 "순식간에 스쳐 지나가는 현재"가 개입하는 광경이다. 그 광경은 광막한 어둠의 무대에 부르르 불꽃이 오르는 느낌으로 독자를 데운다.

---

9)　김승옥, 「서울 1964년 겨울」, 『무진기행』, 나남출판, 2001, p. 178.

6부

———

'제3세계'라는 대안의 불가능성과
만남의 가능성

절망의 끝에서는 무슨 일이 일어나는가?
── 이용악과 오장환 그리고 나보코프

1. 나보코프를 읽다가 다시 이용악으로

다른 일 때문이기도 했지만, 이용악 시 앞에서 몇 달을 종종거렸다. 혹자들이 '유민시'라고 규정하고 있는 그의 시들은 정말 그 이름이 적절한가? 그 이름으로 그의 시는 한국 시의 사연에 어떻게 참여하고 있는가? 이런 물음들을 던지며 그의 시를 들여다보는데 비 온 후의 개천물처럼 보이는 게 없다. 무언가가 떠내려가는 것은 분명한데, 저것은 시의 본체인가? 정황인가?

"보는 자와 보이는 것이 하나가 되는" "밤"[1]에 갇혀 나는 다른 책들을 은하수를 막연히 훔쳐보듯 뒤적인다. 그러다가 한곳에 눈길이 머문다.

---

[1] 블라디미르 나보코프, 『창백한 불꽃』, 김윤하 옮김(문학동네, 2019)에서 존 셰이드의 「시 제1편」, p. 39; Vladimir Nabokov, *Pale Fire*, New York: Berkeley Book, 1962, p. 16 [Original Language Edition: 1962].

바로 방금 한 구절을 인용한 나보코프의 『창백한 불꽃』에서의 존 세이드가 쓴 시의 한 대목이다.

> 이렇게 말해도 좋다면, 평범한 속물이
> 더 행복할 것이다. 속물이 은하수를 보는 건,
> 소변 볼 때 뿐이니까. 그때도 지금도
> 나는 위험을 무릅쓰고 걸었다. 큰 나뭇가지에 얻어맞고
> 그루터기에 걸려 넘어지면서. 나는 천식환자, 절름발이 뚱보라
> 공을 바운드해본 적도 배트를 휘둘러본 적도 없었다.
>
> 나는 죽은 여새waxwing slain의 그림자였다
> 창유리에 비친 허위의 먼 풍경에 속은.
> 나는 두뇌도, 오감(그중 하나는 남다른)도 있었다.
> 그러나 그것 말고는 그저 굼뜬 괴짜였다.[2]

나는 이 시에서 문득 이용악과의 친연성, 아니 좀더 정확하게 말해 유관성을 느꼈다. 읽는 순간, 이용악의 시, 「풀버렛 소리 가득 차 있었다」의 다음 구절을 떠올렸던 것이다.

> 다시 쓰시잔는 두 눈에
> 피지 못한 꿈의 꽃봉오리가 쌀안ㅅ고
> 어름ㅅ짱에 누우신 듯 손발은 식어갈 뿐

---

2) 블라디미르 나보코프, 같은 책, p. 45; *ibid*., p. 20.

입술은 심장의 영원한 정지(停止)를 가르쳤다
째 느진 의원(醫員)이 아모말 업시 돌아간 뒤
이웃 늙은이 손으로
눈빗 미명은 고요히
낫츨 덥헛다

우리는 머리맛헤 업듸여
잇는대로의 울음을 다아 울엇고
아버지의 침상(寢床) 업는 최후(最後)의 밤은
풀버렛 소리 가득 차 잇섯다[3]

2. 절망과 자기 부정의 표백

나보코프 작품의 존 세이드의 시는 '나'의 어릴 적 환상을 회고하고 있고, 이용악의 시는 유랑 중에 죽은 아비를 추억하고 있다. 얼핏 아무런 연관성이 없어 보이는 이 두 시에서 나는 무엇을 보았을까? 양쪽 모두에서, 소망과 좌절 사이의 극단적인 어긋남이 발생하는 전율을 느꼈던 것이다. 세이드는 말한다. 나는 '속물'이 아니었다고. 그런데 속물보다도 더 못났다고. 차라리 속물이었다면 은하수로 날아갈 꿈을 꾸지 않았을 텐데…… 속물로 살고 싶지 않은 자는 은하수를 꿈꾸고, 그 때

---

3) 이용악, 『이용악 전집』, 곽효환·이경수·이현승 편저, 소명출판, 2015, p.28; 이용악, 『이용악 시전집』, 윤영천 책임편집, 문학과지성사, 2018, p. 36.

절망의 끝에서는 무슨 일이 일어나는가? 451

문에 평생을 "위험을 무릅쓰고 걸었다". 그리고 나는 재능도, 은하수를 촉지할 감각도 있었다. 그런데 그것은 실상 "창유리에 비친 허위의 먼 풍경에 속은" 것에 불과했다. 나는 그저 "죽은 여새의 그림자"에 지나지 않았다. '여새'의 원어는 'Waxwing'이다. 그리고 "죽은"이라고 번역된 slain은 "살해된"의 뜻이다. 무엇에 의해 살해되었을까? 흔히 세상의 몰이해, 무시가 철퇴였으리라고 쉽게 추측한다. 그러나 Waxwing의 wax는 그게 아니라 저 찬란한 은하수에 결코 도달할 수 없었던 자신의 초라한 능력이 원인이었음을 가리킨다. 왜냐하면, '여새'는 '밀랍 날개'라는 뜻이고, 따라서 곧바로 '이카루스'를 연상시키기 때문이다. 소망 그 자신에 의해 배반당한 환상. 그것이 존 세이드의 절망의 밑바닥을 이룬다.

한편 이용악의 시는 죽은 자를 모시는 어떤 의례도 받지 못한 아비의 죽음을 묘사하고 있다. 아비는 "고향은 더욱 아닌 곳에서" "침상 없는 최후의 밤"을 맞이하였다. 그는 더 이상 '사람'이 아니게 된 것이다. 이 추락을 시인은 풀벌레 소리의 울음으로 전달한다. 일차적으로 그 소리들은 인간이 곤충의 수준으로 전락했다는 사실을 가리킨다. 게다가 이 전락은 어떤 특별한 사고로 일어난 것이 아니다. 오로지 식구들을 먹여 살리기 위해 일을 하다 죽은 것이다.

노령을 다니면서까지
애써 자래운[4] 아들과 딸에게

---

4) "자래운"은 '자래우다'의 활용형이고, '자래우다'는 '기르다' '키우다'라는 뜻의 북쪽 말이다. 곽충구·박진혁, 『문학 속의 북한 방언』(글누림, 2010, p. 294)에 의하면, 이 말은 "함경도 지역에서만 쓰이는 말"이다. 사용 영역의 협소성 때문인지 모르겠으나, 이른바 '우리말 사전'

한 마디 남겨두는 말도 없었고
아무을만(灣)의 파선도
설룽한 니코리스크의 밤도 완전히 잊으셨다
목침을 반듯이 벤 채

이 묘사는 그냥 나온 게 아니다. 여기에는 자랑도 엄살도 없이 그저 일만 해온 한 남자의 일생이 순간적으로 지시된다. 그러고는 그 삶의 운동의 자연스런 결과인 듯이 죽음이 제시된다. "목침을 반듯이 벤 채" 잠들 듯이 숨을 멈춘 것이다. 그런데 그 결과는 인간의 상실이다. 아비는 인간으로서가 아니라 사물로서 죽었다. '침상 없는 최후의 밤'이 뜻하는 바가 그것이다.

이용악(1914~1971)은 일제강점기가, 조만간 붕괴할 운명을 모른 채로, 거의 굳어가던 시절에 활동을 개시하였다. 그의 첫 시집 『분수령』은 1930년대 후반에 출간되었다. 1930년대를 화려하게 장식한 이상, 박태원, 이태준 등보다 출생이나 문학 활동에서 5~10년의 차이가 있다(또한 이상 등은 정지용, 이육사, 김영랑과 비슷한 연배로 차이가 진다). 통상 이용악과 동세대 시인으로 오장환(1918~1951)과 서정주(1915~2000)를 꼽는데, 이러한 분류는 유의미한 것으로 보인다. 왜냐하면 방금 이용악에게서 본 세상에 대한 극단적인 절망감 혹은 허망감을 오장환에게서도 볼 수 있기 때문이다. 그리고 서정주 역시 그들과 정서적 공유면이 넓었던 것으로 파악된다(이는 다음 책에서 다시 검토할 것이다).

들에도, 최근에 상자된 '이용악 전집'들에도 이 단어에 대한 뜻풀이가 보이지 않았다. 필자는 북쪽의 다른 작품들에서 유사한 뜻으로 쓰인 걸 확인할 수 있었고, 나중에 온라인에 뜻풀이가 꽤 올라와 있다는 것을 알게 되었다.

가령 오장환도 이렇게 적고 있다.

신뢰할 만한 현실은 어디에 있느냐!
나는 시정배와 같이 현실을 모르며 아는 것처럼 믿고 있었다.

괴로운 행려 속 외로이 쉬일 때이면
달팽이 깍질 틈에서 문밖을 내다보는 얄미운 노스트라자
너무나, 너무나, 뼈 없는 마음으로
오— 너는 무슨 두 뿔따구를 휘저어보는 것이냐!

—「여수」 부분[5]

이 시는 오장환의 첫 시집 『성벽』의 두번째에 수록되어 있다(지나는 길에 덧붙이자면, 이용악과 오장환은 1937년 같은 해에 첫 시집을 내었다). 오장환의 이 시는 단도직입적으로 현실에 대한 환멸을 드러내고 있다. 그리고 그 환멸은 곧바로 자조로 이어진다. 이는 모두(冒頭)에서 보았던 존 세이드의 태도를 노골적인 층위로 표출한 것에 해당하며, 이용악의 시가 사태의 기술인 데 비해, 주체의 감정적 반응인데, 그 맥락은 동일하다.

현실의 부정성이 곧바로 자신의 부정으로 드러나는 것. 이런 태도의 공통성은 직전 세대의 태도와 뚜렷이 대조되는 것이라서 일말의 의혹을 불러일으킨다.

---

5) 오장환, 『오장환 전집 1—시』, 박수연·노지영·손택수 편저, 솔, 2018, p. 25.

3. 이용악 세대의 일단의 모습—감춤과 드러남의 변증법

지금까지 살펴온 것처럼 정지용에서 박태원에 이르는 시간대는, 이광수로 대표되는 전 세대가 하나의 사회적 담론으로서 한국문학의 초석을 다진 일을 넘어서 이를 다시 예술적 차원으로 격상시키는 결정적인 작업을 진행하였다. "언문일치 그대로는 [……] 예술가의 문장이기 어려울 것이다"[6]라는 이태준의 언명에 그들의 과업이 명료히 요약되어 있다. 그들은 서양으로부터 유입된 예술적 이상에 최대한도로 근접하려 하였으며, 식민지 현실이라는 사회정치적 상황은 자신들의 이상에 다가가는 데에 걸림돌로 작용하지 않았다. 그런데 수년 사이를 둔 후배들은 정반대로 현실에서 스스로의 존재 자체가 부정당하고 있다는 걸 폭로하고 있는 것이다.

독자는 여기에서 두 개의 질문을 던진다. 이들로 하여금 자신을 비존재의 나락으로 내몰고 있다고 간주하게 하는 '현실'은 사회적이거나 정치적인 현실인가? 아니면 그보다는 현실 그 자체, 다시 말해 '존재함'이라는 사실을 가리키는 것인가? 이 물음을 던지는 이유는, 그들이 앞으로 패를 던지게 될 정치적 선택이 논리적인 것이었는가, 아니면 비유적인 것이었는가를 밝힐 필요가 있기 때문이다. 앞으로 10년가량 후, 한국의 지식인들은 정치적 결단을 감행하게 된다. 그리고 그로부터 5년쯤 지난 뒤부터 그들은 모두 자신이 행한 정치적 선택을 두고 다시 한번 심판대에 오르게 된다. 물론 오장환은 그전에 작고함으로써 그런 위기의 순간을 벗어나긴 했으나 그 역시 똑같은 운명의 당사자가 되었을 것임

---

6) 이태준, 『문장강화 외』(이태준전집 7), 소명출판, 2015, p. 276.

은 자명한 일이다. 그리고 이 문제는 이들의 정치적 지향과 미적 지향의 관계(표면적으로는 무관함이 더 강해 보여 우리를 어리둥절하게 만드는)에 대한 후대의 궁금증을 푸는 데 단서를 제공할 것이다.

　두번째 질문은, 이들의 도저한 현실 부정은 말 그대로 '염세'와 '자포자기'인가,라는 것이다. 이 물음은 거의 반대의 답을 미리 가정하고 던지는 것이다. 왜냐하면 정말로 그럴 것 같으면 그들은 시집을 아예 내지도 않았을 것이기 때문이다. 독자는 이용악의 시가 비인으로 떨어진 상태의 존재를 곤충의 수준으로 격하시키는 것을 보았다. 그러나 곤충도 하나의 생명이다. 그것은 말도 못하고 몸도 움직이지 못하는 사체 덩어리와는 다른 것이다. 그러니까 사실 '곤충의 수준으로 격하'한다기보다 '곤충으로 전신(轉身)'한다고 이해하는 것이 훨씬 정확하다. 왜냐하면 "풀버렛 소리 가득 차"는 일은 죽은 존재가 풀벌레 소리로 바뀌어 자신의 미련과 억울함을, 더 나아가, 생의 의지를 전파하는 것이기 때문이다. 따라서 "피지 못한 꿈의 꽃봉오리가 짤안시고"나 "입술은 심장의 영원한 정지를 가르쳤다" "눈빗 미명은 고요히 낫츨 덥헛다"는 그냥 쓰인 표현이 아니다. 이 구절들은 각각 '피지 못함'과 '꿈'을 양극으로 대립시키며 '꽃봉오리'에 대한 염원을 여전히 불사르고 있고, '입술'과 '심장' 또한 그렇게 해, 의원이 "아모말 업시 돌아간 뒤"에도 "눈빗 미명"이 남아 있는 까닭을 깨닫게 하며(주석자는 '미명'을 '무명'이라고 풀이하고 있으나, 시의 문맥상 '미명'은 결코 '무명'이 아니다), 이때 "이웃 늙은이 손"이 그 '미명'을 덮는 일은 죽은 사람을 항구히 어둠 속으로 묻는 일이 아니라 오히려 그 약간의 빛을 인간의 손으로 거두는 일이 된다. 따라서 마지막 두 행을 각각 차지한 "침상 〔없〕는 최후의 밤"과 "풀버렛 소리 가득 차 있었다"는 절망의 심화가 아니라 오히려 절망과 의지의 양극의 변증법을 발동시키는 행동이며, 이 시는 이로부터 결코 종결을 모르게 된다.

이들로부터 다시 수년 사이의 후배인 김수영(1921~1968)이[7] 훗날 "시의 본질은 이러한 개진과 은폐의, 세계와 대지의 양극의 긴장 위에 서 있는 것이다"라고 갈파했던 그 시적 행위의 핵심을, 무심코 읽으면 넋두리처럼 보이는 이 시는 생동시키고 있는 것이다. 오장환 역시 다르지 않다. "너는 무슨 두 뿔따구를 휘저어보는 것이냐!"라는 흥미로운 표현을 생각해보자. 일차적으로 이는 "뼈 없는 마음", 즉 현실에 대항할 강단이 없는 신세의 또 다른 형상을 드러낸다. 하지만 '뿔따구'라는 어휘에 조심해야 할 것이다. 이는 일단 '볼따귀'의 경음화된 발언이다. 볼따귀는 뼈가 없는 채로 그냥 도리질을 한다. 체념이나 무기력의 표현일 수 있다. 그러나 어쨌든 "휘저어보는" 것이다. 그냥 휘젓는 게 아니라 '휘어저본다'는 것은 거기에 의지가 실려 있다는 것을 가리킨다. 그 의지를 느끼면서 다시 읽으면 "뿔따구"는 볼따귀를 넘어서 잔뜩 성이 나서 불끈대는 모습을 전달한다. 뼈 없는 볼따귀라 할지라도 지금 세차게 휘저으며 반항하고 있는 것이다. 볼따구는 "뿔따구가 났다"라고 말할 때의 '뿔따구'로 변형된 것이다. 이 감추어진 반항을 염두에 두어야, '기녀'를 노래하고 있는 시, 「월향구천곡」에서의

옛이야기 모양 거짓말을 잘하는 계집
너는 사슴처럼 차디찬 슬픔을 지니었고나.

---

7) 김수영, 「시여, 침을 뱉어라」, 『김수영 전집 2—산문』, 이영준 엮음, 민음사, 2018, p. 499.

[……]

순백하다는 소녀의 날이여!
그렇지만
너는 매운 회초리, 허기 찬 금식(禁食)의 날
오— 끌리어 왔다.[8]

라는 기이한 진술을 납득할 수 있게 된다.

4. 이유를 묻지 마라

그러니까 이용악과 오장환의 세상 버림과 자기 망실의 시들을 결코 드러난 그대로 읽을 수 없다. 이건 하나의 의장이다. 무언가 반란을 '획책'하는 속임수다. 과연 이용악은

나의 침묵(沈黙)에 침입(浸入)하지 말어다오
내가 자살하지 않는 이유를
그 이유를 묻지 말어다오[9]

라고 선언한 바 있었다. "이유를 묻지 말"라는 주문은 이유를 감추고 있

---

8) 『오장환 전집 1—시』, pp. 21~22.
9) 『이용악 전집』, p. 24; 『이용악 시전집』, p. 33.

기 때문일 것이다. 그러나 어쩌면 그는 절망의 끝에서 자살할 이유가 없었다고 해야 할지도 모른다. 좀더 정확하게 말해, '이유'가 이유이어야 할 이유가 되지 않았을지도 모른다. 다음 장에서 이 문제를 뒤져보려고 하는데, 왜냐하면 그는 죽음이라는 무감각한 상태에서 절망 자체를 무감각화시킨 것일 수도 있기 때문이다. 절망의 무감각 다음에는 오로지 '말이 필요 없는' 행동만이 진행될 것이다. 독자는 그의 탈 많은 「쌍두마차」에서

> 나는 항상 나를 모험(冒險)한다
> 그러나 나는 나의 천성을 슬퍼도 하지 않고
> 기약 없는 여로를
> 의심하지도 않는다[10]

라고 진술한 사실을 특히 주의해야 하는 걸 느낀다. '나'의 '모험성'은 천성이고, 그건 무슨 상황에서든 '나'를 앞으로 나아가게 한다. 그리고 좀더 덧붙이자면, 그것이 그가 "침상 [없]는 최후의 밤"을 맞이한 아비에게서 물려받은 삶의 태도이다. 그리고 그런 천성을 '나'는 슬퍼할 이유가 없으며, 의심할 필요도 없다.

오장환 역시 유사한 태도를 보인다.

> 무감각하고도 기력(氣力)한 두 팔을 내어 저으며
> 비극을 반가이 맞이하는 청년들.

---

10) 『이용악 전집』, p.54; 『이용악 시전집』, p. 36.

희망은, 봄철
노고지리와 함께 구름 속에 묻어버리고
나는
생각한다.
아프리카의 사막에 식료(食料)를 찾아
떼지어 나르는 풀묵지(蝗)의 강렬한 집단.
또 그와 같은 상대(上代)의 유목민
통일된 분위기와 정열적인 행동 속에서, 그들은 무수한 시체를 버리며
갔다.
생존에서 생존을 구하야……
센티멘털이 어디 있느냐!
즐거웁게 즐거웁게 슬픔을 모르는 속에
그들은 무수한 무수한 시체를 버리며 갔다.
—「황무지」부분[11]

초원의 곤충 떼는 "무수한 무수한 시체를" 남기면서도, "즐거웁게 즐거웁게 슬픔을 모르는 속에" 앞으로 전진한다. 이 곤충의 행태를 '청년들'에게 투영하며, 화자는 말한다. "비극을 반가이 맞이하는 청년들"이라고. '희망' 따위는 "노고지리와 함께 구름 속에 묻어버"렸다고. 이들은 사이코패스와 유사하게 행동한다. 무섭다. 그러나 두려움에 떨기 전에 물어야 한다. 도대체 1930년대 후반에 왜 이런 시가 씌어졌는가?

---

11) 『오장환 전집 1—시』, p. 518.

'만남'의 관점에서 한국 근대시의 묘상을 점검한다 1
── 한국문학사들의 결여

1. 한국문학사들에 대한 아쉬움

이용악·오장환에 대한 풀이를 앞두고 지금까지의 여정을 복기할 필요를 느낀다. 워낙 이 나들이는 한국 근대시가 한국인의 삶 속에 착근하여 생장하는 사연을 캐보고 싶다는 호기심에서 출발하였다. 이런 호기심의 근원은 한국의 근대문학사를 근본적인 차원에서 재구성할 필요를 느꼈다는 데에 있었다.

이런 필요를 필자는 꽤 절실하게 느꼈던 것인데, 그것은 지금까지의 한국문학사들에서 많은 아쉬움을 가지고 있었기 때문이다.

모든 역사의 기술이 그러했듯이, 역사는 한 공동체와 그 구성원들에게 위기가 발생했을 때 그 원인과 맥락을 객관적으로 성찰해보고자 하는 의지에 의해 표면화한다. 프랑스의 경우 중등 교육기관 문학 교육에서 '수사학' 교육을 문학사로 대체하게 된 계기는 1870년 보불전쟁의 패배였다. 한국에서도 문학사에 투신한 상당수의 연구자들은 절박한 이념적 의무에 시달렸다. 조윤제의 『국문학사』(1949)나 김윤식·김현의 『한국문학사』(1973)는 그런 의무감을 서문에서 직접 드러내고 있다. 심지어 조선의 근대문학을 '이식 문학'으로 파악했던 임화에게서조차도 자기 공동체에 대한 근심이 없었던 게 아니다. 그는 오염되지 않은 마르크스주의의 국제주의적 관점에 기대어 서술한 『신문학사』(1939)에서 조선에 '근대'의 '맹아'가 있었다는 기술을 남겨놓았다.[1] 바로 그 기술이 어떤 경로를 거쳐 김윤식·김현의 『한국문학사』에 전달되었는지는 분명치 않으나, 어쨌든 후자들은 바로 그 '맹아'론에 입각해 임화의 이식 문학론을 맹공하였으니, 이 또한 아이로니컬한 일이다.

그런데 여기에서 필히 유념해야 할 것이 있는데, 그것은 이 객관적 성찰에의 욕구가 그 바탕에 자기애를 깔고 있다는 것이다. 그것이 없었다면 성찰은 시동조차 걸지 못했을 것이다. 그것은 진화적으로 존속 가능한 모든 종에게 필수적인 내적 자질이라고 할 수 있는 것이다. 한데, 이 사실에 의해서, 이 객관적 성찰은 '주관적'으로 전유될 가능성을 포함하게 된다.

'주관적 전유'는 자신을 정당화하거나 미화하는 방식으로 성찰의 과정을 구성하는 왜곡이 일어나도록 만든다. 필자의 판단으로는 종래의 한국문학사들은 그 위험에서 자유롭지가 못했다. 조윤제의 『국문학사』는 한국문학의 맥락에 처음으로 '체계'를 부여한 시도이나, 이 체계에는 발생사적 성찰이, 다시 말해, 왜 이런 유형의 체계가 구성되어야 했는가에 대한 고민이 결여되어 있었다. 따라서 일반사의 전개에 병행하는

---

1) 임화, 『신문학사』, 한길사, 1993, p. 42(최초 발표 연도: 1939).

문학의 추이를 좇는 것 이상을 보여주지 못했다. 다만 계속해서 주장되는 건, "민족의식은 신성한 것"이어서 결코 쇠락하지 않는다는 신념이다. 반면 조동일의 『한국문학통사』는 명백한 주체 사관에 입각해서 씌어진 것인데, 이 사관은 한국인의 주체성을 '기정사실화'한 상태에서 역사의 흐름을 바라보는 관점이다. 자기 확신을 아예 밑바탕에 깔고 있는 사관이라는 말이다. 이는 주체성의 '포지(抱持)' 여부를 지속적으로 캐묻는 근대적 의식과는 무관한 생각이며, 오히려 삶의 원리의 보편성을 가정하고 그 핵심을 자신이 쥐고 있다고 생각하는 '소중화(小中華)' 사상과 친연성이 있다. 그렇기 때문에 이 '통사' 안에는 '우리 민족'이라는 가상적 중심에 끊임없이 원소들과 자원들이 보태지는 방식을 취한다. 가령 사대부가 만든 문학이 있었다고 하자. 시대가 바뀌어 평민들이 등장한다. 이 평민들과 사대부 사이의 갈등과 평민 문학에 의한 전 시대 문학에 대한 '전복' 여부는 관심의 대상이 아니다. 시대가 바뀌어서 새로운 자원이 보태진다는 것이다. 그래서 이렇게 기술된다.

그러다가 사대부가 퇴장하고 시민이 지배세력으로 등장하면서 근대 문학이 시작되었다. 염상섭(廉想涉), 현진건(玄鎭健), 나도향(羅稻香) 등은 서울 중인의 후예인 시민이어서 근대소설을 이룩하는 데 앞장설 수 있었다. <u>오래 축적한 역량이 있어 그럴 수 있었다.</u> 이광수(李光洙), 김동인(金東仁), 김소월(金素月) 등 평안도 상민 출신 시민층도 근대문학 형성에서 큰 몫을 담당했다. <u>그 고장 사람들은 중세 동안 천대받은 전력이 있어 새 출발을 위해 적극 나섰다.</u>[2] (밑줄 인용자)

---

2) 조동일, 『한국문학통사 1—원시문학-중세전기문학』 제4판, 지식산업사, 2004, pp. 40~41.

첫번째 강조 부분은 한국사의 방정식을 '역량의 축적'으로 보는 관점의 예이며, 두번째 강조 부분은, '원소들의 확충'으로 보는 관점의 예이다. 이 가산식(加算式)의 역사관에서 배경의 불확정성과 주체들의 갈등은 심각하게 고려되지 않는다. 주체들의 갈등이 발생하는 것은 폐쇄 공간에서는 '제로섬 게임'이 작동하기 때문이며, 배경의 불확실성은 그 갈등의 결과가 패러다임(공간)의 교체를 유발한다는 것을 뜻한다. 그런데 위의 진술은 배경이 평면적으로 무한히 넓혀진다고 가정하며, 새롭게 등장한 주체들은 새 땅을 개간하면 된다고 간주한다. 이 좁은 한반도에서 말이다. 덧붙여 말하면, 이는 한국인들, 특히 지도적 지식 계층의 의식구조에 대해 흥미로운 단서를 제공한다. 언젠가 좀더 상세히 살펴볼 기회가 있을 것이다. 반면, '주체성'에 대해 고민한 흔적이 역력한 임화의 『신문학사』는 주체성의 '결여'에 대한 강박을 끝내 버리지 못했다. 문학사의 실질적인 출발을 다루고 있는 제2장 「신문학의 태반」의 첫 절의 제목은 '자주적 근대화 조건의 결여'이다.

이러한 제조건[=새로운 정신문화를 태동시키기 위한 근대적 사회의 제조건]이 이조 봉건사회 내부에서 자생적으로 성숙, 발전치 못한 것은 불행히 조선 근대사의 기본적 특징이 되었었다. 이 점은 모든 연구자의 일치한 결론이었다.[3]

이 기술을 방금 전에 인용한 조동일의 글과 비교해보시길 바란다. 여

---

3) 임화, 같은 책, p. 23.

하튼 이런 판단이 임화를 국제주의적 시각에서 근대 조선의 문학사를 기술하게 했던 것인데, 그러다 보니 근대라는 이름으로 내습한 것과 본래 이 땅에서 생장해왔던 토착적인 것이라는 두 이질적 원소들의 아말감의 양상과 그 방식에 대해서는 착안을 하지 못했다. 그리고 조선에서의 문학사의 전개를 보편적 문학사의 미달본으로 만드는 시각을 충실히 좇으면서 거의 무의식적으로 그것이 거의 근접해가는 형국을 보는 환시로 나아간다. 가령 다음과 같은 그의 문학사적 결론에 해당하는 대목을 보자.

이곳에 신경향파 문학이 모든 것에 관절(冠絶)하는 조선문학의 최량의 종합·통일자된 특색이 있는 것이며, 또 그들의 새로운 세계관이 예술적 발전을 실현케 한 역연(歷然)한 성과가 가로 놓여 있는 것이다.

신경향파의 사상적 본질만을 평가하고 그 예술적 진화 달성을 방기하는 모든 이론은 무엇보다도 최서해의 문학에 대하여 정당한 평가를 내릴 줄 모르는 편안자(片眼者)들이다.

이것은 프로문학의 고난에 찬 십 년을 통하여 한설야·김남천·송영·윤기정·조명희 등의 제작가를 지나 『고향』의 작자 이기영에 와서 프로문학의 본래적 달성의 최고의 수준을 보인 것이다.

일반으로 보아 신경향파의 문학은 조선의 신흥계급이 계급 그 자신으로부터 그 자신을 위한 계급으로 성장할 자각적인 과도기의 예술적 반영이었다.[4]

---

4) 임화, 「조선 신문학사론 서설」, 같은 책, p. 367.

임화의 문학사는 미달과 도달의 변증법으로 움직인다. 이 변증법에서 최종적 도달의 장소로서의 배경은 바뀌지 않는다.

김윤식·김현의 문학사는 근대의 맹아가 한반도에 있었다는 과감한 가설에 근거해 근대문학사의 기점을 18세기로 끌어올린 문학사였다.[5] 4·19세대의 문학사답게 한국인의 주체성을 채굴하려는 필사적인 노력의 결과였다. 그 노력이 서문의 두 제목,「한국 문학은 주변 문학을 벗어나야 한다」(김현 집필 부분)와 「한국 문학은 개별문학이다」(김윤식 집필 부분)에 여실히 드러나 있다. 이 문학사는 그런 노력의 결과로서, 18세기 자국어(한글) 의식과 그 표현(내간체 문학)에서 한국 근대문학의 씨앗을 발견하고, 근대문학의 기점을 영정조 시기로 끌어올렸다. 이미 여러 번 다른 자리에서 얘기했지만, 이런 입론은 역사학계의 성과에 뒷받침되어 있었는데, 오늘 그 성과들은 부정당하고 있는 상황이다. 게다가 18세기의 한글문학이 정말 근대의식을 드러내고 있는지는 의심스럽다. 이 역시 이미 말한 것인데, 당시의 근대의식을 드러낸 실학파들의 의식 및 한문 문장들에 근대적인 것과 선근대적인 것이 혼재되어 있듯이, 18세기의 한글문학도 그런 상태에 놓여 있었다고 가정하는 것이 오히려 합당할 것이다.

문제는 이른바 '맹아론'이 가진 자기 집착에 있다. 근대 문물 자체가 바깥에서 들어왔는데, 그것이 우수한 질을 가지고 있다고 해서, 우리가 그것을 본래 내장하고 있었으리라고 가정할 근거가 있는가? 아니, 그렇게 가정해야만 근대가 온전히 우리 것이 되는가?

---

5) 김윤식·김현의 『한국문학사』에 대해서는, 첫번째 재점검의 기회였던 「한국 근대시가 형성되어간 긴 사연」에서 쓴 내용과 중복된다. 논지 전개상 불가피했음을 밝힌다.

실제 '역사'는 그런 생각의 정반대로 전개되었다. 오늘날 문학의 모형을 만든 유럽 문학은 로마제국의 쇠퇴기에 독립의 계기를 만난 각 지역들의 개별 문학이 발흥하면서 성장하였는데, 그 유럽 문학은 자생적인 것이 아니라, 로마 제국의 풍부한 문화적 자원들을 자국어 문학으로 변형시키는 과정 속에서 형성된 것이다. '바깥으로부터의 사유'(푸코)만이 내부를 경신할 수 있다는 것은 거의 공식이다. 사정이 이렇다면 18세기에 근대 문물의 유입 과정이 한국인의 의식과 표현의 변화에 끼친 영향을 주목하는 게 맹아를 찾는 것보다 훨씬 적절하다. 요컨대 '자생사'가 아니라 '교섭사'의 관점에서 18세기를 다시 바라볼 필요가 있는 것이다.

김윤식·김현의 문학사는 그 도발성에도 불구하고 국문학계의 연구자들에게 거의 수용되지 못했다. 거기에는 국문학계의 폐쇄성과 이론적 이해 수준이 폭넓게 작용하였다. 게다가 위 문학사의 저자 한 사람이 자발적으로 임화의 '이식 문학론'으로 후퇴하였다. 그렇다면 국문학계의 문학사 작업은 어떤 쇄신을 향해 나아갔는가? 국문학자들은 선학들이 감행한 근대문학 개척의 길 대신에 제도사와 문화사 쪽으로 광범위하게 퍼져 나갔다. 1990년대 이후 일방적인 권위를 행사하기 시작한 미국 쪽 연구 경향 중 특히 '문화 연구Cultural Studies'의 압도적인 영향하에서였다. 문제는 제도사와 문화사는 문학 생장의 주변을 밝혀줄 수는 있지만 문학을 해명하지는 못한다는 것. 무려 30년의 지배적 추세 속에서 여전히 관성은 끈질기지만(이런 분위기 조성에는 무엇보다도 문학 분석의 어려움과 문화 조사의 용이함이 결정적인 요인이 되었다고 필자는 판단하고 있다), 문화가 문학을 감당하지 못한다는 것, 혹은 거꾸로 문학은 문화의 혼란을 극복하기 위한 시도라는 건, 한국의 근대문학이 시작할 때 직접 보여준 것이다. 이에 대한 각성에 의해 문학으로의 복귀가

요긴한 때가 되었으니, 주변에 내 생각에 동의하는 사람들이 점차로 증가하고 있다는 걸 필자는 확인하고 있는 참이다.

2. 한국 근대시(문학)의 새로운 그림

이 책의 시작, 즉 근대시의 맥락을 재구성하겠다는 고안은 이런 맥락 위에서 만들어진 것이다. 그래서 선-근대와 근대를 구별하였고, 완미한 근대시의 출현을 한국 근대시의 기점으로 설정하였으며, 김소월과 한용운에게서 그 작품들을 보았다. 이 두 시인을 한국 근대시의 씨앗으로 보고, 이로부터 김영랑, 이육사, 정지용, 이상이라는 네 가지 묘상이 자라났다고 보았다. 그런데 이 청사진에 문제가 있었으니, 씨앗과 묘상 사이에 연결선이 모호하다는 점이었다.

그런데 이용악의 시 앞에서 종종거리다가 나는 문득 그 연결선을 발견했다는 느낌을 받았다. 「절망의 끝에서는 무슨 일이 일어나는가?」에서 이미 다루었듯, 아무 지인들도 지켜보지 못한 상태에서 홀로 죽어간 '아비'를 서러워하는 아들-화자의 넋두리를 통해서였다. 필자는 역설적으로 이용악의 시들에서 '만남'이 한국 근대시가 출발하던 때의 기본 화제였다는 걸 생각해냈다.

땀 말른 얼골에
소금이 싸락싸락 돋힌 나를
공사장 가까운 숲속에서 만나거든
　내 손을 쥐지 말라

만약 내 손을 쥐드래도

옛처럼 네 손처럼 부드럽지 못한 이유를

그 이유를 묻지 말어다오

—「나를 만나거든」 부분[6]

　이 시에서 나타난 만남의 전제와 소통의 거부, 혹은 반어적 도발은, 김소월과 한용운의 시를 돌이켜보게 하면서, 한편으론 한국 시가 전통적으로 '대화'의 형식을 유지해왔다는 점을 상기시키며 다른 한편으론 일제강점기하의 대부분의 시들을 '만남'을 초점으로 꿸 수 있다는 아이디어를 떠오르게 하였다. 덧붙이자면, 김현 초기 비평의 관심사가 분열로서의 '나르시스'에서 출발하여 '만남'의 문제를 경유하면서 개화했다는 점에 대한 필자의 최근의 분석도 이런 아이디어의 확신에 보탬이 되었다.

---

6)　이용악, 『이용악 시전집』, 윤영천 편저, 문학과지성사, 2018, p. 12.

'만남'의 관점에서 한국 근대시의 묘상을 점검한다 2
― 상호성의 의미

    왜 '만남'인가? 이 질문은 한국 근대문학의 형성을 '교섭사'의 관점
에서 바라봐야 한다는 지난 호의 언급과 긴밀히 연관되어 있다. 이 관
점은 근대 맹아론과 이식 문학론을 함께 넘어설 수 있는 유효한 관점이
다. 한편으론 본래 그런 토양을 형성하지 않았던 한반도에 근대의 맹아
가 있었다는 전제를 부인함으로써 근대 맹아론의 무리한 가설을 피하
면서도, 외부와의 소통을 통해 모더니티에 눈뜨게 되고, 그것을 접목할
주체들의 활동을 가정함으로써 근대가 한반도에 정착할 단서를 확보하
고, 다른 한편으로는 그런 주체들의 활동을, '문화 접변acculturation'의
시각으로 이해하여, 수용과 '소화(消化)' 그리고 재구성이라는 복합적
절차를 통해서 진행되는 근대의 '주체화' 과정으로 설정한다는 점에서
'이식 문학론'의 단순주의적 시각을 넘어선다.

    요컨대 교섭사의 시각은 주체성을 구출하면서 주체성에 대한 집착에
서 벗어날 수 있게 해준다고 할 수 있다. 그런데 여기에서 그치면 안 된

다. 한반도에 거주한 사람들에게 교섭이 왜 필요했는가를 유념해야만 이러한 시각의 유효성이 타당성으로 결정될 수 있기 때문이다.

사실 이 필연성은 굳이 설명할 필요가 없이 자명한 것이다. 스스로 '모더니티'의 기본 성분들과 기본 양식을 개발하지 못한 사람들이, 모더니티를 접하면서 그것이 본래 자신들이 가지고 있던 패러다임에 비해 선진적이라고 판단했을 때, 그것을 알고 제 것화하기 위해 그것을 개발한 존재들과의 만남을 적극적으로 추진하리라는 것은 너무나 뻔한 일이다.

이런 자명함은 차라리 진화적 본성에 속하는 것이라고 할 수 있다. 즉 상대방에 대한 부단한 참조를 통한 자기 자원과 능력과 체질의 경신을 꾀하는 데 성공한 종들이 생존 환경 내의 역장 안에서 우위를 차지하며 종의 번식을 달성할 수 있었을 것이다. 지구의 가혹한 환경 속에서 나무에 거주하던 쓰레기 청소동물에 지나지 않던 인류가 진화 나무의 우듬지를 점하는 지적 생명으로 변신해간 것은, 인류가 어떤 다른 종보다도 이런 상호성의 능력(그걸 다른 말로 하면 '지적 호기심'이라고 할 수도 있다)을 특별히 발달시켜온 사정에 뒷받침되었을 것임도 능히 짐작할 수 있다.

흥미 삼아 최근에 접한 이야기 하나 소개한다. 한 과학자 집단의 조사에 의하면, "신경전달과정은 일방적이 아니라 쌍방향적"이라는 것이다. 즉 "학습과 기억을 책임지는 해마에서" 시냅스의 "상단부presynaptic neuron로부터 하단부postsynaptic neuron로 가는 신호는 동시에 하단부로부터 상단부로 가는 역방향의 신호를 동반하며, 그것이 신경세포의 가소성synaptic plasticity에 생리학적으로 적절히 연관된다"[1]는 것이다.

---

1) Institute of Science and Technology Austria, "Synaptic transmission: Not a one-way

이러한 조사는 생물학적인 차원에서 상호성이 진화적 본성에 속하는 것이고, 따라서 지성적 차원에도 당연히 선천적 능력으로 장착되었을 것이라는 짐작을 넉넉히 보장해준다. 이 생각을 확대해서 위의 이야기에 적용하면, 자생사보다 교섭사가 실질적으로 근본이 된다.

그러나 그럼에도 불구하고 왜 이 자명함이 인지되지 않았을까? 그래서 맹아론의 집착과 이식문학론의 자조라는 늪 속에 오래도록 빠져 있었던 것일까? 이것을 두고 우리는 몸으로 이미 터득하고 있는 것을 의식으로 깨닫지 못하는 상태라고 말할 수 있다. 옛 학자는 이런 사정에 대해서 이렇게 말한 바가 있다.

천하의 어느 누구도 생지(生知)를 타고나지 않은 이가 없고, 어떤 사물도 생지가 부여되지 않은 것이 없다. 어느 한순간도 생지가 발현되지 않을 때가 없건만, 스스로는 그 사실을 알지 못하는구나. 하지만 그 사실을 깨닫지 못하게 한 적도 일찍이 없었다. 다만 흙, 나무, 기와, 돌멩이 등에게는 그 사실을 알려줄 수가 없으니, 그것들에게는 마음의 작용이 없어 말로 일러주기가 어렵기 때문이다. 현명한 자, 지혜로운 자, 우매한 자, 불초한 자도 깨우쳐주기 어려우니, 그들에게는 마음의 작용이 있어 언어로 일러주기가 어려운 까닭이다.[2]

마음의 작용이 없어서 깨치기 어려운 건 당연하겠지만, 마음의 작용이 있어도 깨치기가 어렵다. 보통 짓궂은 야유가 아니다. 그 까닭에 대

street," *Medical Press*; 온라인 버전, 2021. 5. 18(https://medicalxpress.com/news).
2) 이지(李贄), 「주서암에게 답합」, 『분서 I』, 김혜경 옮김, 한길사, 2004, pp. 79~80.

한 답을 위 풍자가는 달지 않았지만, 곰곰이 생각하면 모를 게 아니다. 저 상호성에 대한 인정이 주체성을 위협하기 때문이다. 즉 상호성 자체가 주체의 신장을 목표로 하는 것이기 때문에, 어느 순간이 오면 상호성을 버리고 자율화의 단계에 돌입하게 된다. 그리고 저 '어느 순간'은 충분한 축적이 이루어지지 않은 시점에도 당겨서 발생할 수 있다. 원망(願望)이 현실을 바라보는 눈을 흐릴 때이다. 필자는 그것이 주체성의 열망으로 활활 타오르던 1970년대의 일이었다고 생각한다.

김윤식·김현의 『한국문학사』는 이 자율성을 소망의 힘으로 당겨 확정하고자 하는 의지의 가장 튼실한 열매가 되었다. 하지만 지금까지 이 글의 논지로 보자면 이는 제철에 나온 과일이 아니라 온실에서 속성 재배한 씨 없는 수박 같은 것이었다(맹아론을 주장하는 책에 대한 이 무슨 잔혹한 비유인가).

『한국문학사』는 1973년 출간 당시 한국문학의 근대의 기점을 18세기로 끌어올리는 파격적인 입론으로 많은 식자들의 주목을 받았다. 그러나 국문학계는 그 주장을 거의 수용하지 않았다(혹은 못했다). 무엇보다도 실증적 자료가 뒷받침되지 않았기 때문이라고 가정할 수 있지만 실질적으로 실증적 반론은 거의 나오지 않았다. 이렇다는 것은 국문학계가 『한국문학사』의 문제의식을 이해하지 못하고 있었다는 의혹을 품게 한다. 특히 그 문제의식은 주체의 성취에 관한 것, 즉 다시 말해 '문학성'과 직결되는 것이니만큼 당시 문학적 감수의 능력이 충분히 발달해 있지 않았으리라고 짐작하는 것은 지금의 현황에 근거해 가능한 판단이다. 특히 오늘날 국문학계의 문학사 연구가 제도사와 문화사에서만 다량의 성과를 낳고 있다는 것을 감안하면 그 짐작은 더욱 타당성을 가지게 된다.

여하튼 근대 이후의 모든 지적 삶은 이 자율성과 상호성의 길항이라는 문제로 요약될 수 있다. 앞서 언급했듯이, 순수한 근대(자본주의)의 길은 자율성을 생산성과 연결시킨다. 이 길에서 한때 자율성을 세우는데 지원자의 역할을 했던 모든 타자들은 도구의 상태로 전락하여 자율적 존재들에 의해 '써먹힌다'. 이 길의 무차별한 착취적 양태 때문에 이에 대한 대안으로 나온 사회주의의 길은 자율성을 공평성으로 바꾸려는 시도였다고 할 수 있다. 그러나 자율성에 근거하지 않은 공평성은 오히려 퇴행에 불과했다는 것을 20세기의 역사는 생생하게 증명하였다. 바로 이 순근대의 길에 대항하여 문학은 자율성과 상호성의 본래적 협력을 회복하고자 하는 길을 개척했다. 그것은 한편으로는 근대 본래의 정신으로 회귀하는 것이자, 동시에 원래 상호성이 근대인들의 자유를 세우는 데 쓰였던 만큼, 상호성의 도구화에 저항한다는 점에서 진화의 항로에 대해 일종의 제동과 반성의 딴지를 거는 것이었다.

필자가 이런저런 자리에서 '진화를 진화시켜야 할' 사업에 대해 여러번 언급했던 것은, 바로 자율성과 상호성의 애초의 협력 속에 숨어 있는 자율성의 이기주의를 넘어서서 그 둘 사이의 관계를 새롭게 재구성할 필요를 요청한 것이라고 할 수도 있다.

현재의 단계에서는 자율성과 상호성의 끝없는 '상호 참조적 상호 교번(交番)', 즉 역지사지의 방식으로 대대(待對) 관계를 구성하는 시스템이 이상적 경지로 보이며, 필자는 앞으로의 문학은 바로 이 이상적 상태를 향해 나아가는 데서 존재의의를 찾을 수 있으리라고 확신하고 있다.

물론 그건 미래의 일이다. 우리의 자리는 과거를 되돌아보면서 방금 언급한 이상적 지향을 가능케 할 토양을 한국문학이 어떻게 다져왔는지를 살펴보는 판이다. 그 점에서 본다면 우리는 『한국문학사』의 한 사람의 저자의 행보를 유심히 되새길 수밖에 없다. 앞서 언급했듯이 김현은 어떤 비평가보다 '만남'의 문제에 예민하게 접근했던 것이었으니, 그것은 그가 상호성의 문제가 한국문학에서 필수적인 통로임을 무의식적으로 알아차렸기 때문이라고 해야 할 것이다.[3] 김현은 여러 군데에서 근대사회의 핵심 항목으로 '자율성'과 '생산성'을 지목했었다. 한데 그는 '상호성'을 의식적으로 거기에 접속시키지 않았다. 그러한 생각의 편향성은 그의 실천적 이론과 이론적 실천 사이에 분화를 야기하는 원인이 되었던 듯하다. 즉 그는 실천적 이론에서는 자율성의 올바른 정립에 집중하였는데, 이론적 실천에서는 만남의 시학을 세우는 작업에서부터 출발하여 최종적으로 '공감의 비평'으로 나아갔던 것이다.

김현 비평의 문제는 그가 나아간 자취를 근본적으로 재검하는 일을 통해 이루어질 것이다. 우리가 돌아가야 할 자리는 바로 한국 근대시의 형성의 자리이다. 필자는 김현으로부터 영감을 받아 '만남'의 시각에서 바라볼 때, 한국 근대시의 생장을 일관성 있게 풀이할 수 있다는 단서를 얻었다. 왜냐하면 필자가 제안한 최초의 근대시, 즉 김소월과 한용운의 시가 모두 자율성과 상호성을 공존시키는 방식으로 출현했던 것이다. 그리고 필자는 최초의 두 근대 시인 이후에 네 개의 한국 시의 묘상이 배양되었다고 말했다. 즉 김영랑, 이육사, 정지용, 이상이 그들이다. 그들은 자율성과 상호성의 상호 의존의 문제를 결합의 차원으로 끌고 간다. 그것이 한국 근대시의 진화의 선이다. 그 길은 그런데 이용악, 오장환에 의해 불현듯 제동이 걸린다. 그 의미는 무엇인가?

---

3) 이에 대해서는 다음 책을 참조하기 바란다. 졸고, 「청년 김현에게 있어서 만남의 문제—김현 초기 시론의 형성에 대하여」, 『한국시학연구』 제68(권)/호, 한국시학회, 2021. 11, pp. 255~79.

이용악의 제3의 세계 혹은 담론

　이 연구가 진행되어가는 동안, 필자가 발견한 한국 현대시사 해석의
지침은, '만남'이라는 감정 물질 혹은 정신적 형식이 그 출발점을 이룬
다는 것이었다. 그 만남의 기본 원소로서 '자율성'과 '상호성'을 들었다.
이 두 원소는 일반적 근대가 '자율성'과 '생산성'으로 나아간 데 대한 대
안으로 태어난 것이라 하였다. 필자는 그런 시각에서 김소월과 한용운
의 시에서 그 두 양성자가 한국 시의 원자에 내장된 것을 확인할 수 있
었다. 그리고 이 원자로부터 네 종류의 기본 화합물, 즉 한국 시의 묘상
이 배태되었는데, 그 역시 '만남'의 시각에서 구성할 수 있다고 하였다.
　아마도 그동안의 전개를 지켜본 독자들은 이 주장에 쉽게 동의할 수
있으리라 믿는다(물론 이 논지의 내부에서). 따라서 이미 풀이해본, 김
영랑, 이육사, 정지용, 이상의 시들을 재명명하는 절차로 그 해석을 갈
음하고자 한다. 이 네 묘상은 다시 '김영랑·이육사'로 묶이는 기다림의
시학과 '정지용·이상'으로 묶이는 탐사의 시학으로 나눌 수 있으며, 기

다림의 시학은 다시 '[순수] 기다림'과 '마중'의 시학으로 쪼갤 수 있고, '탐사의 시학'은 '건축'과 '시간 여행'의 시학으로 나눌 수 있다.

기다림의 시학은 '오는 사람', 이른바 도래하는 존재를 만나려 하고, 탐사의 시학은 만날 사람을 찾으러 떠난다. '순수-기다림'의 시학은 만날 사람에 값할 만큼 자신을 열심히 단련(절차탁마)하며, 이 시학에서 돋보이는 것은 노동 가치이다. '마중'의 시학은 만남의 자리를 최상으로 만들기 위해 만반의 준비를 한다. 이 시학의 중요한 성취는 이미지의 승리이다. '건축'의 시학은 만날 존재를 빚어내는 일에 골몰하며, 이 시학이 이룩한 것은 언어와 현실의 교응correspondance으로서, 한국 시의 미의 장래가 여기에 달렸다고 할 수 있다. '시간 여행'의 시학은 미지인의 초상을 끊임없이 그려내었으며, 한국 시의 가능성을 최대치로 늘리는 데 주력한다.

당시의 현실이 일제에 강점되어 있는 식민지적 현실임을 감안하면, 이 네 개의 시학은 각각 근대의 쟁취를 위한 정치론과 조응한다. '순수-기다림'의 시학은 준비론과 맞닿아 있으며, '마중'의 시학은 투쟁론에 연결된다. '건축'의 시학은 민주주의의 내면화를 북돋으며, '시간 여행'의 시학은 국민도, 시민도, 동양인도 넘어선 20세기인의 존재론을 제기한다.

아마도 '탐사의 시학'은 정치와 무관하다고 이의가 제기될 수 있으리라. 그러나 정치의 최종적인 목표는 삶의 변화이다. '마중의 시학'은 환경에 개입하고자 하며, '탐사의 시학'은 삶에 개입하고자 한다. 환경과 삶은 정치의 두 실질이다. 옐름슬레우Johannes Hjelmslev의 분류를 빌려, 그 둘은 '표현 실질substance de l'expression'과 '내용 실질substance du contenu'[1)]이라고 할 수 있다.

그런데 이 네 개의 묘판은 순조롭게 묘목들을 키우지는 못한다. 이 묘판이 '만남'의 표현형으로서 드러난 것이라 할 때, 얼마 안 있어 맞닥뜨린 사태는 '소통'의 장애이다. 그것을 직접적으로 보여주는 것이 이용악의 시들이다. 앞의 글 「'만남'의 관점에서 한국 근대시의 묘상을 점검한다 1」에서 인용한 시의 한 부분이다.

주름 잡힌 이마에
석고(石膏)처럼 창백한 불만이 그윽한 나를
거리의 뒷골목에서 만나거든
　먹었느냐고 묻지 말라
　굶었느냐곤 더욱 묻지 말고
꿈 같은 이야기는 이야기의 한마디도
나의 침묵(沈黙)에 침입(浸入)하지 말어다오

—「나를 만나거든」 부분

인용된 시구의 특별성은 그가 소통을 거부하는 실물을 제시하고 있다는 것이다. 즉 '침묵'이라고 지칭된 어떤 덩어리가 있다는 것이다. 그것은 시인이 소통을 거부하는 내용이자 동시에 이유가 된다.

이 때문에 우리는 이용악을 두고 '거부'라는 용어를 쓸 수 있는 것이다. 이렇다는 것은 거부를 하기 전에 다른 문제가 있었을 것이고, 그에

---

1) Louis Hjelmslev, *Prolégomènes à une théorie du langage*, traduit par Una Canger, Paris: Les Éditions de Minuit, 1971[1966], pp. 65~79.

대한 대응으로서 거부가 나왔다는 것을 추론할 수 있다는 것을 가리킨다. 그렇다면 다른 문제는 무엇인가?

이에 대해서 우리는 이것이 이용악의 문제가 아니라 1930년대에 조성된 한국 시의 '만남'의 시학이 부닥친 보편적인 장애로서 가정해야 할 것이다. 그럴 때만이 소통의 거부라는 문제 제기가 한국 시의 전개에 유의미한 개입으로서 이해될 수 있을 것이기 때문이다.

이 가정은 실로 다른 시도들에 대해서도 적용이 가능하다. 지금까지의 도정에서 이미 살펴본 시인들을 들자면, 백석의 '이야기시'와 서정주의 시가 명백히 '만남'의 시학이 부딪친 장애에 대한 대안적 도전으로서 제출된 것이고, 바로 그 맥락에 근거할 때, 이 시인들의, 특히 백석의 경우, 시사적 의의가 부각될 수 있는 것이다. 왜 1930년대의 한국 시가 왜 '이야기'를 필요로 하게 되었을까?[2] 그리고 서정주 시에서 표명된, 김현이 암시하고 필자가 풀이해본, '고난의 자리가 상명당'이라는 상명당론[3]은 19세기 말 이후 한국인이 겪은 고난을 바탕으로 태어난 한국적 정신의 궁지를 완전히 뒤집음으로써 반전을 연출해낸 것이다.

그렇다면, 네 개의 묘상 이후에 새로운 시인들이 인식한 그 묘상의 문제가 무엇이었을까? 두말할 것도 없이 새로운 삶을 위한 기획으로서의 그 '모형'들을 채워줄 자원의 부족이었을 것이다. 다시 말해 묘판은 짜였지만(그 아이디어의 상당 부분은 바깥에서 왔다고 보는 게 타당하다), 토양이 파삭했던 것이다. 한국인은 근대적 삶을 제 것화하기 위한 충분

---

2) 필자는 백석의 '이야기시'에 대해서 이야기시의 '시적 특성'을 중점으로 분석하였다(「모두의 이야기에서 모두가 잃어버린 세상으로」). 오늘의 지면만 읽어도 얼마간 이해되겠지만, 이야기 도입의 필요성에 대해서는 백석으로부터 '반시' 동인의 작업, 최두석, 유하에 이르기까지 포괄하여, 차후에 좀더 자세히 논의할 것이다.

3) 이에 대해서는 앞의 글 「상명당론」 참조.

한 정신적 자원을 갖추지 못했다는 것이다.[4]

　요컨대 백석, 서정주, 이용악은 이 만남의 시학에 무언가 더 보충해야 할 것이 있음을 감지했던 것이다. 바로 자원의 불모성이라는 것에 대해서. 그런데 이용악은 이 보충의 방법으로 '소통의 거부'를 들고 나왔다. 왜 그랬을까?

　앞에 인용한 「나를 만나거든」 시구에 이어서 시인은 다음과 같이 쓰고 있다.

　　폐인인 양 씨들어져
　　턱을 고이고 앉은 나를
　　어둑한 폐가(廢家)의 회랑(廻廊)에서 만나거든
　　　울지 말라
　　　웃지도 말라
　　너는 평범(平凡)한 표정(表情)을 힘써 지켜야겠고
　　내가 자살하지 않는 이유를
　　그 이유를 묻지 말어다오

　여기에 두 가지 참조 사항이 있다. 하나는 '나'와 '너'의 공동 바탕에 대한 지시문이다. 즉 "어둑한 폐가의 회랑에서" 우리는 만나고 있는 것이다. 이는 바로 앞에서 말한 조건의 불모성을 그대로 가리킨다고 볼 수 있다. 다른 하나는 바로 이 시구를 통해 이웃한 조선인들과 자신 사이

---

4)　이러한 정신적 미숙을 전형적으로 보여준 것이 소위 '자유 연애' 바람이다. 자유 선택을 명분으로 타인의 훼손을 아랑곳 않은 이 희한한 집단적 코미디에 대해 이미 만해가 엄하게 신칙을 했다는 점을 앞서 언급한 바 있다.

에 엄격히 다른 세계가 있다는 것을, 즉 상호간의 변별성을 선언하고 있다는 것이다. 다시 말해 완벽히 버림받고 외면당했다 해도, 나에게는 나만의 삶이 별도로 있다는 선언이고 당신들이 보기에 그 삶은 '폐인인 양 찌들어져' 보이겠지만, 내게는 아주 의미 있는 삶이다,라는 선언이다.

이를 통해 시인은 새로운 세계, 즉 점령인이 강요하는 세계는 분명 아니지만, 일반 조선인의 코드로도 해독할 수 없는 제3의 세계가 있다는 것을 명시하고 있다. 그 세계는 일반 조선인들이 외면했기 때문에 스스로 형성되어간 세계이다. 「풀버렛 소리 가득 차 있었다」의 다음 시구,

> 노령(露領)을 다니면서까지
> 애써 자래운 아들과 딸에게
> 한마디 남겨두는 말도 없었고
> 아무을만(灣)의 파선도
> 설룽한 니코리스크의 밤도 완전히 잊으셨다
> 목침을 반듯이 벤 채

에서 그 세계는 '노령' '아무을 만' '니코리스크'로 그 장소가 지시되며, '다니면서' '파선' '설룽한'의 부가어를 통해, 그 삶의 생생한 사건들이 암시된다.

그 세계는 해독 불가능한 세계이다. 그러나 시인이 버려진 채로 떠돈 삶들을 통해 스스로 확보한 삶이다. 즉 미지의 의미 덩어리이다. 그것이 이용악의 소위 '유민 시'의 실상이다. 떠도는 자는 그냥 버림받은 자가 아니라는 것, 그들은 그들이 쫓겨 가닿은 곳곳에서 자신의 삶을 건설하

고 있었다는 것, 그것을 증명하는 것이다. 그래서 시인은 「천치의 강아」
에서

> 국제 철교를 넘나드는 무장열차(武裝列車)가
> 너의 흐름을 타고 하늘을 깰 듯 고동이 높을 때
> 언덕에 자리 잡은 포대(砲臺)가 호령을 내려
> 너의 흐름에 선지피를 흘릴 때
> 너의 초조(焦燥)에
> 너의 공포(恐怖)에
> 너는 부질없는 전율밖에
> 가져본 다른 동작(動作)이 없고
> 너의 꿈은 꿈을 이어 흐른다

로 묘사된 '천치의 강'에게, 그 강을 목숨 걸고 건넌 사람들의 생을 일깨
우면서, "오즉 너의 꿈만 아름다운 듯 고집하는/강"의 무지를 꾸짖는다.
그 강을 건넌 사람들,

> 너를 건너
> 키 넘는 풀 속을 들쥐처럼 기어
> 색다른 국경을 넘고저 숨어 다니는 무리
> 맥 풀린 백성의 사투리의 향려(鄕閭)를 아는가
> 더욱 돌아오는 실망을

묘표(墓標)를 걸머진 듯한 이 실망[5]

은, 기진(氣盡)과 실망의 색조로 물들어 있지만, 저마다의 '향려'를 구
성하였던 것이다. 향려란 세 가지 의미를 동시에 품고 있다. 첫째, "행
정구역 단위인 향(鄕)과 여(閭), 전의되어, 백성이 모여 사는 곳", 둘째,
"고향", 셋째, "고향 사람, 한마을 사람".[6] 즉 강을 건넌 사람들은 강 건
너간 자리에서 새로운 마을을 건설했으며, 그것이 그들의 또 다른 고향
이 되었다는 것이다. 이 사연을 한반도에서 사는 사람들은 이해하지 못
한다. 그러나 그 삶은 아무리 불행했다 하더라도 '삶으로서' 있다. 그 점
에서, 시 「북쪽」의

> 북(北)쪽은 고향
> 그 북쪽은 여인(女人)이 팔려 간 나라
> 머언 산맥(山脈)에 바람이 얼어붙을 때
> 다시 풀릴 때
> 시름 많은 북쪽 하늘에
> 마음은 눈감을 줄 모르다[7]

에서 두번째 행의 "그 북쪽"을 두고, 첫 행의 '북쪽'에서 더 북쪽인 곳이
라고 본 유종호 교수의 해석[8]은 이용악의 정신세계를 정확히 꿰뚫어 본

---

5) 이용악, 『분수령』 수록, 『이용악 시전집』, 윤영천 편저, 문학과지성사, 2018, pp. 48~49.
6) 『한한대사전(漢韓大辭典)』 제13권, 단국대학교 동양학연구소, 2008, p. 1426.
7) 이용악, 같은 책, p. 31.
8) 유종호, 「식민지 현실의 서정적 재현」, 『다시 읽는 한국 시인』, 문학동네, 2002, pp. 186~87.

것이라고 해야 할 것이다. 그 너머의 세계는 한반도의 일반 조선인들에 의해 부여된 명명으로밖에는 지칭되지 못하지만, 바로 그렇기 때문에 보통의 동족들은 전혀 이해할 수 없는 별도의 삶을 만들어내는 것이다. 그렇기 때문에 시인은 "긴 세월을 오랑캐와의 싸움에 살았다는 우리의 머언 조상들"이 '오랑캐꽃'이라고 부른 꽃을 일컬어,

> 너는 오랑캐의 피 한 방울 받지 않았건만
> 오랑캐꽃
> 너는 돌가마도 털메투리도 모르는 오랑캐꽃
> 두 팔로 햇빛을 막아줄게
> 울어보렴 목 놓아 울어나 보렴 오랑캐꽃
>
> —「오랑캐꽃」 부분[9]

이라고 노래하는 것이다. 오랑캐와 싸운 먼 조상의 고단한 여정의 객관적 상관물로서 그 꽃은 오랑캐의 장소에서 오랑캐의 이름으로 존재하는 것이다. 그 이름이 아니면 조상의 그 힘겨운 생존의 모험이 어떻게 느껴질 수 있을 것인가?

의미 부여가 안 된 채로 실물로서 존재하는 제3의 세계, 바로 이것이 시인 이용악이 빈곤한 토양에 서 있는 저의 동족들에게 가리켜 보여주고 있는 것이다. 너희에겐 아무리 생각이 많고 기발해도 그걸 현실화할 경험이 없다. 그런데 여기엔 거듭 거꾸러지면서도 우리 육체와 정신의 양분으로 축적한 생생한 경험이 있다,라는 메시지를 던지고 있는 것이다.

---

9) 1939년 10월 발표. 이용악, 『오랑캐꽃』(1946) 수록; 『이용악 시전집』, p. 97.

여기까지 와서 나는 겨우 깨닫는다. 해방 공간의 세계에서 사회주의 청사진이 조국 건설의 과제와 친일이라는 저질러진 오점 사이에 끼어 있던 당시 지식인들을 단숨에 휘몰아간 까닭을. 이용악이 보여준 제3의 세계는 사회주의적 청사진과 유비 관계에 놓일 수 있기 때문이다. 사회주의에 대한 매혹과 그것을 정착시키려는 시도는 이미 1920년대부터 시작되었다. 그러나 그것이 이용악적 정신세계에 덧붙을 때 그것은 바깥으로부터 도래해서 우리의 몸속에 주입된 것이 아니라, 유비 관계를 통한 이월에 의해서, 스스로의 고유한 경험으로 '착시'된다. 의미가 부여되지 못한 체험 덩어리가 그대로 하나의 의미를 뒤집어쓰게 되는 것이다.

이용악이 곧바로 북한에서 사회주의의 맹렬한 찬양자가 된 것은 그 때문일 것이다. 그런 경험 자체를 갖고 있지 못한 지식인들조차도 '해방 전후'라는 기이한 마법의 회전문을 경유해, 그 이름을 동구 밖 돌에 새겨놓은 에메랄드 시티에 도달했던 것이다. 그들과 비교한다면 이용악은 적어도 노를 직접 저었다는 차이가 있지만, 여타의 지식인들도 그 신기한 마술로 자신들의 실제적인 경험을 통해 체화한 것이라고 생각하였을 것이다. 1953년부터 시작된 숙청을 통해 현실의 무대에서 사라지기 전까지는.

이용악은 숙청 이후에도 살아남았다. 그러나 그의 경우에서도 역시 은유의 기만을 참담히 확인한다. 그가 북한에서 쓴 황당무계한 산문들을 직접 거론할 필요도 없다. 그가 월북 후 상자한 『이용악 시선집』(1957)에서 앞에서 인용한 「풀버렛 소리 가득 차 있었다」의 제2연은 이렇게 축약되었다.

아라사로 다니면서까지
애써 키운 아들과 딸에게
한마디 남겨두는 말도 없었다
초라한 목침을 반듯이 벤 채[10]

그리고 그 다음 연의

이웃 늙은이 손으로
눈빗 미명은 고요히
낫츨 덥헛다[11]

에서의 '미명'은

이웃 늙은이의 손끝이 떨며
눈빛 무명은 조용히
조용히 낮을 덮었다[12]

의 '무명'으로 바뀌었다. '미명'은 "'무명'(무명실로 짠 피륙)의 옛말"이라
고 윤영천 교수는 시어 풀이를 해놓고 있다.[13]

---

10) 이용악, 『이용악 전집』, 곽효환·이경수·이현승 편저, 소명출판, 2015, p. 210.
11) 시 원본 표기, 『이용악 시전집』; 『이용악 전집』, p. 28.
12) 『이용악 전집』, p. 210.
13) 『이용악 시전집』, p. 566.

2연의 축약을 통해서 '노령'의 횡단과 '아무을 만'의 파선, '니코리스크'의 설룽함이라는 생생한 경험들은 사라지고 '아라사'라는 국가 지칭이 은근히 암시하는 이념이 대신하게 되었다. 그리고 곧이어서 "사투리의 향려" 역시 표준말 속에 용해되어버린 것이다. 직접 읽어보아도, 이 개작이 어떻게 시의 느낌을 멸실시켰는지를 금세 깨달을 수 있을 것이다. 애재(哀哉)라, 애재라!

이용악과 오장환 사이, 그리고 이상, 김소월

앞서 이용악의 시에 대해 말하면서, 1930년대 말 한국 시의 생장의 흐름이 문득 폐색되었고, 그 자리에서 이용악이 새로운 지평을 개척했다고 하였다. 본래 흐름의 생장의 성격을 자율성과 상호성의 동반 진화라고 한다면, 이용악은 그것이 막힌 자리에, 누구와도 공유할 수 없는 자기만의 고유한 경험 세계를 제출함으로써 이전의 경향에서는 고려치 못했던 장소를 열었다. 이 사건은 두 가지 방향에서 동시에 검토되어야 할 것으로 보인다. 한편으로 한국문학의 넓이, 즉 다양성의 관점에서 보면 이용악의 시는 또 하나의 구역을 한국문학의 목록에 추가한 것으로 이해될 수 있다. 종 다양성의 의의를 소중하게 생각한다면, 이는 반가운 일이다. 다른 한편으로 보자면 이용악의 단독 경험의 세계는 본래 흐름의 한 축, 즉 '상호성'이 막힌 상태를 인정하면서 열린 것이다. 따라서 여기에는 자기만의 세계는 있으나 상호 소통의 논리가 결여되어 있다. 휴전 이후 북한에서의 이용악의 시 세계가 보여준 파행은 상호성의 문제를 체제(혹은 이념)의 선택으로 대체하려고 했던 데서 발생하였다고 할 수 있다.

우리가 이런 문제를 거듭 되새기는 까닭은 분명하다. 이러한 일들은 차후에도 여러 번 되풀이되어서 일어날 것이다. 그때마다 한국문학은 (문학을 넘어서 일반적의 삶의 사실들조차도 같은 방식으로) 진화의 기로에 서게 될 것이다. 그 진화가 어떤 이유로 궁지에 몰리면, 새로운 영역이나 사태가 출현해야 탈출이 가능할 것이다. 그런데 그 새로운 것은 예전 흐름과 연결되기 위해 모종의 작용을 거쳐야 한다. 그것을 여하히 하느냐에 따라서 진화의 가능성이 천차만별로 달라진다.

오장환의 시에서도 같은 이야기가 적용될 수 있다. 얼핏 보아 오장환과 이용악의 시 세계는 커다란 차이를 보인다. 월북 문인들에 대한 해금 이후, 유종호는 해당 시인들에 대한 역작의 해석판을 냈는데,[1] 이용악에 대해 꽤 긍정적인 평가를 내린 저자는 오장환에 대해서는 반대로 부정적인 평가를 내린다. 오장환을 다룬 두 편의 글 중 월북 이전의 시집들을 다룬 글의 제목은 「사회적 외방인의 낭만적 허영」이다. 독자는 그 부정적 평가의 내용을 제목을 통해 단박에 짐작할 수 있다. 한데 그런 짐작을 유도하는 두번째 어구보다 앞부분, '사회적 외방인'이라는 표현이 더욱 주목할 만하다. 왜냐하면 여기에서 오장환과 이용악은 서로 일치하고 있기 때문이다. 앞 장에서 보았듯이, 이용악 시 세계의 발생의 뿌리는 그와 그의 가족이 어느 곳에도 소속되지 못해서 떠돌아다녀야만 했던 유랑민으로서의 처지이다. 오장환 역시 자신을 사회에 소속되지 않은 자로 여겼다.

---

1) 유종호, 『다시 읽는 한국 시인』, 문학동네, 2002.

나는 젊음의 자랑과 희망을, 나의 무거운 절망의 그림자와 함께, 뭇사람의 웃음과 발길에 채이고 밟히며 스미어오는 황혼에 맡겨버린다.

—「황혼」 부분[2]

괴로운 행려 속 외로이 쉬일 때이면
달팽이 깍질 틈에서 문밖을 내다보는 얄미운 노스트라자
너무나, 너무나, 뼈 없는 마음으로
오— 너는 무슨 두 뿔따구를 휘저어보는 것이냐!

—「여수」 부분[3]

이용악과 오장환이 공유하고 있는 이방인 의식은, 또한 사회적 소외의 양상을 띠고 있다는 점에서도 똑같다. 하지만 이용악과 차이가 있다면, 오장환에게는 풍족한 과거가 있었다는 것, 그리고 이용악의 배제 상황은 경험적 진실인 데 비해, 오장환의 그것은 인식의 결과라는 것이다. 오장환은 "병든 나에게도 고향은 있다"(「황혼」)는 표현으로 과거의 행복을 추억으로 간직하고 있음을 알리고 있으며, "암말도 않고 고향, 고향을 그리우는 사람들"(「향수」)과 마음을 공유한다. 이런 고향 생각은 더 먼 과거로 뻗어가, "일청인(一淸人)이 조상이라는 가계보의 검은 먹글씨"(「성씨보」)를 꺼내들기도 한다. 그런데 어느 날부터 고향은 상실의 형태로 그의 마음속에 보존되는 반면, 족보는 의혹당한다.

---

2) 오장환, 『오장환 전집 1—시』, 박수연·노지영·손택수 편저, 솔, 2018, p. 29.
3) 같은 책, p. 25.

옛날은 대국숭배(大國崇拜)를 유심히는 하고 싶어서, 우리 할아버지는 진실 이가였는지 상놈이었는지 알 수도 없다.

　　똑똑한 사람들은 항상 가계보를 창작하였고 매매하였다.[4)

　　고향과 족보의 분리는 그의 무의식 속에서 고향의 두 원천, 즉 어머니와 아버지가 분리되고 있다는 것을 가리킨다. 기술된 내용을 보면, 시인의 무의식은 어머니는 진짜 어머니로 보존하는 대신 아버지는 부정한다. 그리고 이 아버지의 부정은 「성씨보」에 붙은 제사, "오래인 관습─그것은 전통을 말함이다"가 가리키듯이 전통의 부정을 동시에 뜻한다. 그 점에서 그는 이상의 직계 후예이다. 이상은 19세기와 20세기를 분리시키면서, 20세기에 군림하는 19세기의 망령을 "모조기독"으로 지칭하고, 이 "남루한 사나희"를 "암살하지 아니하면 안된다. 그렇지 아니하면 내 일생을 압수하랴는 기색이 바야흐로 농후하다"[5)는 토를 달았다. 자신의 과거를 "빼앗긴"(이상화의 「빼앗긴 들에도 봄은 오는가」를 상기하라) 것으로 보지 않고, 타기되어야 할 것으로 본 최초의 예다. 오장환은 이상의 그 생각을 이어받고 있다.[6)

　　그런데 어머니 혹은 고향이 있다는 이 특성에도 불구하고, 그는 이용

---

4) 같은 책, p. 47.
5) 이상, 「실락원」, 『정본 이상문학전집 1─시』, 김주현 주해, 소명출판, 2005, p. 126.
6) 하지만 이상에게는 오장환의 어머니에 해당할 만한 것이 없다. 그에게 닥친 현실은 오로지 모조 기독에 매어 있다는 것, 그리고 그는 그를 벗어나야 한다는 의식뿐이었다. 「1933. 6. 1」(『정본 이상문학전집 1』, p. 78)에서 그는 자신을 "천평 위에서 30년 동안이나 살아온 사람(이었던 과학자)"으로 규정하고 있는데, 그 '천평'은 바로 '모조 기독에 매인 현실'과 '모조 기독으로부터 탈출해야 한다는 강박'이라는 두 개의 저울판으로 이루어진 것이었다.

이용악과 오장환 사이, 그리고 이상, 김소월　491

악과 함께 철저한 이방인으로 남는데, 그것은 그가 그리는 어머니(혹은 고향)가 무기력하다고 생각하기 때문이다.

어머니 서울에 오시다.
탕아(蕩兒) 돌아가는게
아니라
늙으신 어머니 병든 자식을 찾아오시다.
— 「어머니, 서울에 오시다」 부분[7]

이 시구를 읽으면 독자는 병든 아들을 찾아온 어머니의 사랑을 떠올릴 것이다. 실로 시인도 그런 어머니의 상경을 "뼈를 깎는 당신의 자애"라고 인식한다. 그러나 문제는 그 사랑의 어머니가 그에게 해줄 것이 아무것도 없다는 것이다. 그렇기 때문에 그는 고향으로 돌아가자는 어머니의 채근에 따르지 못한다. 어머니는 "시골에서 땅이나 파는 어머니"이며, 세상(서울)을 부정하여 서울에 남아 있는 "자식까지 의심스런 눈초리로 바라보"기만 하는 어머니다. 그 어머니는, '늙으신'이라는 관형사가 그대로 가리키듯이 현실력이 결여된 그런 어머니일 뿐이다. 그러니 '탕아'가 돌아가지 않는 이유가 있는 것이다. 귀향이 아무런 소용도 의미도 없다는 것을 알기 때문이다. 고향은, 어머니는, 그저 잃어버린 상징일 뿐이다.

그는 김소월의 「초혼」을 논하면서 바로 그 사실을 토로하였다.

---

7) 오장환, 같은 책, p. 132.

「초혼」을 통하여 느끼는 것은 지금도 우리는 우리의 가장 중요한 것 아니 가장 소중한 것을 잃어버렸다는 형언할 수 없는 공허감(空虛感)을 깨닫는 것이요, 또 작자와 함께 이 상실한 것에 대한 애절한 원망(願望)을 돌이키는 것이다.[8]

김소월의 「초혼」은 단절의 전면성과 불가역성을 선포하는 시다. 이별은 영원하여 더 이상 돌아킬 수 없다. 김소월이 근대시의 문을 연 것은 이러한 절대적 결별의 강 앞에 배수진을 쳤기 때문이다. 오장환에게도 잃어버린 것은 "형언할 수 없는 공허감"을 자아낼 뿐이다.

따라서 잃어버린 것의 상징성은 오히려 그의 처지를 더욱 심한 부정적 감정 속에 감싸이게 하는 효과를 가질 뿐이다. 잃어버린 것이 소중하면 소중할수록 지금의 현실은 더욱 끔찍하고 더럽고 지겹다. 그러나 그것만 읽으면 어머니의 존재를 굳이 여러번 표출하는 까닭이 무용해진다. 실은, 어머니의 존재는 상실의 절대성에도 불구하고 그에게 삶의 원인으로 작용하는 것이다. 마저 읽어보자.

이 가슴에 넘치는 사랑이 이 가슴에서 저 가슴으로
이 가슴에 넘치는 바른 뜻이 이 가슴에서 저 가슴으로
모—든 이의 가슴에 부을 길이 서툴러 사실은 그 때문에 병이 들었습니다.

---

8) 오장환, 「조선시에 있어서의 상징」, 『오장환 전집 2—산문』, 박수연·노지영·손택수 편저, 솔, 2018, p. 118.

병든 서울에 물들어 자식도 병든 게 아닌가, 하고 의심하는 어머니에게 마음으로 답하는 내용이다. 그가 병든 것은 세상(서울)의 타락에 감염된 게 아니라, 이 병든 서울을 고치기 위해 사랑을 부어야 하는데 그걸 제대로 부을 줄을 몰랐기 때문이라는 것이다. 그 사랑은 어디에서 나오는가? 시의 문맥으로 보면, 그건 "뼈를 깎는 당신의 자애"에서 나오는 것이다. 다시 말해, 어머니의 존재는 세상을 바르게 할 방법의 원천인 것이다. 그런데 그 원천으로서의 어머니는 옛날의 어머니일 뿐이다. 지금의 어머니는 여전히 사랑의 어머니이지만, 사랑의 에너지를 잃고 그저 의심밖에 할 줄 모르는 어머로 늙어버린 것이다. 그렇게 해서 시인은 이상과 현실 사이에서 처절하게 찢긴 상태에 달한다. 그것이 그의 병든 육체라고 시인은 말하는 것이다.

사랑의 원천의 절대적인 상실과 사랑의 뜻(상징)의 강렬한 잔존 사이에 처한 채로, 그는 '병든 서울'에 남았다. 거기에서 그가 시를 쓸 수밖에 없는 것은 후자 때문이다. 그런데 무엇을 어떻게 쓸 것인가? 전자의 사실은 그에게 어떤 단서도 기미도 제공하지 않는다. 그 결과 그가 낳은 것은 바로 유흥가의 매음녀들만이 보이는 질척거리는 서울이었다. 이 서울은 그렇다면 왜 묘사되었으며, 무슨 의미를 발산하는 것인가?

일제 말의 문단 풍경

1. 중흥과 추락의 인접성

앞의 논의에서 이용악과 오장환은 1930년대 말의 쌍생아로서 서로 아주 다른 방향으로 나갔다고 했다.

그러면 이 지점에서 그들의 쌍생아인 까닭을 물어야 할 것 같다. 필자는 그 까닭을 1930년대 말~1940대 초에 일어난 한국문학의 흐름의 '폐색(閉塞)'에서 찾았다. 그런데 이 용어가 가리키는 실제적 상황은 무엇인가?

바투 들여다보면 1930년대 말은 1930년대 내내 한반도의 문학이 완숙한 경지를 향해 용솟음하던 기운이 정점에 달하던 시기로 보인다. 1938년은 한글 맞춤법 통일안이 나온 해이다. 1939년 2월엔 정지용과 이태준이 주도한 『문장』지가 창간되었다. 『문장』지 창간의 의의는 "시·소설·수필·평론·문학 논문으로만 채울 정도로 순문예지의 형태를 취했다"[1]는 점에 있었다. 왜냐하면 '문학'이 마침내 사회 일반으로부터 독립하여 자율성을 획득했다는 징표가 되기 때문이다.[2] 같은 해 10월 최재서가 주도한 『인문평론』도 창간되었다. 그리고 1940년은 『문장』지 창간호부터 연재하던 이태준의 『문장강화』가 단행본으로 나온 해였다.

그러나 이 분출하는 열기를 냉동시키는 일이 조만간 일어난다. 1940년 8월에 『조선일보』 『동아일보』 양대 일간지가 폐간당하고, 1942년 '국민 총력운동'의 일환으로 '국어전해 상용운동(國語全解 常用運動)'이 벌어지기 시작한다. 즉 일본어의 사용만을 허용하는 소위 '조선어 말살 정책'이 시행된 것이다. 그 이후 한글로 씌어진 작품은 "서랍 속의 불온 시"가 되었다. 그 서랍을 소중히 보관한 사람이 박두진·박목월·조지훈, 그리고 윤동주(또한 그의 유고를 감춘 정병욱)였다.

마치 이런 상황은 1979~1980년 사이에 일어난 한국 정치 상황과 유사해 보인다. 1979년 10월 26일의 사건으로 지펴진 민주화의 열망이 같은 해 12·12쿠데타에 의해 구세력의 저항에 충돌을 맞이했고, 다음 해 5·17계엄령과 5·18광주탄압을 통해서 민주화의 심각한 폐색으로 접어들었던 것이다. 그러나 한 가지 차이가 있다. 1930년대 후반과 1940년대 초반 사이의 한반도의 문인들에게는 저항이 없었다. 일제강점이 너무 오래되었고 반도 너머의 소식에 대해서 무지했던 탓이었다. 잡지들은 한결같이 황국에 대한 충성 서약을 맨 앞에 걸었다. 반강제적이었다

---

1) 조남현, 『한국문학잡지사상사』, 서울대학교 출판문화원, 2012, p. 872.
2) 노파심에서 하는 말이지만, '자율'과 '고립'은 유사하기는커녕 완전히 상반된 형세에 해당한다. 자율은 현실과 무관한 게 아니라, 자주적 태도에 근거한 현실 개입에 해당한다고 할 수 있다.

고는 하나, 그 안에서 숨은 반어를 찾기는 어려웠다. 『문장』과 『인문평론』의 창간 사이에 "조선총독부 육군 특별 지원자 훈련소장"[3]이 발행한 『총동원』이 창간되었는데, 그것은 조선인의 잡지들에 어떤 긴장도 야기하지 않았다. 장래를 위해 준비하는 학생들에게도 긴장은 강렬하지 않았다. 그들은 당시의 국어(일본어)에 친숙하였고 식민 본국의 최고 대학에 입학하려고 유학을 갔으며 더러는 성공했으나, 더러는 실패해서 그 좌절로 인해 일본-조선-만주 사이를 떠돌아다녔다. 그 범위가 그들이 생각한 세계의 넓이였다.

2. 근대의 두 얼굴 사이에서

이 같은 사정은 당시의 지식인들과 청년들의 내면에서, 이상적 근대와 일제의 폭력성이 미분화된 상태로 어정쩡하게 뒤섞여 있었다는 것을 가리킨다. 근대적 정신이 부추긴 의욕에 따라 그들은 제국으로부터 벗어나 독립을 해야만 하는 절박한 마음이 있었다. 그러나 근대적인 것의 프로토콜은 일본에 있었다. 독립의 열망이 강하면 강할수록 일본을 배워야 한다는 것이 강박관념으로 자리 잡았다. 그런데 그러한 상태는 거꾸로도 그들을 압박했어야 했다. 즉 일본을 배우면 배울수록 그만큼 종속되니 독립의 길은 요원해질 수 있다는 문제 말이다. 따라서 두 개의 회로 사이에 강력한 긴장이 형성되어 그들의 정신의 신진대사를 촉진해야 했을 것이다.

---

3) 조남현, 같은 책, p. 885.

그러나 그런 정신의 전쟁은 일어나지 않았다. 한쪽 회로만 열리고 반대편 회로는 차단되어 있었다.[4] 그리고 그 결과는 김영랑의 「모란이 피기까지는」 시구 그대로, 근대를 향해 한껏 "뻐쳐오르든 [……] 보람 서운케 문허졌느니" "천지에 모란은 자최도 업서지고" 마는 사태였다. 이러한 사태는 문학을 포함해 일제강점기하의 한반도 지식인들의 자주화 운동이 매우 중력이 강한 허방 속에 빠져 있었다는 것을 의미한다. 즉 그들의 시야가 방금 말한 것처럼 일본-조선-만주의 좁은 지평 안에 갇혀 있었다는 것이다. 1930~1940년대의 한반도의 식자들은 일본이 망하리라고는 짐작을 못했으며, 따라서 일본에 의한 지배 상황이 단기간에 해결되리라고 생각지 않았다. 여기에 덧붙여 이런 한계 안에서 일본은 언제나 절대적인 기준으로 작용하였을 것이다. 그 절대적인 기준이 앞에서 말한 거꾸로 진행하는 회로에 눈을 뜨는 걸 가로막았을 것이다. 자주와 독립을 향한 지평은 일본이라는 절대적 구멍을 통해서만 열리리라는 착각으로 그 바늘구멍 안으로 필사적으로 들어가는 게 일차적인 목표였을 테니까 말이다.

게다가 그들은 배운 만큼 "안다고 가정된 주체"로서 자처하였다. 희한하게도 언제부터 생겨난 건지 모르겠으나, 한반도의 지식인들은 약간의 지식이 전체의 앎을 대신하는 제유적, 혹은 '코끼리를 더듬는 장님'

---

4) 지금 생각해보면 시인으로서는 유일하게 윤동주만이 그 긴장을 몸으로 느끼고 있었다. 일본 유학을 위해서 '창씨'를 인정한 것이 계기였다. 그로부터 「참회록」이 씌어졌다. 조만간에 우리는 「간」 「쉽게 씌어진 시」와 더불어서 이 작품을 분석해, 이 희귀한 사례의 문학적이고 문학사회학적인 의미를 헤아려야 할 것이다. 덧붙이자면, 소설가로는 김학철 선생을 떠올릴 수 있다. 나는 김학철 선생이 돌아가시기 전 수년간에 몇 차례 직접 뵙고, 또 그의 작품을 읽은 경험을 바탕으로 이런 주장을 한다. 그의 작품을 본격적으로 재조명하는 기회가 어서 오기를 기원한다.

식 사고 태도를 체질화하고 있었다. 필자는 그런 태도가 '소중화(小中華)'
에서 비롯되었다고 짐작하고 있으나 아직은 그 현상을 확인할 뿐이다.
1930~1940년대의 식민지의 지식인들에게 식민 본국이 절대적 기준으
로 작용하고 있었다면, 그들은 식민 본국의 지식을 몽땅 제 것화하겠다
는 결심과 의지와 노력이 바쳐져야 했을 것이다. 왜냐하며 그럴 때에야
비로소 '주인과 노예의 변증법'이 가능할 터이니까 말이다. 우리는 그런
완전한 지식의 존재를 상상 속에서 만나본 경험이 있다. 최인훈은『태
풍』에서 식민지 '애로크' 출신의 장교 오토메나크 중위를 식민 본국 '나
빠유'의 어떤 지식인들보다 나빠유 고전을 통달한 사람으로 그렸다. 이
야말로 최인훈의 반어적 통찰이 아닐 수 없다. 그런 사람이 있었나?라
는 물음을 후대의 독자들에게 품게 하기 때문이다. 내 과문(寡聞)의 수
용체에는 한 사람도 들어오지 않는다. 그러니까 이 스스로 '안다고 가
장된 주체'들은 실제로 알고 있지 못했다. 시야의 경계 안에서도 충분하
지 않았으니, 황차 바깥에 대해서는 아주 컴컴할 밖에 없었다.

3. 민족에 긴박된 기이한 착종

　이 스스로를 '아는 주체'로 가정한 사람들의 '무지'는 한국문학의 약
진과 폐색 사이의 절벽을 몽유병의 방식으로 건너게끔 한다. "1939년부
터 1944년에 걸쳐 식민지 조선인 문학자들이 발표한 일본어 평론, 그리
고 조선인과 일본인이 함께 참여한 일본어 좌담회의 기록을 번역해 묶
은"5)『한국 근대 일본어 평론·좌담회 선집(1939~1944)』은 일본어로 글
을 쓸 수밖에 없는 상황에 놓인 한반도 문인들의 기이한 곡예를 생생하

게 전달하고 있어서 참조할 필요가 있다. 당시 지식인들의 일차적인 의도는 아마도 일본적인 것의 강압적 관철에 대항해 조선적인 것을 보존하려는 것이었던 듯하다. 가령 한 좌담에서 이제부터 일본어로 글을 써달라는 일본 측 문인들의 요구에 대해, 조선 쪽 참가자들은 이구동성으로 문학의 번역 불가능성을 내세운다.[6] 즉 조선 문학의 고유성을 지키려는 의도를 공개적으로 내세운 것이다. 일본어/조선어 사용에 대한 공방은 꽤 오래 지속된다. 그런데 어느 순간, 괴상한 논리의 곡예가 시작된다. 그 논리는 다음 네 단계를 거쳐서 형성된다.[7] 우선, 조선 쪽 문인들이 보존하려고 한 것이 '민족적'인 것이었다면, 이 민족적인 것은 '이조 시대의 것'과 구별됨으로써 변별성을 획득한다. 조선조 시대의 지배 집단은 "중국에 예속적으로 관계함으로써 혼종화(중국화)"되어, "민족의 역사성과 이질성을 부정하고 억압하"[8]였다는 것이다. 다음, 이렇게 '민족적인 것'이 떼어내어짐으로써, 여기에 '독창성' 혹은 "의미있는 특수성"(유진오)이 가정되어, 고유한 가치가 부여된다. 다음, 조선의 민족적인 것과 일본의 민족적인 것이 공히 저마다의 고유한 가치를 갖는 것으로 인정되면서, 이 둘이 하나로 어우러진다.[9] 이때 '민족적'이라는 특수성은 "시공을 초월해 통하는 휴머니즘"[10]이라는 보편성으로 옷을 갈

---

5) 이경훈 편저, 『한국 근대 일본어 평론·좌담회 선집(1939~1944)』, 역락, 2009, p. 5.
6) 이경훈 편저, 「조선문화의 장래」, 같은 책, pp. 281~83.
7) 이 논리는 앞의 책의 「머리말」에서 소개하고 풀이하는 일화들을 통해서 필자가 정리한 것이다. 따라서 이 논리를 발견하게 한 일차적인 공은 「머리말」을 작성한 이경훈 교수에게 돌아가야 할 것이다.
8) 이경훈 편저, 같은 책, p. 10.
9) 다만, 조선 측의 '민족적인 것'이 과거와의 단절을 통해서 채집되었다면, 일본의 그것은 일본 본래의 정신을 그대로 지속시킨 것으로서, 단절이 가정되지 않았다.
10) 이경훈 편저, 좌담 「조선문학의 장래」에서 일본 측 문인 '아키다'의 발언, 같은 책, p. 284.

아입는다. 마지막으로, 이 갱의(更衣)가 결정적으로 조선＋일본의 형상(내선일체)을 만들면서 새로운 세계관을 탄생시키는 작업으로 잇는다. 이 새로운 세계관은 '근대 초극'이라는 이름을 가지고 있다.

결국 조선＋일본은 일본(±조선)의 외피로서 기능했다. 즉 이경훈이 이광수에게서 전형적으로 나타난다고 파악한, "일본 국가와의 동화를 통해 민족의 원초적 동질성으로 회귀하려"[11]는 알고리즘이 적용된 것이다. 앞에서 필자가 말했듯 이는 일본이 절대적인 참조점으로 작용함으로써 피어난 논리이다.

그러나 훗날의 세대는 이걸 두고 마냥 비난할 수만은 없다. 시대의 한계라는 원인이 너무도 큰 탓이었다. 다만 우리는 이를 두고 두 가지 교훈을 얻어야 할 것이다. 하나는 저 '무지한 아는 주체'라는 한국 지식인의 풍모가 오늘날에도 여전히 큰 추세를 형성하고 있다는 점에 대한 자각이다. 나는 이러한 풍토의 문제점을 이미 20년 전부터 계속 지적하고 개선을 요구해왔는데, 거의 반영되지 않았고 여전히 그러하다.[12] 이는 무엇보다도 그러한 태도가 실질적인 이득과 직결되기 때문으로 보이는데, 그러나 이것을 고치지 않으면 한국 지식의 장래는 없다. '안다고 가정'하는 태도를 "나는 무엇을 아는가Que sais-je?"라는 몽테뉴의 성찰로 대체할 것을, 그런 자세가 널리 퍼지기를, 필자는 제안하고 기대한다. 다른 하나는 일제강점기하 한국문학, 그리고 한국어(조선어)의 결정적인 한계에 대한 괴로운 확인이다. 우선 언어에 대해 말해보자. 한국어

---

11) 이경훈 편저, 같은 책, p. 10.

12) 이런 태도는, '논문' '기사', 회의 등을 통해서 거의 매일같이 접할 수 있다. 특히 자신이 지지하고 주장하는 이론 및 논리를 동원할 때, 원본을 읽지 않고, 요약본을 발췌한 다음, 그 재료들을 자가발전시켜 '특별한'(?) 논리를 만드는 경우가 빈번하다. 그러면서도 모든 것을 알고 있는 듯이 스스로 착각하는 정신 승리법이 거리를 휩쓴다.

는 한국인이 자율성을 확보하는 데에 결정적인 자원이 된다. 그 연단과 보급을 위해 일제강점기하에 많은 지식인들이 헌신했고 또 희생을 당했다. 그럼에도 한국어는 근본적인 장벽을 넘어가지 못했다. 그 장벽은 한국어가 구어로서는 풍부했으나, 그에 기대어 개발된 한국어는 고유성을 확보한 대신, 삶의 문자로서는 기능하지 못했다는 것이다. 4·19세대가 증명했듯이 문자의 힘은 '삶＋생각＋표현'이라는 삼위일체를 얻을 때 극대화된다. 일제강점기하의 한국어 문자, 즉 한글은 한 요소가 결락되어 있었다. 무엇보다도 일본의 통제가 원인이었으나, 원인이 결과를 유발한 것을 넘어서, 결과가 원인을 강화한 것이 일제 말 한국어의 상황이었다고 할 수 있다. 그래서 그건 미적 언어belles lettres일 수 있었으나, 생의 언어로 발돋움할 수 없었다.

이러한 한계가 일제강점기하의 한국문학에도 그대로 적용될까? 다시 말해, 일제강점기하의 문학들은 '한결같은 미적 완성'이라는 고전적 가치를 내장하고 있다고 간주하기보다 오로지 성숙한(혹은 앞으로 성숙할) 한국문학의 '유년기'로서만 이해될 것인가? 이 말에 대답을 하기는 어렵다. 그것은 총체적인 한국문학사가 온전히 만들어질 때 판단을 내릴 수 있을 것이다. 다만 지금 이 자리에서 우리가 확인할 수 있는 것은, 이용악과 오장환은 바로 이 질문에 '그렇다'라고 대답함으로써 씌어지고, 그 문학적 의의를 얻게 된다는 것이다. 그리고 그들과 동세대였던 서정주에게도 똑같은 논리를 대입했을 때, 그의 문학을 새롭게 조명할 수 있을 것이다.

오장환의 「월향구천곡」이 전하는 것

어포의 등대는 귀류(鬼類)의 불처럼 음습하였다.
―「어포(魚浦)」

1. 「월향구천곡」의 오랑주 향기

이제 오장환의 시에 대해 말해보자. 그의 첫 시집, 『성벽』의 첫 시, 「월향구천곡―슬픈 이야기」을 읽어본다.

오랑주 껍질을 벗기면
손을 적신다.
향내가 난다.

점잖은 사람 여러이 보이인 중에 여럿은 웃고 떠드나

기녀(妓女)는 호올로
옛 사나이와 흡사한 모습을 찾고 있었다.

점잖은 손들의 전하여오는 풍습엔
계집의 손목을 만져주는 것,
기녀는 푸른 얼굴 근심이 가득하도다.
하--얗게 훈기는 냄새
분 냄새를 지니었도다.

옛이야기 모양 거짓말을 잘하는 계집
너는 사슴처럼 차디찬 슬픔을 지니었고나.

한나절 태극선 부치며
슬픈 노래, 너는 부른다
좁은 보선 맵시 단정히 앉아
무던히도 총총한 하루하루
옛 기억의 엷은 입술엔
포도 물이 젖어 있고나.

물고기와 같은 입 하고
슬픈 노래, 너는 조용히 웃도다

화려한 옷깃으로도
쓸쓸한 마음은 가릴 수 없어

스란치마 땅에 끄을며 조심조심 춤을 추도다.

순백하다는 소녀의 날이여!
그렇지만
너는 매운 회초리, 허기 찬 금식(禁食)의 날
오— 끌리어 왔다.

슬픈 교육, 외로운 허영심이여!
첫 사람의 모습을 모듬 속에 찾으려 헤매는 것은
벌--써 첫 사람은 아니라
잃어진 옛날로의 조각진 꿈길이니
바싹 마른 종아리로
시들은 화심(花心)에
너는 향료를 물들이도다.

슬픈 사람의 슬픈 옛일이여!
값진 패물로도
구차한 제 마음에 복수(復讐)는 할 바이 없고
다 먹은 과일처럼 이 틈에 끼어
꺼치거리는 옛사랑
오— 방탕한 귀공자!
기녀는 조심조심 노래하도다. 춤을 추도다.

졸리운 양, 춤추는 여자야!

세상은

몸에 이익하지도 않고

가미(加味)를 모르는 한약처럼 쓰고 틉틉하고나.[1]

언뜻 스쳐 읽기만 해도 퇴폐적인 냄새가 물씬 풍기는 이런 시를 그는 왜 썼을까? 한 원로 비평가로부터 '저주받은 시인'의 이미지를 스스로에게 입히려는 '허영'에서 비롯된 것이었을까?

젊은 날의 서정주와 오장환에게서는 애써 '저주받은 시인'의 이미지를 작품에서뿐 아니라 자유분방이라는 이름 아래 생활 기행(奇行)을 통해 조성하려 드는 성향이 엿보인다. 〔……〕 저주받은 식민지 상황에서 다시 저주받은 시인을 자임하는 것이 실은 낭만적 허영과 사치의 발로라는 사실에 대해 그들은 철부지 청년답게 무자각하였다.[2]

필자는 이 냉랭한 평가는 그 안에 하나의 진실을 감추고 있다고 본다. "저주받은 식민지 상황에서 저주받은 〔……〕 시인을 자임하"고자 했다는 진술이 그것이다. 이 진술은 서정주와 오장환이 그런 허세를 할 이유를 가지고 있었다는 것을 가리킨다. 그들은 "저주받은 식민지 상황"에서 살고 있었다는 것이다. 그런데 이 인식은 언뜻 보면 식민지하의 모든 사람에게 해당하는 것 같지만, 앞 장에서 보았듯 상당수의 사람들은 식민지 상황에 적응해가고 있었다. 즉 여러 모로 불편하고 굴욕적이지

---

1) 오장환, 『오장환 전집 1─시』, 박수연·노지영·손택수 편저, 솔, 2018, pp. 21~24(최초 출간 연도: 1937).
2) 유종호, 「사회적 이방인의 낭만적 허영」, 『다시 읽는 한국 시인』, 문학동네, 2002, p. 125.

만 스스로 견뎌내고 자기 역량을 축적해가고 있다는 믿음이 조성되고 있었다고 가정할 수 있다는 것이다. 어떤 이들에게는 그 믿음이 조선인들 특유의 정신세계를 만들어갈 수 있다는 희망과 그를 위한 실천적 노력으로 현상되었고(그래서 1930년대부터 1940년대 초엽까지의 한국문학과 한국어의 약진이 가능했던 것이다), 또 어떤 이들에게는 제국의 심장부에서 성공하리라는 의욕과 도전으로 나타났다. 짧게 말해 대부분의 한반도의 조선인들에게 1940년대 초엽까지의 식민지 상황은 '저주받을 상황'은 아니었다.

그렇다면 '저주받을 상황'이라는 인식이 있었던가? 실로 이런 인식은 1930년대 말에 와서 출현하기 시작한 것으로 보이는데, 그 가장 선명한 예는 이미 살펴본 이용악의 시에서 나타났다. 그리고 이러한 인식은 조만간에 일어날 일제에 의한 조선적인 것의 강제 말살 시도에 의해 입증된다. 그렇다면 1930년대의 번성 속에 급격한 추락의 예감이 내장되었던 것이라 할 수밖에 없고, 급기야 그것이 터져 나올 수밖에 없었다고 봐야 할 것이다.

이용악에게 그 추락은 자신의 공간이 없다는 인식을 낳았다. 그리고 그는 조선, 일본도 아니고, 오랑캐 땅 너머의 별외 공간을 제시하는 것으로 그 인식을 넘어섰다.

오장환에게도 그런 인식이 있지 않았을까? 그런 가능성을 품고 앞에서 제시한 시를 읽어보면 흥미로운 점을 발견할 수 있다.

전체적인 주제는 '기녀의 퇴락'이라고 말할 수 있다. 이 퇴락을 둘러싼 기본 의미소를 추출해보면,

(1) 향기

(2) 기녀 인생의 표리부동

(3) 실연과 못 잊음

(4) 세상과의 어긋남

등이다. 이 의미소 중에서 가장 가장 표면적인 현상은 (2) 표리부동이며, 가장 심층적인 현상은 (4) 세상과의 어긋남이다. 심층과 표면 사이를 연결하는 게 (1)과 (3)인데 둘의 기능은 배분적이다.

우선 시는 가장 심층적인 현상을 결과처럼 제시하고 있다는 점에 주목하자. 그것은 마지막 세 행에서 기술된다.

세상은
몸에 이익하지도 않고
가미(加味)를 모르는 한약처럼 쓰고 틉틉하고나.

그러니까 심층적 현상은 세상에 대한 비애스런 인식이다. 그런데 이것이 결과처럼 나타난다는 것은 표면적 현상이 '기녀'의 삶을 통째로 지배하고 있고, 이 인식은 그 삶의 부산물이라는 것을 가리키며, 더 나아가, 이 인식 너머의 다른 삶의 가능성은 없다라는 점을 함의한다. 따라서 이 결과만 놓고 보면 오장환의 결론은 이용악과 정반대의 방향에 놓인다.

따라서 독자는 기녀의 삶을 이 시의 대종으로 삼을 수밖에 없는데, 그 삶의 기본 형식은 '표리부동'이다. 그에 대한 묘사는 다방면으로 나타난다.

(i) 옛이야기 모양 거짓말을 잘하는 계집

(ii) 기녀는 푸른 얼굴 근심이 가득하도다.
하—얗게 훈기는 냄새

(iii) 순백하다는 소녀의 날이여!
그렇지만
너는 매운 회초리, 허기 찬 금식(禁食)의 날
오— 끌리어 왔다.

(iv) 화려한 옷깃으로도
쓸쓸한 마음은 가릴 수 없어
스란치마 땅에 끄을며 조심조심 춤을 추도다.

(v) 다 먹은 과일처럼 이 틈에 끼어
꺼치거리는 옛사랑

(vi) 값진 패물로도
구차한 제 마음에 복수(復讐)는 할 바이 없고

기녀의 행동, 외형, 생장 과정, 태도, 추억, 마음 등 모든 것이 배반의 양태로 둘로 갈라져 있다. 통째로 그녀의 삶은 거짓이고 헛되다. 그런데 이런 거짓됨의 양태가 시간화되어 있다는 것을 주목해야 할 것이다. 즉 옛날의 영화 또는 행복과 오늘의 추락이 대비되고 있다. 이 역시 반복적으로 나타난다.

(vii) 기녀(妓女)는 호올로

옛 사나이와 흡사한 모습을 찾고 있었다.

(viii) 잃어진 옛날로의 조각진 꿈길이니

(ix) 슬픈 사람의 슬픈 옛일이여!

(x) 꺼치거리는 옛사랑

오— 방탕한 귀공자!

기녀는 분명 옛날을 그리워한다. (vii)은 옛 사나이와 사랑한 기쁨이 있었다는 것을 알려준다. 그런데 방금 나는 그녀의 추억도 배반의 양태를 보인다고 적었다. 이는 이 시간화 자체가 아이러니의 치명상을 입고 있을 수도 있음을 암시한다. 실로, (ix)는 옛일 역시 "슬픈 옛일"임을 지적하고 있다. 그리고 (x)은 그녀의 옛사랑이 "방탕한 귀공자"에게 버림받은 걸로 끝장났음을 암시한다. 이런 착종은 '옛날의 영화' 대 '오늘의 추락'이라는 시간적 분별 자체가 거짓이라는 짐작을 유도한다. 그 짐작의 더듬이는 곧바로 앞 인용구 (iii)을 다시 들여다보게 한다. 다시 인용하면서 이어지는 행을 보태보자.

순백하다는 소녀의 날이여!

그렇지만

너는 매운 회초리, 허기 찬 금식(禁食)의 날

오— 끌리어 왔다.

슬픈 교육, 외로운 허영심이여!

    이렇게 이어서 보니까 두 가지 진실이 드러난다. 우선 주목해야 할 것은 시인이 이 기녀의 삶이 '허영심'에서 비롯된 것임을 알고 있었다는 것이다. 이렇다는 것은 오장환에게 있어서 허영이 판단의 문제가 아니라 분석을 위한 징후라는 것을 알려준다. 더 나아가 이 징후는 시 자체의 문제적 상황이기도 하다는 점을 짐작케 한다. 왜냐하면, 저 "외로운 허영심이여!"는 화자의 발언일 수도 있겠지만 기녀 그 자신의 탄식으로 읽을 수도 있기 때문이다. 그것은 특히 앞 연의 시행들 때문에 그렇다. 이 시행들을 산문적으로 풀어 쓰면 다음과 같다.

    (a) 소녀의 나날이 순백하다고 흔히 말한다.
    (b) 그러나 우리 주인공의 소녀 시절은 "매운 회초리, 허기 찬 금식의 날"로 점철되었다.
    (c) 그녀에게 그 삶은 "끌리어온 삶"이었지만, 그래도 일종의 교육이었다. 즉 미래에 대한 약속이 실현되기 위해 선택한 고행이었다.
    (d) 하지만 그 약속은 배반되었다. 그녀는 버림받았고, 그녀의 기녀 인생은 화장으로 가리워진 푸른 독의 살만을 남겨주었다.

    이 풀이를 통해 두번째 진실이 드러나는데, 그것은 시간 분석을 통해 나타난 기녀의 거짓된 삶은 변천적인 것이 아니라 원천적이라는 점이다. 이런 생장 과정이 최대치의 순간에 다가선들, 그녀가 기녀의 신분을 벗어날 수 없으며, 그녀가 귀공자에게 버림받는 운명을 피할 수도 없다는 것이다.

시간화는 역설적이게도 시간을 배반한다. 이 시는 시 속의 사건뿐만 아니라, 인물들의 양상, 시의 표현, 문체, 기능[3] 모두가 배반의 양상을 띤다.

이 시간화의 현실적인 현상은 앞의 (3)번 항목, 실연과 못 잊음이다. 이 기능들의 전개는 실질적으로 사건의 변화를 유도하지 못하고 하나의 돌이킬 수 없는 사태를 못 박는 것으로 나타난다는 게 '배반', 표리부동의 의미이다. 그래서 이것은 (1)번 항목, '향기'로서 시 전체의 징조로서 드리워진다. 이 향기는 무엇인가? 첫 연에 그것은 "오랑주 껍질을 벗기면" 나는 향내라고 풀이된다. 그러나 이 오랑주 향내는 '오랑주'라는 어사가 풍기는 일종의 행복감 혹은 새큼함과는 거리고 멀고,[4] 실제로는

기녀는 푸른 얼굴 근심이 가득하도다.
하--얗게 훈기는 냄새
분 냄새를 지니었도다.

의 '하아얀' 분 냄새와 그 안에 스며 있는 푸른 독의 냄새가 뒤섞여서 풍기는 냄새이다. 그 푸른 독의 존재를 화자는 다시 한번 강조한다.

옛기억의 엷은 입술엔

---

3) 롤랑 바르트적인 의미에서의.
4) 왜 '오랑주'를 꺼냈을까? 우리는 이상에게 있어서 '오랑주'가 이상적 대상이었음을 알고 있다. 오장환이 이상을 참조했을지 여부는 조사해볼 만한 문제이다.

포도물이 젖어 있고나.

그러니까 이 시는 기능으로서도(즉, 통사적으로도) 표리부동이며 징조로서도(즉, 계열적으로도) 표리부동이다. 그리고 이 전면적인 표리부동은 최종적으로 제목으로 압축된다. 제목은 '월향구천곡'이라 했다. 풀이하면 '달빛 향기가 드높은 하늘에까지 퍼짐을 노래함' 정도가 될 것이다. 그러나 실제 시의 내용은 이 제목을 뒷받침하지 못한다. 독자는 이 제목이 '㕛香九泉哭'이라는 실제(實題)를 가리는 화장한 제목이 아닐까 의심할 수 있다. 진짜 제목의 뜻은 "어리석은 자의 냄새가 황천을 떠도는 게 슬퍼서 목놓아 운다"가 될 것이다. 여기까지 와서 다시 돌이켜보면, 이 시의 대표 냄새, 오랑주 향기는 실상 시취(屍臭)였던 것이다.

2. 오장환의 자멸적 인식

이 시는 기녀의 영원한 자가당착으로서의 운명의 근원에 '허영심'이 놓여 있음을 적시하고 있다. 시인은 왜 이 시를 썼을까? 이 기녀에게서 시인은 자신의 운명을 보았던 때문이 아닐까? 시는 재현의 장르가 아니라 표현의 장르라는 점을 감안하면, 이런 의심은 당연히 제기된다.

이 의심을 품고 오장환 전집을 뒤적이던 중, 필자는 위 시와 유사하게 썩 야릇한 한 편의 산문을 만나게 되었다. 그 글은 「제7의 고독」이라는 제목을 달고 있다. 거기에 나오는 한 대목을 소개한다.

어느덧 나는 나의 불면증을 고독과 애상에 돌리려 하는 내 자신에 어안이 막막해짐을 금치 못한다.

"그대는 주인어른을 뫼시고 여러 고장과 여러 나라를 따라다니니 아무리 슬픈 일이라도 아무런 생각이 들지 않을 것이네./끊임없이 새로운 것을 견문하고 또 견문하는 것은 모조리 즐거울 테니 그대는 세월이 가는지도 모르리다./나는 지금도 이 무서운 진증이 사리 모양으로 매일 꼭 같은 곳에 쌓여있고 또 내가 꼭 같은 설움에 오래지 않아 찌들을 것이네. 50년 그렇지 50년 간이나 두고 항상 주의(注意)와 불안 때문에 짓눌려 내게는 다만 괴로움과 외로움이 남았을 뿐일세."

나는 이런 때이면 흔히 읽는 것이 『이란국인(國人)의 편지』라는 책 속에서도 관노장(官奴長)이 주인을 뫼시고 간 보통종자(普通從者)에게 보낸 이 편지의 일절이다.[5]

오장환은 여행에 대한 강렬한 열망을 표현하면서 그 갈망이 달성될 수 없다는 사실에 절망하다가, 문득 외국의 한 서적을 떠올리며, 거기에서 일종의 공감 혹은 위안을 얻는다. 인용문 중간 문단에 놓인 것이 그 외국 서적에서 발췌한 것이다. 인용된 내용은 주인과 부하 노예가 여행하는 시기에 궁정에 남아 있는 대장 노예의 불안에 대한 애기이므로 오장환의 심사와 얼마 정도 통하는 바가 있으나, 분명한 유사성은 크지 않다. 그러나 정말 중요한 것은 다른 데에 있다. 이 작품의 제목을 『이란

---

5) 오장환, 「제7의 고독」(『조선일보』, 1939. 11. 2.~3.); 오장환, 『오장환 전집 2—산문』, 박수연·노지영·손택수 편저, 솔, 2018, pp. 224~25.

국인의 편지』라고 했다. 필자는 이 제목을 본 순간, 이것이 몽테스키외
의 『페르시아인의 편지Lettres persanes』임을 직감적으로 알아차리고 위
인용한 대목이 아홉 번째 편지인 「내시장이 입비에게 보낸 편지」에 들
어 있음을 확인하였다.[6]

　이 사실이 왜 중요한가? 바로 오장환이 '관노장'이라고 지칭한 그 사
람이 실은 '환관', 즉 불임의 운명을 짊어진 사람이기 때문이다. 오장환
은 창조의 권능을 상실한 존재의 설움을 내시장에게 투영하고 있었던
것이 아닐까? 그런 의심은 바로 위 인용문 바로 앞의 오장환의 진술을
통해서 증거를 발견하게 된다.

　　다만 나의 노래는 천부의 내음새를 남과 함께 맡으며 어찌 한번도 남
　먼저 부르짖지 못하였는가. 그저 비굴하게도 남과 함께 울었으며 남과
　함께 호소할 뿐이었는가.[7]

　이 인용문에서 '나의 노래'를 '한반도 조선의 문학'이라고 놓고, 모호
하게 지칭된 '남'을 '일본의 문학'이라고 바꿔놓으면 모든 것이 명확하
게 이해된다. 오장환은 이 구절을 통해 1930년대 말, 일본을 통해서 자
주성을 쟁취해내려던 조선 문학의 최종적인 파국을 비장하게 전달하고
있는 것이다. 어떻게 이런 일이 벌어졌는가? 바로 "천부의 내음새를 남
과 함께 맡으며 〔……〕 한 번도 남 먼저 부르짖지 못하였"기 때문이다.

---

6) Montesquieu, *Œuvres complètes I*, Texte présenté et annoté par Roger Caillois (coll.:
　　Pléiade), Paris: Gallimard, 1949, p. 141; 몽테스키외, 『페르시아인의 편지』, 이수지 옮김,
　　다른 세상, 2002, p. 38.
7) 『오장환 전집 2—산문』, p. 224.

요컨대 오장환, 그리고 한반도의 문학은 '제논의 역설'이라는 덫에 걸린 것이다. 제논의 역설이 관통하는 것은 오로지 추적자가 앞선 자의 시공간 내에 갇혀 있기 때문이다. 그 역설을 깨부수려면 토끼가 거북이의 시간대를 추월하기만 하면 된다. 그런데 오장환의 저 구절은 그게 안 되는 상황이 실제로 있다는 것을 여실히 보여준다. 당시 한반도 지식인 그리고 한반도의 조선 문학은 일본-만주-조선이라는 경계 안에 철저히 갇혀 있었던 것이다.

결국 오장환의 시는 1930년대 한국문학의 번성과 1930년대 말~1940년대 초의 추락의 내력을 증거하고 있는 것이다. 그리고 그것은 바로 내선일체 프로젝트의 궁극적인 실패를 가리킨다. 이용악은 그 실패에서 전혀 다른 영역을 제시하는 것으로 그것을 극복하였다. 그런데 그 '전혀 다른 영역'은 실체가 있는 것일까? 앞에서 나는 그 가능성을 부정하였고, 실제적인 전개가 어떻게 되었는지를 살핀 바 있다. 오장환에게는 그런 제3의 지대가 없었다. 그 갈 데 없는 의식은 '지금, 여기에서의 삶'의 무의미를 또한 확인한다. 그는 어떻게 존재하는가? 그림자로서, 귀신으로서만 존재할 수 있었다. 오장환의 다른 시들은 그 귀신의 삶을 생생히 보여주고 있다. 그에게 삶은 무의미했으나 어떤 방식의 삶이 무의미하다는 것을 독자에게 깨닫게 해주고 있으니, 그의 시는 결코 무의미하지 않았다. 오히려 매우 절실하다 할 것이다. 한편 서정주도 오장환과 마찬가지로 바깥을 알지 못했다. 그러나 그는 완전히 다른 방법론을 개발해내었다. 그의 시가 일제강점기보다 해방 후의 시로서 읽혀야 하는 소이다. 필자는 서정주 시의 비밀에 대해 이미 말한 바 있다.[8]

---

8) 3부 「상명당론」 참조.

후기: 첫번째 매듭을 지으며

하염없는 슬픔의 숲속에서
어느 날 나 홀로만의 길을 가고 있었네;
거기서 사랑의 여신을 만났다네
그이는 나를 불러 세우곤 어디로 가느냐고 물었네.
나 대답하기를, 아주 오래전에
운명이 나를 이 숲에 유배하였으니.
당연히 내 스스로 어디로 가는지를 알지 못하는
방랑자임을 자청했노라.

—샤를 도를레앙, 「발라드 21」[1]

    문학이 사람들의 관심 밖으로 밀려난 게 어제오늘 일이 아니다. 독서량은 전반적으로 줄어드는 대신 판매는 양극화되었다. 그럴듯한 작품이 만 부를 팔기가 힘든 상황이 되었는데, 극소수의 베스트셀러는 백만

---

1) Charles d'Orléans, *Poètes et Romanciers du Moyen Age*, Editions établie et annotée par Albert Pauphilet(coll.: Pléiade), Paris: Gallimard, 1952, p. 1058.

부를 훌쩍 넘긴다. 그걸 산 독자들이 책을 읽긴 했을까, 의심을 할 수밖에 없다. 유달리 군중심리가 극성인 한국인들이니, 미디어에서 뜬다고 신호가 울리면 주식 청약하듯 마구 몰려든 건 아닐까? 실제론 군중의 문학 지식의 창고가 갈수록 비워지는 걸 사방에서 확인할 수밖에 없는 게 오늘의 형편이다. 청록파의 시인들을 알지 못해서 나를 놀라게 한 학생들은 노래 「향수」를 들어본 적도 없고 하물며 정지용의 시는 읽어본 적도 없다고 해서 나를 다시 기막히게 만들었다.

그런데 세상 탓을 해서 해결이 되는 일은 없다. 문제는 저하된 독서 상황을 끌어올리는 방법을 모색해야 한다는 것이다. 그것은 독자들의 자발적인 동참을 통해서만 가능한 일이다. 스마트폰으로 하루 종일 카카오톡과 SNS만 하는 사람들에게 다시 책을 쥐여줄 수 있을까? 절망감이 엄습하지만 이 상황을 개탄하는 것만큼 유독한 것은 없다. 오히려 이 상황을 벗어나지 말아야 한다. 한복판에서 견뎌야 한다. 그래야만 한 사람이라도 더 독자의 지평에 들어서게 할 수가 있다. 우리가 저 무거운 문학을 심을 곳은 얄팍한 '문자' 문화의 심연이다. 모든 수단을 동원하고 모든 방책을 구해야만 한다.

불행하게도 내가 잘할 수 있는 건 그리 많지 않다. 소박하게 시작하지 않을 수 없다. 지금까지 무심코 당연하게 그 의미를 받아들여온 작품들을 다시 읽어보는 것은 어떨까? 그래서 발견술적인 자극의 원천으로 그걸 재배치하는 건? 혹은 알려진 바 없는 작품들을, 나의 이기적인 보물들을 풀어놓는 건 어떤가? 그나마 가진 게 그것밖에 없으므로. 막막하기만 할 때는 손가락, 발가락을 꼼지락거리기라도 해야 한다. 꼼지락거리되, 그 세기와 맥박을 헤아려야 한다. 그것이 지금 이곳의 상황에서 내가 할 수 있는 일을 찾아낼 실마리다. 그렇게 할 수 있는 만큼만 해보

자. 갈 수 있는 만큼만 가보기로 하자. 다만 결코 멈추는 법이 없기를 빌어본다.

근대 시 작품

김광균, 『김광균 문학전집』, 오영식·유성호 엮음, 소명출판, 2014.

김광섭, 『이산 김광섭 전집』(시·산문 전 2권), 홍정선 책임편집, 문학과지
　　　성사, 2005.

김기림, 『김기림 전집』(전 5권), 심설당, 1988.

김소월, 『김소월 시전집』, 권영민 엮음, 문학사상, 2018.

김수영, 『김수영 전집 1—시』, 민음사, 2008[2003](최초 출판 연도: 1981).

―――, 『김수영 전집 2—산문』, 민음사, 2013(초판: 1981).

―――, 『김수영 전집』(시·산문 전 2권), 이영준 엮음, 민음사, 2018.

김현구, 『김현구 시전집』, 김선태 엮음, 태학사, 2005.

노자영, 『내 혼이 불탈 때』, 청조사, 1928.

박용철, 『박용철 전집』(시집·평론집 전 2권), 깊은샘, 2005.

백석, 『정본 백석 소설·수필』, 고형진 엮음, 문학동네, 2019.

―――, 『정본 백석 시·소설·수필』, 고형진 엮음, 문학동네, 2022.

서정주, 『미당 서정주 전집』(전 10권), 은행나무, 2015.

심훈, 『심훈 시가집 외』(심훈 전집 1), 글누림, 2016.

염상섭, 『염상섭 전집 12—평론·수필집』, 민음사, 1987

오장환, 『오장환 전집』(시·산문 전 2권), 박수연·노지영·손택수 편저, 솔,
　　　2018.

윤동주, 『원본 대조 윤동주 전집―하늘과 바람과 별과 시』, 심원섭 외 편
     저, 연세대학교 출판부, 2004.
이광수, 『무정』, 문학과지성사, 2005.
이용악, 『이용악 시전집』, 윤영천 편저, 창작과비평사, 1988.
───, 『이용악 전집』, 곽효환·이경수·이현승 편저, 소명출판, 2015.
이육사, 『이육사 전집』, 김용직·손병희 편저, 깊은샘, 2011.
이상, 『정본 이상문학전집』(시·소설·수필 전 3권), 김주현 주해, 소명출판,
     2005.
───, 『이상 시 전집―꽃 속에 꽃을 피우다 1』, 나녹, 2018.
문학사상 자료연구실 편저, 『이상시전작집』, 이어령 교주, 갑인출판사,
     1978.
이태준, 『문장강화 외』, 소명출판, 2015.
임화, 『임화문학예술전집』(시·문학사·평론 전 5권), 김재용·임규찬·신두
     원·하정일 편저, 소명출판, 2009.
정지용, 『정지용 시집』, 시문학사, 1935. 소화 10년판.
───, 『정지용 전집』(시·산문 전 2권), 김학동 편저, 민음사, 1988.
───, 『정지용 전집 1―시』, 민음사, 2003, 개정판.
최남선, 『육당 최남선 전집 5―역사』, 역락, 2003.
───, 『육당 최남선 전집 13―교양·기타(1. 전기. 2. 교양. 3. 만몽관계·지
     리)』, 역락, 2003.
최서해, 『최서해 단편선―탈출기』, 곽근 엮음, 문학과지성사, 2004.
한용운, 『님의 침묵/조선독립의 서 외』, 신구문화사, 1973.
───, 『한용운 문학전집』(전 6권), 권영민 엮음, 태학사, 2011.
황순원, 『시선집』(황순원전집 11), 문학과지성사, 1985[1981].
───, 『골동품』, 한성도서주식회사, 1936.

참조 작품

고재종, 『쪽빛 문장』, 문학사상사, 2004.

구스타브 플로베르, 『부바르와 페퀴셰』, 진인혜 옮김, 책세상, 1995.

김명인, 『이 가지에서 저 그늘로』, 문학과지성사, 2018.

김선재, 『얼룩의 탄생』, 문학과지성사, 2012.

김승옥, 『무진기행』, 나남출판, 2001.

김지하, 『예감에 가득 찬 숲 그늘―미학강의』, 실천문학사, 1999.

김태용, 『음악 이전의 책』, 문학실험실, 2018.

몽테스키외, 『페르시아인의 편지』, 이수지 옮김, 다른 세상, 2002.

블라디미르 나보코프, 『창백한 불꽃』, 김윤하 옮김, 문학동네, 2019(최초
　　출판 연도: 1962).

샤를 보들레르, 『악의 꽃』, 윤영애 옮김, 문학과지성사, 2021〔2004〕(최초
　　출판 연도: 1857).

송수권, 『수저통에 비치는 저녁 노을』, 시와시학사, 1999.

오규원, 『오규원 시 전집 1』, 문학과지성사, 2002.

월트 휘트먼, 『풀잎』, 허현숙 옮김, 열린책들, 2011(최초 출판 연도: 1855).

윌리엄 워즈워스, 『서정민요, 그리고 몇 편의 다른 시*Lyrical ballads, with a
　　few other poems*』, 김천봉 옮김, 이담북스, 2012.

유종호, 『서산이 되고 청노새 되어』, 민음사, 2004.

이준규, 『흑백』, 문학과지성사, 2006.

이지, 『분서 I』, 김혜경 옮김, 한길사, 2004(최초 출판 연도: 16세기).

정현종, 『숨과 꿈』, 문학과지성사, 1982.

제임스 조이스, 『젊은 예술가의 초상 1』, 홍덕선 옮김, 문학과지성사,
　　1997.

──, 『젊은 예술가의 초상』, 박시인 옮김, 삼중당, 1976.

———, 『젊은 예술가의 초상』, 진선주 옮김, 문학동네, 2017.

존 밀턴, 『실낙원 1』, 조신권 옮김, 문학동네, 2010(최초 출판 연도: 1667).

———, 『실낙원 2』, 조신권 옮김, 문학동네, 2010(최초 출판 연도: 1667).

최두석, 『대꽃』, 문학과지성사, 1984.

최인훈, 『최인훈 전집 1—광장/구운몽』, 문학과지성사, 2008.

———, 『최인훈 전집 12—문학과 이데올로기』, 문학과지성사, 2008.

피터 빅셀, 『여자들은 기다림과 씨름한다』, 백인옥 옮김, 문학동네, 2001.

황병승, 『여장남자 시코쿠』, 랜덤하우스중앙, 2005.

황지우, 『새들도 세상을 뜨는구나』, 문학과지성사, 1983.

———, 『어느 날 나는 흐린 주점에 앉아 있을 거다』, 문학과지성사, 2012(초판 출판 연도: 1998).

호손, 『블라이드 데일 로맨스』, 김지원·한혜경 옮김, 문학과지성사, 2006(최초 출판 연도: 1852).

『성경—구약』, 한국천주교중앙협의회, 2005.

Albert Pauphilet, *Poètes et Romanciers du Moyen Age*, Éditions établie et annotée par Albert Pauphilet(coll.: Pléiade), Paris: Gallimard, 1952.

Arthur Rimbaud, *Œuvres complètes*, Édition établie, présentée et annotée par Antoine Adam(coll.: Pléiade), Paris: Gallimard, 1972.

Christian Bobin, *Mozart et la pluie: suivi par Un désordre de pétales rouges*(coll.: Entre 4 yeux), Paris: Les Éditions Lettres vives, 1997.

———, *Mozart et la pluie: suivi par Un désordre de pétales rouges* (coll.: Entre 4 yeux), Paris: Les Éditions Lettres vives, 1997.

Charles Baudelaire, *Œuvres Complètes I: texte établi, présenté et annoté par Claude Pichois*(coll.: Pléiade), Paris: Gallimard, 1975.

————, *Œuvres complètes II: texte établi*, présenté et annoté par Claude Pichois(coll.: Pléiade), Paris: Gallimard, 1975.

Friedrich Nietzsche, *Œuvres II: Humains, trop humains I, II/Aurore/Le Gai Savoir*(coll.: Pléiade), Paris: Gallimard, 2019.

Guillaume Apollinaire, *Œuvres en prose II: Textes établis, présentés et annotés par Michel Décaudin*(coll.: Pléiade), Paris: Gallimard, 1991.

Gustave Flaubert, *Œuvres II: Texte établi et annoté par A. Thibaudet et R. Dumesnil*(coll.: Pléiade), Paris: Gallimard, 1952.

James Joyce, *A Portrait of the Artist as a Young Man*(coll.: Oxford), World's Classic, New York Oxford: Oxford University Press, 2000.

————, *Œuvres I*(coll.: Pléiade), Paris:Gallimard, 1982.

John Milton, *Paradise Lost*(coll.: Oxford World's Classic), New York Oxford: Oxford University Press, 2005.

Louis Aragon, *Le Fou d'Elsa*(coll.: nrf/Poésie), Paris: Gallimard, 1963.

Montesquieu, *Œuvres complètes I: Texte présenté et annoté par Roger Caillois*(coll.: Pléiade), Paris: Gallimard, 1949.

Nathaniel Hawthorne, *The House of the Seven Gables*(Webster's Korean Thesaurus Edition), San Diego: Icon Classics, 2006.

Pascal, *Œuvres Complètes I*(coll.: Pléiade), Paris: Gallimard, 2000.

Paul Éluar, *Œuvres complètes I*(préface et chronologie de Lucien Scheler, Textes établis et annotés par Marcelle Dumas et Lucien Scheler)(coll.: Pléiade), Paris: Gallimard, 1968.

Paul Valéryl, *Œuvres II*, éditions établi et annoté par Jean Hytier(coll.: Pléiade), Paris: Gallimard, 1960.

Rainer Maria Rilke, *Œuvres poétiques et théâtrales*(coll.: Pléiade), Paris: Gallimard, 1997.

Saint-John Perse, *Œuvres complètes*(coll.: Pléiade), Paris: Gallimard, 1972, 1982.

Vasilis Alexakis, *Le premier mot*, Paris: Stock, 2010.

Vladimir Nabokov, *Pale Fire*, Berkeley Book, 1962.

Wallace Stevens, *The Collected Poems of Wallace Stevens*, New York: Alfred A. Knopf, 1971.

Walt Whitman, *Leaves of grass, 1860: the 150th anniversary facsimile edition*, edited by Jason Stacy, Iowa: University of Iowa Press, 2009(Original Language Edition: 1860).

———, *Leaves of Grass*, Introduction and Notes by Karen Karbiener (coll.: Barnes & Noble Classics Series), New York: Barnes & Noble, 2011.

William Butler Yeats, *The Collected Works of W. B. Yeats*, Volume I, New York·London·Toronto·Sydney: Scribner, 1996.

William Wordsworth·Samuel Taylor Coleridge ET AL, *Lyrical ballads*, edited by R. L. Brett and A. R. Jones, Routledge, 1991.

Yeats·W. B., *Mythologies*, New York: The Macmillan Company, 1959.

La Bible(Traduction Oecuménique de la Bible), Paris: Le Cerf, 2004.

The holy Bible old and new testaments, King James Version(coll.: Duke Classics), Durham and London: Duke University Press, 2012.

연구 및 비평서

강진호·이상갑·채호석 편저, 『증언으로서의 문학사』, 깊은샘, 2003.

가스통 바슐라르, 『공기와 꿈』, 정영란 옮김, 민음사, 1993.

고형진, 『백석 시 바로 읽기』, 현대문학사, 2006.

곽광수, 『가스통 바슐라르』, 민음사, 1995.

곽명숙, 『한국 근대시의 흐름과 고원』, 소명출판, 2015.

곽충구·박진혁, 『문학 속의 북한 방언』, 글누림, 2010.

김도형 외, 『일제하 한국사회의 전통과 근대인식』, 혜안, 2009.

김병익, 『한국문단사(1908~1970)』, 문학과지성사, 2001〔1973〕.

김병철, 『한국근대번역문학사연구』, 을유문화사, 1974.

김완진, 『향가해독법연구』, 서울대학교 출판부, 1988.

김우창, 『궁핍한 시대의 시인—현대문학과 사회에 관한 에세이』, 민음사, 1977.

김윤식, 『이상 연구』, 문학사상사, 1987.

이상, 『이상문학전집 4—연구논문모음』, 김윤식 편저, 문학사상사, 1995.

김윤식·김현, 『한국문학사』, 민음사, 1973.

김인환, 『기억의 계단—현대문학과 역사에 대한 비평』, 민음사, 2001.

김종철, 『시와 역사적 상상력』, 문학과지성사, 1978.

김학동, 『한국 현대시인 연구 I』, 새문사, 1995.

김현, 『한국 문학의 위상/문학사회학』(김현문학전집 1), 문학과지성사, 1991.

———, 『문학과 유토피아—공감의 비평』(김현문학전집 4), 문학과지성사, 2005〔1992〕.

———, 『분석과 해석/보이는 심연과 안 보이는 역사 전망』(김현문학전집 7), 문학과지성사, 2009〔1992〕.

──── , 『김현 예술 기행/반고비 나그네 길에』(김현문학전집 11), 문학과지성사, 1992.

──── , 『존재와 언어/현대 프랑스 문학을 찾아서』(김현문학전집 12), 문학과지성사, 2006〔1992〕.

──── , 『자료집』(김현문학전집 16), 문학과지성사, 2005〔1993〕.

다니엘 게렝, 『아나키즘─이론에서 실천까지』, 김홍옥 옮김, 여름언덕, 2015(최초 출판 연도: 1965).

도진순, 『강철로 된 무지개─다시 읽는 이육사』, 창비, 2017.

로만 야콥슨, 『문학 속의 언어학』, 신문수 옮김, 문학과지성사, 1989.

루시엥 골드만, 『숨은 신』, 송기형·정과리 옮김, 연구사, 1986.

마르테 로베르, 『기원의 소설, 소설의 기원』, 김치수·이윤옥 옮김, 문학과지성사, 1999.

발터 벤야민, 『서사(徐事)·기억·비평의 자리』, 최성만 옮김, 길, 2012.

박이문, 『시와 과학』, 일조각, 1975.

사나다 히로코, 『최초의 모더니스트 정지용』, 역락, 2002.

송욱, 『님의 침묵 전편해설』, 일조각, 1974.

오형엽, 『한국 근대시와 시론의 구조적 연구』, 태학사, 1999.

유재원, 『그리스 신화의 세계 2─영웅 이야기』, 현대문학, 1999.

유종호, 『다시 읽는 한국 시인』, 문학동네, 2002.

──── , 『문학이란 무엇인가』, 민음사, 1989.

──── , 『시란 무엇인가』, 민음사, 1995.

이경수, 『예이츠와 탑』, 동인, 2005.

이경훈 편저, 『한국 근대 일본어 평론·좌담회 선집(1939~1944)』, 역락, 2009.

이광호 편저, 『오규원 깊이 읽기』, 문학과지성사, 2002.

이남호, 『교과서에 실린 문학작품을 어떻게 가르칠 것인가』, 현대문학,

　　　　2001.

이숭원, 『영랑을 만나다―김영랑 시 전편 해설』, 태학사, 2009.

──── , 『정지용 시의 심층적 탐구』, 태학사, 1999.

이태준, 『문장강화』, 창비, 2005(최초 출판 연도: 1940).

임화, 『신문학사』, 한길사, 1993(최초 발표 연도: 1939).

장 벨맹-노엘, 『문학 텍스트의 정신분석』, 최애영·심재중 옮김, 동문선,
　　　　2001〔1996〕.

──── , 『정신분석과 문학』, 이선영 옮김, 탐구당, 1989.

장 폴 사르트르, 『문학이란 무엇인가』, 정명환 옮김, 민음사, 1998(최초 출
　　　　판 연도: 1947).

정과리, 『1980년대의 북극꽃들아, 뿔고등을 불어라』, 문학과지성사, 2014.

──── , 『네안데르탈인의 귀향―내가 사랑한 시인들·처음』, 문학과지성
　　　　사, 2008.

──── , 『뫼비우스 분면을 떠도는 한국문학을 위한 안내서』, 문학과지성
　　　　사, 2016.

──── , 『문학이라는 것의 욕망―존재의 변증법 4』, 역락, 2005.

──── , 『'한국적 서정'이라는 환(幻)을 좇아서―내가 사랑한 시인들·세 번
　　　　째』, 문학과지성사, 2020.

──── , 「청년 김현에게 있어서 만남의 문제―김현 초기 시론의 형성에 대
　　　　하여」, 『한국시학연구』 제68(권)/호, 한국시학회, 2021. 11.

──── , 「김현 비평에 있어서의 고향의 문화사적 의미」, 『비평문학』 2011년
　　　　12월호.

정명환, 『한국 작가와 지성』, 문학과지성사, 1978.

정민, 『책 읽는 소리―옛 글 속에 떠오르는 옛 사람의 내면 풍경』, 마음산
　　　　책, 2002.

조남현, 『한국문학잡지사상사』, 서울대학교 출판문화원, 2012.

조동일, 『한국문학통사 4―중세에서 근대로의 이행기 문학 제2기』, 지식
산업사, 2004〔1988〕.

천이두, 『한의 구조 연구』, 문학과지성사, 1993.

최동호 편저, 『정지용 사전』, 고려대학교 출판부, 2003.

최두석, 『리얼리즘의 시정신』, 실천문학사, 1992.

───, 『시와 리얼리즘』, 창작과비평사, 1996.

한용운, 『한용운의 님의 침묵』, 한계전 편저, 서울대학교 출판부, 1996.

한국현대시학회 편저, 『20세기 한국시론 1』, 글누림, 2006.

Adam Phillips, *La mort qui fait aimer la vie: Darwin et Freud*(coll.:
Désir), Paris: Payot, 2002(Original Language Edition: 2000).

Claude Lévi-Strauss, *Anthropologie structurale*, Paris: Plon, 1958 et
1974.

Daniel Guérin, *L'anarchisme, De la doctrine à la pratique: suivie de
Anarchisme et marxisme*(coll.: folio/essais:67), Paris: Gallimard,
1981(Original Language Edition:1965).

David Herman · Manfred Jahn · Marie-Laure Ryan, *Routledge Encyclopedia
of Narrative Theory*, London-New York: Routledge, 2005.

Gaston Bachelard, *L'air et les songes: Essai sur l'imagination du
mouvement*, Paris: José Corti, 1943.

───, *Le Neutre: Cours au collège de France(1977~1978)*, Texte
établi, annoté et présenté par Thomas Clerc, Paris: Seuil/
IMEC, 2002.

Georges Lukács, *La théorie du roman*, Paris: Gonthiers, 1963(Original
Language Edition: 1920).

Gérard Genette, *Figures II*, Paris: Seuil, 1969.

Giorgio Agamben, *Enfance et histoire*, Paris: Payot, 1989.

Henri Morier, *Dictionnaire de Poétique et de Rhétorique*, Paris: Presses universitaires de France, 1989(Original Language Edition: 1961).

Immanuel Kant, *Fondements de la Métaphysique des mœurs*, Éditions Les Échos du Maquis, 2013(Original Language Edition: 1785).

Jean Bellemin-Noël, *La psychanalyse du texte littéraire*, Nathan, 1996.

———, *Psychanalyse et littérature*(coll.: Que sais-je?), Paris: Presses Universitaires de France, 1978.

Jean-Paul Sartre, *Situations II: Qu'est-ce que la littérature?*, Paris: Gallimard, 1948.

Jonathan Culler, *Literarary Theory: A Very Short Introduction*, New York·Oxford: Oxford University Press, 1997.

Louis Althusser, *Montesquieu: La politique et l'histoire*, Paris: Presses universitaires de France, 1959.

Louis Hjelmslev, *Prolégomènes à une théorie du langage*, Paris: Les Éditions de Minuit, 1971.

Lucien Goldmann, *Le Dieu Caché*(coll.: Tel), Paris: Gallimard, 1959.

Maria Torok·Nicolas Abraham, *Le Verbier de l'homme aux lopus: précédé de ⟪Fors⟫ par Jacques Derrida*(coll.: Champs Flammarion): 425, Paris: Flammarion, 1976.

Marthe Robert, *Roman des origines et origines du roman*, Paris: Grasset, 1972.

———, "Logos, Logique et ⟪Sigétique⟫," *Revue des sciences philosophiques et théologiques*, Vrin, 2007. 12.

Ralph Cohen Ed, *New Directions in Literary History*, Baltimore, Maryland: The Johns Hopkins University Press, 1974.

Roman Jakobson, *Essais de linguistique générale*, Paris: Les Éditions de Minuit, 1963.

──, *Huit questions de poétique*(coll.: Points No. 85), Paris: Seuil, 1977(L'edition originale en: 1910).

Sigmund Freud, *The Interpretation of Dreams and On Dreams*(coll.: The Standard Edition of Complete Psychological Works of Sigmund Freud: IV-V), The Hogarth Press, 1958(Original Language Edition: 1900).

──, *Œuvres complètes XV(1916~1920)*, Paris: Presses universitaires de France, 1996.

──, *Œuvres Complètes IV(1899~1900)*, L'interprétation du rêve, Paris: Presses universitaires de France, 2003.

──, *Le délire et les rêves dans la Gradiva de W. Jensen*, Paris: Gallimard, 1986(Original Language Edition:1907).

Simon Leys, *La mer dans la littérature française V. 2: De Victor Hugo à Pierre Loti*, Paris: Plon, 2003.

Stefan Zweig, *Nietzsche*(coll.: La cosmopolite), Paris: Stock, 2004.

Walter Benjamin, *Selected Writings, Volume 3: 1935~1938*, edited by Howard Eiland, Michael W. Jennings, Massachusetts·London: Cambridge, England: The Belknap Press of Harvard University Press, 2006.

잡지 및 기타

『소년』 제1년 제1권, 1908. 11.

〈국립국어원 표준국어대사전〉 https://stdict.korean.go.kr/main/main.do

〈우리말샘〉 https://opendic.korean.go.kr

〈세종한글고전〉 http://db.sejongkorea.org

『청춘』 1914~1918, 신문관 발행.

『소년』 1908~1911, 신문관 발행.

『문장』 1939~1941, 문장사 발행.

『비평문학』 2011년 12월호.

『시사사』 2021년 겨울호.

『현대비평』 2020년 봄호.

『황해문화』 2000년 12월호.

Georges Bataille, *Acéphale issue 3: Religion Sociologie Philosophie Revue Parissant Dionysos*, 1937.

Critique No. 790, 2013. 3.

Medical Press, Internet Version, 2021. 5. 18.(https://medicalxpress.com/news).

Revue des sciences philosophiques et théologiques, Paris: VRIN, 2007. 12.

Revue des sciences philosophiques et théologiques: La singularité de la personne—entre liberté et humilité, Paris: VRIN, 2010. 09.